筧文生
野村鮎子 著

四庫提要北宋五十家研究

汲古書院

題簽　魚住卿山

目次

四庫提要北宋五十家研究序

曾棗莊

學問研究において、重要な手がかりとなるのは目錄學である。中國の圖書は先秦からこのかた增えつづけており、歸納し分類しなければ利用するのはほとんど不可能だといってよい。こうして、前漢の劉向《りゅうきょう》・劉歆《りゅうきん》の『別錄』『七略』を嚆矢とする目錄の學が誕生した。淸の章學誠『校讎通義』は、劉氏父子の書を稱して、「部もて次し 條もて別し」ており、「學術を辨章し、源流を考鏡す」るのに有益であると述べた。また張之洞の『語學』には、大量の圖書が「氾濫して歸《き》する無き」ようであれば、「終身 得る無し」だが、「門を得て入る」ならば「事 半ばにして 功 倍なり」だとある。章、張二氏はともに、目錄書の重要性を强調しているのだ。

宋以前の目錄書のほとんどはただ目錄があるだけで、たまに題序があったとしても、內容は粗略であった。宋代以後になって始めて目錄書に解題や提要が附せられるようになる。現存する晁公武《ちょうこうぶ》『郡齋讀書志』には提要があり、その自序には「日夕 躬《みずか》ら朱黃を以て、舛錯《せんさく》を讎校《しゅうこう》し、篇を終うれば 輒《すなわ》ち大旨を撮《と》りて之を論ず（日夜 朱筆をとって校訂し、一篇終わるごとにその概要を論じた）」という。陳振孫『直齋書錄解題』になると、その書名からして解題があることがわかる。これらは單なる目錄だけの書に比べるとはるかに有用で、詳略に差こそあれ、作者の履歷や版本の源流、著書の内容、あるいはその眞贋などが論じられている。『四庫提要』はこうした書物の集大成といってよい。『四庫提要』とは、その名が示すように『四庫全書』に収められた書物の提要である。『四庫全書』は、清朝の乾隆年間に大規模な人力と物力とを注ぎ込んで編纂された大型の叢書であり、經・史・子・集がすべて揃っている。三千四百六十一種、七萬九千三百九巻の書籍を収め、三萬六千冊に分冊装丁されており、乾隆以前の重要な古籍で、備えるべきものはすべて収めてあると言ってよい。この『四庫全書』はあまりにも大部の書であるため、當時刻行されず、寫本があるだけだった。しかし現在では、中國大陸・臺灣の雙方から影印本が出版されており、大きな圖書館にはたいてい收藏されているので、簡單に閲覽できるようになっている。

『四庫全書』の評判がこれまであまり芳しくなかった原因の一つは、原書を改竄していることにある。我々四川大學古籍整理研究所が『全宋文』を編纂するにあたり、まず最初に取り決めたのは、別個に版本があるものは原則として『四庫全書』を底本としない、ということだった。しかし後になって校勘の過程でわかったことは、『四庫全書』の編者が原書を改竄したのは、主として民族問題にかかわる箇所だということである。これは清の統治者が少數民族で中原を支配したため、民族問題には特に敏感だったからである。しかしその他の面について言えば、『四庫全書』は叢書の中でも比較的まとまったものであり、少なくとも明代に刻されたものよりはずっと好い。版本はおおむね選び抜かれたもので、わりあい整っていて誤字も少ない。それで後になると私たちは、『四庫全書』は底本にしないなどと固執したりしなくなった。版本を比較検討してみて『四庫全書』本の所収する詩文が完善で、文字の改竄もなく、誤りも比較的少ないということならば、『四庫全書』を底本としてよいのである。現存する宋人別集のほぼ四分の一が『四庫全書』（主に『永樂大典』からの輯佚本）でしか見られない以上、やはり『四庫全書』を底本とせざるを得ないのだ。

現存する各種鈔本の『四庫全書』（中國大陸所藏の文津閣本・文瀾閣本と、臺灣所藏の文淵閣本、すなわちすでに中臺雙方で影印出版されているもの）は、完全に内容が一致しているわけではない。たとえば、夏竦《かしょう》の文集はもともと百巻あったが、失われて久しく、四庫館臣が『永樂大典』およびその他の書物から集めて合計三十六巻とした。今『文莊集』として傳わる各種の鈔本や影印本は、みなこの四庫輯本に基づいており、篇目や配列は同じである。しかし、ただ乾隆翰林院鈔本だけは靑詞（道教の願文）十餘篇が多く收められているため、これに準據して靑詞を補った鈔本もある。『四庫全書』〈凡例〉には、「經讖《しん》・章咒は并びに御旨を稟遵し、一字も收めず。宋人の朱表・靑詞は、概ね刪削に從う（佛典や呪術に關するものは、聖旨にしたがって、一字たりとも收めない。宋人の朱表・靑詞も概ね削除した）」という。つまり、翰林院鈔本は削除される前のものであって、正式な『四庫全書』本は「御旨を稟遵し」て削られた後の本ということだ。その他各種の四庫鈔本も、しばしば異同が見受けられる。

單行本である『四庫全書總目提要』と、『四庫全書』のそれぞれの書前に附された提要も、完全に一致しているわけではない。余嘉錫が『四庫提要辨證』の〈序〉ですでに指摘していることだが、『四庫全書』の各本の前に附された提要は、「定本（單行本『四庫全書總目提要』を指す）の善に及ばず」なのである。『四庫提要』の初稿は乾隆四七年（一七八二）に完成したが、その後も『四庫全書』が補充されたり版本が差し換えられたりするのに伴い、『四庫提要』も改稿・修正がくりかえされた。そして乾隆五四年（一七八九）に決定稿が出來あがり、武英殿から刊行されたのである。さらに乾隆六〇年（一七九五）には浙江官府が武英殿本に據って飜刻したが、これは殿本にあった誤りを正している。また同治七年（一八六八）には浙江本に據った覆刻本が廣東で刻されたが、浙本の若干の誤りを武英殿本を用いて正したものの、武英殿本の誤りをそのまま踏襲している。三者を比較してみると浙本が優れている。一九六四年に中華書局が『四庫全書總目提要』を影印出版するに際しては、浙本を底本として武英殿本と粵本でもって校勘し、併せて校記を作り、さらに〈四庫撤毀書提要〉と〈四庫未收書目提要〉とを補っており、これが現在、比較的整い、參照し易い『四庫提要』である。ただし、この中華書局本もまた、書前提要とは往々にして一致しない。これは私たちが『四庫提要』を參照するにあたって特に注意をはらうべきところである。

『四庫提要』の執筆に參畫したのは、紀昀《きいん》・戴震・周永年・姚鼐《ようだい》ら當時の一流の學者たちであり、最後は紀昀によって統一の手が加えられた。提要では各種の古籍に多くの精確な考證がほどこされており、中國の古籍を研究する者にとって必携の工具書となっている。『四庫全書』〈凡例〉は言う。「劉向 祕文を校理し、書毎《ごと》に具奏す。曾鞏 官書を刊定し、亦た各おの序文を製《つく》る。然れども鞏 好く題に借りて議を抒し、往往にして冗長、本書の始末・源流 轉《うた》た疎略に從う。王堯臣『崇文總目』・晁公武『郡齋讀書志』・陳振孫『書錄解題』は稍《ようや》く崖略を具うるも、亦た未だ詳明ならず。馬端臨『經籍考』群言を薈萃し、較《や》や賅博《がいはく》爲るも、兼收并列し、未だ貫串折衷する能わず。今 列する所の諸書に于《お》いて、各おの撰して提要を爲る。之を分かたば則ち散じて諸編に辨じ、之を合わさば則ち共に『總目』と爲る。每書 先に作者の爵里を列し、以て世を論じて人を知り、次に本書の得失を考して、衆說の異同を權《はか》り、以て文字の增刪・篇帙の分合に及び、皆 詳しく訂辨を爲《な》して、巨細 遺《のこ》さず。而して人品・學術の醇疵《じゅんし》、國紀・朝章の法戒、亦た未だ嘗て各おの昭彰ならざるはなく、用って勸懲を著す（劉向は宮中の祕籍を整理し、一書ごとに上奏した。曾鞏は官本を校訂し、それぞれに序文を附した。しかし曾鞏は題にことよせて自論を敍し、しばしば冗長になって、書物そのものの事情や來歷についてはなおざりになった。王堯臣『崇文總目』・晁公武『郡齋讀書志』・陳振孫『直齋書錄解題』は、やや概略を具えてはいるものの、まだ詳細に說き明かされてはいない。馬端臨『文獻通考』（經籍考）は各種の議論をとりまとめて比較的該博なものといえるが、ただそれらを寄せ集めて並べているだけで、統一し折衷させることができていない。今、ここに收める書物にそれぞれ提要を作る。その一つ一つはそれぞれの書物に冠したもので、それらを合せると『總目』になる。書物ごとにまず作者の官職と出身地を記して、その時代と人物を明らかにし、次にその書の得失を考證し、諸説の異同を比較し、文字の増加刪節、篇帙の分割や合冊に至るまで細大漏らさず詳しく考訂した。さらに人品や學術の善し悪し、國家や朝廷の手本と規戒についても、可否を明らかにし、勸善懲惡に資するものとする）」。『四庫提要』をよく讀めば、これが單なる自讚の辯でないことはすぐに察せられるであろう。

『四庫提要』は合計二百卷、三百三十餘萬字。『四庫全書』に收められた書物についてはもちろんのこと、たとえ編者が重要ではないとか依據すべきではないと見なし、あるいは政治上問題があるとして『四庫全書』に收められなかった書物についても、提要が作られ存目の中に入れられたのである。ただ、膨大な書物であるため、齟齬が生じるのは避け難い。このような大部な書籍に一つも誤りがないなどあり得ないことである。余嘉錫はこの書の誤りについて、詳細かつ確實な考證を行い、輝かしい大著『四庫提要辨證』を著した。ただ彼が『四庫提要』を高く評價しているのは間違いないところである。彼は次のように記している。「『提要』は誠に誤り無き能わず。然れども其の大體に就《つ》きて之を言わば、劉向の『別錄』以來、纔《わず》かに此の書有るなり（『四庫全書總目提要』は無謬では有り得ないが、しかし全體として見れば、目錄學ではこれこそ劉向の『別錄』以來の書だと言える）」、「『提要』の作《つく》らるるや、前に未だ有らざる所にして、讀書の門徑と爲すに足れり。學者 此れを捨てて、津を問うに由《よし》莫し（『四庫全書總目提要』の登場は未曾有のことであり、學問の手引きとするに足るものである。學問をする者はこれ無くしては、學問への足がかりを失う）」と。また、「後に…紀昀 一手に修改し、考據 益ます詳贍に臻《いた》り、文體も亦た復た暢達《ちょうたつ》たり（後に…紀昀一人の手で修訂されて、考證がさらに詳細かつ豐富になり、文體もまたさらに闊達になった）」ともいう。ただ、紀昀の修訂を經てもなお、完璧無謬というわけにはいかなかった。余氏は、「然れども數十萬卷の書、二百卷の總目を以て、之を一人に成すは、其の每篇 原書を覆檢し、一字として來歷無きは無からんと欲すも、此れ勢いの能わざる所なり（けれども數十萬卷の書の、二百卷にわたる總目が、一人の手に成ったわけで、一篇ごとに原書にあたって一字一字の來歴を確かめようとしても、とうてい不可能なことである)」とも言っている。したがって『四庫提要辨證』は、『提要』の「人名の誤りの、甲を移して乙に就《つ》く、時代の誤りの、後を將《も》て前と作す、文義を曲解して、郢書燕説《えいしょえんせつ》す、譌言を謬信して、榛楛《しんこ》を翦《き》る勿《な》し(人名を誤って甲と乙を取り違えたり、時代を誤って前後を逆にしたり、文義を曲解して、誤字を無理にこじつけたり、でたらめなものを妄信して、餘分なものを切り落とせなかったり)」しているものを、すべて「條を逐いて駁正し」た書物である。

ただ彼は『提要』編者の苦心をわがことのように思い、こうも述べる。「古人 畢生の精力を積み、專ら一書を著すも、其の閒の牴牾《ていご》、尙 自ら保つ能わず。況や此の官書は、衆手に成り、之に迫るに期限を以てし、之を繩《ただ》すに考成を以てし、…自ら陋に因りて簡に就き、倉卒に篇を成すを免かれず。(古人は畢生の精力を注いで、一冊の本を著したが、そこに齟齬が生じるのは防ぎようがないことだ。いわんやこれは官書であって、大勢の人の手が入っている上に、期限に迫られ、勤務評定に縛られ、…自然と安易な方法にたよって、倉卒《そうそつ》に完成させざるを得なかった。)」「紀氏の『提要』を爲すことの難《かた》くして、余の『辨證』を爲すことの易きは、何ぞや。期限の促迫無く、考成の顧忌無きが故なり。且つ 紀氏 其の未だ讀まざる所に于いて、之を置きて言わざる能わざるに、余は則ち惟だ吾の趨避する所なるのみ。之を射に譬《たと》えて然り、紀氏は弦を控《ひ》き滿を引きて、雲中の飛鳥を下《くだ》す。余は則ち之が鵠《こく》を樹《た》て而《しか》る後に矢を放つのみ。地を易《か》えて以て處《お》らば、紀氏は必ず『辨證』を作すに優れ、余の『提要』を爲《つく》る能わざるは、決せり。(紀氏が『提要』を作ったのは大變なことだが、私が『辨證』を作ったのはたいしたことではない。何故なら、期限に迫られることもなく、勤務評定を氣にすることもなかったからだ。しかも紀氏は自分で讀まなかったものについては、何も言わないというわけにもいかないが、私の方は都合の悪いものは避ければよかった。これを弓にたとえるならば、紀氏は弓を引き絞って雲中の飛ぶ鳥を射落したのであり、私は的を樹《た》てておいて矢を放っただけである。もし立場が逆だったとしたら、紀氏は必ずより優れた『辨證』を作っていようが、私には

『提要』は絶對に作れなかったろう」と。これこそ苦樂を知りつくした言葉であって、自分の知っていることで相手の知らないことを攻擊して自慢する連中に較べたらどれだけ立派かわからない。

　こうした『四庫提要』に日本語譯や注釋を加えて日本の讀者に提供するということは、十分意義のあることだと私は考える。立命館大學の筧文生教授、およびその高足野村鮎子女史は現在この仕事を進めて、『四庫提要北宋五十家研究』を撰述された。『四庫提要』三百餘萬言に達する大部の書であるため、一度にすべての譯注を作るのはもちろん不可能である。二人は、經・史・子・集四部のうち、まず集部を選び、歷代の集部のうちまず北宋の五十家を選んだ。

　中國の古代文化は宋代に極點に達した。宋代は史學・哲學・自然科學・文學・藝術のすべての方面で輝かしい成果をかち得ている。史學では司馬光の『資治通鑑』や李燾《りとう》の『續資治通鑑長編』などの輝かしい大作が著され、哲學では程朱に代表される理學が登場して、明清兩朝ではこれが官學となり、今に至るも內外の學者に尊崇されている。自然科學では蘇頌《そしょう》や沈括《しんかつ》らの大科學者が出現し、當時の世界における自然科學の先端を行くものとなった。文學では一代を代表するものとして「唐詩・宋詞・元曲」という言い方があるが、宋詞は確かに空前絶後の成果を獲得した。しかしこれは、その他のジャンルの成果がそれほど高くはなかったということでは決してない。宋詩は唐詩の發展の基礎の上に別の旗を打ち立てて、唐詩とは別個の風格を有しており、宋の散文は總じて唐の散文を凌駕している。唐宋古文八大家のうちの六家は宋人であり、その質朴で流暢な文風は、元・明・清にわたる古文の發展の基礎を築いた。書道、繪畫、木版印刷における大いなる成果もまた、後世の等しく認めるところである。よって、筧教授がまず初めに『四庫提要北宋五十家研究』を著したことは、はなはだ炯眼といわねばならない。

　北宋の別集として世に傳えられるものは百種を超える。本書に収められたのは五十家、現存する北宋文集の半分にすぎないとは言え、北宋の主要な作家はすべて収められており、流派も網羅され、代表的な文學者が揃っている。詩人として有名なものとしては、林逋《りんぽ》の『和靖集』、梅堯臣の『宛陵集』があり、さらにいろいろな流派も考慮して、晩唐體では寇準《こうじゅん》の『寇忠愍公詩集』、西崑體では楊億の『武夷新集』が、古文家としては柳開の『河東集』、王禹偁《おううしょう》の『小畜集』、穆修《ぼくしゅう》の『穆參軍集』、尹洙《いんしゅ》の『河南集』、蘇舜欽の『蘇學士集』が選ばれている。その上、唐宋八大家のうちの宋六家（歐陽修『文忠集』、蘇洵『嘉祐集』、曾鞏『元豐類稿』、王安石『臨川集』、蘇軾『東坡集』、蘇轍『欒城集』）は全て選ばれており、理學家では孫復の『孫明復小集』、石介の『徂徠集』、邵雍の『擊壤集』、周敦頤の『周元公集』が、史學家では司馬光の『傳家集』が、書家では蔡襄の『蔡忠惠集』、米芾《べいふつ》の『寶晉英光集』が、畫家では文同の『丹淵集』が選ばれている。

『四庫全書』に収められた『晏元獻遺文』はわずかに一巻である。筧教授は、その少なさゆえに疎略にはしていない。何となれば晏殊は當時の大家であり、政界・文壇における指導的存在だったからである。本來は文集二百四十巻があったが、すでに散佚し、現存するのは『元獻遺文』『珠玉詞』『類要』の三種のみである。『全宋詩』『全宋文』を博捜しても、得られるのは詩三巻と文二巻だけである。しかしその詞は今に至るも人口に膾炙しており、深く研究するに値する人物である。劉攽《りゅうはん》『中山詩話』にいう、「祥符・天禧中、錢文僖・晏元獻・劉子儀、文章を以て朝《ちょう》に立つ。詩を爲《つく》るに皆 李義山を宗尚し、西崑體と號す。（大中祥符・天禧年間、錢惟演・晏殊《あんしゅ》・劉筠《りゅういん》らは文學によって朝廷に在った。彼らは詩を作るにあたって、皆李商隱を尊崇し、西崑體と稱された。）」程千帆・呉新雷の『兩宋文學史』（二〇頁）にも「晏殊・宋庠《そうしょう》・宋祁《そうき》・文彥博・趙抃《ちょうべん》・胡宿らは西崑派の後期作家といえよう」と見える。

しかし私の見るところでは、晏殊は西崑派とは相當異なっている。西崑派は「雕章麗句」を追求し、濃艶を特徵とするが、晏殊の詩は清新で淡雅である。西崑體の作家は、典故を用い前人を模倣するのを好み、いわゆる「遺編を歷覽し、前作を研味し、其の芳潤を掬《く》む（過去の作品を通覽研究して、その芳潤な部分を酌みとる）」が、晏殊は明確に模倣の作に反對する。彼は淡白な描寫を好み、胸中の思いを直敍し、典故を多用することはほとんど無い。西崑體の作家は駢儷文を追求し、四六句を多用するが、晏殊の文は當時駢儷文を用いるきまりだった辭賦や制・誥《こう》・表・啓を除いて、現存する奏札（〈天聖上殿札子〉など）・書簡（〈富監丞に與うる書〉〈樞密范給事に答うる書〉〈賛善家兄に答うる書〉〈中丞家兄に答うる書〉など）・序跋（〈徐公文集の後序〉など）・論說（〈蕭望之論〉など）・雜記（〈庭莎記〉など）その多くはみな散文體で書かれている。

晏殊の〈富監丞に與うる書〉は、宋初における非常に重要な文學論であるが、この手紙には宋初の文壇の韓愈・柳宗元に對する二つの見方と、自分がそれを知った過程が述べられている。彼は言う。「某《それがし》少《わか》き時 群進士の盛んに韓・柳を稱するを聞けり。」進士たちとは柳開・王禹偁・穆修一派をさす。だが彼はまだ年若かったので、「茫然として未だ其の端を測らず」の狀態であった。「館閣に入るに洎《およ》び」、當時は「雋賢 方に聲律を習い、歌頌を飾り、韓・柳の迂滯を誚《そし》り、靡然《びぜん》として風に向う（俊才たちは聲律を學び、歌頌を飾り、韓・柳のぎこちなさをそしること風になびくがごとく）」であり、自分は相變わらず自身の見解を形成するには至っていなかった。しかし、彼は「二府を歷て、詞職を罷め（二府を經て、文辭を掌る職を辭め）」て「郡と爲りて以來（郡の長官になって以後）」、ようやく「益ます暇を得て、古人の集を閱て、自ら粗ぼ其の要を得（古人の集を讀むゆとりも出來、その要點もわかっ）」て、「經誥を探究し、百家を稱量し、然る後に韓・柳の高名を獲《う》るは誣《ぶ》ならずと爲す（經書や制誥を研究し、百家を比較檢討してみて、ようやく韓・柳の高名はいつわりに得たのではないと理解した）」。

富監丞とは晏殊の婿、富弼《ふひつ》である。彼は天聖八年（一〇三〇）制科に合格し、將作監丞・簽書河陽判官を授けられた。〈富監丞に與うる書〉は、晏殊が亳州《はくしゅう》知事として地方に出た時に書かれている。つまり、晏殊はすくなくとも天聖年間から、とりわけ亳州《はくしゅう》知事であったときに、「百家を稱量し」たのち、「韓・柳の高名を獲るは誣ならずと爲す」と確信するに至ったのである。この時期はまさに、歐陽修・尹洙・梅堯臣らが西京の錢惟演の幕下に居て、改めて詩文の革新運動を始めた時であった。晏殊が「韓・柳の高名を獲るは誣ならずと爲す」と認めたのは、彼自身が長年「百家を稱量し」て得たものであり、文壇の氣風が變わり始めたことの表われでもある。彼の見解と歐陽修や梅堯臣らによる詩文革新の主張は期せずして一致するのだ。

夏承燾先生の〈二晏年譜〉にいう。「石介〈怪說〉を著して、極めて楊億を詆《そし》り、〈慶曆聖德詩〉を爲りて晏同叔を頌す。梅聖兪 詩を作りて首《はじ》めに西崑に反し、集中 同叔に推挹《すいゆう》を致す。亦た同叔と西崑と涉り無きを見るに足れり（石介は〈怪說〉を著して、楊億を徹底的に批判する一方で、〈慶曆聖德詩〉を作って晏殊をほめたたえた。梅堯臣は詩を作ってまっさきに西崑體に反對し、集中では晏殊を推賞している。このことからも晏殊と西崑體とは關わりないということが分る」と。まことに關わりないどころか、晏殊の韓・柳に對する尊崇こそ、まさに詩文革新の代表的人物が晏殊を賞贊する理由なのだ。文學論から見ても、彼らは同じ陣營に屬していると言えよう。書簡で、韓愈のことを「獨《ひと》り屬詞比事を以て工みと爲すに非ず（ただ文をつづり事柄をつらねるのにたくみなだけではない）」と賞贊するのも、西崑體に對しての謂いである。これにより、本書に『晏元獻遺文』の提要が收められたことは、皆が晏殊をさらに深く研究するための手助けとなるのである。

『四庫提要北宋五十家研究』は書の選擇において綿密であるだけでなく、體例もまたすこぶる整っている。すべての章に小傳が附され、『四庫全書總目提要』の【原文】・【訓讀】・【現代語譯】・【注】・【附記】の五部分によって構成されている。注は非常に詳しいもので、『晏元獻遺文』を例にとると、このような小さな書の『提要』に二十條もの注釋がほどこされ、それらは簡にして要を得ている。

【附記】も甚だ有用で、各種の版本や作者に關する傳記資料が記されている。『晏元獻遺文』の【附記】では、胡亦堂の『元獻遺文』や勞格の『元獻遺文補編』、『全宋詩』第三冊巻一七一から巻一七三に収められた晏殊の詩、『全宋文』第十冊巻三九七から巻三九八に収められた晏殊の文、そして夏承燾『唐宋詞人年譜』の中の〈二晏年譜〉などについても言及されている。寇準『寇忠愍公詩』の【附記】では現存する各種版本の他にも、弊所の王曉波〈寇準年譜〉も紹介されている。王禹偁『小畜集』の【附記】には徐規『王禹偁事迹著述編年』や王延梯『王禹偁詩文選』、林逋『和靖詩集』の【附記】には沈幼征校注『林和靖詩集』、范仲淹『文正集』の【附記】には『范仲淹史料新編』、石介『徂徠集』【附記】には陳植鍔校點『徂徠石先生文集』、蔡襄『蔡忠惠集』の【附記】には吴以寧點校の『蔡襄集』と『古今中外論蔡襄』、および劉琳〈蔡襄年譜〉が紹介される。一々列擧するいとまは無いが、總じて言えば本書の【附記】には、近年の古籍整理研究の成果が反映されている。これは一般の讀者に有益であるばかりでなく、研究者にとっても資料をさがす手間を少なからず省くことになろう。

一九九九年八月下旬から九月初旬にかけて、筧文生教授・野村鮎子女史はわざわざ成都を訪ね、私に序文を書くよう要請された。そこでいささか讀後の感想を述べて、序に代えることにする。

一九九九年九月二日　中國四川大學古籍整理研究所にて

原注

一　泊入館閣　景德二年（一〇〇五）に晏殊が十五歳で祕書省正字となり、天聖三年（一〇二五）に三十五歳で翰林學士・禮部侍郎から樞密副使に遷るまでのこの時期は、ちょうど西崑體が流行していた時代である。

二　二府…　樞密院（西府）と中書門下（東府）を指す。晏殊は天聖三年に樞密副使となり、これが西府に入った最初である。天聖五年（一〇二七）に地方に出て宋州知事となり、六年中央に召還され、明道元年（一〇三二）參知政事を拜した。これが東府に入った最初である。「郡と爲りて以來」とは、明道三年（つまり景祐元年、一〇三四）、地方に出て亳州知事となったことを指す。

（長内優美子　譯）

はしがき

唐詩に對して宋詩、唐文に對して宋文と稱されるごとく、宋代が中國文學の一つの盛時であることは廣く知られている。しかしながら、日本における宋代文學研究は、一部の古文家や詞の作者を除いて質・量ともに唐代のそれに及ばないのが現狀である。それは、宋人の傳記や版本を網羅した日本語の基本文獻が少ないことに起因していよう。唐代文學研究の分野では、すでに小川環樹編『唐代の詩人たち—その傳記』(大修館書店 一九七五)や、布目潮渢・中村喬『唐才子傳之研究』(汲古書院 一九八二 訂正重版)、近藤光男『四庫全書總目提要唐詩集の研究』(研文出版 一九八四)などがあるが、宋代ではこれに相當するものが無かった。

本書は、『四庫全書總目提要』のうち北宋五十家、五十六種の別集提要についての注釋・研究書である。『四庫全書總目提要』は淸朝考證學の精華ともいうべきもので、その内容は、書物の概要、著者の履歴、版本や校定、書物に對する批評および文學史上の位置づけなど實に多岐にわたっている。ただ、四庫全書編纂の蒐書の際に漏れた善本の存在が廣く知られるようになった現在、もはや版本研究の分野で『提要』を金科玉條とすることはできなくなっているのも事實である。また大部の書であるため、いくつかの誤謬があることは、すでに先人の指摘するところである。『提要』についての考證研究としては、胡玉縉『四庫全書總目提要補正』・余嘉錫『四庫提要辨證』・欒貴明『四庫輯本別集拾遺』・李裕民『四庫提要訂誤』・崔富章『四庫提要補正』等がある。しかし、それらに取り上げられた宋人別集はごく一部であり、祝尚書〈四庫宋集提要糾誤〉(四川大學出版社『宋代文化研究』第四輯 一九九四・一〇)

にしても兩宋あわせて二十家を收めているにすぎない。これらはいずれも『提要』に對する駁正に主眼がおかれており、『提要』の全容を知ることは、かえって難しくなっている。

また、『提要』の價値は版本考證や校訂にのみ存するわけではない。たとえば書物に對する批評、作者の文學史上での位置づけなどはいまなお有效であり、現在の中國文學史觀の多くは『提要』の史觀に基づいているといってもよいのである。『四庫全書總目提要』は、單なる書籍解題の寄せ集めではない。確固たる文學史觀のもと編纂された書である。これを時代別に通讀すれば、それは一篇の文學史となりうるのである。

『四庫全書總目提要』は北宋別集として、百十五家百二十二種の別集を著錄している。本書はそのうち北宋の代表的文人五十家、別集五十六種の提要を選び、それに傳記・版本・文學史上の評價などを含んだ詳細な注釋を施すことで、宋代文學研究の基本文獻たらんことを目指したものである。

本書は主として次にあげる先人の研究成果によるところが大きい。ここに明記して敬意を表するものである。

胡玉縉撰・王欣夫輯『四庫全書總目提要補正』（中華書局　一九六二、のち上海書店出版社　一九九八）
余嘉錫著『四庫提要辨證』（中華書局　一九八〇）
欒貴明輯『四庫輯本別集拾遺』（中華書局　一九八三）
李裕民著『四庫提要訂誤』（書目文獻出版社　一九九〇）
四庫全書研究所整理『欽定四庫全書總目（整理本）』（中華書局　一九九七）
祝尚書著〈四庫宋集提要糾誤〉（四川大學出版社『宋代文化研究』第四輯　一九九四・一〇）
吉田寅・棚田直彦編『日本現存宋人文集目錄』（汲古書院　一九七二改訂版）

四川大學古籍整理研究所編『現存宋人版本目錄』（巴蜀書社　一九八九）
嚴紹璗編撰『日本藏宋人文集善本鉤沈』（杭州大學出版社　一九九六）
劉琳・沈治宏編著『現存宋人著述總錄』（巴蜀書社　一九九五）
吳洪澤編『宋人年譜集目・宋編宋人年譜選刊』（巴蜀書社　一九九五）
昌彼得・王德毅・程元敏・侯俊德編　王德毅增訂『宋人傳記資料索引』（鼎文書局　一九七七增訂版）
李國玲編『宋人傳記資料索引補編』（四川大學出版社　一九九四）
沈治宏・王蓉貴編『中國地方誌宋代人物資料索引』（四川辭書出版社　一九九七）
丁傳靖輯『宋人軼事彙編』（中華書局　一九八一）
曾棗莊・李凱・彭君華編『宋文記事』（四川大學出版社　一九九五）
龔延明編著『宋代官制辭典』（中華書局　一九九七）
北京大學古文獻研究所編『全宋詩』（北京大學出版社　一九九一～一九九八）
四川大學古籍整理研究所編『全宋文』（未完）（巴蜀書社　一九八八～）

二〇〇〇年一月一日

筧　文生
野村鮎子

凡例

一　本書は、『四庫全書總目提要』のうち北宋五十家、五十六種の別集提要についての注釋・研究書である。『四庫全書』は北宋別集として、百十五家百二十二種の別集を著錄しているが、五十家五十六種に絞るにあたっては、提要の内容を考慮し、文學者に對する人物批評や文學史上の位置について言及しているものを中心に構成した。

二　各篇は、文學者の【小傳】と『提要』の原文、それに【訓讀】【現代語譯】【注】【附記】を加えた六つの部門から成る。これらはすべて舊漢字、現代假名づかいを基本とする。

三　底本には、王伯祥評點による浙江本（中華書局影印『四庫全書總目』一九六五年初版、一九八七年第四次印刷）を用いたが、一部、著者の判斷で標點を改めた箇所もある。

四　他本や書前提要との字句の異同については、一々列擧する煩を避け、重要な意味をもつ場合に限ってそれぞれの【注】の該當箇所で指摘するにとどめた。

五　【訓讀】および【現代語譯】はなるべくわかりやすくすることを心がけた。ただし、【現代語譯】は原文を忠實に譯すことに力點をおき、提要の誤謬については【注】の中で考證糾正を行うようにした。

六　【注】は一讀して意味をとらえられるように引用文を訓讀で示し、難解な部分については現代語譯を附した。提要が參照した文獻は可能な限りすべて原典にあたったが、未見の書も一部ある。その場合は明記した。

七　【附記】は、個々の別集に關する基本情報、たとえば評點本・和刻本の有無や善本の所藏先、『全宋文』『全宋詩』の卷號などを覺え書き程度に記すにとどめた。ただし、二〇〇〇年一月現在、第五十一册以降が未刊の『全宋文』については、全ての卷號を示すことができなかった。また、個々の作家についての論文や研究書を全て網羅したものではないことを、あらかじめお斷りしておく。

八　卷末には、原文中に見える人名、書名の索引を附す。

四庫提要北宋五十家研究

一　騎省集《きしょうしゅう》三十卷

[一]兩淮馬裕《ばゆう》家藏本

【徐鉉《じょげん》】九一七～九九二

字《あざな》は鼎臣《ていしん》、廣陵（江蘇省揚州市）の人。南唐に仕え、官は吏部尙書に至ったが、南唐の後主李煜《りいく》にしたがい、宋朝に歸順した。彼の集は『騎省集』もしくは『徐常侍集』と呼ばれるが、これは入宋後に中書省の右散騎常侍と門下省の左散騎常侍を拜命したことに因《ちな》んでいる。博學の譽れ高く、その才は、同じく南唐に仕えた韓熙載《かんきさい》とともに「韓・徐」と竝び稱された。また、弟の徐鍇《じょかい》とともに小學（文字學）に明るく、「二徐」または「大徐・小徐」と稱された。鉉が校訂した許愼『說文解字』を大徐本、鍇が校訂したのを小徐本という。『徐公文集』（四部叢刊本）附錄　李昉《りぼう》〈徐公墓誌銘〉・『宋史』卷四四一　文苑傳三　參照。

宋徐鉉撰。鉉有[二]稽神錄、已著錄。[三]晁公武讀書志・陳振孫書錄解題竝載鉉集三十卷、與今本同。[四]陳氏稱其前二十卷仕南唐時作、後十卷皆歸宋後作。今勘集中所載年月事蹟、亦皆相符。蓋猶舊本也。集爲其[五]壻吳淑所編。天禧中、都官員外郎[六]胡克順得其本於陳彭年、刊刻表進、始行於世。

鉉精於[七]小學、[八]所校許愼說文、至今爲六書矩矱。而文章淹雅、亦冠一時。[九]讀書志稱其文思敏速、凡有撰述、常不喜預作。有欲從其求文者、必戒臨事卽來請、往往執筆立就、未嘗沈思。常曰文速則意思敏壯、緩則體勢疎慢。故其詩流易有餘、而深警不足。然如[一〇]臨漢隱居詩話所稱喜李少保卜隣詩、井泉分地脈、砧杵共秋聲之句、亦未嘗不具有思致。蓋其才高而學博、故振筆而成、時出名雋也。當五季之末、古文未興、故其文沿溯[一一]燕許、不能嗣韓柳之音。而就一時體格言之、則亦迥然孤秀。

[一二]翟耆年籀史曰、太平興國中、李煜薨、詔侍臣撰[一三]神道碑。有欲中傷鉉者、奏曰、吳王事莫若徐鉉爲詳。遂詔鉉撰。鉉請[一四]存故主之義、太宗許之。鉉但推言[一五]歷數有盡、天命有歸而已。其[一六]警句曰、[一七]東鄰搆禍、[一八]南箕扇疑、[一九]投杼致慈親之惑、[二〇]乞火無鄰婦之詞。[二一]始勞因壘之師、[二二]終後塗山之會。太宗覽之、稱歎不已云云。後[二三]呂祖謙編文鑑、多不取儷偶之詞、而特錄此碑。蓋亦賞其[二四]立言有體。以視[二五]楊維楨作明鼓吹曲、反顏而詆故主者、其心術相去遠矣。然則鉉之見重於世、又不徒以詞章也。

【訓讀】

宋　徐鉉《じょげん》の撰。鉉　[二]『稽神錄《けいしんろく》』有りて、已に著錄す。[三]晁《ちょう》公武『讀書志』・陳振孫『書錄解題』竝びに鉉の集三十卷を載せ、今本と同じ。[四]陳氏稱す、「其の前二十卷は南唐に仕えし時の作にして、後十卷は皆宋に歸《き》せし後の作」と。今集中載す所の年月・事蹟を勘するに、亦た 皆 相い符す。蓋し 猶お 舊本のごときなり。[五]集は其の婿　吳淑の編する所爲り。天禧中、都官員外郎　[六]胡克順、其の本を陳彭年より得て、刊刻し表《ひょう》もて進め、始めて世に行わる。

鉉　[七]小學に精《くわ》しくして、[八]校する所の許愼の『說文《せつもん》』、今に至るまで六書の矩矱《くわく》爲り。而して文章は淹雅にして、亦た一時に冠たり。[九]『讀書志』稱す、「其の文思敏速にして、凡そ撰述有らば、常に預《あらかじ》め作るを喜ばず。其れに從いて文を求めんと欲する者有らば、必ず事に臨んで卽ち來請せんことを戒む。往往にして筆を執りて立ちどころに就《な》り、未だ嘗て沈思せず。常に曰く〝文は速なれば則ち意思敏壯、緩なれば則ち體勢疎慢なり〟」と。故に 其の詩 流易餘り有りて、深警足らず。然れども[一〇]『臨漢隱居詩話』稱する所の〈李少保の隣をトするを喜ぶ〉詩の「井泉　地脈を分かち、砧杵《ちんしょ》秋聲を共にす」の句、亦た 未だ嘗て思致を具有せずんばあらず。蓋し 其の才高くして學博《ひろ》く、故に筆を振いて成り、時に名雋《めいしゅん》を出《いだ》すなり。五季の末に當たりて、古文 未だ興《おこ》らず、故に其の文 〔一一〕燕・許に沿溯し、韓・柳の音を嗣ぐ能わず。而るに一時の體格に就きて之を言わば、則ち亦た迥然《けいぜん》として孤《ひと》り秀《ひい》づ。

〔一二〕翟耆年《たくきねん》『籀史《ちゅうし》』曰く、「太平興國中、李煜《りいく》薨《こう》じ、侍臣に詔して〔一三〕神道碑を撰せしむ。鉉を中傷せんと欲する者有りて、奏して曰く〝吳王の事は徐鉉の詳《しょう》為《た》るに若《し》くは莫し〟と。遂に鉉に詔して撰せしむ。鉉 〔一四〕故主の義を存せんことを請い、太宗 之を許す。鉉 但だ 〔一五〕歷數 盡《つ》くる有り、天命 歸《き》する有りと推言するのみ。其の〔一六〕警句に曰く、〝〔一七〕東隣 禍を構《かま》え、〔一八〕南箕《なんき》 疑を扇《あお》る、〔一九〕杼《ひ》を投じて慈親の惑を致し、〔二〇〕火を乞うに隣婦の詞無し。〔二一〕始め壘に因《よ》るの師を勞し、〔二二〕終に塗山の會に後《おく》る〟と。太宗 之を覽て、稱歎して已まず云云」と。後 〔二三〕呂祖謙『文鑑』を編し、多く儷偶の詞を取らざるも、特に此の碑を錄す。蓋し 亦た其の〔二四〕立言 體有るを賞す。以て〔二五〕楊維楨《よういてい》〈明鼓吹曲〉を作り、反顏して故主を詆《そし》る者に視《くら》ぶれば、其の心術 相い去ること遠し。然らば則ち 鉉の世に重んぜらるるは、又た 徒《ただ》に詞章を以てせざるなり。

【現代語譯】

宋 徐鉉《じょげん》の著。鉉には『稽神錄』があり、すでに著錄している。晁公武『郡齋讀書志』と陳振孫『直齋書錄解題』には、ともに鉉の集三十卷と記されており、今本と同じである。陳氏は、「集の前半二十卷は南唐に仕えていた時の作で、後半十卷は全て宋に歸順した後の作だ」という。今、集中の詩文に見える年月や事蹟を勘案すると、これもみな符合する。今本は當時のものと考えてよかろう。この集は鉉の婿の吳淑が編纂したものである。天禧年間（一〇一七～二一）に都官員外郎の胡克順が陳彭年からこの集を手に入れて、刻本を作り、上表文をつけて朝廷に獻上したことから、始めて世に行われるようになった。

徐鉉は文字學に明るく、彼が校訂した許愼の『說文解字』は、今に至るまで文字學の規範となっている。詩文には典雅な趣があり、これまた當時の最高位を占めていた。『郡齋讀書志』は次のようにいう。「詩文の構想を練るのがはやく、どんな作品でも前もって準備することを好まない。彼に作品を求めようとする者には、必要になってから頼みに來るようにと言っていた。いつも筆を執ればたちどころに出來上がり、考えこむことはなかった。すばやく書けばきびきびしたものになり、もたもたすれば締まりのないものになるというのが口癖だった」と。そのため、鉉の詩は、なめらかではあるが、深い味わいに缺ける。しかし『臨漢隱居詩話』が稱賛している〈李少保の隣をトするを喜ぶ（李少保が隣に引越してくるのを喜ぶ）〉詩の「井泉 地脈を分かち、砧杵《ちんしょ》 秋聲を共にす（井戸は地下水脈を共有し、秋には砧《きぬた》を打つ音が響き合う）」の句には、確かに發想の冴えが見られる。思うに、才能豐かで學問も博く、そのため筆を走らせるだけで詩が出來、時に名句が生まれるのだろう。おりしも五代の末で、古文はいまだ興らず、そのため鉉の文は燕國公張說《ちょうえつ》・許國公蘇頲《そてい》の流れを汲みつつも、韓愈・柳宗元の古文を繼承するには至らなかった。しかし、當時の文體や品格からいうならば、やはりすば抜けて秀でている。

翟耆年《たくきねん》の『籀史《ちゅうし》』は、次のように言っている。「太平興國年間、李煜《りいく》が薨去し、侍臣に詔して李煜の神道碑を書かせることになった。鉉を中傷しようとする者が、吳王 李煜の事なら徐鉉ほど詳しい者はおりませんと言上した。そこで鉉に書かせよという詔が下った。鉉は、（吳王を）かつての君主と見なすことを願い出て、太宗に許された。鉉はただ（南唐の）王朝の命運が盡き、天命が（宋に）歸したのだと論じている。その中に、「東隣 禍を搆《かま》え、南箕《なんき》 疑を扇《あお》る、杼《ひ》を投じて慈親の惑を致し、火を乞うに隣婦の詞無し。始め壘に因《よ》るの師を勞し、終に塗山の會に後《おく》る（東隣の國は事を構え、近臣の佞言は疑心を煽《あお》る。君主は讒言に惑わされ、忠義の士には辯護してくれる者もいない。いたずらに籠城を續けさせられたばかりに、ついに論功行賞にあずかれなかった）」という傑出した句がある。太宗はこれをみて稱歎することしきりであった云々」と。のちに呂祖謙が『宋文鑑』を編纂した際、四六駢儷文をほとんど採錄しなかったのに、この碑文だけは特別に收錄した。思うに、やはり文章の内容を評價したのであろう。楊維楨《よういてい》が〈明鼓吹曲〉を作って、手のひらを返したように舊君を誇っていることに比べると、兩者の心がけには大きな隔たりがある。このことからすれば、鉉が世に重んじられているのは、ただ詩文ゆえのことだけではないのだ。

【注】

一 兩淮馬裕家藏本　馬裕《ばゆう》の字は元益、號は話山、江都（揚州）の人。原籍は祁門《きもん》（安徽省）で所謂新安商人の出身。父の曰琯《えつかん》の代より藏書十萬餘巻を誇った。四庫全書編纂の時、藏書七七六部を進獻した。そのうち著録されたのが一四四部、存目（四庫全書内に收めず、目録にのみ留めておくこと）は二二五部にのぼる。

二 稽神録　『四庫全書總目提要』巻一四二 子部 小説家類三に徐鉉の作として『稽神録』六巻が著録される。神怪の事を記した書。

三 晁公武讀書志・陳振孫書録解題竝載鉉集三十巻　『郡齋讀書志』巻一八に「徐鉉集三十巻」とあり、『直齋書録解題』巻一七には「徐常侍集三十巻」と見える。馬端臨『文獻通考』經籍考巻六〇も同じ。『宋史』藝文志のみが「徐鉉集三十二巻」に作るが、陳彭年〈故散騎常侍東海徐公集の序〉（注五）および胡克順〈徐騎省文集を進むる表〉（注六）によれば、徐鉉の文集が三十巻であることは明らかで、『宋史』藝文志が三十二巻に作るのは誤りである。

四 陳氏稱…　『直齋書録解題』巻一七は、「其の二十巻、江南に仕えしとき作る所、餘十巻、歸朝の後に作る所なり」という。

五 集爲其壻呉淑所編　四部叢刊本『徐公文集』が收める陳彭年〈故散騎常侍東海徐公集の序〉（四庫全書文淵閣本は收載せず）によれば、徐鉉には南唐時代に未完の文集があったが、戰亂の際にあらかた散逸してしまったので、鉉自身がそれを二十巻にまとめ直した。入宋後にも制誥や表章などがあったが、手元に控えがなく、その他の作品については、彼の婿で尙書水部員外郎の呉淑が十巻に編纂し、合計三十巻にしたのだという。

これについて、胡玉縉『四庫全書總目提要補正』巻四五は、全編、呉淑の編纂であるかのごとく提要がいうのは、當を失しているとする。陳彭年（九六一～一〇一七）は、徐鉉に師事した人物で、〈故散騎常侍東海徐公集の序〉は淳化四年（九九三）七月、すなわち徐鉉の死から一年後に書かれたものである。

六 胡克順得其本於陳彭年…　四部叢刊本『徐公文集』前附の

〈徐騎省文集を進むる表〉（四庫全書文淵閣本は收載せず）は、胡克順が徐鉉の文集を刻行し、それを朝廷に奉った際の上表文である。上表文の日付けは天禧元年（一〇一七）十一月となっており、これは陳彭年の沒年にあたる。上表文によると、胡克順はかねてより徐鉉集の刊行を宿願とし、陳彭年の亡くなる前に彼が持っていた徐鉉集全部を借り受け、それをもとに刻したという。なお、胡克順の長兄の仲堯・次兄の仲容は鉉の門下生にあたる。鉉には男子が無く、葬儀は門下生等によってとり行われ、遺骸は胡氏の鄕里である洪州（江西省南昌市）に運ばれ、そこに墓が建てられた。胡克順による『騎省集』の刻行はこのような緣《えにし》によるものである。

七　小學　文字學を指す。兒童を小學に入れ、文字を教えたことに因《ちな》む。隋・唐以後は文字學・訓詁學・音韻學の總稱となる。

八　所校許愼説文　後漢の許愼『説文解字《せつもんかいじ》』（略稱『説文』）は文字學の基礎的文獻だが、長い年月の閒には音韻も變化したうえ、傳寫の誤りや不明箇所も增えて、宋初には深刻な問題となっていた。そこで、太宗の詔によって徐鉉・葛湍《かったん》・王惟恭・句《こう》中正らが『説文解字』の校訂に當たることになった。『騎省集』巻二三〈重修説文の序〉によれば、校訂は次のように行われた。①『説文』の注義や序例に載せられている字で、諸部の中に見えない者は全て補う。②經典を傳寫するのに一般に使用されていて、『説文』不載の字は新たに加える。③正字が『説文』にあるものの、俗閒で變化した字は注で示す。④六書《りくしょ》に反するものは峻別して巻末に置く。⑤解釋不備の部分には徐鉉等が補釋を加える。⑥音切は唐の孫愐《そんめん》『唐韻』を基準とする。校訂作業は雍熙三年（九八六）十一月に完了し、徐鉉の〈説文解字を進むる表〉とともに太宗に獻上された。上表文によれば、元來十五巻であったものを、上下に分けて三十巻にしたという。世にいう大徐本である。

九　讀書志稱…　この箇所は『郡齋讀書志』の衢《く》州本および袁州本には見えない。提要はおそらく馬端臨『文獻通考』經籍考が引く『郡齋讀書志』の記述によったのであろう。

一〇　臨漢隱居詩話所稱喜李少保卜隣詩　魏泰『臨漢隱居詩話』（歷代詩話本）はこの句を引用して「此の句 尤も閑遠なり」と評する。ただし、この詩は集中に見えない。

一一　燕許　燕國公 張説《ちょうえつ》と許國公 蘇頲《そてい》を指す。『四庫全書總目提要』巻一四九 集部 別集類二は、『張燕公集』二十五巻を著錄して次のようにいう。「其の文章 典麗宏贍《こうせん》にして、當時 蘇頲と竝稱さる。朝廷の大述作 多くは其の手に出で、號して燕・許と曰う。」

一二　翟耆年籀史　『籀史《ちゅうし》』は巻上に〈徐鉉古鉦《こしょう》銘碑一巻〉を收錄し、以下の話を載せている。「鉉と名を争いて之を中傷せんと欲する者有りて、奏して曰く、〝吳王の事は徐鉉の詳爲るに若《し》くは莫し〟と。遂に詔して鉉に撰せしむ。鉉 請對（謁見を願い出て）して泣きて曰く、〝臣 舊《もと》李煜《りいく》に事《つか》う。陛下 臣の故主の義を存するを容《ゆる》さば、乃ち敢えて詔を奉ぜん〟と。太宗始めて譲《そし》る者の意を悟り、之を許す。」

一三　神道碑　實際は墓誌銘である。『騎省集』巻二九〈大宋左千牛衞上將軍追封吳王隴西《ろうせい》公墓誌銘〉がこれにあたる。

一四　存故主之義　故主とは舊君の意。徐鉉は既に宋に仕える身であり、李煜の墓誌銘を書けば、その文辭が宋朝にとって非禮なものだと非難される可能性が高い。そこで徐鉉は、李煜の舊臣としての立場で書くことを認めて欲しいと願い出たのである。

一五　歷數　曆數に同じ。王朝が天命によって民を治めるまわり合わせ。

一六　警句　人の耳目をひくような傑出した句。

一七　東隣搆禍　翟耆年『籀史』巻上は、「東隣は錢俶《せんしゅく》の謂いなり」と注する。錢俶は、南唐の東に位置した吳越國の王。南唐の宿敵であり、南唐滅亡の際には、宋太祖の先兵として南唐を攻めた。ただし、『騎省集』巻二九〈大宋左千牛衞上將軍追封吳王隴西公墓誌銘〉は、「東隣搆禍」を「西隣起釁」に作っている。

一八　南箕扇疑　南箕は南方の星座で、口舌を司《つかさど》り、佞言や讒言に喩えられる。南唐の後主 李煜は、近臣に情報を覆い隱され、自ら城壁に立つまで金陵が敵軍に包圍されていることを知らなかったという。『宋史』巻四七八 世家一 李煜傳參照。ただし、『騎省集』巻二九〈大宋左千牛衞上將軍追封吳王隴西公墓誌銘〉は、「扇疑」を「搆禍」に作る。

一九　投杼致慈親之惑　讒言も度《たび》重なれば、母親すらだまされてしまうこと。昔、曾參《そうしん》と同姓同名の人物が人殺しをした。ある人が曾參の母に知らせに行ったが、母は相手にせず機織りを續けている。違う人が知らせに行っても信じない。ところが、三人目が行くと、さすがの母も眞實かと疑い、機織りの杼《ひ》を放り投げて驅け出したという。『戰國策』秦策二參照。

二〇　乞火無隣婦之詞　「乞火」は他人のために辯護したり、口添えしたりすること。「隣婦」は『騎省集』巻二九〈大宋左千牛衞上將軍追封吳王隴西公墓誌銘〉では、「里婦」に作る。『漢書』巻四五蒯通《かいとう》傳の次の故事に基づいている。ある家の嫁が肉を盜んだとして姑に追い出されそうになった。そこで、近所の女が火を借りるのを口實にその家に行き、昨夜犬が肉をめぐって争っていたことを告げ、嫁の疑いを晴らしてやったという。つまり、ここでは、讒言によって遠ざけられてしまった忠臣を辯護しようとする者がいないことを指す。

二一　始勞因壘之師　「壘」は城壁。「勞師」は軍隊を疲弊させること。ここでは、宋からの度々の降伏勸告にもかかわらず、李煜の優柔不斷のためにいたずらに籠城を續けた結果、最後は宋軍に滅ぼされたことをいう。

二二 終後塗山之會　塗山は、夏の禹《う》が諸侯を集めて論功行賞をした所。宋太祖の度重なる入朝要請にもかかわらず、李煜は病氣を理由に赴かず、降伏後は違命侯という恥ずべき封號を賜ったことをいうのであろう。この封號は太宗の時になってようやく隴西郡公と改められた。『宋史』巻四七八 世家一 李煜傳參照。

二三 呂祖謙編文鑑…　南宋の古文家 呂祖謙が編纂した『宋文鑑』は、柳開・穆修《ぼくしゅう》・石介《せっかい》・孫復・尹洙《いんしゅ》・歐陽修・三蘇などといった古文を中心に採録しており、徐鉉の〈呉王李煜墓誌銘〉（巻一三九）の採錄は極めて異例のことである。

二四 立言有體　「立言」は著述をさす。「有體」とは内容、中身がしっかりしていることをいうのであろう。

二五 楊維楨作明鼓吹曲　楊《よう》維《い》楨《てい》は元の文學者。明の太祖に召し出されたが、百十日後、病氣を理由に歸鄉し亡くなった。『四庫全書總目提要』巻一六八は楊維楨の『鐵崖《てつがい》古樂府《こがふ》』十巻『樂府補』六巻を著録し、次のように批評する。「『樂府補』内の〈大明《だいみん》鐃歌《どうか》鼓吹《こすい》曲〉は、なんと故國（元）を誹謗し、新朝（明）を頌美《しょうび》した作品で、別人の手に成ったかのようだ。危素《きそ》の跋文によれば、明の太祖から金陵に召された時の作だという。あるいは太祖に羈留《きりゅう》されるのを懼《おそ》れ、へりくだった文辭で禍を脫しようとしたのかもしれぬ。しかし大義という點からすれば、これは白璧の微瑕《びか》（些細な缺點）と見なすことはできぬ。」四庫全書が編纂された乾隆年間は、忠君という儒教イデオロギーがことさらに強調された時代で、この時期、明の祿《ろく》を食《は》んでいながら清に出仕した錢謙益や呉偉業らが「貳臣《じしん》」として排撃されたことは有名。このことは、提要の人物評や作品評にも大きな影響を及ぼしている。

【附記】

現存する徐鉉の最も古い版本は、南宋の紹興一九年の明州刻本で、本邦の大倉文化財團に藏されている。一九一九年、徐乃昌《じょだいしょう》がこの明州本を影刻、校記一巻と佚文六篇を附した。『全宋文』（第一冊 巻一三〜巻三五）はこれを底本としている。四部叢刊本は黄丕烈校抄宋本の影印。闕佚があり、詳しくは『四部叢刊書錄』を參照。『全宋詩』（第一冊 巻四〜巻一〇）はこれを底本とする。

年譜に李文澤〈徐鉉行年事迹考〉（『宋代文化研究』第三輯　四川大學出版社　一九九三・一二）がある。

二　河東集《かとうしゅう》十五巻　附錄一巻

[一]浙江鮑士恭《ほうしきょう》家藏本

【柳開《りゅうかい》】九四七～一〇〇〇

字《あざな》は仲塗《ちゅうと》、大名《だいめい》（河北省大名縣）の人。開寶六年（九七三）の進士。原名を肩愈《けんゆ》、字を紹先《しょうせん》といい、韓愈・柳宗元の古文の繼承者たらんと自負した。北宋古文の先驅者の一人。五代の輕薄な文體が流行していた北宋初の文壇に新風を吹きこんだ。早い例では范仲淹が〈尹師魯《いんしろ》河南集の序〉に「(古文) 寖《すた》れて五代に及び、其の體 薄弱たり。皇朝の柳仲塗 起ちて之を麾《さしず》し、髦俊《ほうしゅん》 率《おおむ》ね焉《これ》に從う。仲塗の門人 能く師經探道し、天下に有文たる者多し」と評價する。しかし、その實作は一般に晦澁とされる。卒年を咸平四年（一〇〇一）に作るものがあるが、三年の誤り。『河東集』（四部叢刊本）卷一六 張景〈柳公行狀〉・『宋史』卷四四〇 文苑傳二 參照。

宋柳開撰。開字仲塗、大名人。開寶六年進士。歷典州郡、終於[二]如京使。事蹟具[三]宋史文苑傳。開少慕韓愈・柳宗元爲文、因[四]名肩愈、字紹先。旣又改名改字、[五]自以爲能開聖道之塗也。集中[六]東郊野夫・補亡先生二傳、自述甚詳。集十五卷、[七]其門人張景所編、[八]附以景所撰行狀一卷。[九]蔡條鐵圍山叢談記其在陝右爲刺史、喜生膾人肝、爲鄭文寶所按、賴徐鉉救之得免。則其人實酷暴之流。[一〇]石介集有過魏東郊詩、爲開而作、乃推重不遺餘力。[一一]條説固多虛飾。[一二]介亦名心過重、好爲詭激、不合中庸。其説未知孰確。

今第就其文而論、則[一三]宋朝變偶儷爲古文、實自開始。惟體近艱澀、是其所短耳。[一四]盛如梓恕齋叢談載開論文之語曰、古文非在詞澀言苦、令人難讀。在於古其理、高其意。[一五]王士禎池北偶談譏開能言而不能行。非過論也。又[一六]尊崇揚雄太過、至比之聖人、持論殊謬。要其轉移風氣、於文格實爲有功。謂之[一七]明而未融則可。[一八]王士禎以爲初無好處、則[一九]已甚之詞也。

【訓讀】

宋 柳開《りゅうかい》の撰。開 字は仲塗、大名《だいめい》の人。開寶六年の進士。州郡を歴典し、[一二]如京使《じょけいし》に終わる。事蹟『[三]宋史』文苑傳に具われり。開 少《わか》きより韓愈・柳宗元の文を爲《つく》るを慕い、因りて[四]肩愈を名とし、紹先を字とす。既にして又た名を改め字を改め、[五]自《みずか》ら以爲《おもえ》らく 能く聖道の塗を開かんと。集中〈[六]東郊野夫〉・〈補亡先生〉の二傳、自《みずか》ら述《の》ぶること甚だ詳し。集十五巻、[七]其の門人 張景の編する所にして、[八]附するに 景 撰する所の『行狀』一巻を以てす。

[九]蔡條《さいとう》『鐵圍山《てついざん》叢談』記す、「其の陝右《せんゆう》に在りて刺史爲りしとき、喜《この》んで人肝を生膾《せいかい》し、鄭文寶の按《あん》ずる所と爲るも、賴《さいわ》いに徐鉉 之を救いて免るるを得たり」と。則ち 其の人 實に酷暴の流なり。[一〇]石介の集に〈魏の東郊に過《よ》ぎる〉詩有りて、開の爲《ため》に作り、乃ち推重すること餘力を遺《のこ》さず。[一一]條の説 固《もとよ》り虛飾多し。[一二]介 亦た名心重きに過ぎ、好んで詭激《きげき》を爲し、中庸に合わず。其の説 未だ孰《いず》れの確《かく》たるかを知らず。

今 第《た》だ其の文に就《つ》きて論ずれば、則ち [一三]宋朝 偶儷を變じて古文を爲《つく》るは、實に開自《よ》り始まれり。惟だ體《たい》 艱澀《かんじゅう》に近きは、是れ其の短とする所なるのみ。[一四]盛如梓《せいじょし》『恕齋《じょさい》叢談』開の文を論ずるの語を載せて曰く、「古文は詞澀言苦《しじゅうげんく》にして、人をして讀み難くせしむるに在るに非ず。其の理を古にし、其の意を高《たこ》うするに在り」と。[一五]王士禎《おうしてい》『池北偶談』「開 能《よ》く言うも行う能わず」と譏《そし》る。過論に非ざるなり。又た [一六]揚雄を尊崇すること太《はなは》だ過ぎ、之を聖人に比《なぞら》うに至りては、論を持《じ》すること殊に謬《あやま》てり。要は 其の風氣を轉移すること、文格に於いて實に功有りと爲す。之を「明に[一七]して未だ融《ゆう》ならず」と謂わば 則ち可なり。王士禎[一八] 以て初めより好處無しと爲すは、則ち 已甚《いじん》[一九]の詞なり。

【現代語譯】

宋 柳開《りゅうかい》の著。開は字を仲塗といい、大名（河北省大名縣）の人。開寶六年（九七三）の進士。地方官を歷任し、如《じょ》京使《けいし》の階位で終わった。事蹟は『宋史』文苑傳に詳しい。開は若い時から韓愈や柳宗元の文を慕っていたことから、肩愈を名とし、紹先を字とした。その後、さらに名を（開と）改め、字を（仲塗と）改めた。聖道の塗を開くことを自負したのだ。集中の〈東郊野夫〉・〈補亡先生〉の二つの傳に、自ら詳しく述べている。集十五巻は、開の門人の 張景が編纂したもので、景が書いた柳開の行狀一巻を附載している。

蔡條《さいとう》『鐵圍山叢談《てついざんそうだん》』は次のように記している。「開は陝右（陝西省邠《ひん》縣）で刺史をしていたころ、人の生《い》き肝《ぎも》をなますで食べることを好んだ。鄭文寶によって裁かれることになったが、幸い徐鉉に助けられて事無《ことな》きを得た」と。もしそうなら、開という人は實に殘虐な輩だったことになる。（一方、）石介の文集中の〈魏の東郊に過《よ》ぎる〉詩は開のために作ったものだが、なんとそこでは開を褒めちぎっている。條の説はもともと虛飾が多いが、介もまた功名にはやるあまり、好んで過激な言辭を弄し、中庸を得ていない。この話はどちらが本當なのかはわからない。

今、文だけに限定して論じるならば、宋代に四六騈儷文から古文へと變わったのは、實に開から始まったといえる。ただ、文のスタイルが難解・險澁に近いのは、彼の短所である。盛如梓《せいじょし》『恕齋叢談《じょさいそうだん》』は、文について論じた開の言葉を載せている。「古文とは、言葉を晦澁にして讀みにくくさせることに在るのではない。文の理を古えに立ち返らせ、意を高尚にすることに在るのだ」と。王士禎《おうしてい》『池北偶談』は、「開は口先だけで行いがともなわない」と誹《そし》っている。それは言い過ぎではない。また、揚雄に對する尊崇は度を越しており、揚雄を聖人に擬《なぞら》えるに至っては、暴論もいいところである。要するに、文の氣風を轉換させたことは、確かに文格の點で功績があったわけで、「明にして未だ融《ゆう》ならず（夜明けを迎えたものの未だ明るくはない狀態）」というのがよかろう。王士禎のように、全く好いところが無いと言い切ってしまうのは、極論である。

【注】

一　浙江鮑士恭家藏本　鮑士恭《ほうしきょう》の字は志祖、原籍は歙《しょう》（安徽省）、杭州（浙江省）に寄居す。父 鮑廷博（字は以文、號は淥飲《ろくいん》）は著名な藏書家で、とりわけ散佚本の蒐集を好んだ。その精粹は『知不足齋《ちふそくさい》叢書』中に見える。四庫全書編纂の際には、藏書六二六部を進獻し、そのうち二五〇部が著錄され、一二九部が存目（四庫全書内に収めず、目錄にのみ留めておくこと）に採擇されている。

二　如京使　宋初は武官の品階を示しており（元豐新制以後は七品）、具體的な職掌を指すものではない。

三　宋史文苑傳　『宋史』巻四四〇　文苑傳二に傳がある。

四　名肩愈、字紹先　この事情については、『河東集』巻二〈東郊野夫傳〉・巻五〈梁拾遺に答えて名を改むる書〉・附錄〈行狀〉に詳しいが、四庫全書文淵閣本は「紹先」を「紹元」に作る。今、〈東郊野夫傳〉を見るに、「其の斯《これ》に肩《けん》すと謂うは古道を樂しめばなり。其の斯《これ》を紹《つ》ぐと謂うは祖德を尙《とうと》べばなり」とある。柳開が同姓の柳宗元に對して「祖德を尙ぶ」というからには、自らの字に柳宗元の諱《いみな》「元」を用いるはずがない。「紹先」の「先」は祖先の意。四部叢刊本は「紹先」に作っている。四庫全書文淵閣本が「紹元」に作るのは、『宋史』文苑傳に據ったのであろう。

五　自以爲能開聖道之塗　巻二〈補亡先生傳〉・巻五〈梁拾遺に答えて名を改むる書〉は次のようにいう。「遂に名を易《か》えて開と曰い、字を仲塗と曰う。其の意　謂《おもえ》らく、將《まさ》に古えの聖賢の道を時に開かんとし、將に今人の耳目を開きて聰且《か》つ明ならしめんとす。必ず之を開きて其の塗を爲《つく》り、古今をして吾に由《よ》らしめんとするなり。故に仲塗を以て之に字し、其の德を表す。」

六　東郊野夫・補亡先生二傳　ともに巻二に見える柳開の自敍傳であるが、東郊野夫が柳肩愈（字は紹先）と名乘った時期の號であるのに對し、補亡先生は柳開（字は仲塗）時代の號である。

七　其門人張景所編　四部叢刊本『河東先生集』前附の張景〈河東集の序〉（四庫全書文淵閣本は收載せず）は次のようにいう。「今、其の遺文を緝し、共に九十六首を得たり。編して十五卷と爲し、之に命《なづ》けて河東先生集と曰う。名氏・官爵　曁《およ》び行事は、之を行狀に備え、集後に繫《つな》ぐ。咸平三年夏五月己亥、門人 張景 述。」咸平三年（一〇〇〇）は柳開の亡くなった年にあたる。なお、宋代の書目のうち、晁公武『郡齋讀書志』卷一九と馬端臨『文獻通考』經籍考卷六〇は集を一卷と誤って著錄する。

八　附以景所撰行狀一卷　提要は〈行狀〉を『附錄』としているが、四庫全書文淵閣本はこれを第一六卷として集中に收載している。

九　蔡條鐵圍山叢談記　『鐵圍山叢談』卷三に次のような話がみえる。徐鉉は宋に歸順したが、罪を得て陝右（陝西省邠《ひん》縣）に左遷された。たまたまその州の刺史をしていた柳開は、豪膽橫柄で、鉉に禮を盡くさなかった。ある日、太宗は、開が人の肝を膾《なます》にして食うのを好み、なおかつ不法な行ないが多いと聞き、五代の惡習を引きずったままだと怒った。そこで鄭文寶を官吏彈劾の權をもつ陝西轉運使に任命し、開の罪を究明させることにした。これを懼れた開は、鄭文寶が以前徐鉉に師事していたことを知ると、文寶が到着しようという時になって鉉に助けを求めた。鉉は「彼は昔、私の弟子でしたが、時代も變わり、事情も昔と違うので、彼の心を左右することは出來ません」と強く辭退した。しかし、開が再拜して、「一言お口添えいただくだけで十分です。聞き屆けられるかどうかはご心配くださいますな」と賴むので、ようやく承諾した。そこへ鄭文寶が從者に刑具を持たせてやって來た。文寶は眞っ先に開に會うでもなく、從者も連れずに歩いて下町に入り、徐鉉に挨拶しようとその庭先に立った。鉉がおもむろに出迎えると、文寶は鉉に拜禮してから西の階段を昇って挨拶をし、再び降りて拜禮（弟子の禮）した。そこで鉉は文寶を堂上に招き、立ったままでしばらく昔話をした。鉉は文寶に對して、役目の重要性について戒め、自分は左遷の身なので二度とここへは來ないようにと言った。文寶が何かして欲しいことはないかと尋ねたところ、鉉は「柳開とはお互いに尊敬しあえる友人です」とだけ言った。文寶は默って退出し、開に對する處罰の件は立ち消えになった。

一〇　石介集有過魏東郊詩　石介（一〇〇五～一〇四五）は柳開を敬慕した古文家。〈魏の東郊に過《よ》ぎる〉詩（『徂徠集』卷二）は、石介が柳開の死から三十年後に墓を訪れて作った長篇詩である。詩は柳開を稱《たた》えて、「鳳凰 世に容《い》れられず、衆鳥 競いて嘲訴す（鳳凰は俗世に受け入れられず、烏合の衆が競ってあなたを貶めようとする）」、「兩手に人肝を拏《つか》み、大牀に斗肚《とと》を横たう（兩手に人の肝をつかみ、おおきな寢臺に布袋肚《ほていばら》を横たえている）」などと詠う。

一一　條説固多虚飾　蔡條は北宋末の宰相 蔡京の末子。蔡京は舊法黨を彈壓し、北宋を滅亡に導いた人物として悪名高く、提要も蔡京父子に對して冷淡である。

一二　介亦名心過重…　『四庫全書總目提要』（本書一五「徂徠集二十卷」參照）は、石介の人となりを次のように批判する。「然れども 客氣《かっき》甚だ深く、名心 太《はなは》だ重くして、詭激に流るるを免れず。」

一三　宋朝變偶儷爲古文…　陳振孫『直齋書錄解題』卷一七の「本朝 古文を爲《つく》るは開より始まる。然れども其の體は艱澁なり」に基づく。

一四　盛如梓恕齋叢談載…　『恕齋叢談』は『庶齋《しょさい》老學叢談』（卷中）とすべきである。ここは、王士禛『池北偶談』卷一七の次の話を孫引きしたにすぎない。「元 盛如梓『恕齋叢談』、柳開の文を論ずる語を載せて曰く、〝古文は 詞澀言苦にして、人をして讀み難くせしむるに在るに非ず、其の理を古にし、其の意を高《たこ》うするに在り〟と。然れども 予《よ》 開の『河東集』を讀むに、但だ苦澀を覺え、初めより好處無し。豈に 能く之を言うも行う能わざるか。」なお、柳開の文を論ずる語とは、卷一〈責めに應《こた》う〉であり、次のとおり。「柳仲塗云う、〝古文は辭澁言苦にして、人をして之を讀誦し難からしむるに在るに非ず。其の理を古えにし、其の意を高からしむるに在り。言に隨いて短長し、變に應じて作制し、古人の行事に同じうす。是を古文と謂うなり〟と。」

一五　王士禛池北偶談譏　注一四『池北偶談』卷一七參照。

一六　尊崇揚雄太過…　柳開が揚雄を論じたものとしては、『河東集』卷二〈揚子劇秦美新《げきしんびしん》の解〉および卷三〈漢史揚雄傳論〉がある。揚雄（字は子雲）は漢の文學者で、儒教の經典に擬して『太玄』や『法言』を著した。『漢書』は、これを「聖人に非ずして經《けい》を爲《つく》るは、猶お 春秋の呉楚の君 僭號して王と稱するがごとく、蓋し 誅絶の罪なり（聖人でもないのに經を作ったのは、春秋時代の呉楚の君主が王を僭稱したようなもので、誅殺の罪に相當する）。」と糾彈する。開の〈漢史揚雄傳論〉は、これに異を唱えたもの。「子雲 苟《いや》しくも聖人に非ずんば、則ち又た 安《いず》くんぞ能く書を著して經籍を作らんや。既に能く書を著して經籍を作る。是れ 子雲は聖人なり。聖人 豈に子雲に異ならんや。經籍 豈に『太玄』『法言』に異ならんや（揚雄が、もし聖人でないとしたら、どうして經籍の著作などができようか。現に經籍を著しているからには、揚雄は聖人なのだ。聖人とは揚雄のことに他ならないし、經籍とは『太玄』『法言』のような作を指すのだ）。」開の揚雄評價は、韓愈の影響を受けたものと考えられるが、南宋に朱子が出て、王朝の道統論が喧傳《けんでん》されるようになると、揚雄の〈劇秦美新〉（秦を劇虐とし新を美とする文）が問題視されるようになる。すなわち、揚雄が、漢を簒奪して新を僭稱した王莽《おうもう》に阿諛《あゆ》したというのである。提要が、揚雄とその支持者に手嚴しいのは、明の正統な後繼を以て任じる清朝にとって、道統論は何にも增して重要だったからである。清朝にとって道統論は、異民族王朝が中華の地を支配するためのイデオロギーであった。

一七　明而未融　夜明けは迎えたものの、まだ明るくはない狀態をいう。『春秋左氏傳』昭公五年に見える言葉。「融」は、杜預《どよ》の注は「朗」（大いに明るいこと）、服虔《ふくけん》は「高」（陽が高いこと）とする。

一八　王士禛以爲初無好處　注一四『池北偶談』卷一七參照。

一九　已甚之詞　甚だしく度がすぎた言葉をいう。

【附記】

『河東集』十六卷は四部叢刊に舊鈔本の影印がある。『全宋文』（第三册　卷一一五～卷一二五）、『全宋詩』（第一册　卷五四）はともにこれを底本とする。ただし、詩は輯佚詩を含めても八首しか現存しない。

年譜に祝尙書〈柳開年譜〉（『宋代文化硏究』第三輯　一九九三・一一）がある。

三　[一]寇忠愍公詩集《こうちゅうびんこうししゅう》三卷

[二]兩淮鹽政採進本

【寇準《こうじゅん》】九六二～一〇二三

字《あざな》は平仲《へいちゅう》、華州下邽《かけい》（陝西省渭南市）の人。太平興國五年（九八〇）の進士。巴東（湖北省巴東縣）・成安（河北省成安縣）の知事等を經て中央に召され、朝廷の要職を歴任した。眞宗の景德元年（一〇〇四）に同中書門下《どうちゅうしょもんか》平章事《べんしょうじ》（宰相）となり、同年冬、契丹《きったん》が侵攻した際には、遷都論を抑えて眞宗の親征を請い、遂に契丹との和議「澶淵《せんえん》の盟」を結んだ。のち、病氣の眞宗に代わって劉皇后が政務を執るようになると、準はこれに反對して道州（湖南省道縣）に流され、仁宗の天聖元年（一〇二三）、配流先の雷州（廣東省海康縣）で沒した。十一年後、中書令・萊國公《らいこくこう》を追贈され、忠愍《ちゅうびん》と諡《おくりな》された。その詩は婉約で、晩唐詩に似る。『寇忠愍公詩集』（四部叢刊本）前附 孫抃《そんべん》〈萊國寇忠愍公旌忠之碑〉・『宋史』卷二八一 寇準傳 參照。

宋寇準撰。準事蹟具[三]宋史本傳。初、準知巴東縣時、自擇其詩百餘篇爲[四]巴東集。[五]後河陽守范雍裒合所作二百餘篇、編爲此集。考[六]石林詩話有過襄州留題驛亭詩一首、侍兒小名錄拾遺有和蒨桃詩一首、合璧事類前集有春恨一首春晝一首、皆集中所無。蓋題驛亭・和蒨桃二篇、語皆淺率。春晝春恨二首格意頗卑。雍殆有所持擇、特爲刪汰、非遺漏也。

準以風節著於時、其詩乃含思悽婉、綽有晩唐之致。然骨韻特高、終非凡艷所可比。惟[七]湘山野錄嘗稱其江南春二首、及野水無人渡、孤舟盡日横二句、以爲深入唐格、則殊不然。江南春體近塡詞、不止秦觀之小石調。野渡無人舟自横、本韋應物西磵絶句、準點竄一二字、改爲一聯。殆類生呑活剝、尤不爲工。準詩自佳、此二句實非其佳處。未足據爲定論也。

【訓讀】

宋 寇準《こうじゅん》の撰。準の事蹟『宋史』本傳に具われり。初め、準 巴東縣に知《ち》たりし時、自ら其の詩百餘篇を擇び『巴東集』と爲す。後 河陽の守 范雍《はんよう》作る所の二百餘篇を裒合《ほうごう》し、編みて此の集を爲る。考うるに『石林詩話』に〈襄州を過《よぎ》りて驛亭に留題す〉詩一首有り、『侍兒小名錄拾遺』に〈蒨桃《せんとう》に和す〉詩一首有り、『合璧事類前集』に〈春恨〉一首・〈春晝《しゅんちゅう》〉一首有り、皆集中無き所なり。蓋し〈驛亭に題す〉・〈蒨桃に和す〉の二篇、語 皆 淺率なり。〈春晝〉・〈春恨〉の二首 意を格《いた》すこと頗る卑《いや》し。雍 殆ど持擇する所有りて、特に爲《ため》に删汰《さんた》せしものにして、遺漏には非ざるなり。

準 風節を以て時に著わるるも、其の詩は乃ち思いを含むこと悽婉《せいえん》、綽《しゃく》として晩唐の 致《おもむき》有り。然れども骨韻 特に高く、終に凡艷の比すべき所に非ず。惟《た》だ『湘山野錄』嘗て 其の〈江南春〉二首、及び「野水 人の渡る無く、孤舟盡日横たわる」の二句を稱し、以て深く唐の格に入ると爲すは、則ち 殊《こと》に然らず。〈江南春〉の體 塡詞《てんし》に近きこと、秦觀が〈小石調〉に止まらず。「野渡 人無く 舟 自ら横たわる」は、本 韋應物〈西磵《せいかん》絶句〉にして、準 一二字を點竄《てんざん》し、改めて一聯と爲す。殆ど生呑活剝《せいどんかっぱく》に類し、尤《もっと》も工《たくみ》と爲さず。準の詩 自《おのずか》ら佳《よ》きも、此の二句 實に其の佳處に非ず。未だ據《よ》りて定論と爲すに足らざるなり。

【現代語譯】

宋 寇準《こうじゅん》の著。準の事蹟は『宋史』本傳に詳しい。最初、準が巴東縣の知事だった頃、自ら詩百餘篇を擇び『巴東集』を作った。後 河陽の太守だった范雍が準の作品二百餘篇を集めて、この集を編纂した。檢證してみるに『石林詩話』に見える〈襄州を過《よぎ》りて驛亭に留題す〉詩一首、『侍兒小名錄拾遺』に見える〈蒨桃《せんとう》に和す〉詩一首、『合璧事類前集』に見える〈春恨〉一首と〈春晝《しゅんちょう》〉一首は、皆 集中に無いものである。思うに、〈驛亭に題す〉と〈蒨桃に和す〉の二篇は、ともに用語が淺薄粗雜である。〈春晝〉・〈春恨〉の二首は、いささか着想が卑俗である。おそらく、雍が選擇するに當たって、わざと削ったのであって、遺漏というには當たらぬ。

準は 當時 硬骨漢として知られていたが、その詩ときたら、情思あふれるまめかしさがあって、晩唐詩の風趣にあふれる。しかしながら、詩の風骨氣韻は極めて高く、決して月竝みな艷詩が敵《かな》うものではない。ただ『湘山野錄』が、準の〈江南春〉二首と、「野水 人の渡る無く、孤舟 盡日横たわる」(川を渡る人はなく、舟が一艘 終日横たわったまま)の二句とを唐詩の風格に達しているとするのには、大いに異論がある。詩體が塡詞に近いという點では、秦觀の〈小石調〉だけではなく、準の〈江南春〉も同じなのだ。また、(「野水…」詩は、)韋應物〈西磵《せいかん》絶句〉の「野渡 人無く舟 自ら横たわる(渡し場に人は見えず、舟だけが横たわっている)」というのがもとの詩で、準はその中の一二字を改竄して一聯としたのである。殆ど剽竊《ひょうせつ》に類するもので、とりわけまずい。準の詩は元來すばらしいのだが、この二句は本當にいただけない。『湘山野錄』の說を定論とすることはできないのである。

【注】

一 寇忠愍公詩集三卷　四庫全書文淵閣本は「忠愍集三卷」と題する。

二 兩淮鹽政採進本　採進本とは、四庫全書編纂の際、各省の巡撫《じゅんぶ》、總督《そうとく》、尹《いん》、鹽政《えんせい》などを通じて朝廷に獻上された書籍をいう。兩淮鹽政とは、本來、淮北・淮南の鹽の專賣を管理する官。ここより進呈された本は一七〇八部、そのうち二五一部が著錄され、四六七部が存目（四庫全書內に收めず、目錄にのみ留めておくこと）に置かれた。

三　宋史本傳　『宋史』卷二八一　寇準傳。

四　巴東集　趙希弁『讀書附志』卷下と『宋史』藝文志は「巴東集一卷」に作る。『讀書附志』によれば、「希弁 藏する所の巴東集、乃ち公 自《みずか》ら編して之が序を爲《つく》る。凡そ 一百五十有六篇にして、〈秋風亭の記〉を附せり」という。陳振孫『直齋書錄解題』卷二〇は「巴東集三卷」に作るが、これは後述の范雍が編纂した本と混同したための誤りか。

五　後河陽守范雍裒合所作二百餘篇　『直齋書錄解題』卷二〇は「忠愍公集三卷」、『郡齋讀書志』卷一九は「寇忠愍詩三卷」、『宋史』藝文志七は「寇準詩三卷」に作り、いずれも卷數は同じ。『直齋書錄解題』は「河陽の守 范雍 寇公の詩二百首を得て、三卷と爲す。今 道州に刻す」といい、『郡齋讀書志』は「集に范雍の敍有り、共に二百四十首」とする。なお、范雍〈忠愍公詩の序〉および王次翁〈新開寇公詩集の序〉（四庫全書文淵閣本は收載せず、四部叢刊本『忠愍公詩集』前附）によれば、雍はもと寇準の部下であり、寇準の從兄弟にあたる趙臨より詩を得て二百四十篇を上中下の三卷に分かった。これは宣和五年、道州知事 王次翁によって道州で刻されたという。なお、版本には七卷本も存在するが、三卷本と內容は同じである。

六　石林詩話有…　以下の詩は全て厲鶚《れいがく》『宋詩紀事』卷四に採錄されている。これについて、余嘉錫《よかしゃく》『四庫提要辨證』は、提要が『宋詩紀事』を參照しながらそれに觸れないのは、掠美《りゃくび》（手柄の横取り）だと批判する。今、これらの詩を實際に檢索してみると、〈襄州を過《よぎ》りて驛亭に留題す〉詩が葉 夢得《しょうぼうとく》『石林詩話』卷中に、〈蒨桃（寇準の侍妾の名）に和す〉詩は張邦幾『侍兒小名錄拾遺一卷』に見える。しかし、謝維新『古今合璧事類備用前集』卷一三が寇準の作として採錄するのは、〈春睡〉と〈春恨〉であり、〈春晝〉は別人の作となっている。さらに〈春恨〉についても、『全宋詩』卷九一に見える吳鷗氏の考證によれば、これは唐の來鵠《らいこく》の七律〈寒食に山館にて情を書す〉（『全唐詩』卷六四二）中の四句である。提要が、これらの詩は「淺率」で「意を格《いた》すこと頗る卑し」いがために、故意に范雍が採擇しなかったというのは、考を失している。

七　湘山野錄嘗稱…　文瑩《ぶんえい》『湘山野錄』卷上は次のようにいう。「寇萊公《こうらいこう》の詩、〝野水 人の渡る無く、孤舟 盡日横たわる〟の句は、深く唐人の風格に入る。初め 歸州巴東の令を授けらるるや、人 皆 寇巴東を以て之を呼び、以て前の趙渭南・韋蘇州の類に比《なぞら》う。然れども富貴の時 作る所の詩は、皆 凄楚愁怨たり。

嘗て〈江南春〉二絶を爲《つく》りて云う…」これによれば、『湘山野錄』が唐の格に入ると評したのは、「野水」の詩についてであり、〈江南春〉を含まない。余嘉錫『四庫提要辨證』はこの點を批判する。しかし、注九にみられるように、〈江南春〉も唐人の格に近いとする批評も存在していた。

八　野水無人渡、孤舟盡日横　『寇忠愍公詩集』卷中〈春日樓に登りて歸らんことを懷う〉の第三・四句。ただし「野水」は「遠水」に作っている。范雍の序が引くのも同じ。

九　江南春體近塡詞　『寇忠愍公詩集』卷上に見える。これを塡詞とみなす說としては、沈雄『古今詞話』詞評上に引く『詞品』が「萊公の小詞數首、率《おおむ》ね皆 清麗なり。〈江南春〉〈陽關引〉〈阿那曲〉の如きは、詞を作ること唐人に愧じず」といい、『詞綜偶評』も〈江南春〉を「唐人五言の佳境」という。ただし、唐圭璋編『全宋詞』は寇準の〈江南春〉を詩とみなして附錄に配している。

一〇　秦觀之小石調　胡仔《こし》『苕溪漁隱叢話《ちょうけいぎょいんそうわ》』前集卷五一に引く『王直方詩話』に、次のような話が見える。元祐年間、西池で催された宴會の席で文人たちが王欽臣の詩に唱和した際、秦觀の詩句「簾幕 千家 錦繡垂る」が王欽臣（湯衡〈張紫微雅詞の序〉は蘇軾とする）によって〈小石調〉だと評されたという。〈小石調〉はもと詞牌の名で、別名〈秋風淸〉。

二　野渡無人舟自横　韋應物『韋江州集』卷八に見える七言絕句〈滁州西澗《じょしゅうせいかん》〉の結句。この詩は、『御覽詩』『又玄集』『才調集』『文苑英華』といった總集にも採錄される名篇。

三　生呑活剝　詩文の剽竊《ひょうせつ》をいう。提要は、寇準の詩は韋應物詩を剽竊したものだというが、司馬光『溫公續詩話』は、「野水…」の句と〈江南春其一〉を擧げて、これが人口に膾炙していたという。余嘉錫『四庫提要辨證』は、『隆平集』卷四と『東都事略』卷四一の寇準傳や吳子良『林下偶談』卷二の記事が、寇準詩と韋應物詩の關係に言及していることを擧げ、宋人が韋應物詩を知らなかったはずはなく、寇準詩を「生呑活剝」だとする提要の意見を批判している。

【附記】

寇準の詩集で最も通行しているのは、四部叢刊三編所收の、明 嘉靖一四年刻本である。『全宋詩』（第二冊 卷八九～卷九二）はこれを底本とする。文集は傳わらず、『全宋文』（第五冊 卷一八二）は、斷簡を含む文九篇を輯錄する。近年、王曉波『寇準年譜』（巴蜀書社 一九九五）が刊行された。詩集の版本については、吳鷗〈寇準詩集版本源流考略〉（『中國典籍與文化論叢』第一輯　一九九三・九）を參照されたい。

四　[一]乖崖集《かいがいしゅう》十二卷　附錄一卷

衍[二]聖公孔昭煥《こうしょうかん》家藏本

【張詠《ちょうえい》】九四六～一〇一五

字《あざな》は復之、號は乖崖《かいがい》。「乖《さか》らえば則ち衆に違《たが》い、崖《けわ》しければ物を利せず」という彼自身の言葉に基づく。濮州鄄《けん》（山東省鄄城縣）の人。太平興國五年（九八〇）の進士。地方官を經て、淳化四年（九九三）、太宗に見出されて樞密直學士・知通進銀臺司兼掌三班院を拜した。眞宗が卽位すると、給事中として召され、御史中丞に改められた。大中祥符八年（一〇一五）、任地の陳州で沒し、左僕射を追贈された。諡《おくりな》は忠定。若い頃から劍を學び、任俠を好んだ。剛毅な性格で、物事を卽決し、己に忤《さから》う者には嚴罰を以て臨んだ。益州（四川省）の知事を前後二度にわたって務め、恩と威を兩用し、民は畏れながらもこれを愛したという。寇準と親しかった。『乖崖集』附錄　錢易〈宋故樞密直學士禮部尚書贈左僕射張公墓誌銘〉・韓琦〈故樞密直學士禮部尚書贈左僕射張公神道碑銘〉（『安陽集』卷五〇）・宋祁『宋景文集』卷六二〈張尙書行狀〉・『宋史』卷二九三　張詠傳　參照。

宋張詠撰。[三]詠事蹟具宋史本傳。其集宋代有兩本。[四]一本十卷、見於趙希弁讀書附志、所稱錢易墓誌・李畋語錄附於後者是也。[五]一本十二卷、見於陳振孫書錄解題、所稱郭森卿宰崇陽刻、此集舊本十卷、今增廣幷語錄爲十二卷者是也。[六]此本前有森卿序、蓋卽振孫所見之本。[七]序稱於[八]世刻中增詩八篇、別附以韓琦神道碑・王禹偁送宰崇陽序・李燾祠堂記・項安世北峯亭記。今檢勘竝合。惟[九]所稱刪次年譜別爲一卷者、則已不見。蓋傳寫有所脫佚矣。

詠[10]兩莅益州、爲政恩威竝用、吏民畏服。[11]平日剛方尙氣、有巖巖不可犯之節。其文乃疏通平易、不爲嶄絕之語。其詩亦列名[12]西崑體中。[13]案西崑酬唱十七人、[14]詠名在第十一。[15]其聲賦一首、窮極幽渺、梁周翰至歎爲[16]一百年不見此作。則亦非無意於爲文者。特其光明俊偉、發於自然、故眞氣流露、無雕章琢句之態耳。

案[17]韓琦神道碑、稱詠與邑人傅霖友善、登第後與傅詩有巢・由莫相笑、心不爲輕肥之句。今[18]集中乃作七言、琦蓋節用其意、故與集本不合。又案[19]陳輔之詩話、稱蕭林之知溧陽時、張乖崖召食、見几案一絕句云、獨恨太平無一事、江南閒殺老尙書。蕭改恨作幸字。且言公功高身重、姦人側目、以此與公全身。乖崖曰、蕭弟一字之師也云云。今考[20]集中游趙氏西園詩末聯云、方信承平無一事、淮陽閒殺老尙書。詩中既無恨字幸字、亦不作江南字、且七律而非絕句。則輔之所記、乃傳聞譌異之詞。又[21]靑箱雜記載詠贈官妓小英歌、[22]今不見集中。其詩詞意凡劣、決非詠之所爲。殆亦吳處厚誤採鄙談、不足據也。

【訓讀】

宋　張詠《ちょうえい》の撰。詠の事蹟[3]　宋史本傳に具われり。其の集　宋代　兩本有り。[4]一本は十卷にして、趙希弁『讀書附志』に見え、稱する所の「銭易の〈墓誌〉・李畋《りでん》の『語錄』　後に附す」者　是れなり。[5]一本は十二卷にして、陳振孫『書錄解題』に見え、稱する所の「郭森卿　崇陽に宰たりて刻す、此の集　舊本は十卷、今　增廣し『語錄』を幷せて十二卷と爲す」者　是れなり。[6]此の本　前に森卿の序有り、蓋し　卽ち　振孫　見る所の本なり。序[7]稱す　石[8]（世は誤り）刻の中より詩八篇を增し、別に附すに韓琦の〈神道碑〉・王禹偁《おううしょう》の〈崇陽に宰たるを送る序〉・李燾《りとう》の〈祠堂記〉・項安世の〈北峯亭記〉を以てす」と。今 檢勘するに 竝びに合う。惟だ 稱する所の[九]年譜を删次して別に一卷と爲す者は、則ち 已に見えず。蓋し 傳寫の脱佚する所有り。

詠 [一〇]益州に兩莅《り》して、政を爲すに 恩威 竝び用い、吏民 畏服す。[一一]平日 剛方尚氣にして、巖巖として犯すべからざるの節有り。其の文は乃ち疏通平易、嶄絶の語を爲さず。其の詩 亦た名を[一二]西崑體《せいこんたい》中に列ぬ。案ずるに [一三]西崑酬唱十七人、[一四]詠の名 第十一に在り。其の [一五]〈聲の賦〉 一首は、窮極幽渺、梁周翰 歎じて「二百年[一六]（一百年は誤り）此の作を見ず」と爲すに至る。則ち 亦た文を爲るに意無き者に非ず。特《た》だ 其の光明俊偉は、自然より發し、故に眞氣流露して、雕章琢句の態無きのみ。

案ずるに [一七]韓琦の〈神道碑〉稱す、「詠 邑人傅霖《ふりん》と友として善《よ》し、第に登りし後 傅に與うる詩に〝巢・由 相い笑う莫かれ、心に輕肥を爲さず〟の句有り」と。今 [一八]集中 乃ち七言に作る。琦 蓋し 其の意を節用し、故に集本と合わず。又た 案ずるに [一九]『陳輔之詩話』稱す、「蕭林之 溧陽《りつよう》に知たりし時、張乖崖 召食し、几案の一絶句に〝獨り恨む太平 一事無く、江南 閒殺す 老尚書〟と云うを見る。蕭〝恨〟を改めて〝幸〟の字に作り、且つ言う〝公 功高くして身重く、姦人 側目す。此を以て公と與に身を全うせん〟と。乖崖曰く、〝蕭弟は一字の師なり〟云云」と。今 考うるに 集中 [二〇]〈趙氏の西園に游ぶ〉詩の末聯に云う、「方《まさ》に信ず 承平 一事無く、淮陽 閒殺す 老尚書」と。詩中 既に〝恨〟の字〝幸〟の字無く、亦た〝江南〟の字に作らず、且つ七律にして絶句に非ず。則ち 輔之の記する所は、乃ち 傳聞譌異の詞なり。又た [二一]『靑箱雜記』詠の〈官妓小英に贈る歌〉を載すも、[二二]今 集中に見えず。其の詩 詞意凡劣にして、決して詠の爲る所に非ず。殆ど 亦た吳處厚 誤りて鄙談を採るものにして、據るに足らざるなり。

【現代語譯】

宋 張詠《ちょうえい》の著。詠の事蹟は『宋史』本傳に詳しい。その集は宋代に二種類の版本があった。一本は十卷本で、趙希弁『讀書附志』に見えており、「銭易の〈墓誌〉と李畋《りでん》の『語錄』を後に附けている」といわれるものである。一本は十二卷本で、陳振孫『直齋書錄解題』に見えており、「郭森卿が崇陽（湖北省）の縣令となって刻したもの。この集の舊本は十卷だが、今 增益して『語錄』をあわせて十二卷とした」といわれるものである。この本は前に森卿の序文があり、これが振孫の目睹した本であろう。序はいう。「石（世は誤り）刻の中から採って詩八篇を增し、これとは別に韓琦の〈神道碑〉・王禹偁《おううしょう》の〈崇陽に宰たるを送る序〉・李燾《りとう》の〈祠堂記〉・項安世の〈北峯亭記〉を附錄とした」と。今 內容を檢《しら》べてみるといずれも符合する。ただ、「年譜を刪次して別に一卷とした」というのは、すでに存在しない。傳寫の際に脫落したのであろう。

詠は二度益州（四川省）の長官となり、その政治は恩情と威嚴とを兩用し、役人も庶民もおそれ服從した。いつも剛毅で一本氣、いかめしくて近寄り難いところがあった。しかし文の方は平易で通じやすく、氣負った表現は使わなかった。詩も西崑體《せいこんたい》の中に名を列ねている。西崑酬唱十七人の中で、詠の名は第十一番目にある。彼の〈聲の賦〉一首は、とても奧深い趣があり、梁周翰が「二百年（一百年は誤り）來 このような作品を見たことがない」と感歎したほどである。つまり、文學への思い入れがなかったわけではないのである。その輝かしく堂々たるところはただ自然に出たもので、だからこそ眞の氣が橫溢して、修辭に腐心した跡が見えないだけなのだ。

韓琦の〈神道碑〉は、「詠は同鄉の傅霖と仲がよかった。進士に合格した後 傅にあてた詩に〝巢・由 相い笑う莫かれ、心に輕肥を爲さず（巢父や許由のような君、どうか笑わないでほしい、私には暖衣飽食の氣持はないのだから。）〟の句がある」と言っている。今 集中を見ると、これは七言詩である。琦はおそらくその大意をとったのであり、だから集本と合致しないのだ。さらに『陳輔之詩話』はいう。「蕭林之が溧陽《りつよう》（江蘇省）の知事だった時、張乖崖が彼を招待した。蕭は机の上にあった〝獨り恨む 太平 一事無く、江南 閑殺す 老尙書〟という絶句を見つけて、〝恨〟の字を〝幸〟に改め、〝公は功績優れ地位も高いだけに、つまらぬ連中の妬みを買います。こう改めておけば公と私は安泰です〝と言った。乖崖は、〝蕭君は一字の師だ〝と言ったとか」と。今 考えるに、集中の〈趙氏の西園に游ぶ〉詩の末聯に、「方《まさ》に信ず 承平 一事無く、淮陽 閒殺す 老尚書」と見える。詩中には〝恨〝の字も〝幸〝の字もなく、また〝江南〝の字もない。さらにこの詩は七言律詩で、絶句ではない。つまり輔之が記しているのは傳聞による不確かな話なのだ。さらに『青箱雜記』は 詠の〈官妓小英に贈る歌〉を載せているが、今 集中に見えない。この詩は表現が拙劣で、決して詠の作ではない。おそらくこれも呉處厚が巷間の俗説から誤って採録したもので、據るに足らないものだ。

【注】

一　乖崖集十二巻　附録一巻　四庫全書文淵閣本は、これを『寇忠愍公詩集三巻』の前に配している。

二　衍聖公孔昭煥家藏本　孔昭煥《こうしょうかん》は、曲阜（山東省）の人で、孔子七十一世の孫。『清史稿』巻四八三 儒林傳四 參照。衍聖公とは孔子の後裔が世襲する爵名である。四庫全書編纂の時、藏書四〇部を進獻した。そのうち九部が著録され、一八部が存目（四庫全書内に収めず、目録にのみ留めておくこと）に置かれた。

三　事蹟具宋史本傳　張詠の傳記は『宋史』巻二九三に見える。

四　一本十巻…　晁公武『郡齋讀書志』巻一九に「張乖崖集十巻」と著録される。提要が趙希弁『讀書附志』に見えるというのは誤り。晁公武は「銭易 撰する所の墓誌、李畋《りでん》 纂する所の語録 後に附す」という。

五　一本十二巻…　陳振孫『直齋書録解題』巻一七に「乖崖集十二巻 附録一巻」と著録される。陳振孫は「銭希白 墓誌を爲り、韓魏公 神道碑を爲る。近時 郭森卿 崇陽に宰たりて刻す。此の集 舊本は十巻、今 增廣し、〈語録〉を幷せて十二巻と爲す」という。

六　此本前有森卿序　『乖崖集』巻首〈乖崖集の序〉の末尾に「宣教郎・知鄂《がく》州崇陽縣・主管勸農營田公事 天台の郭森卿題辭」と署されている。鄂州崇陽縣（湖北省）は張詠のかつての任地。ここに赴任した郭森卿は、前任者の三山の陳侯樸から張詠の遺文を集めた書を授けられ、刊行を委囑されたという。

七　序稱…　『乖崖集』巻首〈乖崖集の序〉はいう。「『語録』は舊《もと》傳えて三卷有るも、今 傳記より采摭して僅かに一卷と爲し、焉《これ》に附す。遺事は載す所 未だ備わらず、輒ち 聞く所を以て增廣す。又た石刻中より詩八篇を增收す。好事者 公の年譜を爲る有りて、亦た 刪次を加えて別に一卷と爲す。尚お 其の世を論ずる者 宜しく取る有るべきのみ。舊本は之を通城の楊君 津の家に得たり。凡そ十卷、今 十二卷と爲す。其の會粹訂證は實に尉の曹孫君 惟寅に屬《しょく》し、學生 存中をして焉に參ぜしむ。外に韓魏公 作る所の〈神道碑〉・內翰王公の〈公の崇陽に宰たるを送る序〉・巽岩の〈祠堂記〉・項平庵の〈北峯亭記〉有り。此れ 其の文 皆 公を知るの深き者にして、爰《ここ》に竝びに之を錄す。覽る者 焉を詳らかにするを得んことを」と見える。續古逸叢書本『宋本乖崖先生文集』の〈乖崖集の序〉では「焉に附す」を「以て焉に附す」、「巽岩」を「李巽巖」に作る。

八　世刻「世」は「石」の誤り。

九　所稱刪次年譜別爲一卷　注七〈乖崖集の序〉參照。

一〇　兩莅益州…　『宋史』卷二九三 張詠傳によれば、太宗の時に「出でて益州に知たり」とあり、「其の爲政、恩威幷び用い、蜀の民 畏れて之を愛す」という。さらに眞宗卽位後の咸平五年（一〇〇二）に「復た命じられて益州に知たり」と見える。

一一　平日剛方尙氣…　『宋史』卷二九三 張詠傳に次のようなエピソードが見える。「詠 剛方もて自任し、治を爲すこと嚴猛を尙《たっと》ぶ、嘗て小吏の詠に忤《さから》う有り。詠 其の頸《くび》に械す。吏 恚《いか》りて曰く〝某《それがし》を斬るに非ずんば、此の枷 終に脫せじ〟と。詠 其の悖《さから》いしに怒りて、卽ち之を斬る。」

一二　西崑體　楊億《ようおく》・錢惟演《せんいえん》・劉筠《りゅういん》らに代表される詩派。晩唐の李商隱に倣った華麗な文辭と、典故や對句を多用した技巧的表現で一世を風靡した。彼らの詩風は唱和集『西崑酬唱集』二卷に見ることができる。

一三　西崑酬唱十七人　『四庫全書總目提要』卷一八六 集部 總集類一は『西崑酬唱集』二卷の條で、西崑酬唱の詩人は錢惟演・劉筠を主とし、それに唱和した楊億・李宗諤以下十五名を加えた合計十七名だという。これに對し、黃永年〈釋西崑酬唱集作者人數及篇章數〉（上海古籍出版社影印 清 周楨・王圖煒注『西崑酬唱集』附錄 一九八五）は、各種版本の楊億〈西崑詶唱集の序〉を檢討し、詩人は錢惟演・劉筠・楊億の三人に十五名を加えた十八名だと反論している。

一四　詠名在第十一　『西崑酬唱集』二卷に收錄された詩人を登場順に擧げると、上卷は楊億・劉筠《りゅういん》・錢惟演・李宗諤《りそうがく》・陳越・李維・劉隲《りゅうしつ》・丁謂・刁衎《ちょうかん》・闕名・任隨・張詠、下卷は舒雅・錢惟濟・晁迥《ちょうけい》・崔遵度・薛映・劉秉《りゅうへい》となっている。闕名を除けば、張詠は十一番目となる。

一五　其聲賦一首…　『乖崖集』附錄 韓琦〈故樞密直學士禮部尙

書贈左僕射張公神道碑銘〉（『安陽集』巻五〇）に次のように見える。「文章 雄健にして氣骨有り、其の人と爲りに稱《かな》う。嘗て〈聲の賦〉を爲り、梁公周翰 覽て歎じて曰く〝二百年來 此の作を見ず〟と。」梁周翰（九二九～一〇〇九）は、最初 後周に仕え、のち宋で翰林學士・工部侍郎に至った人物。

一六　一百年　「二百年」の誤り。注一五參照。

一七　韓琦神道碑…　『乖崖集』附錄 韓琦〈故樞密直學士禮部尚書贈左僕射張公神道碑銘〉（『安陽集』巻五〇）に「逸人傅霖《ふりん》は高踏の士にして、公と素《もと》より善し。公 嘗て與に夜會して劇談す。時に 諸鄰 瘧《おこり》を病む者 多きも、一夕 頓《とみ》に愈《い》ゆ。第に登るに逮《およ》び、傅に詩を與えて〝巢・由 相い笑う莫かれ、心に輕肥を爲さず〟の句有り。此れ 公の志を見るなり」とある。「巢・由」とは古代の隱者巢父と許由。堯から天下を譲られようとした許由は、汚れた話を聞いたとしておのれの耳を洗い、巣父はその水を汚れたと言ってわたろうとしなかった。「輕肥」は暖衣飽食、贅澤な暮し。『論語』雍也篇「肥馬に乘り、輕裘を衣る」に基づく。

一八　集中乃作七言　『乖崖集』巻五所收の七言絶句〈傅逸人に寄す〉の第三・四句では、「語を寄すに 巢・由 相い笑う莫かれ、此の心 是れ 輕肥を愛さず」に作る。

一九　陳輔之詩話…　胡仔『苕溪《ちょうけい》漁隱叢話』巻二五に引く『陳輔之詩話』は次のようにいう。「蕭楚才 溧陽《りつよう》縣に知たり。時に張乖崖 牧と作りて、一日 召食す。公の几案に一絶有りて、〝獨り恨む 太平 一事無く、江南 閑殺す 老尙書〟と云うを見る。蕭〝恨〟を改めて〝幸〟の字に作る。公 出でて、藁を視て曰く〝誰か吾が詩を改むる〟と。左右 實を以て對う。蕭 曰く〝公と與に身を全うせん。公の功は高く 位は重し。姦人側目の秋なり。且つ 天下一統して、公 獨り太平を恨むとは、何ぞや〟と。公 曰く〝蕭弟は一字の師なり〟と。

二〇　集中游趙氏西園詩末聯云…　『乖崖集』巻三〈趙氏の西園に游ぶ〉は七言律詩。尾聯に「方《まさ》に信ず 承平 一事無く、淮陽閒殺す 老尙書」と見える。なお、吳處厚『靑箱雜記』巻七は、これを張詠が晩年に淮陽郡の長官をしていた時の作とし、この句が詩讖となって、一年後に張詠が沒したことをいう。

二一　靑箱雜記載詠贈官妓小英歌　吳處厚『靑箱雜記』巻八は、近世の正人端士もみな艷麗の詞を作っているとし、張詠の〈席上 官妓小英に贈る歌〉の全篇を引いている。

二二　今不見集中　『乖崖集』巻二に〈筵上 小英に贈る〉という題で收録されている。集中に見えないとする提要の說は誤りである。

【附記】

『全宋詩』（第一册　卷四八～卷五一）、『全宋文』（第三册　卷一〇四～卷一〇八）ともに續古逸叢書本之四一『宋本乖崖先生文集』十二卷（潘氏滂熹齋藏宋刊本の影印）を底本とする。

五　小畜集《しょうちくしゅう》三十巻　[二]小畜外集七巻

[一]鴻臚寺少卿曹學閔《そうがくびん》家藏本
[三]兵部侍郎紀昀《きいん》家藏本

【王禹偁《おううしょう》】九五四～一〇〇一
字《あざな》は元之《げんし》、鉅野《きょや》（山東省鉅野縣）の人。農家の出身。太平興國八年（九八三）の進士。地方官を經て、端拱《たんきょう》元年（九八八）に、文名を聞いた太宗によって中央に召され、右拾遺・直史館に拔擢された。剛直を以て知られ、度々直諫して左遷となり、流謫地の蘄《き》州（湖北省蘄春縣）にて沒した。五代の浮靡を退け、文は韓愈・柳宗元を、詩は杜甫・白居易を繼承し、北宋初の文壇に確固とした地位を築いた。『宋史』卷二九三 王禹偁傳 參照。

宋王禹偁撰。禹偁字元之、鉅野人。太平興國八年進士、官至翰林學士・知制誥。[四]屢以事謫守郡、終於知蘄州。事蹟具[五]宋史本傳。禹偁嘗自次其文、以易筮之、[六]得乾之小畜、因以名集。[七]晁公武讀書志・陳振孫書錄解題皆作三十卷、與今本同。惟[八]宋志作二十卷。然宋志荒謬最甚、不足據也。宋承五代之後、文體纖儷、禹偁[九]始爲古雅簡淡之作。其奏疏尤極剴切。[一〇]宋史採入本傳者、議論皆英偉可觀。在詞垣時所爲應制駢偶之文、亦多宏麗典贍、不愧一時作手。

集凡賦二卷、詩十一卷、文十七卷。[一一]紹興丁卯歷陽沈虞卿嘗刻之黃州。[一二]明代未有刊本、世多鈔傳其詩、而全集罕覯。故[一三]王士禎池北偶談稱僅見書賈以一本持售、後不可復得爲憾。[一四]近時平陽趙氏始得宋本刊行。

而[一五]陳振孫書錄解題所載外集三百四十首、[一六]其曾孫汾所裒輯者、則久佚不傳。

[一七]此殘本爲河閒紀氏閱微草堂所藏。僅存第七卷至第十三卷。而又七卷前闕數頁、十三卷末集賢錢侍郎知大名府序惟有篇首二行、計亦當闕一兩頁。原帙籤題、卽曰小畜外集殘本上下二册、知所傳止此矣。其中次韻和朗公見贈詩及題下自註、[一八]朗字皆闕筆、知猶從宋本影鈔也。凡詩四十四篇、雜文八篇、論議五篇、傳三篇、箴贊頌九篇、代擬二十篇、序十二篇、共一百一篇。較原帙僅三之一。然北宋遺集、流傳漸少。[一九]我皇上稽古右文、凡零篇斷簡、散見[二〇]永樂大典中者、苟可編排、咸命儒臣輯錄成帙、以示表章。[二一]此集原書七卷、巋然得存。是亦可寶之祕笈、不容以殘闕廢矣。

【訓讀】

宋 王禹偁《おううしょう》の撰。禹偁 字は元之、鉅野《きょや》の人。太平興國八年の進士にして、官は翰林學士・知制誥《ちせいこう》に至る。[四]屢《しば》しば事を以て守郡に謫《たく》せられ、知蘄《き》州に終わる。事蹟[五]『宋史』本傳に具われり。禹偁 嘗て自《みずか》ら其の文を次し、易《えき》を以て之を筮《ぜい》し、[六]「乾《けん》の小畜に之《ゆ》く」を得て、因りて以て集に名づく。[七]晁公武『讀書志』・陳振孫『書錄解題』皆 三十卷に作り、今本と同じ。惟だ[八]『宋志』のみ二十卷に作る。然れども『宋志』荒謬 最も甚だしく、據るに足らざるなり。

宋 五代の後を承け、文體 纖儷《せんれい》、禹偁 [九]始めて古雅簡淡の作を爲《つく》る。其の奏疏 尤《もっと》も剴切《がいせつ》を極む。[一〇]『宋史』本傳に採入せし者は、議論 皆 英偉にして觀るべし。詞垣《しえん》に在りし時に爲《つく》る所の應制駢偶の文も、亦た多くは宏麗典贍《こうれいてんせん》にして、一時の作手に愧じず。

集 凡そ 賦二卷、詩十一卷、文十七卷。[一一]紹興丁卯 歷陽の沈虞卿《しんぐけい》 嘗て之を黃州に刻す。[一二]明代 未だ刊本有らず、世 多く其の詩を鈔傳するも、全集は覯ること罕《まれ》なり。故に[一三]王士禎《おうしてい》『池北偶談』稱す、「僅かに書賈《こ》 一本を以て持《じ》售《しゅう》せしを見るも、後 復た得《う》べからざるを憾《うら》みと爲す」と。[一四]近時 平陽の趙氏 始めて宋本を得て刊行す。而るに陳振孫[一五]『書錄解題』載す所の『外集』三百四十首、其の曾孫[一六] 汾《ふん》の裒《ほう》輯せし所の者は、則ち 久しく佚して傳わらず。此の殘本[一七] 河間の紀氏閱微草堂《えつびそうどう》の藏する所爲り。僅かに第七卷より第十三卷に至るまでを存すのみ。而して 又た七卷の前 數頁を闕《か》き、十三卷の末〈集賢錢侍郎 大名府に知たるの序〉は惟だ篇首の二行有るのみにして、計するに亦た當に一兩頁を闕《か》くべし。原帙の籖題《せんだい》は、卽ち「小畜外集殘本上下二册」と曰い、傳わる所 此に止《とど》まるを知れり。其の中〈次韻して朗公《ろうこう》より贈らるるに和す〉詩及び題下の自註、「朗」[一八]の字 皆 闕筆にして、猶お 宋本從り影鈔するがごときを知るなり。凡そ 詩四十四篇、雜文八篇、論議五篇、傳三篇、箴《しん》・贊・頌《しょう》九篇、代擬二十篇、序十二篇、共に一百一篇。原帙に較ぶるに僅かに三の一なり。然れども北宋の遺集、流傳 漸く少なし。[一九]我が皇上 稽古右文《けいこゆうぶん》にして、凡そ 零篇斷簡、[二〇]『永樂大典《えいらくたいてん》』中に散見する者の、苟くも編排すべきは、咸《みな》 儒臣に命じて輯錄して帙を成さしめ、以て表章を示す。[二一]此の集の原書七卷、巋《き》然として存するを得たり。是れ 亦た 寶とすべきの祕笈《ひきゅう》にして、殘闕を以て廢す容《べ》からず。

【現代語譯】

宋 王禹偁《おううしょう》の著。禹偁は字を元之といい、鉅野《きょや》（山東省鉅野縣）の人である。太平興國八年（九八三）の進士で、官は翰林學士・知制誥《ちせいこう》に至った。しばしば問題を起こして地方官に流され、蘄《き》州（湖北省蘄春縣）の知事で終わった。事蹟は『宋史』本傳に詳しい。かつて禹偁が自分で詩文を編次するに當たり、筮竹《ぜいちく》で占ったところ「乾《けん》の小畜《しょうちく》に之《ゆ》く」の卦が出たので、それを文集の名とした。晁公武『郡齋讀書志』・陳振孫『直齋書錄解題』は、ともに三十卷としており、今の本と同じである。ただ『宋史』藝文志だけが二十卷に作っている。しかしながら、『宋史』藝文志は杜撰《ずさん》極まりなく、證據とするに足りない。

宋は五代の後を承けて、文體は纖細な駢儷文だったところへ、禹偁が始めて古雅で簡潔な作品を作ったのである。その奏疏文は 特にずばりと核心を突いている。『宋史』王禹偁傳に採録されたものは、いずれも議論が堂々としていて、目をみはるものがある。詔敕制作の任に在った時に作った應制（皇帝の命による作）の駢儷文は、これまたその多くは壯麗典雅で、當時の一流作家の名に愧じない。

集は 全部で 賦二卷、詩十一卷、文十七卷である。紹興丁卯（一一四七）の年に歷陽（安徽省和縣）の沈虞卿《しんぐけい》が黃州（湖北省黃州市）で刻行したことがあった。明代に刊刻された版本はない。代々禹偁の詩は、筆寫されて傳わってきたが、全集はめったに見られなかった。だから王士禛《おうしてい》『池北偶談』が、「本屋が一セットを持ってきたのを見ただけで、以後二度と手に入れる機會がないのが殘念だ」と言ったのだ。近ごろ 平陽（山西省臨汾市）の趙氏が始めて宋版を手に入れて刊行した。しかし、陳振孫『書錄解題』が載せている『外集』の三百四十首、すなわち曾孫の王汾《おうふん》が輯めたものは、散逸して久しく傳本がなかった。

此の殘本は、河間の紀氏閱微草堂《えつびそうどう》の所藏するものである。僅かに第七卷から第十三卷までしか殘っていない。しかも、第七卷の初めの數頁が缺けており、第十三卷の最後の〈集賢錢侍郎 大名府に知《ち》たるの序〉（集賢學士の錢侍郎が大名府の知事として赴任するのを送る序）は、ただ本文の初めの二行が有るだけで、これまた一二頁が闕けている見當になる。原帙の題籤《だいせん》には「小畜外集殘本上下二册」とあることから、現存するのはこれだけだとわかる。その中〈次韻して 朗公より贈らるるに和す（朗公から贈られた詩に次韻して唱和する）〉詩という詩題および詩題の下の自註は、「朗」の字が 皆 闕筆《けっぴつ》となっており、宋版から筆寫したものらしいとわかるのだ。全部で 詩四十四篇、雜文八篇、論議五篇、傳三篇、箴《しん》・贊・頌《しょう》九篇、代擬二十篇、序十二篇、合計一百一篇になる。本來のものに比べると、三分の一にすぎない。しかしながら、北宋の遺集の傳本は、少なくなる一方だ。我が皇帝陛下は、古えを尊び學問を重んじるお方で、そもそも『永樂大典』中に散見する不完全な詩文篇も、編集可能なものは全て儒臣に命じて輯錄して書物の體裁にし、ご顕彰になる。（まして）この集は原書のうちの七巻が、堂々と現存しているのだ。これもまた、寶とすべき祕《ひ》笈《きゅう》本であり、缺けているからといって捨て置くことは許されない。

【注】

一　鴻臚寺少卿曹學閔　曹學閔《そうがくびん》（一七一九～一七八七）は、字を孝如、號を慕堂といい、汾陽（山西省汾陽縣）の人。乾隆一九年（一七五四）の進士。鴻臚寺少卿は當時の彼の官名。四庫全書編纂の際には、『小畜集』を含む書籍三部を獻上している。

二　小畜外集七卷　四庫全書文淵閣本には、「小畜外集七卷」は收録されていない。

三　兵部侍郎紀昀家藏本　紀昀《きいん》（一七二四～一八〇五）は、字を曉嵐《ぎょうらん》といい、直隷獻縣（河北省獻縣）の人。乾隆一九年（一七五四）の進士。十三年の長きにわたり四庫全書總纂官として校訂整理に當たり、『四庫全書總目提要』編纂の最高責任者の一人であった。その書齋を閱微草堂という。自らも家藏本を進獻し、そのうち六二部が著録され、四三部が存目（四庫全書内に收めず、目録にのみ留めておくこと）に置かれている。兵部侍郎は當時の官名である。

四　屢以事謫守郡　王禹偁は官界で三度の失脚を經驗している。判大理寺だった時、尼僧道安《どうあん》に誣告された徐鉉を辯護して太宗の不興を買い、商州團練副使に貶《おと》されたのが最初で、この時は太宗の晩年に翰林學士・知制誥《ちせいこう》として復歸した。しかし、太宗の三番目の皇后宋氏の死に際し、朝廷が皇后としての服喪を行わなかったことに不滿を抱き、それを客に洩らしたところ、朝廷誹謗《ひぼう》の科《とが》で知滁州《ちじょしゅう》に左遷された。二度目の失脚である。眞宗が卽位すると、再び知制誥として中央政界に復歸したが、『太祖實錄』の執筆に際しありのままを書いたところ、それが問題とされ、知黄州に左遷された。王禹偁を王黄州ともいうのはこれによる。のち、才を惜しんだ眞宗によって黄州より下流の蘄《き》州に移され、そこで沒した。眞宗はこれを悼み、子に進士出身の榮譽を賜った。

五　宋史本傳　『宋史』卷二九三 王禹偁傳には、「世《よ》よ農《のう》爲り」とあり、晁公武も「家は微賤」（『郡齋讀書志』卷一九）という。禹偁が官僚の家柄ではなく、農家の出であったことがわかる。北宋初には、子供に科擧のための學問をさせることができるほど富裕な農家が出現していたのである。貴族社會の餘習を引きずっていた唐代とは異なり、宋代の科擧は官僚政治を支える唯一無二の手段として、各階層出身の優れた人材を取りこみながら新しい文化の擔い手を育てたのである。禹偁が装飾的な駢儷文よりも簡潔で力のある文體を好んだのは、その出身と無關係ではあるまい。

六　得乾之小畜、因以名集　王禹偁〈小畜集自序〉（四庫全書文淵閣本は収載せず。四部叢刊本『小畜集』前附）は、咸平三年（一〇〇〇）十二月晦日、三度目の左遷で黄州に居た時に書かれたものである。序文にいう。「…年四十有六にして、髪白く目昏《くら》し。居常多病にして、沒世して名稱されざるを大いに懼《おそ》る。因りて平生《へいぜい》爲る所の文を閲《けみ》し、散失焚棄《ふんき》の外は、類《るい》して之を第し、三十巻を得たり。將《まさ》に其の集に名づけんとして、『周易』を以て之を筮《ぜい》すに、〝乾《けん》☰☰の小畜《しょうちく》☴☰に之《ゆ》く〟に遇う。〈乾《けん》〉の〈象《しょう》〉に曰く、〝君子以て自强息《や》まず〟と。是れ、禹偁修辭もて誠を立て、守道もて己を行うの義なり。〈小畜〉の〈象〉に曰く、〝風天上に行く、小畜なり。君子以て文德を懿《よ》くす〟と。説く者曰く、〝未だ其の施《し》を行う能わず、故に文を懿《よ》くすべきのみ〟と。是れ禹偁位は道を行う能わず、文は以て身を飾るべきなり。集を『小畜』と曰うは、其れ然らざるか。」〈乾〉の卦は、〈象傳〉によれば、天の運行のごとく、たゆみなく自彊の努力を續けることで、〈小畜〉は、君子の文德、すなわち詩文をよくすること。德を蓄積するものの、廣く施す段階にはなく、文德の段階に止《とど》まる。ここでは、僻地に左遷されて、重要官職から外され、君子の德を施すことができないため、今しばらく、德を蓄積し、詩文にその意を託そうとしたのである。

七　晁公武讀書志・陳振孫書錄解題　『郡齋讀書志』巻一九および『直齋書錄解題』巻一七には、「小畜集三十巻」が著錄されている。『東都事略』も三十巻に作る。

八　宋志作二十巻　『宋史』藝文志には「王禹偁集三巻」とある。二十巻に作るのは「宋史」王禹偁傳の方である。

九　始爲古雅簡淡之作　王禹偁に對する評價は、蘇頌《そしょう》〈小畜外集の序〉（『蘇魏公集』巻六六）の次の言葉に凝縮されている。「竊《ひそ》かに謂《おも》えらく、文章の末流、唐の季《すえ》由《よ》り五代に渉《わた》り、氣格摧弱《さいじゃく》、鄙俚《ひり》に淪《しず》む。國初屢《しば》しば作者の、風を變ずるに留意せしもの有るも、習いは尙《な》お移し難く、未だ雅を復す能わず。公特起するに至り、力《つと》めて斯文《しぶん》を振るい、六經《りくけい》（經書）を根源とし、百氏（諸子百家）を枝派とし、浮僞《ふぎ》（嘘いつわり）を斥《しりぞ》け、陳言（陳腐な文辭）を去り、作りて之を述べ、道を一變す。」

一〇　宋史採入本傳者　『宋史』巻二九三王禹偁傳が採錄するのは、〈禦戎《ぎょじゅう》十策の奏〉〈歳旱《としひでり》にして減祿《げんろく》を乞う疏〉〈李繼遷を討つ便宜を論ずる奏〉〈詔に應じて事を言う〉の四篇。

一一　紹興丁卯歴陽沈虞卿嘗刻之黄州　沈虞卿《しんぐけい》〈小畜集の序〉

（四庫全書文淵閣本は收載せず。四部叢刊本『小畜集』卷末附載）によれば、紹興一七年、黄州の臨時知事だった沈虞卿が、舊本一六三、八四八字を得て、『小畜集』八册、版木四三二枚を刻したという。このほか、紙の値や工賃などに關する詳細な記述もある。

一二　明代未有刊本…　明萬曆三八年（一六一〇）に書かれた謝《しゃ》肇淛《ちょうせつ》〈小畜集の跋〉（四部叢刊本『小畜集』卷末附載、四庫全書文淵閣本は收載せず）によれば、謝肇淛は、若い頃から王禹偁の全集を捜していたが、どうしても手に入れることができなかった。ようやく、昨年（一六〇九）都に赴いた際に、宰相葉向高《しょうきょうこう》を通じて宮中所藏の宋刊本を借り受けて自ら筆寫したという。明に刊本がなく、全集が稀覯《きこう》本となっていたことの證左となろう。

一三　王士禎池北偶談稱…　『池北偶談』にこの條は見えない。何に基づくのか未詳。

一四　近時平陽趙氏始得宋本刊行　乾隆二五年（一七六〇）に平陽府太平縣（山西省）の趙熟典の愛日堂が宋版を重刻したことを指す。

一五　陳振孫書錄解題所載外集　『直齋書錄解題』卷一七は、「外集二十卷」に作り、「其の曾孫汾《ふん》遺文を裒輯《ほうしゅう》し、三百四十首を得たり」という。

一六　曾孫汾　『宋史』王禹偁傳は、曾孫の汾が、進士甲科に擧げられ、工部侍郎に至ったが、元祐の黨籍に入れられたことを傳えている。元祐の黨籍とは、北宋末、新法黨の蔡京が宰相の位に就き、元祐年間に政權に在った舊法黨の人々を彈壓するために作った名簿。石碑に刻ませて、かれらの思想や學術を禁止し、蘇軾や黄庭堅らの文集は版木まで燒かれた。『小畜外集』散逸の一因と考えられる。

一七　此殘本爲河間紀氏閱微草堂所藏　注三參照。

一八　朗字皆闕筆　宋太祖の祖先に玄朗という名の人物がおり、宋朝では「朗」の字は「明」に改めるか、もしくは闕筆にされる。

一九　我皇上稽古右文　稽古右文《けいこゆうぶん》とは古えのものを尊重し、文（學問）を重んじること。ここで四庫全書編纂などの文化事業を興した乾隆帝を稱える。

二〇　永樂大典　『永樂大典《えいらくたいてん》』は明永樂帝が編纂させた類書（百科全書）。二二八七七卷。古今の著作の詩文を韻ごとに配列する。四庫全書の編纂に當たって、すでに散逸した書籍については『永樂大典』より拾い出し、輯佚本を作成している。これらは永樂大典本と呼ばれ、四庫全書に收入されたのは五一五種、そのうち別集は一六五種にのぼる。

二一　此集原書七卷　「原書」とは『永樂大典』からの輯佚本で

ないことをいう。

【附記】
最も行われているのは、四部叢刊所収の『小畜集』および『小畜外集』である。『全宋詩』（第二冊　巻五九〜巻七二）は、四部叢刊本『小畜集』と光緒年間の孫星華増刻本『小畜外集』を底本とし、『全宋文』（第四冊　巻一三七〜巻一五八）は、四部叢刊本『小畜集』『小畜外集』を底本としている。なお、南宋初刊本の『外集』存七巻は現在静嘉堂文庫に藏されている。近年、徐規『王禹偁事迹著作編年』（一九八二　中國社會科學出版社）や王延梯選注『王禹偁詩文選』（一九九六　人民文學出版社）が出版されている。

六　武夷新集《ぶいしんしゅう》二十巻

[一]江蘇巡撫採進本

【楊億《ようおく》】九七四～一〇二一

字《あざな》は大年《たいねん》、建州浦城《ほじょう》（福建省浦城縣）の人。幼い頃から神童と稱され、雍熙元年（九八四）、十一歳の時に太宗の前で詩賦を作り、祕書省正字を授けられた。淳化三年（九九二）に進士及第を賜り、光祿寺丞・著作佐郎に進んだ。眞宗が即位すると、『太宗實錄』の編纂に參劃した。また、『冊府元龜《さっぷげんき》』の編纂官となったが、王欽若等と相容《い》れず、一時病氣と稱して官を辭した。のち工部侍郎などの要職を歷任した。眞宗朝を代表する詩人で、『西崑酬唱集《せいこんしゅうしょうしゅう》』は、錢惟演《せんいえん》や劉筠《りゅういん》らの唱和詩を集めた詩集である。晩唐の李商隱に倣った華麗な文辭と、典故や對句を多用した技巧的表現で知られ、その詩風は西崑體として一世を風靡した。仁宗の時、文と諡《おくりな》された。

『宋史』卷三〇五　楊億傳　參照。

宋楊億撰。億有[二]歷代銓政要略、已著錄。[三]宋史億本傳載、所著有括蒼・武夷・潁陰・韓城・退居・汝陽・蓬山・冠鼇諸集、及內外制・刀筆。[四]藝文志所著錄者、惟蓬山集五十四卷、武夷新編集二十卷、潁陰集二十卷、刀筆集二十卷、別集十二卷、汝陽雜編二十卷、鑾坡遺札二十卷。較本傳所載、已不相符。[五]陳氏書錄解題謂億所著共一百九十四卷。[六]館閣書目猶有一百四十六卷。今倶亡佚、所存者獨武夷新集及[七]別集而已。武夷新集者、億景德丙午入翰林、明年輯其十年以來詩筆而自序之。別集者、避讒歸陽翟時作也。此本但有武夷新集、則別集又亡矣。別本或題曰[八]楊大年全集、誤也。凡詩五卷、雜文十五卷。大致宗法[九]李商隱、而時際昇平、春容典贍、無唐末五代衰颯之氣。[一〇]田況儒林公議稱、億在[一一]兩禁、變文章之體、[一二]劉筠・[一三]錢惟演輩皆從而斅之、時號楊・劉。三人以詩更相屬和、極一時之麗。惟[一四]石介不以爲然、至作[一五]怪說以譏之。見所著徂徠集中。[一六]近時吳之振作宋詩鈔、遂置億集不錄、未免隨聲附和。觀[一七]蘇軾深以介說爲謬、至形之於奏牘、知文章之不可以一格限矣。

【訓讀】

宋 楊億《ようおく》の撰。億『[二]歴代銓政要略』有りて、已に著錄す。『[三]宋史』億の本傳載す、「著す所『括蒼《かっそう》』『武夷《ぶい》』『穎陰《えいいん》』『韓城』『退居』『汝陽』『蓬山』『冠鼇《かんごう》』の諸集、及び『內外制』『刀筆』有り」と。『[四]藝文志』著錄する所の者は、惟だ『蓬山集』五十四卷、『武夷新編集』二十卷、『穎陰集』二十卷、『刀筆集』二十卷、『別集』十二卷、『汝陽雜編』二十卷、『鑾坡遺札《らんばいさつ》』二十卷のみ。本傳の載する所に較ぶるに、已に相い符せず。[五]陳氏『書錄解題』謂う「億 著す所共に一百九十四卷。『[六]館閣書目』猶お 一百四十六卷有り。今 倶に亡佚し、存する所の者 獨《た》だ『武夷新集』及び『[七]別集』のみ。『武夷新集』なる者は、億 景德丙午 翰林に入り、明年 其の十年以來の詩筆を輯《あつ》めて自ら之に序す。『別集』なる者は、讒《ざん》を避けて陽翟《ようてき》に歸りし時の作なり」と。此の本 但だ『武夷新集』のみ有り、則ち『別集』又た亡べり。別本 或るもの題して『[八]楊大年全集』と曰うは、誤りなり。

凡そ 詩五卷、雜文十五卷。大致《おおむね》 [九]李商隱に宗法するも、時 昇平に際し、春容典贍《てんせん》、唐末五代の衰颯《すいさつ》の氣 無し。[一〇]田況『儒林公議』稱す、「億 [一一]兩禁に在りて、文章の體を變じ、[一二]劉筠・[一三]錢惟演の輩 皆 從いて之に斅《なら》い、時に「楊・劉」と號す。三人 詩を以て更《こも》ごも 相い屬和《ぞくわ》し、一時の麗を極む」と。惟《た》だ[一四]石介《せっかい》のみ以て然りと爲さず、〈[一五]怪の說〉を作りて以て之を譏《そし》るに至る。著す所の『徂徠集《そらいしゅう》』中に見ゆ。近時[一六]呉之振『宋詩鈔』を作り、遂に億の集を置きて錄せざるは、未だ隨聲附和なるを免れず。蘇軾[一七]深く介の說を以て謬《びゅう》と爲し、之を奏牘《そうとく》に形《あらわ》すに至るを觀るに、文章一格を以て限るべからざるを知れり。

【現代語譯】

宋 楊億《ようおく》の著。億には『歴代銓政要略』があり、すでに著錄している。『宋史』楊億傳は彼の著作として『括蒼《かっそう》』『武夷《ぶい》』『潁陰《えいいん》』『韓城』『退居』『汝陽』『蓬山』『冠鼇《かんごう》』の諸集、および『内外制』『刀筆』を載せている。『宋史』藝文志が著錄しているのは、ただ『蓬山集』五十四卷、『武夷新編集』二十卷、『潁陰集』二十卷、『刀筆集』二十卷、『別集』十二卷、『汝陽雜編』二十卷、『鑾坡遺札《らんぱいさつ》』二十卷だけである。楊億傳が載せているものに較べると、この時點ですでに一致しない。陳振孫『直齋書錄解題』はいう。「億の著作は全部で一百九十四卷。『館閣書目』中には、なお一百四十六卷がある。今みな散逸して、現存するのは、ただ『武夷新集』と『別集』だけである。『武夷新集』というのは、景德三年（一〇〇六）に翰林院に入った億が、翌年その十年來の詩文を輯めて自序をつけたもの。『別集』というのは、讒言から逃れて陽翟《ようてき》に歸隱した時の作である」と。この本は『武夷新集』しかないので、『別集』もまた亡びたということだ。別本で『楊大年全集』と題するものがあるが、誤りである。

全部で詩五卷、雜文十五卷である。おおむね李商隱を手本とするが、時は太平の世で、（その詩文は）穩健かつ典雅、唐末や五代の衰微の氣風がない。田況『儒林公議』はいう。「億が翰林院に居て、文風を一變させ、劉筠や錢惟演等が皆これに倣《なら》い從い、當時「楊・劉」と呼ばれた。三人は詩を以て互いに唱和し、その華麗さは一世を風靡した」と。ただ、石介《せっかい》だけが承服せず、〈怪の說〉を作ってそれを譏《そし》った。介の著した『徂徠集』中に見える。近頃、呉之振が『宋詩鈔』を作った際、億の詩を無視して採錄しなかったのは、附和雷同といわざるを得ない。蘇軾は、介の說を誤りだとしており、それを奏牘《そうとく》に示したことを見ても、文學は一つのものさしで計ることができないということがよくわかる。

【注】

一　江蘇巡撫採進本　採進本とは、四庫全書編纂の際、各省の長にあたる巡撫《じゅんぶ》、總督《そうとく》、尹《いん》、鹽政《えんせい》などを通じて朝廷に獻上された書籍をいう。江蘇巡撫より進呈された本は『四庫採進書目』によれば一七二六部、そのうち三一〇部が著録され、五五一部が存目（四庫全書内に収めず、目録にのみ留めておくこと）に置かれた。

二　歴代銓政要略　『四庫全書總目提要』巻八〇　史部　職官類に存目として『歴代銓政要略』一巻が著録される。

三　宋史億本傳載　『宋史』巻三〇五　楊億傳には、「著す所、括《かっ》蒼《そう》・武夷・潁陰《えいいん》・韓城・退居・汝陽・蓬山・冠鼇《かんごう》　等の集、内外制・刀筆、共に一百九十四巻」とある。

四　藝文志所著錄者　『宋史』藝文志七は、「蓬山集五十四巻、又た　武夷新編集二十巻、潁陰集二十巻、刀筆集二十巻、別集十二巻、汝陽雜編二十巻、鑾坡遺札十二巻」に作り、ほかに億の作として「號略集七巻」が擧がっている。提要は『鑾坡遺札』を二十巻に誤り、『號略集』については見落としている。

五　陳氏書錄解題謂…　陳振孫『直齋書錄解題』巻一七は、「武夷新集二十巻」のほかに、「別集十二巻」も著録している。

六　館閣書目　『中興館閣書目』を指す。北宋末の戰亂で宮中の書物の多くが散佚したため、南宋の淳熙年間に藏書を整理して作成された藏書目錄。現在、原本は傳わらず、『直齋書錄解題』や『玉海』などの各種目錄から抜粋された輯佚本が存在するのみ。

七　別集　『直齋書錄解題』（注五）は次のようにいう。「祥符五年（一〇一二）、讒《ざん》を避け、狂と佯《いつわ》りて陽翟《ようてき》に歸《かえ》りし時に作る所なり。〈君思う可《べ》しの賦〉其の首に居り、亦た本傳に見ゆ。餘の書疏は　皆　其の弟　倚《い》（のため）に作りて酬答す。倚　亦た景德中（一〇〇四～一〇〇七）の進士なり。」〈君思う可《べ》しの賦〉とは、『宋史』楊億傳によれば、王欽若や陳彭年に讒言された際、忠憤を抒した作という。

八　楊大年全集　今、この表題がついた版本は見當たらない。

九　李商隱　八一二?～八五八　晩唐を代表する詩人。字は義山、懐州河内（河南省沁陽《しんよう》）の人。夥《おびただ》しい量の典故と華麗な表現の中に、沈鬱な憂愁を詠った。

一〇　田況儒林公議稱…　『儒林公議』巻上に見える話。

一一　兩禁　翰林院のこと。翰林學士の官舎は皇宮の北門の兩側にあったため、このようにいう。楊億が翰林學士となったのは、景德三年（一〇〇六）のことである。

一二　劉筠　九七一～一〇三一　字は子儀、大名（河北省大名縣）の人。咸平元年（九九八）の進士。眞宗・仁宗の兩朝に仕え、官は翰林學士承旨兼龍圖閣直學士に至った。西崑體の代表詩人で、對偶や華麗な辭藻によって、億と竝び稱された。

一三　錢惟演　九七七～一〇三四　字は希聖、臨安（浙江省杭州市）の人。宋に歸順した呉越王 俶《しゅく》の子。眞宗の景德年間に一世を風靡した西崑體《せいこんたい》の代表詩人。

一四　石介　一〇〇五～一〇四五　仁宗朝の儒學者、古文家。『徂徠集』二〇巻が現存する。柳開に心醉して古文を習い、西崑體の文學を批判した。本書一五「徂徠集二十巻」參照。

一五　怪說以譏之　『徂徠集』巻五〈怪の說〉中篇は、楊億に對する痛烈な批判の文章である。「昔、楊翰林（億）文章を以て天下に宗爲《た》らんと欲するも、天下の未だ盡く己の道を信ぜざるを憂《うれ》う。是に於いて 天下の人の目を盲にし、天下の人の耳を聾《ろう》にす。天下の人の目 盲なるをして、周公・孔子・孟軻《もうか》・揚雄・文中子・韓吏部（愈）の道 有るを見ざらしむ。…周公・孔子・孟軻・揚雄・文中子・韓吏部の道 滅ぶを俟《ま》ちて、乃ち其の盲を發《ひら》き、其の聾を開き、天下をして唯だ己の道を見、唯だ己の道を聞き、他 有るを知る莫からしむ。」石介は、億の文學が人々を惑わし、六經に基づく文、すなわち古文の道を廢れさせてしまったのだとする。

一六　近時呉之振作宋詩鈔　『宋詩鈔』は、康熙一〇年（一六七一）の編定。明末から清初にかけて興った宋詩再評價の氣運の中で編纂された、宋の一百家（うち十六家は未刻）の詩を選錄して小傳・批評を加えている。宋人別集の提要もこの功に負うところ大である。なお、提要は編者を呉之振（一六四〇～一七一七）とするが、編纂の功は實は呂留良（一六二九～一六八三）にある。呂留良は文字の獄によって、その墓が暴かれ、著述はすべて廢棄されたため、清朝を通じて『宋詩鈔』から呂留良の名は抹殺された。

一七　蘇軾深以介說爲謬…　蘇軾〈學校の貢擧《こうきょ》を議《ぎ》する狀〉（中華書局本『蘇軾文集』巻二五）を指す。これは、王安石が詩賦によって人を採る從來の科擧の弊害を除くために太學を擴張し、その中から學問人物に優れた者を貢擧しようとしたのに反對した上表文である。蘇軾は、楊億と石介とを對比させて次のようにいう。「近世の士大夫、文章に華靡なる者、楊億に如《し》くは莫し。楊億をして尚《なお》在らしめば、則ち忠清鯁亮《こうりょう》の士たらん。豈に華靡を以て之を少《か》くを得んや。通經學古の者 孫復・石介に如《し》くは莫し。孫復・石介をして尚在《なおあ》らしめば、則ち迂闊矯誕《うかつきょうたん》の士たらん。又た 之を政事の間に施すべけんや。唐より今に至るまで 詩賦を以て名臣と爲《な》る者 勝《あ》げて數《かぞ》うべからず。何ぞ天下に負《そむ》きて、必ず之を廢するを欲せんや。」唐の時代から政治を支えてきたのは詩賦を以て名の顯われた人々であり、宋朝では楊億がそれに相當する。孫復や石介らの世事に疎い道學者は、かえって實際の政事に役立たないという。孫復や石介は、太學で道學を講じる教官であった。

【附記】

『全宋詩』（第三冊　卷一一五～卷一二二）は四庫全書文淵閣本を底本とし、『全宋文』（第七・八冊　卷二八二～卷三〇三）は浦城遺書本（嘉慶一六年　祝昌泰刻）を底本とする。

七　和靖詩集《わせいししゅう》四卷

[一]安徽巡撫採進本

【林逋《りんぽ》】九六八～一〇二八
字《あざな》は君復《くんぷく》、錢塘《せんとう》（浙江省杭州市）の人。北宋を代表する隱逸《いんいつ》詩人。杭州西湖の孤山（西湖に浮かぶ小島）に廬《いおり》を築き、隱棲すること二十年、生涯 妻を娶らず、出仕しなかった。梅を植えて鶴を飼い、人々はこれを「梅妻鶴子」（梅を妻とし、鶴を子とする）と呼んだ。名聲が眞宗の耳に屆き、地方官を通じて季節ごとの慰問がなされた。詩は恬淡《てんたん》とした山水詩が中心で、西湖の自然を詠じたものが多い。行書や繪畫にも優れた。沒後、これを悼《いた》んだ仁宗から和靖先生という諡號《しごう》を贈られた。明萬曆本『林和靖先生詩集』附 桑世昌〈林逋傳〉・『宋史』卷四五七 隱逸傳上 參照。

宋林逋撰。逋事蹟具[二]宋史隱逸傳。其詩澄澹高逸、如其爲人。史稱其就稾輒棄去、好事者往往竊記之。今所傳尚三百餘篇。茲集篇數與本傳相合。[三]蓋當時所收止此。其他逸句、往往散見於[四]說部及[五]眞蹟中。[六]劉克莊後村詩話謂逋一生苦吟、自摘出五言十三聯。今惟五聯見集中。如[七]隱非唐甲子、[八]病有晉春秋。水天雲黑白、霜野樹青紅。[九]風回時帶灑、烟遠忽藏村。及[一〇]郭索・鉤輈之聯。皆不在焉。七言十七聯、集逸其三。使非有[一一]摘句圖旁證、則皆成逸詩矣。今摘句圖亦不傳。則其失於編輯者固不少也。

是集前有[一二]皇祐五年梅堯臣序、[一三]康熙中長洲吳調元校刊之。後附[一四]省心錄一卷、實李邦獻所作、誤以爲逋。

今爲考辨釐正、別著錄子部中。而此集則削之不載焉。

【訓讀】

宋 林逋《りんぽ》の撰。逋《ほ》の事蹟『宋史』[二]隱逸傳に具《そな》われり。其の詩 澄澹高逸《ちょうたんこういつ》にして、其の人と爲《な》りの如し。『史』稱す「其の稾《こう》就《な》れば輒《すなわ》ち棄て去るも、好事者《こうずしゃ》往往にして竊《ひそ》かに之を記す。今 傳う所 尚 三百餘篇」と。茲の集の篇數 本傳と相い合う。蓋し 當時[三] 收むる所 此に止《とど》まれり。其の他の逸句、往往にして說部《せつぶ》[四]及び眞蹟[五]中に散見す。

劉克莊[六]『後村詩話』謂う「逋 一生苦吟し、自ら五言十三聯を摘出す。今 惟だ五聯のみ集中に見ゆ。〝隱[七]は秦（唐は誤り）の甲子《こうし》に非ず、病は晉[八]の春秋有り〟〝水天 雲は黑と白と、霜野 樹は靑と紅と〟〝風[九]回《めぐ》りて 時に笛（溜は誤り）を帶び、烟遠くして 忽ち村を藏《かく》す〟の如し。〝郭索《かくさく》[一〇]・鉤輈《こうちゅう》〟の聯に及びては、皆 在らず。七言十七聯、集は其の三を逸す。『摘句圖《てきくず》』[一一]の旁證有るに非ざらしめば、則ち 皆 逸詩と成らん」と。今『摘句圖』亦た傳わらず。則ち其の編輯に失する者 固《もと》り少なからざるなり。

是の集 前に皇祐五年[一二]梅堯臣《ばいぎょうしん》の序有り、康熙中[一三] 長洲の吳調元 之を校刊す。後に『省心錄《せいしんろく》』[一四]一卷を附すは、實は李邦獻の作る所にして、誤りて以て逋と爲す。今 爲に考辨して釐正《りせい》し、別に子部中に著錄す。而して 此の集 則ち 之を削りて載せず。

【現代語譯】

宋 林逋《りんぽ》の著。逋《ほ》の事蹟は『宋史』隱逸傳に詳しい。逋の詩は靜かに澄んで世俗を高く超越しており、その人柄そのものである。『宋史』はいう。「逋は詩稾が出來るとその都度棄ててしまったが、好事家がしばしば竊《ひそ》かにそれを記錄した。今なお三百餘篇が傳わっている」と。この集の篇數は、林逋傳に合致する。思うに、その當時收錄されたのがこれだけなのだろう。その他の逸句は、しばしば隨筆や眞蹟中に散見する。

劉克莊『後村詩話』はいう。「逋は一生苦吟し、自ら五言詩の中で優れた十三聯を拔き出した。今 五聯だけが集中に見える。例えば、〝隱は秦の甲子《こうし》に非ず、病は晉の春秋有り（隱遁してから隨分年月が過ぎたが、病の方はそれ以上に我が身から離れない）〟〝水天 雲は黑と白と、霜野 樹は靑と紅と（水が天に接する彼方には陰影のある雲が垂れこめ、霜の降りた野にはところどころ紅葉した樹）〟〝風回《めぐ》りて 時に笛（澑は誤り）を帶び、烟遠くして 忽《たちま》ち村を藏《かく》す（風が渦を巻いて時に笛の音色を帶び、靄がたなびいて忽ち村を隱してしまう）〟などである。〝郭索《かくさく》・鉤輈《こうちゅう》（蟹と鷓鴣《しゃこ》）〟の聯に至っては、いずれも集中に無い。七言詩の中から選んだ十七聯は、詩集ではそのうちの三聯を缺いている。もし『摘句圖』という證據の品が無かったとしたら、皆 逸詩となっていただろう」と。今『摘句圖』もまた傳わらない。つまり、編輯に漏れた者が少なくないということだ。

この集には、前に皇祐五年（一〇五三）の梅堯臣の序文があり、康熙年間、長洲の吳調元がこれを校刊している。後に『省心錄』一卷を附しているが、實はこれは李邦獻の作品で、誤って逋の作としている。今 考證してこれを正し、別に子部の所に著錄したので、この集では削除して載せないことにする。

【注】

一　安徽巡撫採進本　採進本とは、四庫全書編纂の際、各省の長にあたる巡撫《じゅんぶ》、總督《そうとく》、尹《いん》、鹽政《えんせい》などを通じて朝廷に獻上された書籍をいう。安徽巡撫より進呈された本は『四庫採進書目』によれば五二三部、そのうち一二八部が著錄され、一九九部が存目（四庫全書内に収めず、目錄にのみ留めておくこと）に置かれた。

二　宋史隱逸傳　『宋史』卷四五七 隱逸傳上に見える林逋の傳はさほど長くないので、訓讀と譯を擧げておく。「林逋、字は君復、杭州錢塘の人。少《わか》くして孤《こ》なり、學に力《つと》め、章句を爲《おさ》めず。性 恬淡《てんたん》にして古えを好み、榮利に趨《はし》らず、家貧しく衣食足らざるも、晏如《あんじょ》たり。初め 江・淮《わい》の閒に放遊し、之を久しうして杭州に歸り、廬《いおり》を西湖の孤山に結び、二十年 足 城市に及ばず。眞宗 其の名を聞き、粟帛《ぞくはく》を賜り、長吏に詔して歳時に勞問せしむ。薛英《せつえい》・李及 杭州に在り、其の廬に造《いた》る毎《ごと》に、淸談すること終日にして去る。嘗て 自ら墓を其の廬の側に爲《つく》る。終わりに臨みて詩を作り、〝茂陵 他日 遺稿を求むるも、猶お 喜ぶ 曾《すなわ》ち〈封禪の書〉無きを〟の句有り。既に卒するや、州 爲《ため》に上聞す。仁宗 嗟悼《さとう》し、諡《おくりな》を和靖先生と賜い、粟帛を賻《おく》らる。逋 行書を善《よ》くし、詩を爲《つく》るを喜び、其の詞は澄浹《ちょうしょう》峭特《しょうとく》、奇句多し。既に稿就《こうな》らば、隨いて輒《すなわ》ち之を棄つ。或ひと謂う〝何ぞ 錄して以て後世に示さざる〟と。逋 曰く〝吾 方《まさ》に迹《あと》を林壑《りんがく》に晦《くら》まし、且つ 詩を以て一時に名あるを欲せず、況や後世をや〟と。然れども 好事者 往往にして竊《ひそ》かに之を記し、今 傳わる所 尙 三百餘篇あり。逋 嘗て臨江に客《きゃく》たり。時に李諮《りし》 方《まさ》に進士に擧げらるるも、未だ知る者有らず。逋 人に謂いて曰く〝此れ 公輔《こうほ》の器《うつわ》なり〟と。逋 卒するに及び、諮 適《たま》たま 三司使を罷《や》めて 州の守《しゅ》爲り。爲《ため》に素服し、其の門人と臨すること七日、之を葬るに、遺句を刻して壙中《こうちゅう》に内《おさ》む。」現代語譯は次のとおり。「林逋は字を君復といい、杭州錢塘の人である。幼い頃父を亡くし、學問に力を注ぎ、科擧受驗の勉强はしなかった。恬淡《てんたん》として古えを好み、榮譽や利益を追い求めず、家貧しく衣食に事缺いても、平然としていた。初め 長江・淮水の邊りを放浪していたが、しばらくして杭州に歸り、草庵を西湖の孤山に構え、二十年間 町に出かけなかった。眞宗がその名を聞いて、穀物や絹を下賜し、州の役人に季節ごとの慰問を命じた。薛英・李及が杭州の知事だった時は、逋の草庵を訪れては、淸談（俗世と無緣の哲學談義）を一日中していった。逋はかつて自ら墓を草庵の側にこしらえていた。臨終の際に詩を作り、そこに〝茂陵 他日 遺稿を求むるも、猶お 喜ぶ 曾《すなわ》ち〈封禪の書〉無きを（將來 皇帝の使者が遺稿を求めてやってきたとしても、司馬相如が漢の武帝に遺した〈封禪の書〉さえも無いのが痛快だ）〟の句がある。亡くなってから、州の方から上奏したところ、仁宗はたいそう悼み、和靖先生という諡《おくりな》を賜り、供物用の穀物と絹が贈られた。逋は行書が上手く、詩を作るのが好きだった。詩の言葉遣いは淸く澄んで高踏的で、すばらしい句が多い。詩稿が出來ても、そのそばからすぐ棄ててしまう。ある人が〝どうしてとっておいて後世の人に見せないのか〟と言うと、逋は〝私は山野に隱遁の身、詩によって當世に名を賣ろうとは思わない。まして後世に遺すなどと〟と言っていた。しかしながら、好事家がいつもこっそり記錄し、今なお 三百餘篇が傳わっている。逋はかつて臨江（江西省淸江縣）に假寓していた。その時 李諮《りし》がちょうど進士に推擧されていたが、まだ李諮のことを知る人はいなかった。ところが、逋は人に〝この人は宰相の器《うつわ》です〟と言ったとか。逋が亡くなった際に、諮はたまたま三司使を辞めて杭州の知事をしていた。諮は喪服を着て、逋の門人とともにかりもがりすること七日、葬る時には、遺句を刻して墓の中に入れた。」

三　當時所收止此　陳振孫『直齋書錄解題』巻二〇は「和靖集三巻」と、桑澤卿が輯めた遺文・逸事「西湖紀逸一巻」を著錄し、晁公武『郡齋讀書志』巻一九は「林君復集二巻」に作る。また、『宋史』藝文志七には「林逋詩七巻、又た詩二巻」とあり、巻數が一致しない。

四　說部　筆記や隨筆などの類をいう。

五　眞蹟　上海有正書局より『林和靖手書詩稿墨跡』一巻が石印本として出版されている。また、故宮博物院所藏の『宋林逋自書詩巻』一巻が、一九六〇年、北京文物出版社から影印されている。

六　劉克莊後村詩話謂…　『後村詩話』後集巻一に見える。

七　隱非唐甲子　「唐」は「秦」の誤り。隱遁期間が秦の曆《れき》（前二二一～前二〇七の十五年間）を超えることをいう。

八　病非晉春秋　病氣が晉の曆《れき》（二六五～三一六の五十年間）よりも長きに及んでいることをいう。もともと病身であることをいうのであろう。

九　風回時帶溜　「溜」は「笛」の誤り。風がひゅっと鳴ることをいうのであろう。

一〇　郭索・鉤輈之聯　歐陽修『歸田錄』巻下は林逋の詩の名句として三聯を引くが、その中の一つ。「草泥　郭索《かくさく》行き、雲木鉤輈《こうちゅう》叫《な》く。」郭索は蟹の歩く音、ここでは蟹を指す。鉤輈は鷓鴣《しゃこ》の鳴き聲、ここでは鷓鴣そのものを指す。

一一　摘句圖　陳振孫『直齋書錄解題』巻二二は「林和靖摘句圖一巻」に作り、『宋史』藝文志八は「林逋句圖三巻」とするが、現在傳わらない。繪畫にも巧みだった林逋が、句のイメージを畫にしたのであろう。

一二　皇祐五年梅堯臣序　梅堯臣〈林和靖先生詩集の敍〉（四庫全書文淵閣本は收載せず、四部叢刊本『林和靖先生詩集』前附）に次のようにいう。「天聖中、聞くならく　錢塘（『宛陵先生集』巻六〇は「寧海」に作る）の西湖の上《ほとり》に林君有りて、嶄嶄《ざんざん》として聲有ること、高峯の深泉（『宛陵先生集』は「瀑泉」に作る）の若し。之を望めば愛すべく、之に卽《つ》けば逾《いよ》いよ淸く、之を挹《く》めば甘潔にして厭《あ》きず。…（中略）…。先生、少《わか》き時多病にして、娶《めと》らず、子無し。諸孫の大言（『宛陵先生集』は「大年」に作る）能く爲《つく》る所の詩を掇拾《てっしゅう》し、予《よ》に序を爲《な》さんことを請う。先生　諱《いみな》は逋、字は君復、年六十二（『宛陵先生集』は「六十一」に作る）なり。其の詩　時人　貴重すること寶玉より甚だしきも、先生　未だ嘗て自《みずか》ら貴しとせず。就《な》りては輒ち之を棄つ。故に存する所の者は、百に一二も無し。嗚呼《ああ》、惜しいかな。

皇祐五年六月十三日 太常博士梅堯臣撰（『宛陵先生集』は「皇祐」以下の語無し）」

一三　康熙中長洲呉調元校刊之　康熙四七年に呉調元が刻した本で、表題には「林和靖先生詩集四巻、省心錄《せいしんろく》一巻、詩話一巻」とある。提要は「省心錄一巻」の削除をいうが、「詩話一巻」については言及していない。

一四　省心錄一巻　『四庫全書總目提要』巻九二 子部 儒家類には、永樂大典《えいらくたいてん》に載入されていた『省心雜言』一巻を著錄して、宋の李邦獻の撰とする。巻首に序文五篇、巻末には李邦獻の孫のものを含む跋文六篇が附されており、これらは『省心雜言』が李邦獻の撰であることを明言している。

【附記】

『全宋詩』（第二册 巻一〇五～巻一〇八）は、明の正德年間刻本（四部叢刊本）を底本にする。文は『全宋文』（第五册 巻二一一）が斷簡數篇を收めるのみ。林和靖の詩は日本でもよく讀まれ、貞享二年（一六八四）の和刻本『和靖先生詩集』二巻（汲古書院『和刻本漢詩集成』宋詩篇所收）がある。譯注は、明治の鈴木豊昌集註『宋林和靖先生詩集』四巻（寫本）のほか、近年、中國から沈幼征校注『林和靖詩集』（浙江古籍出版社 一九八六）が出版されている。

八　穆參軍集《ぼくさんぐんしゅう》三卷　[一]附錄遺事一卷　[二]大學士于敏中《うびんちゅう》家藏本

【穆修《ぼくしゅう》】九七九～一〇三二
字《あざな》は伯長《はくちょう》、鄆州《うんしゅう》汶陽《ぶんよう》（山東省汶上縣）の人。眞宗の大中祥符二年（一〇〇九）の進士。狷介《けんかい》な性格ゆえに人と合わず、官途は不遇であった。北宋で古文を始めて唱えたのは柳開だが、その後、西崑體の隆盛によって韓愈・柳宗元は忘れ去られていた。この閒、古文の命脈を守ったのが穆修である。儒者としては、〈先天圖〉を學ぶなど宋學の源流に位置する。『河南穆公集』（四部叢刊本）附錄〈穆參軍遺事〉・『宋史』卷四四二 文苑傳四 參照。

宋穆修撰。修字伯長、[三]鄆州人。[四]蘇舜欽集有修哀文、稱其咸平中擧進士[五]得出身。而集中[六]上潁州劉侍郎書、稱某以大中祥符中竊進士第。[七]邵伯溫易學辨惑亦稱修爲祥符二年梁固榜進士。[八]宋史本傳又云、眞宗東封、詔學齊・魯經行之士、修預選、賜進士出身。所述小異、似當以自敘爲確也。修[九]初授泰州司理參軍、[一〇]以伉直爲通判秦應所誣搆、貶池州。再逢恩、徙潁・蔡二州[一一]文學掾。明道元年病卒。宋人皆[一二]謂之穆參軍、從其初官也。

修受數[一三]學於[一四]陳摶。[一五]先天圖之竄入儒家、自修始。其文章則莫考所師承、而[一六]歐陽修論尹洙墓誌書、謂其學古文在洙前。[一七]朱子名臣言行錄亦稱洙學古文於修。而邵伯溫辨惑稱修[一八]家有唐本韓柳集、募工鏤版、[一九]今柳宗元集尙有修後序。蓋天資高邁、沿溯於韓・柳而自得之。宋之古文、實柳開與修爲倡。然開之學、及身而止。修則一傳爲尹洙、再傳爲歐陽修。而宋之文章於斯極盛。則其功亦不尠矣。

據蘇舜欽哀文、稱訪其遺文、[二〇]惟得任中正尙書家廟碑・靜勝亭記・徐生昌墓誌・蔡州塔記四篇、不能成卷。[二一]祖無擇集有修集序、稱其遺文於[二二]嗣子照得詩五十六、書・序・記・誌・祭文總二十、次爲三卷。[二三]其序作於慶歷三年、所刻詩文之數與今本合。蓋此集猶無擇所編之舊也。

[二四]王得臣麈史述史驤之言、譏其作[二五]巨盜詩以刺丁謂、爲有累於道。考邵伯溫辨惑載修於[二六]丁謂爲貧賤交。謂後貴、修乃不與之揖。謂銜之、頗爲所軋。修集中[二七]聞報自崖徙雷一章、卽爲謂作。則驤所謂累於道者、病其挾私怨耳。然其詩排斥姦邪、尙不致乖於公義、未可深非。又[二八]葉適水心集譏呂祖謙宋文鑑所收修法[二九]相院鐘記・靜勝亭記二篇爲腐敗麤澀、亦言之已甚。

惟[三〇]第三卷之首載[三一]亳州魏武帝帳廟記一篇、稱[三二]曹操建[三三]休功、定中土、垂光顯盛大之業於來世。又稱惟帝[三四]之雄、使天濟其勇、尙延數年之位、豈强吳庸蜀之不平。又稱至今千年下、觀其書、猶震惕耳目、[三五]悚動毛髮、使人凜其遺風餘烈。[三六]又稱高祖於豐沛、[三七]光武於南陽、[三八]廟象咸存、[三九]威德弗泯。其次則[四〇]譙廟也云云。其[四一]獎篡助逆、可謂大乖於名教。至述[四二]守臣之言、有吾臨此州、不能導爾小民心知所奉、是亦吾過云云、顯然以亂賊導天下、尤爲悖理。[四三]尹洙春秋之學稱受於修、是於[四四]春秋爲何義乎。自南宋以來、無一人能摘其謬、殊不可解。今承睿[四五]鑒指示、使綱常大義、順逆昭然、允足立天經而定人紀。豈可使之仍厠簡牘、貽玷[四六]汗青。謹刊除此文、以彰袞鉞。[四七]其他作則仍錄之、用不沒其古文一脈[四八]華路藍縷之功。

[四九]舊本前有[五〇]劉淸之序、佚而不載。今從[五一]龍學集補錄。[五二]遺事一卷、不知何人所編、亦附載備考。[五三]諸家鈔本或

稱河南穆先生文集。或稱穆參軍集。祖無擇序則稱河南穆公集、參差不一。今考[五四]文獻通考以穆參軍集著錄。蓋南宋時通用此名。今從之焉。

【訓讀】

宋 穆修《ぼくしゅう》の撰。修 字は伯長、[三]鄆州《うんしゅう》の人。[四]『蘇舜欽集』修の哀文有りて 稱す、「其の咸平中 進士に擧げられ出身を[五]得たり」と。而るに集中〈[六]潁《えい》州の劉侍郎に上《たてまつ》る書〉稱す、「某《それがし》大中祥符中を以て進士の第を竊《ぬす》む」と。[七]邵伯溫《しょうはくおん》『易學辨惑』亦た稱す「修 祥符二年梁固が榜《ぼう》の進士爲《た》り」と。[八]『宋史』本傳 又た 云う、「眞宗 東封し、詔して齊・魯の經行の士を擧ぐるに、修 選に預かり、進士出身を賜る」と。述ぶる所 小《すこ》しく異なれり。當に自ら敍するを以て確と爲すべきに似たり。修 [九]初め泰州司理參軍を授かるも、[一〇]亢直《こうちょく》を以て通判 秦應の誣搆《ぶこう》する所と爲《な》り、池州に貶《へん》せらる。再び恩に逢いて、潁・蔡二州の[一一]文學掾《えん》に從《うつ》る。明道元年 病に卒す。宋人 皆 [一二]之を穆參軍と謂うは、其の初めの官に從うなり。

修 [一三]數學を[一四]陳摶《ちんたん》より受く。[一五]〈先天圖〉の儒家に竄入《ざんにゅう》せしは、修自《よ》り始まれり。其の文章は則ち師承する所を考する莫きも、[一六]歐陽修〈尹洙《いんしゅ》の墓誌を論ずる書〉謂う、「其の古文を學ぶこと洙の前に在り」と。[一七]朱子『名臣言行錄』亦た稱す「洙 古文を修に學べり」と。而して 邵伯溫『辨惑』稱す「修の家 [一八]唐本の韓柳集有り、工を募《つの》りて版を鏤《ろう》す」と。今[一九]『柳宗元集』尙 修の後序 有り。蓋し 天資高邁にして、韓・柳に沿溯《えんさく》して之を自得す。宋の古文、實に柳開と修と 倡爲《た》り。然れども 開の學は、身に及びて止《とど》まれり。修は 則ち 一たび傳えて尹洙と爲《な》り、再び傳えて歐陽修と爲る。而して宋の文章 斯《ここ》に於いて極めて盛んなり。則ち 其の功 亦た尠《すくな》からず。

蘇舜欽の哀文に據らば、稱す、「[二〇]其の遺文を訪《たず》ぬるに、惟だ〈任中正尙書家廟碑〉〈靜勝亭記〉〈徐生（昌は衍字）墓誌〉〈蔡州塔記〉の四篇を得るのみにして、巻を成す能わず」と。『[二一]祖無擇集《そむたく》』修の集序 有りて、稱す、「其の遺文 總て二十を得て、次して三巻と爲す」と。[二二]其の序 慶歴三年に作り、刻する所の詩文の數 今本と合う。蓋し 此の集 猶お 無擇 編する所の舊のごときなり。[二三]嗣子 熙《き》（照は誤り）より詩五十六、書・序・記・誌・祭文 總て二十を得て、次して三巻と爲す」と。

[二四]王得臣『麈史《しゅし》』史顓《しじょう》の言を述べて、其の〈[二五]巨盗〉詩を作りて以て丁謂《ていい》を刺《そし》るを譏《そし》り、「道に累《わずら》い有り」と爲す。考うるに 邵伯溫『辨惑』載す「[二六]修 丁謂に於いて貧賤の交りを爲す。謂 後 貴きも、修は乃ち之に揖《ゆう》せず。謂 之を銜《ふく》み、頗る軋《あっ》する所と爲る。修の集中〈[二七]崖自《よ》り雷に徙《うつ》るを聞報す〉一章は、卽ち謂の爲《ため》に作る」と。則ち 顓の謂う所の「道に累う」者は、其の私怨を挾《さしはさ》むを病《や》むのみ。然れども 其の詩 姦邪を排斥して、尙 公義に乖《もと》るを致さざれば、未だ深く非《そし》るべからず。又た [二八]葉適《しょうてき》『水心集』呂祖謙『宋文鑑』収むる所の修の〈[二九]法相院鐘記〉〈靜勝亭記〉の二篇を譏りて腐敗麤澀《そじゅう》と爲すは、亦た 之を言うこと已甚《いじん》なり。

惟だ 第[三〇]三巻の首に〈[三一]亳《はく》州魏武帝帳廟記〉一篇を載せて稱す、「[三二]曹操 [三三]休功を建て、中土を定め、光顯盛大の業を來世に垂《た》る」と。又た稱す「[三四]惟だ帝の雄にして、天をして其の勇を濟《すく》い、尙 數年の位を延ばしむれば、豈に 强吳・庸蜀を 之れ 平らげざらんや」と。又た稱す「今に至るまで千年の下、其の書を觀るに、猶お 耳目を震惕《しんてき》し、[三五]毛髪を悚《しょう》動《どう》し、人をして其の遺風餘烈に凛《さむ》からしむ」と。又た稱す「[三六]高祖は豐沛に、[三七]光武は南陽に、[三八]廟象 咸《みな》 存し、[三九]威德 泯《ほろ》びず。其の次は則ち[四〇]譙 廟《しょうびょう》なり云云」と。其の[四二]簒《さん》を奬《すす》め逆を助くるは、大いに名教に乖《そむ》くと謂うべし。[四一]守臣の言を述べて、「吾 此の州に臨み、爾《なんじ》小民を導きて心に奉ずる所を知らしむ能わざるは、是れ 亦た 吾が過ちなり云云」と有るに至りては、顯然として亂賊を以て天下を導くものにして、尤も理に悖《もと》ると爲す。[四三]尹洙《いんしゅ》『[四四]春秋』の學 修に受くと稱するも、是れ『春秋』に於いて何の義爲《た》るか。南宋自《よ》り以來、一人の能く其の謬《びゅう》を摘《てき》する無きは、殊に解すべからず。今 [四五]睿鑒《えいかん》の指示を承け、綱常の大義をして、順逆 昭然たらしむるは、允《まこと》に天經を立て人紀を定むるに足れり。豈に 之をして仍《なお》 簡牘に廁《まじ》え、[四六]玷《きず》を汗靑に貽《のこ》さしむべけんや。謹んで此の文を刊除し、以て[四七]袞鉞《こんえつ》を彰《あき》らかにす。其の

他の作は 則ち 仍《なお》 之を錄し、用《もっ》て其の古文の一脈の華路藍縷《ひつろらんる》[四八]の功を没せず。

舊本[四九] 前に劉清[五〇]の序有るも、佚して載せず。今『龍學集』[五一]從《よ》り補錄す。『遺事』[五二]一卷、何人の編する所なるかを知らざるも、亦た 附載して考に備う。諸家[五三]の鈔本或いは『河南穆先生文集』と稱し、或いは『穆參軍集』と稱す。祖無擇の序は 則ち『河南穆公集』と稱す。參差《しんし》 一ならず。今 考うるに『文獻通考』[五四]は『穆參軍集』を以て著錄す。蓋し 南宋の時 此の名を通用す。今 之に從う。

【現代語譯】

宋 穆修《ぼくしゅう》の著。修は字を伯長といい、鄆州《うん》（山東省東平縣）の人である。『蘇舜欽集《そしゅんきん》』には修の哀悼文があり、「咸《かん》平《ぺい》年間（九九八～一〇〇三）に進士に擧げられて進士出身を賜った」という。しかし、集中の〈潁《えい》州の劉侍郎に上《たてまつ》る書〉には、「それがしは、大中祥符年間（一〇〇八～一〇一六）に進士の第を掠《かす》め取りました」とある。邵伯溫『易學辨惑』もまた「修は大中祥符二年（一〇〇九）の梁固が首席だった年の進士である」という。さらに、『宋史』の穆修傳は、「眞宗が泰山で封禪の儀式をしたとき、詔して齊・魯（山東地方）の經術と品行に優れた士を推擧させたが、修はその選に預り、進士出身を賜ったのだ」という。これらの記述には小さな異同があるが、修が自ら書いたものを正しいとみなすべきであろう。修は、當初 泰州（江蘇省泰州市）司理參軍を授かったが、傲慢な態度ゆえに副知事の秦應に誣告され、池州（安徽省貴池市）に貶謫《へんたく》された。その後、恩赦に逢い、潁・蔡（ともに河南省）二州の文學掾《えん》に移り、明道元年（一〇三二）に病沒した。宋人が 皆 彼を穆參軍というのは、その初めの官名によっているのである。

修は 象數學《しょうすう》を陳摶《ちんたん》から授かった。〈先天圖〉が儒家に竄入《ざんにゅう》したのは、修に始まるのである。文學の方は師承關係を考證する術はないものの、歐陽修は〈尹洙《いんしゅ》の墓誌を論ずる書〉で「穆修が古文を學んだのは尹洙以前のことだ」と言っている。朱子『名臣言行錄』も「尹洙は古文を穆修から學んだ」という。邵伯溫『辨惑』は「修の家には唐代の韓柳集があり、版工を募って版木を彫らせた」と稱しており、今なお『柳宗元集』には穆修の後序がついている。思うに、卓拔した天賦の素質があり、韓愈・柳宗元の古文に自力でたどり着いたのであろう。宋の古文は實に柳開と穆修とがその先驅者なのだ。しかし、柳開の學んだものは、彼だけで終わってしまった。穆修の方は、最初に尹洙に傳わり、そこから歐陽修に傳わった。宋の文學はかくして隆盛を迎えたのだ。だとすれば、穆修の功績もなかなかのものである。

　蘇舜欽の哀文が稱するところに據れば、穆修の遺文を捜求したが、ただ〈任中正尚書家廟の碑〉〈靜勝亭の記〉〈徐生（昌は衍字）墓誌〉〈蔡州塔の記〉の四篇を得ただけで、書物の體を成さなかったという。『祖無擇《そむたく》集』には穆修集の序文があり、次のようにいう。「穆修の嗣子の熙《き》（照は誤り）から遺文の詩五十六首、書・序・記・誌・祭文併せて二十篇を得て、三卷に編次した」と。その序は慶曆三年の作で、刻行した詩文の數が今本と合致する。思うに、この集は無擇が編纂した舊本であろう。

　王得臣『麈史《しゅし》』は、史驤《しじょう》の言葉を引いて、穆修が〈巨盜〉詩を作って丁謂《ていい》を諷刺したのを、「道に累《わずら》いあり」と批判した。邵伯溫『易學辨惑』を見ると、次のように記されている。「修は丁謂とは貧しい時代から親しい仲だった。謂は後に出世したが、修はこれに揖禮《ゆうれい》（拱手《きょうしゅ》した腕を上下させる略式の禮）すらしなかった。謂はこれを根にもち、兩者に軋轢《あつれき》が生じた。修の集中の〈崖自《よ》り雷に徙《うつ》るを聞報す〉（崖州から雷州に徙ったという報せを聞いて）の一章は、謂のことを詠んでいるのだ」と。ならば、史驤が言った「道に累う」とは、修が詩に私怨を挾《さしはさ》んだことを嫌ったのである。しかしながら、修の詩は姦邪を排斥したのであって、なお公義に悖《もと》るところまでには至らず、それほど強く非難されるべきものではない。また、葉適《しょうてき》『水心集』は、呂祖謙編『宋文鑑』が收めている修の〈法相院鐘記〉〈靜勝亭記〉の二篇を内容が腐敗し表現がこなれていないと譏《そし》っているが、これまた言葉が過ぎること甚だしい。

　ただ、第三卷の初めにある〈亳《はく》州魏武帝帳廟の記〉一篇には、「曹操は大いなる功績を建て、中原を平定し、はなばなしい事業を後世に遺した」とある。また、「ただ帝の雄々しさは、もし天がその勇ましさに味方して、あと數年壽命を延ばしてくれたなら、強國の呉や凡庸な蜀など平定したに違いない」という。さらにいう。「千年經った今でも、その詩文を觀ると、耳目はゾクゾクし、毛髪は逆立ち、その遺風餘烈に身が引き締まる」と。また、「漢の高祖は豐沛《ほうはい》（江蘇省豐縣・沛縣）に、光武は南陽（湖北省襄樊《じょうはん》市）に、廟堂も肖像も現存し、威徳は泯《ほろ》びていない。それに次ぐのがここ譙《しょう》　廟《びょう》なのだ云云」ともいう。これらの、簒奪を推奬して叛逆に味方することは、名教に大いに背くものだといえる。「この州に赴任してきた私が、爾《なんじ》ら小民を導いて心に押し戴くものを知らしめることができぬというのなら、これもまた私の咎《とが》である」などという地方長官の言葉を記すに至っては、明らかに亂賊が天下を導くことになり、尤も道理に悖《もと》るものである。尹洙《いんしゅ》の『春秋』の學は修から傳授されたものだというが、いったい『春秋』のどういう義だというのか。南宋からこのかた、一人もその謬《あやま》りを指摘できなかったというのは、殊に理解できない。今陛下の御指示を承り、人倫の大義の順逆を明確にすることは、まことに天の筋道を正し、人の綱紀を定めるに足る。これを彼の文章の中に紛れこませたままにして、書物に汚點を殘しておくことなど、どうしてできよう。謹んでこの文を削除し、毀譽褒貶の義を彰らかにしておく。その他の作はそのまま錄し、古文の命脈における修の創業の功績を埋沒させせないことにする。

舊本には前に劉清之の序文があったのだが、失われて無い。今（祖無擇の序文を）『龍學集』から補錄しておいた。『遺事』一巻は、誰が編纂したのか判らないが、これも考證に資するため附載しておく。諸家の鈔本は、あるものは『河南穆先生文集』と稱し、あるものは『穆參軍集』と稱している。祖無擇の序文は『河南穆公集』と稱していて、少しずつ違っている。今、『文獻通考』を檢すると、『穆參軍集』として著錄しており、南宋の時はこの名で通用していたのだろう。今 これに從うことにする。

【注】

一　附錄遺事一卷　四庫全書文淵閣本の『遺事』は、蘇舜欽〈穆先生を哀しむ文〉と二蘇先生〈穆・孟二子を悲しむ聯句〉を收載するのみだが、四部叢刊本（影宋鈔本）『河南穆公集』附錄『穆參軍遺事』は、そのほか邵伯溫『易學辨惑』や諸筆記中に見える遺事なども收めている。

二　大學士于敏中家藏本　于敏中《うびんちゅう》（一七一四～一七七九）は字を叔子または重棠、金壇（江蘇省金壇市）の人。乾隆三年（一七三八）の狀元（首席合格の進士）。大學士とは當時文華殿大學士の任に在ったためかくいう。四庫全書正總裁。編纂作業の際に、藏書一七部を進獻し、九部が四庫全書に著錄され、二部が存目（四庫全書内に收めず、目錄にのみ留めておくこと）に置かれている。

三　鄆州人　邵伯溫『易學辨惑』（四庫全書文淵閣本）に見える穆修の傳記には「汶陽《ぶんよう》の人」とある。汶陽（山東省汶上縣）は當時鄆州に屬していた。

四　蘇舜欽集有修哀文…　附錄『遺事』が引く蘇舜欽〈穆先生を哀しむ文〉（『蘇舜欽集』卷一五）は、「穆伯長、…咸平中（九九八～一〇〇三）、進士に擧げられ出身を得たり」という。

五　得出身　進士合格の際の等級「進士出身」を指す。北宋では、科擧の最終試驗である殿試合格者の第一・二甲科を「進士及第」とし、第三・四甲を「進士出身」とした。

六　上潁州劉侍郎書　『穆參軍集』卷中〈潁《えい》州の劉侍郎に上《たてまつ》る書〉には、「某《それがし》大中祥符の初め（一〇〇八）、進士の第を竊《ぬす》む」とある。

七　邵伯溫易學辨惑　注三の『易學辨惑』には、「伯長、祥符二年（一〇〇九）の梁固が榜《ぼう》の進士の第に登る」とある。

八　宋史本傳又云…　『宋史』卷四四二　文苑傳四　穆修傳には、「眞宗　東封し、詔して齊・魯の經行の士を擧ぐ、修　選に預かり、進士出身を賜り、泰州の司理參軍に調せらる」とある。『續資治通鑑長編』卷七〇・七一によれば、眞宗が東封すなわち泰山で封禪の儀式を執り行ったのが、大中祥符元年（一〇〇八）十月、翌年の殿試では梁固が首席で及第している。

九　初授泰州司理參軍　穆修の最初の官について、『宋史』文苑傳および蘇舜欽の哀文は「泰州（江蘇省泰州市）司理參軍」というが、『易學辨惑』とそれに基づいた『東都事略』卷一一三は「海州（江蘇省連雲港市）司理參軍」に作り、『宋詩紀事』卷九の穆修小傳も「海州理掾《えん》」に作る。穆修自身は前掲の〈潁《えい》州の劉侍郎に上る書〉で「褐《かつ》を解きて泰州司理參軍と爲る」といい、〈秋浦會遇詩の序〉（卷上）には「大中祥符五年、海陵郡の司理參軍と爲る」という。「褐を解く」とは始めて官に就くこと。海陵郡は泰州の古名。おそらく、『易學辨惑』等は、「海陵」を「海州」に誤ったのであろう。

一〇　以伉直爲通判秦應所誣搆　この事件のあらましについては、前掲の蘇舜欽〈穆先生を哀しむ文〉と〈秋浦會遇詩并びに序〉（巻上）などに詳しい。それによれば、穆修はもともと泰州通判（副知事）の秦應と折り合いが悪かった。秦應は、修の才を評價していた知事が病氣休暇中であることを利用し、修が賄賂を受け取ったと誣告したのだという。池州に流された穆修は、冤罪である旨を中央に訴えたが、秦應が亡くなり、修は譴責《けんせき》を受けた。〈秋浦會遇〉詩の自注によれば、秦應は年七十餘、狡猾な人物だという。しかし、各種の穆修傳は、いずれも修が傲慢で協調性に缺ける性格だったことをいう。秦應との諍《いさか》いも、修が彼を侮辱したことに原因があったのであろう。

一一　文學掾　州の文學參軍を指す。ただし、宋代にあっては散官（名目だけの官）の一つで、具體的な職掌はない。しかも、文學參軍は官位でいうと最低ランクで、多くは流謫の官僚に名目的に授けられる官である。

一二　謂之穆參軍　提要は穆參軍の名の由來を、最初の官の泰州司理參軍とするが、『易學辨惑』および『東都事略』巻一一三には、「赦に遇いて穎州文學參軍を敍せらる。故に當時之を呼びて穆參軍と曰う」とある。それによれば、最終の官にちなんでいることになる。

一三　數學　先天象數《しょうすう》學を指す。根源は『易』にあり、森羅萬象を象數によって演繹する學問で、宋學の出發點となった。陳摶《ちんたん》に發し、种放《ちゅうほう》・穆修を經て、李之才に傳わり、邵雍《しょうよう》によって大成された。

一四　陳摶　五代から宋初の道士。字を圖南、號を扶搖子といい、眞源（河南省鹿邑縣）の人。後唐の時、進士に落第し、武當山（湖北省均縣）九室巖に隱れて道教の修行をし、のち華山に移った。太宗の太平興國年間に宋に歸順した。太宗の信任厚く、希夷先生の號を賜った。

一五　先天圖之竄入儒家　先天圖はもと漢の魏伯陽のもので、道士が修練術に用いるものだったが、宋學の流れの中で周敦頤《しゅうとんい》の太極圖へと受け繼がれた。提要がこれに批判的な立場をとるのは、清朝の學問は漢學とよばれる訓詁・考證の學が主流で、宋學を嫌う傾向にあるためである。とりわけ、宋學に道教的要素が混入していることが問題視された。

一六　歐陽修論尹洙墓誌書　歐陽修は〈尹師魯墓誌銘〉（『歐陽文忠公集』巻二八）の中で、尹洙《いんしゅ》の文を「簡にして法有り（簡潔でのりがあること）」と評するにとどめている。ところが、これに對して文學や學問などに關する敍述が簡潔すぎるとの批判があったらしい。歐陽修は、〈尹師魯の墓誌を論ず〉（『歐陽文忠公集』巻七三）を書き、尹洙の「簡にして法有り」を實踐したまでだと辨じ、北宋古文の系統について次のように論じている。「若《も》し古文を作ること師魯より始まるとせば、則ち前に穆修・鄭條の輩有り、及び大宋の先達有ること甚だ多し。敢えて師魯より始まると斷ぜず。（古文を作るのが尹洙から始まったというならば、その前には穆修や鄭條らがおり、宋朝開國以來の先達も大勢いる。あえて尹洙から始まったと斷定しなかったのだ。）」尹洙については、本書一三「河南集二十七巻」參照。

一七　朱子名臣言行錄　『五朝名臣言行錄』巻一〇穆修傳には、「其の後尹源子漸・洙師魯兄弟、始めて之に從いて古文を學び、又た其の春秋學を傳う」と見える。しかしながら、『言行錄』穆修傳は邵伯溫『易學辨惑』（注二）に基づいたもので、提要もそれを承知していたはずである。朱子を持ち出したのはその權威を借りんとしたためか。

一八　家有唐本韓柳集…　邵伯溫『易學辨惑』には次のような逸話が見える。「穆修…老いて益ます貧し。家に唐本の韓柳集有り、乃ち親厚する所の者に丐《こ》いて金を得、工を募りて板を鏤《ろう》し、數百帙を印す。攜えて京師に入り、相國寺《しょうこくじ》に肆《みせ》を設けて之を鬻《ひさ》ぎ、伯長其の傍らに坐す。儒生數輩有りて其の肆に至り、輒ち取りて閲《けみ》す。伯長奪い取り、怒視して謂いて曰く、〝先輩能く一篇を讀むに、句讀を失せざれば、當に一部を以て爲《ため》に贈らん〟と。是れ自《よ》り年を經《ふ》るも售《う》れず。時に學者方《まさ》に聲律に從事し、未だ古文を爲《つく》るを知らず。伯長首《はじ》めて之が唱を爲す。其の後尹源子漸・洙師魯兄弟、始めて之に從いて古文を學び、又た其の春秋學を傳うと云う。」（穆修は老いてますます貧しかった。家に唐代の寫本韓柳集があったので、親しい者に金を工面してもらい、職人を募って版木を彫り、數百部印行した。それを携えて都に行き、相國寺の門前に店を開き、穆修は傍らで店番をしていた。學生が數人店にやって來ては立ち讀みをする。穆修はそれを取り上げると、彼らを睨みつけて言った。「貴殿らが文一篇を句讀を間違えずに讀んだら、一部を進呈するとしよう。」それ以後、何年經っても賣れなかった。當時の受驗生は駢儷文にはしり、まだ古文の作り方を知らなかった。穆修が始めてこれを唱導し、その後、尹源（字は子漸）・尹洙（字は師魯）兄弟が彼から古文を學び、またその春秋學を傳えたのである。）

一九　今柳宗元集尚有修後序　四部叢刊本『註釋音辯唐柳先生集』には、穆修の〈舊本柳文後序〉が附されている。すなわち四庫全書文淵閣本『穆參軍集』巻中〈唐柳先生集後序〉である。

二〇　訪其遺文…　蘇舜欽〈穆先生を哀しむ文〉（注四參照）に見える。ただし、提要が「徐生昌」に作るのは誤りで、「昌」は衍字。『穆參軍集』巻下〈東海徐君墓誌銘〉によれば、「徐生

（生は太學生の意）」の諱《いみな》は文質、字は處中である。〈任中正尙書家廟碑〉は〈任氏家祠堂記〉、〈蔡州塔記〉は〈蔡州開元寺佛塔記〉として、〈靜勝亭記〉とともにすべて巻下に收められている。

二一　祖無擇集有修集序　祖無擇『龍學文集』巻八〈河南穆公集の序〉を指す。四庫全書文淵閣本『穆參軍集』にはこれが補入されている。

二二　嗣子照　「照」は「熙」の誤り。『龍學文集』巻八（注二一）および四庫全書文淵閣本『穆參軍集』が收載する〈河南穆公集の序〉は、ともに「熙」に作る。

二三　其序作於慶歷三年　「慶歷」は「慶暦」、乾隆帝の諱 弘暦を避けて「歷」に作る。注二一〈河南穆公集の序〉には、「慶暦三年（一〇四三）春 南康の淸修閣中にて序す」とある。

二四　王得臣麈史述史驤之言　『麈史《しゅし》』巻中に次のようにいう。「穆伯長〈巨盜〉詩を爲《つく》るは、故《もと》の相 丁謂を斥するなり。予因りて史驤《しじょう》 思遠《しえん》に擧ぐに、思遠 曰く、〝此れ 伯長の道に於いて累《わずら》い有り〟と。

二五　巨盜詩以刺丁謂　巻上〈巨盜〉は七言律詩。その首聯に「嗣皇 位に登りて 始めて旒《りゅう》を凝らし、巨盜 尋《つ》いで相印《しょういん》を幷《あ》わせ收む」（お世繼ぎが卽位して威嚴に滿ちたお姿になられると、大泥棒は引き續いて宰相の印綬を手にいれた）とある。丁謂（九六六～一〇三七）は、眞宗の晩年、宰相の位にあった寇準《こうじゅん》を嶺南の地に放逐し、仁宗が幼年で卽位した後も宰相の職を引き繼いだ。しかし、四ヶ月後、幼帝に代わって政務を執っていた章獻太后の不興を被り、崖州（海南島）に左遷されている。

二六　修於丁謂爲貧賤交　邵伯溫『易學辨惑』はこの間の事情を詳述している。ある時、眞宗が宮中の壁に記されていた穆修の詩を見つけ、どうしてこのような文學の士を推擧しないのかと問うたところ、丁謂が「此の人 行いは文に及ばず」と答えたため、この件は沙汰止みになった。そもそも二人は、無官時代からの友人であったが、先に丁謂が任官した。任地に赴く途中、穆修に出會った丁謂は、相手から先に挨拶するだろうと思っていたところ、穆修は一揖《いちゆう》（拱手《きょうしゅ》してこれを上下させる略式の挨拶）すらせずに行ってしまった。丁謂はこれを怨みに思っていたのだという。さらに『辨惑』は、注二七の穆修詩を擧げて、「其の相い善《よ》からざるを見るべし」と說明する。

二七　聞報自崖徙雷一章　『穆參軍集』巻上〈崖自《よ》り雷に徙《うつ》るを報ずるを聞き、因りて一章を成す〉は、丁謂が崖州（海南島）から雷州（廣東省）に量移（左遷官僚が恩赦によって都に少し近い任地に移ること）されたという報せを聞いて作った詩である。「從來 崖の貶《へん》は還期を斷つに、驚雷に徙《うつ》るを聞きて 衆 共に疑う。却って訝《いぶか》る 有虞《ゆうぐ》 刑政を失わば、四凶 何事か量移せざる。」（従來 崖州に貶謫されたら一生還れないと決まっていたのに、雷州に従ったと聞いて誰もが我が耳を疑った。虞舜が刑罰を誤まれば、四凶（古代の四悪人）の罪だって軽くなるということなのか。）

二八　葉適水心集識…　『水心集』は『習學紀言序目』の誤り。提要は、馬端臨『文獻通考』經籍考巻六〇の「水心葉氏曰く」とした部分を孫引きしており、葉適『水心集』中の記事と勘違いしたのであろう。『習學紀言序目』巻四九は次のようにいう。「柳開・穆修・張景・劉牧は當時 古文を能くすと號す。今『文鑑』存する所の〈來賢〉（柳）・〈河南尉廳壁〉（張）・〈法相院鐘〉〈靜勝〉（穆）・〈待月〉（劉）の諸篇 見るべし。時 偶儷工巧を以て尚と爲すも、我は斷散拙鄙を以て高と爲す。齊・梁自《よ》り以來 古文を言う者、此くの如からざるは無し。韓愈の文は時體を備え盡くし、抑《おさ》えて自《みずか》ら名づけず。李翺《りこう》・皇甫《こうほ》湜《しょく》 往往にして知る能わず、而るに 況や 孟郊・張籍をや。古人の文字、固《もとよ》り天下の儷巧《れいこう》を極む。彼の怪迂鈍樸《かいうどんぼく》、功を用うること深からずして、纔《わず》かに 其の腐敗粗澁《そじゅう》を得るのみ。（柳開・穆修・張景・劉牧は當時古文の名手とされた。今『宋文鑑』に選ばれている〈來賢亭の記〉（柳）・〈河南の尉廳壁《ちょうへき》の記〉（張）・〈法相院鐘の記〉〈靜勝亭の記〉（穆）・〈待月亭の記〉（劉）の諸篇にそれをうかがうことができる。彼らは、時代は駢儷の技巧的な文を尚ぶが、我こそは散文のごつごつした素朴な文を高く評價するという。齊・梁以來、古文を主張する者は、皆こんな調子である。しかし、韓愈の文は駢儷文を究め盡しながら、自ら標榜しなかっただけだ。李翺や皇甫湜はそのことが全く判らず、まして孟郊や張籍はいうにや及ぶだ。古人の文字というのは、元來が天下の美を極めたものなのだ。あの回りくどくて愚鈍な文は、技巧が足らず、ただ腐敗と晦澁があるのみだ。）」

二九　法相院鐘記・靜勝亭記二篇　ともに『宋文鑑』巻七七に採録されている。

三〇　第三巻之首　元來、第三巻の首に収載されていたが、後述するように四庫全書文淵閣本ではこの一篇を削除している。

三一　亳州魏武帝帳廟記　亳《はく》州（安徽省亳州市）に赴任した清河公が曹操の廟堂の帳を修復したことを記念した文。

三二　曹操　三國魏の事實上の創始者。字は孟德、沛《はい》國譙《しょう》（安徽省亳州市）の人。後漢末の混亂に乘じて頭角を現わし、獻帝を奉じて天下に號令した。袁紹を討って大將軍になり、中原支配を確立。魏王に奉じられ、長子の丕《ひ》が魏を建國すると、曹操は太祖武帝と諡《おくりな》された。

三三　休功　おおいなる功績。

三四　惟帝之雄…　四部叢刊本（影宋鈔本）『河南穆公集』巻三〈亳州魏武帝帳廟記〉によれば、「使天濟其勇、尙延數年之位」

の後に「得徐圖成敗、其伐謀制勝料敵應變之下（一作戈）」の字あり。「豈強吳庸蜀之不平」は「豈江吳庸蜀而足平哉」に作る。

三五　悚動毛髮使人凛其遺風餘烈　注三四の四部叢刊本は「悚《しょう》」を「聳」に、「凛」を「懍」に作る。

三六　高祖於豐沛　漢の高祖劉邦は豐沛《ほうはい》（江蘇省豐縣・沛縣）の邊りの出身。注三四の四部叢刊本は、「於」の上に「之」の字あり。

三七　光武於南陽　後漢の初代皇帝 世祖光武帝は、南陽郡蔡陽（湖北省襄樊市）の出身。注三四の四部叢刊本（影宋鈔本）は、「於」の上に「之」の字あり。

三八　廟象咸存　注三四の四部叢刊本は「象」を「貌」に作る。

三九　威德弗泯　注三四の四部叢刊本は「弗」を「勿」に作る。

四〇　譙廟　亳《はく》州にある魏武帝曹操の祠廟を指す。

四一　獎篡助逆　魏武帝に對する評價は時代によって異なる。とりわけ、南宋の朱子が道統論を唱えて以來、漢の血を引く劉備の蜀こそが正統な王朝で、魏武帝は漢に叛いて政權を簒奪した亂賊だとする見方が一般的になっていった。

四二　守臣之言　守臣とは、太守、すなわち地方長官のこと。乾《けん》興《こう》元年（一〇二二）、亳州に赴任してきた清河公（錢惟演）が、魏武帝祠廟の破れた帳を修復するため私財を擲《なげう》たんとして民に告示する場面である。原文は「爾小民」を「爾民」に作る。

四三　尹洙春秋之學稱受於修　注一七・一八參照。

四四　於春秋爲何義乎　ここでいう『春秋』の義とは、孔子が『春秋』を編纂する際、その簡潔な記事の一字一句に事件に對する毀譽褒貶の意をこめたことを指す。提要は、穆修の魏武帝に對する記述がこの義を失するものだと批判しているのである。

四五　睿鑒指示　乾隆帝の直接の指示があったことをいう。異民族王朝である清朝が中國を支配するためには、儒教イデオロギーの庇護者である必要がある。そのため、清では他の王朝に見られぬほど強烈な儒教主義が國策として採用され、それは四庫全書編纂のような文化事業にも及んだのである。

四六　汗青　汗簡に同じ。文書、書籍をいう。紙が發明される以前は、竹を火で炙《あぶ》って青みを去って、それに字を書いた。

四七　衮鉞　褒貶の意。褒美としては衮衣《こんい》（天子の衣）を賜り、懲罰の際は、斧鉞《ふえつ》を賜ったのでこのようにいう。

四八　華路藍縷　創業の艱苦をいう。『春秋左氏傳』宣公十二年に「篳《ひつ》（華）路藍縷《ろらんる》、以て山林を啓《ひら》く」とあり、杜預《どよ》の注によれば、「篳路」は柴で作った車、「藍縷」は破れ衣である。

四九　舊本…　以下の文は四庫全書文淵閣本〈書前提要〉には見えない。

五〇　劉清之序　現在、四部叢刊本（影宋鈔本）『河南穆公集』

巻末には「淳熙丁未（一一八七年）孟秋　既望」付けの劉清之跋文が見える。四庫全書文淵閣本にはない。劉清之（一一三四～一一九〇）は南宋の朱子學者。字を子澄、號を靜春先生といい、臨江（江西省樟樹市）の人。紹興二七年（一一五七）の進士。

五一　從龍學集補錄　『龍學文集』は劉清之ではなく、祖無擇の文集である。したがって、ここは祖無擇の序文を補録したことを指す。注二一參照。

五二　遺事一卷　注一參照。

五三　諸家鈔本或稱…　各種鈔本には『穆參軍集』と題するものと『河南穆先生文集』と題するものがある。詳しくは四川大學古籍整理研究所編『現存宋人別集版本目錄』（巴蜀書社　一九九〇）を參照されたい。

五四　文獻通考…　提要は、『文獻通考』經籍考卷六〇が「穆參軍集三卷」と著録することを理由にあげるが、『文獻通考』は陳振孫『直齋書錄解題』に據っており、ここは『直齋書錄解題』の名を擧げるべきであろう。

【附記】

『全宋詩』（第三冊　卷一四五）は、四部叢刊本（述古堂舊藏　影宋鈔本）を底本としており、『全宋文』（第八冊　卷三二二～卷三二三）は四庫全書文淵閣本を底本にする。

九　晏元獻《あんげんけん》遺文《いぶん》一卷

[一]江西巡撫採進本

【晏殊《あんしゅ》】九九一～一〇五五
字《あざな》は同叔《どうしゅく》、撫《ぶ》州臨川（江西省樟樹市）の人。幼少より神童の譽れ高く、十五歳の時、眞宗より同進士出身を賜り、祕書省正字を授けられた。三十代で翰林學士・樞密《すうみつ》副使などの要職を歷任。さらに參知政事、樞密使へと進み、慶曆二年（一〇四二）同中書門《どうちゅうしょもん》下《か》平章事《べんしょうじ》（宰相）となった。人を見る眼があり、富弼《ふひつ》や楊察を婿とし、知貢擧（科擧の試驗委員長）だった時、歐陽修を首席で合格させている。范仲淹《はんちゅうえん》や韓琦《かんき》も彼の推薦を受けて登用された。子の晏幾道《あんきどう》とともに、詞の名手として知られる。諡《おくりな》は元獻。歐陽修『歐陽文忠公集』卷二二〈晏公神道碑銘〉・『宋史』卷三一一　晏殊傳　參照。

宋晏殊撰。殊有[二]類要、已著錄。[三]東都事略稱殊有文集二百四十卷。[四]中興書目作九十四卷。[五]文獻通考載臨川集三十卷、紫薇集一卷。[六]陳振孫書錄解題云、其[七]五世孫大正、爲年譜一卷、言先元獻嘗自差次起[八]儒館至學士爲臨川集三十卷、起[九]樞廷至宰席爲二府集二十五卷云云。今皆不傳。此本爲國朝康熙中[一〇]慈谿胡亦堂所輯、僅文六篇、詩六首、餘皆詩餘。

殊當北宋盛時、日與諸名士文酒唱和、其零章斷什、[一一]往往散見諸書。如[一二]復齋漫錄・[一三]古今歲時雜詠・[一四]侯鯖錄・[一五]西清詩話所載諸詩、此本皆未收入、未爲完備。然殊在北宋、號曰[一六]能文、雖[一七]二宋之作、亦資其點定。

如能改齋漫錄[一八]所記白雪[一九]久殘梁複道、黃頭閒守漢樓船者、其推重可以想見。

原集既已無存。則此裒輯之編、僅[二〇]存什一於千百者、亦不能不錄備一家矣。

【訓讀】

宋 晏殊《あんしゅ》の撰。殊『類要』[二]有りて、已に著錄す。『東都事略』[三]稱す、「殊 文集二百四十巻有り」と。『中興書目』[四]は「九十四巻」に作る。『文獻通考《つこう》』[五]載す、「臨川集三十巻、紫薇《しび》集一巻」と。陳振孫[六]『書錄解題』云う、「其の五世[七]の孫大正、年譜一巻を爲《つく》りて言う、〝先の元獻嘗て自《みずか》ら儒館[八]より學士に至るまでを差次して『臨川集』三十巻と爲《な》し、樞[九]《すう》廷《てい》より宰席に至るまでを『二府集』二十五巻と爲《な》す云云〟」と。今 皆 傳わらず。此の本 國朝康熙《こうき》中慈谿[一〇]《じけい》の胡亦堂《こえきどう》の輯《あつ》むる所爲《た》り、僅かに文六篇、詩六首のみにして、餘は 皆 詩餘なり。

殊 北宋の盛時に當たりて、日び 諸名士と文酒唱和し、其の零章斷什《だんじゅう》、往往[一一]にして諸書に散見す。『復齋漫錄』[一二]『古今歳時雜詠』[一三]『侯鯖録』[一四]《こうせい》『西清詩話』[一五]載す所の諸詩の如きは、此の本 皆 未だ收入せざれば、未だ完備と爲さず。然れども 殊 北宋に在りては、號[一六]して能文と曰い、二宋[一七]の作と雖も、亦た其の點定に資す。『能改齋漫錄』[一八]記す所の「白雪[一九] 久しく殘る 梁の複道、黃頭 閒《しず》かに守る 漢の樓船」の如き者、其の推重さるること 以て想見すべし。

原集 既已《すで》に 存する無し。則ち 此の裒輯《ほうしゅう》の編、僅[二〇]かに什《じゅう》の一を千百に存する者なるも、亦た 錄して一家に備えざる能わず。

【現代語譯】

宋 晏殊《あんしゅ》の著。殊には『類要』があって、已に著錄してある。『東都事略』は、「殊には文集二百四十巻がある」という。『中興館閣書目』は、「九十四巻」に作っている。『文獻《ぶんけん》通考《つこう》』は、「臨川集三十巻、紫薇《しび》集一巻」と記す。陳振孫『書録解題』は次のようにいう。「殊の五世の孫である大正が、年譜一巻を作った。大正がいうには、故元獻《げんけん》公は、かつて自分で祕書省勤めから翰林學士時代までの作品を順に竝べて『臨川集』三十巻とし、樞密院から宰相時代の作品を『二府集』二十五巻とした云云」と。今 いずれも傳わらない。この本は、本朝の康熙年間に慈谿《じけい》（浙江省慈谿市）の胡亦堂《こえきどう》が編輯したもので、文が僅かに六篇、詩は六首だけ、他は全て詩餘である。

殊は北宋の盛時にあって、毎日のように諸名士とともに酒を酌み交わしながら詩を唱和しており、その詩文の斷片は、しばしば諸書に散見する。『復齋漫録』『古今歳時雜詠』『侯鯖《こうせい》録』『西清詩話』が載せる諸詩の類は、この本にはどれも收録されておらず、完備しているとはいい難い。しかし、殊は北宋では能文と稱され、二宋（宋庠《しょう》・宋祁《き》兄弟）といえども、詩作に於いては彼の添削を受けた。『能改齋漫録』が記す「白雪 久しく殘る 梁の複道、黄頭 閒《しず》かに守る 漢の樓船」にまつわる話などから、二宋の殊に對する推重ぶりが想像できよう。

原集はとうに亡佚している。ならばこの輯佚本を、たとえそれがほんの僅かな數の作品であっても、一作家の別集として著録しないわけにはいかないのだ。

【注】

一　江西巡撫採進本　採進本とは、四庫全書編纂の際、各省の長にあたる巡撫《じゅんぶ》、總督《そうとく》、尹《いん》、鹽政《えんせい》などを通じて朝廷に獻上された書籍をいう。江西巡撫より進呈された本は『四庫採進書目』によれば五八二部、そのうち六一部が著録され、三九四部が存目（四庫全書内に收めず、目録にのみ留めておくこと）に置かれた。

二　類要　『四庫全書總目提要』巻一三七 子部 類書に存目として『類要』一百巻が見える。

三　東都事略稱…　『東都事略』巻五六 晏殊傳に「文集二百四十巻」と見える。提要は引いていないが、『宋史』巻三一一 晏殊傳も同じ。

四　中興書目　『中興館閣書目』を指す。北宋末の戰亂で宮中の書物の多くが散佚したため、南宋の淳熙年間に藏書を整理して作成された藏書目錄。現在、原本は傳わらず、『直齋書錄解題』や『玉海』などの各種目錄から抜粋された輯佚本が存在するのみ。提要が「九十四卷」というのは、注六『直齋書錄解題』卷一七の「中興書目　亦た 九十四卷」に基づいた言である。

五　文獻通考載…　馬端臨『文獻通考《つこう》』經籍考卷六一に「臨川集三十卷、紫薇集一卷」が著錄される。これは晁公武《ちょうこうぶ》『郡齋讀書志』卷一九の記述に基づくもの。

六　陳振孫書錄解題云…　『直齋書錄解題』卷一七は「臨川集三十卷、二府集二十五卷、年譜一卷」を著錄してこのようにいう。さらに陳氏は、「今 本傳を案ずるに、文集二百四十卷有り。『中興書目』亦た 九十四卷、今 刊する所 止だ 此れのみ。『臨川集』に自序あり」という。『中興書目』は、注四を參照。今『宋史』藝文志には「晏殊集二十八卷、又た臨川集三十卷、詩二卷、二州集十五卷、二府別集十二卷、北海新編六卷、平臺集一卷」とあり、これを合計すると『中興館閣書目』のいう九十四卷になる。

七　五世孫大正　晏殊の玄孫 晏大正（一一七八～一二二七）は、字を子中という。曹彥約『昌谷集』卷二〇に〈晏子中墓誌銘〉あり。

八　起儒館至學士　「儒館」とは、宋代では太學や集賢院などを指す。ここでは、最初に授かった官 祕書省正字を指すのであろう。「學士」は翰林學士のこと。天子の詔敕を起草する。

九　起樞廷至宰席　「樞廷」は樞密院を指し、宋代では天子の參謀本部に相當し、軍政を司る。晏殊は仁宗の天聖三年（一〇二五）に樞密副使となっている。「宰席」は同中書門下平章事《どうちゅうしょもんかへいしょうじ》。慶曆二年（一〇四二）にこの職を拜命している。

一〇　慈谿胡亦堂　胡亦堂《こえきどう》の字は質明、號は二齋、順治八年（一六五一）の擧人。かつて臨川縣の知事を務めていたことから、宋以後の臨川出身の文人合計十五名の集を輯めた『臨川文獻』八卷（『四庫全書總目提要』卷一九四 總集類存目に著錄）も刊刻している。

一一　往往散見諸書　提要は、注一二以下の諸書を引くが、これらはすべて厲鶚《れいがく》の『宋詩紀事』卷七に基づく。

一二　復齋漫錄　『宋詩紀事』卷七は、胡仔《こし》『苕溪《ちょうけい》漁隱叢話』後集卷二〇に引く『復齋漫錄』より〈張寺丞・王校勘に示す〉と〈宋子京の學士院に召還さるるに和す〉詩を採錄する。

一三　古今歲時雜詠　『宋詩紀事』卷七は蒲積中《ほせきちゅう》『古今歲時雜詠』卷四〈立春 太乙を祠《まつ》る二首〉・卷一八〈上巳《じょうし》に瓊林《けいりん》苑にて宴し、二府 同《とも》に池上に游ぶ卽事 口占二首〉・卷一三〈寒食 東城にて作る〉・卷二七〈七夕〉・卷三一〈中秋月〉の七首を採錄する。

一四　侯鯖錄　『宋詩紀事』卷七は趙令時《れいじ》『侯鯖《こうせい》錄』を出典とし

て〈上竿の伎《ぎ》を詠ず〉を引くが、現行の『侯鯖録』（稗海本）には見えない。葉夢得《しょうぼうとく》『石林詩話』巻中の誤りと思われる。

一五　西清詩話　『宋詩紀事』巻七は胡仔《こし》『苕溪《ちょうけい》漁隱叢話』前集巻二六および巻二二に引く『西清詩話』より〈蘇哥を弔う〉〈茶を煮る〉の二首を採録する。

一六　號曰能文　『宋史』巻三一一　晏殊傳は、晏殊の文學について、「文章　贍麗《せんれい》にして、應用窮まらず、尤も詩に工《たく》みにして、閑雅　情思有り、晩歳　學に篤くして倦《う》まず」と評價する。

一七　二宋　宋庠《しょう》・宋祁《き》兄弟。本書一〇「宋景文集六十二巻」參照。

一八　能改齋漫錄所記…　『能改齋漫錄』は『西清詩話』の誤り。『苕溪《ちょうけい》漁隱叢話』前集巻二六は『西清詩話』の次の話を引いている。二宋はともに晏殊の門下生で、高位についた後でも、詩文を必ず晏殊に送って添削を求めていた。ある日、宋祁《き》がこんな手紙を寄越してきた。「兄が圃田《ほでん》（河南省中牟縣）に赴任することになり、共に西池に遊びに行きましたが、兄は〝長楊　獵罷《おわ》りて寒熊吼《ほ》え、太一　波閑《しず》かにして瑞鵠飛ぶ〟という詩を作りました。出色の出來榮えです。そこで私は〝白雪　久しく殘る　梁の複道、黃頭　閑《しず》かに守る　漢の樓船〟という句を作ってみましたが、「閑」の傍に「空」という字を注記しておきます。どちらか決めかねておりますのでご指示を。」とある。晏殊は末尾にこう記した。「空」より「閑」の方がいい。舟があっても動かさないことがはっきりするし、字もとてものびやかだ。

一九　白雪久殘梁複道…　宋祁《き》『景文集』巻一七　七言律詩〈兄長莒《きょ》公鎮に赴き道に西苑に出《いで》て詩を作る…〉の頷聯にあたる。

二〇　僅存什一於千百　百分の一ほどしか現存しないことをいう。

【附記】

晏殊の詩文の輯本は、この胡亦堂『元獻遺文』の他に、勞格の『元獻遺文補編』三巻と、李之鼎の『元獻遺文增輯』一巻がある。『全宋詩』（第三冊　巻一七一～巻一七三）および『全宋文』（第一〇冊　巻三九七～巻三九八）は、これらに據る。夏《か》承燾《しょうとう》『唐宋詞人年譜』（上海古籍出版社　一九七九）に〈二晏年譜〉が収載されている。

一〇　宋景文集《そうけいぶんしゅう》六十二巻　[一]補遺二巻　附録一巻

[二]永樂大典本

【宋祁《そうき》】九九八～一〇六一
字《あざな》は子京、雍《よう》丘（河南省杞《き》縣）の人。天聖二年（一〇二四）、兄の宋郊（のち庠《しょう》と改名）とともに進士に合格。第一の成績であったが、「弟は兄に先んずべからず」という章獻太后の指示で、宋郊が狀元となった。當時、「大宋・小宋」または「二宋」と稱された。歐陽修とともに『新唐書』の修撰を命じられ、その列傳は宋祁《き》の手に成る。北宋初期の古文家であるが、難解な語句を多用して晦澁の嫌いがある。官は翰林學士承旨に至り、景文と諡された。『名臣碑傳琬琰《えんえん》集』上集卷七、『宋代蜀文輯存』卷九　范鎭〈宋景文公祁神道碑〉・『宋史』卷二八四　宋祁傳參照。

宋宋祁撰。祁有[三]益部方物略、已著錄。[四]晁公武讀書志謂祁詩文多奇字、證以[五]蘇軾詩淵源皆有考、奇險或難句之語。以今觀之、殆以祁撰[六]唐書彫琢劖削、務爲艱澀、故有是言。實則所著詩文、博奧典雅、具有唐以前格律。[七]殘膏賸馥、沾丐靡窮、未可盡以詰屈斥也。又[八]陳振孫書錄解題稱、[九]祁自言年至六十、見少時所作、皆欲燒棄。然考祁[一〇]筆記嘗云、[一一]年二十五、卽見奇於[一二]宰相夏公。[一三]試禮部又見稱於[一四]龍圖劉公。蓋少作未嘗不工、特晩歲彌爲進境耳。至於學[一五]陸機之謝華啓秀、[一六]韓愈之陳言務去、[一七]以爲爲文之要、則其生平得力、具可想見矣。

祁[18]筆記又深戒其子無妄編綴作集、使後世嗤詆。然當時實已裒合成編、且非一種。據[19]本傳稱集百卷。[20]藝文志則稱百五十卷、又有濡削一卷、刀筆集二十卷。已與本傳不符。[21]馬端臨通考亦稱百五十卷。[22]書錄解題暨[23]焦竑經籍志倶止稱百卷。王偁[24]東都事略則文集百卷之外、又有廣樂記六十五卷。記載互殊、[25]莫詳孰是。今亦不傳。[26]近人所傳北宋小集中有西州猥藳一種、乃從[29]成都文類・[30]瀛奎律髓・[31]文翰類選諸書採輯而成、非其原帙。[27]陸游集載祁詩有出麾小集・西州猥藳、[28]蜀人任淵曾與黃庭堅・陳無已二家同註。今亦不傳。

茲就永樂大典所載、彙萃裒次、[32]釐爲六十有二卷。又旁採諸書、纂成補遺二卷。[33]倂以軼聞餘事各爲考證、附錄於末。雖未必盡還舊觀、名章鉅製、諒可得十之七八矣。祁兄弟倶以文學名、當時號大宋小宋。今[34]其兄庠遺集已從永樂大典採掇成編。祁集亦於蠹蝕之餘得以復見於世。雖其文章足以自傳、實亦幸際[35]聖朝表章遺佚、乃得[36]晦而再顯、[37]同邀乙夜之觀。其遭遇之奇、良非偶然也。

【訓讀】

宋　宋祁《そうき》の撰。祁『[3]益部方物略』有りて、已に著錄す。[4]晁公武『讀書志』「祁の詩文 奇字多し」と謂い、證するに[5]蘇軾詩の「淵源 皆 考有り、奇險 或いは難句」の語を以てす。今を以て之を觀るに、殆ど 祁の『[6]唐書』を撰するに彫琢劖削《さんさく》し、務《つと》めて艱澀《かんじゅう》を爲すを以て、故に 是の言 有るなり。實は則ち著す所の詩文、博奧典雅にして、唐以前の格律を具有す。殘膏賸馥《ざんこうじょうふく》、沾匄《てんかい》窮まり靡《な》く、未だ盡く詰屈《きっくつ》を以て斥《しりぞ》くべからざるなり。又た [8]陳振孫『書錄解題』稱す、「[9]祁 自ら言うに、年六十に至り、少《わか》き時作る所を見るに、皆 燒き棄てんと欲す」と。然れども 考うるに 祁の『[10]筆記』嘗て云う、「[11]年二十五にして、卽ち[12]宰相夏公に奇とせらる。[13]禮部に試みられ 又た [14]龍圖劉公に稱せらる」と。蓋し 少きときの作 未だ嘗て工《たく》みならずんばあらずして、特《た》だ 晩歳 彌《いよ》いよ進境を爲すのみ。[15]陸機の「華を謝し秀を啓《ひら》く」」、[16]韓愈の「陳言 務めて去る」を擧げて、[17]以て文を爲《つく》るの要と爲すに至りては、則ち 其の生平の得力、具《つぶ》さに想い見るべし。

祁の『[18]筆記』又た 深く其の子に戒めて、妄《みだ》りに編綴《へんてい》して集を作り、後世をして嗤詆《してい》せしむること無からしむ。然れども 當時 實は已に裒《ほう》合して編を成せしもの、且つは一種に非ず。[19]本傳の稱するに據れば集百卷。[20]藝文志は則ち百五十卷と稱し、又た『濡削《じゅさく》』一卷、『刀筆集』二十卷有り。已に本傳と符さず。[21]馬端臨『通考《つこう》』亦た 百五十卷と稱す。[22]『書録解題』暨《およ》び[23]焦竑《しょうこう》『經籍志』倶《とも》に止だ百卷と稱すのみ。王偁『[24]東都事略』則ち 文集百卷の外、又た『廣樂記』六十五卷有り。記載互いに殊なり、[25]孰《いず》れが是なるかを詳らかにする莫し。『[26]陸游集』載す「祁の詩『出麾《しゅつき》小集』『西州猥稾《わいこう》』有りて、[27]蜀人 任淵 曾《かつ》て 黄庭堅・陳無己の二家と同《とも》に註す」と。今 亦た傳わらず。[28]近人 傳うる所の『北宋小集』中『西州猥稾』一種有るも、乃ち『[29]成都文類』『[30]瀛奎律髓《えいけいりつずい》』『[31]文翰類選』の諸書從《よ》り採輯して成せしものにして、其の原帙に非ず。

茲《ここ》に『永樂大典』載す所に就きて、彙萃裒次《いすいほうじ》し、[32]釐《おさ》めて六十有二卷と爲す。又た 旁《あまね》く諸書より採りて、纂《さん》して『補遺』二卷を成せり。併びに[33]軼《いつ》聞餘事を以て各おの考證を爲し、末に附錄す。未だ必ずしも盡くは舊觀に還らずと雖も、名章鉅製は、諒《まこと》に十の七八を得るべし。祁兄弟 倶に文學を以て名あり、當時「大宋・小宋」と號す。[34]今其の兄 庠の遺集 已に『永樂大典』從り採掇して編を成す。祁の集 亦た蠹蝕《としょく》の餘より以て復《ふたた》び世に見《あら》わるるを得たり。其の文章 以て自ら傳うるに足ると雖も、實に亦た 幸いにも[35]聖朝の遺佚《いいつ》を表章するに際《あ》い、乃ち[36]晦にして再び顯なりて、[37]同《とも》に乙夜《いつや》の觀に邀《あ》うを得たり。其の遭遇の奇、良《まこと》に偶然に非ざるなり。

【現代語譯】

宋 宋祁《そうき》の著。祁には『益部方物略』があり、已に著録してある。晁公武《ちょうこうぶ》『讀書志』は「祁の詩文は奇字が多い」

といい、證據として蘇軾詩の「淵源 皆 考有り、奇險 或いは難句（奇怪な語や難解な句も、皆 基づくところがある）」という語を擧げている。今にしてみると、おそらく 祁が『新唐書』を著すのに一字一句を飾り立てたり削ったりして、讀みづらくしてしまったので、このようにいわれたのであろう。實際のところは、祁の著した詩文は、奥行きのある典雅なもので、唐代以前の格律を有している。馥郁《ふくいく》とした殘り香を、いつまでも漂わせており、その全てをごつごつしているとして排斥してよいわけがない。また陳振孫『書錄解題』は次のようにいう。「祁が自ら言うには、齡六十になって、若い時作った詩文を見ると、皆 燒き捨てたくなる」と。しかしながら、祁の『筆記』を見ると、「二十五歲の時に、宰相の夏公に見こまれた。禮部の試驗の際にはさらに龍圖閣學士の劉公に稱贊された」とある。思うに若い時の作が下手だったというのではなく、晩年になってさらなる新境地を拓いたというだけなのだ。陸機の「華を謝し秀《はな》を啓《ひら》く（開いてしまった朝の華は捨てて、まだほころばぬ夕べの秀《はな》を咲かせよう）」や韓愈の「陳言 務めて去る（陳腐な文辭を弄しない）」を擧げて、文を爲《つく》る要諦としたことからも、祁の平生の力の注ぎ方がつぶさに想像できよう。

祁の『筆記』には、さらに息子に、自分の作品を勝手に編輯したりして、後世の笑いものにしないようきつく戒めている。しかしながら、實は當時すでに祁の作品集は編纂されており、それも一種類ではなかった。『宋史』宋祁傳に據れば、集は百巻と稱している。藝文志は百五十巻と稱し、さらに『濡削《じゅさく》』一巻、『刀筆集』二十巻があるという。それだけでもう本傳の記述と一致しない。馬端臨『文獻通考《つこう》』もまた百五十巻という。『直齋書錄解題』および焦竑《しょうこう》『國史經籍志』はともに百巻と稱するだけである。王偁『東都事略』は、「文集百巻のほか、さらに『廣樂記』六十五巻がある」と言っている。記載が互いに食い違っていて、どれが正しいのか確かめようがない。『陸游集』は次のような話を載せている。「祁の詩集には『出麾《しゅっき》小集』と『西州猥稾《わいこう》』があって、蜀人の任淵がかつて黄庭堅と陳無己の二家の詩とともに注をつけた」と。今 これも傳わらない。近人が傳える『北宋小集』の中に『西州猥稾』一種があるが、これは、『成都文類』『瀛奎律髓《えいけいりつずい》』『文翰《ぶんかん》類選』の諸書から採輯して作ったもので、もとの本ではないのだ。

ここに、『永樂大典』に載っているものから抜き出して編次し、六十二卷の本にした。また、諸書からあまねく採集し、『補遺』二卷を編纂した。さらに、逸話や事蹟についてそれぞれ考證し、附錄として卷末につけた。すべてが元どうりというわけではないが、名篇や大作は、明らかに七八割は網羅できただろう。祁兄弟はともに學問によって名聲が高く、當時、「大宋・小宋」と呼ばれていた。今兄の庠の遺集はすでに『永樂大典』から拾い出して編纂しており、祁の集もまた蟲食い状態の中から再び世に出すことができた。祁の詩文は、それ自身後世に傳わる力をもってはいたが、實はこれもまた聖朝の遺佚を表彰する事業のおかげで、埋もれていたものが再び世に出て、兄弟ともに陛下の乙夜《いつや》の覩に邀《あ》うことがかなった。その遭遇の奇も、まことに偶然ではないのだ。

【注】

一　補遺二卷　附錄一卷　四庫全書文淵閣本には「補遺二卷」と「附錄一卷」が收錄されていない。

二　永樂大典本　『永樂大典』は明永樂帝が編纂させた類書（百科全書）。二二、八七七卷。古今の著作の詩文を韻ごとに配列する。四庫全書編纂官は、すでに散逸した書籍については詩文を『永樂大典』より採輯して編を成し、これを永樂大典本と稱している。四庫全書に收入されたのは五一五種、そのうち別集は一六五種にのぼる。

三　益部方物略　『四庫全書總目提要』卷七〇　史部　地理類に『益部方物略記』一卷が著錄されている。

四　晁公武讀書志謂…　『郡齋讀書志』卷一九は「宋景文集一百五十卷」を著錄して次のようにいう。「宋祁《き》、字は子京。其の兄郊（庠の初名）と同《とも》に進士に擧げられ、奏名（禮部の省試合格者リスト）は第一なるも、章獻（劉太后）以て〝弟は兄に先んずべからず〟と爲し、乃ち郊を第一に擢《ぬき》んじ、祁を以て第十と爲す。是の時に當たり、兄弟倶に辭賦を以て天下に妙たり、〝大小宋〟と號す。知制誥に累遷し、翰林學士承旨に除せらる。文章を以て名を一時に擅《ほしい》ままにするも、終に大いに用いらるるに至らず、衆頗る之を惜しむ。張方平之が爲に請い、故に其景文と諡《おくりな》さる。小學（文字および訓詁の學）に通じ、故に其

の文 奇字多し。蘇子瞻《しせん》（軾）嘗て謂う、其の〝淵源 皆 考有り、奇嶮或いは難句〟と。世 以て知言と爲す。集に『出麾小集』・『西州猥槀』の類 有りて、合併して一と爲す。」

五　蘇軾詩　中華書局本『蘇軾詩集』巻一六〈密州の宋國博 詩を以て郡に在りての雜詠を紀せられ、次韻して之に答う〉詩（密州の宋國博が役所での雜詠を記して示されたものに、次韻して答えた詩）を指す。宋國博は宋祁の嗣子。詩には「吾 二宋の文を觀るに、字字縑素《けんそ》を照らす。淵源 皆 考あり、奇險或いは難句。後來 邈《ばく》として繼ぐ無きも、嗣子 其れ殆ど庶《ちか》し。（私の見るところ、宋庠・宋祁兄弟の詩文は一字一字が白絹に輝き、その奇怪な語や難解な句も皆基づくところがある。沒後はその後繼者が途絶えていたが、嗣子である君こそがそれに近い。）」という句がある。

六　撰唐書…　宋祁が撰した『新唐書』の文章が晦澀であることの理由について、注四『郡齋讀書志』は小學（文字や訓詁の學）に明るかったからだとする。一方、『文獻通考』經籍考 巻六一が引用する『直齋書錄解題』は、宋祁が若い頃から『尙書』大誥《たいこう》篇を好んだという次の話（この逸話は現行の『直齋書錄解題』にはない）を擧げている。「景文 未だ第せざる時、學を永陽僧舍に爲《おさ》む。或ひと問いて曰く、〝君 何の書を讀むを好むか〟と。答えて曰く、〝余 最も大誥《たいこう》を好む〟と。故に 景文 文を爲《つく》ること謹嚴なり。『唐書』を修するに至りて、其の言 艱《かた》く、其の思い苦しきは、蓋し 亦た 自《よ》るところ有るかな。」大誥は『尙書』の中でも嚴肅をもって鳴る篇である。

七　殘膏賸馥…　宋祁の手になる『新唐書』巻二〇一 文藝傳上の論贊（史官の批評）は、杜甫の詩を「殘膏《ざんこう》賸馥《じょうふく》、後人を沾匃《てんかい》すること多し」と評する。提要は、ここで宋祁自身の言を巧みに引用したのである。

八　陳振孫書錄解題稱…　『直齋書錄解題』巻一七は「宋景文集一百巻」と著錄し、次のようにいう。「翰林學士 景文公宋祁子京の撰。庠《しょう》の弟なり。布衣自《よ》り名は場屋《じょうおく》を動し、二宋と號す。天聖二年 同《とも》に第に登る。祁は本 首唱なるも、章獻〝弟は以て兄に先んずべからず〟と謂い、以て第十人と爲し、庠 遂に天下に魁《かい》たり。兄弟 後 皆貴顯たり。景文 清約莊重は其の兄に及ばず、此れを以て公輔に至らず。撰する所の『唐書』列傳、良史と稱せられず。」

九　祁自言年至六十…　『文獻通考』經籍考 巻六一が引く『直齋書錄解題』は、『宋景文公筆記』（巻上）の言（ただし、この箇所は現行の『直齋書錄解題』にはない）を載せている。「余 文を爲るに於いては蘧瑗《きょえん》が 年五十にして、四十九年の非を知るに似たり。余 年六十にして、始めて五十九年の非を知れり。其れ道に至るに庶幾《ちか》きかな。」「舊作る所の文章を見る毎に、之を憎みて必ず燒き棄てんと欲す。梅堯臣 喜んで曰く、公の文進めりと。」蘧瑗（伯玉）とは、春秋時代の衛の大夫で、五十歳になって始めて四十九年間の生き方の非を悟った人物とされる。

一〇 筆記嘗云… 『宋景文公筆記』（百川學海本）卷上には次の條がある。「余少《わか》きとき學を爲《おさ》むるに、本 師友無し。家 苦《はなは》だ貧しくして書無く、習いて詩賦を作るも、未だ始めより名を當世に立つる志有らざるなり。粟米を計り親を養いて家閥を紹《つ》がんことを願うのみ。年二十四にして、文を以て故の宰相夏公に投ずるに、公 之を奇として、以爲《おもえ》らく必ず甲科を取らんと。吾 亦た 果たして是なるかを知らず。天聖甲子 鄕貢從《よ》り禮部に試みられ、故の龍圖學士劉公 試みる所の辭賦に嘆じ、大いに之を朝に稱して以て諸生の冠と爲す。吾 始めて重んぜらる。」

一一 年二十五 注一〇のごとく、『宋景文公筆記』（百川學海本）卷上は「年二十四」に作る。

一二 宰相夏公 眞宗から仁宗朝にかけての政治家夏竦《かしょう》（九八五～一〇五一）。官は樞密使に至り、英國公に封ぜられた。『宋史』卷二八三參照。樞密使は嚴密にいえば宰相ではないが、宋代では、民政を管轄する中書省（その長は同中書門下平章事）と軍政を掌る樞密院を二府と呼び、後者の長である樞密使は宰相に匹敵する要職とみなされた。

一三 試禮部 科擧のうち、禮部で行われる省試《しょうし》を指す。

一四 龍圖劉公 眞宗から仁宗朝にかけての政治家 劉筠《いん》（九七〇～一〇三〇）。官は翰林學士承旨兼龍圖閣直學士に至った。『宋史』卷三〇五參照。劉筠は、天聖二年の知貢擧（科擧の試驗委員長）である。

一五 陸機之謝華啓秀 陸機〈文の賦〉（『文選』卷一七）の、「朝華を已に披《ひら》けるに謝し、夕秀を未だ振《ひら》かざるに啓《ひら》く（すでに開いた朝の花は捨てて、いまだほころばぬ夕べの花を咲かせよう）」に基づく。使い古された從來の表現を棄て、まだ誰も開拓したことのない獨創的な境地に至ること。

一六 韓愈之陳言務去 韓愈〈李翊《よく》に答う〉（『韓昌黎集』卷一六）の「惟だ 陳言を之《これ》 務めて去る（陳腐な表現を意識的に捨て去る）」に基づく。

一七 以爲爲文之要 「陸機…」以下の文は、注一〇『宋景文公筆記』卷上の同じ條に見える。『筆記』は陸機と韓愈の言を引いて、「此れ 乃ち 文の要爲《た》り」といった後、次のように續ける。「五經は皆 體を同じうせず。孔子の沒後、百家 奮いて興るも、類《おお》ね相い沿わず。是れ 前人 皆 此の旨を得たり。嗚呼、吾 亦た 之を悟ること晩し。」

一八 筆記又深戒其子… 『宋景文公筆記』（百川學海本）卷下〈治戒〉は、自分が沒した後の葬式一切についての指示書である。その中に「吾が生平の語言、人に過ぐる者無し。愼んで妄りに編綴《へんてい》して集を作る無かれ」と書き遺している。

一九　本傳稱…　『宋史』卷二八四 宋庠傳附 宋祁傳に「文集百卷」とある。

二〇　藝文志則稱…　『宋史』藝文志七には「一百五十卷、又有濡削《じゅさく》一卷、刀筆集二十卷、西川猥藁三卷」とある。余嘉錫『四庫提要辨證』は提要における「西州（藝文志は「川」に誤る）猥藁三卷」の脱漏を指摘し、その證據として『宋景文集』卷四八〈西州猥藁系題〉を擧げる。

二一　馬端臨通考亦稱…　『文獻通考』經籍考 卷六一は、「宋景文集一百五十卷」に作る。ただし、余嘉錫『四庫提要辨證』が批判するように、『通考』は『郡齋讀書志』の記述に據ったに過ぎない。

二二　書錄解題　注八參照。

二三　焦竑經籍志　『國史經籍志』卷五は「宋祁集一百卷」に作る。ただし、余嘉錫『四庫提要辨證』が批判するように、焦竑は、書物を實見したわけではなく、『直齋書錄解題』より抄撮したに過ぎない。

二四　東都事略則文集百卷之外　王偁『東都事略』卷六五 宋祁傳には、「文集一百卷・廣樂記六十五卷有り」と見える。ただし、余嘉錫『四庫提要辨證』によれば「廣樂記六十五卷」は詩文集ではない。余嘉錫は、『宋史』藝文志 經部 樂類の「馮元・宋郊景祐廣樂記八十一卷」とあるのに注目し、「宋郊」が「宋祁」の誤りであることを考證している。今日傳わらない。

二五　莫詳孰是　余嘉錫『四庫提要辨證』は、提要の議論を批判し、宋祁集の卷數について次のように考證する。①元來、文集百五十卷（范鎭〈宋景文公神道碑〉）が家に藏され、祁の遺言を守って門外不出となっていたが、ほどなく「文集七十八卷・出麾小集五卷・刀筆二卷」本（『通史』藝文略）や「文集百卷」本（『宋史』本傳・『東都事略』・『直齋書錄解題』）が世に行われるようになり、祁の子孫はやむなく「文集百五十卷」本（『宋史』藝文志・『郡齋讀書志』）を公表したのではないか。②『郡齋讀書志』は、集百五十卷とし、出麾小集と西州猥藁の類については合併したのだと斷っている。つまり、詩文は合計して百五十卷なのであって、この數を超えるものではない。藝文志に見える濡削一卷・刀筆集二十卷・西川猥藁三卷は單行しているものを記しただけである。③唐庚〈宋尙書集の後に書す〉の言によれば、全集は元符の初めの時點でいまだ刻行されず、その他は哲宗以後もしくは南宋に刻された。曾肇の家に藏されていた全集二百卷は、北宋末の靖康の亂で殆ど亡失した。

二六　陸游集載…　『渭南文集』卷一五〈施司諫註東坡詩の序〉は、「近世 蜀人任淵有りて、嘗て 宋子京・黃魯直・陳無己の三家の詩に註し、頗る詳贍《しょうせん》と稱さる」とある。ただし、ここでは『出麾小集』と『西州猥稾』の詩集名には言及していない。提要が『出麾小集』と『西州猥稾』は陸游集に載せられているというのは、何に基づくのか不明。

二七　蜀人任淵　字を子淵といい、新津（四川省新津縣）の人。任淵が注した黄庭堅と陳師道（字は無己）の詩については、本書三九−二「山谷内集註二十卷」および四〇−二「后山詩註十二卷」參照。

二八　近人所傳北宋小集　『北宋小集』とは『兩宋名賢小集』中に收められた北宋詩人の詩集を指し、『四庫全書總目提要』卷一八七　集部　總集類に著録されている。宋人一五七家の總集である『兩宋名賢小集』は、一般には、宋　陳思の編で、元　陳世隆の補とされるものの、提要は、魏了翁の紹定三年（一二三〇）の序文と清の朱彝尊《しゅいそん》の跋文を僞託とし、この書の出所を疑っている。提要は、朱彝尊が元來有していた『北宋小集』四十餘種の殘本に、後人が他集を加えて成った書ではないかとする。

二九　成都文類　宋の袁說友が慶元五年（一一九九）、四川安撫使だった時に編纂したと傳えられる。五〇卷。うち詩は一四卷。漢より南宋初期までの四川に關する詩文千篇を集めている。『四庫全書總目提要』卷一八七　集部　總集類に著録される。

三〇　瀛奎律髓　元　方回の編。四九卷。唐・宋の五言七言の近體詩を四九類に分けて收錄。『四庫全書總目提要』卷一八八　集部　總集類に著録される。

三一　文翰類選　『文翰類選大成』一六三卷。明　李伯璵《りはくよ》・馮原《ふうげん》が淮王朱祁銓《しゅきせん》の命を受けて編纂した。『四庫全書總目提要』卷一九二　集部　總集類の存目に著録される。

三二　釐爲六十有二卷　欒《らん》貴明輯『四庫輯本別集拾遺』（中華書局　一九八三）によれば、現存する『永樂大典』には宋祁の詩文百十四條が見えており、そのうち二十四條が採輯に漏れている。

三三　以軼聞餘事各爲考證…　注一に擧げたごとく、四庫全書文淵閣本には、「補遺二卷」と「附錄一卷」が收載されていない。

三四　其兄庠遺集…　この『宋景文集』の直前（『四庫全書總目提要』卷一五二　集部　別集類）に『宋元憲集』四十卷（ただし四庫全書文淵閣本は三十六卷）が永樂大典本として著録されている。

三五　聖朝表章遺佚　清朝の四庫全書編纂事業をこのようにいう。

三六　晦而再顯　「晦」は隱伏、「顯」は世に顯われること。

三七　同邀乙夜之觀　「乙夜之觀」とは、皇帝の讀書をいう。皇帝は政務に忙しく、乙夜（夜十時）を過ぎないと讀書できぬためこのようにいう。なお、四庫全書文淵閣本『宋元憲集』には、乾隆帝の御製題が冠されている。

【附記】

宋刻本の『宋景文公集』は、中國では滅び、日本に二本傳わっていた。一本は帝室圖書寮藏本（殘存三二巻、宋刊本、蝴蝶裝）、もう一本は宮内廳書陵部藏本（殘存一八巻、南宋麻沙刻本、蝴蝶裝）で、前者は江戸寛政文化年間に林衡が刻した『佚存叢書』（一九二四年に上海涵芬樓《かんぷんろう》、さらに一九九二年に江蘇廣陵古籍刻印社が影印）に收められている。清の光緒年間には孫星華が『宋景文集拾遺』二二巻を編輯した。『湖北先正遺書』は、一九二三年、廣雅書局版武英殿聚珍版書（永樂大典本『宋景文集』と『宋景文集拾遺』を含む）を影印したもの。『全宋詩』（第四冊　巻二〇四～巻二二五）・『全宋文』（第一二～第一三冊　巻四八二～巻五三二）はこれを底本とする。

なお、日本藏の宋刻本の價値については、何忠禮〈從『宋景文公集』到『三場文選綱目』全帙〉（杭州大學出版社『中日漢籍交流史論』所收　一九九二）に言及がある。また曾棗莊〈〝二宋〟文校理札記〉（曾棗莊文存之二『唐宋文學研究』所收　巴蜀書社　一九九九）も必見の文である。

一一　安陽集《あんようしゅう》五十卷

[一]內府藏本

【韓琦《かんき》】一〇〇八～一〇七五

字《あざな》は稚圭《ちけい》、相州安陽（河南省安陽市）の人。天聖五年（一〇二七）の進士。仁宗の時、范仲淹とともに陝西經略安撫招討副使として西夏に對する防衛に當たり、「韓・范」と竝び稱された。慶曆三年（一〇四三）樞密副使となり「慶曆の新政」を支持したが、新政が瓦解すると一旦地方に出ている。嘉祐元年（一〇五六）、樞密使となり、三年に同中書門下平章事《どうちゅうしょもんかべんしょうじ》（宰相）を拜した後は、英宗朝にも引き續きその職に留まり、魏國公に封ぜられた。神宗の初め、たびたび辭表を奉り、ようやく受理された。晩年、王安石の靑苗法に反對して敗れ、故郷に歸って沒した。謚《おくりな》は忠獻。『名臣碑傳琬琰集《えんえん》』中集卷四八　李清臣〈韓忠獻公琦行狀〉・『金石萃編《きんせきすいへん》』卷一三五　富弼〈韓魏公神道碑銘〉・『宋史』卷三一二　韓琦傳　參照。

宋韓琦撰。琦事蹟具[二]宋史本傳。其集[三]晁公武讀書志・[四]陳振孫書錄解題・[五]宋史藝文志俱作五十卷。此本目次相符、蓋卽原本。

[六]琦歷相三朝、[七]功在社稷、生平不以文章名世。而詞氣典重、敷陳剴切、有[八]垂紳正笏之風。[九]呂祖謙編文鑑、錄其文十首。其中如[一〇]論減省冗費・[一一]論西夏請和・[一二]論時事・[一三]論靑苗諸篇、皆[一四]正論凜然、足覘其大節。

詩句多不事彫鏤、自然高雅。[一五]黃花晚節一聯、久爲世所傳誦。而其他隨時抒興、亦多寄託遙深。[一六]江少虞事實類苑稱、琦作[一七]喜雪一聯云、[一八]危石蓋深鹽虎陷、[一九]老枝擎重玉龍寒。人謂[二〇]其身在外而自任以天下之重。固未免涉於附會、非琦本旨。至於[二一]司馬光詩話稱、琦[二二]罷相守北京、新進多凌侮之、琦爲詩云、[二三]風定曉枝蝴蝶鬧、雨勻春圃桔槔閑、時人推其微婉。[二四]强至韓忠獻遺事稱、琦在相臺、作喜雨詩斷句云、須臾慰滿三農望、却斂神功寂似無、人謂此眞做出相業。則實能得其寓意。蓋蘊蓄既深、故直抒胸臆、自然得[二五]風雅之遺。固不徒以[二六]風雲月露爲工矣。

[二七]名臣言行錄載、[二八]司馬光辭樞副時、[二九]琦有書與文彥博。[三〇]東萊詩話載、是時亦[三一]有二書與光。[三二]吳師道禮部詩話載、琦手書早夏三詩、備蕭散閒適之趣。皆安陽集所無。又陸游渭南集有[三三]韓忠獻帖跋、稱西夏犯邊、琦[三四]當御戎重任、後[三五]入輔帷幄、[三六]陳謨畫策、駕馭人才、觀此帖可見。今集中亦未載入。蓋編次猶有所脫遺也。

此集之後、舊[三七]附家傳十卷、[三八]別錄・遺事各一卷。[三九]檢驗通考三書、本各自爲目、乃後人彙而附之。今仍釐原帙、[四〇]別著錄於史部、從其類焉。

【訓讀】

宋 韓琦《かんき》の撰。琦の事蹟[二]『宋史』本傳に具われり。其の集[三]晁公武《ちょうこうぶ》『讀書志』・[四]陳振孫『書錄解題』・[五]『宋史』藝文志、倶《とも》に五十卷に作る。此の本 目次 相い符し、蓋し 卽ち原本なり。

[六]琦 相《しょう》を三朝に歷し、[七]功は社稷《しゃしょく》に在りて、生平 文章を以て世に名あらず。而れども 詞氣典重、敷陳剴切《ふちんがいせつ》にして、[八]垂紳正笏《すいしんせいこつ》の風有り。[九]呂祖謙『文鑑』を編し、其の文十首を錄す。其の中〈[一〇]冗費《じょうひ》を減省するを論ず〉・〈[一一]西夏の和を請

うを論ず〉・〈時事を論ず〉[一二]・〈靑苗を論ず〉[一三]の諸篇の如きは、皆 正論[一四]凛然《りんぜん》として、其の大節を覘《うかが》うに足れり。

詩句 多くは彫鏤《ちょうる》を事とせずして、自然高雅なり。「寒[一五]（黃は誤り）花晩節」の一聯、久しく 世の傳誦する所と爲る。而して 其の他の時に隨いて興《きょう》を抒するは、亦た 多くは 寄託すること遙かに深し。江少虞[一六]『事實類苑』稱す、「琦の作りし〈雪を喜ぶ〉[一七]一聯に云う、〝危[一八]石 蓋《おお》いて深し 鹽虎の陷、老枝[一九] 擎《ささ》げて重し 玉龍の寒〟と。人 謂う〝其[二〇]の身外に在るも、自《みずか》ら任ずるに天下の重きを以てす〟と」と。固《もとよ》り未だ附會に涉るを免かれずして、琦の本旨に非ず。『司馬光詩話』[二一]、「琦 相[二二]を罷《や》めて北京《ほっけい》を守るに、新進多く之を淩侮す。琦 詩を爲《つく》りて云う、〝風[二三] 定まりて 曉枝に蝴《こ》蜨《ちょう》の鬧《さわ》がしく、雨 勻《ゆきわた》りて 春圃に桔槹《けっこう》 閑《しず》かなり〟と。時人 其の微婉《びえん》を推す」と稱し、强至[二四]『韓忠獻遺事』、「琦 相臺に在りしとき、〈雨を喜ぶ〉詩を作りて斷句に云う、〝須臾にして慰滿す 三農の望み、却って神功を斂《おさ》むること寂として無に似たり〟と。人 謂う〝此れ 眞に相業《しょうぎょう》を倣《な》し出《いだ》す〟」と稱すに至りては、則ち 實に 能く其の寓意を得たり。蓋《けだ》し 蘊蓄 既に深くして、故に胸臆を直抒し、自然に風[二五]雅の遺を得たり。固《もとよ》り 徒《いたず》らに風[二六]雲月露を以て工《たく》みと爲さず。

『名臣言行錄』[二七]載す、「司馬光 樞[二八]副を辭せし時、琦[二九] 書を文彥博に與《あた》う有り」と。『東萊《とうらい》詩話』[三〇]載す、「是の時 亦た二[三一]書を光に與う有り」と。吳師道[三二]『禮部詩話』載す、「琦 手づから書せし〈早夏〉三詩、蕭散閒適の趣きを備う」と。皆『安陽集』無き所なり。又た 陸游『渭南集』〈韓忠獻帖の跋〉[三三]有りて稱す、「西夏 邊を犯し、琦 戎[三四]を御《ふせ》ぐ重任に當たる。後 入[三五]りて帷幄《いあく》に輔たりて、陳謨《ちんぼ》[三六]畫策《かくさく》、人才を駕馭《がぎょ》す。此の帖を觀るに見る可し」と。今 集中 亦た 未だ載入せず。蓋し編次 猶お 脫遺する所有るがごときなり。

此の集の後、舊『家傳』[三七]十巻、『別錄』[三八]・『遺事』各一巻を附す。『通考』[三九]の三書を檢驗するに、本《もと》 各おの自《おのずか》ら目を爲す。乃ち 後人 彙《あつ》めて之に附す。今 仍《な》お 原帙に釐《おさ》め、別[四〇]に史部に著錄し、其の類に從う。

【現代語訳】

宋　韓琦《かんき》の著。琦の事蹟は、『宋史』本傳に詳しい。その文集は、晁公武《ちょうこうぶ》『郡齋讀書志』・陳振孫『直齋書錄解題』・『宋史』藝文志　ともに五十巻に作っている。この本は、目次が一致しており、原本だと考えられる。

琦は三朝にわたって宰相を歴任し、國家に大功のあった人物で、生前、詩文の方面で聞こえていたわけではない。しかしながら、言葉遣いは莊重で、議論は的を得ていて、大官の氣風がある。呂祖謙は『宋文鑑』の編纂に際し、琦の文を十篇錄入している。その中の、例えば〈冗費《じょうひ》を減省するを論ず〉・〈西夏の和を請うを論ず〉・〈時事を論ず〉・〈青苗を論ず〉の諸篇は、皆　身の引き締まるような正論で、彼の大いなる節義をうかがい知るに充分である。

詩句は殆ど技巧を弄せず、ありのままで氣品が溢れている。「寒（黄は誤り）花晩節」の一聯は、久しく世に歌いつがれてきた。その他の折りにふれて興を記したものも、何かを諷喩していて意味深長なものが多い。江少虞『事實類苑』は次のようにいう。「琦の〈雪を喜ぶ〉の一聯に〝危石蓋《おお》いて深し　鹽虎の陷、老枝　擎《ささ》げて重し　玉龍の寒（そそり立つ岩は雪に蓋《おお》われて、まるで鹽で作った虎が埋もれているよう、古い枝が雪に耐えているさまは、まるで玉で作った龍が凍《こご》えているようだ）〟という句がある。人はそれを、我が身は朝廷の外に在っても、自ら天下の重鎮を以て任じているのだと解した」と。もとより、牽強附會を免かれず、琦の本意ではない。『司馬光詩話』はいう、「琦が宰相を辭任して北京《ほっけい》（大名府《だいめいふ》）留守《りゅうしゅ》の官に在った時、若手の多くは彼をばかにした。琦は〝風　定まりて　曉枝に蝴蝶《こちょう》の鬧《さわ》がしく、雨　勻《ゆきわた》りて　春圃に桔槹《けっこう》　閑《しず》かなり〟（風がおさまると、朝の枝には蝶がうるさく飛び回り、慈雨があがると、春の畑に井戸の釣瓶は用もなし）〟という詩を作り、當時の人はその皮肉をこめた婉曲な表現に感心した」と。また、强至『韓忠獻遺事』はいう、「琦が、宰相の位に在った時に作った〈雨を喜ぶ〉詩の結句には、〝須臾にして慰滿す　三農の望み、却って神功を斂《おさ》むること　寂として無に似たり（あっという間に天下の農民の願いを叶え、それでいてさっと降り止む神業はまるで何も無かったかのよう）〟とある。人は、これこそ眞に宰相の仕事なのだと思った」と。

これらの話からすれば、實のところ琦は寓意表現に優れていたのだ。思うに、蘊蓄に富むので、胸の内をそのまま述べても、おのずと『詩經』の精神を受け繼いだものになるのである。花鳥風月ばかりが上手というのでは決してない。『名臣言行録』は、司馬光が樞密副使を辭退した時、琦が文彦博に手紙を書き送った話を載せている。『東萊詩話』は、この時、琦は司馬光にも二通の手紙を書き送ったとする。呉師道『禮部詩話』は、「琦が手ずから書いた〈早夏〉の詩三首は、さっぱりとして長閑《のどか》な趣きを備えている」という。いずれも『安陽集』には、見えぬものである。さらに、陸游『渭南集』には〈韓忠獻帖の跋〉があり、次のようにいう。「西夏が國境を侵犯した時、琦は西戎防禦の重任に當たっていた。後に中央政府に入って重臣となってからは、謀り事を進言し政策を立案して、人材を巧みに使いこなした。この帖を觀るとそれがわかる」と。今これも集中に收録されていない。編集の際に漏れたものがあるようだ。

この集の後に、もとは『家傳』十巻と『別録』・『遺事』各一巻が附されていた。『文獻通考』が載せる三書を調べてみると、それぞれ別々に著録されていて、後人がこれをひとまとめにして附載したことがわかる。今回、元どおりの姿に戻し、これらを別にして史部に著録し、本來の分類に従うこととする。

【注】

一　内府藏本　宮中に藏される書籍の總稱。清代では皇史宬《せい》・懋勤《ぼうきん》殿・摛藻《ちそう》堂・昭仁殿・武英殿・内閣大庫・含經堂などに所藏される。

二　宋史本傳　『宋史』巻三一二　韓琦傳。

三　晁公武讀書志　この書を著録するのは『郡齋讀書志』ではなく、その續編にあたる趙希弁『讀書附志』である。『讀書附志』巻下は「韓魏王安陽集五十巻」という。

四　陳振孫書録解題　『直齋書録解題』巻一七は「安陽集五十巻」に作る。

五　宋史藝文志　『宋史』藝文志七には「韓琦集五十巻、又た諫垣存藁三巻」を著録する。

六　琦歷相三朝　韓琦は仁宗の嘉祐三年（一〇五八）六月に同

中書門下平章事（宰相）を拜し、英宗朝を經て、神宗の治平四年（一〇六七）九月に辭している。

七　功在社稷　韓琦の死後、神宗は自ら碑文を作り、篆書で「兩朝顧命定策元勳之碑」と書し、英宗の廟堂に配享した。徽《き》宗の時、魏郡王を追贈されている。

八　垂紳正笏之風　大臣の風格をいう。「紳」は官服の大帶、「笏《こつ》」は官僚が手にもつ一尺ほどの手板。いずれも官僚が君主に拜謁する時の正裝。なお、ここの部分は、歐陽修が韓琦の人となりを「大事に臨みて大議を決するに、垂紳正笏、聲氣を動かさずして天下を泰山の安きに措《お》くに至りては、社稷の臣と謂うべし」（『居士集』卷四〇〈相州晝錦《ちゅうきん》堂の記〉）と評したことを意識する。晝錦堂は韓琦が故郷に建造した堂。

九　呂祖謙編文鑑　『宋文鑑』には文が十一篇（提要が十篇とするのは誤り）、詩が二首收められている。

一〇　論減省冗費　『宋文鑑』卷四四所收。『安陽集』は奏議を收めていない。萬曆四二年康丕揚《こうひよう》刊本『韓魏公集』三十八卷は諸書から韓琦の奏議を採って編集し、それを卷一四～二一に配している。この上奏文は、卷一四に〈冗費宜しく節すべし〉という題で收められている。困窮した國家財政を前に、官廳は徹底した節約を圖るべきだとし、仁宗の個人的支出についても無用のものは一切廢止するよう說いている。

一一　論西夏請和　『宋文鑑』卷四四所收。注一〇の『韓魏公集』卷一六には〈元昊《げんこう》の和を請うに從わざるを論ず〉という題で收められている。西夏が和を請うて來たのに對し、前線でこれと戰い、宋軍の現狀を知る立場から意見を奉ったもの。講和の條件は充分勘案せねばならないが、國家の平安を思い、講和に應ずべきことを論じている。ただし、この上奏文は『續資治通鑑長編』卷一三九によれば、范仲淹と韓琦がともに奉ったもので、『全宋文』は范仲淹の作として、卷三七八に收めている。

一二　論時事　『宋文鑑』卷四四所收。『韓魏公集』（注一〇）卷一六は〈備禦七事を論ず〉に作る。北方に契丹《きったん》（遼）、西北方に黨項《タングート》（西夏）という異民族の侵攻に備えねばならぬ現狀を分析し、具體的な方策を說いたもの。

一三　論青苗　『宋文鑑』卷四四所收。『宋文鑑』が收めるのは、『韓魏公集』（注一〇）卷一八〈青苗及び諸路の提擧官を罷めんことを乞う〉を刪節したもの。また、卷二〇〈青苗を罷む〉にも複出している。青苗法は神宗の信任を得た王安石が發動した新法の一つで、農民を救うために高利貸に代わって錢もしくは穀物を貸し附けるものである。新法の中でも最も早く實施されたために、官僚の間に激しい論爭を引き起こし、新法黨と舊法黨との對立を招いた。韓琦はすでに三代の老臣として朝廷の外に居たが、青苗法に反對の立場からこの上奏文を提出した。しかし、神宗の王安石支持の前に敗れている。

一四 正論凛然 提要は、一般に王安石ら新法黨には冷淡（本書三五—一「臨川集一百巻」參照）であり、韓琦の青苗法反對の議論を支持する。

一五 黄花晩節一聯 「黄花」は「寒花」の誤り。『安陽集』巻一四〈九日水閣〉の頷聯《がんれん》「老圃 秋容の淡を慙《は》づと雖も、且《しばら》く看よ 寒花 晩節の香（老いた畑の秋景色は華やかさに欠けるものの、まあ菊が晩節の香りを漂わせているのを見ておくれ）」を指している。江少虞『宋(皇)朝事實類苑』巻三六（『韓忠獻公遺事』にも見える）によれば、この詩は、韓琦が晩年宰相を退いて、北京《ほっけい》（大名《だいめい》府）留守《りゅうしゅ》という閑職に在った時、部下を重陽の節句の宴に招いて作ったものだという。秋の菊にことよせて、自身の晩節を詠っている。本來「寒花晩節」とすべきところを提要が「黄花晩節」と誤ったのは、『苕溪《ちょうけい》漁隱叢話』前集巻二七に引く『宋朝事實類苑』が「黄花」に誤り、さらにこれを『宋詩紀事』巻一一がそのまま採録したためである。なお、わが邦の元和七年（一六二一）勅版本を底本とする誦芬室叢刊『宋朝事實類苑』は「閑花」に作る。

一六 江少虞事實類苑 『宋朝事實類苑』巻三六に見える。ただし、提要は『宋詩紀事』、または『苕溪《ちょうけい》漁隱叢話』から引用。

一七 喜雪一聯 『安陽集』巻一七〈壬子十一月二十九日 時雪 方《まさ》に洽《あまね》し〉の頸聯を指す。

一八 危石蓋深鹽虎陷 「鹽虎」は虎の形にかたどった焼き鹽。雪の積もった岩の様子を喩える。また、『春秋左氏傳』僖公三十年に「鹽虎 形ありて、以て其の功を獻ず」とあり、杜預《どよ》は「以て武を象《かたど》る」と注する。「鹽虎」は自身の武勳を喩えたものと解釋することもできる。

一九 老枝擎重玉龍寒 「玉龍」とは玉製の龍。雪の積もった枝のようすを喩える。また、「玉體」（皇帝）を支えると解釋することもできる。

二〇 其身在外 注一七〈壬子十一月二十九日 時雪 方《まさ》に洽《あまね》し〉の「壬子」とは熙寧五年（一〇七二）。韓琦が宰相の位を去って北京《ほっけい》（大名府）に在った時の作である。

二一 司馬光詩話稱… 『溫公續詩話』（別名『迂叟詩話』）を指す。ただし、この箇所は『宋詩紀事』巻一一からの引用。『溫公續詩話』の全文は次のとおり。「熙寧の初め、魏公 相《しょう》を罷《や》め、北京《ほっけい》に留守《りゅうしゅ》たり。新進 多く之を陵慢す。魏公 鬱鬱として志を得ず、嘗て詩を爲《つく》りて云う〝花 去りて 曉叢 蜂蝶亂れ、雨勻《ゆきわた》りて 春圃 桔橰《けっこう》閒《のど》かなり〟と。時人 其の微婉を稱す。」

二二 罷相守北京 神宗が即位してまもなく、韓琦は宰相の位を退いて故鄉相州の地方長官となり、その後、北京《ほっけい》留守《りゅうしゅ》に任じられている。北京留守は當時の北都大名《だいめい》府の守護を掌る。

二三　風定曉枝蝴蝶鬧…　『安陽集』巻一一〈廣教院の閣に登る〉の頸聯である。ただし、『溫公續詩話』と字句の異同があり、『安陽集』は「花去春叢蝴蝶亂、雨勻朝圃桔《けっ》槹《こう》閑」に作る。桔槹は井戸のはねつるべ。

二四　强至韓忠獻遺事稱…　『韓忠獻遺事』（百川學海本）に次のように見える。「公 相臺《しょうだい》に在りて、〈久しく旱《ひでり》にして雨を喜ぶ〉詩を作る。上句に、雲動き 風行きて雷雨 解を作し（人々を救う意）の事を言いて、斷句に云う〝須臾にして慰滿す 三農の望み、却って神功を斂《れん》すること 寂として無に似たり〟と。人謂う〝此れ眞に相業を做《な》し出《いだ》すなり〟と。」詩句は『安陽集』巻一八〈雨を喜ぶ〉の尾聯で、數ヶ月閒日照り續きだったところへ雷鳴轟き慈雨が降ったことを喜んだもの。「三農」は 天下のあらゆる所に住む農民。『周禮』天官 大宰に見える言葉で、鄭玄が引く鄭司農の注は、「三農は、平地・山・澤なり」という。「神功」は神業。

二五　風雅　『詩經』の國風と小雅・大雅にみられるような政治批判の詩精神を指す。

二六　風雲月露　花鳥風月をいう。『隋書』巻六六 李諤《りがく》傳「連篇累牘、月露の形を出《い》でず、積案盈箱、唯だ是れ風雲の狀なり」に基づく。

二七　名臣言行錄載…　朱熹『三朝名臣言行錄』巻七 司馬光（字は君實）傳は『韓魏公語錄』（『宋朝事實類苑』巻一四）の次のような話を載せている。司馬光は樞密副使に除せられたが、辭退した。その時、魏にいた韓琦は急いで人を遣って文彦博（本書二八「潞公集四十巻」參照）宛ての手紙を届けさせ、辭退せぬよう說得してほしいと傳えてきた。文彦博はそれを司馬光に見せたが、光は「昔からこのような官職や爵位によって名節を汚された例は少なくありませんから」と斷ったという。

二八　司馬光辭樞副時　熙寧三年（一〇七〇）二月十二日、司馬光は翰林學士から樞密副使に除せられたが、これを辭退している。これより先、神宗の信任を受けて參知政事（副宰相）となった王安石は青苗法を行うが、老臣韓琦がこれに反對する上表文（注一三）を提出し、神宗の心を動かす。王安石は進退を賭して病を理由に登廳せず、辭職願いを提出した。そこで神宗は衆望厚い司馬光を樞密副使に任命するのだが、王安石が再び出るに及んで、司馬光は青苗法反對を理由にこれを固辭した。

二九　琦有書與文彦博　『韓魏公語錄』（『宋朝事實類苑』巻一四・『三朝名臣言行錄』巻七）に斷片が殘っている。「主上 之を倚重すること厚くして、道を行うに庶幾《ちか》し。道 或いは行われざれば、然る後に之を去りて可なり。堅く讓るを須《もち》いざるに似たり。（主上は司馬光を重んじること厚く、道を行う見込みがある。道が行われないなら、その時點で辭任すればよかろう。固辭しない方がいい。）」

三〇　東萊詩話載　呂本中（東萊）『紫微詩話』（『歴代詩話』所収）は次のようにいう。「司馬溫公 既に樞密副使を辭し、名は天下に重し。韓魏公は元臣舊德にして、倍《ます》ます欽慕を加う。北門に在りて 溫公に書を與えて云う〝多病寖《ようや》く劇《はげ》しくして、修問を闕けり。但だ聞くならく 執事は宗社生靈を以て意と爲し、屢《しば》しば 直言正論を以て、上聽を開悟し、樞弼を懇辭し、必ず感動を冀《ねが》うと。大忠大義、天地に充塞し、古今を横絶す。固《もとよ》り天下の人と與に歎服歸仰すること之《こ》れ暇《いとま》あらず、紙筆の一二に于《お》いて言うべきに非ざるなり〟と。又た書して云う〝音問 逢うこと罕《まれ》に、致問を闕《か》けり。但だ 天下の人と與《とも》に高誼を欽企し、同《とも》に執鞭忻慕の意有らんことを、未だ嘗て少《いささ》かも忘れざるなり〟と。又た書して云う〝伏して被命を承り、再び西臺を領す。高識に在りては、固《もとよ》り優游の樂しみ有るも、其れ蒼生の望みを如何せん。此れ中外の鬱鬱たる所以なり〟と。」

三一　有二書與光　注三〇の『紫微詩話』によれば、「二書」は「三書」の誤りである。

三二　吳師道禮部詩話載…　『吳禮部詩話』（『歴代詩話續編』所収）に、「韓魏公 手ずから書せし〈早夏〉の三詩、蕭散閑適の趣きを備う。安陽集に無き所にして、今 後に錄す。二絶句云う（略）、律詩云う（略）」と見える。

三三　韓忠獻帖跋　陸游『渭南文集』巻二九〈韓忠獻の帖に跋す〉は次のようにいう。「方《まさ》に 曩霄《どうしょう》 邊を犯せし時、忠獻王 首《はじ》めて戎を禦《ふせ》ぐ重任に當たり、功は諸公に冠たり。後 入りて帷幄《いあく》に輔たり。陳謨畫策《ちんぼかくさく》、人材を駕馭《がぎょ》し、虜情を鎭服す。曾集賢自《よ》り以降は、皆 協贊するのみ。此の帖を觀るに、槩見すべきなり。嘉泰四祀（一二〇四）六月辛丑。故《もと》の史官 山陰の陸某謹んで識す。」曩霄とは西夏王李元昊《りげんこう》の別名。曾集賢とは曾公亮のことで、嘉祐六年（一〇六一）集賢殿大學士を以て同中書門下《どうちゅうしょもんか》平章事《べんしょうじ》（宰相）に任命された。この年、韓琦は集賢殿大學士から昭文館大學士の肩書きの同中書門下平章事に昇進した。

三四　當御戎重任　韓琦が陝西經略安撫招討副使として國境の防衛に當たったことをさす。注三三參照。

三五　入輔帷幄　「帷幄」は參謀本部の意。「輔」は天子の輔佐、すなわち宰相や執政などの大臣をさす。韓琦が中央政府に入り、宰相となったことをいう。注三三參照。

三六　陳謨畫策　政策を立案して進獻することをいう。注三三參照。

三七　家傳十卷　『韓魏公家傳』または『韓忠獻公家傳』、『忠獻韓魏王家傳』ともいう。李裕民『四庫提要訂誤』（書目文獻出版社　一九九〇）によれば、韓琦の子 韓忠彥の著。『郡齋讀書志』と『文獻通考』經籍考は二卷に作り、『直齋書錄解題』と

『宋史』藝文志、および明・清の單行本や『安陽集』の附錄は十卷に作る。つまり、宋以來、二卷本と十卷本の二種類があるが、十卷本の方が通行している。

三八　別錄・遺事各一卷　『韓忠獻公遺事』一卷は强至の著。『韓魏公別錄』は『韓忠獻公別錄』、『忠獻韓魏王別錄』ともいい、韓琦の元の部下　王岩叟の著である。『宋史』藝文志は『別錄』を一卷に作るが、四卷とする說（『直齋書錄解題』『文獻通考』）、三卷とする說（『郡齋讀書志』）がある。通行本は三卷。提要のここの記述は『宋史』藝文志に據ったものか。なお、『直齋書錄解題』が『語錄』一卷を著錄し、內容は『別錄』にほぼ同じということからすれば、提要が「別錄・遺事各一卷」とするのは、「語錄・遺事各一卷」の誤りという可能性もある。

三九　檢驗通考三書　『文獻通考』經籍考卷二五に『韓魏公家傳』二卷と『韓忠獻公遺事』一卷、卷二六に『魏公別錄』四卷（別に『語錄』一卷もある）を著錄する。

四〇　別著錄於史部　『四庫全書總目提要』卷五九　史部　傳記類には、存目として、『韓魏公家傳』二卷・『韓魏公別錄』三卷・『韓忠獻公遺事』一卷が著錄されている。

【附記】

明正德九年（一五一四）張士隆刻『安陽集』五十卷・『家傳』十卷・『別錄』三卷・『遺事』一卷は、『北京圖書館古籍珍本叢刊』八五に影印されている。『全宋詩』（第六册　卷三一八〜卷三三八）は、この張氏刻本を底本とし、『全宋文』（第二〇册　卷八三一〜卷八六二）は、乾隆刊本を底本とする。なお、明の萬曆四二年康丕揚刊本を底本とする『韓魏公集』三十八卷、それに『家傳』『別錄』『遺事』を附したものが、伊豫大洲藩より天保一三年〜弘化三年（一八四二〜一八四六）に刊行され、汲古書院『和刻本漢籍文集』に收められている。

年譜には、清楊希閔《ようきびん》編『宋韓忠獻公年譜』（臺灣商務印書館影印本　一九八二）がある。

一二　文正集《ぶんせいしゅう》二十卷　別集四卷　補編五卷

江蘇巡撫採進本[一]

【范仲淹《はんちゅうえん》】九八九～一〇五一

字《あざな》は希文《きぶん》、呉縣（江蘇省蘇州市）の人。眞宗の大中祥符八年（一〇一五）の進士。景祐三年（一〇三六）、仁宗に上書し、人事の改革を唱えたが、宰相呂夷簡の怒りを買い、羣臣の間で朋黨を形成しようとした科《とが》で、知開封府（都知事）から饒《じょう》州（江西省鄱陽《はよう》縣）に左遷された。西夏が侵犯すると、陝西經略安撫招討副使として韓琦《かんき》とともに國境の防衛に當たり、「韓・范」として威名を馳せた。參知政事（副宰相）となって政治改革を主張し、所謂「慶曆の新政」の立役者となったが、反對派に阻まれ、改革案の殆どは實行されなかった。彼の〈岳陽樓の記〉の一節「天下の憂いに先んじて憂い、天下の樂しみに後れて樂しむ」は、北宋士大夫の心意氣を示したものとして人口に膾炙している。歐陽修『歐陽文忠公集』卷二〇〈文正范公神道碑銘〉・『名臣碑傳琬琰《えんえん》集』中集卷一二富弼〈范文正公仲淹墓誌銘〉・『宋史』卷三一四　范仲淹傳　參照。

宋范仲淹撰。仲淹有奏議[二]、已著錄。是編本名曰丹陽集[三]、凡詩賦五卷、二百六十八首、雜文十五卷、一百六十五首。元祐四年蘇軾[四]爲之序。淳熙丙午[五]鄱陽從事[六]綦煥校定舊刻、又得詩文三十七篇、爲遺集附於後。卽今別集。其補編五卷、則國朝康熙中仲淹裔孫能濬[七]所搜輯也。

仲淹人品事業[八]、卓絶一時、本不借文章[九]以傳。而貫通經術、明達政體[一〇]、凡所論著[一一]、一一皆有本之言。固非虛飾詞藻者所能、亦非高談心〔一二〕性者所及。蘇〔一三〕軾稱其天聖中所上〔一四〕執政萬言書、天下傳誦。考其平生所爲、無出此者。蓋行求無愧於聖賢、學求有濟於天下。古之所謂大儒者、有〔一五〕體有用、不過如此。初不必說〔一六〕太極、衍先天、而後謂之能聞聖道。亦不必講〔一七〕封建、議井田、而後謂之不愧〔一八〕王佐也。觀仲淹之人與仲淹之文、可以知空言實效之分矣。

【訓讀】

宋 范仲淹《はんちゅうえん》の撰。仲淹〔二〕『奏議』有りて、已に著錄す。是の編 本《もと》〔三〕名づけて『丹陽集』と曰い、凡そ詩賦五卷、二百六十八首、雜文十五卷、一百六十五首なり。元祐四年 蘇軾〔四〕之《これ》が序を爲《つく》る。淳熙〔五〕丙午 鄱《は》陽《よう》〔六〕の從事 綦煥《きかん》 舊刻を校定し、又た詩文三十七篇を得て、遺集と爲《な》し後に附す。卽ち今の『別集』なり。其の『補編』五卷は、則ち國朝康熙中仲〔七〕淹の裔孫能濬《のうしゅん》の搜輯する所なり。

仲淹 人品事業〔八〕、一時に卓絕し、本《もと》 文章〔九〕を借りて以て傳えず。而して 經術に貫通し、政體〔一〇〕に明達し、凡そ論著〔一一〕する所、一一 皆 有本の言なり。固《もと》より 詞藻を虛飾する者の能くする所に非ず、亦た 心性〔一二〕を高談する者の及ぶ所に非ず。蘇〔一三〕軾稱す、「其の天聖中 執政〔一四〕に上《たてまつ》る所の〈萬言の書〉、天下 傳誦す。其の平生爲す所を考うるに、此れを出づる者無し」と。蓋し 行いは聖賢に愧《は》づる無きを求め、學は天下を濟《すく》う有るを求む。古えの所謂大儒なる者は、體〔一五〕有り用有り、此《かく》の如きに過ぎず。初めより 必ず太極〔一六〕を說き、先天を衍《えん》し、而《しか》る後に 之を 能く聖道を聞くと謂わず。亦た 必ず封建〔一七〕を講じ、井田を議し、而る後に 之を 王佐〔一八〕に愧じずと謂わざるなり。仲淹の人と仲淹の文とを觀れば、以て空言と實效の分を知るべし。

【現代語譯】

宋　范仲淹《はんちゅうえん》の著。仲淹には『奏議』があり、すでに著録してある。この編は、もとは『丹陽集』という名で、全部で詩賦が五巻、二百六十八首、雜文が十五巻、一百六十五篇である。元祐四年（一〇八九）に蘇軾がその序文を書いている。淳熙丙午（一一八六）の年、鄱陽《はよう》の従事だった綦煥《きかん》が舊版を校定し、さらに詩文三十七篇を得て、遺集を作って巻末に附載した。これがすなわち今の『別集』である。『補編』五巻というのは、國朝の康熙年間に、仲淹の末裔である范能濬《はんのうしゅん》が捜求して編輯したものである。

仲淹は、人品・實績ともに當世一流で、もともと文學に借りて名を遺《のこ》すような人物ではない。しかも、經學に深く通じ、政治に練達していて、議論や著述はすべて、そのひとつひとつが基づくものがあっての發言である。言葉を飾りたてる連中がかなうようなものでは到底なく、また「心性」の空理空論をまくしたてる輩が及ぶところでもない。蘇軾は次のようにいう。「〈仲淹が天聖年間に、執政にたてまつった〈萬言の書〉は、天下に傳えられて誰もがそらんじている。仲淹の平生の行いを見るに、この書から逸脱するようなことは無かった」と。思うに、行いは聖賢に愧じないようにと願い、學問は天下を濟《すく》うことができるようにと願った。古えにいう大儒とは、「體」と「用」を兼ね備えている、ただそれだけのことなのだ。なにも「太極」を論じたり、「先天」を演繹したからといって、聖人の道を理解したことにはならない。また「封建」を説き、「井田」を論じてはじめて重臣の名に愧じないというわけでもない。仲淹の人と仲淹の文とを見れば、ほらを吹くのと實際に成果を出すということの違いがわかろう。

【注】

一　江蘇巡撫採進本　採進本とは、四庫全書編纂の際、各省の長に相當する巡撫《じゅんぶ》、總督《そうとく》、尹《いん》、鹽政《えんせい》などを通じて朝廷に獻上された書籍をいう。江蘇巡撫より進呈された本は『四庫採進書目』によれば一七二六部、そのうち三一〇部が著録され、五五一部が存目（四庫全書内に収めず、目録にのみ留めておくこと）に置かれた。

二　奏議　『四庫全書總目提要』巻五五　史部　詔令奏議類に『政府奏議』二巻が著録されている。

三　本名曰丹陽集　『范文正公別集』の綦煥《きかん》の跋文（注六參照）中に「舊京本丹陽集」と見えており、提要はこれに據ったのであろう。しかし、胡玉縉《こぎょくしん》『四庫全書總目提要補正』巻四五がいうごとく、綦煥は跋文中で「鄱陽《はよう》の郡齋・州學に『文正范公文集』『奏議』有りて…」と明言しており、すでに綦煥の時には「范文正公集」と呼ばれていたことは明らかである。また、傅增湘は北宋本范仲淹集の表題を「范文正公文集」（『藏園羣書題記』）と著録している。『郡齋讀書志』を見ると、衢《く》州本は「范文正公集二十巻　別集四巻」に作り、袁州本・宛委別藏本は「丹陽編八巻」に作っている。さらに『宋史』藝文志には「范仲淹集二十巻、又た別集四巻・尺牘二巻・奏議十五巻・丹陽編八巻」とある。これらを總合すると、「丹陽集」もしくは「丹陽編」が「范文正公集」の原名であったとは斷定しにくい。

四　蘇軾爲之序　中華書局本『蘇軾文集』巻一〇〈范文正公文集の敍〉に、「今　其の集二十巻、詩賦を爲ること二百六十八、文を爲ること一百六十五」とあり、最後に「元祐四年四月十一日」の日付けがある。

五　淳熙丙午　淳熙一三年（一一八六）にあたる。

六　鄱陽從事綦煥…　四部叢刊本『范文正別集』巻末の綦《き》煥の跋文（四庫全書文淵閣本は收載せず）は次のようにいう。「鄱《は》陽の郡齋・州學に『文正范公文集』『奏議』有り、歳久しくして板多くは漫滅《まんめつ》して、殆ど讀むべからず。判府太中先生　嘗て謂う〝此の郡の太守の名德、日月の照らすが如く、終古泯《ほろ》びざる者、唐に在りては則ち顏魯公、本朝は則ち范文正公なり。文正の集、士大夫の郡に過《よ》ぎる者、見んと欲せざるは莫し。其れ整治せざるべけんや〟と。是に於いて屬寮に委《ゆだ》ねて　舊の京本『丹陽集』を以て參校せしめ、且つ公帑《こうど》を捐《す》てて之を刊補す。又た詩文三十七篇を得て遺集と爲し、後に附す。其の閒　尙舛誤《せんご》有らん。更に後の君の善本を訪ねて焉《これ》を訂正するを俟《ま》つ。淳熙丙午十二月日　郡の從事　北海の綦煥　謹んで識《しる》す。」鄱陽は饒《じょう》州、范仲淹が宰相呂夷簡と對立し左遷された地である。判府とは上級官位の者が知府を務めることで、この場合は饒州を管轄する建康府の知府（長官）をいう。太中とは太中大夫、從四品の寄祿官（俸給のランクを示す）である。呉廷燮《ごていしょう》『南宋制撫年表』（中華書局　一九八四）によれば、淳熙九年から一五年の閒の知建康府として、元參知政事（副宰相）の錢良臣（？～一一八九）の名が擧がっている。

七　仲淹裔孫能濬　范能濬《のうしゅん》は、范仲淹十九世の孫。『補編』巻五

には、范能濬の手になる〈文正書院世德源流碑陰記〉と〈重建支硎《けい》山文正公祠記〉が収錄されている。

八　事業　政治家としての實績。

九　文章　ここでは、詩文を指す。いわゆる文章ではない。

一〇　政體　爲政の要領。『申鑑』政體篇に「天に承くること惟《こ》れ允《ただ》しく、身を正すこと惟れ常なり、賢に任ずること惟れ固く、民を恤《あわれ》むこと惟れ勤め、制を明らかにすること惟れ典《のっと》り、業を立つること惟れ敦《あつ》し、是れを政體と謂うなり」とある。

一一　論著　議論と著述。

一二　心性　孟子の「盡心知性」に基づく、宋・明の「性」と「心」に關する議論、心性の學を指す。禪宗の影響が認められる。程頤《ていい》や朱熹は、「性（天理）」を「心（人の神明）」の本體だとし、陸九淵は「心卽理」といい、「心」と「性」を同一視する。

一三　蘇軾稱…　蘇軾は〈范文正公文集の敍〉（注四）に次のようにいう。「公　天聖中に在りて、太夫人の憂に居り、則ち　已に天下を憂い太平を致すの意有り。故に萬言の書を爲《つく》りて、以て宰相に遺《おく》り、天下傳誦す。用いられて將と爲り、擢《ぬき》んでられて執政と爲《な》るに至る。其の平生　爲す所を考うるに、此の書を出づる者無し。」

一四　上執政萬言書　『范文正公集』卷八〈執政に上る書〉を指す。『宋文鑑』卷一一二にも採錄されている。范仲淹は、實母の服喪期間にあえて國家のことを論じる氣持ちを、「一心の戚《うれ》いを以て天下の憂いを忘れず」と表現し、朝廷が郡守や縣令に人材を選び、怠惰や冗漫、僭越などを排し、科擧や教育の充實を圖り、佞臣を排し忠臣を登用することなどを提唱している。

一五　有體有用　「體」は事物の本體、「用」はその作用。

一六　說太極…　「太極」は周敦頤《しゅうとんい》（本書三〇「周元公集九卷」參照）の太極圖、「先天」は邵雍《しょうよう》（本書二九「擊壤集二十卷」參照）の先天象數學を指す。ともに朱子學の先驅けとなった理學である。

一七　講封建…　「封建」と「井田」は、儒教が理想とする周代の制度であり、朱子學が得意とした議論。注一六の「太極」や「先天」とともに、ここでは現實と乖離した空理空論を指す。四庫全書編纂官の大半は、訓詁學を旨とする漢學派で占められており、提要は一般に理學を中心とした宋學に批判的である。

一八　王佐　王者の輔佐。重臣を指す。

【附記】

現存する范仲淹集として一番古いのは、傅增湘舊藏（現北京圖書館藏）の北宋刻本『范文正公文集』で、『古逸叢書三編』として一九八四年に影印されている。南宋では饒州で刻された乾道三年（一一六七）刊本があり、淳熙一三年（一一八六）重刊の際に『別集』が附された。これはさらに嘉定五年（一二一二）に重修されている。この淳熙・嘉定遞修本に基づくのが元の天暦元年（一三二八）范氏家塾歳寒堂刻本で、さらにこれを明代に飜刻したものが四部叢刊本である。『范文正公集』二十巻・『別集』四巻・『政府奏議』二巻・『尺牘』三巻・『年譜』一巻・『言行拾遺事録』四巻・『鄱陽遺事録』一巻の他、十三種の附録がある。『全宋詩』（第三冊　巻一六四～巻一六九）は四部叢刊本を底本とする。さらにこれ以外には、四庫全書が基づく清康熙四六年范氏歳寒堂刻本があり、『全宋文』（第九～第一〇冊　巻三六七～巻三九一）の底本となっている。

なお、『范仲淹史料新編』（瀋陽出版社　一九八九）が、各種史料や年譜を収めており、便利である。

一三　[一]河南集《かなんしゅう》二十七卷

[二]兩淮馬裕《ばゆう》家藏本

【尹洙《いんしゅ》】一〇〇一～一〇四七

字《あざな》は師魯《しろ》、河南府（河南省洛陽市）の人。天聖二年（一〇二四）の進士。地方官を經て館閣校勘に召され、太子中允に移ったが、景祐三年（一〇三六）、開封府の知府范仲淹《はんちゅうえん》が朝政を誹謗《ひぼう》した科《かど》によって饒《じょう》州に貶されると、范仲淹を辯護して宰相呂夷簡の怒りを買い、監郢《えい》州（湖北省鍾祥市）酒税に左遷された。その後は、永興軍經略判官を經て、涇州《けいしゅう》・渭《い》州・慶州といった西夏と國境を接する地方の長官を歴任した。『春秋』の學に通じ、六歳年下の友人歐陽修は、尹洙の文を「簡にして法有り」という。柳開に始まり穆修《ぼくしゅう》を經て歐陽修に至って一つの頂點を極める北宋古文史の中で、尹洙は歐陽修への橋渡し的な存在として重要な位置を占める。ただ、詩人としての評價は低い。兄の尹源（字は子漸）も古文家として名があった。歐陽修『歐陽文忠公集』卷二八〈尹師魯墓誌銘〉・韓琦《かんき》『安陽集』卷四七〈尹公墓表〉・『宋史』卷二九五 尹洙傳 參照。

宋尹洙撰。洙有[三]五代春秋、已著錄。洙爲人[四]内剛外和、[五]能以義自守。[六]久歷邊塞、灼知情形。[七]凡所措置、多有成效。其沒也、[八]歐陽修爲墓誌、[九]韓琦爲墓表、而[一〇]范仲淹爲序其集。其爲[一一]正人君子所重、[一二]與田錫相等。至所爲文章、[一三]古峭勁潔、[一四]繼柳開・穆修之後、[一五]一挽五季浮靡之習、尤卓然可以自傳。[一六]邵伯溫聞見錄稱、錢惟演守西都、起雙桂樓、[一七]建臨園驛、命歐陽修及洙作記。修文千餘言、洙止用五百字。修服其[一八]簡古。[一九]又稱修早工偶儷之文、及[二〇]官河南、[二一]始得洙、乃出韓退之之文學之。蓋修與洙文雖不同、而修爲古文則居洙後也云云。[二二]蓋有宋古文、修爲巨擘、而洙實開其先。故所作具有原本。[二三]自修文盛行、洙名轉爲所掩。然洙文具在、亦烏可盡沒其功也。

[二四]集凡二十七卷、[二五]與宋史藝文志所載合。[二六]晁公武郡齋讀書志云二十卷者、蓋傳寫之脫漏。其雙桂樓・臨園驛記集中未載、當由編錄之時已佚其稾矣。

【訓讀】

宋 尹洙《いんしゅ》の撰。洙『[三]五代春秋』有りて、已に著錄す。洙 人と爲《な》り[四]內剛外和、[五]能く義を以て自《みずか》ら守る。[六]久しく邊塞を歷し、灼《しゃく》として情形を知る。凡そ [七]措置する所、多く成效有り。其の沒するや、[八]歐陽修 墓誌を爲《つく》り、[九]韓琦《かんき》は墓表を爲り、而して[一〇]范仲淹《はんちゅうえん》 爲《ため》に其の集に序す。其の[一一]正人君子の重んずる所と爲ること、[一二]田錫《でんしゃく》と相い等し。爲《つく》る所の文章に至りては、[一三]古峭《こしょう》 勁潔《けいけつ》、[一四]柳開・穆修《ぼくしゅう》の後を繼ぎて、[一五]五季 浮靡《ふび》の習《ならい》 を一挽《いちばん》し、尤も卓然として以て自《みずか》ら傳うべし。

[一六]邵伯溫『聞見錄』稱す、「錢惟演 西都に守《しゅ》たりしとき、雙桂樓を起《おこ》し、[一七]臨園驛を建て、歐陽修及び洙に命じて記を作らしむ。修の文は千餘言なるに、洙は止だ五百字を用うるのみ。修 其の[一八]簡古に服す」と。[一九]又た 稱す「修 早《つと》に偶儷の文に工《たく》みなり、[二〇]河南に官たるに及び、[二一]始めて洙を得て、乃ち韓退之の文を出だして之を學ぶ。蓋し 修と洙とは文 同じからずと雖も、修の古文を爲《つく》るは 則ち洙の後に居るなり云云」と。蓋し [二二]有宋の古文、修 巨擘《きょはく》爲るも、洙實に其の先を開く。故に作る所 原本を具有す。[二三]修の文 盛行せし自《よ》り、洙の名 轉《うた》た掩う所と爲る。然れども 洙の文具在す、亦た 烏《いずく》んぞ 盡《ことごと》く其の功を沒すべけんや。

[二四]集 凡そ二十七卷、『[二五]宋史』藝文志載す所と合う。[二六]晁公武《ちょうこうぶ》『郡齋讀書志』二十卷と云うは、蓋し傳寫の脫漏なり。

其の〈雙桂樓〉〈臨園驛の記〉集中 未だ載せず、當に 編錄の時 已に其の槀を佚《いっ》するに由るべし。

【現代語譯】

宋 尹洙《いんしゅ》の著。洙には『五代春秋』があり、すでに著錄してある。洙は溫厚そうに見えて芯が強く、義を貫いた人である。國境附近での勤務が長く、情勢に精通していたため、彼の對策には有效なものが多かった。洙が沒すると、歐陽修が墓誌銘を書き、韓琦《かんき》が墓表を作り、范仲淹は尹洙の文集に序文を寄せた。尹洙は田錫《でんしゃく》の場合と同じように正人君子に重んじられていたのだ。彼の作る文章に至っては、飾り氣がなくて引き締まっており、柳開や穆修《ぼくしゅう》の後を繼いで、五代の輕薄華靡の氣風を一掃した。これだけでも後世に傳えうる輝かしい功績なのだ。

邵伯溫『邵氏聞見錄』は次のようにいう。「錢惟演が西都（洛陽）留守《りゅうしゅ》の官にあったとき、雙桂樓を建て臨園驛を築き、歐陽修や洙に命じてその題記を作らせたことがあった。修の文章が千字あまりに及んだのに、洙はたった五百字を費やしただけだった。修はその文の簡潔さに感服した」と。さらに、次のようにもいう。「修は若いころは駢儷文に巧みだったが、河南府洛陽に赴任して始めて洙と知りあってから、やっと韓退之の文を取り出して學ぶようになった。つまり、修と洙とでは文の質は異なるものの、修が古文をおさめるようになったのは、洙の後ということになる云云」と。思うに、宋の古文は、修をその泰斗《たいと》とみなすが、實は洙がその端緒を開いたのである。ゆえに洙の作品には基づく所があるのだ。修の文が盛んに行われるようになってから、洙の名聲はますます覆い隱されてしまった。しかし、洙の文が存在する以上、その功績をすべて埋沒させてしまうことなどできはしない。

文集は全部で二十七卷、『宋史』藝文志の記載と合致する。晁公武『郡齋讀書志』が二十卷というのは、傳寫の際に（七の字を）落したのだろう。〈雙桂樓〉と〈臨園驛の記〉は集中に收錄されていない。編錄の時には、もう原稿が散逸していたのであろう。

【注】

一　河南集二十七巻　四庫全書文淵閣本には「附錄一巻」を有する。

二　兩淮馬裕家藏本　馬裕の字は元益、號は話山、江都（揚州）の人。原籍は祁門《きもん》（安徽省）で所謂新安商人の出身。父の曰琯《えつかん》の代より藏書十萬餘巻を誇った。四庫全書編纂の時、藏書七七六部を進獻した。そのうち著錄されたのが一四四部、存目（四庫全書内に收めず、目錄にのみ留めておくこと）は二二五部にのぼる。

三　五代春秋　『四庫全書總目提要』巻四八　史部　編年類　に存目として『五代春秋』二巻が著錄されている。ただし、注二四で述べるように、實際は『五代春秋』も『河南集』の中に含まれている。

四　内剛外和　注九韓琦の〈尹公墓表〉に「公　天性　慈仁にして、内剛外和」と見える。

五　能以義自守　提要は、尹洙が春秋學に精通していたことを意識して、春秋が説く大義を守ったことをいうのであろう。

六　久歷邊塞…　西夏侵犯の際に、尹洙が永興軍經略判官として范仲淹や韓琦の下で活躍し、その後も、涇《けい》州・渭《い》州・慶州といった西北の地方長官を務めたことを指す。『宋史』尹洙傳は、次のようにいう。「元昊《げんこう》庭《てい》せざりし自《よ》り、洙　未だ嘗て兵間に在らざるはなく、故に西事に於いて尤も練習す（西夏の李元昊が叛亂をおこしてから、洙はずっと戰場に在ったので、とりわけ西域防衛の事に練達していた）。」

七　凡所措置…　尹洙は西北の地でいくつかの思い切った措置を講じ、それがために幾度か職を貶されている。まず、韓琦が范仲淹の反對を押して出兵した任福の軍が敗れると、尹洙は慶州にいた兵を發し、その罪を問われて濠州の通判に貶された。次に渭州に在った時、陝西四路都總管が城砦を築こうとする計畫に對して、城砦が增えると兵力が分散されてしまうことを理由に抵抗し、派遣されてきた者を逮捕した。これが問題となって、慶州に貶されている。提要は、こういった臨機應變の措置を「多く成效有り」というのであろう。

八　歐陽修爲墓誌　『歐陽文忠公集』巻二八〈尹師魯墓誌銘〉を指す。ただし、この墓誌銘は簡潔なものであったため、尹洙の古文の先驅者としての功をないがしろにしたという批判が出たらしい。これに對して、歐陽修は〈尹師魯の墓誌を論ず〉（『歐陽文忠公集』巻七三）で反論している。詳細は本書八「穆參軍集三巻」注一六を參照。

九　韓琦爲墓表　『安陽集』巻二八〈尹公墓表〉を指す。韓琦については、本書一一「安陽集五十巻」を參照されたい。

一〇　范仲淹爲序其集　『范文正公集』巻六〈尹師魯河南集の序〉を指す。

一一　正人君子　宰相呂夷簡らの保守派を批判して范仲淹と行動をともにしたのが余靖・尹洙・歐陽修で、韓琦はその支持者である。蔡襄の〈四賢一不肖〉詩は、かれらを君子と呼んでおり、提要はこれを意識している。

一二　與田錫相等　田錫《でんしゃく》（九四〇～一〇〇四）は太宗朝から眞宗朝の初めにかけて活躍した政治家。たびたび上疏し天子を諫めた。『四庫全書總目提要』は、その著『咸平集』三十巻を著録し、太宗がかれの奏疏を尊重していたことを引いて次のようにいう。「故に 其の沒するや、范仲淹 墓誌を作り、司馬光 神道碑を作り、蘇軾 其の奏議に序し、亦た 之を賈誼に比《なぞら》う。之が爲に筆を執る者、皆 天下の偉人にして、則ち 錫の生平 知るべきなり。」

一三　古峭勁潔　飾り氣がなく引き締まっていること。

一四　柳開・穆修　本書二「河東集十五巻」・八「穆參軍集三巻」參照。

一五　一挽五季浮靡之習　『宋史』尹洙傳は「唐末自《よ》り五代を歴て、文格、卑弱たり。宋の初めに至り、柳開、始めて古文を爲り、洙、穆修と與に 復《ふたた》び之を振起す」という。

一六　邵伯溫聞見錄稱…　『邵氏聞見錄』巻八は次のようにいう。「天聖・明道中、錢文僖《き》公（惟演）樞密自《よ》り西都（洛陽）に留守たり。謝希深（絳《こう》）通判爲り、歐陽永叔（修）推官爲り、尹師魯（洙）掌書記爲り、梅聖兪（堯臣）主簿爲り、皆 天下の士なり。錢相 之を遇すること甚だ厚し。……府第に雙桂樓を起し、西城に臨園驛（一に「閣を建てて圜驛に臨ましむ」に作る）を建つるに因りて、永叔・師魯に命じて記を作らしむ。永叔の文 先に成りて、凡そ千餘言。師魯曰く、〝某 止《た》だ五百字のみを用いて記すべし〟と。成るに及び、永叔 其の簡古に服す。永叔 此れ自《よ》り 始めて古文を爲《つく》る。」ただし、『邵氏聞見錄』に類似する話として、文瑩《ぶんえい》『湘山野錄』巻中のものがある。「錢思公 洛に鎭し、辟《まね》く所の僚屬 盡《ことごと》く 一時の俊彥《しゅんげん》なり。時に 河南は陪都の要なるを以て、驛舍 常に闕《か》く。公 大いに一館を創り、榜《ぼう》して「臨轅」と曰う。既に成り、謝希深・尹師魯・歐陽公の三人に命じて、各おの一記を撰せしめて、曰く〝諸君に三日の期を奉らん。後日 水榭《すいしゃ》の小飲に攀請《はんせい》し、示及するを希《ねが》う〟と。三子 相い掎角《きかく》して以て其の文を成す。文就《な》りて之を出だして相い較《くら》ぶ。希深の文 僅かに五百字、歐公の文 五百餘字、獨り師魯のみ止だ三百八十餘字を用いて成る。語 簡にして 事 備わり、復た典重 法有り。歐・謝二公 袖を縮めて曰く〝止《た》だ師魯の作を以て丞相に納めて可なり。吾が二人のものは當《まさ》に之を匿《かく》すべし〟と。」この話によれば、尹洙と作文を競ったのは歐陽修だけではなく、謝絳も含まれていたことになる。また、尹洙の題記は五百字ではなく三百八十字であった。さらに、『湘山野錄』ではこの後に、歐陽修が尹洙に作文の要諦を尋ねたのち、さらに奮起して尹洙の題記より二十字も少ない文を成した話が見える。

一七　建臨園驛　『邵氏聞見錄』巻八は一に「建閣臨圜驛」に作る。また『湘山野錄』巻中によれば、實際は、洛陽の驛舎として建設された「臨轅」という名の館であったらしい。

一八　簡古　簡潔にして古雅であること。

一九　又稱修早工偶儷之文　『邵氏聞見錄』巻一五に、北宋の古文史について述べた箇所がある。「本朝の古文、柳開仲塗・穆修伯長 首《はじ》めて之《これ》が唱を爲《な》し、尹洙師魯兄弟 其の後を繼ぐ。歐陽文忠公 早《つと》に偶儷の文に工《たく》みにして、故に國學・南省に試みられて、皆 天下第一爲り。既に甲科に擢《ぬきん》でられ、河南に官たりて、始めて師魯を得、乃ち韓退之の文を出だして之を學ぶ。公の自敍に爾云《しかい》う。蓋し 公と師魯とは 文に於いて同じからずと雖も、公の古文を爲るは則ち師魯の後に居るなり。」

二〇　官河南　歐陽修は天聖八年（一〇三〇）進士となり、翌年、西京留守《りゅうしゅ》推官として洛陽に赴任し、景祐三年（一〇三四）三月までこの職に在った。

二一　始得洙…　これについては、歐陽修自身が〈舊本韓文の後に記す〉（『歐陽文忠公集』巻七三）の中で、「洛陽に官たるに、尹師魯の徒 皆 在り。遂に相い與《とも》に作りて古文を爲す。因りて藏する所の昌黎集を出だして之を補綴《ほてい》し、人の家の有する所の舊本を求めて之を校定す」といっている。

二二　有宋　「有」は國名につける美稱。

二三　自修文盛行…　『邵氏聞見錄』巻一五は、現在歐陽修の撰として喧傳されている『五代史』は歐陽修が嘗て尹洙と分擔執筆を約していたもので、現行の書には尹洙の文が混じっているのではと疑う。尹洙の名が埋沒してしまったのは、彼に男子がいなかったことも影響しているらしい。

二四　集凡二十七巻　『河南集』の巻二七・二八は、〈五代春秋〉となっている。これについて、胡玉縉『四庫全書總目提要補正』巻四五は、先に『五代春秋』は別に著錄す（注三參照）といっておきながら、ここに「集二十七巻」ということの矛盾を指摘する。なお、四庫全書文淵閣本には『附錄』一巻があり、『宋史』の尹洙傳、韓琦の墓表・祭文、歐陽修の墓誌銘・祭文などが収められている。

二五　與宋史藝文志所載合　『宋史』藝文志は『宋史』尹洙傳の誤り。藝文志は「尹洙集二十八巻」に作る。ただ、これは『附錄』を合算した可能性もある。

二六　晁公武郡齋讀書志云…　『郡齋讀書志』巻一九は、「尹師魯集二十巻」に作り、『文獻通考』經籍考巻六一もこれに從う。一方、『直齋書錄解題』は「二十二巻」に作る。趙希弁『讀書附志』が「二十七巻」（ただし、標題は十五巻）に作り、現存する版本もこれに等しいことなどから、提要のいうように傳寫の誤りと考えるのが妥當であろう。ただ、范仲淹の序文は「爲《つく》る所の文章、亦た 未だ嘗て編次せず。惟だ 先に人に傳わる者、索《もと》めて之を類《るい》し、十巻と成す」とあり、尹洙の沒した直後は十巻だったらしい。誰が二十七巻に編纂したのかは不明。

【附記】

現在最も行われているのは四部叢刊の春岑閣《しゅんしんかく》抄本で、『全宋詩』（第四冊　巻二三〇）と『全宋文』（第一四冊　巻五八一～巻五九〇）は、これを底本とする。

年譜には祝尚書〈尹洙年譜〉（『宋代文化研究』第七輯　四川大學出版社　一九九八・五）がある。

一四　孫明復小集《そんめいふくしょうしゅう》一卷

[一]兵部侍郎紀昀《きいん》家藏本

【孫復《そんふく》】九九二～一〇五七
字《あざな》は明復《めいふく》、晉州平陽（山西省臨汾市）の人。四たび進士に擧げられたが第せず、泰山に隱居して『春秋』の研究に沒頭した。泰山先生と稱され、石介《せっかい》らがこれに師事した。北宋の『春秋』學の開祖的存在である。慶曆二年（一〇四二）、富弼《ふひつ》・范仲淹《はんちゅうえん》の推擧で召されて校書郎・國子監直講（國立大學教授）となる。仁宗に學を講じるが、異端と批判する者があり、中止となる。のち地方に左遷されるが、再び都に歸り、殿中丞となる。晩年、仁宗の命を受けた門人祖無擇《そむたく》が孫復の家から『春秋尊王發微《はつび》』など十五篇を得て、それを宮中圖書館に藏した。歐陽修『歐陽文忠公集』卷二七〈孫明復墓誌銘〉・『宋史』卷四三二 儒林傳二 參照。

宋孫復撰。復有[二]春秋尊王發微、已著錄。案[三]文獻通考載孫復睢陽子集十卷。[四]宋史藝文志亦同。此本出自泰安[五]趙國麟家、僅文十九篇、詩三篇、附以[六]歐陽修所作墓誌一篇。蓋從[七]宋文鑑・[八]宋文選諸書鈔撮而成、十不存一。然復集久佚、得此猶見其梗概。

[九]蘇轍歐陽修墓碑載、修謂於文得尹師魯・孫明復、而意猶不足。蓋宋初承五代之敝、文體卑靡。[一〇]穆修・[一一]柳開始追古格、復與[一二]尹洙繼之。風氣初開、菁華未盛。故修之言云爾。然復之文、根柢經術、謹嚴峭潔、卓然爲儒者之言。與[一三]歐・蘇・曾・王千變萬化、務極文章之能事者、又別爲一格。修之所言、似未可槩執

也。至於[一四]揚雄過爲溢美、謂其太元之作非以準易、乃以嫉莽、則[一五]白圭之玷、亦不必爲復諱矣。

【訓讀】

宋 孫復《そんふく》の撰。復、『[二]春秋尊王發微《はつび》』有りて、已に著錄す。案ずるに『[三]文獻通考』「孫復睢陽子《すいようし》集十卷」を載す。『[四]宋史』藝文志 亦た同じ。此の本 泰安の[五]趙國麟の家自《よ》り出で、僅かに文十九篇、詩三篇のみにして、附するに[六]歐陽修作る所の〈墓誌〉一篇を以てす。蓋し『[七]宋文鑑』・『[八]宋文選』の諸書從り鈔撮して成り、十に一も存せず。然れども復の集 久しく佚し、此を得て猶お 其の梗概を見るがごとし。

[九]蘇轍《そてつ》〈歐陽修墓碑〉載す、「修 謂えらく〝文に於いては 尹師魯・孫明復を得るも、意 猶お 足らず〟」と。蓋し宋初 五代の敝《へい》を承け、文體 卑靡《ひび》なり。[一〇]穆修《ぼくしゅう》・[一一]柳開 始めて古格を追い、復 [一二]尹洙と之を繼ぐ。風氣 初めて開くも、菁華《せいか》 未だ盛んならず。故に修の言爾云《しかい》う。然れども 復の文、經術を根柢とし、謹嚴峭潔《しょうけつ》、卓然として儒者の言を爲す。[一三]歐・蘇・曾・王 千變萬化し、務めて文章の能事を極むる者と、又た 別に一格を爲す。修の言う所、未だ槩執《がいしつ》すべからざるに似たり。[一四]揚雄に於いて過ぎて溢美を爲し、其の「『太元』の作は以て『易』に準ずるに非ずして、乃ち以て莽《もう》を嫉《にく》む」と謂うに至りては、則ち[一五]白圭《はくけい》の玷《きず》にして、亦た 必ずしも復が爲に諱《い》まず。

【現代語譯】

宋 孫復《そんふく》の著。復には『春秋尊王發微《はつび》』があって、すでに著錄してある。思うに、『文獻通考』は「孫復睢陽子《すいようし》集十卷」を載せており、『宋史』藝文志も同じである。この本は泰安（山東省泰安市）の趙國麟の家から出たもので、僅かに文が十九篇、詩が三篇あるだけで、歐陽修が書いた〈墓誌〉一篇が附されている。これはおそらく『宋文鑑』・『宋文選』の諸書から抜き出して作ったもので、十分の一も殘っていない。しかし、復の別集は散逸して久しく、この本によっておおよそのところを知ることができよう。

蘇轍の〈歐陽修墓碑〉は次のような話を載せている。「修は、〝文では尹師魯・孫明復がいるものの、彼らではまだ不十分だ〟といっていた」と。思うに、宋の初めは五代の悪習を承けて、文體が弱々しかった。穆修・柳開がはじめて古えの格調を追い求め、復と尹洙とがこれを受け繼ぎ、やっと風が通るようになったものの、まだ花が満開になったわけではない。だから、修はこのように言ったのだ。しかし、復の文は、經術に基づき、謹嚴で齒切れがよく、すぐれて儒者の言というべきものであり、歐陽修・蘇軾・曾鞏・王安石が、千變萬化、文學の可能性を極めようとしたのとは、また別に一格をなす存在である。修の説にあまりとらわれるべきではなかろう。揚雄についてはあまりにも褒め過ぎであり、「『太玄』の作は『易經』に則《のっと》ったのではなく、それで王莽を謗《そし》ったのだ」というに至っては、白圭《はくけい》の玷《きず》というべきもので、必ずしも復のために隠す必要などない。

【注】

一　兵部侍郎紀昀家藏本　紀昀《きいん》（一七二四～一八〇五）は、字を曉嵐といい、直隷獻縣（河北省獻縣）の人。乾隆一九年（一七五四）の進士。十三年の長きにわたり四庫全書總纂官として校訂整理に當たり、『總目提要』編纂の最高責任者の一人であった。その書齋を閲微草堂《えつびそうどう》という。自らも家藏本を進獻し、そのうち六二部が著録され、四三部が存目（四庫全書内に収めず、目録にのみ留めておくこと）に置かれている。兵部侍郎は當時の官名である。

二　春秋尊王發微　『四庫全書總目提要』巻二六　經部　春秋類に、『春秋尊王發微』十二巻が著録される。本來、總論を併せて十五巻であったが、現在、總論は失われ、十二巻を存するのみである。

三　文獻通考　馬端臨『文獻通考』經籍考巻六二に「孫復睢陽《すいよう》子《し》集十巻」と著録される。晁公武『郡齋讀書志』巻一九も同じ。

四　宋史藝文志　『宋史』藝文志巻七には「孫復集十巻」と見える。

五　趙國麟　清、泰安（山東省）の人。字は仁圃。康熙五四年（一七一五）の進士。乾隆年間に文淵閣太學士となった。藏書家として知られ、「泰山趙氏藏書」および「仁圃藏書」の藏書印が知られる。趙國麟の死後、紀昀《きいん》の手に渡ったのであろう。

六　歐陽修所作墓誌一篇　歐陽修『歐陽文忠公集』巻二七〈孫明復墓誌銘〉を指す。

七　宋文鑑　呂祖謙編『皇朝文鑑』には、孫復の詩が二首、文が二篇收録されている。

八　宋文選　編者不詳『聖宋文選』には、孫復の文が十七篇收録されている。

九　蘇轍歐陽修墓碑載…　蘇轍《そてつ》〈歐陽文忠公神道碑〉（『欒城《らんじょう》後集』巻二三）には、歐陽修のこの言は見えない。邵博『邵氏聞見後録』巻一五に見える次の話を〈神道碑〉と混同したものと思われる。「歐陽公　蘇明允（洵）に謂いて曰く〝吾　文士を閲《み》ること多きも、獨り尹師魯（洙）・石守道（介）を喜ぶ。然れども　意　未だ足らざる所有り。今　子の文を見るに、吾が意　足れり〟と。」

一〇　穆修　九七六～一〇三二　本書八「穆參軍集三巻」參照。

一一　柳開　九四七～一〇〇〇　本書二「河東集十五巻」參照。

一二　尹洙　一〇〇一～一〇四七　本書一三「河南集二十七巻」參照。

一三　歐・蘇・曾・王　歐陽修・蘇軾・曾鞏・王安石を指す。

一四　揚雄『孫明復小集』の〈揚子を辨ず〉は、揚雄の『太玄』（提要は康熙帝の諱　玄燁《げんよう》を避けて「太元」に作る）を論じた文である。揚雄（字は子雲）は前漢の文學者、思想家。晩年、漢を簒奪した新の王莽に依附し、儒教の經典である『易經』に倣《なら》って『太玄』を、『論語』に倣って『法言』を著した。『漢書』は、このことを「聖人に非ずして經《けい》を爲《つく》るは、猶お　春秋の呉楚の君　僭號して王と稱するがごとく、蓋し　誅絶《ちゅうぜつ》の罪なり（聖人でもないのに經を作ったのは、春秋時代の呉楚の君主が王と僭稱したようなもので、誅殺の罪に相當する）。」と糾彈する。孫復の〈揚子を辨ず〉は、揚雄を辯護したもので、『太玄』は『易』に準じて作ったものではなく、その意圖は王莽《おうもう》を誹《そし》ることにあったのだとする。しかし、南宋に朱子が出て、王朝の道統論が喧傳されるようになると、揚雄の〈劇秦美新《げきしんびしん》〉（秦を殘誹とし新を美《ほめ》る文）が問題視されるようになる。すなわち、揚雄が、漢を簒奪して新を僭稱した王莽に阿諛したというのである。提要が、揚雄とその支持者に手嚴しいのは、明の正統な後繼を以て任じる清朝にとって、道統論は何にも増して重要だったからである。清朝にとって道統論は、異民族王朝が中華の地を支配するためのイデオロギーであった。

一五　白圭之玷　『詩經』大雅　抑の一句で、白玉の小さな瑕《きず》をいう。わずかな缺點・短所。

【附記】

『全宋詩』（第三冊　巻一七五）は、四庫全書文淵閣本を底本に、『全宋文』（第一〇冊　巻四〇一）は、民國二四年（一九三五）に出版された鉛印本を底本にしている。鉛印本は、光緒一五年（一八八九）孫氏問經精舍刊本をもとにしたもの。

一五　[一]徂徠集《そらいしゅう》二十卷

[二]江蘇巡撫採進本

【石介《せっかい》】一〇〇五～一〇四五
字は守道《しゅどう》、あるいは公操《こうそう》、兗《えん》州奉符《ほうふ》（山東省泰安市）の人。天聖八年（一〇三〇）、歐陽修と同年の進士である。地方官を經て、慶曆二年（一〇四二）國子監直講（國立大學教授）として中央に召された。その時、太學を率いて范仲淹《はんちゅうえん》らの慶曆の新政支持の急先鋒に立った。自《みずか》ら外任を願い出て濮《ぼく》州通判となったが、赴任しないまま沒した。若い頃から古文にこころざし、柳開に心醉、當時流行していた西崑體《せいこんたい》の華麗で技巧的な文學に反對し、〈怪の說〉を作って楊億を批判したことは有名。ただ、激しやすい性格で、提要は彼の名を高からしめた〈慶曆聖德詩〉を中庸を缺いた作品と斷じている。かつて徂徠《そらい》山の下で學を講じていたことから徂徠先生と呼ばれた。歐陽修『歐陽文忠公集』卷三四〈徂徠石先生墓誌銘〉・『宋史』卷四三二 儒林傳二 參照。

宋石介撰。介字守道、兗州奉符人。[三]天聖八年進士及第。[四]初授嘉州判官。[五]後以直集賢院出通判濮州。[六]事蹟具宋史本傳。初、介[七]嘗躬耕徂徠山下、人以徂徠先生稱之、因以名集。

介深惡五季以後文格卑靡、故[八]集中極推柳開之功、而復[九]作怪說以排楊億。其文章宗旨、可以想見。雖[一〇]主持太過、抑揚皆不得其平、要亦[一一]戛然自爲者。[一二]王士禎池北偶談稱其倔强勁質、有唐人風。較勝[一三]柳・穆二家、而終未脫草昧之氣。亦篤論也。

歐[一四]陽修作介墓誌、稱所爲文章曰某集者若干卷。又曰某集者若干卷。凡重言之、似原集當分爲二部。此本統名[一五]徂徠集、[一六]殆後人所合編歟。[一七]第四卷内寄元均・叔仁・讀易堂・永軒暫憩四詩、有錄無書。則傳寫脫佚、亦非盡其舊矣。

[一八]介傳孫復之學、毅然以天下是非爲己任。[一九]然客氣太深、名心太重、[二〇]不免流於詭激。[二一]王偁東都事略記仁宗時罷呂夷簡・夏竦、而進章得象・晏殊・賈昌朝・杜衍・范仲淹・韓琦・富弼・王素・歐陽修・余靖諸人。介時爲[二二]國子直講、[二三]因作慶歷聖德詩、以褒貶忠佞。其詩今載集中。[二四]蓋仿韓愈元和聖德詩體。[二五]然唐憲宗削平淮蔡、功在社稷、愈仿雅・[二六]頌以紀功、[二七]是其職也。至於賢姦黜陟、權在朝廷、非儒官所應議。且其人見在、[二八]非蓋棺論定之時。躓涉嫌疑、尤不當播諸簡牘、以分[二九]恩怨。[三〇]厥後歐陽修・司馬光朋黨之禍屢興、[三一]蘇軾・黄庭堅文字之獄迭起、實介有以先導其波。[三二]又若太學諸生挾持朝局、[三三]北宋之末、或至於鬻劄中使、[三四]南宋之末、或至於驅逐宰執、[三五]由來者漸、亦介有以倡之。[三六]史稱孫復見詩、有子禍始此之語。是猶爲一人言之、未及慮其大且遠者也。雖當時以此詩得名、而其事實不可以訓。故仍舊本存之、而附論其失如右。

【訓讀】

宋 石介《せっかい》の撰。介 字は守道《しゅどう》、兗《えん》州奉符《ほうふ》の人。[三]天聖八年の進士及第なり。[四]初め嘉州判官を授けらる。[五]後 直集賢院《ちょくしっけんいん》を以て出でて濮《ぼく》州に通判たり。事蹟[六]『宋史』本傳に具われり。初め、介 嘗て[七]徂徠《そらい》山下に躬耕《きゅうこう》し、人 徂徠先生を以て之を稱し、因りて以て集に名づく。

介 深く五季以後の文格卑靡《ひび》なるを惡《にく》む、故に集中[八]極めて柳開の功を推し、而して復た[九]〈怪の說〉を作りて以て楊億を排す。其の文章の宗旨、以て想い見るべし。[10]主持 太《はなは》だ過ぎ、抑揚 皆 其の平を得ずと雖も、要は 亦た[11]戛然《かつぜん》として自《みずか》ら爲す者なり。[12]王士禎《おうしてい》『池北偶談』稱す「其の倔強《くっきょう》勁質《けいしつ》、唐人の風有り。較《や》や[13]柳・穆《ぼく》の二家に勝《まさ》れども、終に未だ草昧《そうまい》の氣を脱せず」と。亦た篤論なり。

[14]歐陽修 介の墓誌を作り、稱す「爲《つく》る所の文章 某集と曰う者 若干卷。又た某集と曰う者 若干卷」と。凡そ 重ねて之を言うは、原集 當《まさ》に分ちて二部爲るべきに似たり。此の本 統《す》べて[15]『徂徠集《そらいしゅう》』と名づくは、[16]殆ど 後人の合編する所なるか。[17]第四卷の内〈元均・叔文（叔仁は誤り）に寄す〉〈讀易堂〉〈水軒（永軒は誤り）にて暫く憩う〉四詩、錄有りて書無し。則ち 傳寫の脱佚にして、亦た 盡《ことごと》くは其の舊に非ず。

[18]介 孫復の學を傳え、毅然として天下の是非を以て己が任と爲す。然れども[19]客氣《かっき》 太《はなは》だ深く、名心 太だ重んじ、[20]詭《き》激《げき》に流るるを免れず。[21]王偁『東都事略』記す「仁宗の時 呂夷簡・夏竦《かしょう》を罷め、而して章得象・晏殊《あんしゅ》・賈昌朝・杜衍《とえん》・范仲淹・韓琦《かんき》・富弼《ふひつ》・王素・歐陽修・余靖の諸人を進む。介 時に[22]國子直講爲り、因りて[23]〈慶歷聖德詩〉を作り、以て忠佞《ちゅうねい》を褒貶《ほうへん》す。其の詩 今集中に載す。蓋し[24]韓愈〈元和聖德詩〉の體に倣《なら》う。然れども[25]唐の憲宗は淮蔡《わいさい》を削平《さくへい》し、功は社稷《しゃしょく》に在り、愈[26]雅・頌《しょう》に倣いて以て功を紀すは、[27]是れ其の職なり。賢姦の黜陟《ちゅっちょく》に至りては、權は朝廷に在り、儒官の應議する所に非ず。且つ 其の人 見在《げんざい》し、[28]蓋棺論定の時に非ず。蹟 嫌疑に渉《わた》れば、尤も當に 諸《これ》を簡牘に播《ま》き、[29]以て恩怨を分かつべからず。厥《そ》の後[30]歐陽修・司馬光 朋黨の禍 屢《しば》しば興り、[31]蘇軾・黃庭堅 文字の獄 迭《たが》いに起こるは、實に 介 以て其の波を先導する有り。又た[32]太學諸生の朝局を挾持《きょうじ》し、[33]北宋の末、或いは中使を臠割《れんかつ》し、[34]南宋の末、或いは宰執を驅逐するに至るが若《ごと》きは、[35]由來する者 漸《ぜん》にして、亦た 介 以て之を倡《とな》うる有り。[36]史 稱す「孫復 詩を見て、〝子の禍 此れに始まらん〟の語有り」と。是れ 猶お 一人の爲《ため》に之を言うがごとくして、未だ其の大にして且つ遠きを慮《うれ》うるに及ばざる者なり。當時 此の詩を以て名を得《う》と雖も、其の事 實に以て訓《おし》うべからず。故に 舊本に仍《よ》りて之を存するも、其の失を附論すること右の如し。

【現代語譯】

宋　石介《せっかい》の著。介は字を守道といい、兗州《えん》奉符《ほうふ》（山東省泰安市）の人。天聖八年（一〇三〇）の進士及第である。はじめに嘉州（四川省）軍事判官を授かり、のちに直集賢院《ちょくしっけんいん》の身分で濮州《ぼく》（山東省）の通判（副知事）として地方に出た。事蹟は『宋史』儒林傳の石介傳に詳しい。介はかつて徂徠山麓《そらいさんろく》で田畑を耕していたことがあり、人から徂徠先生と呼ばれていた。集の名はそれに因《ちな》んだものだ。

介は五代以後の文の品位が下がったことにとても腹を立てていたので、文集では柳開の功績を最大級に褒め稱《たた》え、また〈怪の說〉を作って楊億を排擊した。詩文において彼が目指したものが、想像されよう。介は自己主張が強すぎて、起伏が激しく穩やかさに缺けるものの、要するに彼もまた獨創的人物なのだ。王士禎《おうしてい》『池北偶談』は次のようにいう。「そのごつごつした硬質の文には、唐人の趣がある。柳開・穆修の二家にやや勝るが、結局のところ土臭さが拔けきらない」と。これも妥當な見解といえる。

歐陽修は介の墓誌銘を作り、そこで、「介の作った詩文は、某集〇〇巻」と言ったうえに、さらに「某集〇〇巻」と言っている。二回繰り返しているのは、きっと元の集が二部に分かれていたためであろう。この本はひっくるめて『徂徠集《そらいしゅう》』というが、おそらく後世の人によって一つにされたのだ。第四巻中の〈元均・叔文（仁は誤り）に寄す〉〈讀易堂〉〈水軒（永軒は誤り）にて暫く憩う〉の四首は、目錄にあるのに作品が無い。すなわち書き寫す際に脫け落ちたもので、この本も全てがもとの形を傳えているわけではないのだ。

介は孫復の學を受け繼ぎ、天下の事にきっぱりと是非の判定を下すのを己の務めだと自負していた。しかしながら、一時的な激情に驅られ、功名心に逸《はや》るあまり過激に走りがちだった。王偁《おうしょう》『東都事略』は次のように記している。「仁宗の時、呂夷簡と夏竦《かしょう》を罷免し、章得象・晏殊《あんしゅ》・賈昌朝・杜衍《とえん》・范仲淹・韓琦《かんき》・富弼《ふひつ》・王素・歐陽修・余靖らを登用した。介はその時國子監直講であったことから、〈慶曆聖德詩〉を作って、忠臣と佞臣に對して毀譽褒貶を行った。その詩は今 文集に載っている。思うに、韓愈の〈元和聖德詩〉の體に倣ったのであろう。しかしながら、唐の憲宗による淮蔡《わいさい》地方の平定は國家の大功であり、愈が『詩經』の雅・頌《しょう》の體に倣《なら》って功績を記述したのも、彼の職務だったからである。賢臣や姦臣の昇進や左遷については、朝廷の權限であって、儒官がとやかく口を挾むべきものではない。まして、その人は健在であり、人物評價を行うべき時ではないのだ。あらぬ疑惑を招きかねず、とりわけ文に書き散らして、怨恨を生ぜしむべきものではない。この後、歐陽修や司馬光に朋黨の禍が度重なり、蘇軾や黃庭堅にはつぎつぎと文字の獄が起こったが、これらは實は介がその風潮を開いたのである。さらに、太學の學生達が朝廷の政局に口出しをして、北宋の末には宮中から派遣された宦官を切り刻み、南宋の末には宰相や執政を追い落とすまでになったのは、だんだんとそうなっていったのであって、これも介がその先鞭をつけたのだ。史書は、孫復が介の詩を見て、〝君の禍はこの詩から始まるだろう〟と語ったと傳える。これは 介一人のために言ったのであり、いまだ將來の大事についてまで慮《おもんぱか》ったものではない。當時、介はこの詩によって名を擧げたが、その事は手本にすべきではない。そのため、舊本のままこの詩を殘しはしたものの、その非について右のごとく附論しておく。

【注】

一　徂徠集二十卷　四庫全書文淵閣本は「附錄一卷」を有する。歐陽修の〈徂徠石先生墓誌銘〉などが收められている。

二　江蘇巡撫採進本　採進本とは、四庫全書編纂の際、各省の長に相當する巡撫《じゅんぶ》、總督《そうとく》、尹《いん》、鹽政《えんせい》などを通じて朝廷に獻上された書籍をいう。江蘇巡撫より進呈された本は『四庫採進書目』によれば一七二六部、そのうち三一〇部が著錄され、五五一部が存目（四庫全書内に收めず、目錄にのみ留めておくこと）に置かれた。

三　天聖八年進士及第　この年の進士合格者は二四九人、省試《しょうし》では歐陽修が第一、殿試の狀元は王拱辰《おうきょうしん》であった。石介は二六歲、「進士及第」（進士合格の際の等級で、第一・二甲科の合格を指す）という優秀な成績で合格した。官僚としては順調な滑り出しといえる。

四　初授嘉州判官　石介が最初に授けられたのは、鄆州《うんしゅう》（山東省東平縣）觀察推官であり、そののち南京《なんけい》（河南省商丘市）留《りゅう》守《しゅ》推官を經て、寶元元年（一〇三八）には都から遠い地の嘉州（四川省樂山《らくざん》市）軍事判官となっている。ただしこれは、七〇歳の父に代わって遠隔地に赴任することを吏部に願い出た結果である。

五　後以直集賢院出通判濮州　慶曆二年（一〇四二）、國子監直講に召された介は、四年三月、韓琦の推薦によって直集賢院《ちょくしゅうけんいん》となり、引き續き國子監直講を兼任することになった。しかし、〈慶曆聖德詩〉によって新政への支持を鮮明にし、ところかまわず朝廷の權貴を批判したため、世閒の風當たりが強くなり、十一月には、自ら外任を願い出て濮《ぼく》州通判となった。ただ、介は赴任しないまま翌年七月に自宅で亡くなっている。

六　事蹟具宋史本傳　『宋史』卷四三二　儒林傳二。

七　嘗躬耕徂徠山下…　寶元元年（一〇三八）九月に嘉州軍事判官として蜀に赴任した介は、一ケ月も經たないうちに母の喪に接し、歸鄉する。さらに康定元年（一〇四〇）三月には父の丙が亡くなり、服喪期閒が延長された。その閒、石介は徂徠山《そらいさん》の下で自ら耕作し、家で『易』を講じ、徂徠先生と稱された。ただし、歐陽修〈徂徠石先生墓誌銘〉（『歐陽文忠公集』卷三四）によれば、石介の家は代々山東で農業に從事し、官僚となったのは父の石丙《せきへい》からというから、ここは家業に從事したに過ぎない。

八　集中極推柳開之功　たとえば、『徂徠集』卷二〈魏の東郊に過《よ》ぎる〉詩は、柳開の死から三十年後、若き日の石介がその墓を訪うた時の詩である。魏とは河北大名府、つまり柳開の故鄉。詩中の「事業は皋《こう》・夔《き》に過ぎ、才能は相輔に堪《た》う（政治の才は舜に仕えた皋陶《こうよう》や夔以上で、宰相にふさわしい人材だ）」、「述作は仲淹を慕い、文章は韓愈に肩《けん》す（經學では文中子を慕い、詩文は韓愈に比肩した）」などの句から、石介の柳開への傾倒ぶりが窺える。本書二「河東集十五卷」注一〇參照。

九　作怪説以排楊億　『徂徠集』卷五〈怪の説〉上・中・下篇は、儒者の立場から、世に行われている佛教・道教および輕佻浮薄な文學を批判した文である。特に、中篇では西崑體の領袖　楊億を「天下の人の目を盲《もう》にし、天下の人の耳を聾《ろう》にす」る者として批判している。本書六「武夷新集二十卷」參照。

一〇　主持太過…　友人歐陽修は、〈石推官に與《あた》うる第一書〉（『歐陽文忠公集』卷六六）で、〈怪の説〉を「自ら許すこと太《はなは》だ高く、時を詆《そし》ること太だ過ぎたり。其の論　未だ深く其の源を究めざる者の若《ごと》し」と率直に批評している。これに對して、石介は猛反發、〈歐陽永叔に答うる書〉（『徂徠集』卷一五）で、自らこそが儒教の眞の擁護者であると反論する。ただし、歐陽修は大筋では石介を高く評價し、その死後、石介を追憶する詩を多く遺している。

一一　戛然自爲　獨創性に富むさまをいう。

一二　王士禎池北偶談稱　『池北偶談』卷一七は、所藏する『徂徠集』二十卷が吳之振（『宋詩鈔』の編者）から贈られた宋版である旨を述べ、次のようにいう。「守道 最も折服する者は柳仲塗、最も詆諆《ていき》する者は楊文公大年なり。〈魏の東郊〉詩〈怪の說〉を觀れば見るべし。其の文 倔強勁質、唐人の風有り。較《や》や柳・穆《ぼく》の二家に勝れども、終に 未だ草昧《そうまい》の氣を脫せず。」

一三　柳・穆二家　柳開と穆修を指す。本書二「河東集十五卷」および八「穆參軍集三卷」參照。

一四　歐陽修作介墓誌…　歐陽修〈徂徠石先生墓誌銘〉（『歐陽文忠公集』卷三四）には、「其の爲《つく》る所の文章 某集と曰う者 若干卷。某集と曰う者 若干卷」とある。墓誌銘は石介の子 師訥《しとつ》と門人の姜潛《きょうせん》・杜默・徐遁らが歐陽修に依賴したもので、本來「某集」「若干卷」とある箇所は、實名および實數が書きこまれていたはずである。しかし、こういう數字や日付けは個人の文集に收められる際に、省略されることが多い。

一五　徂徠集　『宋史』卷四三二 儒林傳二 石介傳には「『徂徠集』有りて世に行わる」とあり、卷數を言わない。

一六　殆後人所合編歟　光緒一六年尙志堂重刊本『徂徠石先生文集』に附された徐坊〈重雕徂徠石先生文集校記〉は、現行の『徂徠集』が二集を合編したものではないかとする意見に對して次のように反論する。「晁氏『讀書志』・陳氏『書錄解題』・馬氏『經籍考』・『宋史』藝文志・明『文淵閣書目』・『內閣書目』・國朝『四庫全書總目』著錄する所の者、皆 二十卷本に止まれり。孫淵如收藏（孫星衍《そんせいえん》平津閣藏本）の景鈔宋槧本《そうざんぼん》、卷數 亦た同じ。蓋し 此の二十卷本 其の來るや已に久し。必ずしも後人の合併する所に非ざるなり。」

一七　第四卷內…四詩　四庫全書文淵閣本『徂徠集』はこの四詩を缺く。今、光緒一〇年尙志書院刊本（【附記】參照）で四詩の原題を檢するに、次のようになる。〈元均に寄す〉〈叔文（叔仁は誤り）に寄す〉〈嘉州に赴任するに、初めて棧道を登り、姜潛《きょうせん》至之の讀易堂《どくえきどう》に寄題す〉〈蜀に入り左綿に至りて、路軒（永軒は誤り）に次して暫く憩う〉である。元均は、石介の同年の進士 田況の字。叔文は、姓は張、名は不詳。姜潛は、字を至之といい、石介と同郷で弟子にあたる。

一八　介傳孫復之學　孫復は晉州平陽の人。『春秋』の學に通じていたが、進士に及第できなかった。共通の友人士建中（九九八～？）を通じて孫復と知り合った石介は、景祐二年（一〇三五）冬、彼のために故郷泰山の麓に室を築き、山東の人を率いて自らは弟子としてこれに師事した。のち、介が國子監直講に召されると、范仲淹らに働きかけて孫復を國子監直講として迎え入れている。介は〈怪の説〉で佛教・道教を儒教に敵對するものとして排撃するが、その主張は孫復の〈儒辱〉と通ずるものがあり、兩者の影響關係は無視できない。本書一四「孫明復小集一卷」參照。

一九　客氣　一時的な激情をいう。

二〇　不免流於詭激　田況『儒林公議』卷下は、石介の性格を物語る故事として、次のような話を載せている。「石介 太子中允・國子監直講爲りて、專ら徑直狂徼《きょうきょう》を以て務めと爲し、人 多く其の口を畏《おそ》る。或ひと上に薦むる有りて、謂う〝介は諫官と爲すべき者なり〟と。上曰く〝此の人 若し諫官と爲らば、恐らくは 其れ首《こうべ》を玉階に碎かん〟と。」石介は、仁宗をして「もし諫官となったなら、頭を宮中のきざはしにぶつけて諫言しかねない」と言わしめるほど激しやすい性格だったらしい。

二一　王偁東都事略記…　『東都事略』卷一一三 儒學傳は次のようにいう。「(介) 召されて國子監直講に入る。是の時、兵 元昊《げんこう》を討ちて久しく功無く、海内 重困す。仁宗 奮然として威徳を振起せんことを思欲す。宰相呂夷簡 疾を以て罷《や》めて歸第し、夏竦《かしょう》 樞密使を罷む。章得象・晏殊《あんしゅ》を相と爲し、賈昌朝は參知政事、杜衍《とえん》を用いて樞密使と爲し、范仲淹・韓琦《かんき》・富弼《ふひつ》は樞密副使たり、王素・歐陽修・余靖・蔡襄は時を同じうして諫官と爲る。治を求むる所以の意 甚だ鋭し。介 躍然として喜びて曰く〝此れ 盛徳の事なり。雅・頌《しょう》は吾が職なり、其れ已《や》むべけんや〟と。乃ち〈慶曆聖徳詩〉を作る。其の詞に曰く…。」

二二　國子直講　國子監直講の略稱。國立大學の教授にあたる。元豐年間以後は、太學博士と改稱された。

二三　因作慶歷聖徳詩…　「慶歷」は「慶曆」、乾隆帝の諱「曆」を避けたもの。『徂徠集』卷一〈慶曆聖徳頌幷びに序〉を指す。序文は、呂夷簡と夏竦《かしょう》を罷免し、章得象以下一一人を登用したことを、「奸を退け賢を進む」こととして言祝ぐ。

二四　仿韓愈元和聖徳詩體　〈慶曆聖徳頌〉が、韓愈の〈元和聖徳頌〉を意識した作品であることは、介の自序に明らかである。「臣 嘗《つね》に 唐の大儒 韓愈の博士爲りし日〈元和聖徳頌〉千二百言を作り、憲宗の功徳をして赫奕《かくえき》煒燁《いよう》として、千古に昭《あき》らかならしむるを愛慕す。今に至るも之を觀れば、當日に在るが如し。陛下 今日の功徳、憲宗に讓る無し。臣 文學は韓愈に逮《およ》ばずと雖も、亦た 太學に官たりて、博士の職を領す。歌詩讚頌は、乃ち其の職業なり。竊かに 愈に擬して、輒《すなわ》ち〈慶曆聖徳頌〉一首、四言、凡そ九百六十字を作る。」

二五　唐憲宗削平淮蔡…　憲宗の元和元年（八〇六）、安史の亂以後の節度使の叛亂に苦しんだ唐王朝は、淮蔡（蔡州）を初めとする藩鎭を平定し、二年正月、これを太廟に報告した。その時、國子博士だった韓愈はこれを稱えて四言詩〈元和聖德詩幷びに序〉（『韓昌黎集』卷一）を奉った。

二六　雅・頌　『詩經』の中の詩體、雅と頌《しょう》をいう。雅は儀式の際に奏でられる正樂。頌は祖先の功德を稱える歌。

二七　是其職也　「職」は職務をいう。韓愈〈元和聖德詩〉の序文に次のようにみえる。「臣　恩澤を蒙被し、日《ひ》び羣臣と紫宸殿《ししんでん》の陛下に序立し、親しく穆穆《ぼくぼく》の光を望む。而かも其の職業は、又た經籍を以て國子を教導するに在りて、誠に宜しく率先して歌詩を作り、以て盛德を稱道すべし。（わたくしは、恩澤を被り、日々多くの羣臣とともに紫宸殿のきざはしに竝び立ち、身近に陛下のなごやかな御尊顔を拜しております。まして、わたくしの務めは、經籍でもって國子監の學生を教え導くことである以上、率先して詩を作り、陛下の盛德を稱《たた》えるべきであります。）」

二八　蓋棺論定　人物やその行爲に對する評價は、亡くなって棺桶の蓋を閉じてからしか結論を出せないこと。

二九　恩怨　なさけと仇。この場合は怨恨の意。

三〇　歐陽修・司馬光朋黨之禍屢興　慶曆の新政の立役者となった范仲淹以下若手官僚を、保守派は朋黨だと指彈したことを指す。歐陽修が〈朋黨論〉（『歐陽文忠公集』卷一七）によって君子の朋黨を主張したが、結局保守派の抵抗によって新政は失敗に終わった。また、神宗の熙寧年閒には新法を推進する王安石が登場し、これに反對する司馬光ら舊法黨との閒で熾烈な黨爭が繰り廣げられた。新法黨・舊法黨の攻防は北宋末まで續き、王朝滅亡の遠因とされる。

三一　蘇軾・黃庭堅文字之獄迭起　北宋末、徽宗朝に宰相の位に就いた新法黨の蔡京は、舊法が採用された元祐年閒の主要人物、司馬光・呂《りょ》大防・蘇軾ら百二十人の名を石碑（「元祐姦黨碑」）に刻ませ、諸州に建てさせた。また、これら舊法黨人の學術を禁止し、蘇軾や黃庭堅の文集は版木ごと廢棄された。

三二　太學諸生挾持朝局　慶曆四年（一〇四四）、仁宗は大いに學校を興し、始めて國子監の下に太學を設置した。のち熙寧元年（一〇六八）には、規模も擴張され、優秀な太學生は科擧に據らずに官吏に登用される道も開けたため、太學は權威を持ち、政治的發言力を有するようになる。太學の制度や太學生の風潮については、宮崎市定「宋代の太學生生活」（『宮崎市定全集』卷一〇所收　岩波書店　一九九二）を參照。

三三　北宋…臠割中使　「中使」は宮中が派遣した使者。多くは宦官がこれに當たる。欽宗の靖康元年（一一二六）、金と對峙する局面に在って、陳東をはじめとする太學生が、主戰論を唱える李綱の再登用と蔡京・童貫らの罷免を求めて上書を奉った。

宣德門は詔を待つ群衆で大混亂に陷り、宮中から出てきた內侍(宦官)の朱拱之《しゅきょうし》は切り刻まれ、磔《はりつけ》にされた。この時、他の內侍數十人も殺された。

二四　南宋…驅逐宰執　南宋理宗の淳祐四年(一二四四)、右丞相兼樞密使の史嵩之《しすうし》が亡父の服喪の期間を終えぬまま召されて現職に復歸したことに對し、太學生　黃愷伯《こうがいはく》・金九萬ら百四十四名が上書してこれを攻擊した事件を指す。朝廷は史嵩之に對する詔を取り消して、太學生らが支持する杜範を右丞相に任命した。

二五　由來者漸　物事は長い間にだんだんと進行するものであって、一朝一夕になるものではないことをいう。『易經』坤《こん》 文言《ぶんげん》傳《でん》の「善を積むの家には、必ず餘慶有り。不善を積むの家には、必ず餘殃《よおう》有り。臣 其の君を弑《しい》し、子 其の父を弑するは、一朝一夕の故に非ず。其の由って來《きた》る所の者 漸《ぜん》なり」に基づく。

二六　史稱孫復見詩…　『宋史』・『東都事略』の石介傳および歐陽修〈墓誌銘〉は、〈慶曆聖德頌〉を見た孫復が「子の禍 此に始まらん」と語った話を載せている。なお、石介傳によれば、姦邪と指彈されたことを怨んでいた夏竦《かしょう》は、介が亡くなった際、介は死んだと見せかけて契丹《きったん》に亡命して事を起こすつもりだと誣告し、その墓を暴《あば》こうとした。しかし、杜衍《とえん》の盡力によってようやく免れたという。

【附記】

石介の文集は、清の光緒一〇年に濟南の尙志書院が刊刻した濰陽《いよう》の張次陶藏影宋抄本『新雕徂徠石先生全集』二〇卷が完善とされる。『全宋詩』(第五冊　卷二六八～卷二七一)・『全宋文』(第一五冊　卷六一八～卷六三四)はこれを底本とする。中華書局の陳植鍔點校『徂徠石先生文集』(一九八四)も尙志書院刻本に基づくが、傳記や序跋・評論の類を附載しており、最も便利である。なお清康熙五六年刻本『徂徠石先生全集』二〇卷　附錄一卷が『北京圖書館古籍珍本叢刊』八五に收められている。

一六　[一]蔡忠惠集《さいちゅうけいしゅう》三十六卷

[二]江蘇巡撫採進本

【蔡襄《さいじょう》】一〇一二～一〇六七

字《あざな》は君模《くんぼ》、興化軍《こうかぐん》仙遊（福建省仙遊縣）の人。のち莆田《ほでん》（福建省莆田市）に移居。仁宗の天聖八年（一〇三〇）、十九歳で進士となった。景祐三年（一〇三六）、西京留守《りゅうしゅ》推官だった時、范仲淹《はんちゅうえん》・余靖《よせい》・尹洙《いんしゅ》・歐陽修らが時政を批判して左遷されたのに對し、〈四賢一不肖詩〉を作ってこれを諷喩し、評判をとった。のち館閣校勘となり、慶曆の新政では、知諫院として新政を支持した。福州・泉州・杭州などの地方官を務め、官は端明殿學士・禮部侍郎に至った。卒して吏部侍郎を贈られ、孝宗の淳熙三年（一一七六）には、忠惠という諡《おくりな》を賜った。書家としても名があり、蘇軾・黃庭堅・米芾《べいふつ》とともに北宋四大家の一人に數えられる。『歐陽文忠公集』卷三五〈端明殿學士蔡公墓誌銘〉・『宋史』卷三二〇　蔡襄傳　參照。

宋蔡襄撰。襄有茶錄、[三]已著錄。[四]宋史藝文志載襄集六十卷、奏議十卷。[五]文獻通考則作十七卷。多寡懸殊、不應如是。疑通考以奏議十卷合于集六十卷、總爲七十卷、而傳刻譌舛、倒其文爲十七也。然其初本世不甚傳、[六]乾道四年王十朋出知泉州、已求其本而不得。後屬知興化軍鍾離松訪得其書、重編爲三十六卷、與教授蔣邕校正鋟版、乃復行於世。[七]陳振孫書錄解題惟載十朋三十六卷之本、與史不符、蓋以此也。元代版復散佚、明人皆未覩全帙。閩[八]謝肇淛嘗從葉向高入祕閣檢尋、亦僅有目無書。[九]萬歷中莆田盧廷選始得鈔本

[10]於豫章兪氏。於是[11]御史陳一元刻於南昌、析爲四十卷。興化府知府[12]蔡善繼復刻於郡署、仍爲三十六卷、而附以[13]徐𤊹所輯別紀十卷。然[14]盧本錯雜少緒、陳・蔡二本均未及詮次。後其里人[15]宋珏重爲編定、而不及全刻、僅刻其詩集以行。

[16]雍正甲寅、襄裔孫廷魁又裒次重刻、是爲今本。觀[17]十朋序稱所編凡古律詩三百七十首、奏議六十四首、雜文五百八十四首、則已合奏議於集中。又稱嘗於[18]張唐英仁英政要見所作四賢一不肖詩、而集中不載、乃補置於卷首。[19]又稱奏議之切直、舊所不載者併編之。則十朋頗有所增益、已非初本之舊。今本不以四賢一不肖詩弁首、又非十朋之舊。

然據[20]目錄末徐居敬跋、則此本僅古今體詩從宋珏更其舊第。其餘惟刪除十五卷・十九卷內重見之請用韓琦・范仲淹奏一篇而已。則與十朋舊本亦無大異同也。

襄於仁宗朝[21]危言讜論、持正不撓、一時號爲名臣、不但以[22]書法名一世。其詩文亦光明磊落、如其爲人。惟[23]其爲祕閣校勘時、以四賢一不肖詩得名、[24]宋史載之本傳、以爲美談。今考其時[25]范仲淹以言事去國、[26]余靖論救之、[27]尹洙亦上書請與同貶、[28]歐陽修又移書責司諫高若訥、均坐譴謫。[29]襄時爲祕閣校勘、因作是詩、至刊刻模印、[30]爲遼使所鬻。夫一人去國、衆人譁然而爭之、章疏交於上、諷刺作於下。此其意雖出於公、而其跡已近於黨。[31]北宋門戶之禍、實從此胚胎。且宋代之制、雖小臣亦得上書。襄既以朝廷賞罰爲不公、何難[32]稽首青蒲、[33]正言悟主。乃僅作爲歌詩、使萬口流傳、[34]貽侮隣國、於事理尤爲不宜。

襄平生著作、確有可傳。惟此五篇、不可爲訓。[35]歐陽修作襄墓誌、削此一事不書。[36]其自編居士集、亦削去與高司諫書不載。豈非晩年[37]客氣漸平、知其[38]過當歟。王十朋續收入集、殆非襄志。讀是集者固當分別觀之、未可循聲而和也。

【訓讀】

宋 蔡襄《さいじょう》の撰。襄 [三]『茶錄』有りて、已に著錄す。[四]『宋史』藝文志 襄の「集六十卷、奏議十卷」を載す。[五]『文獻通考』は則ち十七卷に作る。多寡 懸《はる》かに殊《こと》なりて、應《まさ》に是の如《かく》くなるべからず。疑うらくは『通考《つこう》』「奏議十卷」を以て「集六十卷」に合わせ、總《す》べて七十卷と爲すに、傳刻 譌舛《かせん》して、其の文を倒《とう》じて十七と爲すなり。然れども 其の初本 世に甚だしくは傳わらず。[六]乾道四年 王十朋《おうじっぽう》 出《い》でて泉州に知たり、已に其の本を求むるも得ず。後 知興化軍 鍾離松に屬《しょく》して其の書を訪ね得て、重ねて編して三十六卷と爲し、教授 蔣邕《しょうよう》と校正鋟版《しんぱん》し、乃ち復た世に行う。[七]陳振孫『書錄解題』惟だ 十朋が三十六卷の本を載すのみにして、史と符《ふ》せざるは、蓋し此を以てなり。元代 版 復た散佚し、明人 皆 未だ全帙を覩《み》ず。閩《びん》の[八]謝肇淛《しゃちょうせつ》 嘗て葉 向高《しょうきょうこう》に從い祕閣に入りて檢尋するに、亦た僅かに目《もく》有るのみにして書無し。[九]萬曆中 莆田《ほでん》の盧廷選《ろていせん》 始めて鈔本を[一〇]豫章《よしょう》の喻《ゆ》（俞は誤り）氏に得たり。是に於いて [一一]御史 陳一元 南昌に刻し、析《さ》きて四十卷と爲す。興化府知府 [一二]蔡善繼《さいぜんけい》 復た郡署に刻し、仍《な》お 三十六卷と爲し、附するに[一三]徐𤊹《じょぼつ》 輯《あつ》むる所の『別紀』十卷を以てす。然れども [一四]盧本 錯雜 少緒にして、陳・蔡の二本 均しく 未だ詮次《せんじ》に及ばず。後 其の里人 [一五]宋珏《そうかく》 重ねて編定を爲すも、全刻に及ばずして、僅かに其の詩集のみを刻して以て行う。

[一六]雍正《ようせい》甲寅、襄の裔孫《えいそん》 廷魁《ていかい》 又た裒次《ほうじ》 重刻す、是れ今本爲り。[一七]十朋の序を觀るに、「編する所 凡そ古律詩三百七十首、奏議六十四首、雜文五百八十四首」と稱するは、則ち 已に奏議を集中に合す。[一八]又た稱す「嘗て張唐英『仁英政要』に作る所の〈四賢一不肖詩〉を見るに、集中に載せず、乃ち補いて卷首に置く」と。[一九]又た稱す「奏議の切直にして、舊《もと》 載せざる所の者も併せて之を編す」と。則ち十朋 頗る增益する所有りて、已に初本の舊《きゅう》に非ず。今本〈四賢一不肖詩〉を以て弁首とせざるは、又た 十朋の舊に非ざるなり。

然れども [二〇]目錄の末の徐居敬の跋に據《よ》れば、則ち此の本 僅かに古今體詩のみ宋珏に從いて其の舊第を更《あらた》む。其の餘は 惟だ十五卷・十九卷内に重見の〈韓琦・范仲淹を用うるを請う奏〉一篇を刪除《さんじょ》するのみ。則ち 十朋の舊本と亦た大異同無きなり。

襄 仁宗朝に於いて危言[二一]讜論《とうろん》し、正を持《じ》して不撓《ふとう》、一時 號して名臣と爲す。但だ[二二]書法のみを以て一世に名あるにあらず。其の詩文 亦た光明磊落《らいらく》、其の人と爲《な》りの如し。惟だ [二三]其の祕閣校勘爲《た》りし時、〈四賢一不肖詩〉を以て名を得、[二四]『宋史』之を本傳に載せて、以て美談と爲す。今 考うるに 其の時 [二五]范仲淹 事を言うを以て國を去り、[二八]余靖 之を論救し、[二七]尹洙 亦た書を上《たてまつ》りて與《とも》に貶《へん》を同じうせんことを請い、[二六]歐陽修 又た書を移して司諫高若訥《こうじゃくとつ》を責め、均しく譴《けん》に坐して貶謫《へんたく》せらる。襄 [二九]時に祕閣校勘爲り、因りて是の詩を作り、刊刻模印して、[三〇]遼使の鬻《ひさ》ぐ所と爲るに至る。夫れ 一人國を去り、衆人 譁《か》然として之を爭い、章疏 上に交《ま》じえ、諷刺 下に作る。此れ 其の意 公に出づと雖も、其の跡 已に黨に近し。[三一]北宋門戶の禍、實に此れ從《よ》り胚胎《はいたい》す。且つ 宋代の制、小臣と雖も 亦た書を上《たてまつ》るを得。襄 既に朝廷の賞罰を以て公ならずと爲さば、何ぞ[三二]靑蒲に稽首《けいしゅ》し、正言して[三三]主を悟らしむるに難《かた》からんや。乃ち 僅かに作りて歌詩と爲し、萬口をして流傳せしめ、侮《ぶ》を[三四]隣國に貽《のこ》すは、事理に於いて尤も宜しからずと爲す。

襄 平生の著作、確として傳うべき有り。惟だ 此の五篇のみは、訓《おし》えと爲すべからず。[三五]歐陽修 襄の墓誌を作りて、此の一事を削りて書せず。[三六]其の自編の『居士集《こじしゅう》』、亦た〈高司諫に與うる書〉を削去して載せず。豈に 晩年 [三七]客氣《かっき》漸く平らぎ、其の[三八]過當を知るに非ざるか。王十朋 續收して集に入るるは、殆ど襄の志に非ず。是の集を讀む者 固《もと》より當《まさ》に分別して之を觀、未だ聲に循《したが》いて和すべからざるなり。

【現代語譯】

宋 蔡襄《さいじょう》の著。襄には『茶錄』があって、已に著錄している。『宋史』藝文志は 襄の「集六十卷、奏議十卷」を載せているが、『文獻通考《つこう》』の方は十七巻に作る。巻數があまりにもかけ離れており、不自然である。おそらく『通考』は「奏議十巻」を「集六十巻」にくっつけ、合計七十巻としたのだが、刊刻されているうちに間違って文字を轉倒させ、十七になったのではないか。しかしながら、襄の集の初本は世にあまり傳わらず、乾道《けんどう》四年（一一六八）に王十朋が泉州（福建省）の長官として出向したときには、もうその本を手に入れようとしてできなかった。のち興化軍《こうかぐん》（福建省）の長官 鍾離松《しょうりしょう》に頼んでその書を捜してもらい、三十六巻に編輯し直し、教授 蔣邕《しょうよう》とともに校正して出版した結果、ようやくまた世に行われるようになったのだ。陳振孫『直齋書錄解題』が十朋の三十六巻の本だけを載せ、『宋史』と食い違っているのは、たぶんこのためである。

元代になってこの版木も散佚し、明人はだれも全帙を目睹《もくと》したものがいない。閩《びん》（福建省）の謝肇淛《しゃちょうせつ》はかつて葉《しょう》向高《きょうこう》に従い祕閣に入って調査したが、やはり目録だけで書物はなかった。萬曆年間、莆《ほ》田（福建省）の盧廷選《ろていせん》がやっと豫章（江西省）の喩《ゆ》（兪は誤り）氏から鈔本を入手した。こうして御史 陳一元がそれを南昌（江西省）で刻し、巻を四十に分けたのだ。興化府知府 蔡善繼も郡の役所で刻したが、それはもとのままの三十六巻で、附録として徐𤊹《じょぼつ》が編輯した『別紀』十巻を加えた。しかし、盧廷選の本は雜駁で編集がまずく、陳一元と蔡善繼の二本はどちらも整理されないままになっている。後に、その鄕里の人 宋玨《そうかく》が重ねて編輯したものの、全刻に及ばず、僅かにその詩集のみを刻したものが世に行われている。

雍正《ようせい》甲寅（一二年、一七三四）、襄の裔孫《えいそん》である廷魁《ていかい》がさらに逸文を集めて編輯し重刻した。これが今本である。十朋の序は、「編纂したのは古體詩と律詩が三百七十首、奏議六十四篇、雜文五百八十四篇」といっており、已に奏議を集中に合併させている。さらに、「かつて張唐英『仁英政要』には蔡襄が作った〈四賢一不肖詩〉が見えていたが、集中には載っていないので、補って巻首に置く」という。また「奏議のうち内容があまりにも露骨で、舊版に收録されなかったものも併せて編入した」という。つまり、十朋の増やしたものがかなりあり、すでに初版どおりではないのである。今本は〈四賢一不肖詩〉を巻首に置いていないが、これまた十朋の本のままではない。

しかし、目録の末にある徐居敬の跋文に據れば、この本は古體詩と今體詩だけについては宋珏の本に從ってもとの順序を變更し、そのほかはただ十五巻・十九巻内に重複して見える〈韓琦・范仲淹を用いんことを請う奏〉一篇を削除しただけである。つまり、十朋の舊本とも大差はないのである。

襄は仁宗朝に於いて正論を直言し、屈することなく正義を貫いて、當時、名臣と稱された人である。ただ書家としてのみ世に知られていたわけではない。その詩文も明るくおおらか、その人柄に似ている。ただ、彼が祕閣校勘だった時、〈四賢一不肖詩〉で有名になり、『宋史』はそれを本傳に載せて美談とする。今 考えるに、當時、范仲淹《はんちゅうえん》が皇帝に意見書を上《たてまつ》て中央を去り、余靖は彼を辯護する論陣を張り、尹洙《いんしゅ》も書を上《たてまつ》てともに左遷を願い出た。さらに歐陽修は書簡によって司諫の高若訥《こうじゃくとつ》を攻撃したため、皆ひとしく譴責《けんせき》されて流罪となった。襄はその時祕閣校勘であったために、この詩を作った。それが印刷出版されて、遼の使者が買い入れるという事態になったのだ。そもそも官僚一人が中央から左遷されたことに、衆人がやかましくこれに抗議し、上では章疏が飛び交い、下では諷刺の風潮がおこる。このことは公《おおやけ》の心から出たものだとしても、そのやり方は徒黨を組むことに近い。北宋の門戸の禍は、實にこの一件がきっかけになったのだ。また、宋代の制度では小臣であっても書を上《たてまつ》ることができた。襄が朝廷の賞罰が不公平だと思うのなら、御前にひれ伏して懸命に諫言し、主君を悔悟させることもできたはずだ。にもかかわらず、ただ歌詩を作って、それを萬人の口に流傳させ、隣國から侮《あなど》られる結果を招いたのは、物事の筋目からいってとりわけまずい。

襄の平生の著述には、確かに後世に傳えるべきものがある。しかし、この五篇だけは、教訓とすべきではない。歐陽修は襄の墓誌銘を作ったが、この一件を削って書かなかった。歐陽修の自編になる『居士《こじ》集』もまた〈高司諫に與うる書〉を削って載せない。晩年、激情もだんだんとおさまり、これを行き過ぎと考えるようになったのではないか。

王十朋が文集に續入したのは、おそらく襄の志に沿うことではあるまい。襄の集を讀む者はこのことをわきまえて觀るべきで、附和雷同するような眞似をしてはならない。

【注】

一　蔡忠惠集三十六卷　ここでは遜敏齋刻『宋端明殿學士蔡忠惠公文集』三十六卷（注一六參照）を著錄するが、實際に四庫全書文淵閣本に収められているのは、『端明集』四十卷（注一一の萬曆四三年刻 明監察御史 侯官の陳一元校・南州の朱謀㙔《しゅぼうい》重刊『宋端明殿學士蔡忠惠公文集』四十卷）である。四庫全書文淵閣本の書前提要には、「然據目錄末…」以下の文がない。

二　江蘇巡撫採進本　採進本とは、四庫全書編纂の際、各省の長にあたる巡撫《じゅんぶ》、總督《そうとく》、尹《いん》、鹽政《えんせい》などを通じて朝廷に獻上された書籍をいう。江蘇巡撫より進呈された本は『四庫採進書目』によれば一七二六部、そのうち三一〇部が著錄され、五五一部が存目（四庫全書内に収めず、目錄にのみ留めておくこと）に置かれた。

三　茶錄　『四庫全書總目提要』卷一一五 子部 譜錄類に『茶錄』二卷が著錄されている。上篇「論茶」、下篇「論茶器」に分かれる。

四　宋史藝文志　『宋史』藝文志卷七に「蔡襄集六十卷、又奏議十卷」と見える。

五　文獻通考則作十七卷…　『文獻通考』卷六二が『蔡君謨《さいくんぼ》集《しゅう》』を十七卷と著錄するのは、晁公武『郡齋讀書志』（衢《く》本）に據ったもの。現行の衢本『郡齋讀書志』はこの條を缺く。しかし、袁本『郡齋讀書志』に附して行われた張希弁『讀書附志』卷下が「莆陽居士蔡公文集三十卷」を著錄して、その條下に「『讀書志』止《ただ》『蔡君謨集』十七卷のみを載す」ということから、袁本もまた「十七卷」に作っていたことは間違いない。提要は「七十」を「十七」に間違ったのだと推測するが、既に『郡齋讀書志』の二つの版本が「十七」に作っていたことを勘案すると、提要のように單なる數字の轉倒とは考えにくい。余嘉錫《よかしゃく》『四庫提要辨證』は、一書に數種類の版本が存在して、卷數の多寡が異なるのはよくあることだという。さらに余嘉錫は、張希弁の藏本、つまり蔡襄の曾孫洸《こう》が刊行した三十卷本は、『通志』藝文略の「蔡端明集三十卷」ではないかと推測している。

六　乾道四年王十朋…　四部叢刊本『梅溪王先生文集』後集卷

二七所收王十朋〈蔡端明文集序〉（『宋蔡忠惠文集』巻首）は次のようにいう。「乾道四年冬、溫陵（泉州）に郡たるを得て、道に莆田に出《い》で、公の故居を望み、裴回顧嘆して去るに忍びず。…其の遺文を求むるに、則ち 郡と學とに 皆 之 無く、缺典と謂うべし。是に於いて 書を興化の守鍾離《しょうり》君松・傅《ふ》君自得に移し、故家を訪いて、其の善本を得しむ。教授蔣君雝《よう》は、公と同邑にして、深く其の人と爲《な》りを慕う。手ずから之を校正し、郡庠《ぐんしょう》に鋟板《しんぱん》し、古律詩三百七十、奏議六十四、雜文五百八十四を得たり。而して〈四賢一不肖詩〉を以て諸《これ》を巻首に置き、奏議の切直にして 舊《もと》 載せざる所の者と與《とも》に悉く之を編む。他集に比べて最全爲《た》り。且つ予に屬《しょく》して之に序せしむ。」

七　陳振孫書錄解題…　『直齋書錄解題』巻一七は「蔡忠惠集三十六巻」を著錄して、「近世 始めて泉州に刻す。王十朋《おうじっぽう》 龜齡之が序を爲《つく》る」という。

八　謝肇淛嘗從葉向高入祕閣檢尋…　以下は、『別紀補遺』（注一三參照）巻首にみえる蔣孟育〈再刻蔡端明別紀序〉に基づく。「晉安の徐興公（㶿《ぼっ》）・謝在杭（肇淛《ちょうせつ》）は古を好む君子なり。遺稿を編搜するも得べからず。興公 姑《しばら》く公の遺事を摭《ひろ》い、刻して『別紀』と爲す。在杭 水部爲りし時、祕府中に之有りと意《おも》い、因りて潛かに福唐の相公（葉向高）に隨いて閣に入り翻閱するも、但だ其の書目を檢《けみ》し得るのみにして其の書無し。…近ごろ盧觀察鉉卿（廷選）、忽ち抄本を豫章の喩《ゆ》氏に得たり。錯雜にして首尾無しと雖も、千年の神劍の、一旦出獄すれば、即ち土花繡澀《しゅうじゅう》、光芒 世を動《どよ》もすが如し。鉉卿 其の本を敝《それがし》の門人宋珏《かく》に授け、讎較分緝《しゅうこうぶんしゅう》せしめ、將に之を莆に梓《し》せんとす。未だ幾《いくば》くならずして、陳四遊 南昌に刻し、蔡五嶽 溫陵に刻す。皆 喩氏の本に依りて、其の錯雜に任《まか》せ、未だ參訂するに遑《いとま》あらざるなり。宋生 善本を抱きて金陵に入り、將に向歲の歐陽四門・黃侍御の二集の故事に依らんとするも、沙を摶《まる》めて塔を作るがごとく、竟《つい》に成す能わず。遂に先に『詩集』全編及び『別紀補遺』二冊を刻し、以て海內の同好に公《おおやけ》にし、且《しばら》く以て五百餘年の湮沒不彰《いんぼつふしょう》の氣を伸《の》べんことを請う。」

九　萬歷中　「萬歷」は「萬曆」。乾隆帝の諱《いみな》弘曆を避けて「歷」に作る。

一〇　豫章愈氏　注八の蔣孟育〈再刻蔡端明別紀序〉によれば、「愈氏」は「喩《ゆ》氏」の誤り。

一一　御史陳一元刻於南昌…　萬曆四三年刻 明監察御史侯官の陳一元校・南州の朱謀㙔《しゅぼうい》重刊『宋端明殿學士蔡忠惠公文集』四十巻を指す。

一二　蔡善繼復刻於郡署　萬曆四四年雙甕齋刻『宋蔡忠惠文集』三十六巻を指す。蔡善繼の序文は次のようにいう。「是に於いて莆陽の盧廷選使君 索《もと》むる所の鈔本に從い、友人沃《よく》州の呂君天・固郡の廣文 張君啓睿《けいえい》と與《とも》に、讐校詮次《しゅうこうせんじ》し、諸《これ》を梓《し》に附す。…舊集の古律詩三百七十首、奏議・雜文六百四十八首、共に三十六巻、茲に復た益すに『別紀』十巻を以てす。蓋し徐山人𤊹興公 編葺する所なり。刻 未だ成らざるに、豫章郡已に金石に鏤《ろう》して國門に懸《か》くる者有りと云う。

一三　徐𤊹所輯別紀十巻　注一二の萬暦四四年雙甕齋刻『宋蔡忠惠文集』三十六巻に附される明の徐𤊹《じょぼつ》『別紀』は十巻で、蔡襄の世系や逸事を集めたもの。ただし、萬暦三七年の徐𤊹の序文によれば、『別紀』は十二巻といい、實際に十二巻（臺灣國立中央圖書館藏『蔡端明別紀』十二巻）に作る單行本も存在する。雙甕齋刻本に附された際に十巻本になったものか。さらにこれは宋珏《そうかく》によって增補されて『別紀補遺』二巻となる。明の天啓二年刻『蔡忠惠詩集』や清の雍正刻『宋端明殿學士蔡忠惠公文集』に附されるのがそれである。このほか、陳甫伸訂補の『蔡福州外紀』十巻（明刻本『宋四大家外紀』所收）もある。

一四　盧本錯雜少緒　注八の蔣孟育〈再刻蔡端明別紀序〉參照。

一五　宋珏…僅刻其詩集以行　明天啓二年顏繼祖等刻本『蔡忠惠詩集全編』四巻『別紀補遺』二巻を指す。宋珏がこれを刊行した經緯は、注八の蔣孟育〈再刻蔡端明別紀序〉に詳しい。

一六　雍正甲寅…　蔡襄の裔孫蔡廷魁が雍正十二年に刻した遜敏齋『宋端明殿學士蔡忠惠公文集』三十六巻を指す。蔡廷魁の序文の最後には、「時に雍正十有二年甲寅夏五月裔孫廷魁 拜手して遜敏齋に書す」と署されている。

一七　十朋序稱所編…　注六の王十朋〈蔡端明文集序〉參照。

一八　又稱嘗於張唐英…　注六の王十朋〈蔡端明文集序〉は、〈四賢一不肖詩〉について、「某《それがし》（十朋）初めて其の詩を張唐英撰する所の『仁宗政要』に見て、甚だ之を歆慕《きんぼ》す」という。〈四賢一不肖詩〉の四賢とは、范仲淹・余靖・尹洙《いんしゅ》・歐陽修の四人を指し、一不肖とは高若訥《こうじゃくとつ》を指す。景祐三年（一〇三六）、時政を批判して宰相呂夷簡の怒りを買った范仲淹が知饒《じょう》州に貶され、范仲淹を支持した余靖が監筠《いん》州酒税に、尹洙が監郢《えい》州酒税に、歐陽修が夷陵縣令に左遷となる。この時、西京留守推官だった蔡襄は〈四賢一不肖詩〉を作り、四人を君子として稱《たた》え、范仲淹の左遷に贊成した高若訥を讒言者として諷刺した。

一九　又稱奏議之切直…　注六の王十朋〈蔡端明文集序〉參照。

二〇　目錄末徐居敬跋…　程光裕〈蔡襄著作考〉（臺灣『史學彙刊』一九六八・八 創刊號、上海古籍出版社『蔡襄集』附錄所收）によれば、臺灣大學圖書館藏『宋端明殿學士蔡忠惠公文集』三十六巻には、目錄の後に徐居敬の次のような識記があるという。「忠惠の文集 鋟行 一に非ず。…近ごろ陳四遊の刻本の訂して四十巻と爲すを見る。文 皆 類に分かつも、詩 體を辨《わか》つ無し。今 宋比玉 校する所の詩集に從い、五言・七言・古風・

律・絶 各《おの》おの 其の類《るい》に従う。…其の一篇の重見相沿して辨ずる罔《な》き、韓琦・范仲淹を用いんことを請う奏議の如きに於いては、既に十五巻に載せ、又た巻十九の書疏の目内《もくない》に複入す。今潛かに焉《これ》を删去す。」

二一　危言讜論　危言も讜《とう》論も正論を憚ることなく直言すること。

二二　書法名一世　蔡襄の書法は、蘇軾・黄庭堅・米芾《べいふつ》とともに、北宋四大家として知られる。仁宗はとりわけその書を愛したが、襄自身は、書家として遇されることに不滿をもっていた。仁宗から書を求められた際に、「それは待詔がする仕事だ」として斷ったエピソードは有名である。

二三　其爲祕閣校勘時　祕閣校勘は、西京留守推官《りゅうしゅ》の誤り。『宋史』巻三二〇 蔡襄傳に「進士に擧げられ、西京留守推官・館閣校勘と爲る。范仲淹 言事を以て國を去り…。襄〈四賢一不肖詩〉を作り…」とあり、提要は蔡襄がこの時期、館閣校勘だったと早合點したのであろう。蔡襄が館閣校勘となるのは、四年後の寶元三年（一〇四〇）のことである。

二四　宋史載之本傳　『宋史』巻三二〇 蔡襄傳は次のようにいう。「范仲淹 言事を以て國を去り、余靖 之を論救し、尹洙 與に貶を同じうせんことを請い、歐陽修 書を移して司諫高若訥を責む。是に由りて三人の者 皆 譴に坐す。襄〈四賢一不肖詩〉を作り、都の人士 争いて相い傳寫す。書を鬻《ひさ》ぐ者 之を市《あきな》い、厚利を得たり。契丹《きったん》の使 適《たま》たま至り、買いて以て歸り、幽州の館に張る」と。

二五　范仲淹以言事去國　景祐三年（一〇三六）、仁宗に上書し、人事の改革を唱えたが、宰相呂夷簡の怒りを買い、羣臣の閒で朋黨を形成しようとした科で、開封府知府（長官）から饒《じょう》州（江西省）に左遷された一件を指す。

二六　余靖論救之　余靖『余襄公奏議』巻上〈范仲淹の當に言を以て罪を獲るべからざるを論ず〉を指す。

二七　尹洙亦上書請與同貶　尹洙『河南集』巻一八〈范天章に坐して貶せらるるを乞う狀〉を指す。

二八　歐陽修又移書責司諫高若訥　歐陽修『歐陽文忠公集』外集巻一七〈高司諫に與うる書〉を指す。注三六參照。

二九　時爲祕閣校勘　西京留守推官の誤り。注二三參照。

三〇　爲遼使所鬻　『宋史』巻三二〇 蔡襄傳によれば、遼から來た使者が都で襄の〈四賢一不肖詩〉の印刷物を買い求め、歸國後、それを宋からの使者を迎える幽州の迎賓館に貼っていたという。

三一　北宋門戸之禍　舊法黨と新法黨、洛黨と蜀黨などといった朋黨の政争を指す。

三二　稽首靑蒲　天子を懸命に諫めること。靑蒲は天子の御座所で、本來皇后以外は立ち入りを許されないが、漢の史丹は皇太子を替えようとした元帝に對し、敢えてここに入って元帝を諫めた。『漢書』巻八二 史丹傳參照。
三三　悟主　主上を悟らせること。
三四　隣國　ここでは遼を指す。
三五　歐陽修作襄墓誌　『歐陽文忠公集』巻三五〈端明殿學士蔡公墓誌銘〉には、〈四賢一不肖詩〉についての言及がない。
三六　其自編居士集…　注二八〈高司諫に與うる書〉は『居士集』には收載されず、『居士外集』に収められている。
三七　客氣　一時的な激情をいう。
三八　過當　當を失していること。

【附記】

蔡襄の文集には宋刻本（『北京圖書館古籍珍本叢刊』八六所收三十六巻本）があるが、巻一～六、巻二五～三六は清の鈔本によって補っている。明には萬曆四三年陳一元校・朱謀瑋重校の四十巻本、萬曆四四年蔡善繼雙甕齋刻の三十六巻本、詩のみを刻した天啓二年の刊本がある。清では雍正一二年に蔡氏遜敏齋が三十六巻本を刻している。『全宋文』（第二三～第二四册 巻九九四～巻一〇二四）は蔡氏遜敏齋三十六巻本を、『全宋詩』（第七册 巻三八五～巻三九三）は陳一元校・朱謀瑋重校の四十巻本を底本とする。

近年、出版された呉以寧點校『蔡襄集』（上海古籍出版社 一九九六）は、これら複數の版本を整理したもので、附錄には豊富な研究資料を收める。このほか、蔡襄研究の文獻資料として、呉以寧編著『古今中外論蔡襄』（上海三聯書店 一九八八）・劉琳〈蔡襄年譜〉（『宋代文化研究』第四輯 四川大學出版社 一九九四）などがある。

一七　鐔津集《たんしんしゅう》二十二卷

[一]浙江鮑士恭《ほうしきょう》家藏本

【釋契嵩《けいすう》】一〇〇七～一〇七二

字《あざな》は仲靈《ちゅうれい》、號は潛子《せんし》。俗姓を李という。藤州鐔津《たんしん》（廣西壯族自治區藤縣）の人。七歳で出家し、十四歳の時に具足の戒を受け、十九歳から諸國を漫遊した。嘉祐元年（一〇五六）、五十歳の時、杭州の名刹靈隱寺に入り、熙寧五年の寂滅までここに住んだ。佛教界きっての論客で、石介・孫復・李覯《りこう》・歐陽修らの排佛尊儒思想に對抗して佛教擁護の論陣を張った。『輔教編』はその儒佛融合思想の論文集である。嘉祐六年（一〇六一）には、これらの著作を携えて京師に赴き、仁宗から明教大師の號を賜り、該書は大藏經に収められた。陳舜兪『都官集』卷八（『鐔津集』前附）〈鐔津明教大師行業記〉參照。

宋釋契嵩撰。契嵩姓李氏、[二]字仲靈、藤州鐔津人。[三]慶歴閒居杭州靈隱寺。[四]皇祐閒入京師、[五]兩作萬言書上之、[六]仁宗賜號明教大師。尋還山而卒。

[七]契嵩博通內典、而不自參悟其義諦。乃恃氣求勝、嘵嘵然與儒者爭。嘗作[八]原教・孝論十餘篇、明儒釋之一貫、以與當時[九]闢佛者抗。又作[一〇]非韓三十篇、以力詆韓愈。又作[一一]論原四十篇、[一二]反覆强辨、務欲援儒以入墨。以儒理論之、固爲偏駁。卽以彼法論之、亦[一三]嗔・癡之念太重、非所謂解脱纏縛、空種種[一四]人我相者。第就文論文、則筆力雄偉、論端鋒起、實能自暢其說、亦緇徒之健於文者也。

是編爲[一五]明宏治己未嘉興僧如巹所刊。[一六]凡文十九卷、詩二卷。[一七]附他人所作序・贊・詩・題・疏一卷。[一八]卷首有陳舜俞所撰行業記、稱契嵩所著、自定祖圖而下爲嘉祐集・治平集凡百餘卷。蓋兼宗門語錄言之。[一九]此集僅載詩文、故止有此數。[二〇]王士禎居易錄稱其詩多秀句、而云集止十三[二一]卷。是所見篇帙更少、不及此本之完備矣。

【訓讀】

宋　釋契嵩《けいすう》の撰。契嵩　姓は李氏、[二]字は仲靈、藤州鐔津《たんしん》の人。[三]慶歴の閒　杭州靈隱寺に居す。[四]皇祐（嘉祐の誤り）の閒　京師に入り、[五]兩《ふたた》び〈萬言の書〉を作りて之を上《たてまつ》り、[六]仁宗　號を明教大師と賜う。尋《つ》いで山に還りて卒す。

[七]契嵩　內典に博通するも、自らは其の義諦に參悟せず。乃ち氣を恃《たの》みて勝を求め、嘵嘵《ぎょうぎょう》然として儒者と爭う。嘗て[八]〈原教〉〈孝論〉十餘篇を作り、儒釋の一貫なるを明らかにし、以て[九]當時佛を闢《しりぞ》くる者と抗う。又た[一〇]〈非韓〉三十篇を作りて、以て力《つと》めて韓愈を詆《そし》る。又た[一一]〈論原〉四十篇を作り、[一二]反覆强辨し、務めて儒を援けて以て墨に入れんと欲す。儒の理を以て之を論ずれば、固り偏駁爲り。卽《も》し彼の法を以て之を論ずれば、亦た[一三]「嗔《しん》」「癡《ち》」の念　太《はなは》だ重く、所謂　纏縛《てんばく》を解脫《げだつ》し、種種の[一四]人我の相を空しうする者に非ず。第《た》だ文に就《つ》きて文を論ずれば、則ち　筆力雄偉にして、論端鋒起、實に能く自ら其の說を暢《の》ぶ。亦た緇徒《しと》の文に健なる者なり。

是の編　[一五]明の宏治己未　嘉興の僧如巹《じょきん》の刊する所爲り。[一六]凡そ　文十九卷、詩二卷。[一七]他人の作る所の序・贊・詩・題・疏一卷を附す。[一八]卷首に陳舜俞　撰する所の〈行業記〉有りて稱す、「契嵩の著す所、〈定祖圖〉自《よ》り下『嘉祐集』『治平集』、凡そ百餘卷爲り」と。蓋し　宗門の語錄を兼ねて之を言う。[一九]此の集　僅かに詩文を載せ、故に止《た》だ此の數有るのみ。[二〇]王士禎《おうしてい》『居易錄《きょいろく》』　其の詩　秀句多しと稱すも、集は止だ十五卷（[二一]十三卷は誤り）と云う。是れ　見る所の篇帙　更に少なく、此の本の完備せるに及ばざるなり。

【現代語譯】

宋 釋契嵩《けいすう》の著。契嵩は俗姓を李氏、字を仲靈といい、藤州鐔津《たんしん》（廣西壯族自治區藤縣）の人である。慶曆年間に杭州の靈隱寺に移り住んだ。嘉祐（皇祐は誤り）年間に京師に入り、二度にわたって〈萬言の書〉を奉り、仁宗から明教大師の號を賜っている。そのあと靈隱寺に歸り沒した。

契嵩は佛典に博通していたが、自らはその要諦を悟ることができなかった。力まかせに相手をねじ伏せようとして、儒者と喧喧諤諤の論争をしたのはそのせいである。かつて〈原教〉〈孝論〉十餘篇を作り、儒教と佛教は相通じるものだということを明らかにして、當時の排佛論者に對抗した。さらに〈非韓〉三十篇を作り、韓愈を懸命に謗った。また〈論原〉四十篇を作り、强辯を繰り返して、儒教を墨家の説に組み込もうとした。儒教の理念からいえばもとより偏向した意見であり、佛法の側から論じたとしても、「嗔《しん》」や「癡《ち》」の雜念が多すぎて、所謂 束縛から解脱し、種種の人我の相を空しくする者とはいえない。ただ文章についてのみいうとすれば、筆力雄大で、論法は鋭く、實にうまく自説を展開させており、これまた緇徒の能文家といえよう。

この本は明の弘治一二年（一四九九）、嘉興の僧 如卺《じょきん》が刊行したものである。全部で文が十九卷、詩が二卷。他人の作った序・贊・詩・題・疏など一卷を附している。卷首に陳舜兪が書いた〈行業記〉があり、次のようにいう。「契嵩の著作は、〈定祖圖〉以下『嘉祐集』『治平集』など合わせて百餘卷である」と。思うに宗門の語錄の類を兼ねて言った卷數であろう。この集は詩と文を載せただけであり、そのためこの卷數しかないのだ。王士禛《おうしてい》『居易錄《きょいろく》』は、契嵩の詩には秀句が多いと述べているが、集は十五卷（十三卷は誤り）のみだと言う。王士禛が見た篇帙は更に少なく、完備したこの本には及ばない。

【注】

一　浙江鮑士恭家藏本　鮑《ほう》士《し》恭《きょう》の字は志祖、原籍は歙《しょう》（安徽省）、杭州（浙江省）に寄居す。父 鮑廷博（字は以文、號は淥飲《ろくいん》）は著名な藏書家で、とりわけ散佚本の蒐集を好んだ。その精粹は『知《ち》不《ふ》足《そく》齋《さい》叢書』中に見える。『四庫全書』編纂の際には、藏書六二六部を進獻し、そのうち二五〇部が著録され、一二九部が存目（四庫全書内に收めず、目錄にのみ留めておくこと）に採擇されている。

二　字仲靈　四庫全書文淵閣本『鐔津集』書前提要は「字仲靈」の下「自號潛子」の四字有り。

三　慶歷閒居杭州靈隱寺　四庫全書文淵閣本『鐔津集』書前提要は、この箇所を「七歲にして出家し、經書の章句に通じ、意を肆《ほしいまま》にして遊覽す。慶歷の閒 杭州に至りて、其の風土を樂しみ、因りて靈隱寺に居す」に作る。「慶歷」は「慶曆」、乾隆帝の諱 弘曆を避けて「歷」に作る。ただし、四庫全書文淵閣本『鐔津集』卷首 陳舜俞〈鐔津明教大師行業記〉（『都官集』卷八所收）には「慶歷の閒、吳中に入り錢唐に至り…、皇祐の閒、去りて越の南 衡山に居し…」といい、靈隱寺と特定しているわけではない。〈廣原教〉の自序（『鐔津集』卷二）には「是の歲、丙申なり、筆を靈隱の永安山舍に振う」とみえる。契嵩が實際に杭州の名刹靈隱寺に定住したのは、嘉祐元年（一〇五六）前後と思われる。以後、都に上った時期を除いて熙寧五年（一〇七二）の寂滅までここに住んだ。

四　皇祐閒入京師　「皇祐」は「嘉祐」の誤り。陳舜俞〈鐔津明教大師行業記〉（注三）には「皇祐の閒、去りて越の南 衡山に居し…」と見える。また、契嵩は嘉祐六年（一〇六一）に仁宗に奉った〈萬言の書〉の中で『輔教編』三卷（〈原教〉〈勸書〉〈廣原教〉〈孝論〉〈壇經贊〉）を大藏經に收入するよう乞うている（注五參照）が、『輔教編』のうち最も早い〈原教〉は皇祐二年（一〇五〇）の作、晚いのは〈廣原教〉で嘉祐元年（一〇五六）の成立（注三〈廣原教〉の自序參照）である。契嵩が皇祐年閒（一〇四九～一〇五三）に未完成の『輔教編』を携えて京師に入ったとは考えにくい。

五　兩作萬言書上之　『鐔津集』卷九〈萬言の書 仁宗皇帝に上る〉および〈再び書して仁宗皇帝に上る〉。前者は嘉祐六年（一〇六一）十二月六日に奉ったもので、『輔教編』と『正宗記』を大藏經に入れるよう乞うている。

六　仁宗賜號明教大師　〈萬言の書〉を仁宗に奉った翌年の嘉祐七年（一〇六二）三月十七日、『傳法正宗記』『畫祖圖』『輔教編』を大藏經に收入する詔があり、同月二十二日、契嵩に「明教大師」を賜っている。

七　契嵩博通内典…　嘵嘵然與儒者爭　この箇所、四庫全書文淵閣本書前提要は「契嵩 内典に深通し、鋭然として文章を以て自任す」に作る。なお「内典」とは佛典を指す。

八　原教・孝論十餘篇　〈原教〉（『鐔津集』巻一 輔教編上）は、佛教でいう「五戒」や「十善」の思想が儒教の「五常」と共通であることを論じたもの。〈孝論〉（『鐔津集』巻三 輔教編下）は、孝の思想は儒家特有のものではなく、佛教にとっても重要な思想であることをいい、出家が不孝であるとする俗説に反駁したもの。〈廣原教〉（『鐔津集』巻二 輔教編中）とともに契嵩の儒釋融合を示すものである。契嵩自身も〈石門の月禪師に與う〉（『鐔津集』巻一一）に「近ごろ〈孝論〉十二章を著し、儒の『孝經』に擬して、佛意を發明するは、亦た觀るべきに似たり。吾 不賢と雖も、其の僧爲《た》り人爲《た》るは、亦た志〈原教〉に在り、行い〈孝論〉に在りと謂うべきなり」という。

九　當時闢佛者　當時、強硬な排佛論者だったのは石介（本書一五「徂徠集二十巻」參照）と歐陽修（本書三二「文忠集一百五十三巻」參照）である。『徂徠集』巻五〈怪の説〉および『居士集』巻一七〈本論〉はその代表作。そのほか孫復（本書一四「孫明復小集一巻」參照）や李覯（本書二一「盱江集三十七巻」）も排佛尊儒の立場に立つ。

一〇　非韓三十篇　〈非韓〉三十篇（『鐔津集』巻一七～巻十九）は、排佛論者として有名な韓愈の〈原道〉〈原人〉〈佛骨を論ずる表〉やその政治思想などを攻撃した論文。その自序（巻一七）に「韓子を非《そし》るは公《おおやけ》の非りなり。經に質《ただ》して、天下の至當を以て之《これ》が是《ぜ》と爲し、俗に愛惡を用て相い攻むるが如きに非ず。必ず至聖至賢にして、乃ち吾が説の苟《かりそ》めならざるを信ずるなり。其の書三十篇、僅《ほ》ぼ三萬言なり」という。

一一　論原四十篇　〈論原〉四十篇（『鐔津集』巻五～巻七）は、典章制度・刑法・軍事・倫理・教化・性善性惡などを論じたもので、儒家としての契嵩の思想が墨家に近いものであったことがわかる。

一二　反覆強辨……　亦緇徒之健於文者也　この箇所、四庫全書文淵閣本書前提要は「以て其の儒を援《ひ》きて以て墨に入るるの旨を陰申す。其の説 大抵 偏駁にして信ずべからざるも、其の筆力 雄偉にして、辨論 蠭起し、實に能く自ら一家の言を成す。蓋し 亦た彼の教中の文に健なる者なり」に作る。

一三　嗔・癡之念太重　「嗔《しん》」は怒り、「癡《ち》」は迷い。「貪（欲張り）」とともに佛教でいう煩惱を生じさせ悟りを妨げる三毒。

一四　人我　佛教でいう「法我」の反對。無我を説く佛教では、自分という我に固執するのを「我の相」または「人我の見」といい、これによって種種の過失が生じるとされる。

一五　明宏治己未嘉興僧如巹所刊　「宏治」は「弘治」。乾隆帝の

諱 弘暦を避けて「宏」に作る。四庫全書文淵閣本『鐔津集』巻首〈鐔津集の引〉の末尾に「大明弘《ママ》治十二年（己未 一四九九）四月八日 嶅庵沙門 嘉禾《かか》の如巹《じょきん》の引」と署されている。「弘」は闕筆。嘉禾は嘉興（浙江省）の雅名。

一六 凡文十九卷、詩二卷 『鐔津集』巻一～巻一九が文、巻二〇～巻二一が詩にあたる。

一七 附他人所作序賛詩題疏一巻 『鐔津集』巻二二には、禦溪東郊草堂沙門釋懷悟の〈序〉、瑩道溫の作と傳えられる〈序〉（米澤文庫が藏する元至元一九年刊本の注記は石門恵洪の作と疑う。『石門文字禪』巻二三所收の〈嘉祐集の序〉がそれにあたる）、石門恵洪の〈嵩禪師塔に禮するの詩〉、南海楞伽山守端の〈明教嵩禪師を吊す詩〉、龍舒天柱山比丘修靜の〈明教大師を賛す〉、靈源叟の〈明教禪師手帖の後に題す〉、天台松雨齋沙門原旭の〈宋明教大師鐔津集重刊の疏〉、嘉興都綱天寧弘宗指南の〈序〉、浙江杭州府徑山禪寺住持沙門文琇の〈重刊鐔津文集後序〉を收める。

一八 巻首有陳舜兪所撰行業記 『鐔津集』巻首 陳舜兪〈鐔津明教大師行業記〉（『都官集』巻八所收）を指す。熙寧八年（一〇七五）十二月五日、契嵩の沒から三年半後に書かれたもので、もとは杭州靈隱山の石刻本。「著す所の書『定祖圖』自り下、之を『嘉祐集』と謂う。又た『治平集』有り。凡そ百餘巻、總《す》べて六十有餘萬言。其の甥 沙門の法燈 克奉 之を藏し、以て後世に信《の》ぶ」と見える。

一九 此集僅載詩文 現在傳わる契嵩の文集は紹興四年（一一三四）に懷悟が編纂した『鐔津文集』二十巻を基礎とする。懷悟の序（『鐔津集』巻二二所收）によれば、懷悟は契嵩が生前に編纂した『嘉祐集』に、〈非韓〉と古律や唱和詩などを收載する。

二〇 王士禛居易錄 『居易錄』巻一七に「『鐔津集』十五巻、僧契嵩の著。嵩〈非韓〉三十篇有りて、集中に在り。其の詩亦た秀句多し」と見える。

二一 十三卷 「十三卷」は「十五卷」の誤り。注二〇參照。

【附記】

『鐔津文集』は、古くは二十巻本であり、元の至元一九年（一二八二）刊本が日本の米澤文庫に、至大二年（一三〇九）刊本が内閣文庫（ただし巻一四～巻一七は補寫）に、傳わる。最も流布しているのは四庫全書の底本ともなった明弘治一二年（一四九九）刊の二十二巻本で、四部叢刊三編に収められている。このほか、十九巻の萬暦三五年（一六〇七）嘉興楞巖寺刻徑山藏本があり、日本で重刻されている。これらは巻數と詩文の配列が異なるものの收錄詩文に出入はない。『全宋詩』（第六册　巻二八〇～巻二八一）と『全宋文』（第一八册　巻七六四～巻七八一）はともに四部叢刊三編の弘治一二年刊本を底本とする。

契嵩に關する專門の研究書としては、最近刊行された張清泉『北宋契嵩的儒釋融會思想』（文津出版社　一九九八）があり、先人の研究にも言及している。

一八 蘇學士集《そがくししゅう》十六巻

[一]浙江鮑士恭《ほうしきょう》家藏本

【蘇舜欽《そしゅんきん》】一〇〇八～一〇四八

字《あざな》は子美《しび》、原籍は綿州鹽泉（四川省綿陽市の東南）、開封《かいふう》（河南省開封市）に生まれた。初め蔭補《いんほ》によって太廟齋郎となり、景祐元年（一〇三四）に進士となった。三十七歳の時、范仲淹《はんちゅうえん》の推擧で集賢校理・監進奏院に召され、樞密使 杜衍《とえん》の娘を娶《めと》り、慶暦の新政を擔う若手官僚として將來を囑望されていた。しかし、保守派はこれを利用して、舜欽が進奏院の故紙を賣却して宴會費用に充てたことを改革派への攻撃材料とし、これをきっかけとして新政は瓦解。舜欽は死を一等減じられて身分を平民におとされた。蘇州に隱棲すること數年、四十一歳の時に官籍を回復したが、その年に亡くなった。歐陽修『歐陽文忠公集』巻三一〈湖州長史蘇君墓誌銘〉・『宋史』巻四四二 文苑傳四 參照。

宋蘇舜欽撰。舜欽字子美、[二]其先梓州人、[三]家開封。[四]參政易簡之孫、[五]直集賢院耆之子。[六]景祐中進士。[七]累遷集賢校理・監進奏院。[八]坐事除名。[九]後復爲湖州長史而卒。[一〇]事蹟具宋史本傳。是集據[一一]歐陽修序、乃舜欽沒後四年、修於[一二]其婦翁杜衍家蒐得遺稾編輯。[一三]修序稱十五卷、[一四]晁・陳二家目竝同。而[一五]此本乃十六卷、則後人又有所續入。

考[一六]費袞梁溪漫志、載舜欽與[一七]歐陽公辨謗書一篇、句下各有自註。論官紙事甚詳、併有修[一八]附題之語。蓋修編是集時、以語涉於己、[一九]引嫌避怨而删之。[二〇]此本仍未收入、則尙有所佚矣。
宋文體變於[二一]柳開・穆修、舜欽與[二二]尹洙實左右之。然[二三]修作洙墓誌、僅稱其簡而有法。[二四]蘇轍作修墓碑、又載修言於文得尹洙・孫明復、猶以爲未足。而[二五]修作是集序獨曰、子美齒少於余、而余作古文、反在其後。推挹之甚。
至集中[二六]昭應宮火疏・[二七]乞納諫書・[二八]詣匭疏・[二九]荅韓維書、宋史皆載之本傳。劉克莊[三〇]後村詩話稱其歌行雄放於梅堯臣、軒昂不羈、如其爲人。及蟠屈爲近體、則極[三一]平夷妥帖。其論亦允。[三二]惟稱其垂虹亭中秋月詩、佛氏解爲銀色界、仙家多住月華宮一聯、勝其金餠玉虹之句、則殊不然。二聯同一俗格、在舜欽集中爲下乘、無庸置優劣也。[三三]王士禎池北偶談頗譏其及第後與同年宴李丞相宅詩。然宋初去唐未遠、[三四]猶沿貴重進士之餘習、亦未可以是深病之。存而不論可矣。

【訓讀】

宋 蘇《そ》舜欽《しゅんきん》の撰。舜欽 字は子美、[二]其の先 梓《し》州の人にして、[三]開封に家す。[四]參政 易簡《いかん》の孫にして、[五]直集賢院《ちょくしつけんいん》 耆《き》の子なり。[六]景祐中の進士。[七]集賢校理《しっけんこうり》・監進奏院に累遷す。[八]事に坐して除名せらる。[九]後《のち》復た湖州長史と爲《な》りて卒す。[一〇]事蹟『宋史』本傳に具われり。是の集 [一一]歐陽修の序に據れば、乃ち舜欽の沒後四年、修 [一三]其の婦翁の杜衍《とえん》の家に於いて遺槀を蒐《あつ》め得て編輯す。[一二]修の序「十五卷」と稱し、[一四]晁《ちょう》・陳二家の目も竝《なら》びに同じ。而るに [一五]此の本は乃ち十六卷にして、則ち 後人 又た續入する所有るなり。
考うるに [一六]費袞《ひこん》『梁溪漫志』舜欽〈[一七]歐陽公に與えて謗《ぼう》を辨ずる書〉一篇を載せ、句下 各おの自註有り。官紙の事を論ずること甚だ詳しく、併びに[一八]修 附題の語有り。蓋し 修 是の集を編せし時、語の己に涉るを以て、[一九]嫌を引き怨を避けて之を刪《けず》りしならん。此[二〇]の本 仍《な》お 未だ收入せざれば、則ち 尙 佚《いっ》する所有り。

宋の文體 柳開[二一]・穆修に變じ、舜欽と尹洙《いんしゅ》[二二]と 實に之に左右たり。然れども 修[二三] 洙の墓誌を作りて、僅かに「其の簡にして法有り」と稱すのみ。蘇轍《そてつ》[二四] 修の墓碑を作りて、又た修の言を載す「文に於いては尹洙・孫明復を得るも、猶お 以て未だ足らずと爲す」と。而して 修[二五] 是の集の序を作りて獨り曰く、「子美 齒は余より少なきも、余の古文を作るは、反って其の後に有り」と。之を推挹《すいゆう》すること甚だし。

集中の〈昭應宮の火の疏[二六]〉〈諫を納《い》るるを乞う書[二七]〉〈匭《き》[二八]に詣《いた》す疏〉〈韓維に荅うる書[二九]〉に至りては、『宋史』皆 之を本傳に載す。劉克莊『後村詩話[三〇]』稱す「其の歌行 梅堯臣より雄放にして、軒昂不羈《けんこうふき》、其の人と爲《な》りの如し。蟠屈《ばんくつ》して近體を爲すに及びては、則ち極めて平夷[三一]妥帖《だちょう》なり」と。其の論 亦た允《まこと》なり。惟だ[三二]「其の〈垂虹亭 中秋の月〉詩の〝佛氏 解し爲す 銀色の界、仙家 多く住む 月華の宮〟の一聯、其の〝金餠〟〝玉虹〟の句に勝る」と稱すは、則ち 殊《こと》に然らず。二聯 俗格を同一にし、舜欽の集中に在りては下乘爲《た》りて、庸《もっ》て優劣を置く無きなり。王士禎[三三]『池北偶談』頗る其の〈及第の後 同年と與に李丞相の宅に宴す〉詩を譏《そし》る。然れども 宋初 唐を去ること未だ遠からず、猶[三四]お 進士を貴重するの餘習に沿う、亦た 未だ是を以て深く之を病むべからず。存して論ぜずして可なり。

【現代語譯】

宋 蘇舜欽《そしゅんきん》の著。舜欽は字を子美《しび》といい、先祖は梓《し》州（四川省中江縣の東南）の人だが、開封（河南省開封市）に移住していた。參知政事 易簡《いかん》の孫で、直集賢院《ちょくしっけんいん》 耆《き》の子である。景祐年間の進士で、集賢校理《しっけんこうり》・監進奏院に昇進した。ある事件によって官籍から除名されたが、後に復籍して湖州長史となり、沒した。事蹟は『宋史』蘇舜欽傳に詳しい。歐陽修の序文に據ると、この集は舜欽が沒して四年經ってから、修が舜欽の舅 杜衍《とえん》の家より遺稾を蒐《あつ》めて編輯したものである。修の序文は「十五巻」と稱し、晁公武《ちょうこうぶ》と陳振孫の二家の書目もともに同じ。ところがこの本が十六巻なのは、後人がさらに増入したことを示している。

考えるに、費袞《ひこん》『梁溪漫志』は舜欽の〈歐陽公に與えて謗《ぼう》を辨ずる書〉一篇を載せており、句下にそれぞれ自註がある。（書簡は）役所の紙の事について大變詳しく論じてあり、さらに修がそれに附記した言葉もある。思うに、修はこの集を編輯した際、その言が自分に及んでいるため、嫌疑や仇怨を避けようとして、この書簡を削除したのであろう。この版本にさえ收載されていないのだから、他にも漏れてしまったものがあろう。

宋の文體は柳開と穆修《ぼくしゅう》によって變革され、舜欽と尹洙《いんしゅ》とがこれを補佐したのだ。しかし、歐陽修は尹洙の墓誌銘を作り、僅かに「簡にして法有り（簡潔で規律がある）」と譽めただけである。蘇轍《そてつ》は歐陽修の神道碑を作り、さらに「文については尹洙と孫明復がいるものの、やはりまだ不十分だ」といった修の言葉を載せている。ところが、修はこの集の序文を書いて、「（蘇）子美は私よりも若いが、私が古文を書くようになったのは、彼よりも後のことだ」というのだ。蘇舜欽を推重すること甚だしいものがある。

集中の〈昭應宮の火の疏〉〈諫を納《い》るるを乞う書〉〈匭《き》に詣《いた》す疏〉〈韓維《かんい》に荅うる書〉に至っては、皆『宋史』蘇舜欽傳に載っている。劉克莊『後村詩話』は次のようにいう。「蘇舜欽の歌行體は梅堯臣よりも豪放で潑剌としており、彼の人柄そのものだ。ところが、かしこまって近體詩を作ると、極めて穩やかでおとなしくなる」と。その説も當を得ている。ただ、「〈垂虹亭中秋の月〉詩の〝佛氏 解し爲す 銀色の界、仙家 多く住む 月華の宮（この月は佛教のいう銀世界、道教では仙人が住む宮殿だ）〟という一聯が、〝金餅〟〝玉虹〟の句に勝っている」というのは、いただけない。二聯はともに俗格であり、舜欽の集中では下の部類に屬し、優劣を論じるに値いしない。王士禎『池北偶談』は舜欽の〈及第の後 同年と與《とも》に李丞相の宅に宴す〉詩を頗る譏《そし》っている。しかし、宋初は唐からさほど離れておらず、進士を重んじる風習が残っていたのであり、これをもって嚴しく非難するべきではない。このままにしてあげつらわないのがよかろう。

【注】

一　浙江鮑士恭家藏本　鮑《ほう》士《し》恭《きょう》の字は志祖、原籍は歙《しょう》（安徽省）、杭州（浙江省）に寄居す。父 鮑廷博（字は以文、號は淥飲《ろくいん》）は著名な藏書家で、とりわけ散佚本の蒐集を好んだ。その精粹は『知不足齋《ちふそくさい》叢書』中に見える。四庫全書編纂の際には、藏書六二六部を進獻し、そのうち二五〇部が著錄され、一二九部が存目（四庫全書内に収めず、目錄にのみ留めておくこと）に採擇されている。

二　其先梓州人　多くの資料は、蘇舜欽の原籍を梓《し》州に作るが、これは『宋史』巻二六六 蘇易簡《そいかん》傳に「梓州銅山（四川省中江縣の東南）の人」とあるのに基づいている。しかし實際は、梓州よりやや北、綿州鹽泉（四川省綿陽市の東南）の人である。朱傑人の〈蘇舜欽行實考略〉（『文史』第二二輯 中華書局 一九八四）は、『永樂大典』巻二四〇一が引く『潼川志』などの資料を擧げて、この問題を考證している。

三　家開封　曾祖父の蘇協は後蜀に仕えて陵州判官であったが、乾德三年（九六五）、後蜀は宋軍に降伏、協は宋から光祿寺丞を授けられ、開封府兵曹事となって、京師開封に移り住んだ。

四　參政易簡　祖父 蘇易簡（九五八～九九六）は字を太簡といい、太平興國五年（九八〇）の進士。八年に右拾遺を以て知制《ちせい》誥《こう》となり、淳化元年（九九〇）に給事中から參知政事を拜した。のち鄧《とう》州・陳州の長官となり、至道二年（九九六）に三九歳で沒した。禮部侍郎を追贈され、謚《おくりな》は文憲、許國公に封じられた。『宋史』巻二六六 蘇易簡傳 參照。

五　直集賢院耆之子　父 蘇耆《そき》（九八七～一〇三五）は字を國老といい、景德四年（一〇〇七）に進士及第を賜った。大理評事や大理丞を經て、湖州烏程縣の縣令、ついで開封縣に移り、三司戸部判官となって契丹《きったん》に使いし、京西・河東・陝西の轉運使、工部郎中となった。景祐二年（一〇三五）、四九歳で沒した。蘇舜欽〈先公墓誌銘竝びに序〉（『蘇學士集』巻一四）・『宋史』巻二六六 蘇易簡傳附 蘇耆傳 參照。

六　景祐中進士　景祐元年（一〇三四）の進士。景祐二年の進士とする説もあるが、蘇舜欽自身が「甲戌《こうじゅつ》の歳、予 第に登る」（『蘇學士集』巻一四〈亡妻鄭氏墓誌銘〉）という。「甲戌」は景祐元年に當たる。

七　累遷集賢校理・監進奏院　沈文倬《しんぶんたく》『蘇舜欽年譜』（【附記】參照）は、〈范公參政に上《たてまつ》る〉（『蘇學士集』巻一〇）に、范仲淹が參知政事となって半年後に、范の推薦を受けて京師に上《のぼ》ったとあることから、慶曆四年（一〇四四）三月のこととする。

集賢校理《しっけんこうり》は集賢院校理のことで、文學の士に與えられる館職の一つであるが、この場合は、監進奏院（都進奏院の長官）が實際の職務であり、集賢院校理の方は貼職《じょうしょく》（あて職）に過ぎない。進奏院は都進奏院ともいい、詔敕及び中書省や樞密院など中央政府の令を諸州に頒布する役目である。

八　坐事除名　慶曆四年（一〇四四）一一月、蘇舜欽は進奏院の故紙賣却にからむ横領罪（注一七參照）で、罪を一等減じられる形で除名處分を受けた。「除名」とは、官爵をすべて奪われ、官員名簿から氏名を削除されること。

九　後復爲湖州長史而卒　蘇舜欽は除名の後、吳（蘇州）に隱棲していたが、慶曆八年（一〇四八）、四一歳の時に湖州長史として官籍を回復した。州の長史は散官。流謫の官僚などに授けられる。彼は同年一二月に吳で病沒している。

一〇　事蹟具宋史本傳　蘇舜欽の傳は、『宋史』卷四四二　文苑傳四に見える。

一一　據歐陽修序…　歐陽修〈蘇氏文集の序〉（『歐陽文忠公集』卷四一）は、「予が友　蘇子美の亡後四年、始めて其の平生の文章遺藁を太子太傅杜公の家に得て、之を集錄して以て十卷（ただし『蘇學士集』卷首の歐陽修序文は「十五卷」に作る）と爲す」という。なお、〈湖州長史蘇君墓誌銘〉（『歐陽文忠公集』卷三一）は、次のようにいう。「故湖州長史蘇君に賢妻杜氏有り。君の喪自《よ》り布衣蔬食して、居ること數歲、君の孤子を提《たず》さえ、其の平生の文章を斂《おさ》めて、南京《なんけい》に走り、其の父に號泣して曰く〝吾が夫 生に屈するも、猶お 死に伸ばすべし〟と。其の父 太子太師 以て予に告ぐ。予 爲に其の文を集次して之に序し、以て君の大節と其の屈伸得失する所以とを著す。（故湖州長史蘇君には杜氏という賢妻がいて、君が亡くなってから麻の着物に粗末な食事という暮らしを數年續けたのち、君の遺兒を連れ、その生前の詩文を集めて南京（河南省商丘市）に行き、父上に號泣していうことには、〝わが夫は生前はその志を伸ばすことができませんでしたが、死後にその思いを晴らすことができましょう〟と。私は父上の太子太師からそのことを伺いました。そこで私はその詩文を編次してそれに序文をつけて、君の大節と失脚した理由を明らかにしました。」）

一二　其婦翁杜衍家　蘇舜欽は天聖八年（一〇三〇）最初の妻鄭氏と結婚したが、鄭氏は景祐二年（一〇三五）三月に一男一女を遺して亡くなった。その後、杜衍の娘を娶り、二男一女を擧げている。

一三　修序稱十五卷　注一一に引くように、『歐陽文忠公集』卷四一〈蘇氏文集の序〉は「十卷」に作るが、四部叢刊本『蘇學士文集』および四庫全書文淵閣本『蘇學士集』とも卷首の歐陽修序文は、「十五卷」となっている。今、歐陽修の〈梅聖兪《ばいせいゆ》に

與《あた》うる書 皇祐五年〉（『歐陽文忠公集』巻一四九）を検するに「近ごろ子美の爲《ため》に文集十五巻を編成す。凡そ 述作中 人の及ぶべき者は、已に之を削去し、其の警絶を留むる者、尚 數百篇を得たり」とある。文集は十五巻であり、十巻とするのは誤り。

一四 晁・陳二家目竝同 晁公武『郡齋讀書志』巻一九および陳振孫『直齋書録解題』巻一七はともに「滄浪集《そうろうしゅう》十五巻」に作る。「滄浪集」の名は、蘇舜欽が蘇州に隱棲したときに建てた滄浪亭に因む。また、四部叢刊本『蘇學士文集』後附の何焯《かしゃく》『校記』が引く施元之の序文によれば、乾道八年（一一七二）に施元之が刻した衢《く》州本『蘇子美集』（已に亡佚）も十五巻であった。

一五 此本乃十六巻 四部叢刊本『蘇學士文集』後附の何焯《かしゃく》『校記』によれば、康熙四九年（一七一〇）に何焯が呂留良の孫から叢書堂（明 呉寛舊藏）の鈔本十五巻本を借り受け、白華書屋刊の十六巻本と校勘。十六巻本は、十五巻本の第十五巻中の行狀二篇を抽出して第十六巻としたにすぎないという。提要が十六巻本を後人の續入有りとするのは、誤り。

一六 費袞梁溪漫志… 『梁溪漫志』巻八は次のようにいう。「蘇子美 奏邸（進奏院）の獄、當時の小人、此れを借りて以て杜祁公《ときこう》（衍）・范文正（仲淹）を傾けり。時を同じうして貶逐されし者 皆 名士にして、姦人 〃一網打盡〃 の語有るに至る。獨り 韓魏公（琦）・趙康靖（槩）之を論救するも、回《かえ》す能わざるなり。其の罪を得ること慶曆四年の十一月に在り。時に歐陽公 河北に按察たりて、子美 書を貽《おく》り自《みずか》ら公に辨ず。詞 極めて憤激す。而るに 集中載せず。今 此に錄し、以て史の遺《わす》る所の者を補う。」

一七 與歐陽公辨謗書一篇… 蘇舜欽は、この疑獄事件は、舅の杜衍の失脚を狙ったものと承知していたらしい。書簡は、進奏院が春と秋の祭りに宴會をするのは例年のことで、故紙を賣却した代金は役所の雜收入であり、他局も同じように處理していることをいう。宴に際しては、同輩らと金を出し合い、胥吏《しょり》の負擔を輕減するためにこの雜收入から支出したのであって、自分は決して貪欲な官僚に非ずと切々と訴えている。なお、魏泰《ぎたい》『東軒筆錄』巻四によれば、毎年春と秋の祭りには、都の各部局は役所の餘剩物を賣って胥吏も同席して宴會するのが恆例であったこと、この時、蘇舜欽は進奏院以外の館閣の友人を多く招待し、彼らはそれぞれお金を出し合って參加、宴たけなわになって胥吏を退出させ、官妓を召したという。さらに『東軒筆錄』は、これが横領事件に發展したのは、蘇舜欽が太子中舍人李定の宴への參加を拒否したため、恨んだ李定が誹謗中傷し、それが保守派の耳に入ったためだとする。

一八　修附題之語　注一六の『梁溪漫志』卷八は、歐陽修に宛てた書簡を引いた後、次のようにいう。「歐陽公 其の後に書して云う〝子美 哀しむべし。吾 恨むらくは 之が爲に言う能わざるを〟と。又た一行を聯書して云う〝子美 哀しむべし。吾 恨むらくは 言う能わざるを〟と。蓋し 公 已《すで》に諫省自《よ》り出づ。」諫省とは諫院のこと。歐陽修は慶曆三年に知諫院となったが、慶曆四年の夏には龍圖閣直學士を以て河北轉運按察使として外任になり、范仲淹への處罰に對し諫官として抗議する立場に無かった。

一九　引嫌避怨　嫌疑を避け、仇を作らないようにすること。

二〇　此本仍未收入…　提要はこの十六卷本を後人の續入したものと判斷したため、このようにいう。注一五で論じたように、實際は十六卷本も十五卷本も收載篇目に違いはなく、歐陽修が編纂した當時のままと考えられる。

二一　柳開・穆修　本書二一「河東集十五卷」・八「穆參軍集三卷」參照。

二二　尹洙　本書一二「河南集二十七卷」參照。

二三　修作洙墓誌…　歐陽修が〈尹師魯墓誌銘〉（『歐陽文忠公集』卷二八）で、尹洙の古文を「簡にして法有り」と述べるに止《とど》めたことを指す。詳細は、本書八「穆參軍集三卷」注一六參照。

二四　蘇轍作修墓碑…猶以爲未足　蘇轍《そてつ》〈歐陽文忠公神道碑〉（『欒城《らんじょう》集後集』卷二三）には、歐陽修のこの言は見えない。邵博《しょうはく》『邵氏聞見後錄』卷一五に見える次の話を〈神道碑〉と混同したものと思われる。「歐陽公 蘇明允（洵）に謂いて曰く〝吾 文士を閲《み》ること多きも、獨り尹師魯（洙）・石守道（介）を喜ぶ。然れども 意 未だ足らざる所有り。今 子《し》の文を見るに、吾が意 足れり〟と。」

二五　修作是集序獨曰…　〈蘇學士文集の序〉（『歐陽文忠公集』卷四三）には、「子美の齒《よわい》 予より少《わか》きも、予の古文を學ぶは、反って其の後に在り」とある。

二六　昭應宮火疏　『蘇學士集』卷一一は〈火疏〉に作る。仁宗の天聖七年六月、眞宗が建造した玉淸昭應宮が落雷によって炎上、當時太廟齋郎であった蘇舜欽は、登聞院にこの疏を奉った。疏は、天災が天意であることを說き、再建などの爲に人民を疲弊させぬようにという。

二七　乞納諫書　『蘇學士集』卷一一所收。景祐三年五月、范仲淹が呂夷簡ら宰相を謗《そし》った科《とが》で饒《じょう》州に貶《おと》され、これを辯護した余靖・尹洙・歐陽修も左遷となったことに對する意見書。

二八　詣匭疏　『蘇學士集』卷一一所收。「匭《き》」とは、朝政に對する意見を求めて、登聞院に設置された箱のこと。景祐五年正月に奉ったこの疏は、河東を襲った大地震などの災害は朝政が天意に叶っていない爲だとし、皇帝に對して心を正し賢良を登用する必要を説いている。

二九　荅韓維書　『蘇學士集』巻一〇〈韓持國に答うる書〉を指す。横領事件によって官籍を剝奪された蘇舜欽は蘇州に隠棲するが、蘇舜欽の姉夫で親友でもある韓維は、親族の元を離れて遠方へ移住したことを書簡で非難した。これは、それに對する返事。この頃の蘇舜欽の心情がよく表われている。

三〇　後村詩話稱…　劉克莊『後村詩話』前集巻二に見える。ただし、「近體」を「吳體」に作る。「吳體」とは、吳の地方の民歌調の作をいうのであろう。

三一　平夷妥帖　「平夷」は平坦、平易なこと。「妥帖《だちょう》」は穩當。

三二　惟稱垂虹亭中秋月詩…　詩の原題は〈中秋 松江の新橋にて月に對し、柳令の作に和す〉（『蘇學士集』巻七）。『後村詩話』前集巻二は、この詩の頸聯「佛氏 解し爲す 銀色の界、仙家 多く住む 月（『蘇學士集』は「玉」に作る）華宮」を引いて「極めて工《たく》みなり。世 惟だ 其の上一聯の〝金餅・玉虹〟の句を詠ずるは何ぞや」という。なお、歐陽修『六一詩話』は頷聯の「雲頭 灩灩《えんえん》として 金餅開き、水面 沈沈として 彩虹臥す」の句を賞賛しており、當時、頷聯の方が頸聯よりも人口に膾炙していたことが知られる。『後村詩話』の「玉虹」は「彩虹」の誤り。

三三　王士禎池北偶談頗譏…　『池北偶談』巻一七は次のようにいう。「『滄浪集』に〈及第後 同年と與《とも》に李丞相の宅に宴す〉詩有りて云う〝身を泥滓《でいし》の底より抜き、迹を雲霄（『蘇學士集』は「霞」に作る）の上に飄《ひょう》す。氣は和《なご》み 朝言甘く、夢は好く 夕魂王《さか》んなり。眉を軒《あ》げて舊斂《れん》失せ、意を擧げて新況有り。爽たること秋後の鷹の如く、榮たること凱旋の將の若《ごと》し（泥沼の底から脱け出し、天高く舞い上がった。ご機嫌うるわしく朝の會話も彈み、夢も樂しく夜の氣分も上々。意氣高らかに昨日までの憂い顏もどこへやら、新たなる情況に思いを遠くへ馳せる。爽快さは獲物を捕らえた鷹のよう、誇らしさは凱旋の將軍のようだ）〟と。一たび第すは常の事なるに、津津《しんしん》として之を道《い》うこと此《かく》の如し。子美の早《つと》に廢して達せざるは、已に略ぼ見るべし。昔人 孟郊の〝春風 意を得て 馬蹄疾し〟の作を議す、子美 何ぞ以て此れに異ならんや。」〈及第後 同年と與に李丞相の宅に宴す〉詩は巻一所收。李丞相は宰相李迪《りてき》である。孟郊詩とは〈登科後〉（『孟東野詩集』巻三）で、唐の孟郊が五〇歳でようやく進士となった喜びを詠んだもの。王士禎は、蘇舜欽が進士に合格して得意絶頂の作を唐の孟郊詩に擬《なぞら》え、こんな詩を作るようでは蘇舜欽が榮達しなかったのも當然だと批判する。

三四　猶沿貴重進士之餘習　進士科は狹き門で、權貴の家は競って合格者を宴席に招き、姻戚關係を結ぼうとする風習があった。

【附記】

蘇舜欽の文集で、最も簡便な書は、沈文倬《しんぶんたく》校點『蘇舜欽集』（中華書局 一九六一・上海古籍出版社 一九八一重印）である。『全宋詩』（第六册 巻三〇九～巻三一七）はこれを底本としている。沈文倬が基づいたのは、宋犖《そうらく》校訂・徐惇復《じょとんふく》刻行『蘇學士文集』一六巻本であるが、これは、何焯の校語とともに、四部叢刊本に収められている。『全宋文』（第二一册 巻八七四～巻八八一）はこの四部叢刊本を底本とする。このほか、楊重華注釋『蘇舜欽詩詮注』（重慶出版社 一九八八）・傅平驤・胡問陶校注『蘇舜欽集編年校注』（巴蜀書社 一九九一）などもある。これらの校點本にはすべて校點者が編纂した年譜が附されている。

一九　蘇魏公集《そぎこうしゅう》七十二卷

[1]浙江鮑士恭《ほうしきょう》家藏本

【蘇頌《そしょう》】一〇二〇～一一〇一

字《あざな》は子容《しよう》、祖籍は泉州同安（福建省廈門市）だが、父の墳墓を丹陽（江蘇省鎭江市）に造ったことから、丹陽の人と自稱した。仁宗の慶曆二年（一〇四二）の進士。地方官を經て、神宗の熙寧六年（一〇六八）、知制誥に拔擢され、哲宗の元祐七年（一〇九二）宰相となった。徽宗の建中靖國元年（一一〇一）、八十二歲で沒し、司空・魏國公を追贈された。蘇魏公と呼ぶのはこれによる。舊法黨・新法黨の黨爭の中でも終始中立の立場を貫き、仁宗・英宗・神宗・哲宗・徽宗の五朝、六十年閒に及ぶ政治生命を全うした、希有な政治家である。『蘇魏公集』中の奏議や冊文《さくぶん》は、當時の政情を知る上で有用の書といえよう。その學問は該博で、經學から天文・本草學までに及び、宋代を代表する科學者でもある。鄒浩《すうこう》『道鄕先生鄒忠公文集』卷三九〈蘇公行狀〉・曾肇《そうちょう》『曲阜集』卷三〈贈司空蘇公墓誌銘〉・『宋史』卷三四〇 蘇頌傳 參照。

宋蘇頌撰。頌字子容、[2]南安人。[3]徙居丹陽。[4]慶歷二年進士。[5]官至右僕射同中書門下平章事、罷爲[6]集禧觀使。徽宗立、進太子太保、累爵趙郡公。卒贈司空・魏國公。[7]事蹟具宋史本傳。[8]集爲其子攜所編。[9]宋史藝文志・[10]陳振孫書錄解題皆作七十二卷。今本與之相合、蓋猶原帙。惟[11]藝文志尙載有外集一卷、而今本無之、則其書已佚也。

[一二]史稱頌天性仁厚、宇量恢廓、在[一三]哲宗時稱爲賢相。[一四]平生嗜學、自書契以來、經史・九流・百家之說、至於圖緯・陰陽・五行・律呂・星宮等法、山經・本草、無所不通。[一五]葉夢得石林燕語亦載頌爲試官、因神宗問曁陶之姓、頌引三國志證其當從入[一六]聲、不當從洎音。神宗甚喜。是其學本博洽、故發之於文、亦多清麗雄贍、[一七]卓然可爲典則。[一八]石林燕語又稱神宗用呂公著爲中丞、召頌使就曾公亮第中草制。[一九]又稱頌爲晏殊謚議、以其能薦范仲淹・富弼、比之[二〇]胡廣・謝安。[二一]又稱頌過省時、以[二三]歷者天地之大紀賦爲本場魁。既登第、遂留意天文術數之學。[二二]陸游老學菴筆記又引頌起草才多封卷速、把庥人衆引聲長之句、以證當時[二四]宣庥之制。[二五]徐度卻掃編又稱頌奉使契丹、文彥博留守北京、與之宴。[二六]問魏收逋峭難爲之語何謂、頌言梁上小柱名、取曲折之義。[二七]因卽席作詩以獻。今檢是集、凡諸家所擧各篇、悉在其中。足知完本尚存、無所闕佚。而頌文翰之美、單詞隻句、膾炙人口、卽此亦可見其槪矣。

【訓讀】

宋 蘇頌《そしょう》の撰。頌 字は子容、[二]南安の人。[三]徙《うつ》りて丹陽に居す。[四]慶歷二年の進士。[五]官は右僕射《うぼくや》・同中書門下《どうちゅうしょもんか》平章事《べんしょうじ》に至り、罷《や》めて[六]集禧觀使《しゅうきかんし》と爲る。徽《き》宗立ちて、太子太保に進み、趙郡公を累爵せらる。卒して司空・魏國公を贈らる。[七]事蹟 宋史本傳に具われり。

[八]集は其の子 攜《けい》の編する所爲り。[九]『宋史』藝文志・[一〇]陳振孫『書錄解題』皆 七十二卷に作る。今本 之と相い合う。蓋し 猶お 原帙《げんちつ》のごとし。惟だ [一一]藝文志 尙 載せて『外集』一卷有るも、今本 之《これ》無し。則ち 其の書 已に佚するなり。

[一二]史稱す「頌 天性仁厚にして、宇量恢廓《かいかく》、[一三]哲宗の時に在りて稱して賢相と爲す。[一四]平生 學を嗜《この》み、書契《しょけい》以來の、經史・九流・百家の說自《よ》り、圖緯《とい》・陰陽・五行《ごぎょう》・律呂《りつりょ》・星宮等の法、山經《せんきょう》・本草《ほんぞう》に至るまで、所として通ぜざる無し」と。

[一五]葉 夢得《しょうぼうとく》『石林燕語』亦た載す「頌 試官爲りしとき、神宗 暨陶《きっとう》の姓を問うに因りて、頌『三國志』を引きて其の[一六]當《まさ》に入聲《にっしょう》に從うべくして、當に泊《き》の音《おん》に從うべからざるを證す。神宗 甚だ喜べり」と。是れ 其の學 本 博洽《はくこう》にして、故に之を文に發しては、亦た多くは清麗雄贍《ゆうせん》、[一七]卓然として典則と爲すべし。

[一八]『石林燕語』又た稱す「神宗 呂公著を用いて中丞と爲し、頌を召して曾公亮の第中に就きて制を草せしむ」と。[一九]又た稱す「頌 晏殊《あんしゅ》の謚議《しぎ》を爲《つく》り、其の能く范仲淹《はんちゅうえん》・富弼《ふひつ》を薦むるを以て、之を[二〇]胡廣《ここう》・謝安に比《なぞら》う」と。[二一]又た稱す「頌 省《しょう》を過《とお》りし時、[二二]〈歴なる者は天地の大紀たるの賦〉を以て本場の魁《かい》と爲る。既に第に登りて、遂に意を天文術數の學に留む」と。[二三]陸游『老學菴筆記』又た頌の「草《そう》を起《おこ》して 才多く 卷を封《ほう》ずること速く、麻《ま》を把《と》りて 人衆く 聲を引くこと長し」の句を引きて、以て當時の[二四]宣麻《せんま》の制を證す。[二五]徐度『郤掃編《きゃくそうへん》』又た稱す「頌 使いを契丹《きったん》に奉ぜしとき、文彥博 北京《ほっけい》に留守《りゅうしゅ》たりて、之と宴す。[二六]魏收の〝逋峭《ほしょう》爲し難し〟の語 何の謂いなるかを問うに、頌 言う〝梁上の小柱名にして、曲折の義を取る〟と。[二七]因りて卽席に詩を作り以て獻ず」と。今 是の集を檢《けみ》するに、凡そ諸家の擧ぐる所の各篇、悉く其の中に在り。完本 尙 存し、闕佚する所無きを知るに足れり。而して 頌 文翰の美は、單詞隻句《せきく》も、人口に膾炙す。此れに卽きても亦た其の槪を見る可し。

【現代語譯】

宋 蘇頌《そしょう》の著。頌は字を子容といい、南安（福建省廈門《アモイ》市）の人である。のちに丹陽（江蘇省鎭江市）に移り住んだ。慶曆二年（一〇四二）の進士で、官は右僕射《うぼくや》・同中書門下《どうちゅうしょもんか》平章事《べんしょうじ》に至り、退任して集禧觀使《しゅうきかんし》となった。徽宗《きそう》の卽位後、太子太保に進み、趙郡公の爵號を加增された。沒後、司空・魏國公を贈られた。事蹟は『宋史』本傳に詳しい。

文集は頌の子 攜《けい》が編纂したものである。『宋史』藝文志・陳振孫『直齋書錄解題』はともに七十二卷に作る。今傳わっている本はこれと合致しており、當初の姿を殘しているようだ。ただ 藝文志は、『外集』一卷も載せているが、今の本にはこれが無い。ということは、すでにその書は散逸したのだ。

史書はいう。「頌は 生まれながらにして溫厚篤實、度量が大きかった。哲宗の時には賢相と稱された。平生學問を好み、文字が發明されて以來の經學・史學・先秦九學派・諸子百家の説から始まって、預言・陰陽・五行・音律・天文などの法、山海經《せんがいきょう》や本草學《ほんぞう》に至るまで、通曉していないものは無かった」と。葉夢得《しょうぼうとく》『石林燕語』も次のような話を載せている。「頌が科擧の試驗委員だったとき、神宗が曁陶《きっとう》という人物の姓を問うたことがある。頌は『三國志』を引用して、この姓は入聲《にっしょう》に讀むべきで、洎《き》の音《おん》ではないことを考證してみせたところ、神宗は大變喜んだ」と。これは彼の學問がまことに幅廣いことを示している。それが文章に發揮されるとまた清麗かつ雄大、模範的なすばらしい作品となるのだ。

『石林燕語』はまた次のようにいう。「神宗は呂公著を中丞に任用する際、頌を召して曾公亮の邸宅で任命書を起草させた」と。さらにいう。「頌は晏殊《あんしゅ》の諡議《しぎ》を書いて、晏殊が范仲淹《はんちゅうえん》・富弼《ふひつ》を推薦したことをもって胡廣や謝安になぞらえた」と。また、このようにもいう。「頌が省試《しょうし》に合格した際には、〈曆《れき》なる者は天地の大紀たるの賦〉でもって首席となった。それで、進士となってから、天文術數の學に關心をもつようになったのだ」と。陸游『老學庵筆記』はまた、頌の「草《そう》を起《お》こすに 才多くして 巻を封《ほう》ずること速く、麻《ま》を把《と》るに 人衆くして 聲を引くこと長し」（詔勅を起草する才人は多くて、書き上げるのも速く、黄麻紙を手にもつ人も大勢いて、朗々とした美聲で讀み上げる）の句を引用して、當時の宣麻《せんま》の制度について考證する。徐度『卻掃編《きゃくそうへん》』も、「頌が契丹《きったん》に使いした時、文彦博は北京留守《ほっけいりゅうしゅ》を務めていて、一緒に酒盛りをした。その席で文彦博が魏收の〝逋峭《ほしょう》爲し難し〟の言葉は何を意味するかと問うたところ、頌は〝梁上の小さな柱の名であり、曲っているからこのようにいうのです〟と答え、その場で詩を作って獻上した」と。今この集を檢《しら》べてみると、諸家が引用している各篇は、悉く集中に見える。完本が現に存在していて、缺落がないことが判る。しかも、頌の詩文がすぐれていることは、片言隻句《へんげんせっく》が人口に膾炙しているというこの例からも、おおよそ想像できよう。

【注】

一　浙江鮑士恭家藏本　鮑士恭《ほうしきょう》の字は志祖、原籍は歙《しょう》（安徽省）、杭州（浙江省）に寄居す。父 鮑廷博（字は以文、號は淥飲《ろくいん》）は著名な藏書家で、とりわけ散佚本の蒐集を好んだ。その精粹は『知不足齋叢書』中に見える。四庫全書編纂の際には、藏書六二六部を進獻し、うち二五〇部が著錄され、一二九部が存目（四庫全書内に收めず、目錄にのみ留めておくこと）に採擇されている。

二　南安人　『宋史』卷三四〇 蘇頌傳は「泉州同安人」に作る。同安（福建省廈門市）は舊名を南安といったため、傳記類では「南安人」に作る場合もある。

三　徙居丹陽　翰林學士を務めた父 蘇紳は慶曆六年（一〇四二）に亡くなるが、その際、故鄉泉州は遠いので頌の任地である江寧（江蘇省南京市）近邊に葬るようにと遺言した。そこで頌は潤州丹陽（江蘇省鎭江市）に墳墓を作り、そこに居を移して喪に服した。頌が二八歲の時である。

四　慶歷二年進士　「慶歷」は「慶曆」、乾隆帝の諱「曆」を避けて「歷」に作る。なお、父 蘇紳がこの年の科擧の試驗委員であったため、蘇頌は不正防止のための別試驗を受けて合格している。

五　官至右僕射同中書門下平章事　同中書門下平章事《どうちゅうしょもんかへいしょうじ》は中書侍郎の誤り。北宋前期の宰相は同中書門下平章事であったが、元豐五年（一〇八二）の官制改革以後、宰相職は尙書左僕射兼門下侍郎（左相）と尙書右僕射中書侍郎（右相）となった。『宋大詔令集』卷五七〈右丞蘇頌拜右僕射制〉には「守尙書右僕射兼中書侍郎」と見える。提要は、『宋史』卷三四〇 蘇頌傳に「(元祐)七年、拜右僕射兼中書門下侍郎」とあることから、「中書門下平章事」と混同したのであろう。

六　集禧觀使　宮中の道觀《どうかん》の管理に當たる職で、仁宗の皇祐五年（一〇三八）六月に新設された。多くの場合、高官の引退後の名譽職である。

七　事蹟具宋史本傳　『宋史』卷三四〇 蘇頌傳。

八　集爲其子攜所編　曾肇《そうちょう》〈贈司空蘇公墓誌銘〉（『曲阜集《きょくふしゅう》』卷三）によれば、蘇頌には男子が六人おり、攜《けい》は季子にあたる。汪藻の〈蘇魏公集序〉（『浮溪集』卷一七）は次のようにいう。「公 歿《ぼっ》して四十年、公の子 攜 始めて克《よ》く公の遺文を集め、詩若干、内外制若干、表奏・章疏・誌銘・雜說若干を得て、藻をして焉《これ》を與《あずか》り觀《み》しむ。藻　少《わか》きより公の文を誦し、公に拜すを獲《え》ざるを以て恨みと爲す。今　乃ち盡く其の書を得て之を讀むは、幸いと謂うべきかな。故に謹んで其の端に識《しる》し、其の書を蘇氏に歸す。」日付けは南宋の紹興九年（一一三九）三月十五日。ただし、蘇攜の編纂した文集がこの時刻行されたかどうかは不明。

九　宋史藝文志　『宋史』藝文志には、「蘇頌集七十二卷、又　略集一卷」と見える。

一〇　陳振孫書錄解題　『直齋書錄解題』卷一七に「蘇魏公集七十二卷」と著錄される。

一一　藝文志尚載有外集一卷　『宋史』藝文志に、『外集』一卷なるものは見えない。『略集』の誤りであろう。

一二　史稱頌天性仁厚…　『東都事略』卷八九　蘇頌傳に「頌　天性仁厚、宇量恢廓《かいかく》（度量が大きいこと）、喜怒　色に形《あら》われず、燕居（くつろいだ時）と雖も、必ず衣冠を正して危坐（姿勢正しく座ること）し、惰容《だよう》無し」と見える。

一三　在哲宗時稱爲賢相　『東都事略』卷八九の史讚に次のようにいう。「（呂）大防　惇重《とんじゅう》にして、（劉）摯《し》　鯁直《こうちょく》、頌は德量あり。母后に垂簾の日に相たりて、斂《れん》を加えずして天下富み、兵を言わずして天下服し、元祐の政をして嘉祐の忠厚の風有らしむ。賢と謂うべし（呂大防は重々しく、劉摯は硬骨、蘇頌は度量が廣い。哲宗の皇太后が垂簾の政を行っていた時の宰相として、民から收奪することなく天下は富み、兵を用いることなく天下は服從し、元祐年間の政に嘉祐年間の時のような忠厚の風をみなぎらせた。まさに賢といえよう）。」

一四　平生嗜學…　以下、『東都事略』卷八九　蘇頌傳に基づく。ただし、「星宮等の法」は『東都事略』では「星官等の法」に作る。また、『宋史』は、「星官・算法」に作っている。「書契《しょけい》」は文字が作られた最初、「九流・百家の說」とは、先秦時代の諸子百家の說で、その代表が、儒家・道家・陰陽家・法家・名家・墨家・縱橫家・雜家・農家の「九流」である。「圖緯《とい》」は預言書である『河圖《かと》』・『緯《い》書』の總稱。「律呂《りつりょ》」は音律、「星宮」は天文、「山經」は、古代の空想的地理書『山海經《せんがいきょう》』、「本草」は『神農本草經』などを始めとする藥草學を指す。『宋史』藝文志には、蘇頌の作として『校本草圖經』二〇卷が見える。

一五　葉夢得石林燕語亦載頌爲試官…　『石林燕語』卷八に次の話が見える。「元豐五年、黃冕仲《こうべんちゅう》が榜《ぼう》　唱名あり。暨陶《きっとう》なるもの有りて、主司　初め〝洎〟（キ）の音を以て之を呼ぶに、三たび呼ぶも應《こた》えず。蘇子容　時に試官爲り。神宗　蘇を顧みるに、蘇曰く〝當に入聲《にっしょう》（キツ）を以て之を呼ぶべし〟と。果たして出《い》でて應ず。上曰く〝卿　何を以てか入音爲るを知る〟と。蘇言う〝『三國志』の吳に暨豔《きつえん》有り、陶は恐らくは其の後ならん〟

と。遂に陶の郷貫を問う。曰く〝崇安の人なり〟と。上喜びて曰く〝果たして呉の人なり〟と。」黄冕仲が榜とは、黄冕仲が状元だった時の進士の第をいう。殿試の合格者は皇帝の前で名を讀み上げられ、それを唱名と稱した。曁陶の出身地崇安は福建省に屬し、三國時代、呉の支配下にあった。

一六　其當從入聲…　『三國志』巻五七呉書 張溫傳に、曁豔《きつえん》の略傳があり、それによれば、字を子休といい、呉郡の人で、張溫の推薦で選曹郎となり尙書に至ったが、勤務評定に嚴しかったために讒言されて自殺した。ただし、現行本『三國志』裴松之《はいしょうし》注には曁豔の姓がキツであることの言及はない。南宋鄭樵《ていしょう》『通志』氏族略五に「曁氏、音は訖、呉に尙書曁豔有り」とあり、『資治通鑑』巻七〇の胡三省《こさんせい》の注は、「曁、居乙の飜、姓なり」として、注一五の『石林燕語』の一條を引く。

一七　卓然可爲典則　武英殿本『四庫全書總目提要』は、この六字を缺く。

一八　石林燕語又稱…　『石林燕語』巻九には、呂公弼が樞密使だった時、神宗がその弟呂公著を御史中丞に任用しようとして蘇頌を召し出し、曾公亮の邸宅で辭令を書かせたという話が見える。通常、臺閣の中樞に在る人物の親族を御史中丞に任用することは忌避される（親嫌の制）。そのため、辭令は、公平な選任であることを強調し、親族が臺閣に在ることを辭退の理由にしてはならぬとしている。この辭令書は『蘇魏公集』巻三一所收の〈翰林學士兼侍讀學士・寶文閣學士・禮部侍郎の呂公著御史中丞に守たるべし〉である。

なお、『宋史』巻三一一呂公弼傳は、熙寧二年、參知政事となった王安石が呂公著を御史中丞に起用することで、新法に反對する兄の呂公弼を辭職に追い込もうとしたのだとする。曾公亮は王安石に附して保身をはかった人物。ならば、王安石は親嫌の制を利用しようとしたことになるが、實際は、神宗は呂公弼の辭職を認めていない。

一九　又稱頌爲晏殊諡議…　『石林燕語』巻九によれば、士を推擧するのを好んだことでは晏殊が當代隨一であった。晏殊は樞密院に居た時に范仲淹を祕閣校勘に推薦し、宰相となっては彼を參知政事に任用して同列に引き立てた。また自らの後任として孔道輔を御史中丞にした。婿の富弼についても、親嫌にこだわることなく、積極的に契丹《きったん》への使いとして推擧した。蘇頌はこのような晏殊の諡議を書くに當たり、彼を古えの胡廣や謝安になぞらえたという。諡議《しぎ》は『蘇魏公集』巻二〇所收〈司空侍中臨淄《りんし》公晏殊に元獻と諡《おくりな》す〉を指す。

二〇　胡廣・謝安　『蘇魏公集』巻二〇所收〈司空侍中臨淄公晏殊に元獻と諡す〉には、「昔 胡廣 陳蕃と竝びに三司爲りて、漢の史 之を紀す。謝安 從子幼度を引き往きて北陲《ほくすい》に備えしめ、

晉人 焉《これ》を善しと爲す。之を前良に較《くら》ぶるに、我に在りては愧《は》ずる無し。能く人を知り、公にして私《わたくし》せずと謂う可し」と見える。胡廣は後漢の名臣で、人材登用の才があり、もとの部下陳蕃を推擧し、自分と同じ三公（大尉・司空・司徒）の地位にまで引き立てた人物（『後漢書』卷四四）。謝安は東晉の將軍。北方の守備に兄の子 玄（字は幼度）を推擧したのは、親族を身びいきしたのではなく、玄の才能を評價したためであったという（『世說新語』識鑒二二注に引く『中興書』）。

二一　又稱頌過省時…　『石林燕語』卷九には「蘇子容 省《しょう》を過《とお》りしとき、〈曆なる者は天地の大紀〉を賦して本場の魁《かい》と爲る。既に第に登りて、遂に意を曆學に留む」とある。また、元豐年閒に宋の曆で契丹に使いしたところ、契丹の曆と一日ずれていたのを蘇頌の曆學の知識でうまくごまかし、宋の體面を保ったという話が載っている。元祐の初めには、敕命で渾儀《こんぎ》を重修したという。『宋史』藝文志に『渾天儀象銘』一卷が見える。

二二　歷者天地之大紀賦　「歷」は「曆」。乾隆帝の諱を避けた。『蘇魏公集』卷七二所收。

二三　陸游老學菴筆記又引…　『老學庵（菴）筆記』卷一〇は、蘇頌の詩句〝草《そう》を起《おこ》すに 才多く 卷を封《ほう》じること速く、麻《ま》を把《と》るに 人衆く 聲を引くこと長し〟と蘇轍の詩を引いて、「蓋し昔時の宣制 皆其の聲を曼延《まんえん》し、歌詠の狀の如し」という。詩句は『蘇魏公集』卷一一〈子瞻の鏁《さ》院《いん》にて酒燭を賜るに次韻す〉の頸聯《けいれん》である。

二四　宣麻之制　宋代、宰相や將軍を任命する詔は白麻紙に書かれたうえ、朝廷で讀み上げられて公布された。

二五　徐度卻埽編又稱…　『卻埽編《きゃくそうへん》』卷中に次のように見える。「熙寧の閒、蘇丞相使いを契丹に奉じ、道に北京《ほっけい》に過《よ》ぎる。時に文潞公《ぶんろこう》留守《りゅうしゅ》爲りて、燕會 欵洽《かんこう》す。公 因りて魏收の〝逋峭《ほしょう》爲し難し〟の語を問う。人 多くは〝逋峭〟の何の謂いなるかを知らず。蘇公曰く、〝之を宋元憲公に聞けり、事は是れ『木經』なりと。蓋し 梁上の小柱の名にして、折勢の義有るを取るのみ〟と。蘇公 文人多く近語を用いるも未だ此れに及ばざるを以て、乃ち是の語を用いて一詩を爲り、席上の事を記し、文公に獻じて曰く…略。（熙寧年閒、蘇丞相（頌）が契丹に使し、途中北京（大名府）に寄った。その時、文潞公（彥博）が北京留守《りゅうしゅ》の任に在り、宴會を催して歡待してくれた。話のついでに文潞公は、魏收の〝逋峭爲し難し〟という言葉の意味を問うたが、多くの者は〝逋峭〟が何のことなのかわからなかった。蘇頌は〝『木經』に見えていると宋元憲公（庠）から聞いたことがあります。梁の上の小さな柱のことで、曲っているので〝逋峭〟というのでしょう〟と答えた。蘇公は、文人はよく身近な言葉を用いるが、いまだこれに及ぶものはないとして、この語を用いて宴席での事を記した詩を作り、文公に獻じた。その詩は…略。)」

二六　魏收逋峭難爲之語　實際は魏收の言葉ではなく、溫子昇の言葉。『魏書』文苑 溫子昇傳によれば、北齊の文人溫子昇は、かつて南朝梁に使いし、迎賓館で國書の受領を行ったが、その際の自らの立ち居振舞いが巧くなかったので、「詩章は作り易し、逋峭《ほしょう》は爲し難し」と言ったという。北方育ちの溫子昇は、江南風の洗練された身のこなしのことを〝逋峭〟(梁の上の曲った柱)と表現じたのであろう。

二七　因卽席作詩以獻　『蘇魏公集』卷一三 後使遼詩〈某 使を奉じて北都を過ぎり、司徒侍中潞國公 雅集堂にて宴會するに陪し奉る。開懷縱談、善謔に形《あら》われ、因りて魏收に〝逋峭爲し難し〟の語有るを道《い》う。人 多くは〝逋峭〟の何の謂いなるかを知らず。宋元憲公云う〝事は『木經』に見ゆ〟と。蓋し梁上の小柱の名にして、折勢の義有るを取るのみ。文人多く近語を用いるも未だ此れに及ばず。輒ち斯《こ》の語を借りて、抒して短章を爲り、以て一席の事を紀し、繕寫獻呈す〉を指す。その頷聯《がんれん》には、「自ら知る 伯起の逋峭難くして、淳于《じゅんう》の滑稽を善くするに比せざるを(魏收のように野暮ったく、淳于髡《じゅんうこん》のような話術もないのは承知しております。)」

【附記】

四庫全書文淵閣本『蘇魏公集』も他の四庫全書本と同じく、清朝の忌避に觸れる〝夷〟や〝戎〟などの文字を改竄している。その後、蘇頌の裔孫蘇廷玉が文瀾閣より鈔錄し、道光二二年(一八四二)に『蘇魏公文集』七十二卷を刊刻した際、原文に戻した。『全宋詩』(第一〇冊 卷五一九～卷五三三)は四庫全書文淵閣本を底本に、『全宋文』(第三〇～第三一冊 卷一三〇八～卷一三五六)は蘇廷玉刻本を底本としている。

王同策・管成學・顏中其點校の『蘇魏公文集』上下卷(中華書局 一九八八)は、蘇廷玉刻本を底本とし、重刻本の『魏公譚訓』や年譜・墓誌銘などを收めており、便利である。

二〇　傳家集《でんかしゅう》八十卷

[一]江蘇巡撫採進本

【司馬光《しばこう》】一〇一九～一〇八六
字《あざな》は君實《くんじつ》、號は迂夫《うふ》または迂叟《うそう》、陝《せん》州夏縣（山西省夏縣）涑水《そくすい》鄉の人。景祐五年（一〇三八）の進士。治平四年（一〇六七）、神宗が卽位すると翰林學士に拔擢されたが、新法を推進する王安石と對立し、熙寧三年（一〇七〇）には朝廷を去り、知永興軍（西安市）に赴任した。翌年洛陽に退居し、以後十五年閒『資治通鑑』の編纂に沒頭している。哲宗が卽位し高太后の聽政となると、再び召されて、元祐元年（一〇八六）、尙書左僕射《さぼくや》兼門下侍郎（宰相）となり、新法の廢止に力を注いだが、この年九月に歿した。文集八十卷の他、『資治通鑑』三百二十四卷・『涑水紀聞《そくすいきぶん》』十卷・『稽古錄』二十卷などがある。北宋を代表する名臣で、歷史家、儒者としても一級の人物である。蘇軾『東坡文集』（中華書局本）卷一六〈司馬溫公行狀〉・卷一七〈司馬溫公神道碑〉・『名臣碑傳琬琰集』中集卷一八 范鎭〈司馬文正公墓誌銘〉・『宋史』卷三三六 司馬光傳 參照。

宋司馬光撰。光有[二]溫公易說、已著錄。是集凡賦一卷、詩十四卷、[三]雜文五十六卷、題跋・[四]疑孟・[五]史剡共一卷、[六]迂書一卷、[七]壺格・策問・樂詞共一卷、誌三卷、碑・行狀・墓表・哀辭共一卷、祭文一卷。光大儒名臣、固不以詞章爲重。然卽以文論、其氣象亦包括諸家、凌跨一代。[八]邵伯溫聞見錄記王安石推其文類西漢、語殆不誣。[九]伯溫又稱光除知制誥、自云不善爲四六、神宗許其用古文體。今案集中諸詔、亦有用儷體者、但語自質實、不以駢麗爲工耳。

邵[一〇]博聞見後錄稱、光辭[一一]樞密副使疏、傳家集不載、博獨記之。熙[一二]寧中光常論西夏事、其疏亦不傳、惟略見於元城語錄中。又[一三]論張載私謚一書、載張子全書之首、稱[一四]眞蹟在楊時家、本集不載。則亦頗有散佚矣。

光所作疑孟、今載集中。元[一五]白珽湛淵靜語謂爲王安石而發。考[一六]孟子之表章爲經、實自王安石始。或意見相激、務與相反、亦事理所有。疑珽必有所受之。亦可存以備一說也。

【訓讀】

宋 司馬光《しばこう》の撰。光『溫公易說』[二]有りて、已に著錄す。是の集 凡そ賦一卷、詩十四卷、雜文[三]五十六卷、題跋・疑孟[四]・史剡《しえん》[五] 共に一卷、迂書《うしょ》[六]一卷、壺格[七]・策問・樂詞 共に一卷、誌三卷、碑・行狀・墓表・哀辭 共に一卷、祭文一卷なり。

光は大儒名臣にして、固《もと》より詞章を以て重しと爲さず。然れども卽ち文を以て論ずれば、其の氣象 亦た諸家を包括し、一代に凌跨《りょうこ》す。邵伯溫[八]『聞見錄』記す、「王安石 其の文を推して西漢に類す」と。語 殆ど誣《ぶ》ならず。伯溫[九] 又た稱す、「光 知制誥に除せられ、自ら四六を爲《つく》るを善くせずと云い、神宗 其の古文の體を用うるを許す」と。今 集中の諸詔を案ずるに、亦た儷體を用うる者有るも、但だ語は 自《おのずか》ら質實にして、駢麗を以て工《たく》みと爲さざるのみ。

邵博[一〇]『聞見後錄』、「光の〈樞密副使を辭する疏〉[一一]、『傳家集』載せず」と稱し、博 獨り之を記す。熙寧中[一二] 光 常《かつ》て西夏の事を論ずるも、其の疏 亦た傳わらず、惟だ『元城語錄』中に略見す。又た〈張載の私謚《しし》を論ず〉[一三]る一書、『張子全書』の首に載せて、眞蹟[一四]は楊時の家に在りと稱するも、本集は載せず。則ち亦た 頗る散佚する有り。

光 作る所の『疑孟』、今集中に載す。元の白珽《はくてい》[一五]『湛淵靜語《たんえんせいご》』は王安石の爲に發すと謂う。考うるに『孟子』[一六]の表章して經と爲すは、實に王安石自《よ》り始まれり。或いは意見相い激し、務めて與《とも》に相い反するは、亦た事理の有する所なり。疑うらくは 珽 必ず之を受くる所有り。亦た存して以て一説に備うべきなり。

【現代語譯】

宋 司馬光《しばこう》の著。光には『溫公易説《えきせつ》』があり、已に著録しておいた。この集は、賦が一卷、詩十四卷、雜文五十六卷、題跋・疑孟・史剡《しえん》で一卷、迂書《うしょ》一卷、壺格・策問・樂詞で一卷、志が三卷、碑・行狀・墓表・哀辭で一卷、祭文が一卷となっている。

光は一流の儒者、名臣であり、もとより詩文のみで高い評價を得た人物ではない。とはいえ、文學について論じても、その氣象はまた他の文學者を呑み込んでしまうほどで、時代を超えた存在であった。邵伯溫『邵氏聞見録』には「王安石が彼の文を推奬して、西漢の文のようだと言った」と記されているが、その言葉は僞りではない。伯溫はさらに、「光は知制誥に除せられた際、四六文を作るのは得意ではないと申し出、神宗は彼に古文の體を用いることを許した」と言っている。今 集中の諸詔を見てみると、對偶表現を用いたものもあるが、ただ言葉そのものは飾り氣がなく、駢儷文が上手でなかっただけである。

邵博『聞見後録』は、「光の〈樞密副使を辭する疏〉が『傳家集』に收載されていない」と言っており、博だけがこの疏を記載している。熙寧年間に、光は西夏の事を論じたことがあるが、その疏も傳わらず、『元城語録』にその概略が見えるに過ぎない。さらに、〈張載の私謚《しし》を論ずる書〉が、『張子全書』の卷首に載っており、眞蹟は楊時の家にあるというのだが、本集には收載されていない。つまり、散佚したものもかなりあるのだ。

光が作った『疑孟』は、今 集中に載っているが、元の白珽《はくてい》『湛淵靜語《たんえんせいご》』はこれを王安石を意識して書いたものだという。『孟子』を表彰して經書として扱うようになったのが實に王安石から始まったことを考えると、意見の衝突があり、ことさらに異を唱えたのだとする説も故《ゆえ》無しとしない。おそらく 珽はきっと誰かからこの話を聞いたのであろう。これも一説として残しておいてよい。

【注】

一 江蘇巡撫採進本 採進本とは、四庫全書編纂の際、各省の長にあたる巡撫《じゅんぶ》、總督《そうとく》、尹《いん》、鹽政《えんせい》などを通じて朝廷に獻上された書籍をいう。江蘇巡撫より進呈された本は『四庫採進書目』によれば一七二六部、そのうち三一〇部が著録され、五五一部が存目（四庫全書内に收めず、目録にのみ留めておくこと）に置かれた。

二 溫公易説 『四庫全書總目提要』は、卷二經部 易類二に『溫公易説《えきせつ》』六卷を著録する。蘇軾〈司馬溫公行狀〉（中華書局本『蘇軾文集』卷一六）は「易説三卷・注繫辭二卷」というが、『宋史』藝文志や晁公武《ちょうこうぶ》『郡齋讀書志』のように「易説」を一卷とする史料もあり、本來は未編集の書だったらしい。四庫全書編纂の際には原書が散逸しており、四庫全書編纂官が『永樂大典』より拔粹し、六卷に編纂したもの。

三 雜文五十六卷 雜文五十七卷の誤り。五十六卷のままだと、各卷合計しても七十九卷にしかならない。四庫全書文淵閣本の書前提要は「五十七卷」に作っている。傳寫の誤りであろう。

四 疑孟 『孟子』に對する批判を集めたもの。

五 史剡 歷史に對する司馬光の論評。

六 迂書 一見、凡庸で迂遠にみえる聖人の道について語った書。自らを迂叟《うそう》（世事に疎い老人）または迂夫と稱している。

七 壺格 〈投壺新格〉を指す。投壺とは『禮記』に記される古禮の一つで、宴席にて壺に矢を投げ入れて勝敗を競うもの。司馬光は舊來の規定に改良を加えた。

八 邵伯溫聞見録記… 『邵氏聞見録』卷一〇に次のような話が見える。司馬光が友人呂誨《りょかい》のために書いた墓誌銘（〈右諫大夫呂府君墓誌銘〉）は、王安石の登用に反對し續けた彼の先見の明を稱《たた》える内容であった。その後、司馬光を陷れようとした小人が石工から墓誌銘の原文を手に入れて王安石に獻上したところ、王安石はそれを壁に掛けて、門下生たちに「君實（光）の文は、西漢の文なり」と言ったという。

九 伯溫又稱… 『邵氏聞見録』卷一一には「溫公 知制誥《ちせいこう》に除せらるるも、辭令を作るを善くせざるを以て屢《しば》しば辭し免ぜられて、待制に改めらる」と見えるものの、神宗とのやりとりは載せない。この逸話は、蘇軾〈司馬溫公行狀〉（中華書局本『蘇軾文集』卷一六）に見えている。それによれば、神宗は即位（治平四年）するとすぐ龍圖閣直學士司馬光を翰林學士（宋代は知制誥を帯びる）に任じたが、光はこれを辭退した。そこで、神宗が光を呼んで理由を問うたところ、「四六駢儷文が作れないので」という。神宗は「兩漢の制詔のように作ってよい」と言ったという。その後もなかなか辭令を受け取ろうとしなかったが、神宗が辭令書を光の懐にねじ込んだので、光は仕方なくこれを受けたのだとする。〈行狀〉は、光が遂に翰林學士（知制誥）を受けたことをいうが、『邵氏聞見錄』は辭退し通したことになっている。

一〇　邵博聞見後錄稱…　『邵氏聞見後錄』巻二三に次のように見える。「予、舊《もと》司馬氏從《よ》り文正公熙寧の年樞筦《すうかん》を辭し、出でて長安に帥《すい》たる日の手藁密疏を得たり。公尋《つ》いで自ら免じ、絶口して復《ふたた》び天下の事を言わず。其の疏『傳家集』に見えず。（私は昔、司馬氏から、司馬文正公が熙寧の年に樞密院の職を辭して長安の軍事長官になった日の密疏の原稿を入手した。公は官を辭してからは、口を閉ざして二度と政治について發言しなかった。この密疏は『傳家集』には載せられていない。）」

一一　光辭樞密副使疏…　注一〇の『邵氏聞見後錄』巻二三は、その後に續けて次の密疏を載せている。「臣の不才、最も羣臣の下に出づ。先見は呂誨《りょかい》に如かず、公直は范純仁・程顥《ていこう》に如かず、敢言は蘇軾・孔文仲に如かず、勇決は范鎭に如かず。誨安石の始めて政事に參せしの時、卽ち安石を指して姦邪と爲し、其の必ず天下を敗亂せんことを謂う。…」密疏の内容は、王安石に對する批判であり、その舌鋒は激烈である。黨爭の激しい當時に在って、この密疏は『傳家集』への收載を憚られたのであろう。提要はこの密疏を〈樞密副使を辭する疏〉と題し、『全宋文』は〈王安石を論ずる疏〉（巻一二〇八）と題している。

一二　熙寧中光常論西夏事　西夏は契丹《きったん》の誤り。馬永卿編『元城語錄』巻中には、元城先生（元城は司馬光の門人劉安世を指す）が語った次の話が見える。「熙寧の初、嘗て文字有りて兵を用いるを諫むるも、嘗て稿を留《とど》めず。然れども某《それがし》弟子の列に在るを得て、嘗て其の大略を聞けり。以謂らく中國と契丹は隣を爲すこと、正に富人と貧人の隣居するが如し、…中略…。此の疏數千言を累《つら》ぬ。大概は此くの如し。」富人中國が貧人契丹に出兵するのは、富人に何の益も齎《もたら》さないことを論じている。『傳家集』に收載されていない。

一三　論張載私謚一書　張載（横渠）の門人が先生に謚《おくりな》しようとしたのに對し、その是非について程顥《ていこう》（明道）に答えた書簡。弟子による師への私謚《しし》は古禮に合わず、張載の志とも違うことを論じている。『張子全書』には司馬光の〈謚を論ずる書〉として載錄されている。

一四　眞蹟在楊時家…　楊時『龜山集』巻二六〈司馬溫公の明道先生に與うる帖に跋す〉によれば、この眞跡は楊時の家に藏されていたらしい。楊時は跋文で私諡に關する司馬光の議論を絶贊し、「溫公の集中 載せず、故に此に附見す」として、書簡の全文を引用する。

一五 白珽湛淵靜語謂…『湛淵靜語《たんえんせいご》』卷二に次のように見える。「或ひと 文節倪《げい》公 思に問いて曰く、〝司馬溫公にして乃ち『疑孟』を著すは何ぞや〟と。答えて曰く、〝蓋し 爲すところ有るなり。是の時に當たりて、王安石 『孟子』に假りて、大いに之が説を爲す有り。人主をして之を師尊せしめ、法度を變亂せんと欲す。是を以て 溫公 疑を『孟子』に致し、以て 安石の言、未だ盡くは信ずべからずと爲す。〟」倪思《げいし》（一一七四～一二二〇、諡は文節）は南宋の政治家で、白珽（一二四八～一三二八）と直接の師承關係にない。この條の問答は傳聞によると思われる。

一六 孟子之表章爲經…『孟子』は、『漢書』藝文志以降、歷代の書目では子部に分類されていたが、北宋の二程子が四書の一つとしてこれを尊崇し、南宋の朱子が『孟子集注』を著すに及んで、經書と見なされるようになった。王安石は二程子より一回り年上であるが、とりわけ『孟子』を好み、彼の論議は材をこれにとるものが多い。晁公武『郡齋讀書志』卷一〇には、王安石と子の雱《ほう》、および門人許允成《きょいんせい》の『解孟子』各十四卷、合計四十二卷（佚）が著錄されている。

【附記】

司馬光の文集の主なものとしては、四部叢刊が收める宋紹興刻本『溫國文正司馬公文集』八十卷、四庫全書の底本となった明刻本『司馬太師溫國文正公傳家集』八十卷がある。ただし、『傳家集』には明崇禎刻本や乾隆六年刻本なども存在し、それぞれ文に出入りがある。このほか内閣文庫に藏される宋刻本『增廣司馬溫公全集』百十六卷（一部缺）は、近年この中から新たに『手錄』と『日記』が發見され話題になった。一九九三年に汲古書院から影印本が出版されている。李裕民『司馬光日記校注』（中國社會科學出版社 一九九四）は、この『全集』によったもの。文集の流傳については、王嵐〈司馬光文集在宋以後的流傳〉（『古籍研究』二五期 一九九九・一）を參照されたい。

『全宋詩』（第九冊　巻四九八～巻五一二）および『全宋文』（第二七～第二八冊　巻一一七二～巻一二三〇）は四部叢刊本を底本とし、各種刊本を校勘して、佚句・佚文を集めている。年譜には清の顧棟高が編次し、近人が校した『司馬溫公年譜』（中州古籍出版社　一九八七）がある。専門の研究書としては、楊洪傑・吳麥黃『司馬光傳』（山西人民出版社　一九九七）などがある。

二一　盱江集《くこうしゅう》三十七卷　年譜一卷　外集三卷

浙江[一]孫仰曾《そんぎょうそう》家藏本

【李覯《りこう》】一〇〇九～一〇五九
字《あざな》は泰伯、建昌軍南城（江西省南城縣）の人。慶曆二年（一〇四二）、茂才異等に擧げられたが第せず、年老いた親のため以後再び試に赴かず、鄕里で學を講じて生計を立てた。學生は常に數百人、盱江《くこう》先生と呼ばれた。盱江は南城の川。皇祐の初め、范仲淹の推擧により試太學助教、のち直講となる。嘉祐三年（一〇五八）に海門主簿・太學說書となり、翌年、權管勾太學に移って沒した。彼の儒學の特徵は、それまでの理想主義に法家的な見地を取り入れ、儒教を政治の實用として復活させようとしたことにある。その文集は『盱江集』または『直講李先生文集』という。『盱江外集』卷三 陳次公〈盱江先生墓誌銘〉・魏峙《ぎじ》『直講李先生年譜』・『宋史』卷四三二 儒林傳二 參照。

宋李覯撰。覯字泰伯、建昌南城人。[二]皇祐初以薦授太學助教。[三]終海門主簿・太學說書。[四]事蹟具宋史儒林傳。

考[五]覯年譜、稱慶歷三年癸未、集退居類稾十二卷。又皇祐四年庚辰、集皇祐續稾八卷。[六]此集爲明南城左贊所編。凡詩文雜著三十七卷、前列年譜一卷、後以制誥・薦章之類爲外集三卷。蓋[七]非當日之舊。

[八]宋人多稱覯不喜孟子、[九]余允文尊孟辨中載覯常語十七條。而此集所載僅[一〇]仲尼之徒無道桓文之事及[一一]伊尹廢

太甲・[一二]周公封魯三條。蓋贊諱而删之。[一三]集首載祖無擇退居類稾序、特以孟子比覯。又集中[一四]荅李觀書云、孟氏・荀・揚醇疵之説不可復輕重。其他文中亦頗引及孟子、與宋人所記種種相反。以所删常語推之、毋亦贊所竄亂歟。覯文格次於[一五]歐・曾、其論治體、悉可見於實用。故[一六]朱子謂覯文實有得於經。不喜孟子、特偶然偏見。與[一七]歐陽修不喜繫辭同、可以置而不論。贊必欲委曲彌縫、務滅其跡、所見陋矣。

[一八]集中平土書・明堂・五宗皆別有圖。此本不載、則或久佚不傳、未必贊所刊除也。覯在宋不以詩名。然[一九]王士禎居易錄嘗稱其王方平・璧月・梁元帝・送僧還廬山・憶錢塘江五絕句、以爲風致似[二〇]義山。今觀諸詩、惟梁元帝一首、不免傖父面目。餘皆不媿所稱、[二一]亦可謂淵明之賦閒情矣。[二二]湘山野錄載覯望海亭席上作一首、集中不載。考是時蔡襄守福唐、於此亭邀覯與陳烈飮。烈聞官妓唱歌、纔一發聲、卽越牆攀樹遁去。[二三]講學家以爲美談。[二四]覯所謂山鳥不知紅粉樂、一聲拍板便驚飛者、正以嘲烈。殆亦左贊病其輕薄、諱而删之歟。

【訓讀】

宋 李覯《りこう》の撰。覯 字は泰伯、建昌南城の人。[二]皇祐の初め 薦を以て太學助教を授けらる。[三]海門主簿・太學説書に終わる。[四]事蹟『宋史』儒林傳に具われり。

考うるに [五]覯の『年譜』稱す、「慶歷三年癸未、『退居類稾』十二卷を集す。又た皇祐四年庚辰、『皇祐續稾』八卷を集す」と。[六]此の集 明の南城の左贊《ささん》 編する所爲り。凡そ 詩文雜著三十七卷、前に『年譜』一卷を列ね、後に制誥《せいこう》・薦章の類を以て『外集』三卷と爲す。蓋し[七]當日の舊に非ず。

宋人 多く覯『孟子』を喜ばずと稱し、[九]余允文『尊孟辨』中 覯の『常語』十七條を載す。而るに 此の集 載す所僅かに「[一〇]仲尼の徒 桓・文の事を道《い》う無し」及び「[一一]伊尹 太甲を廢す」「[一二]周公 魯に封ぜらる」の三條のみ。蓋し 贊 諱《い》みて之を删《けず》る。集首[一三]に祖無擇〈退居類藁の序〉を載せ、特に孟子を以て覯に比《なぞら》う。又た 集中〈李覯に荅うる書〉[一四]に云う、「孟氏・荀・揚の醇疵《じゅんし》の說は復た輕重すべからず」と。其の他 文中亦た頗る引きて『孟子』に及び、宋人記す所と種種相い反す。删る所の『常語』を以て之を推すに、亦た贊の竄亂する所毋《な》からんや。覯の文格は歐・曾[一五]に次し、其の治體を論ずるは、悉く實用に見るべし。故に 朱子[一六]謂う「覯の文 實に經より得る有り」と。『孟子』を喜ばざるは、特《た》だ偶然の偏見なり。歐陽修[一七]の〈繫辭〉を喜ばざると同じ、以て置きて論ぜざるべし」と。贊 必ず委曲彌縫せんと欲して、務めて其の跡を滅するは、見る所 陋なり。

集中[一八]〈平土書〉〈明堂〉〈五宗〉皆 別に圖有り。此の本 載せず、則ち或いは久しく佚して傳わらず、未だ必ずしも贊の刋除する所ならざるなり。覯 宋に在りては詩を以て名あらず。然れども 王士禎《おうしてい》[一九]『居易錄《きょいろく》』嘗て稱す「其の〈(王は衍字)方平〉〈壁月〉〈梁元帝〉〈僧の廬山に還るを送る〉〈錢塘江を憶う〉の五絕句、以て風致 義山[二〇]に似ると爲す」と。今 諸詩を觀るに、惟だ〈梁元帝〉一首のみ、傖父《そうふ》の面目を免かれず。餘は皆 稱する所に媿《は》じずして、亦た淵明[二一]の〈閒情〉を賦すと謂うべし。『湘山野錄』[二二]載す 覯の〈望海亭席上の作〉一首、集中に載せず。考うるに 是の時 蔡襄 福唐に守たりて、此の亭に於いて覯と陳烈とを邀《むか》えて飲す。烈 官妓の唱歌、纔《わず》かに一たび聲を發するを聞くや、一聲の拍板即ち牆を越え樹に攀《よ》じて遁去す。講學家[二三]以て美談と爲す。覯[二四]謂う所の「山鳥 紅粉の樂しみを知らず、一聲の拍板便ち驚き飛ぶ」とは、正に以て烈を嘲《あざけ》る。殆ど 亦た左贊 其の輕薄を病みて、諱みて之を删りしか。

【現代語譯】

宋 李覯《りこう》の著。覯は字を泰伯といい、建昌南城（江西省南城）の人である。皇祐の初め、推薦されて太學助教を授けられた。官は海門主簿・太學說書に終わった。事蹟は『宋史』儒林傳に詳しい。

覯の『年譜』によれば、「慶曆三年癸未（一〇四三）に『退居類藁』十二卷を編集し、さらに皇祐四年庚辰（一〇五二）に『皇祐續稾』八巻を編集した」という。この集は明の南城の左賛《ささん》が編輯したもので、全部で詩文雜著が三十七巻、前に『年譜』一巻を列ね、後に制誥《せいこう》・薦章の類を『外集』三巻として附している。當初のものではあるまい。

宋人はよく覯が『孟子』を好まなかったといい、余允文の『尊孟辨』中には覯の『常語』十七條が引かれている。しかし、この集が載せているのは「仲尼の徒　桓・文の事を道《い》う無し（孔門の徒で齊の桓公や晉の文公のことを言うものはいない）」及び「伊尹　太甲を廢す（殷の伊尹は主君太甲を廢位した）」「周公　魯に封ぜらる（周公は魯に封ぜられた）」の三條だけである。贊が忌避して削ったのだろう。巻首には祖無擇の〈退居類稾の序〉を載せ、わざわざ孟子を李覯になぞらえている。さらに集中の〈李覯に答うる書〉では、「孟子・荀子・揚子の長所や缺點についてあげつらうべきではない」と言っている。その他の文中でもよく『孟子』に言及しており、宋人が記す所といろいろ食い違いがある。『常語』を削ったことから推測するに、贊の改竄した文もあるのではなかろうか。覯の文章の品格は歐陽修や曾鞏に次ぎ、政治を論じたものはことごとく實用に堪えうるものである。だからこそ朱子は「覯の文は眞に經學から得たものだ」と言ったのだ。『孟子』を好まなかったのは單なる偶然の偏見で、歐陽修が〈繫辭傳〉を好まなかったのと同じであり、あれこれ論評せずともよいものを、贊がなんとか辻褄を合わせて『孟子』批判の痕跡を消そうとしたのは、見識に缺ける。

集中の〈平土書〉〈明堂〉〈五宗〉は皆　別に圖があった。この本に載っていないのは、とうに失われていたためかも知れず、必ずしも贊が削除したわけではあるまい。覯は宋代に詩人として名聲があったわけではない。しかし、王《おう》士禎《してい》『居易錄《きょいろく》』は嘗て　其の〈（王は衍字）方平〉〈璧月〉〈梁元帝〉〈僧の廬山に還るを送る〉〈錢塘江を憶う〉の五絶句を稱贊し、趣が李義山に似ているといった。今　これらの詩を見るに、惟だ〈梁元帝〉一首だけは野暮ったさを免かれないものの、ほかは皆　王士禎が賞贊する通りであり、陶淵明が〈閒情の賦〉を作ったようなものだと言ってもよかろう。『湘山野錄』に載っている覯の〈望海亭席上の作〉一首は、集中に收載されていない。考えるに、この時福唐の長官をしていた蔡襄は、この亭で覯と陳烈を招待する宴を張ったが、烈は官妓が一聲唱い出した途端、樹によじ登り垣根を越えて遁走した。講學家はこれを美談とする。覯が詠んだ「山鳥 紅粉の樂しみを知らず、一聲の拍板便ち驚き飛ぶ（山鳥は紅おしろいの樂しさを知らず、拍板が鳴っただけで飛び立ってしまった）」は、まさに烈を嘲ったものであり、おそらくこれも左贊がその輕薄さを嫌って、削ってしまったのかもしれない。

【注】

一　浙江孫仰曾家藏本　孫仰曾《そんぎょうそう》は字を虛白、號を景高といい、仁和（浙江省杭州市）の人。父の宗濂とともに宋元本の藏書家として知られた。四庫全書編纂の際には、藏書二三一部を進獻した。そのうち著錄されたのが二六部、存目（四庫全書內に收めず、目錄にのみ留めておくこと）は一〇八部である。

二　皇祐初以薦授太學助教　『宋史』卷四三二　儒林傳二　李覯傳に「皇祐の初め、范仲淹 薦めて試太學助教と爲る」と見える。

三　終海門主簿・太學說書　『宋史』卷四三二　儒林傳二　李覯傳は「嘉祐中、國子監の奏を用て、召されて海門主簿・太學說書と爲りて卒す」といい、『外集』卷一所收の嘉祐三年七月の〈告詞〉にも「將仕郎試太學助教・說書李覯に敕す。…通州海門縣主簿を特授すべし、太學說書の散官は故の如し」と見える。ただし、宋 魏峙《ぎじ》編『直講李先生年譜』によれば、翌嘉祐四年（一〇五九）、權同管勾太學に移って沒している。

四　事蹟具宋史儒林傳　『宋史』卷四三二　儒林傳二を指す。

五　覯年譜稱…　宋 魏峙編『直講李先生年譜』の「慶曆三年癸未、三十五歲」の條に「是の年『退居類稾』十二卷を集す」とあり、「皇祐四年壬辰、四十四歲」の條に「是の年『皇祐續稾』八卷を集す」と見える。なお、提要が「慶曆」を「慶歷」に作るのは、乾隆帝の諱 弘曆を避けたため。

六　此集爲明南城左贊所編　左贊《ささん》の字は時翊《じょく》、天順元年（一四五七）の進士。官は廣東布政使に至る。四部叢刊本『直講李先生文集』卷一の題下に「後學 南城の左贊編輯。後學 廣昌の何喬新校正」と見える。また、卷首には成化三年（一四六七）に左贊が奉った〈李覯の墓を修するを乞う狀〉と、成化八年（一四七二）の羅倫の〈建昌府重修李泰伯先生墓記〉とが收められている。ただし、四庫全書文淵閣本『盱江集』はこれらを削除している。

七　非當日之舊　『宋史』巻四三二　儒林傳二　李覯傳には「門人鄧潤甫、熙寧中、其の『退居類稿』『皇祐續稿』幷びに『後集』を上り、官を其の子 參魯に請い、詔して以て郊社齋郎と爲す」と見える。さらに陳振孫『直齋書錄解題』巻一七は、『退居類稿』十二巻・『續稿』八巻・『常語』三巻・『周禮致太平論』十巻・『後集』六巻を著録する。

八　宋人多稱覯不喜孟子　宋　羅大經『鶴林玉露』乙篇巻一に次のような話が見える。「李泰伯『常語』を著し『孟子』を非《そし》る。後 茂材に擧げられ、論題に〝經 正しければ則ち庶民興《おこ》る〞出で、出處を知らず。曰く〝吾 書の讀まざるは無し。此れ必ず『孟子』中の語なり〞と。筆を擲《な》げて出づ。（李覯は『常語』を著して『孟子』を非った。後に茂材科に擧げられた際、試驗の論題に〝經 正しければ則ち庶民興る〞が出たが、出典が判らなかった。李覯は〝私が讀まぬ書物はない。これはきっと『孟子』の中の語だ〞といい、筆を投げ捨てて試驗場を出た。）」〝經 正しければ則ち庶民興る〞は、『孟子』盡心篇下の「君子は經に反るのみ。經 正しければ則ち庶民興り、庶民興れば斯《ここ》に邪慝《じゃとく》無し」による。

九　余允文尊孟辨中載覯常語十七條　宋　余允文『尊孟辨』は、司馬光『疑孟』、李覯『常語』、鄭厚『藝圃折衷』といった孟子批判に對して、孟子擁護の立場で論じた書。この『尊孟辨』には十六條の李覯『常語』が引かれている。提要が「十七條」とするのは誤り。

一〇　仲尼之徒無道桓・文之事　『孟子』梁惠王篇上には、齊の宣王が齊の桓公・晉の文公の霸業を聞きたいと言ったのに對し、孟子が「仲尼の徒、桓・文の事を道《い》う者無し」と答えた話が見える。これに對して李覯は『盱江集』巻三二　常語上で、『春秋』や『論語』に齊の桓公や晉の文公についての言及があることを指摘する。

一一　伊尹廢太甲　『孟子』盡心篇上には、公孫丑《こうそんちゅう》が殷の功臣伊尹が主君である太甲を放逐し、のち再び迎えたことの是非を問うたところ、孟子が「伊尹の志有らば則ち可なり、伊尹の志無ければ簒《さん》なり」と答えた話が見える。これに對して李覯『盱江集』巻三二　常語上は、太甲は服喪のため政治を行わなかっただけであり、太甲は君主である以上、廢されるということはあり得ないとする。

一二　周公封魯三條　『孟子』告子篇下で、孟子は愼子に向かって周公が魯の地 方百里に封じられたのは自力で守っていくことができる廣さだからだと説く。これに對して『盱江集』巻三四　常語下は方百里とは山川や城郭・宮室はこれに含まれないのだとする。

一三　集首載祖無擇退居類稾序　祖無擇〈李泰伯退居類稿序〉

〈『龍學文集』卷八〉は、四庫全書文淵閣本『盱江集』の卷首に〈盱江集原序〉という題で載錄されている。四部叢刊本『直講李先生文集』卷首では〈直講李先生文集序〉と題される。序文には「盱江の李泰伯、其れ孟軻氏六君子の深心有り」と見える。

一四　荅李觀書云…　『盱江集』卷二八〈李觀に荅うる書〉には「孟氏・荀・揚の醇疵《じゅんし》の說、之を聞くこと舊し。復た輕重すべからず」と見える。

一五　歐・曾　歐陽修（本書三二「文忠集一百五十三卷」參照）と曾鞏（本書二四「元豐類稾五十卷」參照）を指す。

一六　朱子謂…　朱熹『朱子語類』卷一三九 論文上に「李泰伯の文 實に之を經中より得たり。淺と雖も、然れども皆大處自《よ》り議論を起す。首卷の〈潛書〉〈民言〉好く、古の『潛夫論』の類の如し。『周禮論』好く、宰相 人主の飲食男女の事を掌るが如きは、某《それがし》の意 此の如し。今 其の論 皆 然り。文字の氣象 大段に好く、甚だ人をして之を愛でしむ。亦た 其の時節方に興ること 此の如く好きを見るべし（李覯の文章はまことに經書から得たもので、深淵ではないが、どれも大處から議論を起している。首卷の〈潛書〉〈民言〉がすばらしく、古の『潛夫論』のようだ。『周禮致太平論』（『盱江集』卷五〜卷一四）もすばらしくて、宰相が君主の飲食男女の事を掌ること（卷五〈內治〉）などは、私の意見もその通りである。今でもその議論は皆 妥當なものだ。文の氣概も格段に良く、大變 人を引きつける。文が勃興しようとする時はこのようにすばらしいのだということがわかる）」と見える。

一七　歐陽修不喜繫辭　歐陽修『易童子問』卷三に「童子 問いて曰く、〝〈繫辭〉は聖人の作に非ざるか〟と。曰く、〝何ぞ獨り〈繫辭〉のみならんや〟と。〈文言〉〈說卦〉より下、皆 聖人の作に非ずして、衆說淆亂し、亦た一人の言に非ざるなり」として、その蕪雜さを批判する。

一八　集中平土書・明堂・五宗皆別有圖　『盱江集』卷一九〈平土書〉の最後には「猶お 其の未だ以て灼見すべからざるを懼れ、三圖を作りて以て之に翼す。一に曰く〈王畿千里の圖〉、二に曰く〈鄉遂萬夫の圖〉、三に曰く〈都鄙一同の圖〉なり。圖の矩畫《くかく》、頗る高廣にして、故に別に行い、篇に綴《と》じず」と見える。また卷一五の〈明堂定制圖の序〉と〈五宗圖の序〉は、ともに本來圖につけられた序文である。

一九　王士禎居易錄嘗稱…　『居易錄』卷一一は、「李泰伯覯の文章 皆 經濟を談じ、其の本領は尤も『周禮』（『盱江集』卷五〜卷一四の周禮致太平論を指す）一書に在り。范文正 之を薦め、以て著書立言 孟軻・揚雄の風有りと爲す。北宋に在りては、歐・蘇・曾・王の閒 別に一家を成す」と述べた後、「予 嘗て其の詩 長ずる能わざるを病む。夏 『盱江集』を借讀するに、

絶句 閒《ま》ま 義山に似る者有り」として〈王方平〉〈璧月〉〈梁帝〉〈僧の廬山に遊ぶを送る〉〈錢塘江を懷う〉の全篇を引き、「風致有り」と評する。五絶句は『盱江集』巻三六所收の七言絶句であるが、〈王方平〉は〈方平〉の誤り。

二〇 義山 晩唐を代表する詩人 李商隱（八一二～八五八）の字。典故の多用と流麗な修辭の中に憂愁を祕めた詩風で有名。

二一 可謂淵明之賦閒情矣 隱逸の詩人として著名な晉の陶淵明にも〈閒情の賦〉のように艷麗な作品があること。

二二 湘山野錄載… 文瑩『湘山野錄』巻下に次のような話が見える。「蔡襄が福唐の長官として赴任していた時、李覯が建昌から文を携えて訪ねてきていた。ある日、蔡襄は李覯と陳烈とに望海亭で朝食を振る舞った。酒の用意がなかったので食事が終わって起とうとしたものの、季節は晩春、園内には酒を賣る店もあり、郡の役人たちも妓女を連れて花見に來ていた。長官が亭に居たので、遠慮して通り過ぎようとしたが、蔡襄は彼らを引き留め、酒の準備をさせた。酒が入って歌聲が擧がるや否や、陳烈は恐れおののいて木によじ登り垣根を越えて逃げ出した。そこで李覯は卽席で詩を作った。」

二三 講學家 講學とは先生が門弟を前にして講義や討論を行う學問研究法で、宋に始まり明に流行した。考證學を奉じた四庫館臣は講學には批判的で、『四庫全書總目提要』中の「講學家」という言葉には侮蔑の意味がこめられている。

二四 覯所謂山鳥不知紅粉樂… 注二二『湘山野錄』巻下に見える詩の尾聯にあたる。なお、この詩は若干の語句の異同はあるものの、『盱江集』巻三七に〈野意亭〉と題して収められている。左贊が集中より削ったとする提要の說は誤り。

【附記】

現在の李覯の文集は、成化年閒の左贊刻本のほか、正德一三年（一五一八）孫甫刻本があり、四部叢刊は後者の影印である。王國軒校點『李覯集』（中華書局 一九八一）はこれらを整理したもので、閲覽に便利である。『全宋詩』（第七册 巻三四八～巻三五〇）と『全宋文』（第二一册 巻八九二～巻九一七）は四部叢刊本を底本とする。なお、和刻本に『李盱江文抄』三卷（汲古書院『和刻本漢籍文集』所收）がある。

研究書としては、姜國柱『李覯思想研究』（中國社會科學出版社 一九八四）、謝善元『李覯之生平及思想』（中華書局 一九八八）などがある。

二二　公《こう》是集《ぜしゅう》五十四巻　[一]永樂大典本

【劉敞《りゅうしょう》】一〇一九～一〇六八

字《あざな》は原父《げんほ》（父は甫に作る場合もある）、臨江新喩（江西省新餘市）の人。公是はその號である。慶曆六年（一〇四六）の進士。蔡州の通判を經て、直《ちょく》集賢院《しっけんいん》・判尙書考功となる。仁宗が夏竦《かしょう》に文正という諡を賜ったのに對し、臣下の職權を侵す行爲だとして文莊に改めさせた話は有名。仁宗・英宗・神宗の三朝に仕え、官は集賢院學士《しっけんいん》・判南京《なんけい》御史臺に至った。博學にして雄文、とりわけ『春秋』の學に明るく、歐陽修は『新五代史』『新唐書』執筆の際に疑問點があるとよく彼に問いあわせたという。弟の攽《はん》（字は貢父《こうほ》、號は公非）、子の奉世とともに「三劉」と稱される。劉攽『彭城集』卷三四〈劉公行狀〉・歐陽修『歐陽文忠公集』卷三五〈集賢院學士劉公墓誌銘〉・『宋史』卷三一九　劉敞傳　參照。

宋劉敞撰。敞有[二]春秋傳、已著錄。[三]葉夢得避暑錄話稱敞集一百七十五卷。據[四]其弟攽所作集序、稱公是總集七十五卷、敘爲五種。曰古詩二十卷、律詩十五卷、內集二十卷、外集十五卷、小集五卷。[五]文獻通考亦作七十五卷。則夢得所記爲誤矣。原本不傳。今[六]新喩所刻三劉文集、公是集僅四卷。[七]大約採自宋文鑑者居多、而又以[八]劉跂趙氏金石錄序・泰山秦篆譜序誤入集中。卽攽所作公是集序、亦[九]采自文獻通考、而未見其全。故註云失名。其編次疎舛可知。又[10]錢塘吳允嘉別編公是集六卷、亦殊闕略。考[11]史有之序春秋意林曰、清江爲二劉・三孔[一二]之鄉、文獻宜徵而足。今三孔集故在、獨二劉所著燬於兵。則其佚已久矣。惟永樂大典所載頗富、今裒輯排次、釐[一三]爲五十四卷。疑當時重其兄弟之文、全部收入、故所存獨多也。

敞之談經、雖好與先儒立異、而淹通典籍、具由心得、究非南宋[一四]諸家遊談無根者比。故其文湛深經術、具有本原。攽[一五]序稱其合衆美爲己用、超倫類而獨得、瓌偉奇特、放肆自若。又[一六]稱其考百子之雜博、六經可以折衷。極帝王之治功、今日可以案行。學聖人而得其道、所以優出於前人。友[一七]于之情、雖未免推揚太過、然曾[一八]肇曲阜集有敞贈特進制曰、經術文章、追古作者。朱[一九]子晦菴集有墨莊記曰、學士舍人兄弟、皆以文章大顯於時而名後世。語[二〇]錄曰、原父文才思極多、湧將出來。每作文、多法古、絕相似。有幾件文字學禮記、春秋說學公・穀。又[二一]曰、劉侍讀氣平文緩、乃自經書中來。比之蘇公、有高古之趣云云。則其文詞古雅、可以槩見矣。

晁[二二]公武讀書志謂歐陽修嘗短其文於韓琦。葉[二三]適習學記言亦謂敞言經旨、間以謔語酬修、積不能平。復忤韓琦、遂不得爲翰林學士。蓋[二四]祖公武之說。今考修[二五]草敞知制誥詔曰、議論宏博、詞章爛然。又[二六]作其父立之墓誌曰、敞與攽皆賢而有文章。又[二七]作敞墓誌曰、於學博、自六經・百氏・古今傳記、下至天文・地理・卜醫・數術・浮屠・老莊之說、無所不通。爲文章尤敏贍。嘗直紫薇閣、一日追封皇子公主九人。方將下直、止馬却坐、一揮九制數千言。文辭典雅、各得其體。其[二八]銘詞曰、惟其文章燦日星、雖欲有毀知莫能。則修亦雅重之。晁氏・葉氏所言、殆非其實歟。

【訓讀】

宋　劉敞《りゅうしょう》の撰。敞[二]『春秋傳』有りて、已に著錄す。[三]葉夢得《しょうぼうとく》『避暑錄話』、「敞の集一百七十五卷」と稱す。[四]其の弟攽《はん》作る所の集の序に據れば、「『公是總集』七十五卷、敘して五種と爲し、曰く 古詩二十卷・律詩十五卷・內集二十卷・外集十五卷・小集五卷」と稱す。[五]『文獻通考《つこう》』亦た七十五卷に作る。則ち夢得記する所は誤りと爲すなり。原本傳わらず。今[六]新喩 刻する所の『三劉文集』、『公是集』は僅かに四卷なり。[七]大約『宋文鑑』自《よ》り採る者多きに居り、而して又た[八]劉跂《りゅうき》の〈趙氏金石錄の序〉〈泰山秦篆《てん》譜の序〉を以て集中に誤入す。卽ち 攽 作る所の〈公是集の序〉、亦た[九]『文獻通考』自《よ》り采《と》り、未だ其の全きを見ず。故に註して「名を失す」と云う。其の編次の疎《そ》舛《せん》知るべし。又た[一〇]銭塘の吳允嘉《ごいんか》 別に『公是集』六卷を編むも、亦た殊に闕略す。考うるに [一一]史有之『春秋意林』に序して曰く、「淸江は二劉・[一二]三孔の鄕爲りて、文獻 宜しく徵《ちょう》して足るべし。今『三孔集』故《もと》より在り、獨《た》だ二劉著す所 兵に燬《や》かる」と。則ち 其の佚するや已に久し。惟だ『永樂大典』載す所 頗る富み、今 裒輯排次し、[一三]釐《おさ》めて五十四卷と爲す。疑うらくは 當時 其の兄弟の文を重んじて、全部收入す。故に存する所 獨《もっぱ》ら多きなり。

敞の經《けい》を談ずるは、好んで先儒と異を立つると雖も、典籍に淹通し、具《つぶさ》に心得に由りて、究《つい》に[一四]南宋諸家の遊談無根の者の比に非ず。故に 其の文 經術に湛深《ちんしん》し、本原を具有す。[一五]攽の序稱す、「其の衆美を合わせて己《おの》が用と爲し、倫類を超えて獨り得て、瓌偉奇特《かいいきとく》、放肆《ほうし》自若たり」と。[一六]又た稱す、「其の百子の雜博を考し、六經以て折衷すべし。帝王の治功を極め、今日以て案行すべし。聖人に學びて其の道を得るは、前人に優出する所以なり」と。[一七]友于《ゆうう》の情、未だ 推揚 太《はなは》だ過ぐるを免れずと雖も、然れども [一八]曾肇《そうちょう》『曲阜集』に〈敞に特進を贈る制〉有りて曰く、「經術と文章とは、古えの作者を追う」と。[一九]朱子『晦菴集《かいあんしゅう》』に〈墨莊記〉有りて曰く、「學士舍人兄弟、皆 文章を以て大いに時に顯われ後世に名あり」と。[二〇]『語錄』曰く、「原父の文 才思極めて多く、湧き將《も》て出で來たる。文を作る每《ごと》に、多く古えに法《のっと》り、絶《はなは》だ相い似たり。幾件の文字の『禮記』に學び、『春秋說』の『公』・『穀』に學ぶ有り」と。又た[二一]曰く、「劉侍讀 氣平らかに文緩《ゆる》やかなるは、乃ち經書中自《よ》り來る。之を蘇公に比《くら》ぶるに、高古の趣有り云云」と。則ち 其の文詞の古雅、以て槩見《がいけん》すべし。

[二二]晁公武《ちょうこうぶ》『讀書志』謂う、「歐陽修嘗て其の文を韓琦に短《そし》る」と。[二三]葉適《しょうてき》『習學記言』亦た謂う、「敞 經旨を言うに、閒《ま》ま譃語《ぎゃくご》を以て修に酬《むく》い、積りて平らかなる能わず。復た韓琦《かんき》に忤《さから》い、遂に翰林學士と爲るを得ず」と。蓋し 公武[二四]の說を祖とす。今 考うるに 修[二五]〈敞の知制誥《ちせいこう》の詔〉を草して曰く、「議論宏博、詞章爛然たり」と。又た[二六]其の父〈立之の墓誌〉を作りて曰く、「敞と攽とは皆賢にして文章有り」と。又た[二七]〈敞の墓誌〉を作りて曰く、「學に於いては博く、六經・百氏・古今の傳記自《よ》り、下は天文・地理・卜醫・數術・浮屠《ふと》・老莊の說に至るまで、所として通ぜざるは無し。文章を爲《つく》るは尤も敏贍《びんせん》たり。嘗て紫薇閣《しびかく》に直《ちょく》し、一日 皇子公主九人を追封す。方《まさ》に將に直より下らんとするに、馬を止《とど》めて却坐し、一たび九制を揮《ふる》うこと數千言。文辭典雅にして、各《おの》おの其の體を得たり」と。其の銘詞[二八]に曰く、「惟れ 其の文章 日星に燦《きらめ》き、毀《き》有らんと欲すと雖も能《あた》う莫きを知る」と。則ち修も亦た雅《はなは》だ之を重んず。晁氏・葉氏の言う所、殆ど其の實に非ざるか。

【現代語譯】

宋 劉 敞《りゅうしょう》の著。敞には『春秋傳』があって、すでに著錄しておいた。葉 夢得《しょうぼうとく》『石林避暑錄話』は、「敞の集は一百七十五卷」だと言う。（しかし）敞の弟攽《はん》が書いた集の序文が、「『公是總集』は七十五卷、古詩二十卷・律詩十五卷・內集二十卷・外集十五卷・小集五卷の五種から成る」と稱しており、『文獻通考《つこう》』にも七十五卷とあることからすれば、夢得の記述は誤りである。原本は傳わらない。今 新喩（江西省新餘市）で刻された『三劉文集』では、『公是集』は僅かに四卷である。おおむね『宋文鑑』から採ったものが大半を占め、しかも劉跂《りゅうき》の〈趙氏金石錄の序〉や〈泰山秦篆譜《てん》の序〉が集中に混入している。攽が書いた〈公是集の序〉でさえも、『文獻通考』から採ったもので、序文全體を見てはいなかった。だから「作者不明」と注したのだ。その編輯の杜撰さがわかろう。これとは別に錢塘の呉允嘉《ごいんか》も『公是集』六巻を編纂したが、これまた疎略極まりない。考えるに、史有之は『春秋意林』に序して、「清江は二劉・三孔の故鄕であり、文獻も捜せば豐富にあるはずである。今『三孔集』はそのまま殘っているが、二劉の著した書の方は兵火に燒かれた」という。つまり、散逸して久しいのだ。ただ、『永樂大典』には豐富に載録されており、今これを集めて編輯し直し、五十四巻の書とした。おそらく、當時かれら兄弟の詩文は重んじられており、全て收載したのだろう。だから特に多く殘っているのだ。

敞は經學を説くのに先儒と異なる意見を好んだが、それは典籍に通曉し、仔細を心得したものであって、根據もなく經學を放談する南宋の儒者達とは全く比べものにはならない。ゆえにその詩文は深く經術に根ざし、基礎がしっかりしているのだ。攽の序はいう。「みんなの長所を合わせてわがものとし、周りから飛び抜けて屹立《きつりつ》する。ずば抜けたスケールの大きさと自由奔放さをもつ」と。さらにいう。「諸子百家の様々な學説を勘案して、六經に折衷させ、帝王の成功の祕訣を見極めて、今の世にふさわしい方針とする。聖人に學んでその道を會得したことこそ、先人よりも優れている理由なのだ」と。兄への思いから、持ち上げすぎの感がないわけではない。しかし、曾肇《そうちょう》は『曲阜集《きょくふしゅう》』の〈敞に特進を贈る制〉の中で「經術と詩文とは、古の經書の作者に迫る」という。朱子は『晦菴集《かいあんしゅう》』の〈墨莊記〉の中で「學士舍人兄弟は、ともにその詩文が當世に流行し、後世に名をのこした」といい、『語錄』では「原父の文は才能豐かで、次々と湧き出て來る。文章を作る際はせっせと古えに倣うので、そっくりになるのだ。『禮記』をまねた文もいくつかあり、『春秋説』は『公羊傳《くよう》』・『穀梁傳《こくりょう》』をまねたものである」といい、さらに「劉侍讀の氣の穩やかさと文ののびやかさこそ、經書から來たものだ。蘇東坡に比べると高古の趣がある云云」ともいう。すなわち彼の言葉遣いが古雅であることがおおむね知られよう。

晁公武《ちょうこうぶ》『郡齋讀書志』は、「歐陽修は嘗て韓琦に向かって敞の文の悪口を言った」という。葉適《しょうてき》『習學記言』もまた、「敞は經書の内容を語る際に、時折、歐陽修をからかうことがあり、これが度重なって修は心穩やかではなかった。そのうえ韓琦に逆ったので、最後まで翰林學士にはなれなかったのだ」という。これは、おそらく晁公武の説を出處とするのだろう。今考えてみるに、修は〈敞を知制誥《ちせいこう》とする詔〉を起草して、「敞の議論はスケールが大きく、文辭がきらきら輝いている」といい、さらに敞の父である立之の墓誌を書いて、「敞と攽とは ともに賢者で文名がある」ともいう。また、敞の墓誌を書いて、「學問は博く、上は六經や諸子百家・古今の傳記から、下は天文・地理・占卜と醫術・數術・佛教・老莊の説にいたるまで、通曉していないものはない。詩文を作るとてもすばやくて豊か。むかし紫薇閣に宿直していたころのこと、ある日皇子や内親王九人に對して追封があった。彼はちょうど宿直から歸ろうとするところだったが、馬を止めて戻ってくるなり、九通の數千字におよぶ制敕を一氣に書き上げた。その文辭は典雅で、それぞれ體例に適ったものだった」という。その墓誌の銘文はいう。「彼の詩文は日や星の如く燦《きらめ》き、缺點をあげつらおうとしてもとてもできはしない」と。すなわち修も敞を大變重んじていたのである。晁氏や葉氏の説は事實ではあるまい。

【注】

一　永樂大典本　『永樂大典』は明永樂帝が編纂させた類書（百科全書）。二二、八七七巻。古今の著作の詩文を韻によって配列する。四庫全書編纂官は、すでに散逸した書籍については詩文を『永樂大典』より採輯して編を成し、これを永樂大典本と稱している。四庫全書に收入されたのは五一五種、そのうち別集は一六五種にのぼる。

二　春秋傳　『四庫全書總目提要』巻二 經部 春秋類一には、劉敞の著作として『春秋傳』十五巻のほか『春秋權衡』十七巻・『春秋意林』二巻・『春秋傳説例』一巻も著録されている。

三　葉夢得避暑録話稱…　『石林避暑録話』巻一には劉敞と歐陽修の感情の行き違いを傳える（注二一）記事がみえ、その原注に「原甫百七十五巻、貢父五十巻」とある。

四　其弟攽所作集序…　劉攽の四庫全書本『彭城集《ほうじょうしゅう》』四十巻も永樂大典からの輯佚本である。巻三四〈公是先生集の序〉に次のようにある。「公是先生總集七十五巻、文字を敘して五種と爲す。古詩集二十巻・律詩集十五巻、諸五言・七言・歌行・篇曲は 皆 之を詩に歸す。內集二十巻、諸議論・辯說・傳記・書序・古賦・四言文詞・箴《しん》・贊・碑刻・誌・行狀は 皆 之を內集に歸す。外集十五巻、諸制誥・章表・奏疏・駁議・齋文・覆諡は 皆 之を外集に歸す。小集五巻、諸律賦・書啓は 皆 之を小集に歸す。」

五　文獻通考　馬端臨『文獻通考《つこう》』經籍考巻六二に「公是集七十五巻」とみえる。ただし、これは晁公武『郡齋讀書志』に基づく記述である。陳振孫『直齋書錄解題』も七十五巻に作る。

六　新喩所刻三劉文集…　清の暨用其《きつようき》編輯、乾隆一五年水西劉氏刊本『新喩三劉文集』を指す。劉敞『公是集』四巻・劉攽『公非集』一巻・劉奉世『自省集』一巻を収める。劉奉世は劉敞の子。

七　大約採自宋文鑑者居多　『宋文鑑』には、賦が二篇、詩が十篇、騷が二篇、文が六十六篇見える。

八　劉跂趙氏金石錄序…劉跂《りゅうき》の〈趙氏金石錄序〉と〈泰山秦篆《てん》譜序〉は、『宋文鑑』巻九二に連續して收錄されているため、ともに劉敞の作と誤ったのであろう。

九　采自文獻通考…　馬端臨『文獻通考《つこう》』經籍考巻六二には「〈公是劉氏文集の後序〉に曰く」として、劉攽の序文の一部を引いている。

一〇　錢塘吳允嘉別編公是集六巻　吳允嘉は清　康熙年間の藏書家。字を志上。號を石倉といい、葉昌熾『藏書紀事詩』巻五に略傳がある。ただし、吳允嘉が編纂した『公是集』六巻については未詳。

一一　史有之序春秋意林曰…　史有之は南宋　史彌遠の從弟である史彌鞏の第三子で、進士になった人。『宋史』巻四二三。ただし、現行の『春秋意林』に、この序は見えない。

一二　三孔　孔文仲（一〇三七〜一〇八七）とその弟　武仲・平仲をいう。新喩の人で、ともに舊法黨の政治家。當時文名があり、孔文仲『舍人集』二巻・孔武仲『宗伯集』十七巻・孔平仲『朝散集』十五巻を、『清江三孔集』といい、それらは豫章叢書に收められている。『宋史』巻三四四に傳がある。

一三　釐爲五十四巻　欒貴明《らんきめい》輯『四庫輯本別集拾遺』（中華書局一九八三）によれば、現存する『永樂大典』には劉敞の詩文六十四條が見えており、そのうち二十條が採輯に漏れている。

一四　南宋諸家遊談無根者　南宋の朱子學者を指す。四庫全書編纂官は漢學を貴び、とりわけ理學を談ずる輩を嫌う。

一五　攽序稱…劉攽『彭城集』巻三四〈公是先生集序〉に次のよ

うに見える。「衆美を合わせて以て己《おの》が用と爲し、倫類を超えて獨り得たり。其の語言をして其の心の如く、其の馳騁《ちてい》をして欲する所を極めしめ、瓌偉奇抃《かいいきべん》にして、放肆《ほうし》自若たり。夫《か》の豪傑の士に非ずんば、是に至る能わず。」

一六　又稱…　劉攽『彭城集』巻三四〈公是先生集序〉はまた次のようにいう。「百子の雜博を攷《こう》して、其の眞僞を判じ、六經に至ると雖も折衷すべし。帝王の治を極め、有功に奉事して、今日に在ると雖も按行すべし。是れ好古博物の士、聖人に學んで道の眞を得るを貴ぶ所以の者なり。嗚呼、先生の文、前人に優出するは是に在り。」

一七　友于　『尚書』君陳篇「友于兄弟（兄弟に友たり）」から、兄弟愛をさす言葉。

一八　曾肇曲阜集有敞贈特進制…　『曲阜集《きょくふしゅう》』にこの制誥《せいこう》は見えず、劉敞が特進を贈られた事實もない。特進とは、元豐三年（一〇八〇）の官制改革によって尚書左僕射《さぼくや》・右僕射から改名された宰相クラスの從一品の寄祿官であり、給事中どまりであった劉敞が死後一足飛びに特進を追贈されたとは考えにくい。

一九　朱子晦菴集有墨莊記…　『朱文公文集』巻七七〈劉氏墨莊記〉は、劉清之が亡父の藏書樓である墨莊のために朱子に依頼した文。劉清之の先祖は二劉の叔父にあたるため、朱熹は劉氏一族の顯彰に努めている。「蓋し 磨勘公（劉式）の五子 皆 賢名有り。中子の主客郎中（劉立之）實に集賢舍人兄弟（劉敞・劉攽）を生む。皆 文學を以て大いに時に顯《あら》われ後世に名あり。」

二〇　語録曰…　朱熹『朱子語類』巻一三九 論文上に次のようにある。「劉原父 才思極めて多く、湧《わ》き將《も》て出で來る。文を作る毎《ごと》に、多く古えに法《のっと》り、絶《はなは》だ相い似たり。幾件の文字の『禮記』に學び、『春秋説』の公・穀を學ぶ有り。文は貢父に勝れり。」『春秋説』は注二の『春秋傳』を指す。公は『春秋公羊傳』、穀は『春秋穀梁傳』を指す。

二一　又曰…　『朱子語類』ではなく、『朱文公文集』巻六四〈鞏《きょう》仲至《ちゅうし》に答う〉に見える言葉。「劉侍讀の書、氣平らかに文緩《ゆるや》かなるは、乃ち經術中自《よ》り來る。之を蘇公に比ぶるに、誠に高古の趣有り。但だ 亦た覺ゆ、詞多く理寡《すくな》く、甚《なん》の發明も無きを苦しむのみと。」

二二　晁公武讀書志謂…　『郡齋讀書志』巻一九は「劉公是集七十五巻」の解題に次のようにいう。「英宗 嘗て語の原父に及び、韓魏公 對《こた》うるに文學有るを以てす。歐陽公曰く、〝其の文章未だ佳《よ》からず。特《た》だ博學は稱すべきのみ〟と。（嘗て英宗の話が劉敞に及んだとき、詩文の才ありと答えた韓琦に對し、歐陽修は詩文は良いとはいえぬが、博學なことは確かですと言った。）」

二三　葉適習學記言亦謂…　葉夢得『石林避暑録話』の誤り。『石林避暑録話』巻一に次のように見える。「慶曆の後、歐陽文

忠 文章を以て天下を擅《ほしいまま》にし、世に敢えて抗衡《こうこう》する者有る莫し。劉原甫 其の後に出づと雖も、博學通經を以て自《みずか》ら許す。文忠も亦た是を以て之を推し、『五代史』『新唐書』を作るに、凡例 多く『春秋』を原甫に問う。梁の入閤を書す類《たぐい》に及びては、原甫 卽ち剖析を爲し、辭辨じ風生ず。文忠『春秋』を論ずるに多く平易を取るも、原甫は每《つね》に經旨を深言す。文忠 同ぜざる有らば、原甫は間《ま》ま謔語《ぎゃくご》を以て之に酬《むく》ゆ。文忠 久しく或いは平らかなる能わず。原甫復た韓魏公に忤《さから》い、翰林學士と爲るを給し得ず。（慶曆の後、歐陽文忠公の文名は天下に轟き、世に敢えて對抗しようとする者はいなかった。劉原甫は後輩ではあったが博學で經書に通じていることを自認しており、文忠もこの點では彼を推奬していた。『五代史』『新唐書』を作るのに、凡例ではよく原甫に『春秋』の義を問うていた。梁の入閤の制を書くような場合は、原甫は直ちに分析を加え、とうとうと辯じたてた。文忠が『春秋』を論ずる際には平易さをモットーにしたが、原甫はつねに經書の奧義を重々しく語った。文忠が贊同しなければ、原甫はまま揶揄の語を返した。こういうことが續いて、文忠も心おだやかではいられなくなった。原甫はまた韓魏公にも逆ったので、翰林學士にしてもらえなかったのだ。）梁の入閤の事とは、『五代史』巻二梁本紀にみえる「文明殿に御し、入閤す」を指す。唐の制では皇帝が毎日前殿に出御するのを常參といい、一日と十五日に便殿にて群臣を謁見するのを入閤と呼んだ。ところが唐末の亂以後、常參が滞ると、本來常參するべき前殿の文明殿に一日と十五日だけ出御するのを入閤と稱するようになった。巻五四李琪傳に詳しい。なお、歐陽修がこの制について劉敞に教えを請うたことは、〈劉原甫侍讀に入閤の儀を問う帖〉（『歐陽文忠公集』巻六九）から知られる。

二四 祖公武之説 注二二の如く、話の出處を葉適《しょうてき》（一一五〇～一二二三）『習學記言』と誤っているため時代が合わない。晁公武『郡齋讀書志』の編纂は一一五一～一一八七年の間であり、晁公武の説は葉夢得《しょうぼうとく》（一〇七七～一一四八）『石林避暑錄話』を出處とする。

二五 修草敞知制誥曰… 『歐陽文忠公集』巻八八〈賜起居舍人知制誥劉敞等奬諭詔〉に「卿は議論閎博《こうはく》、辭章爛然たり」と見える。

二六 又作其父立之墓誌曰… 『歐陽文忠公集』巻二九〈尙書主客郎中劉君墓誌銘〉は、劉敞・劉攽の父 劉立之（字は斯立）の墓誌銘である。その末尾に「五子あり、元卿・眞卿 亦た早《つと》に亡す。敞は今 大理評事爲り、攽は鳳翔府推官、皆賢にして文章有り」と見える。

二七 又作敞墓誌曰… 『歐陽文忠公集』巻三五〈集賢院學士劉公墓誌銘〉に、次のように見える。「公、學に於いては博く、六經・百氏・古今の傳記自《よ》り、下は天文・地理・卜醫・數術・浮圖《ふと》・老莊の說に至るまで、所として通ぜざるは無し。其の文章を爲るは尤も敏贍《びんせん》たり。嘗て紫薇閣《しびかく》に直《ちょく》し、一日 皇子公主九人を追封《ついほう》す。公、方《まさ》に將に直より下らんとするも、之《これ》が爲に馬を立《とど》めて却坐し、一たび九制を揮うこと數千言。文辭典雅にして、各《おの》おの其の體を得たり。」

二六 其銘詞曰…『歐陽文忠公集』巻三五〈集賢院學士劉公墓誌銘〉の銘文に「惟《こ》れ 其の文章 日星に燦《きらめ》き、毀有らんと欲すと雖も能《あた》う莫きを知る」と見える。

【附記】

『全宋詩』（第九册 巻四六三～巻四九〇）は福建本の武英殿聚珍版『公是集』を、『全宋文』（第三〇册 巻一二七六～巻一二九八）は廣雅書局本の武英殿聚珍版を底本とする。

二三　丹淵集《たんえんしゅう》四十巻　拾遺二巻　[一]年譜一巻　附録二巻

[二]浙江鮑士恭《ほうしきょう》家藏本

【文同《ぶんどう》】一〇一八～一〇七九
字《あざな》は與可《よか》、號は笑笑先生、石室先生とも稱された。梓《し》州永泰（四川省鹽亭縣）の人。仁宗の皇祐元年（一〇四九）の進士。官は尙書司封員外郎・集賢校理《しっけんこうり》に至る。湖州（浙江省）の知縣として赴任する途上で沒した。蘇軾の母方の親類にあたり、兩者の閒には詩文の唱酬など緊密な交遊があった。畫家としても著名で、北宋の文人畫を代表する人物。その墨竹圖は、蘇軾が詩や跋文の類で絶贊するところでもある。『丹淵集』（四部叢刊本）前附 范百祿〈新知湖州文公墓誌銘〉・『宋史』卷四四三 文苑傳五 參照。

宋文同撰。同字[三]與可、[四]梓潼人。[五]漢文翁之後、[六]故人以石室先生稱之。[七]皇祐元年進士。[八]解褐爲邛州軍事判官。後歷知陵州・洋州。[九]改湖州、未上而卒。[一〇]今畫家稱文湖州、從其終而言之也。[一一]同事蹟具宋史文苑傳。[一二]遺文五十卷、[一三]其曾孫鷟編爲四十卷。[一四]慶元中[一五]曲沃家誠之守邛州、[一六]以同嘗三仕於邛、多遺蹟、因取其集重加釐正。而[一七]卷帙則仍其舊。[一八]所增拾遺二卷及[一九]卷首年譜、[二〇]卷末附錄司馬光・蘇軾等往來詩文、則誠之所輯也。同未第時、[二一]卽以文章受知文彥博。其詩如[二二]美人却扇坐、羞落庭下花諸篇、[二三]亦盛爲蘇軾所推。[二四]特以墨竹流傳、遂爲畫掩、故世人不甚稱之。然[二五]馳驟於黃・陳・晁・張之閒、未嘗不頡頏上下也。[二六]集中稱蘇軾爲胡侯、[二七]或曰蘇子平、[二八]見誠之跋中。蓋其家避忌[二九]蜀黨而改之。今亦姑仍其舊云。

【訓讀】

宋 文同《ぶんどう》の撰。同 字[三]は與可《よか》、梓潼《しどう》[四]の人。漢[五]の文翁の後なり、故[六]に 人 石室先生を以て之を稱す。皇祐元年[七]の進士。褐《かつ》[八]を解きて 邛《きょう》州軍事判官と爲る。後 陵州・洋州を歷知す。湖州[九]に改めらるるも、未だ上《のぼ》らずして卒す。今 畫家[一〇] 文湖州と稱するは、其の終わりに從いて之を言うなり。同の事蹟[一一]『宋史』文苑傳に具われり。遺文[一二]五十卷、其[一三]の曾孫鷟《さく》 編みて四十卷と爲す。慶元中[一四] 曲沃《きょくよく》[一五]の家誠之《かせいし》 邛州に守《しゅ》たり、同 嘗て[一六]三たび邛に仕え、遺蹟多きを以て、因りて其の集を取りて重ねて釐正《りせい》を加う。而して 卷帙[一七]は則ち其の舊に仍《よ》れり。增す[一八]所の『拾遺』二卷及び卷首[一九]の『年譜』、卷末[二〇]『附錄』の司馬光・蘇軾等の往來詩文は、則ち誠之の輯《あつ》むる所なり。

同 未だ第せざる時、卽ち文章[二一]を以て知を文彥博に受く。其の詩「美人[二二] 却扇して坐せば、羞《は》じて落つ 庭下の花」の諸篇の如きは、亦た 盛ん[二三]に蘇軾の推す所と爲る。特《た》だ[二四] 墨竹を以て流傳し、遂に畫が爲に掩われ、故に 世人 甚だしくは之を稱せず。然れども 黃[二五]・陳・晁《ちょう》・張の閒に馳驟《ちしゅう》し、未だ嘗て頡頏《けっこう》上下せずんばあらざるなり。集中[二六] 蘇軾を稱して胡侯と爲し、或いは[二七]蘇子平と曰うは、誠之[二八]の跋中に見ゆ。蓋し 其の家 蜀黨[二九]を避忌《ひき》して之を改む。今 亦た 姑《しばら》く其の舊に仍《よ》ると云う。

【現代語譯】

宋 文同《ぶんどう》の著。同は字を與可《よか》といい、梓潼《しどう》（四川省梓潼縣）の人である。漢の文翁の末裔であるため、人々は石室先生と稱していた。皇祐元年（一〇四九）の進士である。始めて赴任したのが邛《きょう》州（四川省）軍事判官で、後に陵州（四川省）・洋州（陝西省）の知縣を歷任した。湖州（浙江省）に轉勤となったが、着任しないまま亡くなった。今 畫家が文湖州と稱するのは、彼の最終の官に從って呼んでいるのだ。同の事蹟は『宋史』文苑傳に詳しい。五十卷の遺文を、彼の曾孫 鷟《さく》が四十卷に編輯した。慶元年閒（一一九五～一二〇〇）、曲沃《きょくよく》（山西省）の家誠之《かせいし》は邛州の長官だったとき、文同が三度邛州に職を奉じ遺墨も多いことから、彼の文集を編輯し直すことにした。ただし、巻帙はもとのままで、増補した『拾遺』二巻及び巻首の『年譜』、巻末『附錄』の司馬光・蘇軾等の往來詩文は、誠之が集めたものである。

同は進士に合格する前から、詩文によって文彥博の知遇を得ていた。その詩「美人 却扇して坐せば、羞《は》じて落つ庭下の花」などの諸篇は、蘇軾にも絶贊された。ただ、墨竹畫ばかりが流行して、詩が畫の影に隠れてしまったため、世人はあまりその詩を稱贊しないのだ。しかし、黃庭堅・陳師道・晁補之《ちょうほし》・張耒《ちょうらい》といった詩人に伍して、少しも引けを取るものではない。集中、蘇軾を胡侯あるいは蘇子平と稱していることは、誠之の跋文の中に指摘がある。蜀黨と見なされることを避けて遺族が改めたのであろう。今 これもしばらくそのままにしておこう。

【注】

一　年譜一巻 附錄二巻　四庫全書文淵閣本は「年譜一巻 附錄二巻」を收錄していない。

二　浙江鮑士恭家藏本　鮑士恭《ほうしきょう》の字は志祖、原籍は歙《しょう》（安徽省）、杭州（浙江省）に寄居す。父 鮑廷博（字は以文、號は淥飲《ろくいん》）は著名な藏書家で、とりわけ散佚本の蒐集を好んだ。その精粹は『知不足齋《ちふそくさい》叢書』中に見える。四庫全書編纂の際には、藏書六二六部を進獻し、そのうち二五〇部が著錄され、一二九部が存目（四庫全書内に收めず、目錄にのみ留めておくこと）に採擇されている。

三　字與可　中華書局本『蘇軾文集』巻一〇〈文與可 字《あざな》の說〉は、文同の人となりが、その字にふさわしいことを稱えている。

四　梓潼人　『宋史』文苑傳五が「梓州梓潼（四川省梓潼縣）の人」に作るのに據ったのであろう。しかし、范百祿〈新知湖州文公墓誌銘〉（四部叢刊本『丹淵集』前附）によれば、文同の出身は梓州永泰縣（鹽亭縣）の新興鄉新興里である。

五　漢文翁　文翁は『漢書』巻八九循吏傳に見える蜀の名郡守。もと廬江 舒（安徽省）の人だが、漢の景帝の末に蜀（四川省）に赴任し、學校を興して蜀の文化向上に努めた。蜀で沒した後は、祠堂が建てられ、季節毎の祭祀が缺かさずとり行われていた。

六 故人以石室先生稱之 石室とは文翁が成都に建てた學校の藏書室を指したが、後世、ここを文翁の祠堂とした。『華陽國志』卷三に「始め 文翁 文學精舍・講堂を立て、石室を作る」と見える。文學精舍は學校の意。宋祁《そうき》はここに赴任した際、祠堂を再建している。『宋景文集』卷五七〈成都府新建漢文公祠堂碑〉參照。

七 皇祐元年進士 注四の范百祿〈新知湖州文公墓誌銘〉には「皇祐元（一〇四九）年、登科第五」と見える。この年の進士は馮《ふう》京以下四九八人。

八 解褐 始めて任官することをいう。

九 改湖州、未上而卒 元豐元年（一〇七八）、湖州（浙江省）の知縣に任命されたが、翌年、赴任するために陳州の宛丘驛（河南省）まで來たところで動けなくなり、沐浴したのち衣冠を着け、正座して亡くなった。

一〇 畫家稱文湖州 陳繼儒『書畫史』は、「文湖州」または「湖州」という名で彼の畫を論じている。

一一 事蹟具宋史文苑傳 『宋史』卷四四三 文苑傳五は、文同を「梓州梓潼人」（注四）としたり、また司馬光からの書簡に見える「與可は襟韻洒落にして、晴雲秋月の、塵埃《じんあい》到らざるが如し」を文彦博の書簡とするなど、誤りが多い。

一二 遺文五十卷 注四の范百祿〈新知湖州文公墓誌銘〉には、「平生 爲《つく》る所の文 五十卷」と見える。

一三 其曾孫鷟編爲四十卷 家誠之〈丹淵集の序〉（四部叢刊本『丹淵集』目錄後附）には次のようにいう。「按ずるに 先生の曾孫鷟《さく》 編む所の家集、詩分かちて十八卷と爲し、各《おの》おの居る所を以て別と爲す。東谷古今詩三卷、南豳《なんぴん》古今詩二卷、臨邛・廣漢古今詩 各一卷、陵陽古今詩三卷、漢中古今詩二卷、梁洋古今詩三卷、西岡古今詩一卷、畫厨・樂府雜詠 各一卷なり。…詩の次序は則ち其の舊に從う。惟だ其の詞賦を取りて首篇に列し、以て 先生 意を古學に用いるを見ず。樂府 之に次し、古今詩 又た之に次し、他の文 又た之に次し、仍《な》お分かちて四十卷と爲す。又た 先生の遺文を尋訪し、分かちて兩卷と爲し、復た諸公往來の書簡・詩文を以て之を末に繫ぐ。庶《ねが》わくは 先生の師友 淵源の自《よ》る所を知らしめんと云う。慶元乙卯（元年）五月既望、南牕にて書す。」つまり、文鷟が編纂した家集の段階から四十卷であったことが知られよう。なお、晁公武『郡齋讀書志』卷一九および陳振孫『直齋書錄解題』卷一七もともに「丹淵集四十卷」に作っている。

一四 慶元中 注一三の家誠之〈丹淵集の序〉によれば、正確には慶元元年（一一九五）である。

一五 曲沃家誠之守邛州…多遺蹟 家誠之〈丹淵集拾遺卷跋〉（四部叢刊本『丹淵集』拾遺卷跋）は次のようにいう。「人 湖州の畫を愛《め》づるを知るも其の文を愛づるを知らず。…湖州　三たび邛《きょう》に仕え、筆墨の遺跡　甚だ多し。後　一百三十年、誠之　命を被りて邛に守たり。凡そ　故舊の相い屬する者、必ず湖州の〈墨林〉を是れ求むるも、其の文に及ばず。則ち　湖州の文を知る者、能《よ》く幾《いくば》くぞ。（人は文湖州の畫を珍重するが、その詩文は珍重しない。…文湖州は三度邛州に職を奉じ、遺墨も甚だ多い。百三十年後、誠之は知縣として邛州に赴任することになった。見送りの宴を開いてくれた友人達は、みな必ず湖州の〈墨竹圖〉を土產に求めたが、詩文を求める者はいなかった。つまり、文湖州の詩文の價値を知る者は殆どいないのだ。）」

一六　同嘗三仕於邛　家誠之編『石室先生年譜』によれば、文同は皇祐二年（一〇五〇）に邛州軍事判官、嘉祐六年（一〇六一）に邛州通判となり、治平二年（一〇六五）には漢州通判で臨時に邛州知縣を兼ねていた。

一七　卷帙則仍其舊　注一三の家誠之〈丹淵集の序〉を參照。

一八　所增拾遺二卷　『拾遺』上編は詩、下編は雜文を收載する。

一九　卷首年譜　家誠之編『石室先生年譜』を指す。ただし、四庫全書文淵閣本に『年譜』は收載されていない。

二〇　卷末附錄…『丹淵集』附錄〈諸公書翰詩文〉を指す。ただし、四庫全書文淵閣本に『附錄』は收載されていない。

二一　以文章受知文彥博　范百祿〈新知湖州文公墓誌銘〉（四部叢刊本『丹淵集』前附）には、「慶曆中、今の太師　潞《ろ》公　成都に守《しゅ》たりしとき、公　贄《し》する所の文を譽めて、以て府學に示す。學者　一時之を稱慕す」と見える。贄は、最初に人を訪問する際の手土產。

二二　美人却扇坐…『丹淵集』卷二一樂府〈秦王卷衣〉。四部叢刊本は「羞落」を「著落」に作るが、『全宋詩』卷四三二は、四庫全書文淵閣本により「羞落」に改めている。「却扇」は成婚をいう。新婦は婚禮の後、扇をはずして顏を見せた。

二三　盛爲蘇軾所推　蘇軾は〈文與可の墨竹に書す〉（中華書局本『蘇軾詩集』卷二六）の序文に「亡友　文與可に四絕有り。詩一、楚辭二、草書三、畫四なり。與可　嘗て云う〝世に我を知る者無きも、惟だ子瞻《しせん》（蘇軾）のみ一見して、吾が妙處を識れり〟と」という。つまり、蘇軾は文同の第一の妙處を詩だと指摘しており、文同もそれを眞に己《おのれ》を知るものだと感じていた。また、蘇軾が「美人…」の句を稱贊したことは、洪邁《こうまい》の『容齋四筆』卷一一〈文與可樂府〉に見えている。「今人　但だ能く文與可の竹石を知るのみ。惟だ　東坡公のみ其の詩騷を稱し、又た〝美人　却扇して坐せば、羞じて落つ　庭下の花〟の句を表出す。予常に其の全きを見ざるを恨むも、比《この》ごろ　蜀本『石室先生丹淵集』を得たり。蓋し　其の遺文なり。樂府雜詠に於いて、〈秦王卷衣〉の篇有りて、曰く…（近人は、文與可といえば竹や岩の圖しか知らない。蘇東坡だけは彼の詩篇を稱贊し、さらに〝美人…〟の句を引用している。私はその詩の全篇を見たことがないのを殘念に思っていたが、先頃、蜀本の『石室先生丹淵集』を手に入れた。彼の遺文であろう。その樂府雜詠の卷に〈秦王卷衣〉の篇があり、…〉」つまり、洪邁は『丹淵集』を入手する以前から蘇東坡を通じて「美人…」の句を知っていたことになるが、今、蘇東坡の詩文・筆記の類でこの句を引用したものを見出せない。

二四　特以墨竹流傳…　文與可の墨竹圖が評判だったことは、『丹淵集』附錄（四部叢刊本）の諸公の詩文の大半が彼の墨竹圖に言及していることから知られる。また、同時代人の郭若虚も『圖畫見聞志』卷三に「文同…墨竹を畫《えが》くを善くす」として、その墨竹の見事さを稱贊する。ただ、こうした評判は、文同にとっては重荷であったらしく、蘇軾〈文與可　篔簹谷《うんとうこく》の偃竹《えんちく》を畫《えが》くの記〉（中華書局本『蘇軾文集』卷一二）は、竹の畫を描いてほしいと持ってこられた白絹を地面に叩きつけ、「こんなものみな靴下にしてやるぞ」と怒鳴った文同の逸話を紹介している。

二五　馳驟於黃・陳・晁・張　「馳驟《ちしゅう》」は馬や馬車で驅け回ること。ここでは、黃庭堅・陳師道・晁補之《ちょうほし》・張耒《らい》に伍していることをいう。この四人の文學者については、本書三九―一「山谷內集三十卷」・四〇―一「後山集二十四卷」・五〇「雞肋集七十卷」・四一「宛邱集七十六卷」を參照。

二六　集中稱蘇軾爲胡侯　たとえば、『丹淵集』卷一〇〈杭州通判胡學士の官居に寄題す詩四首〉は、蘇軾が杭州通判時代に建造した鳳咮《ほうちゅう》堂を詠んだ作品だが、その冒頭に「胡侯　外補して錢塘に來たり、居る所の山鳳凰と名づく」と見える。

二七　或曰蘇子平　たとえば、『丹淵集』卷九〈子平の〝猿を弔う〟に和す〉や〈子平の〝馬を悼む〟に和す〉などの諸篇を指す。

二八　見誠之跋中　家誠之〈丹淵集拾遺卷跋〉（四部叢刊本『丹淵集拾遺』卷跋）に次のように見える。「閒に詩の坡と往還する者有り、輒ち其の姓字を易《か》う。杭州の鳳咮堂の如きは、坡の作る所なり。則ち易うるに〝胡侯〟を以てす。詩中、凡そ子瞻に及ぶ者は率《おおむ》ね〝子平〟を以て之に易う。蓋し當時　黨禍　未だ解けず、故に其の家　從《よ》りて竄易《ざんえき》す。斯文の厄は、此の如きに至る。勝《あ》げて歎ずべけんや。（集中には東坡と詩を贈答しあったものがあり、それらはすべて東坡の姓名を變えている。たとえば杭州の鳳咮堂（注二六參照）は、東坡が建てたものである。それを〝胡侯〟にすげ替えている。詩のなかで子瞻に言及するところはおおむね〝子平〟に變えている。思うに、當時は黨禍が解消されていなかったので、文同の遺族が改竄したのだろう。

文學の厄《やく》は、ここまで及んでいるのだ。一々歎息しているいとまもない。)」

元　蜀黨　蘇軾を領袖とする舊法黨の一つで、四川の名に因んで川黨ともいう。哲宗の元祐年間に程頤《ていい》の洛黨、劉摯《りゅうし》の朔黨とともに政治の中樞に在ったが、のち権力を握った新法黨によって彈壓された。

【附記】

文同の詩文集で最もよく行われている四部叢刊本は、毛晉汲古閣重修 明萬曆三十八年吳一標刻『陳眉公先生訂正丹淵集四十卷・拾遺二卷・石室先生年譜一卷・附錄一卷』の影印である。『全宋詩』(第八册 卷四三一〜四五一)・『全宋文』(第二六册 卷一〇九八〜卷一一一〇)ともにこの四部叢刊本を底本とする。また、何增鸞・劉泰焰選注『文同詩選』(四川文藝出版社 一九八五)も四部叢刊本に據っている。

二四　[1]元豊類稾《げんぽうるいこう》五十卷

[2]江西巡撫採進本

【曾鞏《そうきょう》】一〇一九～一〇八三
字《あざな》は子固、建昌南豊（江西省南豊縣）の出身で、唐宋八大家の一人に數えられる古文作家である。歐陽修や蘇軾に比べれば地味ではあるが、理を盡した議論や敍事には定評がある。朱子はとりわけその文を好んだ。歐陽修が試驗官を務めた嘉祐二年（一〇五七）に三十九歳で及第した。同年の進士 蘇軾が二十二歳、蘇轍が十九歳であったのに比べると、遲い出發である。編校史館書籍として、宮中の藏書校訂を九年、地方勤めは十二年に及んだ。六十四歳で中書舍人となり、詔敕の起草に携わる機會を得たが、母の服喪のために歸鄕し、そのまま亡くなった。出身から曾南豐、字から曾子固、南宋の理宗の時に追贈された諡《おくりな》から曾文定公とも呼ばれる。林希〈曾公墓誌銘〉（一九七〇年出土墓誌・一九七三年第三期『文物』所收）・韓維『南陽集』卷二九〈曾公神道碑〉（四部叢刊本『元豐類稾』附錄）・『名臣碑傳琬琰《えんえん》集』中集卷四九 曾肇〈曾舍人鞏行狀〉、および『宋史』卷三一九 曾鞏傳 參照。

宋曾鞏撰。鞏字子固、建昌南豐人。[3]嘉祐二年進士、[4]官至中書舍人。[5]事迹具宋史本傳。[6]鞏所作元豐類稾本五十卷、見於郡齋讀書志。[7]韓維撰鞏神道碑、又載有續稾四十卷・外集十卷。[8]宋史本傳亦同。[9]至南渡後、[10]續稾・外集已散佚不傳。開禧中、建昌郡守趙汝礪始得其本於鞏族孫濰、闕誤頗多。乃同郡丞陳東合續稾・外集校定之、[11]而删其僞者、仍編定爲四十卷、以符原數。元季兵燹、其本又亡。

今所存者惟此五十卷而已。[一二]呉曾能改齋漫録所載懷友一首、莊綽雞肋編所載厄臺記一首、高似孫緯略所載實録院謝賜硯紙筆墨表一首、及世所傳書魏鄭公傳後諸佚文、見於[一三]宋文鑑・宋文選者、當卽外集・續稾之文。故今悉不見集中也。

今世所行凡有二本。一爲[一四]明成化六年南豐知縣楊參所刊。[一五]前有元豐八年王震序、[一六]後有大德甲辰東平丁思敬序。又有年[一七]譜序二篇、無撰人姓名、而年譜已佚。蓋已非宋本之舊、其中舛謬尤多。一[一八]爲國朝康熙中長洲顧崧齡所刊。以宋本參校、[一九]補入第七卷中水西亭書事詩一首、[二〇]第四十七卷中太子賓客陳公神道碑銘中闕文四百六十八字、頗爲淸整。然何焯義門讀書記中有校[二一]正元豐類稾五卷。其中有如雜[二二]詩五首之顚倒次序者、有如會[二三]稽絶句之妄增題目者、有如[二四]寄鄆州邵資政詩諸篇之脱落原註者。其他字句異同、不可殫擧、顧本尚未一一改正。今以顧本著録、而以何本所點勘者補正其譌脱。較諸明刻、差爲完善焉。

【訓讀】

宋 曾鞏《そうきょう》の撰。鞏 字は子固、建昌南豐の人。[三]嘉祐二年の進士にして、[四]官は中書舍人に至る。[五]事迹『宋史』本傳に具《そな》われり。[六]鞏 作る所の『元豐類稾』本《もと》 五十卷にして、『郡齋讀書志』に見ゆ。[七]韓維 鞏の神道碑を撰して、又た載せて『續稾』四十卷・『外集』十卷有り。[八]『宋史』本傳 亦た同じ。[九]南渡の後に至りて、[一〇]『續稾』・『外集』已に散佚して傳わらず。開禧中、建昌郡守 趙汝礪《ちょうじょれい》 始めて其の本を鞏の族孫 濰《い》より得るも、闕誤 頗る多し。乃ち 郡丞 陳東と同《とも》に『續稾』・『外集』を合わせて之を校定し、[一一]其の僞なる者を删り、仍りて編定して四十卷と爲し、以て原數に符す。元季の兵燹《へいせん》、其の本 又た亡べり。

今 存す所の者 惟だ此の五十卷のみ。[一二]呉曾『能改齋漫録』載す所の〈友を懷う〉一首、莊綽《そうしゃく》『雞肋編《けいろくへん》』載す所の

〈厄臺記〉一首、高似孫『緯略』載す所の〈實錄院にて硯紙筆墨を賜るを謝する表〉一首、及び 世に傳わる所の〈魏鄭公傳の後に書す〉諸佚文の、[一三]『宋文鑑』・『宋文選』に見ゆる者、當に 卽ち『外集』・『續稾』の文なるべし。故に今 悉く集中に見えざるなり。

今 世に行う所 凡そ二本有り。一は[一四]明成化六年 南豐知縣 楊參の刊する所爲り。[一五]前に元豐八年 王震の序有りて、[一六]後に大德甲辰 東平の丁思敬の序有り。又た[一七]〈年譜序〉二篇有りて、撰人の姓名無く、而も『年譜』已に佚す。蓋し已に宋本の舊に非ずして、其の中の舛謬《せんびゅう》 尤も多し。一は[一八]國朝康熙中 長洲の顧崧齡《こすうれい》の刊する所爲り。宋本を以て參校し、[一九]第七卷中に〈水西亭書事〉詩一首、[二〇]第四十七卷中に〈太子賓客陳公神道碑銘〉中の闕文四百六十八字を補入し、頗る淸整爲り。然れども 何焯《かしゃく》『義門讀書記』中[二一]『校正元豐類稾』五卷有り。其の中[二二]〈雜詩〉五首の次序を顚倒するが如き者有り、[二三]〈會稽絕句〉の題目を妄增するが如き者有り、[二四]〈鄆州《うんしゅう》の邵資政に寄す〉詩の諸篇の原註を脫落せしが如き者有り。其の他 字句の異同、殫《ことごと》く擧ぐるべからずして、顧本 尙 未だ一一改正せず。今 顧本を以て著錄し、何本の點勘する所の者を以て其の譌脫を補正す。諸《これ》を明刻に較ぶるに、差《や》や完善爲り。

【現代語譯】

宋 曾鞏《そうきょう》の著。鞏は字を子固といい、建昌南豐（江西省南豐縣）の人である。嘉祐二年（一〇五七）の進士で、官は中書舍人に至った。事迹は『宋史』曾鞏傳に詳しい。鞏の著作『元豐類稾』はもと五十卷で、『郡齋讀書志』に見える。韓維の書いた鞏の神道碑では、これ以外に『續稾』四十卷・『外集』十卷が有ると記している。『宋史』曾鞏傳も同じである。宋が南に遷って以後、『續稾』・『外集』は散佚して傳わらない。開禧年間（一二〇五～一二〇七）に、建昌郡の長官 趙汝礪《ちょうじょれい》が始めてその本を鞏の族孫の濰《い》から入手したが、誤脫が相當多かった。そこで、郡の副長官 陳東とともに『續稾』・『外集』を一緒に校定し、僞作を删って、元どおり四十卷にし、最初の（『續稾』の）卷數に合わせた。元末の兵亂で、この本もまた失われてしまった。

今現存しているのは、ただこの（『元豐類藁』）五十巻だけである。呉曾『能改齋漫録』に載っている〈友を懷う〉一首、莊綽『雞肋編』に載っている〈厄臺記〉一首、高似孫『緯略』に載っている〈實錄院にて硯紙筆墨を賜るを謝する表〉一首、および世に傳わる〈魏鄭公傳の後に書す〉などの佚文で、『宋文鑑』や『宋文選』に見えているものこそは、『外集』・『續藁』の文だったに違いない。ゆえに今、これらは全て集中に見えないのだ。

今世に流布している版本には、次の二本がある。一本は明の成化六年（一四七〇）に南豐知縣の楊參が刊刻したもので、前に元豐八年（一〇八五）の王震の序文が有り、後に大德甲辰（一三〇四）の東平の丁思敬の序文が有る。また〈年譜の序〉が二篇有るが、作者名は記されておらず、『年譜』自體もすでに失われている。思うに、すでに宋本の原姿を留めておらず、中も閒違いが隨分多い。もう一本は本朝の康熙年閒に長洲の顧崧齡《こすうれい》が刊刻したもので、宋本で校訂し、第七巻中に〈水西亭書事〉詩一首を、第四十七巻中に〈太子賓客陳公神道碑銘〉の闕文四百六十八字を補入し、全集としてかなり整って來ている。しかし、何焯『義門讀書記』に『校正元豐類藁』五巻があり、それによれば、集中には〈雜詩〉五首のように詩の順序を顚倒させたもの、〈會稽絶句〉のように妄りに詩題の字數を增やしたもの、〈鄆《うん》州の邵《しょう》資政に寄す〉詩等のように原註を脱落させているものがある。その他、字句の異同は、數え切れないほどで、顧本はその一つ一つについてまだ訂正してはいない。今、『四庫全書』には顧本を著録し、何焯が校勘した本によって誤脱を正しておいた。明の刻本に較べれば、ほぼ完善なものになっている。

【注】

一　元豐類藁五十巻　四庫全書文淵閣本は「附錄一巻」を有する。

二　江西巡撫採進本　採進本とは、四庫全書編纂の際、各省の長に相當する巡撫《じゅんぶ》、總督《そうとく》、尹《いん》、鹽政《えんせい》などを通じて朝廷に獻上された書籍をいう。江西巡撫より進呈された本は『四庫採進書目』によれば五八二部、そのうち六一部が著録され、三九四部が存目（四庫全書内に収めず、目録にのみ留めておくこと）に置かれた。

三　嘉祐二年進士　この年（一〇五七）、三十九歳の曾鞏は十七歳年下の弟 布とともに進士に及第した。進士及第者は章衡以下二百六十二人、程顥《ていこう》（二十六歳）・張載（三十八歳）・蘇軾（二十二歳）・蘇轍（十九歳）ら錚々たる顔ぶれである。知貢擧（試驗委員長）は歐陽修で、從來の基準に據らず、古文派の經世の議論を重視して士を採ったことで知られる。

四　官至中書舍人　林希〈曾公墓誌銘〉（一九七〇年出土墓誌・一九七三年第三期『文物』所收）には「（元豊）五年四月、官名を正し、擢《ぬき》んでられて中書舍人を拜し、紫章服を賜る」と見える。北宋の前期には、中書舍人には具體的な職務は無く、單に官階を示すに過ぎなかったが、元豊五年に施行された新官制では、中書舍人は職事官として中書後省に屬し、詔令を起草したり、中書省が作成した文書の審査に當たった。「紫章服を賜る」とは、三品に及ばぬ官僚に紫服と金魚袋が特許されること。

五　事迹具宋史本傳　『宋史』卷三一九 曾鞏傳。曾鞏傳には曾鞏の〈行狀〉を書いた弟肇（一〇四七～一一〇七、字は子開）の傳が附される。ただし、同じ弟で、曾鞏と同年に進士となった曾布（一〇三六～一一〇七、字は子宣）の傳記は、のち新法黨と舊法黨の對立を招いた者として『宋史』姦臣傳に列せられている。

六　鞏所作元豊類槀本五十卷…　晁公武『郡齋讀書志』卷一九に「曾子固元豊類稿五十卷」と著録される。

七　韓維撰鞏神道碑…　韓維〈曾公神道碑〉（『南陽集』卷二九および四部叢刊本『元豊類槀』附錄）には、「既に沒して、其の遺稿を集め、『元豊類稿』五十卷・『續元豊類稿』四十卷・『外集』十卷を爲《つく》る」と見える。林希〈曾公墓誌銘〉（一九七〇年出土・一九七三年第三期『文物』所收）も同じ。『宋史』藝文志は「曾鞏 元豊類藁五十卷・又た外集六卷・續藁四十卷」に作り、『外集』の卷數に異同がある。また、『東都事略』卷四八 曾鞏傳は「文集有りて曰く、元豊類稿五十卷・外集十卷」とあるだけで、『續藁』を擧げていない。さらに、『通志』藝文略八は「曾子固集三十卷、又た雜文三十卷」に作る。

八　宋史本傳亦同　『宋史』卷三一九 曾鞏傳は文集の名や卷數について言及していない。これについて余嘉錫『四庫提要辨證』は、四庫全書編纂官が『直齋書錄解題』に據ったゆえの誤りだと指摘する。すなわち、陳振孫『直齋書錄解題』卷一七は「元豊類藁五十卷・續四十卷・年譜一卷」を著錄して、「王震 之が序を爲る。年譜は、朱熹の輯むる所なり。案ずるに、韓持國鞏の神道碑を爲《つく》りて、『元豐類稿』五十卷・『續』四十卷・『外集』十卷と稱し、本傳 之に同じ。朱公 譜を爲りし時、『類稿』の外、但だ『別集』六卷有るのみ。以爲《おもえ》らく、散逸する者五十卷（『續藁』四十卷と『外集』十卷）にして、『別集』存する所其の什の一なり」という。四庫全書編纂官は「本傳」を『宋史』本傳と早合點した（陳振孫の時代に現行の『宋史』は存在しない）と考えられる。なお余嘉錫によれば、この「本傳」とは『宋四朝國史』曾鞏傳を指す。

九　至南渡後…　これ以下の議論は、余嘉錫『四庫提要辨證』が指摘するように、何焯『義門讀書記』所收『校正元豐類藁』後跋が引く何椒邱《かしょうきゅう》（明の何喬新）の次の言に據っている。「南豐の續稿・外集、南渡の後 散軼して傳うる無し。開禧の間、建昌郡守 趙汝礪《ちょうじょれい》 始めて其の本を鞏の族孫 濰《い》より得るも、缺誤 頗る多し。乃ち郡丞 陳東と與に續藁・外集を合わせて校定し、其の僞なる者を删り、舊題に因りて定めて四十卷と爲し、繕寫《ぜんしゃ》して以て傳う。元季 又た兵火に亡ぶ…。」

一〇　續藁・外集已散佚不傳　注九のように、古くは陳振孫『直齋書錄解題』卷一七が、『續藁』四十卷・『外集』十卷、合計五十卷が亡んでいたことを傳える。ただ、余嘉錫は尤袤《ゆうぼう》『遂初堂書目』に『類稿』の外『續稿』が著錄されていること、また南宋の人である吳曾・莊綽が『續稿』と思われる曾鞏の詩文を引用していること（注一二參照）などから、南渡以後も『續稿』は存在していたはずだと反論する。

一一　删其僞者　『直齋書錄解題』卷一七は、「開禧乙丑、建昌の守 趙汝礪・丞の陳東 其の族孫濰《い》なる者より得て、校して之を刊し、碑傳の舊に因りて、定め著して四十卷と爲す。然れども所謂『外集』なる者は又た何に當たるかを知らざれば、則ち四十卷も亦た未だ必ずしも其の舊に合わざるなり」といい、僞作を削ったことについては何も觸れていない。余嘉錫は、この箇所もまた提要が何焯《かしゃく》『校正元豐類藁』後跋の文（注九參照）を無批判に引用したために生じた齟齬だとする。

一二　吳曾能改齋漫錄…故今悉不見集中也　この部分の議論は何焯『校正元豐類藁』後跋（注九）が引用する何椒邱（喬新）の次の言による。「『文鑑』載す〈雜識〉二首（卷一二六）、幷びに〈魏鄭公（徵）傳の後に書す〉（卷一三〇）は、『類藁』之れ無し。意うに、必ず『續藁』の載す所なり…南豐〈友を懷う一篇〉有りて介卿（王安石）に寄すは、『能改齋漫錄』第十四卷中に見ゆ。又た〈戹臺記〉有りて、莊綽『雞肋編』中（卷中）に見ゆ。但だ全文に非ざるに似たり。〈戹臺記〉亦た『聖宋文選』中（卷一四）にも見ゆ。高似孫『緯略』（卷一二）、南豐の〈實錄院にて硯紙筆墨を賜るを謝する表〉有りて、疑うらくは亦た『續藁』なり。施武子の『蘇詩注』中 尙 載せて〈雜識〉

有り。」

一三　宋文鑑・宋文選　『宋文鑑』百五十巻は北宋詩文の總集で、原名を『皇朝文鑑』といい、南宋 呂祖謙《りょそけん》の編。『宋文選』三十二巻は『聖宋文選』といい北宋の文を収める。編者不詳。

一四　明成化六年南豊知縣楊參所刊　何焯『校正元豊類藁』後跋（注九）は何椒邱（喬新）の言を引いて次のようにいう。「國初、惟だ『類藁』祕閣に藏され、士大夫 之を見るを得ること鮮《すくな》し。…正統中、毘夷（何焯は毘陵《ひりょう》の誤りという）の趙司業琬始めて『類稿』の全書を得て、以て宜興《ぎこう》の令 鄒旦《すうたん》に畀《あた》えて之を刻せしむ。然れども 字は譌舛《かせん》多く、讀者 焉《これ》を病めり。成化中、南豊令 楊參 又た宜興本を取りて其の縣に重刻するも、譌《か》を踵《つ》ぎ謬を承け、能く是正する無し。（明初は『類藁』は祕閣にのみ藏されており、士大夫が閲覧することはほとんどできなかった。…正統年間、毘陵の趙司業琬が始めて『類稿』の全書を入手し、宜興の令 鄒旦に渡してこれを刊刻させた。しかし、字の誤りが多く、讀者は困っていた。成化年間に、南豊の令の楊參が再び宜興本を南豊縣で重刻したが、宜興本の間違いはそのままで、正すことはできなかった。）」

一五　前有元豊八年王震序　注八『直齋書錄解題』巻一七に「王震 之が序を爲る」とあり、これを指すと思われる。

一六　後有大德甲辰東平丁思敬序　大德は元の成帝の年號。大德甲辰は大德八年（一三〇四）。現在、臺灣故宮博物院には丁思敬刻『元豊類藁』が藏されており、一九八八年に影印された。

一七　年譜序二篇…　四部叢刊本『元豊類藁』の巻首には〈南豊先生年譜の序〉と〈南豊先生年譜の後序〉が附されており、ともに冒頭に「丹陽の朱熹曰く」とある。この二篇は『晦菴《かいあん》大全集』に見えない。余嘉錫『四庫提要辨證』は、編纂の時の遺漏だという。『年譜』自體が朱熹の手に成ることは、『直齋書錄解題』巻一七に「『年譜』、朱熹の輯むる所なり」（注八）とあるほか、『朱子語類』巻一三九にも「先生 舊 南豊の文を喜び、爲に『年譜』を作る」と見えることから知られる。

一八　國朝康熙中長洲顧崧齡《こすうれい》所刊　康熙五六年（一七一七）、長洲（江蘇省）の顧崧齡が刊刻した『南豊先生元豊類藁五十巻・南豊先生集外文二巻・續附一巻』を指す。

一九　補入第七巻中水西亭書事詩一首　顧崧齡本『元豊類藁』巻七の末〈水西亭書事〉の原注に、「此の詩 諸本 缺き、宋本〈戲書〉（巻七所収の詩）の後に在り。今 此に補う」とある。

二〇　第四十七巻中太子賓客陳公神道碑銘　顧崧齡本『元豊類藁』巻四七〈太子賓客致仕陳公神道碑銘〉の「乃謝而去」の下注に、「〝使〟の字より此に至るまで凡そ四百八十六字、宋本に據りて補入す」と見える。

二一　校正元豊類藁五巻　何焯『校正元豊類藁』は『義門讀書記』

巻四〇～巻四四に収載される。何焯は徐乾學《じょけんがく》の傳是樓《でんぜろう》所藏の大宋本と小宋本によって通行本を校勘している。ただし、何焯のいう宋本と通行本がどの版本を指すかは詳らかではない。

二二　雜詩五首之顚倒次序者　何焯『校正元豐類稾』によれば、『元豐類稾』巻四〈雜詩五首〉は、通行本では第四首と第五首が顚倒していた。

二三　會稽絶句之妄增題目者　何焯『校正元豐類稾』によれば、『元豐類稾』巻六〈會稽絶句三首〉は、通行本では表題を〈會稽絶句三首　送趙資政〉に作っていた。

二四　寄鄆州邵資政詩諸篇之脫落原註者　何焯『校正元豐類稾』によれば、『元豐類稾』巻六〈寄鄆州邵資政〉の原注「蒙鄆州知府安撫資政書、言入秋以來、甚有游觀之興、而少行樂之地、因問敝邑山水之景、見索新詩。某荒廢文字久矣、惟重意之辱、不能自已、謹吟二百字上寄」は、通行本では刪節されて「蒙問敝邑山水之景、見索新詩、重意之辱、謹吟二百字上寄」となっていた。邵資政とは邵亢、字は興宗。

【附記】

曾鞏文集の宋元版としては、北京圖書館藏の宋刻本『曾南豐先生文粹』十巻と金刻本（古くは宋刻本に誤る）『南豐曾子固先生集』三十四巻、臺灣故宮博物院藏の元大德八年丁思敬刻『元豐類稾』などがある。このうち『南豐曾子固先生集』は一九八五年古逸叢書三編として、『曾南豐先生文粹』は『北京圖書館古籍珍本叢刊』八九として影印された。臺灣故宮博物院藏本は一九八八年に影印されている。

四部叢刊本『元豐類稾』は元刻本と稱するが、清水茂『唐宋八家文』（朝日新聞社　中國古典選）によれば、明正統刊本の粗惡な覆刻である。最も流布したのは提要がいうところの顧本であり、『全宋詩』（第八册　巻四五四～巻四六二）、『全宋文』（第二九册　巻一二三一～巻一二七四）、および陳杏珍・晁繼周校點『曾鞏集』（中華書局　一九八四）もこれを底本とする。なお、わが邦では慶應元年（一八六五）に官版『曾文定公抄』が出ている。

主な選注として包敬第・陳文華注譯『曾鞏散文選』（香港三聯書店・上海古籍出版社　一九九〇）や高克勤選注『曾鞏散文選集』（百花文藝出版社　一九九七）があり、研究書としては江西省文學藝術研究所編『曾鞏研究論文集』（江

西人民出版社　一九八六）などがある。年譜は李震『曾鞏年譜』（蘇州大學出版社　一九九七）が詳しい。

二五　[一]龍學文集《りゅうがくぶんしゅう》十六巻

[二]浙江鮑《ほう》士《し》恭《きょう》家藏本

【祖無擇《そむたく》】一〇一〇～一〇八五
字《あざな》は擇之《たくし》、上蔡《じょうさい》（河南省上蔡縣）の人。仁宗の景祐五年（一〇三八）の進士科に第三等の成績で及第した。嘉祐年閒には中書舍人として知制誥《ちせいこう》を掌《つかさど》り、英宗の治平年閒には龍圖閣學士に進む。かれの文集を『龍學文集』というのはこれによる。神宗が卽位すると、神宗の信任をうけた王安石によって左遷され、ついに中央に復歸することはなかった。『宋史』祖無擇傳の論贊はその一生を「安石に忤《さから》うを以て廢棄せられしこと終身」と評している。經學は孫復《そんふく》に、文學は穆修《ぼくしゅう》に學んだ。『龍學文集』附錄〈龍學始末〉・『宋史』卷三三一　祖無擇傳　參照。

宋祖無擇撰。無擇字擇之、上蔡人。[三]登進士第、歷官[四]龍圖閣學士、[五]知通進・銀臺司。[六]坐事謫忠正軍節度副使、[七]移知信陽軍、卒。事蹟具[八]宋史本傳。

無擇[九]受經於孫復、而文章則傳自穆修。世傳[一〇]穆參軍集、卽所編次。著作頗富、[一一]南渡後僅存十之二三。紹熙三年、其曾孫袁州軍事判官行、始裒爲十卷。取無擇知陝府日、[一二]歐陽修餞行詩中右掖文章煥星斗語、名之曰煥斗集。又採[一三]司馬光・[一四]梅堯臣等與無擇贈荅之作、曰[一五]名臣賢士詩文、凡二卷。又輯[一六]無擇叔祖岊、叔起居舍人・知制誥士衡、弟福建路提刑無頗等傳記敕書、及其姪[一七]知普州德恭詩三首、曰[一八]家集、凡四卷。皆附之於後。見[一九]第十六卷行所作龍學始末中、卽此本也。惟每卷標目、別題[二〇]洛陽九老祖龍學文集。[二一]蓋無擇[二二]分司西京時、與[二三]文彥博等九人爲眞率會、當時推爲盛事。故行特擧之以爲重。然諸家書目、緣是竝稱龍學文集、而煥斗集之名遂隱矣。

集中詩[二四]一百二十三首、[二五]文四十二首。詩下閒註所作時地、頗爲詳審。其中如[二六]三教圓通堂云、龍學時知制誥、[二七]蔡州壺仙觀云、龍學四月八日遊、[二八]九老詩云、英宗即位、龍學充契丹國信使、皆不類無擇自註。[二九]其咏震山巖彭徵君釣臺一首註中、有紹興己未雷轟石斷之語。無擇尤不及見、殆行編次之時、以所聞補入歟。[三〇]又上安撫張擇端薦孫復・牛仲容書註云、初任齊州通判、居官十有一月、作此書。案[三一]宋史無擇傳、但紀其擧進士後歷知南康軍、而不言嘗判齊州、與註不符。蓋史偶闕漏也。

無擇爲文[三二]峭厲勁折、當風氣初變之時、足與[三三]尹洙相上下。雖流傳者少、而掇拾散亡、菁華猶未盡佚。至所附家集中如[三四]士衡之西齋話記載宋初故事、多他書所未及、亦可以備考據焉。

【訓讀】

宋 祖《そ》無擇《むたく》の撰。無擇 字は擇之《たくし》、上蔡《じょうさい》の人。[三]進士の第に登り、[四]龍圖閣學士、[五]知通進・銀臺司を歷官す。[六]事に坐して忠正軍節度副使に謫《たく》せられ、[七]知信陽軍に移りて、卒《しゅっ》す。事蹟『[八]宋史』本傳に具《そな》われり。

無擇 [九]經を孫復より受け、文章は則ち穆修《ぼくしゅう》自《よ》り傳えらる。世に傳うる『[一〇]穆參軍集』は、卽ち編次する所なり。著作頗る富むも、[一一]南渡の後 僅かに十の二三を存すのみ。紹熙《しょうき》三年、其の曾孫 袁州軍事判官行《こう》、始めて裒《あつ》めて十卷と爲す。無擇 陝《せん》府に知《ち》たるの日、[一二]歐陽修の餞行詩中に「右掖《うえき》の文章 星斗に煥《かがや》く」の語あるを取りて、之に名づけて『煥斗《かんと》集』と曰《い》う。又た [一三]司馬光・[一四]梅堯臣等と無擇との贈荅の作を採りて、『[一五]名臣賢士詩文』と曰う、凡そ二卷。又た [一六]無擇の叔祖 岂《き》（岊《せつ》は誤り）、叔の起居舍人・知制誥《ちせいこう》の士衡《しこう》、弟の福建路提刑無頗《むは》等の傳記・敕書、及び其の姪《てつ》の[一七]知普《ふ》州德恭《とくきょう》の詩三首を輯《あつ》めて、『家集』[一八]と曰う、凡そ四卷。皆 之を後に附す。[一九]第十六卷の行《こう》 作る所の〈龍學始末〉中に見ゆるは、即ち 此の本なり。惟《た》だ、毎卷の標目、別に「[二〇]洛陽九老祖龍學文集」と題す。[二一]蓋し 無擇 [二二]西京に分司たりし時、[二三]文彦博《ぶんげんはく》等九人と眞率會《しんそつ》を爲《つく》り、當時 推して盛事と爲す。故に 行 特に之を擧げて以て重しと爲す。然して 諸家の書目、是れに緣《よ》りて竝びに『龍學文集』と稱し、『煥斗集』の名 遂に隱る。

集中 詩[二四]一百二十三首、文四十一首[二五]（四十二首は誤り）。詩の下 閒《ま》ま作る所の時と地を註し、頗る詳審爲《た》り。其の中[二六]〈三教圓通堂〉に、「龍學 時に知制誥たり」と云い、[二七]〈蔡州壺仙觀〉に「龍學 四月八日遊ぶ」と云い、[二八]〈九老〉詩に、「英宗 即位し、龍學 契丹國信使《きったんこくしんし》に充てらる」と云うが如きは、皆 無擇の自註に類せず。其の[二九]〈震山巖の彭徵君《ほうちょうくん》の釣臺を詠ず〉一首の註中に、「紹興己未《きび》 雷轟《とどろ》きて石斷ず」の語有り。無擇 尤も見るに及ばず、殆ど 行《こう》 編次の時、聞く所を以て補入するか。又た[三〇]〈安撫張雜（擇は誤り）端に上《たてまつ》りて孫復・牛仲容を薦むる書〉の註に云う、「初めて齊《せい》州通判に任じ、官に居ること十有一月、此の書を作る」と。[三一]案ずるに『宋史』無擇傳、但だ其の「進士に擧げられし後 南康軍を歷知す」と紀すのみにして、嘗て齊州に判たるを言わず、註と符せず。蓋し 史 偶《たま》たま闕漏《けつろう》するなり。

無擇 文を爲《つく》りて[三二]峭厲勁折《しょうれいけいせつ》、風氣 初變の時に當たりて、[三三]尹洙《いんしゅ》と相い上下するに足れり。流傳する者少なしと雖も、散亡を掇拾《てっしゅう》すれば、菁華《せいか》 猶お 未だ盡くは佚《いつ》せざるがごとし。附する所の『家集』中 [三四]士衡の『西齋話記《せいさいわき》』の如きに至りては、宋初の故事を載せ、他書の未だ及ばざる所多く、亦た以て考據に備うべし。

【現代語訳】

宋 祖無擇《そむたく》の著。無擇は字を擇之《たくし》といい、上蔡《じょうさい》（河南省上蔡縣）の人。進士科に合格し、龍圖閣學士や知通進・銀臺司を歴官した。事件に連座して忠正軍節度副使に流謫《るたく》となり、知信陽軍に移されて、亡くなった。事蹟は『宋史』祖無擇傳に詳しい。

無擇は經學を孫復《そんふく》から受け、散文は穆修《ぼくしゅう》から傳授された。世に傳えられる『穆參軍集』こそは、彼が編次したものである。著作は相當の分量があったが、南渡の後は僅かに十分の二三を殘すだけになった。紹熙《しょうき》三年（一一九二）、彼の曾孫で袁《えん》州軍事判官の祖行《そこう》が、始めて詩文を輯《あつ》めて十巻とした。無擇が陝《せん》府の長官になった時、歐陽修の送別詩の中に「右掖《うえき》の文章　星斗に煥《かがや》く」の語があったのを取って、『煥斗《かんと》集』と名づけた。さらに、司馬光《しばこう》・梅堯臣《ばいぎょうしん》等と無擇との贈答の作品を採って、『名臣賢士詩文』と名づけたのが二巻。また、無擇の叔祖の祖⿱己山《そき》（⿱巴山《せつ》は誤り）、叔父で起居舍人・知制誥《ちせいこう》の祖士衡《そしこう》、弟の福建路提刑　祖無頗《そむは》等の傳記や敕書、それに甥《おい》で知普《ふ》州の祖德恭《そとくきょう》の詩三首を輯《あつ》めて、『家集』と名づけたのが四巻。これらはすべて巻末に附されている。第十六巻の祖行が作った〈龍學始末〉中に見えているのが、この本である。ただ、毎巻の標目には、「洛陽九老祖龍學文集」という別題がついている。思うに、無擇が西京（洛陽）に勤務していた時、文彥博《ぶんげんはく》等九人とともに眞率《しんそつ》會を作ったことが、當時、盛んに喧傳された。そのため祖行は特別にこれを取り上げて重要視したのだ。諸家の書目は皆これによって『龍學文集』と稱したために、『煥斗集』の名は埋沒してしまった。

集には詩一百二十三首、文四十一（四十二は誤り）篇を收める。詩の下には作詩した日時と場所を註した所があり、なかなか詳しい。その中、たとえば〈三教圓通堂〉に「祖龍學はこの時　知制誥であった」といい、〈蔡州壺仙觀〉に「祖龍學は四月八日に來遊した」といい、〈九老〉詩に「英宗が卽位して、祖龍學は契丹國信使《きったんこくしんし》に任命された」というのは、いずれも祖無擇の自註とは思えない。〈震山巖の彭徵君《ほうちょうくん》の釣臺を詠ず〉詩の註に、「紹興己未《きび》（一一三九）、落雷で岩が割れた」という語がある。これなど無擇が見聞できたはずはなく、祖行が文集編次の時に、傳え聞いた事を補入したのではなかろうか。さらに、〈安撫張雜（擇は誤り）端に上《たてまつ》りて孫復・牛仲容を薦《すす》むる書〉の註に、「始めに齊《せい》州通判を命じられ、任官して十一ヶ月後に、この書簡を書いた」とある。『宋史』無擇傳を見るに、「進士合格の後、知南康軍などを歷任した」と記すだけで、嘗て齊州通判だったことには觸れておらず、この註と合わない。思うに史官がたまたま書き漏らしたのであろう。

無擇の文が鋭くて力強いのは、文の氣風が變化しはじめた時期だからで、尹洙《いんしゅ》と拮抗するに足るものである。傳わる詩文は少ないとはいえ、散逸したものを拾い集めてみると、その精華がすべて失われたわけではなさそうだ。本集に附してある『家集』中の祖士衡『西齋話記《せいさいわき》』などは、他書が言及していないような宋初の故事を多く載せている。これも今後、考證に役立つであろう。

【注】

一　龍學文集十六卷　四庫全書文淵閣本には『源流始末』一卷が附されている。

二　浙江鮑士恭家藏本　鮑士恭《ほうしきょう》の字は志祖、原籍は歙《しょう》（安徽省）、杭州（浙江省）に寄居す。父鮑廷博《ほうていはく》（字は以文、號は淥飲《ろくいん》）は著名な藏書家で、とりわけ散佚本の蒐集を好んだ。その精粹は『知不足齋叢書《ちふそくさいそうしょ》』中に見える。四庫全書編纂の際には、藏書六二六部を進獻し、そのうち二五〇部が著錄され、一二九部が存目（四庫全書内に收めず、目錄にのみ留めておくこと）に採擇されている。

三　登進士第　祖行《そこう》〈龍學始末〉（『龍學文集』附錄『源流始末』所收）には、「寶元元年（一〇三八）、進士第三人及第」と見え、優秀な成績で合格したことがわかる。ただし、寶元元年は十一月に改元した後の年號であり、正確には景祐五年の進士である。

四　龍圖閣學士　祖行〈龍學始末〉（注三）によれば、祖無擇は英宗の治平二年（一〇六五）七月、龍圖閣直學士・權知開封府から龍圖閣學士・知開封府に進んでいる。龍圖閣學士は正三品、諸學士の中でもトップクラスの地位である。

五　知通進・銀臺司　通進司は垂拱《すいきょう》殿の内、銀臺司は禁中北門の内に在る。全國からの奏狀・案牘《あんとく》などを皇帝や官廳に取り次ぐ機關。

六　坐事謫忠正軍節度副使　祖行〈龍學始末〉（注三）および『宋史』卷三三一は、この左遷の背景に王安石との確執があったことを傳えている。王安石と祖無擇が知制誥《ちせいこう》だった際、王安石は自分が作った辭令書の潤筆料を受け取らず役所の梁《はり》の上に置きっぱなしにしていた。祖無擇は、王安石が服喪のため歸鄉していた間に、それを公費としてしまった。この一件を恨んでいた王安石は、熙寧の初め政権を握ると、祖無擇が知杭州時代に横領事件をおこしたとして、忠正軍（安徽省壽縣）節度副使に左遷したという。節度副使は從八品、中央の執政クラスの人物が左遷されるときに用いられるポスト。

七　移知信陽軍　「移」は「量移」の略。罪を輕くされて都により近い州軍に移されること。信陽軍は現在の河南省信陽市。

八　宋史本傳　『宋史』卷三三一　祖無擇傳。

九　受經於孫復…　祖行〈龍學始末〉（注三）は「公、人と爲《な》り義を好み、師友に篤し。少《わか》くして孫復に從いて經術を學び、穆修《ぼくしゅう》に從いて古文を爲《つく》る」と見える。孫復（九九二～一〇五七）の字は明復、晉州平陽（山西省臨汾《りんふん》市）の人。四たび進士に擧げられたが第せず、泰山に隱居して『春秋』の研究に沒頭した。晩年、仁宗の命を受けた門人祖無擇が孫復の家から『春秋尊王發微』など十五篇を得て、それを宮中圖書館に藏した。穆修（九七六～一〇三二）の字は伯長、鄆《うん》州汶陽《ぶんよう》（山東省汶上縣）の人。大中祥符二年（一〇〇九）の進士。狷介な性格ゆえに人と合わず、官途は不遇であった。西崑《せいこん》體の隆盛を極めた北宋の初めに、古文の命脈を守った。孫復は本書一四「孫明復小集一卷」、穆修は八「穆參軍集三卷」參照。

一〇　穆參軍集…　『龍學文集』卷八〈河南穆公集の序〉には、「公の歿するに及び、無擇　遺文を嗣子熙《き》に求めて、詩五十六、書・序・記・誌・祭文總《す》べて二十を得たり。無擇の藏する所と、詩一十二、書・序各一を增して多し。…姑《しばら》く類次して是を以て三卷と爲す」とある。序文の日付けは慶曆三年（一〇四三）冬至の日。

一一　南渡後僅存十之二三…　祖行〈龍學始末〉（注三）は「公生平作る所の文　甚だ多し。兩《ふたた》び兵革を經て自《よ》り後、家藏幷びに收拾せしものは止《た》だ十の二三を得るのみ。今　集めて十卷と爲す」という。末尾に「紹熙三年（一一九二）九月吉日、曾孫承直郎・特添差袁州軍事判官・仍釐務、范陽の祖行、頓首再拜し、謹んで題す」と見える。

一二　歐陽修餞行詩…　『龍學文集』卷五　歐陽修永叔〈龍學　陜《せん》府に赴くを送り、酌飮して贈別す〉（『歐陽文忠公集』卷八〈小飮して坐中　祖擇之の陜府に赴くを贈る〉嘉祐四年）に「西州の政事　風謠　藹《あい》たり、右掖《うえき》の文章　星斗に煥《かがや》く（陜《せん》府の政治は『詩經』秦風のごとく、活氣に滿ちており、中書舍人の詩文はきら星のごとくかがやく）」と見える。「右掖」は中書省。この時、祖無擇は中書舍人だったのだろう。

一三　司馬光　一〇一九～一〇八六　字は君實、號は迂夫《うふ》または迂叟《うそう》、陜《せん》州夏縣（山西省夏縣）涑《そく》水鄕の人。景祐五年（一〇三八）の進士。新法を推進する王安石と對立した。本書二〇「傳家集八十卷」參照。

一四　梅堯臣　一〇〇二～一〇六〇　字は聖兪《せいゆ》、宣城（安徽省宣州市）の人。下積み生活の中で、日常を題材とした詩に長じた。『宛陵《えんりょう》集』あり。本書二一六「宛陵集六十卷」頁參照。

一五　名臣賢士詩文　『龍學文集』卷一一〈名臣賢士詩一十六首〉と卷一二〈名臣賢士文九篇〉を指す。

一六　無擇叔祖岊　「岊《せつ》」は「屺《き》」の誤り。

一七　知普州德恭　卷一六の祖德恭《そとくきょう》詩の前に附された略歴には「宣政の閒に、普州太守の闕を待つ」と見える。待闕は待次ともいい、缺員補充を待機していること。なお、卷一四〈狀元紫微《しび》始末〉に「姪孫德恭、資州太守に任ぜられし日…」とあり、附錄『源流始末』〈龍學始末〉にも「其の姪《てつ》惟《た》だ資州太守　諱《いみな》は德恭なる者有りて、詩三首」とある。普州と資州はともに四川省成都の東南にあって、互いに隣り合っている。

一八　家集　『龍學文集』卷一三～卷一六が〈家集〉にあたる。卷一三は叔祖にあたる祖屺《そき》の傳記〈祖仙傳〉と子孫の手になる跋文九篇、卷一四と一五は〈狀元紫微始末〉と題する叔父祖士《そし》衡《こう》（九八七～一〇二五）の傳記や彼の作品、告詞などが收められる。卷一六は〈提刑始末〉と題する弟祖無頗《そむは》の傳記や敕書・墓誌銘等が收められ、無頗の第五子祖德恭《そとくきょう》が友人のために作った挽《ばん》詩三首が附されている。

一九　第十六卷行所作龍學始末　『煥斗《かんと》集』の由來、名臣賢士詩文や家集について述べている。提要の記述は祖行〈龍學始末〉に基づくものである。

二〇　洛陽九老祖龍學文集　注二三參照。

二一　蓋無擇分司西京時…煥斗集之名遂隱　この箇所、四庫全書文淵閣本書前提要では、「故に『永樂大典』・焦《しょう》氏『經籍志』倶に『龍學集』と稱し、『煥斗』の名顯われず。其の『洛陽九老』と曰うは、無擇　西京に分司たりし時　文彥博等九人と眞率《しんそつ》の會を爲《つく》り、嘗て此の稱有り。當時　推して盛事と爲す。行《こう》　故に特に之を擧げて以て重しと爲す」という。

二二　分司西京　西京とは北宋の副都洛陽。祖無擇は晚年西京御史臺を主管していた。

二三　與文彥博等九人爲眞率會　「文彥博」はあるいは「司馬光」の誤りか。「眞率會」とは、元豐六年（一〇八三）ごろ、司馬光ら九人が洛陽で結成した詩酒の會。酒食を充分用意できるほど裕福ではないため、氣取らずにささやかな酒と肴で樂しもうという意圖で名づけられた。『龍學文集』卷四〈聚《あつま》りて九老と爲《な》り自《みずか》ら詠ず〉の原注に「龍學　西京御史臺を分司するに因りて、司馬溫公ら九人と眞率會を爲《つく》る、之《これ》を九老と謂う」とある。これに關して祖行《そこう》〈龍學始末〉（注三）は、「是の時　公　年六十、不幸にして（王）安石の專政に値《あ》う。司馬君實（光）堅く辭して出でんことを求め、公　慨然として　提擧西京御史臺を分司せんことを乞う。　文潞公（彥博）・富韓公（弼《ひつ》）・司馬溫公（光）の數君子と與に眞率會を爲る。洛中 之を九老公と謂う」とし、文彥博・富弼・司馬光らを眞率會の中心メンバーとしている。しかし、邵伯溫《しょうはくおん》『邵氏聞見錄』卷二〇は、當初、文彥博が白樂天の九老會を眞似て富弼・司馬光ら十三人とともに耆英《きえい》會を、司馬旦らとともに同甲會を作ったことを言い、その後、司馬光が數人と作ったのが眞率會だとする。一方、淸 顧棟高《ことうこう》編『司馬溫公年譜』（中州古籍出版社 一九八七）は元豐六年の條に、眞率會のメンバーとして、司馬旦（七十八歲）・席汝言（七十八歲）・王尙恭（七十七歲）・楚建中（七十四歲）・王愼言（七十三歲）・宋道（七十歲）・司馬光（六十五歲）の七人を擧げ、さらに〈范忠宣公行狀〉を引いて范純仁が眞率會の一員であったとする。以上、八人に祖無擇（七十四歲）を加えればちょうど九人。文彥博・富弼は含まれないことになる。提要が文彥博をメンバーとするかの如くいうのは、祖行〈龍學始末〉に基づくと思われるが、祖行は眞率會の九老と耆英會のそれとを混同したのではなかろうか。

二四　詩一百二十三首　卷一「古律十一篇」・卷二「七言四韻（七律）詩四十四首」・卷三「五言四韻（五律）詩四十二首」・卷四「絕句二十六首」を合計すると、百二十三首になる。ただし、これは卷五・六「唱和詩」中の祖無擇詩三十二首を含んでいない。

二五　文四十二首　「四十二」は「四十一」の誤り。卷七「長書幷びに記書・記」合計十篇・卷八「序」七篇・卷九「書幷びに神道碑銘・墓表」四篇・卷一〇「雜文」二十篇、これらを合計すると四十一篇である。

二六　三教圓通堂云…　卷三〈三教圓通堂に題す〉の注に「其の堂 蔡《さい》州の開元寺内に在り、龍學 時に知制誥《ちせいこう》たり」とある。

二七　蔡州壺仙觀云…　卷四〈蔡《さい》州壺仙觀に題す〉の注に「龍學 四月八日遊ぶ。蔡の人 每歲 是の日に來たりて此に集い、歡賞遊歌す…」とある。

二八　九老詩云…　卷四〈聚《あつま》りて九老と爲《な》り自《みずか》ら詠ず〉の轉句・結句「道《い》う休《な》かれ 老夫 事業無しと、兩つながら紅日を扶《たす》けて青天に昇る」の注には「英宗卽位し、龍學 契丹《きったん》皇太后國信使《こくしんし》に充《あ》てらる。神宗卽位し、是の時 龍學 開封府の大尹《たいいん》と爲る」と見える。「九老」については注二三參照。

二九　詠震山巖彭徵君釣臺一首　卷六〈震山巖の彭徵君《ほうちょうくん》の釣臺を詠ず〉の序によれば、彭徵君とは玄宗皇帝に召されて仕えなかった隱者で、震山に葬られた人物。詩は皇祐五年九月二十日、知袁《えん》州の祖無擇が屬僚とともに、震山巖に遊んだ際のもの。ところが、その下文には「震山は州を離るること東に十里、釣臺は本 一巨石なり。紹興己未《きび》（九年）季春、雷 轟《とどろ》きて石 斷ず」

と、祖無擇の死から五十餘年後の記事が見えている。

三〇 上安撫張擇端薦孫復・牛仲容書 「張擇端」は「張雜端《ちょうざつたん》」の誤り。四庫全書文淵閣本『龍學文集』巻七 および書前提要とも「張雜端」に作る。雜端は御史臺の副長官、侍御史知雜事(『通典』職官七「侍御史」參照)の略稱。祖無擇が書を上《たてまつ》った「安撫張雜端」とは、寶元二年～康定元年(一〇三九～一〇四〇)にかけて京東路安撫使《あんぶし》(知青州および知鄆《うん》州)の任に在った張傅《ちょうふ》(『宋史』巻三〇〇によれば侍御史知雜事の官歴あり)である。祖無擇が推薦した孫復(九九二～一〇五七)とは、字を明復といい、當時、泰山に隱居して『春秋』の研究に沒頭していた人物。慶曆二年(一〇四二)、富弼《ふひつ》・范仲淹《はんちゅうえん》の推擧で召されて校書郞・國子監直講(國立大學教授)となる。本書一四「孫明後小集一巻」參照。なお、牛仲容については未詳。祖無擇によれば、章丘の人で、字は元包、兵法に優れていたらしい。

三一 案宋史無擇傳… 『龍學文集』巻七〈安撫張雜端に上る書、孫復・牛仲容を薦む〉の注には「初めて齊《せい》州通判に任じられ、官に居《お》ること十有一月、此の書を作る」と見え、祖行〈龍學始末〉(『龍學文集』附錄『源流始末』所收)にも「公 寶元元年、進士第三人及第、承奉郞を授けられ、齊州に通判たり。年餘にして召されて試みに直史館に充てられ、次いで南康軍・海州に知たり」とある。初任官が齊州通判であったことが知られる。

三二 峭厲勁折 文筆の勢いが鋭く力强いこと。

三三 尹洙 一〇〇一～一〇四七 字は師魯《しろ》、河南府(河南省洛陽市)の人。その文は、六歳年下の友人歐陽修によって「簡にして法有り」と稱された。柳開に始まり穆修《ぼくしゅう》を經て歐陽修に至って一つの頂點を極める北宋古文史の中で、歐陽修への橋渡し的な存在として重要な位置を占める。本書一三「河南集二十七巻」參照。

三四 士衡之西齋話記 『龍學文集』巻一四には紫微《しび》(祖士衡)撰〈西齋話記《せいさいわき》共三十五事〉が收められている。祖無擇撰・邵《しょう》雍《よう》書の祖士衡《そしこう》墓誌銘(北京圖書館藏拓本、『龍學文集』未收)によれば、祖士衡の『西齋話記』は家に藏されていたという。

【附記】

『全宋詩』(第七册 巻三五五～巻三五九)および『全宋文』(第二二册 巻九三四～巻九三七)は、ともに民國十年南城の李氏宜秋館刊行『宋人集』丙集所收、徐氏積學齋の影宋鈔本『洛陽九老祖龍學文集』十六卷・附錄一巻を底本とする。なお、文集中の誤謬については、刁忠民〈祖無擇『龍學文集』考證〉(『宋代文化研究』第六輯 四川大學

出版社　一九九六・一二）を參照されたい。

二六　[一]宛陵集《えんりょうしゅう》六十巻　附録一巻

[二]内府藏本

【梅堯臣《ばいぎょうしん》】一〇〇二～一〇六〇

字《あざな》は聖兪《せいゆ》、宣城（安徽省宣州市）の人。梅宛陵、または宛陵先生とは、出身地宣城の古名を宛陵というのに基づく。梅都官とは、最終の官が尙書刑部都官司員外郎《いんがいろう》だったことによる。叔父の梅詢《じゅん》の蔭《いん》によって官に入る。河南の主簿として洛陽にいた時代に、錢惟演に激賞され、錢の幕下にいた歐陽修や尹洙らと親交を結んだ。その後、多年にわたる地方官暮しののち、五十歳の時、「進士出身」を賜り、歐陽修の推擧によって五十五歳で國子監直講（國立大學教授）となった。不遇な下積み生活の中、日常を題材とした詩作にはげみ、平明で淡白なその詩風は、宋詩の新境地を拓いたとして高く評價されている。歐陽修『歐陽文忠公集』卷三三〈梅聖兪墓誌銘〉・『宋史』卷四四三 文苑傳五 參照。

宋梅堯臣撰。堯臣字聖兪、宣城人。[三]官屯田・都官員外郎。[四]事蹟具宋史本傳。[五]其詩初爲謝景初所輯、僅十卷。[六]歐陽修得其遺稾增併之、亦止十五卷。其增至五十九卷、又他文・賦一卷者、未詳何人所編。[七]陳振孫書錄解題謂卽景初舊本、修爲作序者、未詳考修序文也。[八]通考載正集六十卷、又有外集十卷。[九]此本爲明姜奇芳所刊、卷數與通考合、惟無外集、祇有補遺三篇及贈荅詩文・墓誌一卷、亦不知何人所附。[一〇]陳振孫謂外集多與正集複出。或後人刪汰重複、故所錄者止此耶。

宋初詩文、尙沿唐末五代之習、[一一]柳開・穆修欲變文體、王禹偁欲變詩體、皆力有未逮。歐陽修崛起爲雄、力復古格。於時曾鞏・蘇洵・蘇軾・蘇轍・陳師道・黃庭堅等皆尙未顯。其佐修以變文體者尹洙。佐修以變詩體者則堯臣也。曾敏行[一二]獨醒雜志載王曙知河南日、堯臣爲縣主簿、袖所爲詩文呈覽。曙謂其詩有晉宋遺風、自杜子美歿後二百餘年、不見此作。然堯臣詩旨趣古淡、知之者希。陳善[一三]捫蝨新話記蘇舜欽稱平生作詩、不幸被人比梅堯臣。[一四]又記晏殊賞其寒魚猶著底、白鷺已飛前二句、堯臣以爲非我之極致者、則其孤僻寡和可知。惟歐陽修深賞之、邵博[一五]聞見後錄乃載傳聞之說、謂修忌堯臣出己上、每商搉其詩、[一六]多故刪其最佳者、殊爲詆謾。無論修萬不至此、卽堯臣亦非不辨白黑者、豈得失不自知耶。陸游[一七]渭南集有梅宛陵別集序曰蘇翰林多不可古人、惟次韻和淵明及先生二家詩而已。案[一八]蘇軾和陶詩有傳本、和梅詩則未聞。然游非妄語者、必原有而今佚之。是堯臣之詩、蘇軾亦心折之矣。

【訓讀】

宋 梅堯臣《ばいぎょうしん》の撰。堯臣 字は聖兪、宣城の人。官は[三]屯田・都官員外郎たり。[四]事蹟『宋史』本傳に具われり。[五]其の詩初め 謝景初の輯《あつ》むる所爲りて、僅かに十卷のみ。[六]歐陽修 其の遺稾を得て增して之を併《あわ》するも、亦た十五卷に止《とど》まれり。其の增して五十九卷に至り、又た他の文・賦一卷なる者は、未だ何人の編する所なるかを詳らかにせず。[七]陳振孫『書錄解題』卽ち景初の舊本、修 爲《ため》に序を作ると謂う者は、未だ修の序文を詳考せざるなり。『通考《へつこう》』正集六十卷を載せ、又た外集十卷有り。[九]此の本 明 姜奇方《きょうきほう》（芳は誤り）の刊する所爲りて、卷數『通考』と合うも、惟《た》だ外集無くして、祗《た》だ補遺三篇及び贈荅の詩文・墓誌一卷のみ有るは、亦た 何人の附する所なるかを知らず。[一〇]陳振孫謂う、「外集の多くは正集と複出す」と。或いは後人重複を刪汰《さんた》し、故に錄する所の者 此に止まるか。

宋初の詩文、尙 唐末五代の習いに沿う。[一一]柳開《りゅうかい》・穆修《ぼくしゅう》 文體を變ぜんと欲し、王禹偁 詩體を變ぜんと欲するも、皆 力の未だ逮《およ》ばざる有り。歐陽修 崛起《くっき》して雄と爲り、力《つと》めて古格を復す。時に於いて曾鞏・蘇洵・蘇軾・蘇轍・陳師道・黄庭堅等 皆 尙 未だ顯われず。其の修を佐《たす》けて以て文體を變ずる者は尹洙《いんしゅ》なり。修を佐けて以て詩體を變ずる者は則ち堯臣なり。曾敏行 [一二]『獨醒雜志《どくせいざっし》』 載す、「王曙《おうしょ》 河南に知《ち》たりし日、堯臣 縣の主簿爲《た》りて、爲《つく》る所の詩文を袖《しゅう》して呈覽す。曙 謂えらく〝其の詩 晉宋の遺風有りて、杜子美の歿せし自《よ》り後二百餘年、此の作を見ず〟」と。然れども 堯臣の詩 旨趣古淡にして、之を知る者希《ま》れなり。陳善 [一三]『捫蝨新話《もんしつしんわ》』 記す、「蘇舜欽《そしゅんきん》稱す 〝平生の作詩、不幸にして人に梅堯臣に比べらる〟」と。[一四]又た記す、「晏殊《あんしゅ》 其の 〝寒魚猶お底に著《つ》き、白鷺已に前に飛ぶ〟 の二句を賞すに、堯臣以て我の極致に非ずと爲すは、則ち其の孤僻寡和《こへきかわ》 知るべし。惟だ歐陽修のみ深く之を賞す。邵博《しょうはく》 [一五]『聞見後錄』 乃ち傳聞の說を載せて、「修 堯臣の己《おの》が上に出づるを忌《い》みて、毎《つね》に其の詩を商搉《しょうかく》し、[一六]故《こ》 多《おお》しとして其の最も佳き者を刪《けず》る」と謂うは、殊に誣謾《ぶまん》爲り。修 萬も此に至らざるに論無く、卽ち堯臣も亦た白黑を辨ぜざる者に非ざれば、豈に 得失 自《みずか》ら知らざらんや。陸游 [一七]『渭南集《いなんしゅう》』〈梅宛陵別集の序〉 有りて曰う、「蘇翰林 多くは古人を可とせず。惟だ次韻して淵明及び先生の二家の詩に和するのみ」と。案ずるに [一八]蘇軾の 『和陶詩』 傳本有るも、〈和梅詩〉 は則ち未だ聞かず。然れども 游は妄語する者に非ざれば、必ず原《もと》 有りて 今 之を佚す。是れ堯臣の詩、蘇軾も亦た之に心折す。

【現代語譯】

宋 梅堯臣《ばいぎょうしん》の著。堯臣は字を聖兪《せいゆ》といい、宣城（安徽省宣州市）の人で、屯田員外郎・都官員外郎の官についた。事蹟は『宋史』本傳に詳しい。その詩は、當初、謝景初が編纂したものとして、十巻があるだけだった。歐陽修が遺稾を入手してこれに追加したが、それでも十五巻に過ぎなかった。それを五十九巻に增やし、さらに詩以外の文や賦一巻を加えたのは、誰の手によるのか判らない。陳振孫『直齋書錄解題』が、景初の舊本に歐陽修が序文を書いたというのは、修の序文を詳しく検討していないためである。『文獻通考《ぶんけんつこう》』は正集六十巻のほかに、さらに外集十巻を載せている。この本は、明の姜奇方《きょうきほう》（芳は誤り）が刊行したもので、巻數は『文獻通考』と合致するが、ただ外集が無く、補遺三篇と贈答詩文と墓誌からなる（附錄の）一巻のみがあるが、これも誰が附け足したのか判らない。陳振孫は、外集の多くは正集と重複していると言っている。あるいは後人が重複箇所を刪ったために、收錄されたのがこれだけになったのだろうか。

宋初の詩文はまだ唐末五代の陋習を引きずっていて、柳開・穆修《ぼくしゅう》が文風を一變し、王禹偁《おううしょう》が詩風を一變させようとしたものの、ともに力およばずの狀態であった。歐陽修が起ち上がってその雄となり、古格を復活させるのに力を注いだ。その時、曾鞏・蘇洵・蘇軾・蘇轍・陳師道・黃庭堅らは、皆まだ無名の存在だった。修を手助けして文風を一變させたのが尹洙《いんしゅ》で、修を助けて詩風を一變させたのがすなわち堯臣なのである。曾敏行『獨醒雜志《どくせいざっし》』は次のような話を載せている。「王曙《おうしょ》が河南府の知事を務めていた時、堯臣は河南縣の主簿だった。堯臣が自作の詩文を袖《そで》から出して曙に獻呈したところ、曙は〝堯臣の詩には六朝の晉・宋の遺風がある。杜甫の歿後二百餘年間、このような傑作を見ていない〟と述べた」と。しかしながら、堯臣の詩は地味で目立たず、その價値を知る者は少ない。陳善『捫蝨新話《もんしつしんわ》』は、「蘇舜欽《そしゅんきん》が〝私の詩は、不幸なことにいつも梅堯臣に比べられる〟と語った」と記す。さらに、「晏殊《あんしゅ》が〝寒魚 猶お底に著《つ》き、白鷺 已に前に飛ぶ〟の二句を賞贊したが、堯臣は自分の最高傑作だとは見なさなかった」とも記している。そこから堯臣が偏屈で氣難しい人だったことがわかろう。ただ歐陽修だけは彼を大いに賞贊していた。邵博『邵氏聞見後錄』は傳聞として、「修は堯臣が自分の上を行くのが氣に入らず、つねに彼の詩を校閲し、難癖をつけては一番の傑作を刪った」という話を載せているが、全くのでたらめである。修が萬に一つもこんなことをするはずがないのはもちろんのこと、堯臣にしても眼力は確かで、詩の出來不出來が自分でわからぬはずはない。

陸游『渭南集《いなんしゅう》』には〈梅宛陵別集の序〉があり、次のようにいう。「翰林學士の蘇軾はあまり古人を譽めたりしないのだが、陶淵明と宛陵先生の二家の詩にだけは次韻して唱和している」と。考えるに、蘇軾の『和陶詩』は傳本があるが、〈和梅詩〉というのは聞いたことがない。しかし、游がでたらめを言うはずはなく、きっともとはあったが今は滅びてしまったのだろう。つまり堯臣の詩は、蘇軾もこれに敬服していたということだ。

【注】

一　宛陵集六十卷　附錄一卷　四庫全書文淵閣本は「拾遺一卷」を有する。

二　内府藏本　宮中に藏される書籍の總稱。清代では皇史宬《こうしせい》・懋勤殿《ぼうきんでん》・摛藻堂《ちそうどう》・昭仁殿・武英殿・内閣大庫・含經堂などに所藏される。

三　屯田・都官員外郎　屯田司員外郎および都官司員外郎。前者は尚書省工部、後者は刑部の官。ともに從六品上。『歐陽文忠公集』卷八八には〈賜屯田員外郎國子監直講梅堯臣獎諭敕書〉十二月九日とあり、卷三三〈梅聖兪墓誌銘〉には「累官至尚書都官員外郎」とみえる。

四　事蹟具宋史本傳　梅堯臣の傳は『宋史』卷四四三　文苑傳五に見える。

五　其詩初爲謝景初…僅十卷　謝景初（一〇二〇～一〇八四）は字を師厚といい、富陽（浙江省）の人。慶曆六年（一〇四六）の進士。梅堯臣の親友で妻の兄謝絳《しゃこう》の子に當る。歐陽修『歐陽文忠公集』卷四二〈梅聖兪詩集の序〉には次のようにある。「聖兪の詩　既に多くして、自ら收拾せず。其の妻の兄の子　謝景初　其の多くして失《うしな》い易きを惧《おそ》れ、其の洛陽より呉興に至る已來《いらい》作る所を取りて、次して十卷と爲す。」

六　歐陽修…亦止十五卷　注五の歐陽修〈梅聖兪詩集の序〉の續きには、「其の後十五年、聖兪 疾を以て京師に卒す。余 既に哭《こく》して之に銘し、因りて其の家に索《もと》め、其の遺稾千餘篇を得て、舊《もと》藏する所を併せて、其の尤《ゆう》なる者 六百七十七篇を掇《と》りて一十五卷と爲す」とみえる。一方、『歐陽文忠公集』卷三三〈梅聖兪墓誌銘〉はその著作について、「聖兪の學は毛氏詩に長じ、小傳二十卷を爲る。其の文集は四十卷、注孫子は十三篇なり」ともいう。

七　陳振孫書錄解題謂…　陳振孫『直齋書錄解題』卷一七は

「宛陵集六十卷・外集十卷」を著錄して、「凡そ五十九卷は詩爲《た》り、他の文・賦は纔《わず》かに一卷のみ。謝景初の集むる所にして、歐公 之が序を爲《つく》る」といい、謝景初が六十卷本を編纂し、歐陽修が序文を書いたようにいうが、六十卷本の編纂者が謝景初でないことはすでに『歐陽文忠公集』所收の〈梅聖兪詩集序〉（注五）に明らかである。ところが、今、四部叢刊本（明刻本）をみるに、歐陽修の序文が後半を割愛した形で冠されており、さらに卷數についても「謝景初…其の洛陽より吳興に至る以來作る所を取りて、次して六十卷と爲す」と改竄されている。陳振孫が六十卷本の編纂者を謝景初と認定したのは、改竄後の序文に據ったものと考えられ、序文の改竄が南宋の時點ですでに行われていたことが知られよう。

八　通考　馬端臨『文獻通考』經籍考卷六一に「梅聖兪宛陵集六十卷 外集十卷」と著錄される。

九　此本爲明姜奇芳所刊　「姜奇芳」は「姜奇方」の誤り。明の刻本は二種あって、一つは正統四年袁旭の刻本。これは萬曆四年姜奇方の刻本で、四部叢刊に入り、最も行われている版本である。

一〇　陳振孫謂外集…　注七『直齋書錄解題』卷一七の續きには、「外集なる者は、吳郡の宋績臣《そうせきしん》の序す所にして、皆 前集の載せざる所と謂う。今 之を考うるに、卷首の諸賦、已に前集に載るは、曉《さと》るべからざるなり」として、外集と前集の重複を指摘する。外集は今日傳わらない。四庫全書編纂官は、『附錄』一卷こそが、外集の中で重複する者を削去した殘りに相當すると考えている。

一一　柳開・穆修欲變文體…　本書の柳開（二「河東集十五卷」）・穆修（八「穆參軍集三卷」）・王禹偁（五「小畜集三十卷」）・曾鞏（二四「元豐類稾五十卷」）・蘇洵（三四「嘉祐集十六卷」）・蘇軾（三七－一「東坡全集一百十五卷」）・蘇轍（三八「欒城集五十卷」）・陳師道（四〇－一「後山集二十四卷」）・黃庭堅（三九－一「山谷內集三十卷」）・尹洙（一三「河南集二十七卷」）參照。

一二　獨醒雜志　曾敏行『獨醒雜志』卷一に次のような話が見える。「王文康公晦叔《かいしゅく》、性は嚴毅《げんき》にして、僚屬を見るに未だ嘗て解顏せず。河南に知《ち》たりし日、梅聖兪 時に縣の主簿爲り。一日、爲《つく》る所の詩文を袖《しゅう》して公に呈す。公 覽《み》畢《お》わりて、次日、坐客に對して聖兪に謂いて曰く、〝子の詩、晉・宋の遺風有り。杜子美の沒せしより後二百餘年、此の作を見ず〟と。是れに由《よ》りて禮貌加うる有りて、尋常を以て聖兪に待せず。」

一三　捫蝨新話　陳善『捫蝨新話』卷七「歐蘇梅は韓孟に比肩す」の條によれば、歐陽修は蘇舜欽と梅堯臣の詩を重んじたが、蘇は「喜んで健句を爲《つく》り」、梅は「務めて清切閑淡の語を爲る」など、兩者の詩風は對照的なものであった。歐陽は〈水谷夜行の詩〉で二人の詩風について詠んだが（『六一詩話』第一三條に詳しい）、蘇はこれを「吾 不幸にして寫字は 人 以て周越に比べ、作詩は 人 以て梅堯臣に比ぶ」と言っていたという。周越とは、天聖・慶曆年間に活躍した書家。

一四 又記… 『捫蝨新話』ではなく歐陽修『六一詩話』第二〇條に見える話。ある時、歐陽修が梅堯臣の家で「寒魚 猶お底に著《つ》き、白鷺 已に前に飛ぶ」と「絮《じょ》は鮆魚《しぎょ》を暖めて繁《しげ》く、豉《し》は蒓《じゅん》菜《さい》に添えて紫なり」の二聯を賞賛した晏殊の書簡を目にした。不思議に思い梅堯臣に問うたところ、梅は「此れ我の極致に非ず。豈に 公 偶《たま》たま自《みずか》ら意を其の間に得んか」と答えた。これについて歐陽は「古より文士、獨り知己を得難きのみならずして、人を知るも亦た難きを知るなり」と感想を述べている。晏殊が賞賛した詩とは、『宛陵集』巻二九〈仲文の西湖に野歩して新堰に至るに和す二首〉の其の一と巻二九〈王判官の江陰の軍幕に之《ゆ》くを送る〉を指す。ただし、四庫全書文淵閣本・四部叢刊本とも「絮は鮆魚《しぎょ》を暖めて繁く」は、「絮は鮆魚を逐うて繁く」に、「蒓《じゅん》菜に添えて」は「蒓線に添えて」に作る。

一五 聞見後錄乃載傳聞之說 邵博『邵氏聞見後錄』巻一八は次のような内容の話を載せている。李邯鄲《りかんたん》（淑）の諸孫にあたる亨仲《こうちゅう》は、「私の家には梅聖兪の善本がある。世に傳わっているのは歐陽公が一番好い詩を拔き去ったもので、梅の名聲があがるのを嫌ったためだ」と言っていた。おそらく歐陽公が知諫院《ちかんいん》だった際、李邯鄲公を攻撃したからこんな事を言うのであって、事實ではあるまい。しかし、曾仲成は、梅堯臣の「歐陽公は自分を韓愈に、私を孟郊になぞらえているよ」という言葉には、冗談とはいえ不平が表われているという。

一六 多故 『淮南子』主術に「上に故多ければ、則ち下に詐多し」とあり、高誘の注は「故は詐（ごまかし）なり」という。ここではわざと詩の内容に難癖をつけることをいうのであろう。

一七 渭南集有梅宛陵別集序 陸游『渭南文集』巻一五「梅聖兪別集序」。陸游はここで梅堯臣を推奨することしきりである。

一八 蘇軾和陶詩 蘇軾は黃州（湖北省）に左遷された頃から陶淵明の詩に親しむようになり、揚州の知州だった時に、陶淵明の飲酒二十首に和している。晩年、惠州（廣東省）に流されてからは一層これに傾注し、合計百三十六首の「和陶詩」を成した。蘇轍がその序文（『欒城後集』巻二一）を書いている。

【附記】

現存する梅堯臣集の最も古い版本は、紹興一〇年・嘉定一六年重修の宋版（商務印書館影印 一九四〇）であるが、これは巻一～一二と巻一九～三六、および巻六〇後半を欠いている。原本はいま上海圖書館に藏される。四部叢刊本は四庫全書と同じく明萬暦の姜奇方刻本を底本とする。これらを併せて編纂したのが、朱東潤『梅堯臣編年校注』（上海古籍出版社　一九八〇）であり、版本問題は敍論〈梅堯臣集的版本〉に詳しい。『全宋文』（第一四冊　巻五九二～巻五九三）は四部叢刊本を、『全宋詩』（第五冊　巻二三二～巻二六二）は『梅堯臣編年校注』を底本とする。朱東潤にはその他、『梅堯臣傳』（中華書局　一九七九）・『梅堯臣詩選』（人民文學出版社　一九八〇）などの労作がある。臺灣では、夏敬觀・趙熙『梅宛陵詩評注』（臺灣商務印書館　一九八三）や劉守宜『梅堯臣之研究及其年譜』（文史哲出版社　一九八〇）、日本では筧文生《かけひふみお》『梅堯臣』（中國詩人選集二集　岩波書店　一九六二）、アメリカでは Jonathan Chaves "Mei Yao-ch'en and the Development of Early song poetry" Columbia University Press New York and London 1976 がある。

二七　范太史集《はんたいししゅう》五十五巻

[一]浙江汪啓淑《おうけいしゅく》家藏本

【范祖禹《はんそう》】一〇四一～一〇九八

字《あざな》を淳夫《じゅんほ》または純父・純甫（甫・父・夫は音通）といい、本名の祖禹とは、母が漢の将軍鄧禹《とうう》の夢を見たことに由來する。故にまたの字を夢得《ぼうとく》ともいう。華陽（四川省成都市）の人。嘉祐八年（一〇六二）の進士。司馬光の右腕として『資治通鑑《しじつがん》』を編纂し、十五年間を洛陽で過ごした。完成後、司馬光の推薦で祕書正字となった。王安石と親しかったが、のち王を批判して兩者は絶交した。舊法黨とみなされて昭州（廣西省）別駕に左遷され、五十八歳で配所先の化州（廣東省）で亡くなった。『宋史』巻三三七　范鎭傳附　范祖禹傳　參照。

宋范祖禹撰。祖禹有[二]唐鑑、已著錄。其文集世有兩本。一本僅十八卷、乃[三]明程敏政從祕閣借閱、因爲摘錄刊行。非其完本。此本五十五卷、與[四]宋史藝文志卷目相符。蓋猶當時舊帙也。

祖禹平生論諫、不下數十萬言。其在[五]邇英[六]守經據正、號[七]講官第一。[八]史稱其開陳治道、區別邪正、辨釋事宜、平易明白、洞見底蘊。故本傳載所上疏、[九]至十五六篇、而集中章奏尤多。類皆湛深經術、練達事務、深有裨於[一〇]獻納。惟其中[一一]論合祭天地一事、祖禹謂分祭之禮、自漢以來不能舉行。[一二]又謂一年再郊、此必不能、且夏至之日、尤未易行。同時[一三]蘇軾等據周禮以分祭爲是、而祖禹與顧臨堅持之、[一四]後卒從祖禹之議。蓋其君習於[一五]宴安、而議者遂爲[一六]遷就之論。誠不免於賢者之過。然其[一七]大端伉直、持論切當、要自無愧於[一八]醇儒。固不以一瑕掩也。當時以[19]賈誼[20]陸贄比之、良亦庶幾云。

【訓讀】

宋 范祖禹《はんそう》の撰。祖禹 『[2]唐鑑《とうかん》』有りて、已に著錄す。其の文集 世に兩本有り。一本 僅かに十八巻にして、乃ち[3]明の程敏政 祕閣從《よ》り借閱し、因《よ》りて爲《ため》に摘錄して刊行す。其の完本に非ず。此の本 五十五巻にして、『[4]宋史』藝文志と巻目 相い符《ふ》す。蓋し 猶お當時の舊帙《きゅうちつ》のごとし。

祖禹 平生の論諫、數十萬言を下《くだ》らず。其の[5]邇英《じえい》に在りては[6]守經據正、[7]講官第一と號す。[8]史稱す、「其の治道を開陳し、邪正を區別し、事宜を辨釋して、平易明白、洞見底蘊《どうけんていうん》なり」と。故に 本傳 上《たてまつ》る所の疏《そ》を載せて、[9]十五六篇に至り、而して集中 章奏 尤《もっと》も多し。類《おおむ》ね 皆 經術に湛深《ちんしん》し、事務に練達して、深く[10]獻納に裨《ひ》する有り。惟《た》だ 其の中〈[11]天地を合祭するを論ずる一事〉のみは、祖禹謂う、「分祭の禮、漢自《よ》り以來擧行する能わず」と。[12]又た謂う、「一年の再郊は、此れ必ず能わずして、且《か》つ夏至の日、尤《もっと》も未だ行うに易《やす》からず」と。時を同じうして [13]蘇軾《そしょく》等 『周禮』に據りて分祭を以て是《ぜ》と爲すも、而れども 祖禹 顧臨と之を堅持す。[14]後 卒《つい》に祖禹の議に從う。蓋し 其の君 [15]宴安《えんあん》に習い、而して議する者 [16]遂に遷就《せんしゅう》の論を爲《な》せり。誠に賢者の過を免れず。然れども 其の[17]大端は伉直《こうちょく》にして、論を持すること切當、要は自ら[18]醇儒に愧《は》ずる無し。固《もとよ》り一瑕を以て掩《おお》わざるなり。當時 [19]賈誼《かぎ》・[20]陸贄《りくし》を以て之に比《なぞら》うは、良《まこと》に亦た庶幾《ちか》しと云う。

【現代語譯】

宋 范祖禹《はんそう》の著。祖禹には『唐鑑《とうかん》』があり、已に著錄しておいた。彼の文集は、世に二種類ある。一つは僅か十八巻しかなく、これは明の程敏政が宮中圖書館から借り出した際に、抜き書きして刊行したもので、完本ではない。この本は五十五巻本で、『宋史』藝文志の記述と巻數が合致している。當時の古い姿を傳えるものであろう。
祖禹の平生の議論や諫言の文章は、數十萬言を下らない。邇英殿《じえいでん》に居たときは、常道を守り正義を貫き、講官第一と稱された。史書はいう、「彼は政治の大道を開陳し、正邪を區別し、物事のあるべき姿を解き明かして、平易かつ明白、現實を深く見通している」と。故に『宋史』范祖禹傳は、皇帝に奉った疏を十五、六篇も載せており、文集でも章奏がとくに多い。これらは、おおむね皆 學術に裏打ちされ、實務に熟達したもので、皇帝に對する忠言としての價値が高い。ただ、その中の天地の合祭について論じた一事だけは例外で、祖禹は、「天地を別々に祭る禮は、漢以來實行できておらず」と述べ、さらに、「一年に二度も天と地の祭りをするのは到底できないし、かつ夏至の日はとりわけ儀式を執り行うのが難しい」と述べている。時を同じくして、蘇軾《そしょく》等は『周禮《しゅらい》』を根据に天地分祭を是《ぜ》としたが、祖禹と顧臨は自說に固執し、結局は祖禹の意見が通ってしまった。おもうに、君主が安逸に慣れてしまい、議を奉る者がそれに迎合するような主張をしたのであって、まことに賢者の過失と言われてもしかたあるまい。しかしながら、その本質は剛直で、主張は當を得ており、まことに眞の儒者としての名に愧《は》じない。もとより小さな瑕《きず》で、全體の價値が失われはしないのだ。當時、賈誼《かぎ》や陸贄《りくし》になぞらえられたが、まずは妥當なところであろう。

【注】

一　浙江汪啓淑家藏本　汪啓淑《おうけいしゅく》の字は愼儀《しんぎ》、號は秀峰または訒《じん》庵《あん》、印癖先生と自稱する。原籍は歙縣《しょうけん》（安徽省）で、杭州（浙江省）に僑居す。四庫全書編纂の時、藏書五二四部を進獻した。そのうち著錄されたのが五九部、存目は（四庫全書内に收めず、目錄にのみ留めておくこと）二〇一部にのぼる。

二　唐鑑　『唐鑑』はもと十二巻。呂祖謙がこれに注して二十四巻本とし、以來、二十四巻本が通行している。『資治通鑑《しじつがん》』の編纂時に唐代を擔當したことから唐史の研究を進め、この書を成すに至った。本書によって、范祖禹は唐鑑公の異名をとる。四庫全書では史部史評類に著錄される。一九八四年、『古逸叢書三編』として、上海古籍出版社から宋刻本（上海圖書館藏）が影印された。江戸時代によく讀まれ、和刻本も數種類ある。

三　明程敏政從祕閣借閱…　程敏政（一四四五〜一四九九）は字を克勤といい、休寧（安徽省）の人。成化二年（一四六六）の進士。官は禮部右侍郎に終わる。程が摘錄した十八巻の刻本は現在傳わらないが、『現存宋人別集版本目錄』によれば、黑龍江大學に汪文相摛藻堂《ちそうどう》舊藏の清抄本十八卷が藏されている。

四　宋史藝文志　『宋史』藝文志卷七に「范祖禹集五十五卷」とみえる。

五　邇英　宋代の宮殿の名。邇英《じえい》殿または邇英閣ともいう。皇帝に學問を進講する所だった。

六　守經據正　儒家の教えを守り、正道を行くこと。『漢書』貢禹傳の「經を守り古に据り、當世に阿《おも》ねらず」に基づく。

七　講官第一　『宋史』卷三三七　范祖禹傳には、「蘇軾稱して講官第一と爲す」とある。

八　史稱…　『宋史』卷三三七の論贊には、「祖禹　勸講《かんこう》に長じ、平生の論諫、啻《た》だに數十萬言のみならず。其の治道を開陳し、邪正を區別し、事宜を辨釋して、平易明白、洞見底蘊《どうけんていうん》、賈誼《かぎ》・陸贄《りくし》と雖も是《こ》れを過ぎずと云う」とみえる。

九　十五六篇…　實際に摘錄されているのは十三篇である。

一〇　獻納　忠言を君主にたてまつり、採納に供すること。『文選』卷一班固〈兩都の賦〉の序に、「朝夕　論思し、日月　獻納す」とある。

一一　論合祭天地一事　卷二三〈合祭を議する狀　一〉をさす。哲宗の元祐七年（一〇九二）九月一日に上奏したもの。『周禮』では、冬至に地上の圜丘《えんきゅう》（南郊）で天を祀り、夏至に澤中の方丘（北郊）で地を祭ることが定められているが、漢以來、冬至に南郊で地を祭る際に、天も一緒に合祭するのが普通で、宋朝もそれに倣っていた。ところが神宗の元豐六年、北郊に行幸することで合祭を廢止した。本狀はそれを祖法すなわち合祭に戻すよう論じたもの。

一二　又謂…　卷二三〈合祭を議する狀　二〉をさす。元祐七年（一〇九二）九月十日に上奏したもの。一年に二回、天と地を別々に祭ることの負擔の重さを論じている。天地の祭は、宋では太祖が四回、太宗五回、眞宗五回、仁宗九回、英宗一回、神宗三回で、そのうち合祭でなかったのは、神宗の元豐六年の一回のみであることを指摘した。

一三　蘇軾等據周禮…　この時、合祭を主張したのは、翰林侍講學士の范祖禹と翰林學士兼侍讀の顧臨を含む八人で、反對に回ったのは、吏部侍郎の范純禮《はんじゅんれい》・彭汝礪《ほうじょれい》、禮部侍郎の曾肇《そうちょう》、刑部侍郎の王覿《おうてき》・豐稷《ほうしょく》ら二十二人である。この論争は翌元祐八年（一〇九三）四月まで續き、蘇軾は同年三月二十三日に合祭反對すなわち分祭を支持して、札子六議をたてまつっている。『續資治通鑑長編』巻四七七～巻四八二參照。

一四 後卒從祖禹之議 元祐八年（一〇九三）四月丁巳「南郊の合祭は元祐七年の例に依る」という詔が出され、天地を合祭することで決着した。詔は范祖禹の手になるもの。『續資治通鑑長編』巻四八三參照。

一五 宴安 安逸をさす。「宴」はくつろぐこと。

一六 遷就 主體性をもたず他に迎合すること。

一七 大端 物事の本源。陳子昂《ちんすごう》『陳伯玉文集』巻九〈政理を諫むる書〉に「元氣は、天地の始めにして、萬物の祖、王政の大端なり」とある。

一八 醇儒 孔子の教えを純粋に守る儒者をさす。

一九 賈誼 前二〇〇～前一六八 前漢の文帝に信任され、二十二歳の若さで博士となったが、後に讒言《ざんげん》にあい、長沙王太傅《たいふ》に貶《おと》されて三十三歳の若さで沒した。特に議論文に優れた。

二〇 陸贄 七五四～八〇五 唐の徳宗にしばしば諫言して忠州（四川省）に左遷され、その地で沒した。その議論文は後世『陸宣公奏議』として諫官の手本とされる。

【附記】

范祖禹の詩文集は版本が無く、鈔本で傳わるのみである。『全宋詩』（第一五冊 巻八八六～巻八八八）・『全宋文』（第四八～第四九冊 巻二一一五～巻二一六八）ともに四庫全書文淵閣本を底本とする。

二八　潞《ろ》公集《こうしゅう》四十卷　[一]兩淮鹽政採進本

【文彦博《ぶんげんはく》】一〇〇六～一〇九七

字《あざな》は寛夫《かんぷ》、汾州《ふんしゅう》介休（山西省介休市）の人。天聖五年（一〇二七）の進士で、同中書門下平章事《どうちゅうしょもんかへいしょうじ》（宰相）となり、潞國《ろこく》公に封ぜられた。熙寧年間、實權を握った新法黨の領袖 王安石と折り合いが悪く、一時引退したが、元祐年間に再び宰相となった。四朝に仕えて五十年間宰相を務めた北宋の名臣である。詩は西崑體の流れを受け繼ぐ。『名臣碑傳琬琰集《めいしんひでんえんえんしゅう》』下集卷一三〈文潞公彦博傳〉・『宋史』卷三一三 文彦博傳 參照。

宋文彦博撰。彦博事蹟具[二]宋史本傳。是集凡賦頌二卷、詩六卷、論一卷、表啓一卷、序一卷、碑記墓誌一卷、雜文一卷、自十四卷以後則皆奏議剳子之文。核其卷數、與陳振孫[三]書錄解題同、惟尙闕補遺一卷。考[四]葉夢得序稱兵興以來、世家大族多奔走遷徙。於是公之集藏於家者、散亡無餘。其[五]少子維申　案維申乃文及甫之字　稍討求追輯、猶得二百八十六篇、以類編次爲略集二十卷。是葉氏所序者、已非原本。陳氏所著錄者、又非葉氏所序本。[六]今所傳者、又較陳氏之本、佚其一卷也。

彦博不以詩名、而風格秀逸、情文相生。[七]王士禎稱其婉麗濃嫵、絶似西崑。嘗掇其佳句、載之池北偶談。其文章不事彫飾、而議論通達、卓然經濟之言。奏剳下多註年月、亦可與正史相參考。[八]葉夢得序稱其未嘗有意於爲文、而[九]因事輒見、操筆立成、簡質重厚、經緯錯出。譬之[一〇]賁鼓鏞鍾、音節疏緩、雜然竝奏於堂上、不害與[二]嘒嘒簫韶、[三]舞百獸而[三]諧八風也。斯言允矣。

【訓讀】

宋 文彦博《ぶんげんはく》の撰。彦博の事蹟[二]『宋史』本傳に具《そな》われり。是の集 凡そ賦・頌《しょう》二巻、詩六巻、論一巻、表・啓一巻、序一巻、碑記・墓誌一巻、雜文一巻、十四巻自《よ》り以後は、則ち皆 奏議・劄子《さっし》の文なり。其の巻數を核するに、陳振孫『書錄解題』と同じきも、惟だ 尚 補遺一巻を闕《か》く。考うるに [四]葉夢得《しょうぼうとく》の序 稱す、「兵 興りて以來、世家大族 奔走遷徙《せんし》するもの多し。是に於いて 公の集の家に藏する者、散亡して餘す無し。其の少子[五]維申《いしん》 案ずるに 維申は乃ち文及甫の字なり。稍《ようや》く討求追輯し、猶お二百八十六篇を得、類を以て編次して略集二十巻と爲す」と。是れ 葉氏 序する所の者は、已に原本に非ず。陳氏 著錄する所の者、又た葉氏 序する所の本に非ず。今[六] 傳うる所の者、又た陳氏の本に較《くら》ぶるに其の一巻を佚するなり。

彦博 詩を以て名あらざるも、風格 秀逸にして、情文 相い生ず。[七]王士禎《おうしてい》稱す、「其の婉麗濃嫵《えんれいのうぶ》にして、絕《はなは》だ西崑《せいこん》に似たり」と。嘗て其の佳句を掇《と》りて、之を『池北偶談』に載す。其の文章 彫飾を事とせずして、議論 通達し、經濟《けいせい》の言に卓然たり。奏・劄《さつ》の下《した》 多く年月を註するは、亦た 正史と相い參考す可し。[八]葉夢得の序 稱す、「其の未だ嘗て文を爲るに意有らず[九]して、事に因りて輒《すなわ》ち見《あら》われ、筆を操《と》りて立ちどころに成る。簡質重厚、經緯錯出す。之を譬《たと》うるに[一〇]賁鼓鏞鍾《ふんこようしょう》の、音節疏緩にして、雜然として堂上に竝奏するも、嘒嘒《けいけい》たる簫韶《しょうしょう》の、[三]百獸を舞わせ[三]八風 諧《かな》うを害《そこ》なわざるなり」と。斯《こ》の言 允《まこと》なり。

【現代語譯】

宋 文彦博《ぶんげんはく》の著。彦博の事蹟は『宋史』文彦博傳に詳しい。この文集は、賦と頌《しょう》が二巻、詩六巻、論一巻、表と啓が一卷、序一卷、碑記・墓誌一卷、雜文一卷と續き、第十四卷以後は皆奏議と劄子《さつし》の文である。その卷數を確めてみると、陳振孫『直齋書錄解題』の記載と同じだが、ただ補遺一卷を缺いている。葉夢得《しょうぼうとく》の序文を調べてみると、次のように言う。「戰亂以後、舊家や名望家で、難を避けて他所へ移住したものは多い。こうして文潞公《ぶんろこう》の家に藏されていた公の文集は、あらかた散佚してしまった。彼の末子である維申《いしん》——文及甫の字——が、少しずつ詩文を捜し集めてやっと二百八十六篇を手に入れ、それを分類して編集し、『略集』二十卷にした」と。つまり、葉氏が序文を書いたものは、すでに原本ではなかったし、陳氏が著錄した本もまた葉氏が序文を書いたものとは違っていた。現在傳わっているものも、陳氏の本に較べて一卷少ない。

彥博は詩人として名が通っていたわけではないが、詩の風格は秀逸で、情感の豊かさと表現の美しさが兼ね具《そな》わっている。王士禎《おうしてい》は、「文彥博の詩はなまめかしく媚態に溢《あふ》れ、とても西崑體《せいこんたい》に似ている」と稱し、彼の秀句を拾い出して『池北偶談』に載せた。文彥博の文章は、技巧や修飾に走らず、議論明快で、經世濟民《けいせいさいみん》の言に富んでいる。奏議や劄子の下によく年月を注しており、これも正史と比較參照するのに良い。葉夢得の序文はいう。「文彥博は、文を作ろうと構えていたことはなく、いつも事に際して考え、筆を執るとすぐに書き上げた。內容は簡潔・重厚でありながら、話の筋が入り組んでいる。たとえば、大太鼓や大鐘のテンポがゆったり伸びやかで、これらを堂上で雜然と演奏しても、かの簫韶《しょうしょう》の音樂が百獸を舞わせ、八種の樂器の和音を奏でるのを損ねたりしないようなものだ」と。この言は當を得ている。

【注】

一　兩淮鹽政採進本　採進本とは、四庫全書編纂の際、各省の巡撫《じゅんぶ》、總督《そうとく》、尹《いん》、鹽政《えんせい》などを通じて朝廷に獻上された書籍をいう。兩淮鹽政とは、本來、淮北・淮南の鹽の專賣を管理する官。ここより進呈された本は一七〇八部、そのうち二五一部が著錄され、四六七部が存目（四庫全書内に收めず、目錄にのみ留めておくこと）に置かれた。

二　史本傳　『宋史』卷三一三　文彦博傳。

三　書錄解題　陳振孫『直齋書錄解題』卷一七に「文潞公集四十卷、補遺一卷　丞相介休の文彦博寛夫撰」とある。

四　葉夢得序稱…　『文獻通考』經籍考卷六一には、葉夢得の序文の概略が引用されており、明の嘉靖五年に刻された四十卷本は、それを卷首に冠している。

五　少子維申…　余嘉錫『四庫提要辨證』卷二一は、「維申」と「及甫」は別人であることを指摘する。すなわち、『宋史』文彦博傳に「第六子及甫」とあり、『東都事略』卷六七文彦博傳には「及甫、字は周翰」と見える。よって「維申」は「及甫」の字ではない。『名臣碑傳琬琰集』下集卷一三には「子、……及甫、維申、宗道」とあり、兩者が別人であるのは明らか。

六　今所傳者　明　嘉靖五年（一五二六）の王溱《しん》刊本をさす。余嘉錫『四庫提要辨證』は、提要が『宋史』藝文志の「文彦博集三十卷、又顯忠集二卷」という記事に言及しないことを批判する。

七　王士禛稱…　王士禛『池北偶談』卷一四は「文潞公　楊（億）・劉《りゅう》（筠《いん》）の後を承け、詩は西崑を學び、其の妙處　溫《おん》（庭筠《ていいん》）・李（商隱）に減ぜず」と稱し、〈見山樓〉〈衡皐《こうこう》〉〈深院〉〈秋夕〉（以上五言詩）、〈登通山閣〉〈秋風〉〈寓懷〉〈閱史有感〉（七言詩）を摘錄している。

八　葉夢得序稱…　注四參照。

九　因事輒見　あらかじめ文案を練ったりせず、實際に事がもちあがってから考えることをいう。

一〇　賁鼓鏞鍾　「賁鼓」は大太鼓、「鏞鍾」は大鐘をいう。そのテンポはゆったりとしてのびやか。『詩經』大雅　靈臺に「虡《きょ》業維れ樅《しょう》あり、賁鼓《ふんこ》維れ鏞《よう》あり」とある。

一一　與嘒嘒簫韶　この「與」は「於」に同じ。「嘒嘒《けいけい》」は管樂器の音を形容する言葉。「簫韶《しょうしょう》」は舜《しゅん》の作った音樂の名。『詩經』商頌　那《だ》に「鞉鼓《とうこ》淵淵、嘒嘒《けいけい》たる管聲」とあり、孔穎達《くようだつ》の疏は「嘒嘒《けいけい》然として清烈なる者は、是れ其の管籥《かんやく》の聲なり」という。

一二　舞百獸　群獸をも舞わせるほど和音が美しいこと。『尚書』舜典に「夔《き》曰く、ああ。予　石を擊ち石を拊《う》てば、百獸率《ひき》いて舞う」とある。夔は舜の臣で、音樂をつかさどった人物。

一三　諧八風　『春秋左氏傳』襄公二十九年に「五聲和し、八風平らかなり」とある。八風は八音ともいい、金・石・絲《し》・竹・匏《ほう》・土・革・木の八種の材料から成る樂器の總稱。これらの調和がとれていることをいう。

【附記】

『全宋詩』（第六册　巻二七三～巻二七八）と『全宋文』（第一五～第一六册　巻六四一～巻六五九）は、ともに明嘉靖五年王溱《しん》刻本を底本とする。

二九　撃《げき》壌《じょう》集《しゅう》二十巻　[一]河南巡撫採進本

【邵雍《しょうよう》】一〇一一～一〇七七

字《あざな》は堯夫《ぎょうふ》、諡《おくりな》は康節《こうせつ》。性理學でいう「北宋五子」の一人。邵子はその尊稱である。もと范陽（北京）の人。移住先の共城（河南省輝縣）の縣令李之才《りしさい》から先天象數《せんてんしょうすう》の學を授けられ、『易』に通じた。伊水のほとりの家を安樂窩《あんらくか》と稱し、生涯官に就かなかった。王安石の新政の時、洛陽に隱居していた富弼《ふひつ》・司馬光《しばこう》・呂公著《ろこうちょ》らと親交があり、二程子や張載はその學侶である。詩集『撃壌集』は『伊川撃壌集』ともいい、帝堯のときに太平を謳歌した撃壌歌（「日出《いで》て作り、日入りて息《いこ》う。井《せい》を鑿《うが》ちて飲み、田を耕して食らう、帝力我において何か有らんや」）に因《ちな》む。詩はおおむね平易でわかりやすいが、獨特の理學詩、つまり理屈をこねて作ったような詩があり、『滄浪詩《そうろうし》話《わ》』詩體はそれを邵康節體と呼んでいる。程顥《ていこう》『明道集』卷四〈邵堯夫先生墓誌銘〉・范祖禹《はんそう》『范太史集』卷三七〈康節先生傳〉・『宋史』卷四二七 道學傳一 參照。

宋邵子撰。前有[二]治平丙午自序、後有[三]元祐辛卯邢恕序。[四]晁公武讀書志云、雍邃於易數、歌詩蓋其餘事、亦頗切理。案自[五]班固作詠史詩、始兆論宗、[六]東方朔作誡子詩、始涉理路、沿及北宋、鄙唐人之不知道。於是以論理爲本、以修詞爲末、而詩格於是乎大變。此集其尤著者也。[七]朱國楨湧幢小品曰、佛語衍爲[八]寒山詩、儒語衍爲撃壌集。此[九]聖人平易近人、[一〇]覺世喚醒之妙用。是亦一說。然北宋自嘉祐以前、厭五季佻薄之弊、事事反樸還淳、其人品率以光明豁達爲宗、其文章亦以平實坦易爲主。故一時作者、往往衍[一一]長慶餘風。[一二]王禹偁詩所謂本與樂天爲後進、[一三]敢期杜甫是前身者是也。

邵子之詩、其源亦出白居易、而晚年絕意世事、不復以文字爲長。意所欲言、自抒胸臆、原脫然於詩法之外。毀之者務以聲律繩之、固所謂[一四]謬傷海鳥、橫斥山木。譽之者以爲[一五]風雅正傳、[一六]莊昶諸人轉相摹仿。如所謂[一七]送我一壺陶靖節、還他兩首邵堯夫者、亦爲[一八]刻畫無鹽唐突西子、失邵子之所以爲詩矣。況邵子之詩、不過不苦吟以求工、亦非以工爲厲禁。如[一九]邵伯溫聞見前錄所載安樂窩詩曰、半記不記夢覺後、似愁無愁情倦時、擁衾側臥未欲起、簾外落花撩亂飛、此雖置之[二〇]江西派中、有何不可、而明人乃惟以鄙俚相高、又烏知邵子哉。

集爲邵子所自編、而楊時[二一]龜山語錄所稱須信畫前原有易、自從刪後更無詩一聯、集中乃無之。知其隨手散佚、不復收拾。眞爲寄意於詩、而非刻意於詩者矣。又案邵子抱道自高、蓋亦[二二]顏子陋巷之志。而[二三]黃冠者流以其[二四]先天之學出於華山道士[二五]陳摶、又恬淡自怡、迹似黃老、遂以是集編入[二六]道藏太元部賤字・禮字二號中、殊爲誕妄。今併附辨於此、使[二七]異教無得牽附焉。

【訓讀】

宋 邵子《しょうし》の撰。前に[二]治平丙午《へいご》の自序有りて、後に[三]元祐辛未《しんび》（卯《ぼう》は誤り）の邢恕《けいじょ》の序有り。晁公武《ちょうこうぶ》『[四]讀書志』云う、「雍《よう》 易數《えきすう》に邃《ふか》く、歌詩は蓋し其の餘事なるも、亦た頗る理に切《せつ》なり」と。案ずるに[五]班固〈詠史詩〉を作りて、始めて論宗兆《きざ》し、[六]東方朔《とうほうさく》〈誡子詩《かいし》〉を作りて、始めて理路に涉《わた》りし自《よ》り、北宋に沿及して、唐人の道を知らざるを鄙《いや》しむ。

是に於いて論理を以て本《もと》と爲し、修詞を以て末と爲し、而して詩格 是に於いて大いに變ず。此の集 其の尤《もっと》も著《いちじる》しき者なり。朱國楨《しゅこくてい》[7]『湧幢小品《ゆうどうしょうひん》』曰く、「佛語 衍《えん》して[8]『寒山詩』と爲《な》り、儒語 衍して『撃壌集』と爲《な》る。此れ聖人[9]平易近人、[10]覺世喚醒の妙用なり」と。是れ亦た一說なり。然れども北宋 嘉祐自《よ》り以前、五季の佻薄《ちょうはく》の弊を厭《いと》い、事 樸《ぼく》に反《かえ》り淳《じゅん》に還《かえ》り、其の人品 率《おおむ》ね光明豁達《こうめいかったつ》を以て宗と爲し、其の文章 亦た平實坦易《たんい》を以て主と爲す。故に一時の作者、往往にして[11]長慶の餘風を衍《えん》す。[12]王禹偁《おううしょう》の詩 謂う所の「本《もと》 樂天に與《お》いては後進と爲《な》らんとし、[13]敢て杜甫は是れ前身たるを期す」とは、是れなり。

邵子の詩、其の源は亦た白居易より出づるも、晩年は意を世事より絕ち、復た文字を以て長と爲さず。意《い》の言わんと欲する所、自《おのずか》ら 胸臆を抒《じょ》しては、原《もとよ》り詩法の外に脫然たり。之を毀《そし》る者は務めて聲律を以て之を繩《じょう》す。固《もとよ》り所謂[14]「謬《あやま》りて海鳥を傷つけ、橫《ほし》いままに山木を斤《き》（斥は誤り）る」なり。之を譽むる者は以て[15]風雅の正傳と爲し、[16]莊昶《そうちょう》の諸人 轉《うた》た相い摹仿《もほう》す。所謂[17]「我に送る 一壺の陶靖節、他《かれ》に還《かえ》す 兩首の邵堯夫」が如き者は、亦た爲に[18]無鹽《むえん》を刻畫《こっかく》して西子《せいし》を唐突するものにして、邵子の詩爲《た》る所以《ゆえん》を失す。況んや 邵子の詩は苦吟して以て工を求めざるに過ぎず、亦た工を以て厲禁《れいきん》と爲すに非ざるをや。[19]邵伯溫《しょうはくおん》『聞見前錄』 載す所の〈安樂窩《あんらくか》〉詩「半《なか》ば記《き》し記せず 夢覺めし後、愁に似て愁無し 情倦《う》む時、衾《ふすま》を擁して側臥し未だ起くるを欲せず、簾外の落花 撩亂《りょうらん》して飛ぶ」と曰うが如きは、此れ 之を[20]江西派《こうさいは》中に置くと雖も、何の可ならざること有らんや。而るに 明人 乃《すなわ》ち惟《た》だ鄙俚《ひり》を以て相い高うするは、又た烏《いずく》んぞ邵子を知らんや。

集は邵子の自ら編する所爲《た》るも、楊時[21]『龜山語錄《きざんごろく》』稱する所の「誰（須は誤り）か信ぜん 畫《かく》の前に原《もと》『易《えき》』有り、刪《けず》りしより後 更に『詩』無きを」の一聯、集中乃ち之《こ》れ無し。其の手に隨いて散佚し、復た收拾せざるを知るなり。眞に意を詩に寄せて、意を詩に刻する者に非ずと爲す。又た案ずるに 邵子 道を抱きて自ら高うするは、蓋し 亦た[22]顏子 陋巷《ろうこう》の志なり。而るに [23]黃冠者流《こうかんしゃりゅう》 其の[24]先天の學 華山の道士 [25]陳摶《ちんたん》より出で、又た恬淡自怡《てんたんじい》にして、迹の黃老に似たるを以て、遂に是の集を以て『道藏』[二六]太元部「賤」字・「禮」字の二號中に編入するは、殊に誕妄《たんもう》爲り。今 併びに辨《べん》を此《ここ》に附し、異[二七]教をして牽附《けんぷ》を得るを無からしむ。

【現代語譯】

宋 邵子《しょうし》の著。巻前に治平三年（一〇六六）の自序が有り、巻末に元祐六年（一〇九一）の邢恕《けいじょ》の序文が有る。晁公武《ちょうこうぶ》『郡齋讀書志』は云う。「邵雍《よう》は 易數の學に造詣が深く、詩作は餘技なのであろうが、これもかなり理が勝っている」と。思うに、班固が〈詠史詩〉を作って始めて詩に議論の風潮が芽生え、東方朔《とうほうさく》が〈誡子詩《かいし》〉を作って始めて詩に哲理が持ちこまれるようになった。こうして北宋になると、唐の人を道理に暗いとして見下し、哲理を論ずることを基本とし、修辭を末節だと見なすようになったのだ。かくして詩のスタイルは大きく變わった。この集は、それがとりわけ顯著である。朱國楨《しゅこくてい》『湧幢小品《ゆうどうしょうひん》』はいう、「佛教の言葉を敷衍《ふえん》したのが『寒山詩』で、儒教の言葉を敷衍したのが『撃壌集』である。これらは聖人の教えを身近でわかりやすくしたもので、世人を覺醒させるための妙用である」と。これもまた一つの見方といえる。しかしながら、北宋では嘉祐年閒以前、五代十國時代の輕佻浮薄な悪習を嫌って、ことごとに純朴路線に回歸し、その人品もすべて明朗闊達を宗とし、詩文も平易明白を主とした。ゆえに當時の詩人は、往往にして長慶年閒の元白體《げんぱくたい》の餘風を引きずっている。王《おう》禹《う》偁《しょう》の詩にいうところの「本《もと》 樂天に與《お》いては後進と爲《な》らんとし、敢て杜甫は是れ前身たるを期す（もともと白樂天の後進をもって自任し、前身が杜甫であるようにと願う）」が、これに當たる。

　邵子の詩も、その源は白居易より出たものであるが、晩年は世事に思いを絶ち、二度と文學に意を注ごうとはしなかった。表現しようとするものがあれば、そのまま胸の内を述べ、もともと詩法などは度外視していた。邵子の詩をけなす者はことごとに聲律の點から彼を批判する。これこそ所謂「あやまって海鳥を傷つけ、むやみに山の木を伐り倒す」ようなものだ。彼を譽める者は『詩經』の精神を正しく受け繼ぐものだとし、莊昶《そうちょう》らの諸人はますますそれを模倣するようになった。莊昶の詩の「我に送る 一壺の陶靖節、他《かれ》に還《かえ》す 兩首の邵堯夫（陶靖節が好きだった酒を一壺届けてくださったので、邵堯夫風の詩を二首お返しとしよう）」というのは、無鹽《むえん》の醜女《しこめ》をいくら飾り立てても、かえって西施《せいし》を冒瀆《ぼうとく》するようなもので、邵子の詩たる所以《ゆえん》を失っている。そもそも邵子の詩は、苦吟してまで技巧を凝らすことをしなかっただけで、技巧を禁止したわけでもないのだ。邵伯溫《しょうはくおん》『聞見前錄』が載せる〈安樂窩《あんらくか》〉詩「半《なか》ば記《き》し記せず 夢覺めし後、愁に似て愁無し 情倦《う》む時、衾《ふすま》を擁して側臥し 未だ起くるを欲せず、簾外の落花 撩亂《りょうらん》して飛ぶ（目覺めたもののまだ夢うつつ、物思いがあるようなないようなけだるさに、夜具にくるまって横になり、もうしばらくはこのままでいたい、簾《みす》の外では花吹雪）」などは、江西派《こうさいは》の詩集に入れたとしても、おかしくはない。にもかかわらず、（莊昶のような）明人は、ただもう卑俗ということをもてはやすだけで、邵子の本質などわかってはいないのだ。

集は邵子自《みずか》らが編纂したものだが、楊時『龜山語錄《きざんごろく》』が稱贊する「誰（須は誤り）か信ぜん 畫《かく》の前に原《もと》『易』有り、刪りしより後 更に『詩』無きを（孔子が卦《か》の意味づけをする前から『易』が存在したとか、孔子が詩を三百篇に整理したために本來の『詩』が失われてしまったなどという說を誰が信じるものか）」の一聯が、集中には無い。書き上げるそばから散佚し、それを纏《まと》めておいたりしなかったことがわかる。要するに彼はその時の思いを詩に託しただけで、自分の思想を詩に表現しようと腐心した人ではないのだ。さらに思うに、邵子が儒教の道を高く標榜していたのも、顏子のごとき陋巷《ろうこう》の志をもっていたからである。にもかかわらず、道士の輩は、彼の先天象數圖《せんてんしょうすうず》の學が華山の道士 陳摶《ちんたん》から傳わったこと、さらに彼が恬淡《てんたん》として自ら樂しみ、その生きざまが老莊の士に似ていることから、この集を『道藏』太玄部〈賤〉字〈禮〉字の二號中に編入してしまったが、見當違いも甚だしい。今ついでに、異教の者たちが牽強附會せぬよう、ここではっきり述べておく。

【注】

一　河南巡撫採進本　採進本とは、四庫全書編纂の際、各省の長に當る巡撫《じゅんぶ》、總督《そうとく》、尹《いん》、鹽政《えんせい》などを通じて朝廷に獻上された書籍をいう。河南巡撫より進呈された本は『四庫採進書目』によれば一〇八部、そのうち一二部が著録され、五五部が存目（四庫全書内に収めず、目録にのみ留めておくこと）に置かれた。

二　治平丙午自序　治平丙午《へいご》は治平三年（一〇六六）。自序は「撃壌集は、伊川翁 自樂の詩なり」で始まるもので、詩の要は抒情であるとする一方、個人的な喜怒哀樂に溺れることには反對の立場をとる。「天下の大義を以て言を爲《な》さざる」ことを固く戒めている。

三　元祐辛卯邢恕序　元祐辛卯《しんぼう》は元祐六年辛未《しんび》（一〇九一）の誤り。文末に「元祐六年辛未夏六月甲子十有三日、原武の邢恕《けいじょ》序す」と明記される。邢恕は程門の儒者であるが、この序文によれば邵雍にも學を受けたとある。また、『撃壌集』の編纂作業は、邵子の子である伯温が行ったことが知られる。

四　讀書志云…　晁公武『郡齋讀書志』巻一九は「撃壌集二十巻」を著録し、次のようにいう。「邵雍 堯夫、洛陽に隱居す。熙寧中、常秩《じょうちつ》と同《とも》に召さるるも、力めて辭して起たず。易數《えきすう》に邃《ふか》し。始めて學を爲《おさ》め、二十年に至るまで枕榻《ちんとう》を施《ほどこ》して睡《ねむ》らず。其の精思 此《かく》の如し。歌詩は蓋し其の餘事なるも、亦た頗る理に切《せつ》にして、時に盛行す。卒《しゅっ》して康節と謚《おくりな》さる。集 自《みずか》ら序を爲る。」

五　班固作詠史詩　後漢の班固に、〈詠史詩〉という五言詩の作品があったことは、鍾嶸《しょうこう》『詩品』〈序〉が「東京《とうけい》二百載中、惟だ班固の詠史詩有るも、質木《しつぼく》にして文無し」といい、〈下品〉で「孟堅（班固）は才流にして、掌故に老《た》く。其の詠史を觀るに、感歎の詞有り」と評することからも知られる。しかしこれらは今日、明の馮惟訥《ふういとつ》『詩紀』が収める一首を除いて、斷片的にしか傳わらない。

六　東方朔作誡子詩　東方朔《とうほうさく》は辯舌でもって漢武帝に仕えた政治家。〈誡子《かいし》詩〉とは、『漢書』巻六五 東方朔傳の論贊にみえる、東方朔が處世について我が子を戒めた言葉を指している。「首陽を拙《せつ》と爲し、柱下を工と爲す。飽食安歩し、仕を以て農に易《か》う。隱に依りて世を玩《あなど》れば、時に詭《たが》いて逢わず（首陽山で餓死した伯夷・叔齊のような生き方はだめだ、周の書庫の役人となって天壽を全うした老子こそ見事だ。たらふく食って氣樂な世渡り、百姓やめての宮仕え。朝廷の片隅に隱れて浮世のきまりは無視、時流に乗らなければ禍いから逃れられよう）」と。

七　湧幢小品　朱國楨『湧幢小品』巻一八〈儒禪演語〉に見え

る。ただし、「佛語」を「禪語」に作る。

八　寒山詩　唐代、天台山の隱者だったと傳えられる寒山子、および豐干《ぶかん》・拾得《じっとく》らの詩をさす。それは詩というよりも禪宗の偈語《げご》に似る。『四庫全書總目提要』巻一四九　集部　別集類二に『寒山子詩集』『附錄豐干・拾得詩一巻』が著錄されている。

九　平易近人　もとは「平易近民」と言い、わかりやすくして人民に身近なものにすること。『史記』魯周公世家「夫れ　政《まつりごと》は簡ならず。易からざれば、民　近づくこと有らず。平易にして民に近づけば、民　必ず之に歸す」とみえる。

一〇　覺世喚醒　佛教でいう覺醒や悟りの境地に至らせること。

一一　長慶餘風　唐の長慶年間に一世を風靡した元白體（元稹《げんしん》『元氏長慶集』・白居易『白氏長慶集』の詩風）を指す。

一二　王禹偁詩所謂本與樂天爲後進　嚴羽《げんう》『滄浪詩話《そうろうしわ》』詩辨に「國初の詩、なお唐人に沿襲す。王黃州（禹偁）白樂天を學び…」とみえる。

一三　敢期杜甫…　胡仔《こし》『苕溪漁隱叢話《ちょうけいぎょいんそうわ》』前集巻二五引『蔡寬夫詩話』に次のような話が見える。もともと白居易の平易流暢な詩に傾倒していた王禹偁《おううしょう》だが、彼が作った〈春日雜興〉詩に偶然杜甫に似た句があった。そのため息子が改作を勸めたのだが、かえって王禹偁は自作の詩が杜詩そっくりになったことを喜び、改めなかった。そして、自ら白居易と杜甫への思いを詩に詠んだという。この詩は『小畜集』巻九にみえ、〈前に「春居雜興」詩二首を賦し、半歲を閒《へだ》てて復た省視《せいし》せざるに、長男の嘉祐《かゆう》『杜工部集』を讀み、語意頗る相類《るい》する者有るに因《よ》りて予に咨《ただ》し、且《か》つ意《おも》う　予　之を竊《ぬす》めりと。予　喜びて詩を作り、聊《いささ》か以て自ら賀す〉と題する。「嘉祐」は王禹偁の長男の名前。

一四　謬傷海鳥、橫斥山木　「斥」は「斤」の誤り。自然の中にいる海鳥を傷つけ、山の木をむやみに伐ること。ありのままの姿をそこなうことをいう。南齊の隱者　宗測が豫章王に對して任官を辭退した際、「何ぞ謬りて海鳥を傷つけ、橫《ほし》いままに山木を斤《き》るを爲さんや」（『南齊書』巻五四　高逸傳・『南史』巻七五　隱逸傳上）と言ったのに基づく。

一五　風雅　『詩經』の國風・大雅・小雅。轉じて『詩經』そのものを指す。

一六　莊昶諸人轉相摹仿　莊昶《そうちょう》は字を孔暘《こうよう》といい、江浦（江蘇省）の人。明　成化の進士、官は南京禮部郎中に至った。晩年定山に住み、定山先生と稱された。詩人としては邵康節體の信奉者として知られる。『四庫全書總目提要』巻一七一　集部　別集類二四は『莊定山集』十巻を著錄して、「惟だ　講學に癖《へき》し、故に其の文〈太極圖〉の義を闡《ひら》くこと多く、其の詩も亦た全く『擊壤集』の體を作す」という。

一七　送我一壺陶靖節、還他兩首邵堯夫　莊昶『定山先生集』巻

一七　〈王汝昌・魏仲瞻と與《とも》に雨夜小酌す〉中の句。「我に贈る　一杯の陶靖節、君に答う　幾首の邵堯夫」に作る。楊愼『升庵詩話《しょうあんしわ》』巻一二はこの詩を「絶《はなは》だ笑うべき者」とする。

一八　刻畫無鹽唐突西子　無鹽《むえん》の醜女《しこめ》鍾離春《しょうりしゅん》（齊の宣王の夫人）を飾りたてて、美人西施《せいし》に比べようとすること。あまりにも違いすぎて釣り合わないことの喩えである。

一九　邵伯溫聞見前錄所載安樂窩詩　邵伯溫『邵氏聞見錄』巻一八には、司馬光がこの詩を氣に入り、紙簾に書してもらっていたという記事が見える。

二〇　江西派　宋の黃庭堅《こうていけん》を宗とする詩派で、陳師道《ちんしどう》・晁補之《ちょうほし》・韓駒《かんく》ら二十五人がその代表。

二一　龜山語錄…　四部叢刊續編所收の宋刊本　楊時『龜山語錄』巻二に、「誰か信ぜん　畫《かく》の前に元《もと》『易』有り、刪せしより後更に『詩』無きを」と見える。提要が「誰」を「須」に作るのは誤り。『龜山語錄』は四庫全書に著錄されておらず、四庫全書編纂官が見た版本に誤りがあったのか、音が近いので寫し間違えたのであろう。楊時はこの句を、「易そのものは、孔子以前にも存在したが、孔子の解釋によって始めて『易經』として完成したし、詩も孔子が三百篇に整理したことによって『詩經』として完成したのだと解釋する。

二二　顏子陋巷之志　顏子は孔門十哲の一人、顏回《がんかい》（字は子淵）を指す。清貧に甘んじて道を好んだ人物として有名で、孔子はその志を「一簞《いったん》の食《し》、一瓢《いっぴょう》の飲《いん》、陋巷《ろうこう》に在り、人は其の憂いに堪えざるも、回や、其の樂しみを改めず」（『論語』雍也）と評した。

二三　黃冠者流　道教の道士を指す。道士は黃色の帽子を被るのでこのようにいう。

二四　先天之學　先天象數學を指す。宇宙萬象の生成を象數によって演繹するもので、思想の根本を『易』に置く。

二五　陳摶　五代から宋初の道士。字を圖南、號を扶搖子《ふようし》といい、眞源（河南省鹿邑）の人。後唐の時、進士に落第して武當山九室巖に隱れ、道教の修行をした。のち華山に移居す。太平興國年閒に來朝し、太宗の信任厚く、希夷先生の號を賜った。宋學で重要視される太極圖は、本來、道士の術であったもので、それが呂洞賓《りょどうひん》から陳摶《ちんたん》に傳わり、种放《ちゅうほう》・穆修《ぼくしゅう》らを經て周敦頤《しゅうとんい》や邵雍に傳わったという。（『宋史』巻四五七　隱逸上）

二六　道藏太元部賤字禮字二號中　『擊壤集』は道教の經典『道藏』太玄部に錄入されている。『擊壤集』の中には道教の內丹に近い詩もまま見られる。胡玉縉『四庫全書總目提要補正』巻四五は、陸心源『儀顧堂題跋』巻一一〈元槧《げんざん》擊壤集跋〉や楊紹和『楹書隅錄《えいしょぐうろく》』巻五〈北宋本康節先生擊壤集〉を引いて、四庫全書に著錄された『擊壤集』は毛氏汲古閣《きゅうこかく》本であり、それは

『道藏』から刻行したものであるという。

二七 異教 ここでは道教を指す。

【附記】

四部叢刊『伊川撃壌集二十巻 附集外詩一巻』は明成化一六年刊本の影印である。『全宋詩』（第七冊 巻三六一～巻三八二）は、明初の刻で、張蓉《ちょうよう》と邵淵耀《しょうえんよう》の跋がある北京圖書館藏本を底本とする。『全宋文』（第二三冊 巻九八六～巻九八七）は、諸書に散見される文を輯めている。注は萬暦年間に刻行された呉瀚《ごかん》摘注・呉泰《ごたい》増注本十巻があり、日本では京都大學文學部に藏されている。靜嘉堂文庫藏本は、從來元刻本と傳えられていたが、今日では明版とみなされている。

なお和刻本に、寛文九年（一六六九）・山脇重顯點『撃壌集六巻 附一巻』がある。

三〇　[一]周元公集《しゅうげんこうしゅう》九巻

[二]編修朱筠《しゅいん》家藏本

【周敦頤《しゅうとんい》】一〇一七〜一〇七三
字《あざな》は茂叔《もしゅく》、原名を敦實《とんじつ》といったが、英宗（一〇六四〜一〇六七在位）の初名 宗實を避けて敦頤《とんい》と改めた。性理學の「北宋五子」の一人で、周子はその尊稱。母方のおじの蔭補《いんほ》によって出仕し、分寧（江西省）主簿を振り出しに、二十五年閒地方官暮しをした後、廬山《ろざん》の蓮花峰の麓に隱棲した。その溪谷の名をとって濂溪《れんけい》と號する。道州營道（湖南省道縣）の人。その思想は『易經』と『中庸』に基づき、宇宙生成の理を太極圖という圖式で説明する。さらに、人閒が道德を實踐することはこの理に從う行爲であり、儒教を學ぶ者の目標だとした。二程子の師に當たるが、性理學の開祖としての地位が不動のものとなったのは、南宋の朱子がその學說を高く評價してからのことである。南宋の嘉定一三年（一二二〇）に元という諡《おくりな》を賜り、淳祐元年（一二四一）、汝南伯として孔子廟に祀られた。〈愛蓮說〉は高潔な人柄が表われた作として人口に膾炙する。『宋史』巻四二七 道學傳一 參照。

宋周子撰。周子之學以[三]主靜爲宗。平生精粹、盡於[四]太極圖說・[五]通書之中。詞章非所留意、故當時未有文集。陳振孫[六]書錄解題載有文集七卷者、後人之所編輯、非其舊也。故振孫稱是集遺文纔數篇爲一卷、餘皆附錄。則在宋代已勉强綴合、爲數無多矣。

此本亦不知何人所編。凡[七]遺書雜著一卷、圖譜一卷、其後五卷則皆諸儒議論及誌傳祭文。與宋本不甚相合、而大致亦不甚相遠。蓋後人病其篇目寂寥、又取所著二書編之集內、以取盈卷帙耳。

明嘉靖閒、漳浦王[八]會曾爲刊行、國朝康熙初、其裔[九]孫沈珂又校正重鐫。先儒著述、學者所宗、固不以其太少而廢之。原本後附遺[一〇]芳集五卷、乃沈珂輯其先世文章事蹟、自爲一編。與本集不相比附、今別入之總集類、不使相淆。集中[一一]愛蓮說一篇、江昱[一二]瀟湘聽雨錄力攻其出於依託。然昱說亦別無顯證。流傳已久、今仍竝錄之焉。

【訓讀】

宋　周子《しゅうし》の撰。周子の學は主[三]靜《しゅせい》を以て宗と爲す。平生の精粹、『太[四]極圖說』『通[五]書』の中に盡《つ》くさる。詞章は意を留《とど》むる所に非ず、故に當時　未だ文集有らず。陳振孫『書[六]錄解題』載せて文集七卷有りとする者は、後人の編輯する所にして、其の舊に非ざるなり。故に振孫稱す、「是の集　遺文纔《わず》かに數篇を一卷と爲し、餘は皆　附錄なり」と。則ち宋代に在りて已に勉强して綴合《ていごう》し、數を爲すこと多きこと無し。

此の本　亦た何人の編する所なるかを知らず。凡そ遺[七]書・雜著二卷、圖譜二卷、其の後の五卷は則ち皆　諸儒の議論及び誌傳・祭文なり。宋本と甚だしくは相い合わざるも、大致《おおむね》亦た甚だしくは相い遠からず。蓋し　後人　其の篇目の寂寥たるを病み、又た著す所の二書を取りて之を集內に編し、以て卷帙《かんちつ》を取盈《しゅえい》するのみ。

明　嘉靖の閒、漳浦《しょうほ》の王[八]會　曾《かつ》て爲《ため》に刊行し、國朝　康熙の初め、其の裔[九]孫　沈珂《ちんか》　又た校正重鐫《ちょうせん》す。先儒の著述、學者の宗とする所にして、固《もと》より其の太《はなは》だ少きを以て之を廢せず。原本　後に『遺[一〇]芳集』五卷を附すは、乃ち沈珂　其の先世の文章・事蹟を輯め、自《おのずか》ら一編を爲す。本集と相い比附せずして、今　別に之を總集類（實は傳記類の誤り）に入れ、相い淆《まじ》えしめず。集中〈[一一]愛蓮《あいれん》の說〉一篇、江昱《こういく》の『[一二]瀟湘聽雨錄《しょうしょうちょうううろく》』力《つと》めて其の依託に出づるを攻む。然れども

昱の説 亦た別に顯證無し。流傳已《すで》に久しく、今 仍《な》お竝びに之を錄す。

【現代語譯】

宋 周子《しゅうし》の著。周子の學は主靜《しゅせい》を旨とする。彼の平生の學問の精髓は、『太極圖說』『通書』の中に盡くされている。詩文に關心がなかったため、その當時、彼の文集はなかった。陳振孫の『直齋書錄解題』に文集七卷と記載されているのは、後世の人の編輯で、舊來のものではない。ゆえに陳振孫は「この集は、遺文が纔《わず》か數篇で一卷、他は皆 附錄だ」という。つまり、宋代にしてすでに、できうる限り集めても、たいした數にはならなかったのである。

この版本も誰が編纂したのかわからない。遺書・雜著が二卷、圖譜二卷、その後半の五卷は、皆 諸儒の議論及び墓誌・傳記・祭文などである。宋代に編緝された本と一致する部分はあまりないにしろ、おおむねそれほどかけ離れたものでもあるまい。思うに、後世の人が篇目が少ないのを氣にして、彼の二つの著作から選び取って文集に編入し、卷帙《かんちつ》をふくらませたのである。

明 嘉靖年間に、漳浦（福建省）の王會が曾《かつ》て刊行し、本朝の康熙の初め、裔孫に當る周沈珂《しゅうちんか》がさらにそれに校正を加えて重刻した。先儒の著述は、道を學ぶ者が宗旨とするもので、數が少なすぎるからといって捨ててよいはずはない。原本は後に『遺芳集』五卷を附しているが、これは沈珂が先祖の文章や事蹟を輯めたもので、獨立した一編の著作である。本集にはそぐわないので、今 別にこれを傳記類（總集類とするのは誤り）に入れ、紛れないようにした。集中の〈愛蓮《あいれん》の說〉一篇については、江昱《こういく》の『瀟湘聽雨錄《しょうしょうちょううろく》』が別人の假託による作だと強く主張している。しかし、昱の說もとりたててはっきりした證據があるわけではない。久しく周敦頤の作として流傳していることでもあり、今はこれまでどおり集中に編錄したままにしておく。

30　周元公集九巻　238

【注】

一　周元公集九巻　四庫全書文淵閣本は八巻（注七參照）である。

二　編修朱筠家藏本　朱筠《しゅいん》は字を竹君といい、順天大興（江蘇省金壇）の人。乾隆一九年の進士。編修とは當時編修の任に在ったためかくいう。四庫全書編纂官の一人である。『四庫採進書目』によれば、四庫全書編纂の際には三十七部を進獻し、十二部が四庫全書に著録され、四部が存目（四庫全書内に收めず、目録にのみ留めておくこと）に置かれている。

三　主靜　道學における實踐的修養法。周敦頤が『太極圖説』で説くところによれば、人には善惡が生じ、萬事が出來する。ゆえに「聖人之を定むるに中正仁義を以てし、而して靜を主として人極を立つ」のだという。「靜を主とす」とは、自注で「無欲、故《ゆえ》に靜」と説明される。私欲を排し、妄動を愼む態度をいう。

四　太極圖説　宇宙生成の理を〈太極圖〉とよぶ圓相の圖式で表現し、その説明を加えた書。圖説は「無極にして太極」という言葉で始まり、太極の働きによって陰陽が生じ、陰陽の變合によって木・火・土・金・水といった五行が生じ、男女が存在し、萬物が化生することを説く。人はその秀靈なものであるゆえ善惡が生じ、萬事が出來する。だから、道德は聖人の定める中正仁義によるべきだとする。圖はもと道士の修練の術から傳わったとされ、道教の影響が指摘される。朱子が『太極圖説解』を作り、理氣學の基礎とした。

五　通書　『太極圖説』と並ぶ周敦頤の主著。易の通論で、四十章から成る。人は學ぶ（修養する）ことによって聖人になりうるという宋學の理念が全編に貫かれており、『易經』と『中庸』をもとに、道教や佛教の影響も見られる。朱子にこれの注釋『通書解』がある。

六　書録解題　陳振孫『直齋書録解題』巻一七に「濂溪集《れんけいしゅう》七巻」と見える。

七　遺書・雜著一巻…　四庫全書文淵閣本『周元公集』の書前提要は、この部分「遺書・雜著一巻、圖譜一巻、其後六巻…」に作る。

八　王會　鄧顯鶴《とうけんかく》編『周子全書』には、嘉靖二三年（一五四四）の王會の序文が收録されている。

九　裔孫沈珂…　『四庫全書總目提要』は巻六〇　史部　傳記類存目に『周元公集』十巻を置き次のようにいう。「明　周沈珂《しゅうちんか》の編、吳縣の人。周子の裔《えい》なり。是の集　巻一は圖象爲《た》り、巻二は世系年譜爲り、巻三は遺書爲り、巻四は雜著爲り、巻五は諸儒の議論爲り、巻六は事狀爲り、巻七は褒崇優卹《ほうすうゆうじゅつ》爲り、巻八は祠墓諸記爲り、巻九・巻十は皆　附録にして後人の詩文なり…。」

同じ「周元公集」と題する本でありながら、一方を別集類に、もう一方を傳記類に錄しているのは解せない。

一〇　『遺芳集』五巻　周沈珂とその子 之翰《しかん》の編。周敦頤十七世の孫にあたる與爵《よしゃく》が四世の興裔以下の著述や事蹟を編纂していたものに、沈珂父子が詔諭・傳記・墓誌銘の類を加えて編次した。ただし、『四庫全書總目提要』は、この書を總集類ではなく、巻六〇史部傳記類の存目に錄している。

一一　愛蓮説　『古文眞寶後集』巻二に採錄され、人口に膾炙している文。菊、牡丹、蓮という三種の花の品格を對照的に論じる中で、蓮を君子になぞらえて、自己の理想とする高潔を希求した。朱子が愛したことで知られる。〈濂溪先生愛蓮説の後に書す〉（『晦庵先生朱文公文集』巻八一）參照。

一二　瀟湘聽雨錄　江昱《こういく》『瀟湘聽雨錄』巻一に、「愛蓮説」が、〝意義淺俗にして、氣體卑弱、絶えて『通書』太極の文字に非ず〟とする前人の説を引き、今湖南の州や縣のあちこちに、「愛蓮池亭」があるが、むかし周子がここで蓮を愛したなどと言われているのは、笑止千萬だと記している。また巻三でも、湖南の衡陽に「愛蓮池亭」があるが、周子が衡陽に立ち寄った證據がないことを論じている。

【附記】

周敦頤の文集で、現在最も簡便に見ることができるのは、陳克明點校『周敦頤集』（中華書局 一九九〇）である。各種版本を整理校訂し、標點を施したもので、附錄には傳・行狀・年譜などの他、各種版本の序文や後學が周子の學を論じた文章も多數收錄する。『全宋詩』（第八冊 巻四一二）は康熙年間、張伯行が刊行した正誼堂全書『周濂溪集』を底本とし、『全宋文』（第二五冊 巻一〇七三〜巻一〇七四）は、宋刊本の『濂溪集』を底本とする。

なお、宋刻本『元公周先生濂溪集』十二巻『年表』一巻は、『北京圖書館古籍珍本叢刊』八八におさめられている。また和刻本に延寶三年（一六七五）刊の釋眞祐點『周子全書』七巻がある。

三一　[一]南陽集《なんようしゅう》三十卷　附錄一卷

[二]江蘇巡撫採進本

【韓維《かんい》】一〇一七～九八
字《あざな》は持國《じこく》、潁昌《えいしょう》（河南省許昌市）の人。仁宗朝の宰相韓億《かんおく》（九七二～一〇四四）の第五子。進士に擧げられたが、當時父が高位に在り、嫌疑をさけるためわざと蔭補《いんほ》によって出仕した。父が亡くなると門を閉ざして仕えようとしなかったが、富弼《ふひつ》や歐陽修の要請で再び任官した。神宗にはその藩王の時代から仕えたが、王安石とそりが合わず、一時期地方に在った後、王安石と入れ替わる形で宰相になっている。紹聖年間に元祐の禍で流謫となったが、のち許されて八十二歲の長壽を得た。四庫全書文淵閣本『南陽集』後附　鮮于綽〈韓公行狀〉（前半闕）・『名臣碑傳琬琰《えんえん》集』下集卷一七〈韓侍郎維傳〉・『宋史』卷三一五　韓億傳附　韓維傳　參照。

宋韓維撰。維字持國、[三]潁昌人。[四]絳之弟也。[五]以蔭入仕、英宗朝、累除知制誥、神宗卽位、爲翰林學士。元祐初、拜門下侍郎、以太子少傅致仕。紹聖中、坐元祐黨籍謫均[六]州安置、元符初、復官、卒。嘗封南陽郡公、故以名集。事蹟具[七]宋史本傳。

陳振孫[八]書錄解題作二十卷、稱後有其外孫沈晦跋、前有鮮于綽所撰行狀。此本凡[九]詩十四卷、內制一卷、外制三卷、[一〇]王邸記室二卷、奏議五卷、表章・雜文・碑志各一卷、手簡・歌詞共一卷、附錄一卷、較陳氏所載多十卷。疑陳氏譌三十爲二十。鮮于綽所撰行狀、今與沈晦跋竝列卷末、亦與陳氏所說不同。然目錄仍以行狀列卷首、則傳寫者誤移之也。其[一一]第十九卷・二十卷稱王邸記室、立名頗別。考邵伯溫[一二]聞見前錄稱神宗開潁邸、韓琦擇宮僚、用王陶・韓維・陳薦・孫國忠・孫思恭・邵亢云云。蓋維於是時掌兩宮牋奏所作耳。其集刊版久佚、藏書家轉相繕錄、譌脫頗多。第三十卷與附錄一卷尤顚舛參差、幾不可讀。蓋[一三]沈晦作跋之時、已云文字舛駁、不可是正。今流傳又四五百載、其愈謬也固宜矣。謹考定其可知者、其原闕字句無可校補、則姑仍其舊焉。

【訓讀】

宋 韓維《かんい》の撰。維 字は持國《じこく》、[三]潁昌《えいしょう》の人。[四]絳《こう》の弟なり。[五]蔭《いん》を以て入仕し、英宗の朝、累《しき》りに知制誥《ちせいこう》に除せられ、神宗 即位し、翰林學士と爲る。元祐の初め、門下侍郎を拜し、太子少傅《しょうふ》を以て致仕す。紹聖中、元祐黨籍に坐して均州[六]安置に謫せられ、元符の初め、官に復して、卒《しゅつ》す。嘗て南陽郡公に封ぜられ、故に以て集に名づく。事蹟『[七]宋史』本傳に具《そな》われり。

陳振孫『[八]書錄解題』二十卷に作りて稱す、「後に其の外孫 沈晦《しんかい》の跋《ばつ》有り、前に鮮于綽《せんうしゃく》 撰する所の行狀有り」と。此の本 凡そ[九]詩十四卷、內制一卷、外制三卷、[一〇]王邸記室二卷、奏議五卷、表章・雜文・碑志各一卷、手簡・歌詞共に一卷、附錄一卷にして、陳氏 載す所に較《くら》べ十卷多し。疑うらくは 陳氏 三十を譌《あやま》りて二十と爲すか。鮮于綽 撰する所の行狀、今 沈晦の跋と竝びに卷末に列するは、亦た陳氏の說く所と同じからず。然れども 目錄 仍《な》お行狀を以て卷首に列するは、則ち傳寫する者 誤りて之を移すなり。其の[一一]第十九卷・二十卷 王邸記室と稱し、名を立つること頗《すこぶ》る別なり。考うるに 邵伯溫《しょうはくおん》『[一二]聞見前錄』稱す、「神宗 潁邸を開き、韓琦《かんき》 宮僚を擇びて、王陶・韓維・陳薦《ちんせん》・孫國忠・孫思恭・邵亢《しょうこう》を用う云云」と。蓋し 維 是の時に於いて兩宮の牋奏を 掌《つかさど》りて作る所なるのみ。其の集 刊版久しく佚《いつ》し、藏書家轉《うた》た相い繕錄し、譌脱《かだつ》頗る多し。第二十卷と附錄一卷とは尤も顛舛參差《てんせんしんし》し、幾《ほと》んど讀むべからず。蓋し沈晦[三]跋を作るの時、已に云う、「文字舛駁《せんばく》にして、是正すべからず」と。今流傳して又た四、五百載、其の愈《いよ》いよ謬《あやま》れるや固《もとよ》り宜《むべ》なるかな。謹んで其の知るべき者を考定し、其の原闕の字句の校補すべき無きは、則ち姑《しばら》く其の舊に仍《よ》れり。

【現代語譯】

宋 韓維《かんい》の著。維は字を持國《じこく》といい、潁昌《えいしょう》（河南省許昌市）の人である。絳《こう》の弟に當たる。蔭補《いんほ》によって出仕し、英宗朝に、累官して知制誥《ちせいこう》に除せられ、神宗が卽位すると、翰林學士となった。元祐元年（一〇八六）、門下侍郎を拜命し、太子少傅を最後に引退した。紹聖年閒には、元祐黨籍の罪に坐して均州（湖北省）安置となり、元符元年（一〇九八）、官に復歸して、亡くなった。嘗て南陽郡公に封ぜられたのにちなんで、文集に名づけたのである。事蹟は『宋史』韓維傳に詳しい。

陳振孫『直齋書錄解題』は二十卷に作り、次のようにいう。「卷末に彼の外孫に當る沈晦《しんかい》の跋が有り、卷前に鮮《せん》于綽《うしゃく》が書いた行狀が有る」と。この本は全部で、詩十四卷、內制一卷、外制三卷、王邸記室二卷、奏議五卷、表章・雜文・碑志が各一卷、手簡と歌詞を合わせて一卷、それに附錄一卷があり、陳氏が記載したものに比べて十卷多い。おそらく陳氏が「三十」を「二十」に誤ったのであろう。鮮于綽が書いた行狀は、今沈晦の跋と竝べて卷末に列せられるが、これも陳氏がいうのと異なる。しかし、目錄では行狀をやはり卷首に置いている。ということは、傳寫した者が誤って卷末に移したのだ。第十九卷・二十卷は「王邸記室」といい、特別な命名をしている。考えてみるに、邵伯溫『邵氏聞見前錄』に、「神宗が潁王府《えいおうふ》を開いた時、韓琦《かんき》が東宮官僚の選拔に當たり、王陶・韓維・陳薦《ちんせん》・孫國忠・孫思恭・邵亢《しょうこう》を任用し云云」とある。思うに、この時、維が王府と東宮の公文書の起草を掌《つかさど》っていて作ったものに違いない。彼の文集は刊版が散逸して久しく、藏書家が次から次へと修繕補録していき、誤字脱字が頗る多い。第三十巻と附録一巻はとくに文章が入り亂れていて、幾んど讀むことができない。思うに、沈晦が跋文を作った時點ですでに「文字が間違いだらけで訂正できない」と述べており、それから流傳して更に四、五百年經った今、一層誤りが増えているのは當然の事であろう。わかるところは謹んで校訂し、校正や訂補しようのない原闕の字句は、しばらくそのままにしておく。

【注】

一　南陽集三十巻　附録一巻　四庫全書文淵閣本は「附録」の後に「行狀一巻」を有する。

二　江蘇巡撫採進本　採進本とは、四庫全書編纂の際、各省の長にあたる巡撫《じゅんぶ》、總督《そうとく》、尹《いん》、鹽政《えんせい》などを通じて朝廷に獻上された書籍をいう。江蘇巡撫より進呈された本は『四庫採進書目』によれば一七二六部、そのうち三一〇部が著録され、五五一部が存目（四庫全書内に収めず、目録にのみ留めておくこと）に置かれた。

三　潁昌人　『名臣碑傳琬琰集』下集巻一七〈韓侍郎維傳〉、注八の『直齋書録解題』、注一三の沈晦〈跋文〉などには「潁昌の人」と見える。ただし、『宋史』韓維傳のみは「雍丘《ようきゅう》（河南省杞《き》縣）の人」に作る。

四　絳之弟　父 韓億（九七二～一〇四四）には、綱《こう》・綜《そう》・絳《こう》・繹《えき》・維《い》・縝《しん》・緯《い》・緬《めん》という八子がいた。韓絳（一〇一二～一〇八八）は字を子華といい、慶曆二年（一〇四二）の進士で神宗朝に同中書門下平章事《どうちゅうしょもんかへいしょうじ》（宰相）を務めた人物。

五　以蔭入仕　蔭補を指す。父祖の功績によって子が任官すること。

六　安置　官僚に對する處罰の一つ。僻地に止め置かれ、行動が監視されること。

七　宋史本傳　『宋史』巻三一五　韓億傳に附される。

八　書録解題…　陳振孫『直齋書録解題』巻一七に、「南陽集二十巻、門下侍郎潁昌韓維持國の撰。南陽郡公に封《ほう》ぜられ、故に以て集に名づく。沈晦《しんかい》 元用は其の外孫なり。巻首に鮮于綽《せんうしゃく》 述ぶる所の行狀を載せ、晦 其の後に跋《ばつ》す」とみえる。

九　詩十四巻　晁公武『郡齋讀書志』巻一九は「韓持國詩三巻」

を著録しており、詩のみから成る別集が存在していたらしい。

一〇　王邸記室二巻　巻一九~巻二一が神宗の潁王《えいおう》記室時代の作であるが、巻二〇は〈兩府轉官を賀する狀〉という題目のみを存して本文を缺いており、實質は二巻といえる。

一一　第十九巻・二十巻　注一〇で指摘したように、實際は巻一九と巻二一が潁王邸記室時代の作である。『宋史』藝文志には「韓維南陽集三十巻、又潁邸記室集一巻、奏議一巻」とあることから、本來『潁邸記室』は『南陽集』とは別に行われていたことがわかる。

一二　聞見前録…　邵伯溫『邵氏聞見録』巻三に次のように見える。「神宗 潁邸を開くに、英宗 韓魏公（琦《き》）に命じて宮僚を擇《えら》ばしむ。王陶・韓維・陳薦《ちんせん》・孫固・孫思恭・邵亢《しょうこう》を用い、皆《みな》名儒厚德の士なり。王陶・韓維、進止《しんし》に法有り。神宗 内朝《ないちょう》し、拜すること稍《や》や急なり。維曰く「維 下拜す。王 當《まさ》に之に效《なら》うべし」と。諸侯 一日 神宗に侍《じ》して坐すに、近侍 弓樣《きゅうよう》の靴を以て進む。維曰く「王 安《いず》くんぞ舞靴を用いんや」と。神宗愧《き》色《しょく》有りて、亟《にわか》に毀去《ききょ》せしむ。其の翊贊《よくさん》の功 此《か》くの如し。故に潁邸の賓僚《ひんりょう》 天下の選と號すと云う」。神宗は治平元年（一〇六四）英宗の長子として十七歳で潁王に封ぜられ、治平三年（一〇六六）に皇太子に立てられた。王に封ぜられると、專用の役所 王府を開くことが認められる。

一三　沈晦作跋之時已云　沈晦《しんかい》（一〇八四~一一四九）は字を元用、號を胥山《しょざん》といい、錢塘《せんとう》の人。沈遘《しんこう》の孫。韓維の外孫で、韓維の家で育てられた。宣和《せんな》六年（一一二四）の進士第一。四庫全書本『南陽集』の巻末には、鮮于綽の手に成る韓維の〈行狀〉と、沈晦の〈跋〉が附されている。沈晦は『南陽集』の流傳について次のように語る。「宣和六年（一一二四）、晦 省試《しょうし》に赴く。間《かん》に西京（洛陽）に至り、留臺の舅氏（母の兄弟）宗質（鮮于綽の〈行狀〉によれば、韓維の三男）に竭《とど》まる。外祖（韓維）の遺事を問うに、因《よ》りて鮮于綽作る所の〈行狀〉を出だす。晦 其の脱略して且つ語迮《せま》り騁《は》すを得ざるを怪しむ。舅氏 畏避《いひ》する所（韓維が元祐黨人として處罰された事情を指す）有るを以て告ぐ。因りて 外祖の文集を求めて論次を加えんと欲するも、文字舛駁《せんばく》して正是すべからず。方《まさ》に諸家に問いて以て綴輯《ていしゅう》して書を成さんと欲するも、俄《にわ》かに金の賊 闕《けつ》を犯し、外家 潁昌《えいしょう》に殲《ほろ》ぼされ、群從 散亡す。書籍 煨燼《わいじん》し、鮮于綽の〈行狀〉と雖も、亦た復《ふた》た び見ず。…今年、表姪孫《ひょうてつ》元龍 復た此の本を何人かの家に得て、遠く桂林に寄す…紹興十年（一一四〇）七月望日…」。

【附記】

『南陽集』には刻本はなく、鈔本のみが傳わっていたらしい。『全宋詩』（第八册　巻四一七～巻四三〇）と『全宋文』（第二五册　巻一〇五六～巻一〇七二）は、四庫全書文淵閣本を底本とする。

三二　[一]文忠集《ぶんちゅうしゅう》一百五十三卷　附錄五卷

[二]江西巡撫採進本

【歐陽修《おうようしゅう》】一〇〇七～一〇七二

字《あざな》は永叔《えいしゅく》、號は醉翁《すいおう》、晩年は六一居士《こじ》とも號した。廬陵《ろりょう》（江西省吉安市）の人。天聖八年（一〇三〇）の進士。仁宗・英宗・神宗の三朝に仕えた北宋の名臣。初め、范仲淹《はんちゅうえん》とともに慶暦《けいれき》の新政を推進し、保守派の讒言で一時左遷されたが、後に榮達して參知政事（副宰相）に至った。文學面では、尹洙《いんしゅ》・穆修《ぼくしゅう》の影響を受け、唐末・五代以來の婉約的な文風を脱却して、北宋古文を確立した。嘉祐二年（一〇五七）、知貢擧《ちこうきょ》（科擧試驗委員長）となった時、古文によって人を採り、蘇軾《そしょく》・蘇轍《そてつ》・曾鞏《そうきょう》らを得た話は有名。その著述は、歴史・文學・評論・隨筆・考古學など、當時の文化のあらゆる面に及んでおり、北宋における學術・文化の最高指導者であった。韓琦《かんき》『安陽集』卷五〇〈歐陽公墓誌銘〉・蘇轍『欒城《らんじょう》後集』卷二三〈歐陽文忠公神道碑〉・『宋史』卷三一九 歐陽修傳 參照。

宋歐陽修撰。修有[三]詩本義、已著錄。[四]案宋史藝文志載修所著文集五十卷・別集二十卷・六一集七卷・奏議十八卷・內外制集十一卷・從諫集八卷。諸集之中、惟[五]居士集爲修晩年所自編。其餘皆出後人裒輯。各自流傳、如衢州刻奏議、韶州刻從諫集、浙西刻四六集之類。又有廬陵本、京師舊本、綿州本、宣和吉本、蘇州本、閩本諸名、分合不一。[六]陳振孫書錄解題謂修集遍行海內、而無善本、蓋以是也。

此本爲周必大所編定、自居士集至書簡集、凡分十種。前有必大所作序。[七]陳振孫以爲益公解相印歸、用諸本編校、刊之家塾。[八]其子綸又以所得歐陽氏傳家本、[九]歐陽棐所編次者、屬益公舊客[一〇]曾三異校正、益完善無遺恨。然[一一]必大原序又稱、郡人孫謙益承直郎丁朝佐徧搜舊本、與鄉貢進士曾三異等互相編校、起紹熙辛亥、迄[一二]慶元庚辰。據此、則是書非三異獨校、亦非必大自輯。與振孫所言俱不合。檢書中舊存編校人姓名、有題紹熙三年十月[一三]丁朝佐編次・[一四]孫謙益校正者。有題紹熙五年十月孫謙益・[一五]王伯芻校正者。又有題郡人[一六]羅泌校正者、亦無曾三異之名。惟卷末考異中多有云公家定本作某者、似卽周綸所得之歐陽氏本。疑此書編次義例、本出必大。特意存讓善、故序中不自居其名。而振孫所云綸得歐陽氏本付三異校正者、乃在朝佐等校定之後添入刊行、故序亦未之及歟。

其書以諸本參校同異。見於所紀者曰[一七]文纂、曰[一八]薛齊誼編年慶歷文粹、曰[一九]熙寧時文、曰[二〇]文海、曰[二一]文藪、曰[二二]京本英辭類稾、曰[二三]緘啓新範、曰[二四]仕途必用、曰[二五]京師名賢簡啓、皆廣爲蒐討。一字一句、必加考覈。又有兩本重見而刪其複出者、如[二六]濮王典禮奏之類。有他本所無而旁採附入者、如[二七]詩解統序之類。有別本所載而據理不取者、如[二八]錢鏐等傳之類。其鑒別亦最爲[二九]詳允。

觀[三〇]樓鑰攻媿集有濮議跋、稱廬陵所刊文忠集、列於一百二十卷以後、首尾俱同。又第四卷剳子註云、是歲十月撰、不曾進呈。檢勘所云、卽指此本。以鑰之博洽、而必引以爲據、則其編訂精密、亦槩可見矣。

【訓讀】

宋 歐陽修《おうようしゅう》の撰。修[三]『詩本義』有りて、已に著錄す。案ずるに、[四]『宋史』藝文志 修 著す所の『文集』五十卷・『別集』二十巻・『六一集』七巻・『奏議』十八巻・『内外制集』十一巻・『從諫《じゅうかん》集』八巻を載す。諸集の中、惟だ『[五]居士《こじ》集』のみ修 晩年 自ら編する所爲りて、其の餘は皆 後人の裒輯《ほうしゅう》に出づ。各自 流傳すること、衢州《くしゅう》『奏議』を刻し、韶州《しょうしゅう》『從諫集』を刻し、浙西《せっせい》『四六集』を刻するの類の如し。又た廬陵《ろりょう》本・京師舊本・綿州本・宣和吉本・蘇州本・閩《びん》本の諸名有りて、分合 一ならず。[六]陳振孫『書録解題』修の集 海内に遍行するも善本無しと謂うは、蓋し是を以てなり。

此の本 周必大の編定する所爲《た》り。『居士集』自《よ》り『書簡集』に至るまで、凡そ十種に分かれ、前に必大作る所の序有り。[七]陳振孫 以爲《おもえ》らく「益公 相《しょう》印を解きて歸り、諸本を用いて編校し、之を家塾に刊す。[八]其の子 綸《りん》 又た得る所の歐陽氏の傳家本にして、[九]歐陽棐《ひ》編次する所の者を以て、益公の舊客 [一〇]曾三異に屬して校正し、益《ます》ます完善にして遺恨無からしむ」と。然れども [一一]必大の原序 又た稱す「郡人 孫謙益・承直郎 丁朝佐 偏《あまね》く舊本を捜し、鄉貢《きょうこう》の進士曾三異等と與《とも》に互いに相い編校すること、紹熙辛亥《しょうきしんがい》に起こり、[一二]慶元庚辰《しん》（丙辰の誤り）に迄《いた》る」と。此れに據れば、則ち是の書は三異の獨校に非ず、亦た必大の自輯に非ず。振孫の言う所と倶に合わず。書中 舊存の編校人の姓名を檢するに、「紹熙三年十月 [一三]丁朝佐 編次・[一四]孫謙益 校正」と題する者有り、「紹熙五年十月 孫謙益・[一五]王伯芻《はくすう》 校正」と題する者有り。又た「郡人 [一六]羅泌《らひつ》校正」と題する者有るも、亦た曾三異の名無し。惟だ巻末の考異中 多く「公の家の定本 某に作る」と云う者有り、卽ち周綸 得る所の歐陽氏の本に似たり。疑うらくは 此の書の編次の義例、本 必大より出づるも、特《た》だ讓善を存せんことを意《おも》い、故に序中 自ら其の名を居かず。而して振孫 云う所の 綸 歐陽氏の本を得て三異の校正に付すとは、乃ち朝佐等の校定の後に在りて添入して刊行す、故に序 亦た未だ之に及ばざるか。

其の書 諸本を以て 同異を參校す。紀する所に見ゆる者 曰く『[一七]文纂』、曰く[一八]薛齊誼《せっせいぎ》『編年慶歷文粹』、曰く『[一九]熙寧時文』、曰く『[二〇]文海』、曰く『[二一]文藪《そう》』、曰く『[二二]京本英辭類稾《るいこう》』、曰く『[二三]緘啓《かんけい》新範』、曰く『[二四]仕途必用』、曰く『[二五]京師名賢簡啓』、皆 廣く爲《ため》に蒐討《しゅうとう》し、一字一句、必ず考覈《こうかく》を加う。又た兩本に重見して其の複出を删《けず》りし者、〈[二六]濮《ぼく》王典禮奏〉の

如きの類 有り。他本 無き所にして旁《あまね》く採りて附入せし者、〈詩解統序〉[二七]の如きの類 有り。別本 載す所なれども理に據りて取らざる者、〈銭[二八]繆《りゅう》等傳〉の如きの類 有り。其の鑒別《かんべつ》 亦た最も詳允[二九]爲《た》り。

樓鑰《ろうやく》[三〇]『攻媿集《こうき》』を觀るに〈濮議跋《ぼくぎ》〉有りて稱す「盧陵 刊する所の『文忠集』、一百二十卷以後に列し、首尾 倶に同じ。又た第四卷の剳子《さっし》の註に、是の歲 十月の撰、曾《かつ》て進呈せずと云う」と。云う所を檢勘するに、卽ち此の本を指す。鑰《やく》の博洽を以て、必ず引きて以て據と爲す、則ち其の編訂の精密、亦た槩《おおむ》ね見るべし。

【現代語譯】

宋 歐陽修《おうようしゅう》の著。修の著作には『詩本義』があり、すでに著錄しておいた。考えるに、『宋史』藝文志は修の著作として『文集』五十卷・『別集』二十卷・『六一集』七卷・『奏議』十八卷・『内外制集』十一卷・『從諌集《じゅうかん》』八卷を載せている。諸集の中では、『居士集《こじ》』だけが修が晩年に自ら編纂したもので、その他は皆 後人が集めたものである。各集は、たとえば衢州《くしゅう》で『奏議』が刻され、韶州《しょうしゅう》で『從諌集』が刻され、浙西《せっせい》で『四六集』が刻されたように、それぞれ別々に流傳した。さらに盧陵《ろりょう》本・京師舊本・綿州本・宣和吉本・蘇州本・閩《びん》本と呼ばれる版もあり、それらが收める內容は一樣ではない。陳振孫『直齋書錄解題』が修の文集は海內に遍く行われているものの善本がないというのは、思うにこのことをいうのだ。

この本は周必大が編纂校訂したもので、『居士集』から『書簡集』に至るまで、全部で十種に分かれ、前に必大が作った序文がある。陳振孫はいう。「益公（周必大）は宰相の印綬を解いて歸鄕してから、諸本によって編纂校訂し、それを家塾で刊行した。その子 綸《りん》がさらに歐陽氏の傳家本つまり歐陽棐《ひ》の編纂したものを手に入れ、益公の昔の食客 曾三異に校訂を依賴し、いっそう完善で滿足できるものにさせた」と。しかし、必大の原序はこうも言っている。「同郡の孫謙益と承直郎の丁朝佐が遍く舊本を搜求し、鄕貢の進士 曾三異らと一緒になって編纂校訂すること、紹熙二年辛亥（一一九一）から、慶元二年丙辰（庚辰は誤り、一一九六）に及んだ」と。これによると、この書は三異が獨りで校訂したものではなく、また必大自らが編輯したものでもなく、振孫のいうところと合わない。書中にもともとある編纂校訂者の姓名を調べてみると、「紹熙三年（一一九二）十月 丁朝佐 編次・孫謙益 校正」と題するもの、「紹熙五年（一一九四）十月 孫謙益・王伯芻《おうはくすう》 校正」と題するものがあり、さらに「郡人 羅泌《らひつ》校正」と題するものもあるのに、曾三異の名はない。ただ、巻末の考異の中で「公の家の定本はこれこれに作る」というものが多く、どうやらこれが周綸が入手したという歐陽氏の傳家本のようだ。思うに、この書の編次の體例は、もともと必大の發案であるが、ただ彼は謙讓の氣持ちを示すため、序文に自分の名前を列ねなかったのであり、振孫がいうところの、周綸が歐陽氏の本を得て、三異に校訂を依頼したというのは、朝佐等の校定の後に附け加えて刊行したのであって、だから序文もこのことに言及していないのではないだろうか。

その書は諸本によって異同を參校している。注記に見えるものには、『文纂』・薛齊誼《せっせいぎ》『編年慶暦文粹』・『熙寧《きねい》時文』・『文海』・『文藪《ぶんそう》』・『京本英辭類稾《るいこう》』・『緘啓《かんけい》新範』・『仕途必用』・『京師名賢簡啓』などがあり、いずれも多くの諸本を集めて校訂し、一字一句にも、必ず考證を加えている。さらに、二つの集に重複して見えるためその一方を删《けず》った〈濮《ぼく》王典禮奏〉のような例、他の本に無いものでも別の史料から採錄附入した〈詩解統序〉のような例、別本には載っているが理由があって採らなかった〈錢鏐《せんりゅう》等傳〉のような例もあり、その眞僞是非の判定も、非常に公正・妥當である。

樓鑰《ろうやく》『攻媿《こうき》集』にある〈濮議《ぼくぎ》跋〉を見るに、「（〈濮議〉は）廬陵《ろりょう》で刊行された『文忠集』では第百二十巻以後に列せられ、首尾ともに同じものである。さらに第四巻の劄子《さっし》の註には、〝この歳 十月の撰なのだが、皇帝に奉呈はしなかった〟とある」と述べている。彼の言を検證してみると、この本のことを指している。鑰《やく》は博識を以てなる人で、その彼が證據として引用しているからには、この本の編纂・校訂の精密さというのも知られよう。

【注】

一　文忠集一百五十三巻　附録五巻　四庫全書文淵閣本は「四朝國史本傳一巻」と「年譜一巻」を有する。

二　江西巡撫採進本　採進本とは、四庫全書編纂の際、各省の長に當たる巡撫《じゅんぶ》、總督《そうとく》、尹《いん》、鹽政《えんせい》などを通じて朝廷に獻上された書籍をいう。江西巡撫より進呈された本は『四庫採進書目』によれば五八二部、そのうち六一部が著録され、三九四部が存目（四庫全書内に収めず、目録にのみ留めておくこと）に置かれた。

三　詩本義　唐代までの『詩經』の解釋が、一字一句に對する訓詁の學であったのに對し、詩篇の旨を論ずることに重點を置いたもので、宋學による舊注批判の端を開いた。『四庫全書總目提要』巻一五に『毛詩本義』十六巻として著録される。

四　宋史藝文志載　『宋史』藝文志巻七に「歐陽修集五十巻。又別集二十巻・六一集七巻・奏議十八巻・内外制集十一巻・從諫《じゅうかん》集八巻」とあり、合計百十四巻。

五　居士《こじ》集　『文忠集』百五十三巻の内譯は、『居士集』五十巻・『外集』二十巻・『易童子問』三巻・『外制集』三巻・『内制集』八巻・『表奏書啓四六集』七巻・『奏議集』十八巻・『雜著述』十九巻・『集古録跋尾』十巻・『書簡』十巻。『宋史』藝文志の「歐陽修集五十巻」とは『居士集』五十巻を指す。陳振孫『直齋書録解題』巻一七は、「『居士集』は、歐公 手づから定める所なり」という。

六　陳振孫書録解題謂　陳振孫『直齋書録解題』巻一七に「六一居士集一百五十二巻・附録四巻・年譜一巻」を著録して、「其の集 徧《あまね》く海内に行わるるも、善本無し」という。

七　陳振孫以爲…　注六の陳振孫『直齋書録解題』巻一七は次のように續ける。「周益公（必大）相《しょう》印を解きて歸り、諸本を用《もっ》て編校し、定めて此の本を爲《つく》り、且つ之が年譜を爲る。居士集・外集自《よ》り下、書簡集に至るまで凡そ十、各おの之を家塾に刊す。其の子 綸《りん》 又た得る所の歐陽氏の傳家本、乃ち 公の子棐《ひ》 叔弼《しゅくひつ》の編次する所の者を以て、益公の舊客 曾三異に屬して校正し、益ます完善にして遺恨無からしむ。」

八　其子綸　周綸《しゅうりん》の傳記は未詳だが、『周文忠公集』附録〈周文忠公行狀〉に「子 綸は朝請大夫・行大理司直」とある。

九　歐陽棐　一〇四七～一一一三　字は叔弼《しゅくひつ》。修の子。治平四年（一〇六七）進士乙科に登る。襄《じょう》州・潞《ろ》州・蔡《さい》州を歴知するが、のち黨籍の禍によって榮達できなかった。文集二十卷があったと傳えられる。

一〇　曾三異　字は無疑《むぎ》、臨江新淦《しんかん》（江西省）の人。淳熙《じゅんき》中に鄕貢進士となる。詩名があり、經學を朱子に學ぶ。

一一　必大原序又稱…　周必大『周文忠公集』巻五二〈歐陽文忠公集後序〉に、「會《たまた》ま　郡人　孫謙益《そんけんえき》　儒學に老《た》け、斯文に刻意し、承直郎　丁朝佐　群書を博覽し、最も考證に長ず。是に於いて偏《あまね》く舊本を捜し、先賢の文集を傍采し、鄉貢の進士　曾三異《そうさんい》等と互いに編校を加う。紹熙辛亥《しょうきしんがい》（紹熙二年、一一九一）春に起り、慶元丙辰《けいげんへいしん》（慶元二年、一一九六）夏迄、一百五十三巻を成し、別に附錄五巻を爲す。繕寫模印すべし」とある。

一二　慶元庚辰　「庚辰」は「丙辰《へいしん》」の誤り。

一三　丁朝佐　字は懷忠《かいちゅう》、邵武（福建省）の人。紹定二年（一二二九）の進士。この時の肩書きは、承直郎・前桂陽軍軍學教授。

一四　孫謙益　字は彦撝《げんき》、廬陵《ろりょう》（江西省）の人。その他は未詳。

一五　王伯芻　一一三二～一二〇一　字は駒父《くほ》、號は率齋《そつさい》。廬陵（江西省）の人。進士に合格せず、ついに科擧の道は斷念したものの、詩名があった。周必大が彼の墓誌銘（『周文忠公集』巻七三〈率齋王居士の墓誌銘〉）と詩の跋文（巻一九〈楊愿と王伯芻の詩に跋す〉）を書いている。

一六　羅泌　字は長源。その他は未詳。

一七　文纂　未詳。

一八　薛齊誼編年慶歷文粹　「慶歷」は「慶曆」、乾隆帝の諱「曆」を避けて「歷」に作る。『編年慶曆文粹』は今日傳わらない。薛齊誼《せっせいぎ》は周必大が〈歐陽文忠公年譜後序〉（『周文忠公集』巻五二）で「文忠公の年譜一ならず。惟だ桐川の薛齊誼・廬陵の孫謙益・曾三異の三家のみ詳爲《た》り」というところの人で、『宋史』藝文志には薛齊誼の『六一居士年譜』一巻と『六一先生事證』一巻が著錄されている。

一九　熙寧時文　熙寧《きねい》年間の科擧の模範答案集であろう。

二〇　文海　江鈿《こうでん》編『宋文海』百二十巻を指す。晁公武『郡齋讀書志』巻二〇に著錄されるが、今日傳わらない。

二一　文藪　『宋賢文藪』四十巻を指す。『宋史』藝文志　總集類に著錄されるが、今日傳わらない。

二二　京本英辭類稾　未詳。

二三　緘啓《かんけい》新範　手紙の文例集であろう。亡佚。

二四　仕途必用　祝熙載《しゅくきさい》編『仕塗必用集』二十一巻を指す。晁公武『郡齋讀書志』巻二〇および陳振孫『直齋書錄解題』巻一五（ただし十巻に作る）に著錄されるが、今日傳わらない。

二五　京師名賢簡啓　著名人の書簡集であろう。亡佚。

二六　濮王典禮奏　『歐陽文忠公集』巻一二〇・一二一の『濮議』は、英宗の父濮《ぼく》王を皇考（皇帝の父）として崇奉すべきことを論じた文である。現行本は、個々の諸狀を省略し、「奏狀（議狀）は別巻に具われり」と注する。

二七　詩解統序　『歐陽文忠公集』巻六〇（『外集』巻一〇）〈詩解統序〉を指す。文末の注は、「按ずるに公の墓誌等　皆『詩本義』十四卷と云う。江・浙・閩《びん》本 亦た然り、仍《な》お〈詩圖總序〉〈詩譜補亡〉を以て卷末に附す。惟《た》だ 蜀本のみ〈詩解統序〉竝びに〈詩解〉を增し、凡そ九篇、共に一卷と爲し、又た〈詩圖總序〉〈詩譜補亡〉を移して、自ら一卷と爲す。總て十六卷。故に綿州（蜀）集本に於いて、此の九篇を收む。它《た》本則ち 之無し。今 此の卷中に附す」。すなわち、蜀本にのみ見えていた〈詩解統序〉一篇と〈詩解〉八篇を採ったのである。

二八　錢鏐《せんりゅう》等傳　『歐陽文忠公集』卷六五（『外集』卷一五 傳）は、〈桑懌《そうえき》傳〉一篇を收錄し、文末の注に「閩本〈桑懌《そうえき》傳〉の後、又た〈錢鏐《せんりゅう》〉〈王景仁〉〈朱瑾〉等の傳を載す。卽ち『五代史』の文にして、閒《ま》ま小異有り。今 取らず」という。

二九　詳允　公正で妥當なこと。

三〇　樓鑰攻媿集有濮議跋　濮議《ぼくぎ》とは、英宗が父濮王を崇奉する典禮を議論した時、皇伯と稱すべきか、皇親と稱すべきかについてなされた議論。結果として中書省の意見が通り後者に決着したが、歐陽修はこれによって諫官呂晦《りょかい》の彈劾を受けた。樓鑰《ろうやく》『攻媿《こうき》集』卷七二〈趙清臣藏する所の濮議に跋す〉は、「余 歸りて近歲 廬陵に刊せし所の『文忠公集』を閱《み》るに、則ち此の卷 列して一百二十卷以後に在り、首尾俱《とも》に同じ。…其の第四卷〈劄子《さつし》〉の注に云う、〝是の歲 十月撰《せん》すも、曾《かつ》て進呈せず〟と」という。今、『歐陽文忠公集』卷一一三（『濮議』卷四）〈劄子《さつし》一首〉の題注をみるに、樓鑰《ろうやく》のいう通りである。

【附記】

歐陽修の文集で最も行われているのは、元刻本（清水茂『唐宋八家文』一九六六 朝日新聞社 によれば、明版らしい）『歐陽文忠公集』を影印した四部叢刊本である。『全宋詩』（第六冊 卷二八二～卷三〇三）もこの四部叢刊本を底本とする。『全宋文』（第一六～第一八冊 卷六六三～卷七六二）は、慶元二年周必大の宋刻本（卷三～卷六は闕）を底本とする。なお、この慶元本は、我が國では天理圖書館にも藏される。

和刻本には、寶曆一四年（一七六四）、皆川淇園・淸田儋叟點の三十六卷本（汲古書院『和刻本漢籍文集』第二輯所收）、および慶應元年（一八六五）の官版『歐陽文忠公文抄』三十二卷がある。

主な選注本としては、陳新・杜維沫選注『歐陽修選集』（上海古籍出版社　一九八六）、曾《そう》棗《そう》荘《そう》主編『歐陽修詩文賞析集』（巴蜀書社　一九八九）、陳蒲清注譯『歐陽修文選讀』（丘麓書社　一九八四）、陳必祥注譯『歐陽修散文選』（香港三聯書店　一九九〇）、宋心昌選注『歐陽修詩文選注』（上海古籍出版社　一九九四）、黃公渚譯注『歐陽修詞選譯』（作家出版社　一九五八）などがある。また、洪本健編『歐陽修資料彙編』上・中・下冊（中華書局　一九九五）は諸家の歐陽修評を集めたもの。

三三　樂全集《らくぜんしゅう》四十卷　附錄一卷

[一]編修汪如藻《おうじょそう》家藏本

【張方平《ちょうほうへい》】一〇〇七～一〇九一
字《あざな》を安道、號を樂全《らくぜん》居士という。當時の南京《なんけい》、今の河南省商丘《しょうきゅう》市の人。景祐元年（一〇三四）茂材異等科に、寶元元年（一〇三八）賢良方正能直言極諫科に合格した。著作佐郎の時に上《たてまつ》った西夏討伐の〈平戎《へいじゅう》十策〉が宰相呂夷簡《りょいかん》の目に止まったのがきっかけで、仁宗朝に重用されて翰林學士となり、英宗朝に禮部尚書、翰林學士承旨に進んだ。神宗朝には參知政事（副宰相）を拜するも、一貫して王安石の新法に反對した。元豐二年（一〇七九）太子少師でもって退官し、哲宗朝に太子太保を加えられた。蜀に赴任した際、蘇洵《そじゅん》父子を見出し上京を勸めたのが張方平であり、のちに蘇軾が朝政誹謗の科で下獄した際も嘆願書を上《たてまつ》るなど盡力した。そのため蘇軾は張方平に對して竝々ならぬ敬意を拂っている。『樂全《らくぜん》集』附錄 王鞏《おうきょう》〈張公行狀〉・蘇軾『蘇軾文集』（中華書局本）卷一四〈張文定公墓誌銘〉・『宋史』卷三一八 張方平傳 參照。

宋張方平撰。方平字安道、[二]宋城人。[三]舉茂材異等、爲校書郎。歷官參知政事、卒贈司空。謚文定。事蹟具[四]宋史本傳。方平自號樂全居士、因以名集。蓋取[五]莊子樂全之謂得志語。詳所作[六]樂全堂詩中。其集見於[七]宋史藝文志者四十卷、與此本合。然方平在翰林時代言之文、如立太子・[八]除种諤節度使・韓琦守司徒・呂公弼樞密使・李昭亮殿前副都指揮使諸制、見於[九]宋文鑑者、此集皆無之。考[一〇]王鞏作方平行狀、稱別有玉堂集二十卷。東都事略[一一]所載亦同。蓋制草別爲一編、故集中不載耳。集凡詩四卷、頌一卷、芻蕘論十卷・雜論[一二]二卷、對策一卷、論事九卷、表・狀三卷、書一卷、牋・啓一卷、記・序一卷、雜著一卷、祭文・碑志六卷。

方平天資[一三]穎悟、於書一覽不忘。文思[一四]敏贍、下筆數千言立就。才氣[一五]本什伯於人、而其識又能灼見事理、剸斷明決。故集中論事諸文、無不豪爽暢達、洞如龜鑑。不獨史所載平戎十策[一六]・論新法疏[一七]爲切中利弊。蘇軾[一八]作序、以孔融・諸葛亮比之。雖推挹之詞稍爲溢量、然亦殆於近似矣。

其集流傳甚少。此本首尾頗完善、愼字[一九]下皆註今上御名四字。蓋從孝宗時刊本鈔出。惟不載[二〇]蘇軾原序、疑傳寫者偶遺之。今併爲錄補冠於卷首、以存其舊焉。

【訓讀】

宋 張方平《ちょうほうへい》の撰。方平 字は安道、宋城[二]の人。茂材異等[三]に擧げられ、校書郎と爲る。參知政事を歴官し、卒して司空を贈らる。謚《おくりな》は文定。事蹟『宋史』[四]本傳に具われり。方平 自ら樂全《らくぜん》居士と號し、因りて以て集に名づく。蓋《けだ》し『莊子』[五]の「樂しみ全き、之を志を得たりと謂う」の語を取る。作る所の〈樂全堂〉[六]詩中に詳らかなり。

其の集『宋史』[七]藝文志に見ゆる者 四十卷、此の本と合う。然れども 方平 翰林に在りし時の代言の文、〈立太子〉・〈宗《へそう》[八]（仲《ちゅう》は誤り）諤《がく》 節度使〉・〈韓琦《かんき》 守司徒〉・〈呂公弼《りょこうひつ》 樞密使《すうみつし》〉・〈李昭亮 殿前副都指揮使〉に除する諸制の、『宋文鑑』[九]に見ゆる者、此の集 皆 之《これ》無し。考うるに 王鞏《おうきょう》[一〇] 方平の〈行狀《ぎょうじょう》〉を作り、別に『玉堂集』二十卷有りと稱す。『東都事略』[一一]載す所 亦た同じ。蓋し 制草 別に一編を爲し、故に 集中 載せざるのみ。集 凡そ詩四卷、頌一卷、芻蕘《すうじょう》論十卷・雜論[一二]二卷、對策一卷、論事九卷、表・狀三卷、書一卷、牋《せん》・啓一卷、記・序一卷、雜著一卷、祭文・

碑志六卷。

方平 天資(一三)穎悟《えいご》にして、書に於いては一覽して忘れず。文思(一四)敏贍《びんせん》、筆を下せば數千言 立ちどころに就《な》る。才氣 本人に什(一五)伯し、而して其の識 又た能く事理を灼見《しゃくけん》し、剸斷《せんだん》明決。故に集中の論事の諸文、豪爽暢達《ごうそうちょうだつ》にして、洞《あきら》かなること龜鑑《きかん》の如《ごと》からざるは無し。獨り 史 載す所の(一六)〈平戎十策〉・(一七)〈新法を論ずる疏〉のみ切に利弊に中《あた》ると爲さず。(一八)蘇軾 序を作り、孔融《こうゆう》・諸葛亮《しょかつりょう》を以て之に比《なぞら》う。推挹《すいゆう》の詞 稍《や》や爲《ため》に溢量《いつりょう》すと雖も、然れども 亦た近似に殆《ちか》し。

其の集 流傳 甚だ少なし。此の本 首尾 頗《すこぶ》る完善にして、「愼(一九)」の字の下 皆「今上御名」の四字を註す。蓋《けだ》し 孝宗の時の刊本從《よ》り鈔 出《しょうしゅつ》す。惟《た》だ 蘇軾(二〇)の 原序を載せず、疑うらくは傳寫する者 偶《たま》たま之を遺《わす》る。今 併びに爲《ため》に錄補して卷首に冠し、以て其の舊を存す。

【現代語譯】

宋 張方平《ちょうほうへい》の著。方平は字を安道といい、宋城（河南省商丘市）の人である。茂材異等科に及第し、校書郎となった。參知政事を務め、亡くなって司空を追贈された。諡《おくりな》は文定という。事蹟は『宋史』張方平傳に詳しい。方平は自《みずか》ら樂全《らくぜん》居士と號したので、それを集の名とした。おもうに『莊子』の「樂しみ全き 之れを志を得たりと謂う」という語から取ったのであって、そのことは彼の作った〈樂全堂《らくぜん》〉詩に詳しい。

彼の文集で『宋史』藝文志に見えるのは四十卷であり、この本と合致する。しかしながら、方平が翰林院在職中に作った代作の文、〈立太子〉・〈宗（种《ちゅう》は誤り）諤《がく》を節度使に〉・〈韓琦《かんき》を守司徒に〉・〈呂公弼《りょこうひつ》を樞密使《すうみつし》に〉・〈李昭亮を殿前副都指揮使に除す〉諸制で、『宋文鑑』に見えるものは、いずれもこの集にはない。考えてみるに、王鞏《おうきょう》が書いた方平の〈行狀〉には、これとは別に『玉堂集』二十卷があると稱しており、『東都事略』の記載も同じである。おもうに 制草は別に一編を成していたので、この集に載せなかっただけであろう。集は詩四卷、頌一卷、芻蕘《すうじょう》論十卷・

雜論二卷、對策一卷、論事九卷、表・狀三卷、書一卷、牋《せん》・啓一卷、記・序一卷、雜著一卷、祭文・碑志六卷から成る。

方平は生まれつき賢く、書物は一讀すれば忘れなかった。文章の構想がすぐ頭に浮かび、筆を下せば數千字の文がたちどころに出來上がった。才氣はもともと人の十倍から百倍、その才識はまた物事の本質を見拔き、決裁も明快そのもの。ゆえに集中の政策論は、いずれもみな豪快でのびやか、その洞察力は永遠の規範となるべきものである。利害の核心を突いた議論は、『宋史』に收載された〈平戎十策〉・〈新法を論ずる疏〉だけではないのだ。蘇軾は文集の序文を書いて、彼を孔融《こうゆう》・諸葛亮《しょかつりょう》に擬《なぞら》えた。推奬の言葉としてやや譽め過ぎではあるが、まずは大體妥當であろう。

彼の集は甚だ流傳が少ない。この本は首尾　頗る完善なもので、「愼」の字の所は皆「今上御名」の四字を註しており、南宋孝宗（在位一一六二～一一八九）時代の刊本から筆寫したものと思われる。ただ、蘇軾のもとの序文を載せていないのは、おそらく寫字した者がたまたま忘れたのであろう。今　これも補って、卷首に冠し、その舊姿に歸すこととする。

【注】

一　編修汪如藻家藏本　汪如藻《おうじょそう》は字を念孫といい、桐鄉（浙江省）の人。乾隆四〇年（一七七五）の進士。父祖より裘杼樓《きゅうちょろう》の萬卷の藏書を受け繼いだ。四庫全書總目協勘官となり、『四庫採進書目』によれば二百七十一部を進獻した。そのうち九十部が四庫全書に著錄され、五十六部が存目（四庫全書内に收めず、目錄にのみ留めておくこと）に置かれている。

二　宋城　當時の應天府南京《なんけい》。今の河南省商丘市。

三　茂材異等　制擧の一種である茂材異等科をさす。制擧は定期的に行われる科擧とは異なり、皇帝が隨意に實施する人材登用試驗。張方平は景祐元年（一〇三四）にこれに合格した。全くの布衣（無位無官）から茂材異等科に登ったのは、北宋を通じて富弼《ふひつ》と張方平の二人に限られる。のち、張方平は賢良方正能直言極諫科にも及第するが、二科ともに及第したのは、張方平一人である。

四　宋史本傳　『宋史』巻三一八　張方平傳。
五　莊子樂全之謂得志語　『莊子』外篇　繕性《ぜんせい》に「道は固《もとよ》り小行せず、徳は固り小識せず。小識は徳を傷つけ、小行は道を傷《やぶ》る。故に曰く、己《おのれ》を正さんのみと。樂しみ全き、之を志を得たりと謂う。」と見える。人間のちっぽけな才識はかえって大いなる無爲自然の徳を害《そこな》い、小賢《こざか》しい行いは無爲自然の道を害う。みずからの本性に立ち返って、眞の全き愉樂を得ることこそが志を得ることなのだという。
六　樂全堂詩中　『樂全《らくぜん》集』巻三〈樂全堂に題す〉の自注は次のようにいう。「『莊子』云う、〝樂しみ全き、之を志を得たりと謂う〟と。古の所謂志を得るとは、軒冕《けんべん》の謂いに非ず。其の以て其の樂しみを益《そこ》なう無きを謂うのみ（『莊子』は、〝樂しみ全き、之を志を得たりと謂う〟と云う。そのむかし、〝志を得る〟というのは、官位爵祿のことではなかった。樂しみをそこなわないことをいったのである）」と。
七　宋史藝文志者四十巻　『宋史』藝文志巻七に「張方平集四十巻　又進策九巻」と見える。
八　除神諤節度使　「神諤」は「宗諤」の誤り。注九參照。
九　宋文鑑　『皇朝文鑑』巻三四は、〈立皇太子の制〉・〈皇兄宗《そう》諤《がく》を保靜軍節度使に除する制〉・〈韓琦を守司徒兼侍中鎭安武勝等軍節度使に除する制〉・〈呂公弼を樞密使檢校太傅に除する制〉・〈李昭亮を殿前副都指揮使寧武軍節度使に除する制〉の五篇を収録する。提要が「神諤」とするのは、仁宗の從兄である趙宗諤の誤り。四庫全書本　王珪《おうけい》『華陽集』巻一九に〈皇兄宗諤を除して保靜軍節度使と爲す示諭敕書〉があることからも裏附けられよう。
一〇　王鞏作方平行狀　『樂全《らくぜん》集』の附録は王鞏《おうきょう》の手になる〈張公行狀〉を収める。王鞏は字を定國、號を清虚居士《せいきょこじ》という。蘇軾に師事したため、のち元祐黨籍に入れられ賓《ひん》州（廣西壯族自治區）に流謫《るたく》された。のち許されて任官したが、豪氣な性格ゆえに出世できなかった。仁宗朝から神宗朝にかけての名臣王素の子で、張方平は王素のために神道碑（『樂全集』巻三七）を書いている。
一一　東都事略　提要のいうように、注一〇の王鞏〈張公行狀〉および『東都事略』巻七四　張方平傳は、確かに『樂全集』四十巻とともに『玉堂集』二十巻を載せている。しかし、『宋史』藝文志巻七は既に「張方平玉堂集二十巻」を著録しており、〈行狀〉や『東都事略』を引用するまでもない。ただ『宋史』藝文志が『樂全集』と『玉堂集』を別々の箇所に著録しているため、提要は『玉堂集』の方を見落としたのであろう。玉堂とは、翰林院の雅名である。
一二　雜論二巻　武英殿本『四庫全書總目提要』は「牋啓《せんけい》一巻」

に誤る。

一三 天資穎悟…… 『蘇軾文集』（中華書局本）巻一四〈張文定公墓誌銘〉には「公 年十三にして、應天府學に入る。穎悟《えいご》 絶人たり。家貧しくして書無く、嘗て人に就きて三史（『史記』・『漢書』・『後漢書』）を借り、旬日にして輒《すなわ》ち之を歸して曰く、〝吾 已に其の詳を得たり〟と。凡そ 書 皆 一閲せば、終身再讀せず。文を屬《つづ》るに未だ嘗て草を起こさず」とみえる。『宋史』張方平傳にも同樣の話がみえる。

一四 文思敏贍 文章の構想がすぐ頭に浮かぶこと。

一五 什伯 什佰とも書き、十倍、百倍の意。

一六 平戎十策 『樂全集』巻一九〈平戎十策〉は、西夏の入寇が激しくなったのに際して、著作佐郎だった張方平が康定元年（一〇四〇）夏に上《たてまつ》った策である。策は宰相呂夷簡《りょいかん》の支持を得たものの、採用されなかった。『宋史』巻三一八 張方平傳は、十策のうち〈攻心〉の要點のみを引用している。十策とは〈攻心〉のほか、〈伐交〉〈專勝〉〈敵を以て敵を攻む〉〈安民〉〈兵を根本に置く〉〈足食〉〈豐財〉〈備姦〉〈購募〉を指す。このうち、〈敵を以て敵を攻む〉は原題を〈夷狄を以て夷を攻む〉というが、滿洲族の王朝である清は〝夷狄〟の字を忌避し、四庫全書編纂の際に字を改めた。

一七 論新法疏 『樂全《らくぜん》集』巻二七〈新法を論ずる奏〉は、『續資治通鑑長編』巻二六九によれば、熙寧八年（一〇七五）十月、王安石の新法に反對して奉った上奏文である。また、『宋史』巻三一八 張方平傳は、張方平が神宗の面前で新法の弊害を説き、「民は猶お水のごとし。以て舟を載すべく、亦た以て舟を覆《くつがえ》すべし。兵は猶お火のごとし。戢《おさ》めずんば必ず自《みずか》ら焚《や》く。若《も》し 新法 卒《つい》に行わば、必ず舟を覆し、自ら焚《や》くの禍有らん」と言うと、神宗は憮然《ぶぜん》としたという話を引く。

一八 蘇軾作序、以孔融・諸葛亮比之 『蘇軾文集』（中華書局本）巻一〇〈樂全先生文集敍〉には次のようにみえる。「孔北海（融） 志 大にして 論 高く、功烈 世に見《あら》われず。然れども英偉豪傑の氣、自《おのずか》ら一時の宗とする所爲《た》り。……諸葛孔明（亮）文章を以て自《みずか》ら名せざるも、開物成務の姿、綜練《そうれん》名實の意、自《おのずか》ら言語に見《あら》わる。……常に 二人の文、其の全きを見ざるを恨むも、今 吾が樂全《らくぜん》先生 張公 安道、其れ庶幾《ちか》からんか。」開物成務は『易』繫辭《けいじ》傳に見える語で、萬物の志を開通し、天下の務めを成就させること。綜練名實は綜核名實ともいい、名と實を統合一致させること。なお、後日談ではあるが、張方平は蘇軾に宛てた序文の禮狀〈蘇子瞻《そしせん》の樂全集の序を寄するに謝す〉（『樂全《らくぜん》集』巻三四）で、孔融・諸葛亮に擬《なぞら》えられたことを喜ぶ一方、孔融のようにみすみす曹操に陥れられるほど愚か者ではないと述べている。さらに、王鞏がこれを蘇軾に問うたところ、蘇軾は、死を以て漢室を守った孔融は愚か者であるはずがないと答えたという。『蘇軾文集』（中華書局本）巻七二雑記〈張安道比孔北海〉參照。

一九 愼字下皆註今上御名四字 南宋の孝宗（在位一一六二〜一一八九）の諱《いみな》は眘（愼）である。

二〇 不載蘇軾原序 蘇軾〈樂全先生文集敍〉には「公 今 年八十一」とあることから、元祐二年（一〇八七）、舊法黨が政権を握っていた時期の作であることがわかる。のち、蘇軾ら舊法黨の士大夫は元祐黨籍に入れられて流刑となり、北宋末、蘇軾の文集は版木を焼かれるなどの彈壓を受けた。その餘波は南宋の乾道《けんどう》六年（一一七〇）、孝宗が蘇軾に文忠の諡《おくりな》を賜るまで續いたとみるべきであろう。孝宗（在位一一六二〜一一八九）時代の版本の鈔本とされるこの集（注一九參照）が〈樂全先生文集敍〉を冠しないのは、傳寫の誤りというよりも、蘇軾の序文を載せることを憚《はばか》った可能性が高い。

【附記】

『樂全集』は北京圖書館藏の宋槧本《そうざん》（巻一七から巻三四まで現存十八巻、『北京圖書館古籍珍本叢刊』八九に影印あり）以外、刻本は傳わらない。『全宋詩』（第六冊　巻三〇五〜巻三〇八）は四庫全書文淵閣本を、『全宋文』（第一九冊　巻七八二〜巻八三二）は四庫全書珍本初集本を底本とする。

三四　嘉祐集《かゆうしゅう》十六巻　附錄二巻

[一]兩淮馬裕《ばゆう》家藏本

【蘇洵《そじゅん》】一〇〇九～一〇六六
字《あざな》は明允《めいいん》、號は老泉。眉州《びしゅう》（今の四川省眉山）の人。息子の蘇軾《そしょく》・蘇轍《そてつ》とともに唐宋八大家の一人に數えられる。父子あわせて三蘇といい、軾を大蘇、轍を小蘇というのに對して、老蘇とも呼ばれる。若いころは遊俠の徒と交わり、書を顧みなかったが、二十七歳の時に發憤して學問の道に入った。しかし、科擧に合格せず、息子らを連れて上京、蘇軾と蘇轍の及第によってその夢を果たした。歐陽修や張方平の推擧によって初めて試祕書省校書郎の官についたのが五十二歳の時で、肩書きとしては覇州文安縣の主簿に終わった。議論文に優れ、その文は『荀子』『孟子』『戰國策』の風ありとされる。歐陽修『歐陽文忠公集』卷三四〈故覇州文安縣主簿蘇君墓誌銘〉・張方平『樂全集』卷三九〈文安先生墓表〉・『宋史』卷四四三 文苑傳五 參照。

宋蘇洵撰。洵有[二]謚法、已著錄。考[三]曾鞏作洵墓誌、稱[四]有集二十卷。[五]晁公武讀書志・陳振孫書錄解題俱作十五卷。蓋[六]宋時已有二本。是本爲[七]徐乾學家傳是樓所藏。卷末題紹興十七年四月晦日婺州州學雕。紙墨頗爲精好。又有[八]康熙閒蘇州邵仁弘所刊、亦稱從宋本校正。然二本竝十六卷、均與宋人所記不同。徐本名嘉祐新集、邵本則名老泉先生集。亦復互異、未喩其故。或當時二本之外、更有此一本歟。

今世俗所行又有二本。一爲[九]明凌濛初所刊朱墨本、併爲十三卷。一爲[一〇]國朝蔡士英所刊任長慶所校本、凡十五卷。與晁氏陳氏所載合。然較徐本闕洪範圖論一卷、史論前少引一篇。又以史論中爲史論下、而闕其史論下一篇。又闕辨姦論一篇、題張仙畫像一篇、送吳侯職方赴闕序一篇、謝歐陽樞密啓一篇、謝相府啓一篇、香詩一篇。朱[二]彝尊經義考載洵洪範圖論一卷、註曰未見。疑所見洵集、當卽此本。中閒闕漏如是、恐亦未必晁陳著錄之舊也。

今以徐本爲主、以邵本互相參訂、正其譌脫。亦有此存而彼逸者、竝爲補入。又附[三]錄二卷、爲奉議郎充婺州學教授沈斐所輯。較[三]邵本少國史本傳一篇、而多挽詞十餘首。亦竝錄以備考焉。

【訓讀】

宋 蘇洵《そじゅん》の撰。洵『諡法《しほう》』[二]有りて、已に著錄す。考うるに 曾鞏[三]（實は歐陽修の誤り）洵の墓誌を作りて、「集[四]二十卷有り」と稱す。晁公武《ちょうこうぶ》[五]『讀書志』・陳振孫《ちんしんそん》『書錄解題』倶に十五卷に作る。蓋し宋[六]の時 已に二本有り。是の本 徐《じょ》[七]乾學《けんがく》の家 傳是樓《でんぜろう》の藏する所爲り。卷末「紹興十七年四月晦日 婺州《ぶしゅう》の州學 雕《ちょう》す」と題す。紙墨 頗る精好爲り。又た、康[八]熙の閒 蘇州の邵 仁泓《しょうじんおう》の刊する所有りて、亦た「宋本に從いて校正す」と稱す。然れども 二本 竝びに十六卷にして、均しく宋人の記す所と同じからず。徐の本は『嘉祐新集』と名づけ、邵の本は 則ち『老泉先生集』と名づく。亦た復た互いに異なるは、未だ其の故を喩《さと》らず。或いは 當時 二本の外、更に此の一本有るか。

今の世 俗に行う所 又た二本有り。一は明の凌[九]濛初《りょうもうしょ》の刊する所の朱墨本爲りて、併せて十三卷と爲す。一は國朝[一〇]蔡士英 刊する所にして任長慶 校する所の本爲りて、凡そ十五卷。晁氏・陳氏 載す所と合う。然れども 徐の本に較べて〈洪範圖論《こうはんずろん》〉一卷を闕き、〈史論〉の前に引一篇を少《か》く。又た〈史論中〉を以て〈史論下〉と爲し、而して其の〈史論下〉一篇を闕く。又た〈辨姦論〉一篇、〈張仙の畫像に題す〉一篇、〈吳侯職方の闕に赴くを送る序〉一篇、〈歐陽樞密に謝す啓〉一篇、〈相府に謝す啓〉一篇、〈香詩〉一篇を闕く。[二]朱彝尊《しゅいそん》『經義考《けいぎこう》』、洵の〈洪範圖論〉一卷を載せ、註に「未見」と曰う。疑うらくは見る所の洵の集、當に卽ち此の本なるべし。中閒の闕漏 是の如くして、恐らくは亦た未だ必ずしも晁・陳の著錄の舊にあらざるなり。

今 徐の本を以て主と爲し、邵の本を以て互いに相い參訂し、其の譌脫《かだつ》を正す。亦た此に存し彼に逸す者有るは、竝びに爲に補入す。又た『[三]附錄』二卷は、奉議郎にして婺州學教授に充てられし沈斐《しんひ》の輯むる所爲りて、[三]邵本に較べて〈國史本傳〉一篇を少き《か》、〈挽詞〉十餘首多し。亦た竝びに錄して以て考に備う。

【現代語譯】

宋 蘇洵《そじゅん》の著。洵には『謚法《しほう》』があり、已に著錄しておいた。考證するに 曾鞏（實は歐陽修の誤り）は洵の墓誌を作り、「集二十卷有り」といっているが、晁公武《ちょうこうぶ》『郡齋讀書志』と陳振孫《ちんしんそん》『直齋書錄解題』はともに十五卷に作っている。思うに、宋代 已に二種類の版本があったのだろう。この本は徐乾學《じょけんがく》の家の傳是樓《でんぜろう》の藏本である。卷末に「紹興十七年四月晦日 婺州《ぶしゅう》の州學 雕《ちょう》す」とある。紙や墨の質もすばらしい。さらに、康熙年閒に蘇州の邵 仁泓《しょうじんおう》が刊行したものがあり、これも「宋本をもとに校正したものだ」という。しかし、この二本はともに十六卷であり、宋人の記述と異なる。徐氏の本は『嘉祐新集』と題され、邵氏の方は『老泉先生集』と題されている。この點も互いに異なっており、その理由もわからない。或いは宋の當時、二十卷本と十五卷本の外、さらにこの十六卷本があったのかも知れない。

今、これらのほか、一般に行われている版本が二つある。一つは明の淩濛初《りょうもうしょ》の刊行した朱墨本で、併せて十三卷。もう一つは本朝の蔡士英が刊行した任長慶の校訂本で、十五卷あり、晁氏や陳氏の記載と卷數が合致する。しかし、徐乾學の本に較べると〈洪範圖論《こうはんずろん》〉一卷が闕けており、〈史論〉の前に引一篇がない。さらに〈史論中〉を〈史論下〉

とし、〈史論下〉一篇を缺いている。また〈辨姦論〉一篇、〈張仙の畫像に題す〉一篇、〈呉侯職方の闕《けつ》に赴くを送る序〉一篇、〈歐陽樞密に謝す啓〉一篇、〈相府に謝す啓〉一篇、〈香詩〉一篇を缺く。朱彝尊《しゅいそん》『經義考《けいぎこう》』は、洵の〈洪範圖論〉一巻を載せるが、「未見」と斷り書きがある。彼が見た洵の文集は、この（蔡士英）刊本ではないか。内容にこれほどの遺漏があるところからすると、これも晁氏や陳氏が著録した當時のままではないと思われる。

今　徐本を底本にし、邵本を參考にしながら校訂して、誤りを正した。また一方にあって他方にないものは、いずれも補入しておいた。さらに『附録』二巻は、奉議郎・婺州學教授であった沈斐《しんひ》の編輯したもので、邵本に較べると〈國史本傳〉一篇を缺くが、〈挽詞〉十餘首が多い（實は〈國史本傳〉一篇が多く、〈挽詞〉十餘首が少ない）。これらも將來の考證のために錄入しておく。

【注】

一　兩淮馬裕家藏本　馬裕《ばゆう》の字は元益、號は話山、江都（揚州）の人。原籍は祁門《きもん》（安徽省）で所謂新安商人の出身。父の曰琯《えっかん》の代より藏書十萬餘巻を誇った。四庫全書編纂の時、藏書七七六部を進獻した。そのうち著録されたのが一四四部、存目（四庫全書内に收めず、目録にのみ留めておくこと）は二二五部にのぼる。ただし、文淵閣本『四庫全書總目提要』は「江蘇巡撫採進本」に作る。

二　謚法《しほう》『四庫全書總目提要』巻八二史部政書類二に「謚法四巻」と著録される。ただし、歐陽修〈故覇州文安縣主簿蘇君墓誌銘〉（『歐陽文忠公集』巻三四）・張方平〈文安先生墓表〉（『樂全集』巻三九）および『郡齋讀書志』・『直齋書録解題』など宋代の文獻は「三巻」に作っており、「四巻」というのは、後人の編録によるものと考えられる。曾鞏〈蘇明允哀詞〉（『元豐類藁』巻四一）のみは「二巻」に作る。傳寫の誤りか。注八の邵仁泓《しょうじんおう》本を參照されたい。

三　曾鞏作洵墓誌　注二の『謚法』の總目提要も「曾鞏作洵墓誌」というが、蘇洵の墓誌銘を書いたのは曾鞏ではなく、歐陽修（『歐陽文忠公集』巻三四〈故覇州文安縣主簿蘇君墓誌銘〉）

である。曾鞏が書いたのは〈蘇明允哀詞〉（『元豐類藁』）巻四一）。ともに「集二十巻」に作るので、提要はこれを混同したのであろう。

四　有集二十巻　歐陽修〈故霸州文安縣主簿蘇君墓誌銘〉（『歐陽文忠公集』巻三四）・張方平〈文安先生墓表〉（『樂全集』巻三九）・曾鞏〈蘇明允哀詞〉（『元豐類藁』巻四一）は蘇洵の文集を「二十巻」に作る。『宋史』巻四四三　文苑傳五　蘇洵傳もこれに従い「二十巻」に作っている。

五　晁公武讀書志・陳振孫書錄解題　『郡齋讀書志』巻一九に「蘇明允嘉祐集十五巻」、『直齋書錄解題』巻一七に「老蘇嘉祐集十五巻」とみえる。

六　宋時已有二本　提要がいう二本とは、二十巻本と十五巻本である。これに対し余《よ》嘉錫《かしゃく》『四庫提要辨證』は、『宋史』藝文志に「蘇洵集十五巻、別集五巻」、『通志』藝文略に「老蘇集五巻、又嘉祐集三十巻」とあることから、宋代には二十巻本・十五巻本・五巻本・三十巻本合計四種類の版本が存在したのではと推測する。しかし、墓誌銘・墓表・哀辭に見える二十巻本は南宋の時にはすでに亡びて十五巻本となっていたと考える方が合理的である。『宋史』文苑傳五　蘇洵傳が「文集二十巻」（注四）に作るのは、墓誌銘・墓表・哀辭に従ったにすぎない。

七　徐乾學家傳是樓所藏　『傳是樓書目』に「蘇文公全集十六巻」と著錄されている。

八　康熙間蘇州邵仁泓所刊　康熙三七年（一六九八）吳郡の邵仁泓　安樂居校本『蘇老泉先生集』二十巻・『附錄』二巻をさす。巻一七～巻二〇は『謚法』で、提要が十六巻というのは、『謚法』を除いた數である。

九　明凌濛初所刊朱墨本　『蘇老泉文集』十二巻・『詩集』一巻、まとめて『蘇老泉全集』十三巻という場合もある。凌濛初の序文が冠されている。朱墨本とは、朱と黒の二色刷りの本のこと。日本では山形の米澤市立圖書館に藏される。

一〇　國朝蔡士英所刊任長慶所校本　清康熙年間に蔡士英が刻した『重刊嘉祐集』十五巻を指す。中國社會科學院文學研究所、臺灣の國家圖書館に藏される。

一一　朱彝尊經義考　『經義考』巻九五に「蘇氏洵洪範圖論一巻」を著錄するも、「未見」と注している。ただし、これは『宋史』藝文志によれば、文集とは別に行われていた。四庫全書文淵閣本『嘉祐集』では巻七に、注八の邵仁泓刊『蘇老泉先生集』では巻八に收入されている。

一二　附錄二卷　『附錄』の下に「左奉議郎充婺州學教授沈斐所輯」とある。

一三　較邵本少國史本傳一篇、而多挽詞十餘首　「少」は「多」の、「多」は「少」の誤りである。今、邵本（注八）の『附錄』

には、〈國史本傳〉一篇は收載されておらず、十一家の〈挽詞〉　十五首が收載されている。

【附記】

蘇洵の善本としては、『古逸叢書三編』二十四に收められる上海圖書館藏宋中葉蜀刻本『嘉祐集』十五巻があり、これは徐乾學の『傳是樓書目』にも記載されているものである。なお、四部叢刊本はその鈔本にあたる。明刻本として代表的なのは、嘉靖太原府刻『重刊嘉祐集』十五巻と萬曆刻の『蘇老泉先生全集』十六巻であり、『全宋文』（第二二册　巻九一八～巻九二七）は前者を、『全宋詩』（第七册　巻三五一～巻三五二）は後者を底本とする。

最も簡便なのは、近年出版された曾棗莊《そうそうそう》・金成禮《きんせいれい》『嘉祐集箋註』（上海古籍出版社　一九九三）であり、これは、清の徐釚鈔補・明萬曆刻の『蘇老泉先生全集』十六巻を底本とし、巻末に佚文・佚詩を載せるほか、傳記・評論資料・年表を附している。また、劉少泉『蘇老泉年譜』（眉山縣三蘇文管所　一九八二）がある。

三五−一　臨川集《りんせんしゅう》一百巻　[一]內府藏本

【王安石《おうあんせき》】一〇二一～一〇八六
字《あざな》は介甫《かいほ》、號は半山、臨川《りんせん》（江西省撫州市）の人。古文家としては唐宋八大家の一人に數えられ、詩人としての評價も高い。慶曆二年（一〇四二）の進士。地方官を經て英宗の時に翰林學士に召された。神宗が卽位すると、參知政事（副宰相）および同中書門下平章事（宰相）を拜して、「新法」と呼ばれる政治改革を推進した。晩年は任地であった江寧（今の南京）に隱遁した。元豐元年（一〇七八）に舒國公に封ぜられ、のち荊國公に改封される。儒家としては、從來重要視されていなかった『周禮《しゅらい》』に注釋を施し、そこに自らの政治改革思想を反映させるなど、革新的な學說で知られる。ただ舊法黨からは牽强附會との批判もある。『名臣碑傳琬琰集《えんえんしゅう》』下集卷一四〈王荊公安石傳〉・『宋史』卷三二七　王安石傳　參照。

宋王安石撰。安石有[二]周禮新義、已著錄。案[三]宋史藝文志載王安石集一百卷。[四]陳振孫書錄解題亦同。[五]晁公武讀書志則作一百三十卷。[六]焦竑國史經籍志亦作一百卷、而別出後集八十卷。竝與史志參錯不合。今世所行本實止一百卷、乃[七]紹興十年郡守桐廬詹大和校定重刻、而豫章黃次山爲之序。[八]次山謂集原有閩浙二本。殆刊版不一、著錄者各據所見、故卷數互異歟。
案[九]蔡絛西淸詩話載、安石嘗云、李漢豈知韓退之、輯其文、不擇美惡、有不可以示子孫者、況垂世乎。

以此語門弟子、意有在焉。而其文迄無善本。[一〇]如春殘密葉花枝少云云、皆王元之詩。[一一]金陵獨酌・[一二]寄劉原甫、皆王君玉詩。[一三]臨津艷艷花千樹云云、皆王平甫詩。[一四]陳善捫蝨新話所載、亦大略相同。據二人所言、則安石詩文本出門弟子排比、非所自定。故當時已議其舛錯。而[一五]葉夢得石林詩話又稱、蔡天啓稱荊公嘗作詩、得靑山捫蝨坐、黃鳥挾書眠、自謂[一六]不減杜詩。然不能舉全篇。薛肇明被旨編公集、偏求之、終莫之得。[一七]肇明爲薛昂字、是昂亦曾奉詔編定其集。顧蔡絛與昂同時、而竝未言及。次山序中亦祇舉閩浙本而不稱別有敕定之書、其殆爲之而未成歟。

又考[一八]吳曾能改齋漫錄稱、荊公嘗題一絕句於夏畋扇。本集不載、見[一九]湟川集。[二〇]又稱荊公嘗任鄞縣令。昔見一士人、收公親札詩文一卷、有兩篇今世所刊文集無之。其一馬上、其一書會別亭云云。是當時遺篇逸句、未經搜輯者尚夥。其編訂之不審、有不僅如西淸詩話所譏者。

然此百卷之內、菁華具在。其波瀾法度、實足自傳不朽。[二一]朱子楚辭後語謂安石致位宰相、流毒四海。而其言與生平行事心術、略無毫髮肖。[二二]夫子所以有於予改是之嘆。斯誠[二三]千古之定評矣。

【訓讀】

宋 王安石《おうあんせき》の撰。安石[二]『周禮新義《しゅらいしんぎ》』有りて、已に著錄す。案ずるに[三]『宋史』藝文志「王安石集一百卷」を載す。[四]陳振孫『書錄解題』亦た同じ。[五]晁公武『讀書志』は則ち「一百三十卷」に作る。[六]焦竑《しょうこう》『國史經籍志』亦た「一百卷」に作り、別に「後集八十卷」を出《いだ》す。竝びに『史志』と參錯《さんさく》して合わず。今 世に行う所の本 實に止《た》だ一百卷のみにして、乃ち[七]紹興十年 郡守たりし桐廬の詹大和《せんだいわ》 校定重刻せるものにして、豫章《よしょう》の[八]黃次山 之が序を爲《つく》る。次山 謂えらく「集は 原《もと》 閩《びん》・浙《せつ》の二本有り」と。殆ど 刊版一ならずして、著錄者 各おの見る所に據りて、故に巻數 互いに異なれるか。

案ずるに 蔡條《さいとう》[九]『西淸詩話』載す、「安石 嘗て云う、〝李漢 豈に韓退之を知らんや、其の文を輯むるに、美惡を擇ばず、以て子孫に示すべからざる者有り、況んや垂世なるをや〟と。此れを以て門弟子に語るは、意の在る有り。而るに 其の文 迄《つい》に善本無し。〝春殘[一〇] 密葉 花枝少なし 云云〟は、皆 王元之の詩なり。〈金陵獨酌〉[一一]・〈劉原甫に寄す〉[一二]は、皆 王君玉の詩なり。〝津[一三]に臨みて艷艷たり 花 千樹 云云〟は、皆 王平甫の詩なり」と。陳善[一四]『捫蝨新話《もんしつしんわ》』載す所、亦た大略 相い同じ。二人の言う所に據れば、則ち安石の詩文は 本 門弟子の排比に出で、自定する所に非ず。故に當時 已に其の舛錯《せんさく》を議す。而して 葉夢得《しょうぼうとく》[一五]『石林詩話』又た稱す、「蔡天啓 稱す、荊公 嘗て詩を作り、〝靑山蝨《しらみ》を捫《と》りて坐し、黃鳥 書を挾《さしはさ》みて眠る〟を得て、自ら杜詩[一六]に減ぜずと謂う。然れども全篇を擧ぐる能わず。薛肇明《せっちょうめい》 旨を被《こうむ》りて公の集を編し、徧く之を求むるも、終に之を得る莫し」と。肇明[一七]は薛昂《せっこう》の字《あざな》爲りて、是れ 昂 亦た曾て詔を奉じて其の集を編定す。顧《た》だ 蔡條は昂と時を同じうするに、竝びに未だ言及せず。次山 序中亦た 祇《た》だ閩《びん》・浙《せつ》本を擧ぐるのみにして、別に敕定の書有りと稱せず。其の殆ど之を爲して未だ成らざるか。

又た考うるに 吳曾[一八]『能改齋漫錄』稱す、「荊公 嘗て一絶句を夏畋《かびん》の扇に題すも、本集載せずして、『湟川集《こうせんしゅう》』[一九]に見ゆ」と。又た稱す[二〇]、「荊公 嘗て鄞縣《ぎんけん》の令に任ず。昔、一士人の公の親札の詩文一巻を收するを見るに、兩篇有りて今 世に刊する所の文集に之れ無し。其の一は〈馬上〉、其の一は〈會別亭に書す〉云云」と。是れ 當時の遺篇逸句にして、未だ搜輯を經ざる者 尙 夥《おお》し。其の編訂の審らかならざるは、僅《た》だに『西淸詩話』の譏《そし》る所の如きにあらざる者有り。

然れども 此の百巻の内、菁華《せいか》 具《つぶさ》に在りて、其の波瀾・法度、實に自《みずか》ら傳えて朽ちざるに足れり。朱子[二一]の『楚辭後語』謂えらく「安石 位を宰相に致し、毒を四海に流す。而るに其の言と生平の行事・心術とは、略《ほ》ぼ毫髮も肖《に》る無し。夫子[三]　予に於いて是を改むるの嘆有る所以なり」と。斯《こ》れ　誠に千古[亖]の定評たり。

【現代語譯】

宋　王安石《おうあんせき》の著。安石には『周禮新義』があり、已に著錄しておいた。思うに『宋史』藝文志には「王安石集一百卷」と記載され、陳振孫『直齋書錄解題』も同じである。晁公武『郡齋讀書志』になると、「一百三十卷」に作っており、焦竑《しょうこう》『國史經籍志』ではまた「一百卷」に作るものの、それとは別に「後集八十卷」が揭げられている。どちらも『宋史』藝文志の記述と食い違いがある。今　世に行われている版本は、實は百卷本だけで、つまり紹興十年（一一四〇）、臨川の長官であった桐廬の詹大和《せんだいわ》が校定重刻したものであり、豫章の黃次山が序文を書いている。次山は、「文集には　もともと閩《びん》本と浙《せつ》本の二種類があった」と言っている。おそらく、版本はいろいろあって、著錄者が各自目睹したものに基づいて記したため、卷數に異同があるのではないか。

思うに　蔡絛《さいとう》『西淸詩話』は次のような話を載せている。「王安石は、〝李漢は韓退之のことなど分かっていなかったのだ。文の善し惡しにおかまいなく彼の文を集めた結果、子孫に示すにふさわしからぬものもある。まして後世に傳えるなんて…〟と言っていた。この話を門弟にしたのは、何らかの意圖があってのことだ。それなのに王安石の文には善本というものがない。〝春殘　密葉　花枝少なし　云云（春も盡きるころには、葉が生い茂って、花をつけた枝もなくなる云云）〟は、皆　王禹偁（元之）の詩である。〈金陵獨酌〉・〈劉原甫に寄す〉は、どちらも王琪（君玉）の詩である。〝津に臨みて艷艷たり　花　千樹　云云（渡し場の傍には無數の樹にあでやかな花が咲き誇る云云）〟は、皆　王安國（平甫）の詩である」と。陳善『捫蝨新話《もんしつしんわ》』の記載も、大體同じである。二人が言う所によると、王安石の詩文は　もともと門弟が編纂したもので、王安石自身の手を経ていないということになる。故に　當時からその杜撰《ずさん》さが問題になっていたのだ。

葉夢得『石林詩話』はまた次のような話を載せている。「蔡天啓がいうには、荊公は嘗て〝青山　蝨《しらみ》を捫《と》りて坐し、黄鳥　書を挾《さしはさ》みて眠る（蝨を潰《つぶ》しながら青山と向き合って坐り、書物を手に鶯の囀《さえず》りを聞きつつ居眠りをする）〟という詩句を得て、杜詩に引けを取らぬ作だと自負していたが、蔡はその詩の全篇を舉げることができないとのこと。薛肇明《せっちょうめい》が聖旨を受けて公の集を編輯した時、偏くこの詩を捜求したのだが、終に得られなかった」と。肇明というのは薛昂の字である。つまり、昂もかつて詔を奉じて王安石の集を編定したことがあるのだ。しかし蔡絛は昂と同時代の人でありながら、このことに言及しておらず、次山の序文もただ閩本と浙本を舉げるだけで、別に敕定の集があるとは言っていない。敕定の集は作ろうとしたが完成しなかったのであろうか。

さらに考證すると、呉曾『能改齋漫錄』は、「荊公は嘗て一絶句を夏畋《かびん》の扇に書きつけたが、本集には載っておらず、『湟川集《こうせんしゅう》』に見える」と言っている。また次のようにも言う。「荊公は嘗て鄞《ぎん》縣の令だったことがある。私はさきごろある讀書人が收藏している公の眞筆の詩文一卷を見た。その中の二篇は、今世に刊行されている文集には無いもので、一つは〈馬上〉、もう一つは〈會別亭に書す〉だった云云」と。これは當時の遺篇逸句であり、收集できていないものもまだたくさんあるのだ。その精密さを缺く編訂は、『西淸詩話』が譏《そし》っている程度にとどまるものではない。

とはいえ、この百巻の内には、王安石の詩文の精華が具わっている。その文の起伏や典則は、實にそれだけで後の世まで傳えるに足るものだ。朱子は『楚辭後語』で次のようにいう。「安石は宰相の位に昇りつめてから、毒を四海に流した。しかしその言辭と生平の振る舞いや心がけといったものは、政治家としての活動と少しも似ていない。孔子が宰予《さいよ》のことをきっかけに、人間の言行一致が信じられなくなったと歎いたのはこのことだ」と。これこそまことに千古不變の定評だといえる。

【注】

一　内府藏本　宮中に藏される書籍の總稱。清代では皇史宬《こうしせい》・懋勤殿《ぼうきんでん》・摛藻堂《ちそうどう》・昭仁殿・武英殿・内閣大庫・含經堂などに所藏される。

二　周禮新義　『四庫全書總目提要』巻一九 經部 禮類一 には、永樂大典からの輯佚本《しゅういつぼん》として、『周官新義』十六巻 附『考工記解』二巻が著錄されている。北宋の熙寧《きねい》年間、經義局が設置され、王安石の經説に基づく三經義すなわち『新經毛詩義』二十巻（佚）・『尚書義』十三巻（佚）・『周禮新義』二十二巻が編纂された。それらは王安石の「新法」の政治思想を理論づけるものであり、王安石は『周禮新義』（『周官新義』ともいう）を改革派の官吏養成のテキストとした。

三　宋史藝文志　『宋史』藝文志巻七には、「王安石集一百巻」と著錄されている。

四　陳振孫書錄解題　『直齋書錄解題』巻一七には、「臨川集一百巻」として著錄される。

五　晁公武讀書志　四庫全書文淵閣本『臨川集』書前提要は「晁公武讀書志」の下に「馬端臨經籍考《ばたんりんけいせきこう》」の六字がある。『郡齋讀書志』巻一九および『文獻通考』經籍考巻六二は、「王介甫臨川集一百三十巻」と著錄する。馬端臨は陳振孫と晁公武の兩者の解題を引くが、巻數については晁公武に從っている。

六　焦竑國史經籍志　明の焦竑『國史經籍志』巻五には、「王安石臨川集一百巻 又後集十八巻」とみえる。「十八巻」は「八十巻」の誤りであろう。これについて余嘉錫『四庫提要辨證』は、すでに宋の鄭樵《ていしょう》『通志』藝文略に「臨川集一百巻 王安石 又臨川後集八十巻」とあることを指摘し、提要が宋の書目を引かずに明の『國史經籍志』を引いたことを批判する。

七　紹興十年郡守桐廬詹大和校定重刻…　黄次山〈紹興重刊臨川文集の敍〉（『臨川文集』前附）は「紹興重刊臨川集なる者は、郡人 王丞相介父の文にして、知州事 桐廬の詹大和甄老《しんろう》の譜して校する所なり」で始まり、「十年五月戊子 豫章の黄次山季岑父敍す」で終わっている。

八　次山謂…　黄次山〈紹興重刊臨川文集の敍〉（注七）は「近歲 諸賢の舊集、其の鄕郡 皆 悉く刊行す。而して丞相の文閩・浙に流布《るふ》するに、顧《た》だ 此の郡 獨り因循して暇あらず」という。なお、提要は閩本と浙本の巻數が異なっていたと推測しているが、余嘉錫は『四庫提要辨證』で、黄次山の序文が引く詹大和の「吾 今 校する所の本、閩・浙の故に仍《よ》るのみ」という言から、閩本と浙本が百巻本であったことは明らかだとする。

九　蔡條西清詩話　胡仔《こし》『苕溪漁隱叢話』前集巻三四引く『西清詩話』は次のようにいう。「荊公 云う、〝李漢 豈に韓退之を知らんや、其の文を緝するに美悪を擇ばず、以て子孫に示すべからざる者有り、況んや垂世なるをや〟と。此れを以て門弟子に語るは、意在る有り。其の文 迄《つい》に善本無く、〝春殘 葉密にして 花枝少なく、睡より起きて 茶多く 酒盞《しゅさん》 疎《とおざ》く〟、〝吾が皇の英睿 光武を超え、上將の威名 隗囂《かいごう》を得たり〟は、皆 王元之の詩なり。〈金陵獨酌〉の 〝西江の雪浪 天際《てんさい》より來る〟、〈劉原甫《りゅうげんほ》に寄す〉の 〝翰林 放逐さる 蓬萊殿〟は、皆 王君玉の詩なり。〝津に臨みて艷艷たり 花千樹〟、〝天末 海門 北固に横《よこた》わる〟、〝知らず 朱戸 嬋娟《せんけん》を鎖《とざ》すを〟は、皆 王平甫の詩なり」と。李漢とは韓愈の女婿で、韓愈の死後、最も早い時期にその文集を編纂した人物。今、〈昌黎先生集の序〉が傳わる。『西清詩話』は、王安石が李漢の例を擧げて門人たちに文集編纂の心得を語ったにもかかわらず、王安石の文集編纂に際してそれが守られなかったばかりか、他人の作を混入させるという愚を犯したと批判するのである。しかし、胡仔《こし》はこれに對して、『遯齋閑覽《とんさいかんらん》』には 〝天末 海門 北固に横わる〟句が王安石〈金山寺に題す〉詩として見えること、また、『王直方詩話』も 〝津に臨みて艷艷たり 花 千樹〟を王安石の句としていることなどから、『西清詩話』の主張する他人の作の混入を否定する。

一〇　春殘密葉花枝少…　胡仔『苕溪漁隱叢話』前集巻三四引く『冷齋夜話』も、「王元之の詩に 〝春殘葉密花枝少、睡起茶親酒盞疎〟と云う、今 誤りて 〝睡起茶多酒盞疎〟に作る」といい、「春殘…」の詩が王元之（禹偁）の作品であることをいう。王禹偁については本書五「小畜集三十巻」參照。ただし、この詩は王禹偁『小畜集』中には見えず、『全宋詩』は逸句としてこの一聯を引く。李壁箋注『王荊文公詩』巻四八には〈晚春〉と題する七言絶句の前半にこの二句が使われている。

一一　金陵獨酌　『西溪叢語』巻上に、王琪《おうき》 君玉〈金陵飲酒〉詩に云う、「蜀江の雪浪は天際より來たり、一派の泉春 寶釵 碎かる」を引く。金釵はもち米の名だという。

一二　寄劉原甫　この詩は『全宋詩』巻一八七 王琪《おうき》の條に漏れている。「劉原甫」は劉敞（本書一二一「公是集五十四巻」參照）。

一三　臨津艷艷花千樹　『臨川集』巻三三に〈臨津〉という題で收錄される。『王文公文集』巻六六は〈和甫の春日金陵にて臺に登るに次韻す〉二首の第二首とする。李壁箋注『王荊文公詩』巻四七は「此れ 平父（安國）の詩。誤りて公の集に刊さる」と注している。

一四　陳善捫蝨新話　『捫蝨新話』巻六〈陳表民葉嘉傳〉にも同じ話が見えている。

一五　葉夢得石林詩話　『石林詩話』巻上は蔡天啓の言として、「荊公 毎に老杜の 〝簾を鈎すれば宿鷺起ち、藥を丸めれば流鶯囀《さえず》る〟（『杜詩詳註』巻一四〈水閣の朝霽に雲安の嚴明府に簡し奉る〉）の句を稱し、以て用意高妙にして五字の模楷と爲す。他日 公 詩を作りて〝青山 蝨《しらみ》を捫《と》りて坐し、黄鳥 書を挾《さしはさ》みて眠る〟を得て、自ら杜の句に減ぜずと謂い、以て意を得たりと爲す。然れども 全篇を擧ぐる能わず」というのを擧げる。さらに葉夢得は、「余 頃《さき》ごろ嘗て 以て薛肇明（注一七參照）に語り、肇明 後 旨を被りて公の集を編み、徧く之を求むるも、終に之を得る莫し。或いは云う、〝公 但だ此の一聯を得るも、未だ嘗て章を成さざるなり〟と」ともいう。蔡天啓は蔡肇（?～一一一九）、丹陽の人。元豐二年（一〇七九）の進士。王安石の門人で、『臨川文集』には、〈蔡天啓に寄す〉（巻二八）・〈蔡天啓に示す〉三首（巻三六）などの詩が見える。

一六　不滅杜詩　王安石が杜甫に傾倒していたことは『臨川集』巻八四〈老杜詩後集の序〉および巻九〈杜甫畫像〉に明らかである。

一七　肇明爲薛昂字　薛昂の字は肇明、杭州の人。元豐八年（一〇八五）の進士。提要は薛昂が皇帝の命によって編纂した敕定文集が未完成だったのではないかとする。これに對して、余嘉錫『四庫提要辨證』は、『續通鑑長編記事本末』巻一三四に、重和元年（一一一八）の記事として、王安石の遺文を編集するようにとの聖旨を受けた門下侍郎 薛昂が、自宅で編纂作業を行うことを許されたことが見えることから、未完とする提要の說を斥ける。また、魏了翁『鶴山先生大全文集』巻五一〈臨川詩註の序〉に「然れども肇明 諸人の編む所は、卒に靖康の多難を以て、散落して存せず。今 世俗に傳抄するは、已に當時の善本に非ず。故に其の後先《こうせん》 舛差《せんさ》し、簡帙《かんちつ》 閒脫《かんだつ》す。亦た他人の文の其の閒に淆亂《こうらん》する有り」とあることから、その文集が北宋末の兵亂で散逸したことを考證している。

一八　吳曾能改齋漫錄　『能改齋漫錄』巻一一は、王安石が夏旼《かびん》の扇に題した絶句として「白馬津頭驛路邊、陰森喬木帶漪漣、夕陽一馬匆匆過、夢寐如今十五年」を擧げ、『臨川集』には無く、『湟川集』に見えると記している。夏旼とは、『蘇魏公文集』巻三四に見える〈職方員外郎《しょくほういんがいろう》 夏旼を屯田郎中に可とする制〉と同一人物であろう。なお、『弘治撫州府志』巻九にその名が見えることから、おそらく王安石の同鄉人。

一九　湟川集　夏旼の文集の名か。ただし、『宋史』藝文志などの書目には見えない。

二〇　又稱荊公嘗任鄞縣令…　『能改齋漫錄』巻一一に「荊公 嘗て鄞縣の令に任ず。昔 一士人の 公の親札の詩文一巻を收するを見る。內に兩篇有りて、今 世に刊する所の文集 之無し。其の一〈馬上〉に云う〝三月…〟、其の二〈書會別亭〉に云う〝西城路…〟」と見える。しかし、二首はそれぞれ〈馬上轉韻〉・〈書會別亭〉として『臨川集』巻一〇・巻一二に收められている。

ただし、李壁箋注『王荊文公詩』巻一四は〈馬上轉韻〉を「此の詩 疑うらくは 介甫の作に類せず」という。

三　朱子楚辞後語　『楚辭後語』巻六は王安石の〈寄蔡氏女〉を載せて次のようにいう。「〈蔡氏の女《むすめ》に寄す〉は、王文公の作る所なり。公は文章節行を以て一世に高く、尤も道德經濟を以て己が任と爲す。神宗に遇せられ、位を宰相に致し、世 方《まさ》に其の有爲を仰ぎ、復た二帝三王の盛を見んことを庶幾《ねが》うも、公は乃ち汲汲として財利兵革を以て先務と爲し、凶邪を引用し、忠直を排擯《はいひん》し、躁迫强戾《そうはくきょうれい》、天下の人をして囂然《ごうぜん》として其の生を樂しむ心を喪《うしな》わしむ。卒之《つい》に羣姦 虐を嗣《つ》ぎ、毒を四海に流し、崇宣の際に至り、禍亂極まれり。公 又た女《むすめ》を以て蔡卞《さいべん》に妻《めあわ》す。此れ其の予うる所の詞なり。然れども其の言 平淡にして簡遠、翛然《しょうぜん》として出塵の趣有り。其の平生の行事心術に視《くら》ぶるに、略《ほ》ぼ毫髪も肖似《しょうじ》する無し。此れ 夫子 予に於いて是を改むるの嘆有る所以なるか」と。

三　夫子所以有於予改是之嘆　『論語』公冶長篇の話。宰予《さいよ》の晝寢をみた孔子は、「始め 吾 人に於けるや、其の言を聽きて其の行を信じき。今 吾 人に於いてや、其の言を聽きて其の行を觀る。予に於いてか 是を改む」と嘆いた。言行一致を信じて疑わなかった孔子だが、宰予のことをきっかけにその考えを改めざるを得なくなったのである。朱子はこれに借りて王安石の文章の巧みさとそれにそぐわぬ惡行を批判する。

三　千古之定評　清代、一般に舊法黨の司馬光や蘇軾が高く評價されるのに反比例して、王安石に對する評價は文學面を除いてあまり芳しくない。彼の唱導した新法が保守派の反撥を招き、のちの新法黨と舊法黨の政争へと發展していったことは、後世、北宋滅亡の遠因とまでいわれる。しかし、近年は王安石の新法を合理的な經濟政策として評價する向きも多い。

【附記】

王安石の全集本で四部叢刊に収入されて最も行われているのは、明嘉靖三九年（一五六〇）何氏撫州覆宋紹興中桐廬詹大和刊『臨川先生文集』一百巻であり、これを底本にした排印本（中華書局 一九五九）がある。また、南宋龍舒刻本『王文公文集』一百巻が、一九六二年に中華書局より影印され、これを底本にした排印本（上海人民出版社 一九七四）もある。『全宋詩』（第一〇冊 巻五三八～巻五七七）と『全宋文』（第三一～三三冊 巻一三六三～巻一四二三）はともに四部叢刊本を底本にしている。李壁箋註『王荊文公詩』については本書三五－二參照。清沈欽韓《しんきんかん》注『王荊公詩文沈氏注』（中華書局　一九五九）も參照すべき文獻で、年譜としては、清蔡上翔『王荊公年譜考略』（中華書局　一九五九、のち上海人民出版社　一九七三）や近年出版の裴汝誠點校『王安石年譜三種』（中華書局　一九九四）がある。また、日本の選註本に、清水茂『王安石』（中國詩人選集二集　岩波書店　一九六二）がある。

三五―二　[一]王荊公《おうけいこう》詩註《しちゅう》五十巻　[二]江蘇巡撫採進本

【李璧《りへき》】一一五九～一二二二
字《あざな》は季章《きしょう》、號は石林または雁湖居士。眉州丹稜（四川省）の人。『續資治通鑑長編』を著した李燾《とう》の第六子。孝宗朝に父の蔭補によって出仕し、紹熙《しょうき》元年（一一九〇）に進士となる。寧宗朝に、金との和平を破棄して開戦した韓侂冑《かんたくちゅう》に附和して禮部尙書・參知政事・同知樞密院事に至った。諡《おくりな》は文懿《ぶんい》。『雁湖集』一百巻有り。蜀の人は父や弟の埴《しょく》とともに、三蘇に擬《なぞら》えたという。眞德秀『眞文忠公集』巻四一〈故資政殿學士李公神道碑〉・『宋史』巻三九八 李壁傳 參照。

宋李壁撰。考宋史及諸刊本、壁或從玉作璧。然壁爲[三]李燾第三子。其兄曰垕、曰塾。其弟曰埴。名皆從土。則作璧誤也。壁字季章、號雁湖居士。[四]初以蔭入官。後登進士。寧宗朝累遷禮部尙書、參知政事、兼同知樞密院事。諡文懿。[五]事蹟具宋史本傳。

[六]是書乃其謫居臨川時所作。[七]劉克莊後村詩話嘗譏其註歸腸一夜繞鍾山句、引韓詩不引吳志。註世論妄以蟲疑冰句、引莊子不引盧鴻一・唐彦謙語。指爲疎漏。然大致捃摭蒐採、具有根據。疑則闕之、非穿鑿附會者比。原本流傳絶少、故近代藏書家倶不著錄。[八]海鹽張宗松得元人槧本、始爲校刊。集中古今體詩、以世行臨川集校之、增多七十二首。[九]其所佚者、附錄卷末。

考[10]葉紹翁四朝聞見錄、稱開禧初、韓平原欲興兵、遣張嗣古覘敵。張還、大拂韓旨。復遣壁。壁還、與張異詞、階是進政府云云。是壁[2]附和權姦、以致喪師辱國、實墮其家聲。其人殊不足重。而箋釋之功、足裨後學、固與安石之詩均不以人廢云。

【訓讀】

宋　李壁《りへき》の撰。『宋史』及び諸刊本を考するに、「壁」は或いは玉に従いて「璧」に作る。然れども　壁は[3]李燾《とう》の第三子為り。其の兄は垕《こう》と曰い、塾《じゅく》と曰う。其の弟は埴《しょく》と曰い、名　皆な土に従う。則ち「璧」に作るは誤りなり。壁　字は季章、號は雁湖居士。[4]初め　蔭《いん》を以て官に入り、後　進士に登る。寧宗朝に禮部尚書、參知政事　兼同知樞密院事に累遷し、文懿《ぶんい》と謚《おくりな》さる。[5]事蹟『宋史』本傳に具われり。

[6]是の書　乃ち其の臨川に謫居せし時に作る所なり。[7]劉克莊『後村詩話』嘗て其の「歸腸　一夜　鍾山《しょうざん》を繞《めぐ》る」の句に註するに、韓詩を引きて『吳志』を引かざるを譏《そし》る。「世論　妄りに　蟲の冰を疑うを以てす」の句に註するに、『莊子』を引きて盧鴻一・唐彥謙の語を引かず。指して疎漏と為す。然れども　大致《おおむね》　捃摭蒐採《くんせきしゅうさい》、具さに根據有り。疑わしきは則ち之を闕《か》くこと、穿鑿《せんさく》附會する者の比に非ず。原本　流傳　絶《はなは》だ少なく、故に近代の藏書家　倶に著錄せず。[8]海鹽の張宗松　元人の槧本《ざんぽん》を得て、始めて為《ため》に校刊す。集中の古今體の詩、世に行わるる『臨川集』を以て之を校し、增多すること七十二首。[9]其の佚する所の者、巻末に附錄す。

考うるに　[10]葉紹翁『四朝聞見錄』稱す、「開禧の初め、韓平原　兵を興さんと欲し、張嗣古を遣《や》りて敵を覘《うかが》わしむ。張　還り、大いに韓の旨に拂《もと》る。復た壁を遣る。壁　還り、張と詞を異にし、是に階《よ》りて政府に進む云云」と。是れ壁　[2]權姦に附和して、以て師を喪ぼし國を辱《はずかし》むるを致し、實に其の家聲を墮《おと》す。其の人　殊に重んずるに足らず。而るに箋釋の功は、後學を裨《たす》くるに足れり。固《もとよ》り安石の詩と均しく人を以て廢せずと云う。

【現代語譯】

宋 李壁《りへき》の著。『宋史』及び諸刊本を見比べると、「壁」は、「玉」偏の「璧」に作っているものがある。しかし壁は李燾の第三子で、その兄は垕《こう》といい、塾《じゅく》といい、弟は𡌴《しょく》といって、名前はどれも「土」偏である。してみれば「璧」に作るのは誤りである。壁は字を季章、號を雁湖居士という。先に蔭補によって出仕し、その後 進士科に登第した。寧宗朝に禮部尚書、參知政事 兼同知樞密院事と官位を進め、死後 文懿《ぶんい》と謚《おくりな》された。事蹟は『宋史』李壁傳に詳しい。

この注釋書は、彼が臨川に流謫《るたく》されていた時期に作ったものである。劉克莊『後村詩話』は、「歸腸 一夜 鍾山《しょうざん》を繞《めぐ》る」の句について、李壁註が韓愈の詩を引いて『呉志』を引いていないことを譏《そし》っている。また、「世論 妄りに蟲の冰《こおり》を疑うを以てす」に註するのに、『莊子』を引いて盧鴻一・唐彥謙の語を引いていないことを疎漏だと指彈している。しかし、おおむね用例の收集にはいずれも根據があり、疑わしいものはそのままにするという態度は、無理なこじつけをする注釋家の及ぶところではない。原本の流傳がはなはだ少ないので、近代の藏書家はいずれも著錄していない。海鹽の張宗松が元人の槧本《ざんぽん》を得て、最初に校訂出版を行った。集中の古今體の詩は、世に流布している『臨川集』で校訂してみると七十二首多い。この集から漏れている詩は、巻末に附載してある。

葉紹翁『四朝聞見錄』に次のような記載がある。「開禧元年、韓平原（侂冑《たくちゅう》）が兵を擧げようとして、張嗣古を遣わして敵の様子を探らせた。戻ってきた張嗣古の報告は韓平原の意向にまったく反するものだった。そこで韓はさらに壁を遣わした。壁は張嗣古とは逆のことを報告し、これによって壁は中央政府に取りたてられた云云」と。壁は、權力者におもねることで、味方の軍隊を全滅させ國を辱《はずかし》める結果を招き、その家名に泥を塗ったのだ。人間としては、まったく重んずるに足らぬが、王安石の詩に註釋を施した功績は、後學に裨益しうるものだ。まさに王安石の詩と同様に、人でもって著作を廢したりしないというわけだ。

【注】

一　王荊公詩注五十卷　四庫全書文淵閣本は「補遺一卷」を有し、『臨川集』内にありながら、『王荊公詩注』に見えない古今體詩五首を收載する。注八參照。

二　江蘇巡撫採進本　採進本とは、四庫全書編纂の際、各省の長にあたる巡撫《じゅんぶ》、總督《そうとく》、尹《いん》、鹽政《えんせい》などを通じて朝廷に獻上された書籍をいう。江蘇巡撫より進呈された本は『四庫採進書目』によれば一七二六部、そのうち三一〇部が著錄され、五五一部が存目（四庫全書内に收めず、目錄にのみ留めておくこと）に置かれた。

三　李燾第三子　實際は李燾《りとう》の第六子である。周必大『周文忠公集』卷六六〈敷文閣學士李文簡公燾神道碑〉によれば、燾の男子は、謙（早死）・垕《こう》・坖《き》・塾《じゅく》（「墊《てん》」に作るテキストもある）・垡《はっ》・壁・埴《しょく》の七人で、李壁は第六子ということになる。李燾（一一一五～一一八四）は字を仁甫、紹興八年（一一三八）の進士。官は禮部侍郎・敷文閣學士に至る。學術を以て知られ、代表的著作として、四十年の歲月を費やして完成した編年體の北宋史『續資治通鑑長編』一千六十三卷（現存五百二十卷）がある。謚は文簡。『宋史』卷三八八　李燾傳　參照。

四　初以蔭入官…「蔭」は蔭補、つまり親族の功績による任用である。眞德秀『眞文忠公文集』卷四一〈故資政殿學士李公神道碑〉によれば、「公　父の任を以て承務郎・監鳳州を授けらる」という。

五　事蹟具宋史本傳　『宋史』卷三九八　李壁傳　參照。

六　是書乃其謫居臨川時所作　開禧三年（一二〇七）、禮部侍郎史彌遠《しびえん》が寧宗の密旨を受けて金と開戰した韓侂冑《かんたくちゅう》を誅殺。この時、李壁は韓侂冑一派とみなされて撫州（臨川）に左遷された。眞德秀『眞文忠公文集』卷四一〈故資政殿學士李公神道碑〉は「少《わか》くして詩を好み、晩に臨川に謫せられ、王文公詩に箋して五十卷と爲す。〈清臺を懷《おも》う〉・〈明妃曲〉等の篇に至りては、則ち之を顯譏《けんき》して置かざるなり」といい、また魏了翁『鶴山先生大全文集』卷五一〈臨川詩註の序〉も「今　石林李公　曩《さき》に臨川に居し、公の詩を省《かえりみ》て、息遊の餘　意に會うに遇わば、往往筆に隨いて其の下に疏す。日を涉ること既に久しく、史に命じて纂輯せしむるに、固《もとよ》り已に粲然として編に盈《み》つ」という。いずれも李壁が臨川時代に注釋を成したという。

七　劉克莊後村詩話　『後村詩話』前集卷二には李壁の注に對す

る批判が見える。その一つは、王安石の「歸腸 一夜鍾山《しょうざん》を繞《めぐ》る」（巻四五〈江東召歸〉）の典故として『韓昌黎集』〈城南聯句〉の「腸胃 萬象を繞る」（孟郊の句）が引用されていることである。劉克莊は、『三國志』呉志に見える、孫堅の母が堅を懷妊したとき腸が脱け出て呉の閶《しょう》門を繞る夢を見た話を引くべきだとする。二つめは「世論 妄りに 蟲の冰を疑うを以てす」（巻一〈王濬《おうしゅん》賢良の龜《き》を賦して升の字を得るに同ず〉）句の典故として『莊子』を引くことである。劉克莊は、「疑冰」の語は盧鴻一（『舊唐書』巻一九二・『全唐詩』巻一二三は「盧鴻一」に作るが、『新唐書』巻一九六など「盧鴻」に作るものもある）の〈嵩山十志・期仙磴《きせんとう》〉や唐彥謙〈中秋〉詩（〈中秋の夜 月を玩《もてあそ》ぶ〉）のように、唐人がよく用いる語であることを指摘する。「疑冰」とは「夏蟲疑冰」、つまり夏しか生きられない蟲が冬になって氷が張るのを疑わしく思うこと。見識が狭いことの喩である。しかし、『文選』巻一一 孫綽〈天台山に遊ぶ賦〉には「夏蟲の氷を疑うを哂《わら》う」という句があり、李善注は『莊子』外篇 秋水 の「夏蟲 以て冰を語るべからず」を引いている。李壁が『莊子』を引いたのは、これに據ったのであって、劉克莊は、唐詩に「疑冰」の語がよく見られることを指摘したものの、『文選』の句と李善注には氣がつかなかったのである。提要もこれを失檢している。

八　海鹽張宗松得元人槧本…　四庫全書に著録されたのは、海鹽の張宗松が乾隆六年（一七四一）に刻行した本（清綺齋刻本）である。張宗松の裔孫にあたる張元濟が復刻した元刊本『箋注王荊公詩』の後跋によれば、張宗松の本は華山の馬氏から入手した元刊の五十巻本の覆刻であった。ただし、胡玉縉『四庫全書總目提要補正』は吳騫『拜經樓詩話』の、「張宗松が覆刻したのは元の劉辰翁の手になる節本であり、李壁注の本來の面目を失っている」という意見を引いている。吳騫によれば、知不足齋（鮑氏の藏書樓）に藏されていた宋刻本（ただし殘本）の李壁箋注は完善なものだったという。元刊本とは大德五年（一三〇一）の王常刻本をいい、日本では宮內廳書陵部に藏される。

【附記】參照。

九　其所佚者附錄巻末　注一「補遺一巻」を指す。世に行われている『臨川集』内にありながら、『王荊公詩注』に見えない古今體詩五首を收載している。

一〇　葉紹翁四朝聞見錄　『四朝聞見錄』乙集〈開禧兵端〉に次のような話が見える。韓侂冑（一一五二～一二〇七）が金との和平を破棄し、北伐の兵を興そうと企んでいた時、たまたま使者として金に派遣された甥の張嗣古に敵國の内情を探らせた。しかし張は歸國後、まだその時期ではないと、開戰に反對した。次に派遣された李壁は、金は日照り續きで穀物の値が暴騰し、モンゴルと對峙していて内紛の可能性もあると報告し、開禧二年（一二〇六）、ついに南宋は金と開戰した。壁はこれ以後韓侂冑に附和して中央で昇進していったという。韓侂冑は北宋の名臣韓琦（本書一一「安陽集五十巻」參照）五世の孫。光宗を退位させて寧宗を擁立し、朱熹を罷免し朱子學を禁止するなどして權勢を振るった。宋は四十年間續いた平和を破って北伐軍を興したが宋軍は破れ、韓侂冑は開戰の責任を問われて處刑された。首級は函に入れて金に引き渡されたという。韓平原というのは、生前、平原郡王に封ぜられたためである。

二　附和權姦　權姦とは、韓侂冑（注一〇）を指す。葉紹翁『四朝聞見錄』乙集（注一〇）は李壁という人物に對して次のように批評する。「予嘗て巽巖《そんがん》李公燾の金山に題名して〝眉山の李燾、子の垕・壁・塾・壆を携えて來たり〟と云うを觀る。名父子と謂うべきも、其の仲子未だ『顏氏家訓』に熟さざるを惜しむのみ。」

【附記】

『王荊公詩注』の最も古い版本は、李壁註を刪節し劉辰翁批點を加えた元大德五年（一三〇一）の王常刻本で、『目錄』三巻と詹大和編『年譜』一巻が附されている。（最近『北京圖書館古籍珍本叢刊』八七に、その影印が収められた。）その後、乾隆六年（一七四一）に海鹽の張宗松が劉辰翁の批點を削って重刻したのが清綺齋刻本であり、王安石の佚詩を集めた『補遺』一巻を巻末に附す。四庫全書が著錄したのはこれである。のち、太平天國の亂によって清綺齋の版木は散逸してしまったが、張宗松の六世の孫にあたる張元濟が季振宜《きしんぎ》舊藏の元刊本（實は明初の刻本で、現在は臺灣に藏される）を入手し、民國一一年（一九二二）、一部の缺落箇所を日本の宮内廳書陵部や江南圖書館の藏本によって補ったうえで影印した。清 沈欽韓《しんきんかん》の『王荊公詩集李壁註勘誤補正』は李壁註の誤りを正した書で、『王荊公詩文沈氏注』（中華書局　一九五九）に収められている。

さらに、これとは別に、最近、朝鮮活字本『李壁箋註・劉辰翁評點　王荊文公詩』五十巻が影印（上海古籍出版社　一九九三）された。原本は名古屋の蓬左文庫所藏の駿河御讓本《おゆずりぼん》で、元刻本に較べて李壁の註は二倍の分量がある。詳しくは同書の王水照の「前言」を參照されたい。

年譜は王德毅著『李燾父子年譜』（中國學術著作獎助委員會　一九六三　臺北）がある。

三六　廣陵集《こうりょうしゅう》三十卷　拾遺一卷

[一]兩淮鹽政採進本

【王令《おうれい》】一〇三二～一〇五九
字《あざな》を逢原《ほうげん》といい、原籍は元城（河北省大名市）だが、早くに父を亡くし、叔祖王乙の任地江都（江蘇省揚州）に移った。『廣陵集』は、江都の古名にちなんだ名である。仁宗の至和元年（一〇五四）、舒州通判の任期を終えて都に向かう途中の王安石に詩文を贈り、その才を見出された。王安石の妻呉氏の従妹と婚を結んだが、脚氣《かっけ》のために二十八歳の若さで早世した。墓誌銘は王安石の手になる。無位無官の詩人である。王安石『臨川先生文集』巻九七〈王逢原墓誌銘〉・『廣陵集』附錄 劉發〈廣陵先生傳〉參照。

宋王令撰。令、元城人。幼隨其[二]叔祖乙居廣陵、遂爲廣陵人。[三]初字欽美、後王莘字之曰逢原。少不檢、既而折節力學、[四]王安石以妻呉氏之妹妻之。年二十八、卒。遺腹一女、適[五]呉師禮。[六]生子曰說。其集即說所編。[七]凡詩賦十八卷、文十二卷。[八]又拾遺一卷、墓誌事狀及交游投贈追思之作皆附焉。

令才思奇軼、所爲詩[九]磅礴奥衍、大率以韓愈爲宗、而出入於盧仝・李賀・孟郊之閒。雖得年不永、未能鍛錬以老其材、或不免縱横太過。而視局促剽竊者流、則固[一〇]倜倜乎遠矣。[一一]劉克莊後村詩話嘗稱其暑旱苦熱詩、骨力老蒼、識度高遠。[一二]又稱其富公幷門入相・荅孫莘老・聞雁諸篇。[一三]明馮惟訥編古詩紀、以其於忽操三章誤收入古逸詩中、以爲龐德公作。豈非其氣格[一四]適上、幾與古人相亂、故惟訥不能辨歟。古文如[一五]性說等篇、亦自成一家之言。王安石於人少許可、而最重令。[一六]同時勝流如劉敞等、竝推服之。固非阿私所好矣。

其集久無刊本。傳寫譌脫、幾不可讀。今於有可考校者、悉爲釐正。其必不可通者、則姑仍舊本、庶不失闕疑之意焉。

【訓讀】

宋 王令《おうれい》の撰。令、元城の人。幼くして其の[二]叔祖 乙に隨いて廣陵に居し、遂に廣陵の人と爲る。[三]初め 字は鍾美《しょうび》（欽美は誤り）、後 黃莘《こうしん》（王萃《おうすい》は誤り）之《これ》に字《あざな》して逢原と曰う。少《わか》きとき檢ならざるも、既にして節を折りて學に力《つと》む。[四]王安石 妻吳氏の妹を以て之に妻《めあわ》す。年二十八にして、卒す。遺腹の一女、[五]吳師禮に適《とつ》ぎ、[六]子を生みて說《えつ》と曰う。其の集は卽ち說の編する所なり。[七]凡そ詩賦十八卷、文十二卷。又た[八]拾遺一卷。墓誌・事狀及び交游の投贈・追思の作 皆焉《これ》に附す。

令 才思奇軼《きいつ》、爲《つく》る所の詩 [九]磅礴奧衍《ほうはくおうえん》、大率《おおむね》 韓愈を以て宗と爲し、盧仝《ろどう》・李賀・孟郊の閒に出入す。年を得ること永からず、未だ能く鍛錬して以て其の材を老《の》ばす能わず、或いは縱橫太過なるを免れずと雖も、局促剽竊《ひょうせつ》者の流に視《くら》ぶれば、則ち固《もと》より[一〇]倜倜乎《てきてきこ》として遠し。[一一]劉克莊『後村詩話』嘗て其の〈暑旱苦熱〉の詩を稱し、「骨力老蒼にして、識度高遠なり」と。又た其の[一二]〈富公幷《へい》門より相《しょう》に入る〉〈孫莘老《そんしんろう》に荅う〉〈雁を聞く〉の諸篇を稱す。明の[一三]馮惟訥《ふういとつ》『古詩紀』を編するに、其の〈於忽操《おこつそう》〉三章を以て誤りて古逸詩中に收入し、以て龐德公《ほうとくこう》の作と爲す。豈に其の氣格[一四]遒上《しゅうじょう》にして、幾《ほと》んど古人と相い亂れ、故に惟訥 辨ずる能わざるに非ざるか。古文〈[一五]性說〉等の篇の如きは、亦た自《おのずか》ら一家の言を成す。王安石 人に於いては許可すること少なきも、最も令を重んず。[一六]同時の勝流 劉敞《りゅうしょう》等の如きは、竝びに之に推服す。固《もと》より好む所に阿私するに非ず。

其の集 久しく刊本無し。傳寫の譌脱《かだつ》、幾んど讀むべからず。今 考校すべき者有るに於いては、悉く爲に釐正《りせい》す。其の必ず通ずべからざる者は、則ち姑《しばら》く舊本に仍《よ》り、庶《ねが》わくは 闕疑の意を失わざらんことを。

【現代語譯】

宋 王令《おうれい》の著。令は、元城（河北省大名市）の人である。幼いころ叔祖の王乙にしたがって廣陵（江蘇省揚州市）に移り住み、廣陵の人となった。初めの字《あざな》は鍾美《しょうび》（欽美は誤り）だったが、後に 黄莘《こうしん》（王莘は誤り）が逢原《ほうげん》という字をつけてくれた。少年時代は行動に愼みがなかったが、やがて一念發起して學問に勵んだ。王安石は、妻呉氏の妹を彼に娶《めあわ》せている。二十八歳で亡くなった。彼の死後に生まれた娘が一人いて、呉師禮に嫁ぎ、說《えつ》という名の男児を産んでいる。王令の集は、說が編纂したものである。全部で詩賦が十八卷、文十二卷。さらに拾遺一卷があり、墓誌・事狀及び友人らの贈答や追慕の作がみな收められている。

王令の才識は竝外れており、彼が作る詩はスケールが大きく、おおむね韓愈を手本として、盧仝《ろどう》・李賀・孟郊と肩を竝べるものだ。短命だったため、研鑽を積みその詩才を伸ばすということができず、時に野放圖の嫌いがあるものの、こせこせと剽竊に走る連中に比べれば、まるで桁が違う。劉克莊『後村詩話』は彼の〈暑旱苦熱〉の詩を稱賛し、「骨組みががっしりとしていて、見識もずば抜けて高い」と言う。さらに〈富公 幷《へい》門より相《しょう》に入る〉〈孫莘老《そんしんろう》に荅う〉〈雁を聞く〉の諸篇を稱賛している。明の馮惟訥《ふういとつ》が『古詩紀』を編纂するのに、彼の〈於忽操《おこつそう》〉三章を誤って古逸詩中に編入し、龐徳公《ほうとくこう》の作としてしまった。王令の詩の氣格が力強く、古人の作と見まごうほどであったために、惟訥はこれを判別できなかったのではないだろうか。彼の古文も〈性の說〉などの篇は、それ自體で一家の言をなしている。王安石はめったに他人を褒めたりしなかったのだが、令のことは最も重んじていた。同時代の一流人物 劉敞《りゅうしょう》などは、皆 彼に推服していたが、これは決してえこひいきではなかった。

王令の集は久しく刊本がなかった。傳寫の際の誤字脱字がひどく、ほとんど讀めない。今校勘できるものについては、すべて正した。その全く意味が通じないものは、しばらく舊本のままにしておき、「疑わしきは闕く」という原則を踏み外さないように心がけた。

【注】

一　兩淮鹽政採進本　採進本とは、四庫全書編纂の際、各省の巡撫《じゅんぶ》、總督《そうとく》、尹《いん》、鹽政《えんせい》などを通じて朝廷に獻上された書籍をいう。兩淮鹽政とは、本來、淮北・淮南の鹽《しお》の專賣を管理する官。ここより進呈された本は一七〇八部、そのうち二五一部が著録され、四六七部が存目（四庫全書内に収めず、目録にのみ留めておくこと）に置かれた。

二　叔祖乙　王乙《おういつ》（九七八～一〇五〇）は字を次公《じこう》といい、大名《だいめい》元城（河北省大名）の人。のち江都（江蘇省揚州市）に移住。左領軍衛將軍をもって退官した。その行狀は王令（『廣陵集』卷二〇）が、墓誌銘は王安石（『臨川先生文集』卷九八）が書いている。

三　初字欽美、王萃字之曰逢原　「欽美」は「鍾美」の誤り。「王萃《おうすい》」は「黄莘《こうしん》」の誤り。『廣陵集』附錄 劉發〈廣陵先生傳〉によれば、王令の幼名は令兒といい、父が沒して、そのまま令を名とした。字は最初、鍾美といっていたが、建安（福建省建州）の黄莘が「道に造《いた》ることの深き」を以て、「逢原」（原に逢う）と字したという。黄莘（一〇二一～一〇八五）の原籍は蒲城（福建省建州）、のち舒州太湖（安徽省）の人。皇祐五年（一〇五三）に進士となり、王令のいた揚州天長縣の主簿として赴任している。その時、王令は二十二歳。

四　王安石以妻吳氏之妹妻之　王令の妻吳氏（一〇三五～一〇九三）は王安石の妻の從妹である。二十五歳で寡婦となり、再び嫁がなかった。『廣陵集』の附錄に、王雲の手になる〈節婦夫人吳氏墓碣銘〉と、『國史』列女傳の〈吳夫人傳〉が収められている。

五　吳師禮　字は安仲、錢塘の人。太學にて進士の第を賜り、徽宗の初めに右司諫となり、右司員外郎に改められた。その墨書は徽宗の好むところであった。『宋史』卷三四七に傳がある。王雲の〈節婦夫人吳氏墓碣銘〉（注四）は、王安石が王令と吳氏の間に生まれた娘のために「諸生を高く選し、以て錢塘の吳師禮に嫁がしめ」たのだという。この婚禮も王安石の取り計らいであった。

六　生子曰説　呉師禮の長子、呉説《ごえつ》。字を傅朋《ふほう》、號を練塘という。南宋の紹興年間、信州（江西省上饒《じょうじょう》縣）の知縣を務めた。能書家として有名で、高宗に賞贊された。

七　凡詩賦十八卷、文十二卷…　王安石『臨川先生文集』卷九七〈王逢原墓誌銘〉および『廣陵集』附錄 劉發〈廣陵先生傳〉とも、王令の詩文集について言及していないが、陳振孫『直齋書錄解題』卷一七は「廣陵集二十卷」、『宋史』藝文志は「王令集二十卷 廣陵文集六卷」に作る。二十卷本は鈔本として傳わっており、陸心源『儀顧堂題跋』は、四庫全書の三十卷本と比べて詩文の增減はないという。宋代に二十卷であったのを、後人が三十卷としたのであろう。

八　拾遺一卷　卷末の附錄である。王安石の〈王逢原墓誌銘〉や贈答詩文、劉發の〈廣陵先生傳〉、王雲の〈節婦夫人呉氏墓碣銘〉などを收載する。

九　磅礴奧衍　磅礴《ほうはく》は廣大無邊の樣。奧衍《おうえん》は奧行きが深いことをいう。要は、詩のスケールが大きいことをいうのであろう。

一〇　倜倜乎遠　「倜倜乎《てきてきこ》」は遠く及ばないさま。『荀子』强國篇に「倜倜然として其の及ばざるや遠し」とみえる。

一一　劉克莊後村詩話嘗稱…　『後村詩話』前集卷二は、王令の〈暑旱苦熱〉詩の全篇を擧げたうえで、「其の骨氣老蒼にして、識度高遠なること此の如し。豈に荊公の推す所と爲らざるを得んや（王安石が推奬するのももっともだ）」と評している。〈暑旱苦熱〉は四庫全書文淵閣本『王令集』卷九（【附記】の二十卷本では卷七）所收。

一二　又稱其富公并門入相…　注一一と同じく『後村詩話』前集卷二に見える。「富公 并《へい》州由《よ》り相《しょう》に入り、外廷 笏を擧げて相い賀すに至る。王逢原 獨り云う、〝要は須く見るを待つべし堯・舜を成すを、未だ敢えて輕浮して頌聲を作らず〟と。見る所 石徂徠より高きこと一等なり。〈孫莘《そんしん》老に荅う〉に云う、〝生きて人に愧《は》ずる無くんば、寧《なん》ぞ樂しみを非とせんや、死は天の知る有りて 豈に名を待たんや〟と。その固窮して自守するは、亦た士の高致なり。」「王逢原〈雁を聞く〉に云う、〝萬里の波濤《はとう》 九秋の後、五更の風雨 一燈の旁《かたわ》ら〟と。雁の字を著するを待たずして題 見《あら》われたり。」〈富公 并門より相に入る〉は〈富并州の相に入るを聞く〉として、〈孫莘老に荅う〉は〈孫莘老の寄せらるるに答う〉として、〈雁を聞く〉は同じ題で、すべて四庫全書文淵閣本『廣陵集』卷一四（【附記】の二十卷本では卷七）に収められている。なお、「富公」は富弼、「孫莘老」は孫覺。

一三　明馮惟訥編古詩紀…　四庫全書本『古詩紀』は卷一四に

〈於忽操《おこつそう》〉三章を收録し、詩の序文に従い、龐徳公《ほうとくこう》が劉表の招きを辞した際のものとする。しかし、この詩は『廣陵集』巻一に見える王令の擬作である。龐徳公は後漢の隱者。劉表の度々の招聘を拒み續け、後、妻子とともに鹿門山に登り跡を絶った。

一四　適上　群を抜いて勁《つよ》いこと。『世説新語』賞譽篇の、王羲之が謝萬を「林澤中に在りては、爲に自ら適上たり（山林沼澤にいると、おのずから勁くなる）」と評したことに基づく。

一五　性説　四庫全書文淵閣本『廣陵集』巻一八（【附記】の二十巻本では巻一二）所收。議論は『孟子』に基づくものである。『宋史』藝文志には王令の「孟子講義五巻」（佚）が著録されている。

一六　同時勝流如劉敞等、竝推服之　『廣陵集』附録の補遺が引く劉敞《りゅうしょう》の『雜録』は、次のようにいう。「處士の有道なる者は、孫侔《そんぼう》・常秩《じょうちつ》・王令なり。…令、亦た揚州の人。少《わか》き時、落拓《らくたく》不檢にして、未だ鄕里の重んずる所と爲らず。後、節を折りて讀書す。文章を作るに古人の風有り。王介甫（安石）獨り之を知り、以て顏回に比《なぞら》うなり。」

【附記】

王令の詩文集は長らく鈔本で傳わってきた。そのうち四庫全書が著録したのは三十巻本であり、より古い形を留める二十巻本が、民國一一年（一九二二）に吳興の劉氏嘉業堂によって刻行された。『全宋詩』（第一二冊　巻六九〇～巻七〇八）は四庫全書文淵閣本を、『全宋文』（第四〇冊　巻一七四一～巻一七四八）は明鈔本の二十巻本を底本とする。近年出版された沈文倬《しんぶんたく》校點『王令集』（上海古籍出版社　一九八〇）は嘉業堂本を底本とする。

三七−一　[一]東坡全集《とうばぜんしゅう》一百十五巻　[二]内府藏本

【蘇軾】一〇三六〜一一〇一
字《あざな》は子瞻《しせん》、號は東坡居士《とうばこじ》。眉山（四川省眉山縣）の人。北宋を代表する政治家であり、文人でもある。父の蘇《そ》洵《じゅん》、弟の蘇轍《そてつ》を合わせて三蘇といい、彼らの古文は唐宋八大家に數えられる。嘉祐二年（一〇五七）、蘇轍と共に進士に合格。その時の試驗委員長が歐陽修であったことは有名である。政治的には舊法黨の領袖と目され、幾度もの左遷を經驗し、苛酷な流謫生活を送ったが、強靭かつ柔軟な精神に支えられた詩文はのびやかさを失うことなく明朗闊達、宋代文學の最高峰に位置している。のち文忠と謚《おくりな》された。蘇轍『欒城《らんじょう》後集』卷二二〈亡兄子瞻端明墓誌銘〉・『宋史』卷三三八 蘇軾傳 參照。

宋蘇軾撰。軾有[三]易傳、已著錄。案[四]蘇轍作軾墓誌、稱軾所著有東坡集四十卷・後集二十卷・奏議十五卷・內制十卷・外制三卷・[五]和陶詩四卷。[六]晁公武讀書志・[七]陳振孫書錄解題所載竝同、而別增應詔集十卷、合爲一編。[八]卽世所稱東坡七集者是也。[九]宋史藝文志則載前後集七十卷。卷數與墓誌不合、而又別出奏議補遺三卷・[一〇]南征集一卷・詞一卷・[一一]南省說書一卷・別集四十六卷・[一二]黃州集二卷・續集二卷・[一三]北歸集六卷・[一四]儋耳手澤一卷。名目頗爲叢碎。

今考軾集在宋世原非一本。[一五]邵博聞見後錄稱京師印本東坡集、軾自校其中香醪字誤者、不更見於他書、

[一六]殆燬於靖康之亂。陳振孫[一七]所稱有杭本・蜀本。又有軾曾孫嶠所刊建安本。又有麻沙書坊大全集本。又有張某所刊吉州本。蜀本[一八]・建安本無應詔集。麻沙本・吉州本兼載志林[一九]・雜說之類、不加考訂。而陳鵠[二〇]耆舊續聞則稱姑胥居世英刊東坡全集。殊有序、又少舛謬、極可賞。是當時以蘇州本爲最善。而今亦無存。葉盛[二一]水東日記又云、邵復孺[二二]家有細字小本東坡大全文集。松江東日[二三]和尚所藏有大本東坡集。又有小字大本東坡集。盛所見皆宋代舊刻、而其錯互已如此。觀捫蝨[二四]新話稱、葉嘉傳乃其邑人陳元規作。和賀方回青玉案詞乃華亭姚晉作。集中如睡鄉・醉鄉記、鄙俚淺近、決非坡作。今書肆往往增添改換、以求速售、而官不之禁云云。則軾集風行海內、傳刻日多、而棼亂愈甚、固[二五]其所矣。

然傳本雖夥、其體例大要有二。一爲分集編訂者、乃因軾原本原目而後人稍增益之。即陳振孫所云杭本。當軾無恙之時、已行於世者、至明[二六]代江西刻本猶然、而重刻久絕。其一爲分[二七]類合編者、疑即始於居世英本。宋時所謂大全集者、類用此例、迄明而傳刻尤多。有七[二八]十五卷者、號東坡先生全集、載文不載詩、漏略尤甚。有一[二九]百十四卷者、號蘇文忠全集、版稍工而編輯無法。

此本乃國[三〇]朝蔡士英所刊、蓋亦據舊刻重訂。世所通行、今故用以著錄。集首舊有年譜一卷、乃宋南海王[三一]宗稷所編。邵[三二]長蘅・查愼行補註軾詩、稱其於作詩歲月、編次多誤。以原本所有、今亦竝存焉。

【訓讀】

宋 蘇軾《そしょく》の撰。軾『易傳』[三]有りて、已に著錄す。案ずるに 蘇轍[四] 軾の墓誌を作りて稱す、「軾の著す所『東坡集』四十卷・『後集』二十卷・『奏議』十五卷・『内制』十卷・『外制』三卷・『和陶詩』[五]四卷有り」と。晁公武[六]『讀書志』[七]・陳振孫『書錄解題』載す所 竝びに同じくして、別に『應詔集』十巻を增し、合せて一編と爲す。卽ち世に[八]稱する所の東坡七集なる者は是れなり。『[九]宋史』藝文志則ち『前後集』七十巻を載す。巻數 墓誌と合わず、而して又た別に『奏議補遺』三巻・『[一〇]南征集』一巻・『詞』一巻・『[一一]南省説書』一巻・『別集』四十六巻・『[一二]黃州集』二巻・『續集』二巻・『[一三]北歸集』六巻、『[一四]儋耳《たんじ》手澤』一巻を出だす。名目 頗る叢碎《そうさい》爲り。

今 考うるに 軾の集 宋の世に在りて 原《もと》一本に非ず。[一五]邵博《しょうはく》『聞見後錄』稱す京師印本『東坡集』は、軾自《みずか》ら其の中〝香醪《こうろう》〟の字の誤りを校する者にして、更に他書には見えざれば、[一六]殆ど靖康の亂に燬《や》く。[一七]陳振孫の稱する所 杭本・蜀本有り。又た軾の曾孫 嶠《きょう》の刊する所の建安本有り。又た麻沙書坊の大全集本有り。又た張某の刊する所の吉州本有り。[一八]蜀本（實は杭本の誤り）・建安本は『應詔集』無し。麻沙本・吉州本は兼ねて『[一九]志林』・『雜説』の類を載せ、考訂を加えず。而して[二〇]陳鵠『耆舊《ききゅう》續聞』則ち稱す、「姑胥《こしょ》の居世英《きょせいえい》『東坡全集』を刊す。殊に序 有りて、又た舛謬《せんびゅう》少なく、極めて賞すべし」と。是れ 當時 蘇州本を以て最善と爲す。而るに今 亦た存する無し。[二二]葉盛《しょうせい》『水東日記』又た云う、「[二一]邵復孺《しょうふくじゅ》の家 細字小本『東坡大全文集』有り、松江の東白[二三]（東日は誤り）和尚の藏する所 大本『東坡集』有り、又た小字大本『東坡集』有り」と。盛 見る所は皆 宋代の舊刻にして、而も其の錯互 已《すで》に此の如し。『[二四]捫蝨《もんしつ》新話』の、「〈葉嘉傳〉は乃ち其の邑人 陳元規の作なり。〈賀方回の靑玉案詞に和す〉は乃ち華亭の姚晉道《ようしんどう》（姚晉は誤り）の作なり。集中〈睡鄕〉〈醉鄕記〉の如きは、鄙俚淺近にして、決して坡の作に非ず。今 書肆 往往にして增添改換して、以て速售《そくしゅう》を求め、而して 官 之を禁ぜず云云」と稱するを觀るに、則ち軾の集 海内に風行し、傳刻日び多く、而して 紊亂《びんらん》 愈《いよ》いよ甚し。[二五]固《もとよ》り其の所なり。

然れども傳本夥《おお》しと雖も、其の體例 大要 二有り。一は分集編訂を爲す者にして、乃ち軾の原本原目に因りて、後人 稍《や》や之を增益す。卽ち陳振孫云う所の杭本なり。軾 恙《つつ》が無きの時に當たりて、已に世に行われし者にして、[二六]明代の江西刻本に至るまで猶お然るも、重刻久しく絕ゆ。其の一は[二七]分類合編を爲す者にして、疑うらくは 卽ち居世英本に始まれり。宋の時 所謂 大全集なる者は、類《おおむ》ね此の例を用い、明に迄《いた》るまで 傳刻 尤も多し。[二六]七十五巻なる者有りて、『東坡先生全集』と號し、文を載すも詩を載せず、漏略《ろうりゃく》 尤も甚し。[二九]一百十四巻なる者有りて、『蘇文忠全集』と號し、版 稍《や》や工《たく》みなるも編輯に法無し。

此の本 乃ち[三〇]國朝蔡士英の刊する所にして、蓋し 亦た舊刻に據りて重訂す。世 通行する所、今 故《ことさ》らに用《よ》りて以て著録す。集 首《はじめ》に 舊《もと》『年譜』一巻有り、乃ち宋の[三一]南海の王宗稷《おうそうしょく》の編する所なり。[三二]邵 長蘅《しょうちょうこう》・査愼行《さしんこう》 軾の詩に補註して、稱す「其の作詩の歳月に於いて、編次誤り多し」と。原本の有る所を以て、今 亦た竝びに焉《これ》を存す。

【現代語譯】

宋 蘇軾《そしょく》の著。軾には『易傳』が有り、すでに著録してある。考えるに 蘇轍は軾の墓誌銘を作り、次のように言う。「軾の著作には、『東坡集』四十巻・『後集』二十巻・『奏議』十五巻・『内制』十巻・『外制』三巻・『和陶詩』四巻がある」と。晁公武『郡齋讀書志』・陳振孫『直齋書録解題』の記載もこれに同じで、その他に『應詔集』十巻を付け加えて、一編に纏《まと》めている。世に稱すところの「東坡七集」というのがこれである。『宋史』藝文志には『前後集』七十巻が載っているが、巻數が墓誌銘のそれと合わず、さらにこれとは別に『奏議補遺』三巻・『南征集』一巻・『詞』一巻・『南省說書』一巻・『別集』四十六巻・『黄州集』二巻・『續集』二巻・『北歸集』六巻、『儋耳《たんじ》手澤』一巻が著録されており、書名が相當細かく分かれ、煩雜になっている。

今 考證するに、軾の文集は宋代からもともと版本が一つではなかったのだ。邵博《しょうはく》『邵氏聞見後録』が稱する京師印本『東坡集』は、蘇軾自《みずか》らその中の〝香醪《こうろう》〟の字の誤りを指摘したとされるものだが、この版本のことは他の書物には見えず、おそらく靖康の亂で焼失したのだ。この他に陳振孫がいう杭本・蜀本がある。また軾の曾孫 嶠《きょう》が刊行した建安本がある。また麻沙《まさ》書坊の大全集本がある。さらに張某が刊行した吉州本がある。蜀本（實は杭本の誤り）・

建安本には『應詔集』が無い。麻沙本・吉州本は『志林』・『雜說』の類をも収めるが、考訂を加えていない。そして、陳鵠『耆舊續聞《ききゅうぞくぶん》』はいう、「姑胥《こしょ》の居世英《きょせいえい》が『東坡全集』を刊行した。非常に秩序だっているうえ誤りも少なく、とりわけ賞賛に値する」と。つまり當時は蘇州本を最善としていたのだ。しかし今これも現存しない。葉盛《しょうせい》『水東日記』にさらにいう、「邵復孺《しょうふくじゅ》の家には細字小本『東坡大全文集』があり、松江の東白（東日は誤り）和尚が所藏しているものに大本『東坡集』があり、さらに小字大本『東坡集』もある」と。盛が見たのはすべて宋代の舊刻本だが、すでにこのように食い違っている。『捫蝨《もんしつ》新話』が、「〈葉嘉傳〉は同鄉の人 陳元規の作で、〈賀方回の青玉案詞に和す〉は華亭の姚晉道《ようしんどう》（姚晉は誤り）の作だ。集中の〈睡鄉の記〉や〈醉鄉の記〉などは、下品で底が淺く、決して東坡の作ではない。近頃の本屋はしばしば新しいものを補ったり、他のものと入れ替えたりして賣れ行きを伸ばそうとし、お上もこれを取り締まらない云云」というのを觀れば、軾の文集が全國で流行し、重版は日を追うごとに增え續け、内容の亂れもひどくなっていったことが分かる。それも當然の結果といえよう。

しかし傳本の種類は夥《おびただ》しいものの、その體例はおおむね二つに分けられる。一つは集ごとに分けて編訂したもので、軾の原本や原目によって後世の人が少しずつ增やしていったのだ。すなわち陳振孫がいう杭本がこれにあたる。軾が存命だったころからすでに世に行われていたもので、明代の江西刻本に至るまで續いていたが、重刻が久しく途絶えている。もう一つは詩文を分類して合編したもので、おそらく居世英本に始まる。宋の時の所謂 大全集というのは、おおむねこの體例を採用している。明にいたるまで重版がとりわけ多い。七十五巻本というのがあり、『東坡先生全集』と號するものの、文を載せるが詩は載せず、とりわけ脱漏がひどい。一百十四巻本の方は『蘇文忠全集』と號し、版刻はかなり精巧だが編輯はでたらめである。

この本は國朝の蔡士英が刊行したもので、おそらくこれも舊刻本を重訂したものだろう。世に通行していることでもあり、ここに著錄することにした。文集の卷首にはもとから『年譜』一巻がついており、これは宋の南海の王宗稷《おうそうしょく》が作ったものである。軾の詩に補註を加えた邵長蘅《しょうちょうこう》と査愼行《さしんこう》は、「作詩の歳月については、編次に誤りが多い」と言っている。原本についているため、今これもこのままにしておく。

【注】

一　東坡全集一百十五巻　四庫全書文淵閣本には、巻首に「宋史本傳一巻」・「東坡先生墓誌銘一巻」・「東坡先生年譜一巻」が附されている。

二　内府藏本　宮中に藏される書籍の總稱。清代では皇史宬《こうしせい》・懋勤殿《ぼうきんでん》・摛藻堂《ちそうどう》・昭仁殿・武英殿・内閣大庫・含經堂などに所藏される。

三　易傳　俗にいう『東坡易傳』のこと。東坡の名が冠せられているが、實は三蘇の合作というべきもの。蘇洵は晩年『易傳』の著述に力を注いだが、未完のまま沒し、蘇軾・蘇轍兄弟がその遺志を繼いで完成させた。『四庫全書總目提要』巻二　經部易類二に『東坡易傳』九巻として著錄されている。

四　蘇轍作軾墓誌　蘇轍『欒城《らんじょう》後集』巻二二〈亡兄子瞻《しせん》端明墓誌銘〉には、「東坡集四十巻・後集二十巻・奏議十五巻・内制十巻・外制三巻有り。公（蘇軾）の詩本李（白）・杜（甫）に似るも、晩に陶淵明を喜《たのし》み、之に追和すること幾遍、凡そ四巻」と見える。『宋史』巻三三八　蘇軾傳も「東坡集四十巻・後集二十巻・奏議十五巻・内制十巻・外制三巻・和陶詩四巻有り」という。

五　和陶詩　蘇軾は黄州（湖北省）左遷以後、陶淵明の詩に親しむようになり、知揚州だった時に、陶淵明の飲酒二十首に和している。晩年、舊法黨に對する彈壓で寧遠軍節度副使惠州安置（廣東省）に流されてからは一層これに傾注し、合計百三十六首の〈和陶詩〉を成した。蘇轍にその序文〈子瞻《しせん》の陶淵明に和す詩集の引〉（『欒城《らんじょう》後集』巻二一）がある。

六　晁公武讀書志　『郡齋讀書志』巻一九に「東坡前集四十巻・後集二十巻・奏議十五巻・内制十巻・外制三巻・和陶集四巻・應詔集十巻」が著錄される。蘇軾墓誌銘に比べて「應詔集十巻」が多い。

七　陳振孫書錄解題　『直齋書錄解題』巻一七は「東坡集四十巻・後集二十巻・内制集十巻・外制集三巻・奏議十五巻・和陶集四巻・應詔集十巻」を著錄し、「杭・蜀本　同じ、但だ杭に『應詔集』無し」という。また、これとは別の條に蘇軾の曾孫の蘇嶠《そきょう》が建安で刻した「東坡別集四十六巻」（注一七）が著録される。

八　世所稱東坡七集者是也　一般にいう東坡七集とは、注二六の成化刻本「東坡集・後集・内制・外制・奏議・應詔・續集」を指すのであって、晁公武『郡齋讀書志』に著録された宋代の七つの集を指すのではない。東坡七集というときは、ふつう「和陶集」は含まない。

九　宋史藝文志　『宋史』藝文志七には「蘇軾前後集七十巻・奏議十五巻・補遺三巻・南征集一巻・詞一巻・南省説書一巻・應詔集十巻・内外制十三巻・別集四十六巻・黄州集二巻・續集二巻・和陶詩四巻・北歸集六巻・儋耳手澤一巻・年譜一巻（王宗稷編）」と見える。提要は『奏議』十五巻・『應詔集』十巻・『内外制』十三巻・『和陶詩』四巻・『年譜』一巻を脱漏している。このほか、『通志』藝文略には、「蘭臺前集一百巻・蘭臺後集七十巻・蘭臺續集四十巻・備成集八十巻」が見える。

一〇　南征集一巻　中華書局本『蘇軾文集』巻一〇〈南行前集敍〉によれば、嘉祐四年（一〇五九）、母の服喪を終えた蘇軾は父洵と弟轍とともに、都に戻るため長江を下る旅に出た。この時の三蘇の唱和詩を『南行前集』という。劉尚榮『蘇軾著作版本論叢』（巴蜀書社　一九八八）によれば、「征」は「行」と字形が近いため誤ったのだろうという。ただ、三蘇の詩文の合集である『南行集』を個人の詩文集である別集に入れるべきではあるまい。

一一　南省説書一巻　蘇軾・蘇轍の唱和集であろう。「南省」とは尚書省のこと。父の喪が明けた蘇軾は、熙寧二年（一〇六九）都に戻り、尚書省に屬する監官誥院となった。また、「説書」はおそらく國子監説書で、弟の轍は熙寧三年（一〇七〇）陳州教授になっている。

一二　黄州集二巻　元豊二年（一〇七九）、蘇軾は朝政誹謗の科で検校水部員外郎・黄州團練副使として、黄州（湖北省）に流され、元豊七年（一〇八四）、汝州團練副使に移るまで、そこに滞在した。

一三　北歸集六巻　元豊七年（一〇八四）、蘇軾は黄州から汝州團練副使となったのを皮切りに、北に向かう旅に出立し、途中、官位をあげながら北上し、翌年には禮部郎中として都に召されている。この時の詩集を指すのであろう。

一四　儋耳手澤一巻　儋耳《たんじ》とは、海南島の儋州（海南省昌化縣）。蘇軾は紹聖四年（一〇九七）、惠州（廣東）からさらに僻地の瓊州《けいしゅう》別駕昌化軍安置を命じられ、元符三年（一一〇〇）まで、かの地に滞在した。

一五　邵博聞見後錄稱…　『邵氏聞見後錄』巻一九に蘇軾の孫　符（字は仲虎）の言として次のような話が見える。澄心堂紙を持ってきて東坡に書を乞うものがいた。東坡は符に京師印本『東坡集』を持ってこさせ、その中の詩を朗誦させてそれを書すことにした。符が「邊城の歳莫（暮）風雪多く、強いて香醪《こうろう》を壓《しぼ》りて君と別る」と讀んだ所で、東坡は筆を措いて符を睨みつけ、「香醪だと?」と言ったので、符はおろおろした。しばらくして、京師印本が「春醪」を「香醪」に誤っていることに氣づいたという。詩句は、中華書局本『蘇軾詩集』巻三七〈曾仲錫《そうちゅうしゃく》通判の京師に如《ゆ》くを送る〉の第一・二句にあたる。蘇符は蘇軾の長男邁の子であり、南宋の初め、高宗の時に、祖父の功によって禮部尚書となった。

一六　殆燬於靖康之亂　靖康之亂とは、靖康二年（一一二七）三月、南下した金軍が首都開封を陥落させ、上皇徽宗と皇帝欽宗を拉致した事件。これによって北宋は滅亡、北方中國は焦土と化し、多くの書籍が散逸した。注一五の『邵氏聞見後錄』は南宋の紹興二七年（一一五七）に成った書。邵博《しょうはく》（?～一一五八）と蘇符（一〇八六～一一五六）はともに北宋末から南宋初にかけての人である。蘇符が朗讀したという京師印本『東坡集』は『邵氏聞見後錄』以降の書物に見えないため、提要は靖康の亂によって散逸したと推測するのである。

一七　陳振孫所稱…　『直齋書錄解題』巻一七には、注七の「東坡集四十巻・後集二十巻・内制集十巻・外制集三巻・奏議十五巻・和陶集四巻・應詔集十巻」とは別に「東坡別集四十六巻」を著錄している。陳振孫はいう。「坡の曾孫 給事 嶠季眞 家集を建安に刊す。大略 杭本と同じ。蓋し 杭本は坡公 恙《つつが》無き時に當たり已に世に行わる。麻沙書坊 又た『大全集』有りて、『志林』『雜說』の類を兼載し、亦た雜うるに潁濱《えいひん》及び小坡の文を以てす。且つ間《ま》ま訛僞勦入《そうにゅう》する者有り。張某 吉州を爲《おさ》めしとき、建安本の遺す所を取りて 盡く之を刊するも、攷訂を加えず。中に『應詔』『策論』を載す。蓋し 建安本 亦た『應詔集』無し。」「潁濱」は蘇軾の弟 蘇轍（一〇三九～一一一二）の號、「小坡」は蘇軾の子 蘇過（一〇七二～一一二三）を指す。

一八　蜀本・建安本無應詔集　「蜀本」は「杭本」の誤り。『直齋書錄解題』は「杭・蜀本 同じ、但だ杭に應詔集無し」（注七）といい、また「蓋し 建安本 亦た『應詔集』無し」（注一七）という。

一九　志林・雜說之類　『東坡志林』および『艾子《がいし》雜說』など、小說・筆記の類を指す。

二〇　陳鵠耆舊續聞　『西塘集耆舊《ききゅう》續聞』巻三に「姑胥《こしょ》の居世英《きょせいえい》『東坡全集』を刊し、殊に敘有り、又た絕えて舛謬《せんびゅう》少なし、極めて賞す可し」と見える。「姑胥」は蘇州、いわゆる蘇州本である。なお、余嘉錫『四庫提要辨證』によれば、居世英は何遠《かえん》『春渚紀聞』巻三にみえる丹竈《たんそう》術に長けた居四郎のことで、汴京の定歴院に二十年近く住んでいた。北宋末の人で、官は密院編修だったという。
二　葉盛水東日記　明の葉盛《しょうせい》（一四二〇～一四七四）は『水東日記』巻二〇にいう。「邵復孺《しょうふくじゅ》先生 家に藏す『老蘇大全文集』四十五巻、『東坡大全文集』：東坡集四十巻・東坡後集一十巻（余嘉錫『四庫提要辨證』は「二十巻」の誤りと疑う）・東坡奏議十五巻・東坡内制集十巻・樂語附外制集上中下巻・東坡和陶淵明詩四巻・東坡應詔集十巻、『欒城《らんじょう》集』五十巻…。『老蘇集』の前に、書坊識して〝東坡大全集一百七十巻〟と云う。實は則ち足らず。楊文貞公（士奇）云う、〝嘗て胡祭酒（爟《かん》）の家にて「東坡外集」の二十五巻に起こり九十巻に至るを録す〟と。若し然らば 則ち 此の書 尚 多し。此れは是れ細字小本にして、『老蘇』の版は稍《や》や大なり。松江の啓東白和尚 藏する所の大本『東坡集』四十巻・又二十巻・『奏議』十五巻・『内制』十巻・『外制』十五巻にして、前に御製〈蘇嶠に賜る序〉有り。又た小字大本有りて、前に誥詞并びに嶠の〈謝表〉及び黄門 爲《つく》る所の乃兄の〈誌銘〉有りと云う。」「黄門」とは蘇轍を指す。
三　邵復孺　一三〇九～一四〇一　名は亨貞、復孺は字。南宋末の進士邵桂子《しょうけいし》の孫で、元の至正年間の松江の訓導。『四庫全書總目提要』巻一六七 集部 別集類二〇に「野處集四巻」が著録されている。
四　東日和尚　「東日」は「東白」の誤り。東白和尚の傳記は明の何良俊《かりょうしゅん》『四友齋叢説』巻一六に見える。「郡中（松江府）に一僧有り、名は善啓、字は東白、號は曉庵、亦た詩名有りて、書を能くす。乃ち 十大高僧の流亞なり。永樂中、召されて京に至り『永樂大典』を修す。初め延慶寺に居し、後 僧官と爲り、南禪に住持たり。」
五　捫蝨新話稱…　陳善『捫蝨《もんしつ》新話』巻六は次のようにいう。「『東坡集』に〈葉嘉《しょうか》傳〉有り、此れ我が邑の陳表民の作なり。表民の名は元規、其の人を見るに及ばざるも、蓋し名士なり。予 中江に在りしとき朱漕の説くを見る、〝坡の集の〈賀方回（鑄）の青玉案に和す〉の卒章に〝曾て濕《うるお》す西湖の雨〟の句有り、人 以て坡の詞と爲すも、此れ乃ち華亭の姚晉道《ようしんどう》の作なり。…予觀るに 坡の集中〈醉鄉〉〈睡鄉記〉の類の如きは、鄙俚淺近にして、決して坡の作に非ず。或ひと云う〝坡 只だ〈江瑤柱傳〉有るのみにて、它《た》は皆 是に非ず〟と。今 市の書肆 往往 時を逐うごとに增添改換し、以て速售《そくしゅう》を求む。而るに官は之を禁ぜざるなり。（『東坡集』の中の〈葉嘉傳〉は、私の郷里の陳表民の作である。表民の名は元規。もう物故しているが、名士である。私が中江にいる時、屬官の朱はこんなふうに言っていた。東坡の集の〈賀方回の青玉案に和す詞〉の最後の「曾て濕す西湖の雨」の句は、人は東坡の詞だと思っているが、實は華亭の姚晉道の作である。…私が見るに、東坡集中の〈醉鄉の記〉や〈睡鄕の記〉は、鄙俚浅近で、決して東坡の作ではない。〝東坡の手に成るものとしては〈江瑤柱傳〉だけが本物で、他は皆 僞作だ〟という人もいる。今の市場の本屋は往往 後になるほど增補したり差し換えたりして、賣れ行きを伸ばそうとし、お上もこれを禁止しない）」と。〈葉嘉傳〉は中華書局本『蘇軾文集』巻一三、〈睡鄕記〉は巻一一所收。〈醉鄕の記〉は、唐の王績（字は無功）の作品として知られる。焦竑《しょうこう》の〈重編東坡先生外集の序〉は「〈睡鄕の記〉は無功の〈醉鄕の記〉に擬して作る」という。〈賀方回の青玉案に和す詞〉の青玉案とは詞牌の名。『全宋詞』（中華書局　一九六五）は、『東坡詞』の〈青玉案　賀方回の韻に和し、伯固の吳中の故居に歸るを送る〉という題で收錄し、蔣璨《しょうさん》または姚晉道《ようしんどう》（提要は道の字を脫す）の作、あるいは姚志道の作とする諸說を引く。

三五　固其所　『春秋左氏傳』襄公二十三年の條に見える言葉。本來そうあるべきだという意味。

三六　明代江西刻本　明の嘉靖一三年（一五三四）、江西布政司刻本『蘇文忠公全集』百十巻（集中の『內制集』の附錄〈樂語〉を一巻と數えて、百十一巻に作る書目もある）を指す。體裁は提要がいう分集編訂本にあたる。これは、成化四年（一四六八）、吉安の知府 程宗が刻した「東坡集四十巻・東坡後集二十巻・奏議集十五巻・內制集十巻（附樂語一巻）・外制集三巻・應詔集十巻・續集十二巻）（以上を東坡七集という）の重刻本である。ただし、江西刻本の「續集」は成化本に比べて詩文九十三首が少ない。附錄の「年譜一巻」・「墓誌銘一巻」・「宋史本傳一巻」についても增減がある。

三七　爲分類合編者、疑即始於居世英本…　提要は、注二〇『西塘集耆舊《ききゅう》續聞』巻三の「姑胥《こしょ》の居世英《きょせいえい》『東坡全集』を刊し…」に從って、居世英本を全集本とし、その體例を分類合編本と解している。しかし、余嘉錫『四庫提要辨證』は、『苕溪漁隱《ちょうけいぎょいん》叢話』後集巻二八に「東坡の文集 世に行わるる者 其の名 一ならず。惟だ『大全』『備成』の二集、詩文 最も多く、…其の後居世英の家 大字『東坡前後集』を刊し、最も善本爲り。…」とある記事に注目する。つまり、居世英が刊刻したのは所謂全集本ではなく、その體例も分集編訂本ということになる。居世英本を分類合編の嚆矢とするのは誤りであろう。

三八　有七十五巻者　最初に蘇軾の文を分類編次したのは、萬曆三四年（一六〇六）、吳興の茅維《ぼうい》が刻した『東坡先生全集』七十五巻である。明末の文盛堂刻本や崇禎刻本、清の邵長蘅《しょうちょうこう》（注三二）重訂修補本など、すべてこれの重刻本である。

三九　有一百十四巻者　王重民『中國善本書提要』（上海古籍出版社　一九八三）は、分類合編本の『蘇文忠公集』が一百一十四巻であったかどうかについて疑問を呈している。

王重民は、北京圖書館藏の『蘇文忠公集』存七十八巻本と存十二巻本（現在は臺灣國家圖書館藏）の條で、全刻を見ていないと斷った上で、これらは江安の傅《ふ》氏『雙鑑樓善本書目』に一百十二巻本（明刊本　十行二十字）として著録されるものと同一刻本ではないかと疑い、『北京圖書館善本書目』（中華書局　一九五九）がこれを一百十四巻に作ることについては「何の據る所ありて然《しか》云《い》うかを知らず」とする。今、『北京圖書館古籍善本書目』（北京圖書館　一九八九）には、「蘇文忠公集一百十二巻・年譜一巻」（明刻本　四十八册　十行二十字）が著録されており、これが王重民いうところの未見の全刻であろう。孔凡禮『蘇軾文集』（中華書局　一九八六【附記】參照）の點校説明は、この版本を「明刻一百一十四巻本『蘇文忠公集』北京圖書館藏」と説明している。『北京圖書館古籍善本書目』には「一百一十四巻」に作る本は著録されておらず、孔凡禮はおそらく舊書目に據ったのであろう。

三〇　國朝蔡士英所刊　これも分類合編本である。明刻本の『東坡全集』一百十五巻・『目録』七巻・『年譜』一巻（『墓誌銘』を附すものもある）をもとに、康熙年間に蔡士英（?～一六七九）が重刻したもの。蔡士英は字を魁吾といい、漢軍八旗の出身。傳記は『碑傳集』巻六一に詳しい。

三一　南海王宗稷所編　『四庫全書總目提要』巻五九　史部　傳記類存目は、永樂大典本の『東坡年譜』一巻を著録して、次のようにいう。「宋　王宗稷《おうそうしょく》の撰。宗稷　字は伯言、五羊の人。自ら記して稱す、〝紹興庚申、外祖の黄州に守《しゅ》たるに隨い、郡に到り首《はじめ》に東坡先生の遺蹟を訪《おとな》う。甲子一周せり。思うに　諸家の詩文　皆　年譜有るに、獨り此れ　尚　闕《か》く。謹んで　先生の出處の大略を編次し、其の歳月の先後を敍して、年譜を爲る云云〟と。今『東坡集』の首に刻する者は、即ち此の本なり。（宋　王宗稷の著。宗稷は字を伯言といい、五羊すなわち廣東省南海縣の人。自ら〝紹興庚申（一一四〇）、外祖父が黄州の長官となって赴任するのに隨い、役所に着くと眞っ先に東坡先生の遺蹟を訪ねた。先生の黄州赴任から六十年後にあたる。思うに　諸家の詩文集にはみな年譜があるのに、先生にだけはまだこれがない。謹んで先生の出處の大略を編次し、年月の順に並べて年譜をつくる云々〟と記している。今『東坡集』の巻首にあるのはこの本である。）」しかし、この永樂大典本は散逸し、現存中最も古いのは、注二六の成化四年に程宗が刻した『蘇文忠公全集』（東坡七集）巻首の『年譜』（ただし王宗稷の自記を缺く）である。影印が『宋人所撰三蘇年譜彙刊』（上海古籍出版社　一九八九）に收められている。なお、注九『宋史』藝文志は「年譜一巻（王宗稷編）」と著録しており、宋代から蘇軾の文集とともに行われていたことがわかる。

三　邵長蘅・査愼行補註軾詩　邵長蘅《しょうちょうこう》は江蘇省武進の人。康熙年間、宋犖《そうらく》に委囑されて『施註蘇詩』四十二巻（闕十二巻）のうち、巻一・巻二・巻五・巻六・巻八・巻九・巻二三・巻二六の合計八巻の注を補った。詳しくは本書三七―三「施註蘇詩四十二巻」を參照。『施註蘇詩』巻首には、王宗稷編・邵長蘅重訂『東坡先生年譜』一巻が収められ、邵長蘅は年譜の後跋で次のようにいう。「年譜 數條の誤處有り。〈臘日《ろうじつ》 孤山に遊びて僧を訪ぬ〉詩、應《まさ》に辛亥に在るべきに、壬子に悞《ご》入す。〈風水洞に遊ぶ〉諸詩、應に癸丑に在るべきに、甲寅に入す。又た〈顧秀才に見《まみ》えて惠州の風物の美を談ず〉詩は、應に南遷して嶺を度《わた》るに在るべきに、北に歸るに悞入するが如き類なり。今倶に爲に刪正す。」査愼行は、邵長蘅の補注を全面改訂した人物。詳しくは、本書三七―四「補注東坡編年詩五十一巻」參照。『補注東坡編年詩』巻首には査愼行の『年表』が収められ、そこには「王宗稷の年譜 某某と謂うは誤りなり」という記述がまま見られる。

【附記】

『全宋詩』（第一四冊　巻七八四～巻八三二）は、清道光刊の王文誥『蘇文忠公詩編注集成』（一部、乾隆刊の馮應榴『蘇文忠詩合註』）を、『全宋文』（第四二～第四五冊　巻一八四九～巻二〇〇四）は、萬暦刊の茅維『東坡先生全集』七十五巻を底本とする。

現在、最も見るのに簡便な蘇軾の詩文集は、孔凡禮點校『蘇軾詩集』（中華書局　一九八二）と『蘇軾文集』（中華書局　一九八六）、および龐石帚校訂『經進東坡文集事略』（文學古籍刊行社　一九五七）である。選注は王水照『蘇軾選集』（上海古籍出版社　一九八四）をはじめ汗牛充棟。年譜も多數あるが、孔凡禮『蘇軾年譜』上・中・下（中華書局　一九九八）が最も完備している。古典文學研究資料彙編のシリーズで四川大學中文系唐宋文學研究室編『蘇軾資料彙編』上編四冊・下編一冊（中華書局　一九九四）がある。版本については曾棗荘〈蘇軾著述生前編刻情況考略〉〈南宋蘇軾著述刊刻考略〉（『三蘇研究』巴蜀書社　一九九九）・劉尚榮『蘇軾著作版本論叢』（巴蜀書社　一九八八）、および楊忠〈蘇軾全集版本源流考辨〉（『中國典籍與文化論叢』第一輯　一九九三・九）を參照のこと。

三七－二　東坡《とうば》詩集註《ししっちゅう》三十二卷

少[一]詹事陸費墀《りくひち》家藏本

【王十朋《おうじっぽう》】一一一二～一一七一

字《あざな》は龜齡《きれい》、號は梅溪、樂清（浙江省樂清縣）の人。紹興二七年（一一五七）、對策つまり科擧の答案が經學に通じていることに感心した高宗によって、第一等の成績を得た。孝宗の時、饒《じょう》州・夔《き》州・湖州・泉州の知事を歴任して民に慕われた。官は太子詹事に至り、龍圖閣學士を以て退職した。謚《おくりな》は忠文。『梅溪集』五十四卷がある。汪應辰『文定集』卷二三〈龍圖閣學士王公墓誌銘〉・『宋史』卷三八七 王十朋傳 參照。

舊本題宋王十朋撰。十朋有會[二]稽三賦、已著錄。是集前有趙[三]夔序、稱分五十類。此[四]本實止二十九類、蓋有所合併。十[五]朋序題百家註。此本所引、數亦不足。則猶杜[六]詩稱千家註、韓[七]・柳文稱五百家註也。其分類頗多顚舛。如芙[八]蓉城詩入古蹟、虎[九]兒詩入詠史之類、不可殫數。不但以畫[一〇]魚歌入書畫爲查愼行東坡詩補註所譏。其[一一]註爲邵長蘅所掊擊者、凡三十八條、至作正譌一卷、冠所校施註之首。

考十[一二]朋梅溪前集載序八篇、後集載序三篇、獨無此序。又有讀[一三]蘇文三則、亦[一四]無一字及蘇詩。梅[一五]溪集爲其子聞詩・聞禮所編、十朋著述、搜輯無遺、不應獨漏此序。又[一六]趙夔序稱、崇寧閒、僕年志於學、逮今三十年、一字一句、推究來歷、必欲見其用事之處。頃者赴調京師、繼復守官、累與小坡叔黨游從至熟。叩其所未知者、叔黨亦能爲僕言之云云。考[17]宋史載軾知杭州、蘇過年十九、其時在元祐五六年閒。又稱過沒時年五十二、則[18]當在宣和五六年閒。若從崇寧元年下推三十年、已爲紹興元年、過之沒七八年矣。夔安能見過而問之。則幷夔序亦出依託。

核書中體例、與杜詩千家註相同。殆必一時書肆所爲、借十朋之名以行耳。然[19]長蘅摘其體例三失、而[20]云中閒援引詳明、展卷瞭如者僅僅及半。則疎陋者不過十之五、未可全廢。其於施註所闕十二卷、[21]亦云參酌王註、徵引羣書以補之。則未嘗不於此註取材。大抵刱始者難工、繼事者易密、邵註正王註之譌、[22]査註又摘邵註之誤。今觀査註亦譌漏尚多。考證之學、不可窮盡、難執一家以廢其餘。錄存是書、亦足資讀蘇詩者之旁參也。

【訓讀】

舊本 宋 王十朋《おうじっぽう》の撰と題す。十朋[2]『會稽三賦』有りて、已に著錄す。是の集 [3]前に趙夔《ちょうき》の序有りて、「五十類に分かつ」と稱す。[4]此の本 實に止《た》だ二十九類のみにして、蓋し合併する所有るなり。[5]十朋の序「百家註」と題す。此の本引く所、數 亦た足らず。則ち 猶お [6]杜詩「千家註」と稱し、[7]韓・柳文「五百家註」と稱するがごときなり。其の分類 頗る顚舛《てんせん》多し。[8]〈芙蓉城〉詩を「古蹟」に入れ、[9]〈虎兒〉詩を「詠史」に入るるが如きの類、殫《ことごと》く數うべからず。但だに[10]〈畫魚歌〉を「書畫」に入るるを以て査愼行『東坡詩補註』の譏《そし》る所と爲るのみならず。[11]其の註の邵 長蘅《しょうちょうこう》の掊擊《ほうげき》する所と爲る者、凡そ三十八條、『正譌《せいか》』一卷を作りて、校する所の施註の首に冠するに至る。

考うるに [12]十朋の『梅溪前集』序八篇を載せ、『後集』序三篇を載するも、獨り 此の序 無し。又た[13]〈讀蘇文三則〉有りて、亦た[14]一字の蘇詩に及ぶ無し。[15]『梅溪集』其の子 聞詩・聞禮の編する所爲りて、十朋の著述、捜輯して遺《のこ》す無く、應《まさ》に獨り 此の序のみ漏らすべからず。又[一六]た 趙夔の序稱す、「崇寧の閒、僕 年は學に志し、今に逮《およ》ぶまで三十年、一字一句、來歷を推究し、必ず其の用事の處を見んと欲す。頃者《さきごろ》 京師に調せらるるに赴き、繼いで復た守官たりて、累《しき》りに小坡 叔黨と游從して熟するに至る。其の未だ知らざる所の者を叩《たず》ぬるに、叔黨 亦た能く僕の爲に之を言う、云云」と。考うるに『宋史』[一七]載す「軾 杭州に知たりしとき、蘇過 年十九」と。其の時 元祐五六年の閒に在り。又た「過 沒せし時 年五十二」と稱すは、則ち 當[一八]に宣和五六年の閒に在るべし。若《も》し 崇寧元年從《よ》り下りて三十年を推さば、已に紹興元年にして、過の沒して七八年爲り。夔 安《いず》くんぞ能く過に見《まみ》えて之を問わんや。則ち併びに夔の序も亦た依託に出づ。

書中の體例を核するに、『杜詩千家註』と相い同じ。殆ど 必ず一時の書肆の爲す所にして、十朋の名を借りて以て行うのみ。然れども 長蘅[一九] 其の體例の三失を摘して云[二〇]う、「中閒 援引 詳明にして、卷を展《の》べて瞭如たる者は 僅僅半ばに及ぶ」と。則ち疎陋《そろう》なる者は十の五に過ぎずして、未だ全廢すべからず。其の施註 闕《か》く所の十二卷に於いては、亦[二一]た云う、「王の註を參酌し、羣書を徵引して以て之を補う」と。則ち 未だ嘗て此の註より取材せずんばあらず。大抵 刱始《そうし》者は工《たくみ》なり難く、繼事者は密なり易し。邵註は王註の譌《か》を正し、査註[二二] 又た邵註の誤を摘す。今 査註を觀るに 亦た譌漏《かろう》 尙 多し。考證の學、窮め盡すべからず、一家を執りて以て其の餘を廢し難し。是の書を錄存すれば、亦た蘇詩を讀む者の旁參《ぼうさん》に資するに足れり。

【現代語譯】

舊本は「宋 王十朋《おうじっぽう》の撰」と題している。十朋には『會稽三賦』があって、已に著錄しておいた。この詩集には前に趙夔《ちょうき》の序文があって、「五十類に分けた」といっている。ところがこの本には二十九類しかない。合併したところがあるのだろう。十朋の序文は「百家註」と題している。この本に引用される注も、百家の數には滿たない。すなわち、杜詩が「千家註」と稱し、韓文・柳文が「五百家註」と稱しているようなものだ。その分類には誤りがかなり多い。〈芙蓉城〉詩を「古蹟」に入れ、〈虎兒〉詩を「詠史」に入れるといった類の誤りは、一々數えきれない。査愼行『東坡詩補註』が譏《そし》った〈畫魚歌〉の「書畫」への誤入だけにとどまらないのだ。王十朋の注で邵長蘅《しょうちょうこう》から批判されたのは、全部で三十八條、邵長蘅は『王註正譌《せいか》』一巻を作って、自らが校訂した『施註蘇詩』の巻首に冠するに至った。

考えるに、十朋の『梅溪前集』は序八篇を、『後集』は序三篇を収載しているのに、この『東坡詩集註』の序文だけはない。また、〈讀蘇文三則〉があるのに、蘇詩については一字も觸れていない。『梅溪集』は十朋の子の聞詩・聞禮が編纂したもので、十朋の著作はくまなく捜輯しており、この序文だけ漏れるはずがない。さらに、趙夔の序はいう。「崇寧年間、僕は十五歳から今にいたるまで三十年の閒、一字一句の來歷を探求し、必ずその典故を明らかにしようとしてきた。近頃、中央の勤務となって都に赴き、再び地方長官を授かった際、たびたび小坡すなわち蘇叔黨と行き來してすっかり親密になった。そこでいまだにわからないところをたずねたところ、叔黨もわざわざ僕に教えてくれ云々」と。考えるに、『宋史』には「軾が杭州の知事だったとき、蘇過は十九歳だった」とある。それは元祐五年から六年（一〇九〇～九一）ごろのことだ。また「過は亡くなった時、五十二歳だった」というからには、それは宣和五年から六年（一一二三～二四）ごろのことになる。かりに崇寧元年（一一〇二）から三十年後とすると、紹興元年（一一三一）になるが、これは過が亡くなって七、八年後になってしまう。どうして夔が過に會って尋ねることができようか。つまり、夔の序文も王十朋同様假託にすぎないのだ。

書中の體例を確かめてみると、『集千家註杜工部詩集』と同じだ。おそらく本屋が同時期に作ったものであり、十朋の名を借りて刊行したに過ぎない。しかし、邵長蘅はその體例を失しているもの三點を指摘して、「その中で引用が詳細かつ明確で、巻を開いてすぐ了解できるのは僅かに半分に過ぎない」という。つまり、疎略なのは十分の五に過ぎず、全部を捨て去ることはできない。また長蘅は、施註に缺けている十二卷についても、「王の註を參酌し、諸書から引用してこれを補った」という。つまり、この王註からすべて材料を得ているのだ。大體、最初に創めた者は仕上がりがうまくいかず、あとを引き繼いだ者はより精密になるものだ。邵註は王註の誤りを正し、査註もまた邵註の誤りを糾したのだ。今 査註をみるに、これにも遺漏《いろう》がたくさんある。考證の學というのは究めがたいもので、一家だけを採用してその他を棄てるというわけにはいかない。この書を著錄して殘しておけば、また蘇詩を讀む者の參考になるであろう。

【注】

一　少詹事陸費墀家藏本　陸費墀《りくひち》（一七三一～一七九〇）の字は丹叔、號は頤齋《いさい》または吳涇灌叟《ごけいかんそう》。桐鄉（浙江省）の人。乾隆三一年（一七六六）の進士。四庫全書總校官、のち副總裁を務める。四庫全書編纂のために進獻した書のうち七部が著錄され、二部が存目（四庫全書內に收めず、目錄にのみ留めておくこと）に置かれている。

二　會稽三賦　『四庫全書總目提要』卷七〇 史部 地理類三には、王十朋の『會稽三賦』三卷が著錄される。會稽の山川・物產・人物・古跡などを敍述した〈會稽風俗賦〉と、會稽の建築物を敍した〈民事堂賦〉〈蓬萊閣賦〉の總稱である。

三　前有趙夔序…　四庫全書文淵閣本『東坡詩集註』卷首の趙夔の序文には、「僕 此の詩に於いて五十門に分かち、總括 殆ど盡きたり」と見える。

四　此本實止二十九類　四庫全書文淵閣本『東坡詩集註』では、以下の三十類に分けられる。「紀行」（卷一）・「游覽」（卷二・三）・「古蹟」（卷四）・「詠史」（卷五）・「述懷」（卷六）・「寓興」（卷六）・「書事」（卷七）・「閒適」（卷八）・「貽贈」（卷九）・「簡寄」（卷一〇）・「酬和」（卷一一・一三・一四）・「酬答」（卷一二）・「送別」（卷一五・一六）・「燕集」（卷一七）・「懷舊」（卷一八）・「仙釋」（卷一九）・「慶賀」（卷二〇）・「傷悼」（卷二〇）・「禪語」（卷二一）・「嘲謔」（卷二二）・「時序」（卷二三）・「寺觀」（卷二三）・「居室」（卷二四）・「花木」（卷二五）・「泉石」（卷二六）・「書畫」（卷二七）・「題詠」（卷二八・二九）・「詠物」（卷三〇）・「和陶詩」（卷三一）・「樂府」（卷三二）。ただし、卷一二の「酬答」を卷一一・一三・一四の「酬和」に含めると、提要のいう二十九類となる。

五　十朋序題百家註　四庫全書文淵閣本『東坡詩集註』巻首の王十朋の序文には、「予 舊 公の詩の『八註』『十註』を得るも、事の載する者は、十に未だ五なる能わず、故に常に窺豹《きひょう》の嘆（一部だけ見えて全體が分からないもどかしさ）有り。近ごろ暇日に於いて諸家の釋を捜索し、裒《あつ》めて之を一とし、繁を剗《けず》り冗を剔《けず》り、存する所の者 幾んど百人、公の詩の光有るに庶幾《ちか》し」と見える。

六　杜詩稱千家註　『集千家註杜工部詩集』二十巻を指す。元初の高崇蘭（一二五五～一三〇八）、字は楚芳の編。該博を誇るため「千家」と名づけているが、實際の註は百家に滿たない。

七　韓・柳文稱五百家註　『五百家註音辯昌黎先生文集』四十巻および『五百家註音辯唐柳先生文集』四十五巻を指す。ともに宋 魏仲擧の編刻。魏仲擧は建安（福建省）の人。當時の出版業者であろう。韓愈の注は三百六十八家で、五百に及ばないが該博を誇るため「五百家註」と稱した。また、柳宗元の「五百家註」も韓愈とつりあいをとるための虛構である。

八　芙蓉城詩入古蹟　四庫全書文淵閣本『東坡詩集註』巻四「古蹟」所收。しかし、芙蓉城は仙境にあって實在の地ではないため、「古蹟」に分類するのは不適切。

九　虎兒詩入詠史　四庫全書文淵閣本『東坡詩集註』巻五「詠史」所收。しかし、虎兒とは蘇轍の第三子遠（のち遜）の字であり、「詠史」に分類するのは不適切。

一〇　以畫魚歌入書畫爲查愼行東坡詩補註所譏　四庫全書文淵閣本『東坡詩集註』巻二七「書畫」所收。『補注東坡編年詩』巻八〈畫魚歌〉の查愼行注は次のようにいう。「『欒城集』自註に云う〝吳人 長釘を以て杖頭に加え、杖を以て水を畫して魚を取る、之を畫魚と謂う〟と。注家 之を引くを知らず。王氏の『分類』畫類中に編入するは、固《もと》より謬《あやま》てり。施氏の『補注』謂うに釣畫魚を以てするは、未だ詳確ならず。今 爲に考正す。」「畫魚」とは棒の先に直接長い釘を打ちつけて、それで水底をかきまわす吳の地方の漁法であって、畫にかいた魚ではない。

一一　其註爲邵長蘅所掊擊者…　邵長蘅は武進の人。康熙年間、宋犖《そうらく》に委囑されて、『施註蘇詩』四十二巻（闕十二巻）のうち八巻分の注を補った。『施註蘇詩』の巻首には、邵長蘅が王十朋の注に反駁した『王註正譌《せいか》』一巻が冠されている。

一二　十朋梅溪前集載序八篇…　王十朋『梅溪前集』巻一七には序が八篇、『梅溪後集』巻二七には序四篇が收錄されるが、この〈東坡先生詩註の序〉は見えない。

一三　讀蘇文三則　王十朋『梅溪前集』巻一九〈蘇文を讀む〉は、韓愈・柳宗元・歐陽修・蘇軾の文を論じたもので、末尾に「紹興庚午（二〇年、一一五〇）七月上澣の日 東坡大全集を會趣堂に讀み、因りて後に題す」という。

一四　無一字及蘇詩　王十朋が蘇軾の詩について觸れていないというのは、提要の失檢である。王十朋には〈東坡詩を讀む〉詩（『梅溪後集』卷一四）があり、その序文に次のようにいう。「江西詩を學ぶ者、蘇は黄に如かずと謂う。又た韓・歐二公の詩は乃ち押韻の文なるのみと言う。予 詩を曉らずと雖も、敢えて其の説を以て然りと爲さず。因りて坡の詩を讀みて、感じて作る有り。（江西詩派の連中は、蘇東坡の詩は黄庭堅に如かずという。また、韓愈・歐陽修の詩などは韻を踏んだ文にすぎないともいう。私は詩に不案内だが、それらの説を正しいとは思わない。そこで東坡の詩を讀んで、感じるところがあり詩を作った。）」そのほか、〈東坡に遊ぶ十一絶〉（『梅溪後集』卷一五）などの作品もある。

一五　梅溪集爲其子聞詩・聞禮所編　『梅溪集』後附の王聞禮〈梅溪集後集の跋〉によれば、『梅溪集』は聞詩・聞禮兄弟が編纂したもの。

一六　又趙夔序稱…　注三『東坡詩集註』卷首の趙夔《ちょうき》の序文はいう。「崇寧年間、僕 年は學に志し、今に逮《およ》ぶまで三十年、一句一字、來歷を推究し、必ず其の用事の處を見んと欲す。經・史・子・傳・僻書・小說・圖經・碑刻、古今の詩集、本朝の故事、所として覽ざるは無し。又た道・釋二藏の經文に於いても、亦た常に遍觀《へんかん》・抄節《しょうせつ》し、耆舊老成《ききゅうろうせい》の間を詢訪《じゅんぽう》するに及びては、其の一時の見聞の事、既已《すで》に多きを得る有り。頃者《さきごろ》、京師に調せらるるに赴き、繼いで復た守官たりて、累《しき》りに小坡叔黨と游從して熟するに至る。其の未だ知らざる所の者を叩《たず》ぬるに、叔黨 亦た能く僕の爲に之を言う。僕 既に 先生を慕うこと甚だ切にして、精誠感通す。」「學に志す」とは『論語』學而篇の「吾 十有五にして學に志す」に基づき、十五歳のこと。「守官」は地方長官。「小坡」とは、蘇軾を東坡というのに對する息子蘇過（字は叔黨）の通稱である。

一七　宋史載…　『宋史』卷三三八 蘇軾傳附蘇過傳には、「軾 杭州に知たりしとき、過 年十九、……卒して、年五十二」と見える。

一八　當在宣和五六年閒　實際には、蘇過の生卒は特定可能である。蘇過『斜川集校注』（巴蜀書社 一九九六）卷六〈小斜川の引〉には、「蓋し 淵明と予と 同に壬子の歲に生まる」とあり、すなわち生年は熙寧五年（一〇七二）、卒年は宣和五年（一一二三）になる。ただし、陶淵明の生年は壬子の歲ではない。蘇過が見た『陶淵明集』には誤りがあったらしい。詳しくは舒大剛等『斜川集校注』（巴蜀書社 一九九六）を參照。

一九　長蘅摘其體例三失…　文淵閣本四庫全書『施注蘇詩』卷首の〈邵氏注蘇例言〉十二則は、王十朋の注を「一に曰く、門を分かち類を別つこと 之を陋に失す」、「一に曰く、書名を著わ

さざること 之を疎に失す」、「一に曰く、舊文を増改すること之を妄に失す」と批判する。

三〇　云中間援引詳明…　注一九『施註蘇詩』巻首〈邵氏注蘇例言〉はいう。「王註 引く所の故事 某書と標出せざる者は十の四五なり。僅かに書名を著し篇名を標せざる者 又た什の一に居る。中間 援引詳明にして、覽《み》る者をして巻を展《の》べて瞭如《りょうじょ》たらしむ者、厪厪《きんきん》 半ばに及ぶのみ。」

三一　亦云參酌王註…　注一九『施注蘇詩』巻首〈邵氏注蘇例言〉はいう。「『施氏註蘇』は原 四十二巻を釐《おさ》む、世に之を傳うる者 絶《はなは》だ少なし。商邱（本來は「商丘」、清代は孔子の諱を避けて「邱」に作る）公 宋槧《そうざん》の舊本を購い得たるも、十二巻を闕《か》き、僅かに三十巻を存す。而して蟲蠹《ちゅうと》腐蝕《ふしょく》して、脱簡も又た幾《ほと》んど什の二なり。是の書 闕巻に於いては則ち王註を參酌して、羣書を徴引し以て之を補う。脱行殘幅の補うべき者は之を補い、補うべからざれば、則ち之を闕く。舊註の未だ收めざる所に至っては、敢えて輕がろしく増益すること有らず。實を失するを懼《おそ》るればなり。」「商邱（丘）公」とは宋犖《そうらく》を指す。

三二　査註又摘邵註之誤　『補註東坡編年詩』は、査愼行が邵長蘅等、前人の注を全面改訂して完成させた書である。本書三七−四參照。

【附記】

四庫全書の底本となったのは、明萬曆茅維刻本の系列であろう。四部叢刊所收『增刊校正王狀元集註分類東坡先生詩』二十五巻は、宋の建安虞平齋務本書堂刊本であり、右の三十二巻本よりも一層古い形を留める版本だが、四庫全書編纂の際には世に知られていなかったらしい。先に王十朋（龜齡）の序と、西蜀の趙夔（堯卿）の序、それに註家の姓氏として九十六家の名が擧げられる。そこでは、詩を類ごとに分けたのが呂祖謙、百家註を集めたのが王十朋となっている。詩は七十八類に分類されるが、和陶詩は收めていない。

三七―三　[一]施註《しちゅう》蘇詩《そし》四十二巻　東坡年譜《とうばねんぷ》一巻　王註正譌《おうちゅうせいか》一巻　蘇詩續補遺《そしぞくほい》二巻　[二]内府藏本

【施元之《しげんし》】一一〇二～一一七四

東坡詩の注釋者。字《あざな》は德初《とくしょ》、長興（浙江省湖州市）の人。紹興二四年（一一五四）の進士。博學を以て知られ、乾道二年（一一六六）二月に祕書省正字、五年六月に祕書省著作佐郎、十月に起居舍人を經て十一月に兼國史院編修官となり、左司諫に除せられ、左正言にうつる。乾道七年、左宣教郎を以て權發遣 衢《く》州軍州主管學事・兼管内勸農事となる。のち、贛《かん》州の知事となり、吏に對して嚴しく、游飲する者は直ちに財産を沒收したという。

陸心源『宋史翼』卷二八 施元之傳 參照。

宋施元之註。元之字德初、吳興人。[三]陸游作是書序、但稱其官曰司諫。[四]其始末則無可考矣。[五]其同註者爲吳郡顧禧、游序所謂助以顧君景繁之該洽也。[六]元之子宿、又爲補綴、[七]書錄解題所謂其子宿從而推廣、且爲年譜以傳於世也。[八]吳興掌故但言宿推廣爲年譜、不言補註、與書錄解題不同。今考書中實有宿註、則吳興掌故爲漏矣。[九]嘉泰中、宿官餘姚、嘗以是書刊版、[一〇]緣是遭論罷。故傳本頗稀、世所行者惟王十朋分類註本。[一一]康熙乙卯、[一二]宋犖官江蘇巡撫、始得殘本於藏書家。[一三]已佚其卷一、卷二、卷五、卷六、卷八、卷九、卷二十三、卷二十六、卷三十五、卷三十六、卷三十九、卷四十。犖屬武進[一四]邵長蘅補其闕卷。長蘅撰[一五]王註正譌一卷、[一六]又訂定王宗稷年譜一卷、冠於集首。[一七]其註則僅補八卷、以病未能卒業。更倩高郵李必恆續成三十五卷、三十六卷、三十九卷、四十卷。犖[一八]又摭拾遺詩爲施氏所未收者、得四百餘首、別屬錢塘馮景註之、重爲刊版。

乾隆初、又詔[一九]內府刊爲巾箱本。取攜既便、遂衣被彌宏。元之原本、註在各句之下。長蘅[二〇]病其閒隔、乃彙註於篇末。又於原註多所刊削、或失其舊。後査愼行[二一]作蘇詩補註、頗斥其非。亦如長蘅之詆王註。然數百年沈晦之笈、實由犖與長蘅復見於世、遂得以上邀乙夜之觀、且剞劂[二二]棗梨、壽諸不朽。其功亦何可盡沒歟。

【訓讀】

宋 施元之《しげんし》の註。元之 字は德初、吳興の人。[二]陸游 是の書の序を作り、但だ 其の官を稱して「司諫」と曰う。[四]其の始末 則ち考すべき無し。[五]其の同《とも》に註する者は吳郡の顧禧《こき》爲りて、游の序に謂う所の「助するに顧君 景繁の賅洽《がいこう》を以てす」るものなり。[六]元之の子 宿、又た爲に補綴《ほてい》し、[七]『書錄解題』謂う所の「其の子 宿 從りて推廣し、且つ年譜を爲《つく》りて以て世に傳う」るなり。[八]『吳興掌故《ごこうしょうこ》』 但だ宿 推廣して年譜を爲ると言うのみにして、補註を言わず、『書錄解題』と同じからず。今 考うるに 書中 實に宿の註有り、則ち『吳興掌故』爲に漏す。[九]嘉泰中、宿 餘姚《よよう》に官たりて、嘗て是の書を以て刊版し、[一〇]是れに緣《よ》りて論罷に遭う。故に 傳本 頗る稀にして、世 行う所の者 惟だ王十朋の分類註本のみ。

康熙己卯（[一一]康熙乙卯は誤り）、[一二]宋犖《らく》 江蘇巡撫に官たりて、始めて殘本を藏書家に得たり。[一三]已に其の卷一・卷二・卷五・卷六・卷八・卷九・卷二十三・卷二十六・卷三十五・卷三十六・卷三十九・卷四十を佚す。犖《らく》 [一四]武進の邵 長蘅《しょうちょうこう》に屬《しょく》して其の闕卷を補わしむ。長蘅 [一五]『王註正譌《せいか》』 一卷を撰し、又た[一六]王宗稷『年譜』一卷を訂定し、集の首に冠す。[一七]其の註は則ち僅かに八卷を補うのみにして、病を以て未だ能く業を卒《お》う能わず。更に高郵の李必恆を倩《やと》いて三十五卷・三十六卷・三十九卷・四十卷を續成す。犖[一八] 又た遺詩の施氏の未だ收めざる所と爲る者を摭拾《せきしゅう》し、四百餘首を得、別に錢塘の馮景《ふうけい》に屬して之に註せしめ、重ねて爲に刊版す。

乾隆の初、又た内[一九]府に詔して刊して巾箱本を爲《つく》らしむ。取攜《しゅけい》既に便にして、遂に衣被して彌《いよ》いよ宏《ひろ》まれり。元之の原本、註は各句の下に在り。長[二〇]蘅其の閒隔を病み、乃ち註を篇末に彙《あつ》む。又た原註に於いて刊削する所多く、或いは其の舊を失す。後 査[二一]愼行『蘇詩補註』を作り、頗る其の非を斥す。亦た長蘅の王註を詆るが如し。然れども 數百年 沈晦《ちんかい》の笈《きゅう》、實に 犖と長蘅とに由りて復《ふたた》び世に見《あら》われ、遂に以て上は乙夜《いつや》の覼に邀《あ》うを得たり。且つ棗[二二]梨に剞劂《きけつ》して、諸《これ》を不朽に壽《なが》からしむ。其の功 亦た 何ぞ盡く沒すべけんや。

【現代語譯】

宋 施元之《しげんし》の註。元之は字を德初といい、吳興（江蘇省湖州市）の人である。陸游が書いたこの書の序文には、彼の官を「司諫」というだけで、その經歷に關する手がかりがない。彼とともに註したのが吳郡の顧禧であり、陸游の序文が「博識の顧君 景繁が手助けし」というところの人だ。元之の子の施宿もさらにこれを補綴《ほてい》しており、『直齋書錄解題』が「彼の子の宿がこれをさらに擴充し、かつ年譜を作ったのが世に傳わる」というところのものだ。『吳興掌故』は、宿が擴充して年譜を作ったことをいうだけで、註を補ったことに觸れておらず、『書錄解題』と食い違う。今 考えるに、書中には確かに宿の註があり、『吳興掌故』に遺漏があったということになる。嘉泰年閒（一二〇一～一二〇四）、宿は餘姚《よよう》の役人をしていたが、この書を刊行したために、糾彈されて罷免された。傳本が殆どないのはそのためで、世閒には王十朋の分類註本のみが流布しているのだ。

康熙己卯（乙卯は誤り、康熙三八年 一六九九）、宋犖《そうらく》が江蘇巡撫だったとき、この書の殘本を藏書家から始めて入手した。その時すでに、第一・二・五・六・八・九・一三・一六・三五・三六・三九・四〇卷が失われていた。犖は武進の邵長蘅《しょうちょうこう》に委囑して、その缺けていた卷を補わせた。長蘅は『王註正譌《せいか》』一卷を著し、さらに王宗稷《おうそうしょく》の『年譜』一卷を改訂し、詩集の卷首に冠した。しかし、註の方はただ八卷分を補っただけで、病氣のためその仕事をやりとげることができなかった。そこで更に高郵の李必恆《りひっこう》に賴んで、殘りの第三五・三六・三九・四〇卷の補注を完成させた。犖はさらに施氏が收錄していない蘇軾の佚詩を捜して、四百餘首を得、別に錢塘の馮景《ふうけい》に委囑してこれに注をつけさせ、重刊した。

乾隆の初めには、また內府に施注の巾箱本を作るようにとの詔が下った。携帶に便利なうえ、お上の御墨付きもあってますます廣まったのである。元之の原本では、註は各句の下に在ったが、長蘅は句の間隔が開くことを嫌って、註を篇末にまとめてしまった。また、原註から刪節された箇所も多く、元の姿を失っているところもある。のちに査愼行は『蘇詩補註』を作り、その非を竝べたてた。これも長蘅が王十朋の註をそしったのと同じようなものだ。しかし、數百年閒うずもれていた書物が、宋犖と邵長蘅のおかげでふたたび世に出て、皇帝の御覽の榮譽をこうむることになり、かつ棗《なつめ》や梨の版木に彫られ、不朽の命を授けられたのだ。彼らの功績もその全てを否定することなどできるわけがない。

【注】

一　施註蘇詩四十二卷　四庫全書文淵閣本は「施註蘇詩四十二卷・總目二卷・卷首（注蘇例言一卷・王註正譌一卷・注蘇姓氏一卷・宋史本傳一卷・東坡先生墓誌銘一卷）・東坡先生年譜一卷・蘇詩續補遺（附總目）二卷」が收められている。

二　內府藏本　宮中に藏される書籍の總稱。清代では皇史宬《こうしせい》・懋勤殿《ぼうきんでん》・摛藻堂《ちそうどう》・昭仁殿・武英殿・內閣大庫・含經堂などに所藏されていた。

三　陸游作是書序…　陸游『渭南文集』卷一五〈施司諫註東坡

詩の序〉は次のようにいう。「後二十五六年、某《それがし》老を告げて山陰の澤中に居す。吳興の施宿 武子 其の先人 司諫公の註する所の數十大編を出だし、某に屬して序を作らしむ。司諫公 絕識博學を以て天下に名あり。且つ 工を用いること深く、歲を歷ること久し。又た 之を助くるに顧君 景蕃（景繁）の該洽《がいこう》を以てす。則ち 東坡の意に於いて、蓋し 幾んど以て憾《うら》み無かるべし。」「司諫」とは、七品官の門下省左司諫または中書省右司諫で、施元之が就いていたのは前者。『南宋館閣錄』卷七によれば、「施元之 字は德初、吳興の人。張孝祥の榜（紹興二四年）同進士出身、『詩』を治む。（乾道）五年六月、（著作佐郎に）除せられ、十月、起居舍人と爲る。」また、同卷八によれば、「（乾道）二年二月、（祕書省正字に）除せられ、三月罷む。」「（乾道）五年十一月、起居舍人を以て（國史編修官を）兼ね、是の月、左司諫に除せらる」という。一方、翁方綱『蘇詩補注』卷八は『湖州府志』を引いて「乾道二年（一一六六）、祕書省正字に除せられ、左司諫に累遷す」という。長興は、吳興すなわち湖州府の一縣名。

四　其始末則無可考矣　余嘉錫『四庫提要辨證』卷二二で、施元之の傳記を詳考し、文才に優れたが、性格は邪僻で、酷吏《こくり》に近いと評している。

五　其同註者爲吳郡顧禧　范成大『吳郡志』卷二二 人物に、「顧禧 字は景繁。祖の沂《き》 字は歸聖、知龔州《きょうしゅう》。父の彥成 字は子英、兩浙運使。皆 賢名有り。禧 世賞を受くと雖も、仕えず。光福山中に居りて、戶を閉ざして讀誦し、博く墳典を極め、著わす所の書 甚だ富めり。蘇文忠公の詩に注すること尤も詳し。紹興の閒 郡 遺逸を以て薦むるも、閑居すること五十年、出でず。名 鄉里に重し。」

六　元之子宿、又爲補綴　施宿の傳記は、翁方綱《おうほうこう》『蘇詩補注』卷八附錄が引く『湖州府志』に詳しい。それによれば、字を武子といい、家學を受け繼ぎ、金石學には特に關心を抱いていた。慶元の初め、餘姚《よよう》の知事となり、會稽軍通判の時に『會稽志』を作り、禹廟《うびょう》の碑譜を刻した。嘉定年閒に朝散大夫を以て提擧淮東常平倉となり、泰州の城垣を修築した。父が註して未刻のままになっていた蘇詩を擴充して年譜をつくった。窮乏して彼の所に身を寄せた同鄉の傅穉《ふち》という人物が、歐陽詢《おうようじゅん》風の書の名手だったので、彼に字を書かせて刻行し、それで得た金を歸鄉の費用として彼に與えた。ところが、宿を怨む者がこのことを問題にしたため、汚職の罪を得て罷免されたという。余嘉錫『四庫提要辨證』卷七は宋施宿等撰『嘉泰會稽志』二十卷の條で、宿を怨む者とは中書舍人范《はん》之柔《しじゅう》であり、この彈劾が施宿の死の直後であったこと（注一〇參照）を考證している。また、近年、京都の書肆にて發見された施宿編『東坡先生年譜』の鈔本（『蘇詩佚注』所收　一九六五【附記】參照）には、施宿が補注を作った際の序文が附されている。それによれば、父の施元之は長年かかって蘇詩の注を作ったが、生前にそれを人に見せたりしなかった。それから二十年後、施宿が陸游に依賴して序文を書いてもらった。その時陸游は、詩は事實が分からなければ本來の意味がつかめないという旨の話をしたが、施宿はこれに心を動かされて亡父の意圖を知り、補注の作成を決意したらしい。序文の日付けは「嘉定二年（一二〇九）中秋」となっている。詳しくは『蘇詩佚註』（一九六五）上篇の倉田淳之助解說〈註東坡先生詩と東坡先生年譜〉を參照。

七　書錄解題　陳振孫『直齋書錄解題』卷二〇は、「注東坡集四十二卷・年譜目錄各一卷」を著錄して次のようにいう。「司諫 吳興の施元之 德初、吳郡の顧景蕃（景繁）と共に之を爲る。元之の子の宿 從いて推廣して、且つ年譜を爲り、以て世に傳う。陸放翁 爲に序を作り、頗る注の難きを言う。蓋し 其の一時の事實、既に親しく見しものに非ず、又た故老の傳聞無く、盡く知る能わざる者有り。噫《ああ》、豈に獨り坡の詩のみならんや…。」

八　吳興掌故　明 徐獻忠《じょけんちゅう》『吳興掌故集』四 著述類に次のようにある。「司諫 施元之 字は德初 『註東坡詩』四十二卷・『年譜』『目錄』各一卷、吳郡の顧景蕃と共に之を爲る。元之の子 宿 推廣して年譜を爲り、陸放翁 之に序す。」

九　嘉泰中、宿官餘姚…　提要が『施註蘇詩』の刻行を餘姚時代のこととするのは、誤りである。注六の翁方綱『蘇詩補注』卷八附錄が引く『湖州府志』によれば、施宿は慶元の初めに知餘姚縣となり、會稽軍の通判《つうはん》を經て、嘉定年間に朝散大夫を以て提擧淮東常平倉となっている。周密『癸辛雜識《きしんざっし》』別集上が「宿 嘗《かつ》て 其の父 註する所の坡の詩を以て、之を倉司に刻し…」ということからも、刻行は提擧淮東常平倉だった時だと知られる。

一〇　緣是遭論罷　余嘉錫『四庫提要辨證』卷七は『嘉泰會稽志』二十卷の條でこのことを考證している。『宋會要』職官七五には、「嘉定七年正月二十一日、直祕閣施宿 職を罷《や》め祠錄を與う。中書舍人 范之柔 其の昨 淮東運判に任じ、亭戶を刻剝し、剩を出だすを規圖し、以て其の私を濟《すく》うと言うを以てす。（嘉定七年正月二十一日、直祕閣の施宿が罷免され、祠錄を與えられた。それは宿が以前淮東運判だった時に、鹽作りの亭戶を絞り上げ、餘剩利益をあげて私腹を肥やそうとしたと、中書舍人の范之柔が上奏したからである。）」と見えている。さらに余嘉錫は、職官七六の「嘉定十五年十月十九日の詔ありて、施宿 特に改正を與え、朝散大夫を追復す」という記事、およびその後に續く娘の上表文を考證し、施宿の死が嘉定六年（一二一三）の冬すなわち罷免の直前であったこと、官職を罷免しながら祠録を與えているのは、施宿の死亡の報せが朝廷に届いていなかったためだとする。

一一　康熙乙卯　「乙卯」は「己卯」の誤り。『施注蘇詩』巻首の宋犖序と邵長蘅序はともに「康熙己卯」（康熙三八年）に作っている。

一二　宋犖官江蘇巡撫…　『施注蘇詩』巻首の宋犖序は次のようにいう。「（東坡）公の詩　故《もと》　呉興の施氏　元之の註四十二巻有り。元之の子　宿　推廣して年譜を爲り、陸放翁　之に序す。宋の嘉泰の閒　鏤版して世に行われ、其の後、流傳　罕《まれ》なり。予常に之を求むること數十年なるも、得る能う莫し。呉に撫《ぶ》たるに及び、又た數數《しばしば》　購求し、始めて　此の本を江南の藏書家に得たり。第《た》だ缺くる者　十二巻。乃ち　毘陵《ひりょう》の邵長蘅　子湘に屬《しょく》して訂補し、且つ之が爲に複を芟《か》り譌《か》を正さしむ。而して　之を佐《たす》くるに呉郡の顧嗣立　俠君、洎《およ》び兒子　至を以てす。」

一三　已佚其巻一…　『施注蘇詩』巻首〈邵氏注蘇例言〉には、缺佚のリストとして、「一巻・二巻・五巻・六巻・八巻・九巻・二十三巻・二十六巻・三十五巻・三十六巻・三十九巻・四十巻」が擧げられている。

一四　武進邵長蘅補其闕巻　『施注蘇詩』巻首〈邵氏注蘇例言〉は次のようにいう。「『施氏註蘇』は原釐《げんり》四十二巻、世に之を傳うる者　絶《はなは》だ少なし。商邱公（宋犖）宋槧の舊本を購《あがな》い得たるも、十二巻を闕き、僅かに三十巻を存す。而して蟲蠹《ちゅうと》腐蝕し、脫簡も又た幾んど什の二なり。是の書　闕巻に於いては則ち王註を參酌し、羣書を徵引して以て之を補う。脫行殘幅の補うべき者は之を補い、補うべからざるは則ち之を闕く。舊註の未だ收めざる所に至っては、敢えて輕がろしく增益有らず。實を失するを懼るればなり。」

一五　王註正譌一巻　邵長蘅が王十朋の注（本書三七―二「東坡詩集註三十二巻」參照）に反駁した書。

一六　訂定王宗稷年譜一巻　注七『直齋書錄解題』がいうように、施註にはもと施宿が編した『東坡先生年譜』が附されていた。しかし、宋犖が施註を入手した際にはすでに『年譜』は失われており、邵長蘅は王宗稷編『東坡先生年譜』（本書三七―一「東坡全集一百十五巻」注三一參照）を改訂して、施註に附したのである。このように、施宿編『東坡先生年譜』は佚亡したと見られていたが、京都の書肆で鈔本が發見され、倉田淳之助によって『蘇詩佚註』下册（一九六五）に影印された。【附記】參照。

一七　其註則僅補八巻…　『施注蘇詩』巻首〈邵氏注蘇例言〉にいう。「是の書の編纂は五月に開《はじ》まり、事を臘月に藏《お》う。…是の冬、長蘅　適《たま》たま病を以て里に歸り、末帙の闕註四巻、三十五・三十六・三十九・四十は、則ち高郵の李子百樂必恆に屬《しょく》して代箋せしむ。勞沒すべからざるなり。乃ち附して之に著《しる》す。」

一八　犖又摭拾遺詩…　この本の附錄『蘇詩續補遺』二卷（馮景編）がそれである。注一二『施注蘇詩』卷首の宋犖の序文は次のように續けている。「其の續補遺詩四百餘首は、施本の未だ備わらざる所を采摭《さいせき》し、別に二卷を爲す。則ち以て錢塘の馮景山公に屬《しょく》して之が註を爲《つく》らしむ。」

一九　詔内府刊爲巾箱本　乾隆帝が内府に命じて刊刻させた巾箱本（袖珍版すなわち小型本）で、古香齋袖珍十種の一つに入れられている。古香齋とは乾隆帝の書齋名。清末に南海の孔廣陶が重刻しており、さらに『施註蘇詩』に翁方綱『蘇詩補注』八卷を附したものが、一九六四年、臺北廣文書局から影印されている。

二〇　長蘅病其間隔…　『施注蘇詩』卷首〈邵氏注蘇例言〉はいう。「李善の『註選』、句下に分疏し、後來の註家 多く之を宗とす。施・王の二家 皆 然り。余 以謂《おもえ》らく、詩の註有るは 原 筌蹏《せんてい》に屬し、既に之を得て後、筌蹏棄つべし。況んや 大家の詩は、篇毎に 全篇の構法有り、全篇の神味有り。快讀徐噍《じょしょう》（さっと讀み下し、ゆっくり味わう）して乃ち能く之を得たり。…是の書 兩家の舊例を變じ、輒《すなわ》ち 須溪の劉氏・虞山《ぐざん》の錢氏の『註杜』の例に倣い、註を全篇の後に離す。」

二一　查愼行作蘇詩補註…　查愼行は『補註東坡編年詩』卷首〈蘇詩補注例略〉第一條において、康熙三九年（一七〇〇）に、宋至（宋犖の子）から新刻の『施註蘇詩』を贈られたものの、これに不滿を抱いたことをいう。さらに查愼行は、新刻が施註を刪節《さんせつ》したことを〈例略〉の第三條で次のように批判する。「近ごろ吳中從り一本を借鈔するに、每首 新刻に視《くら》ぶるに、或いは一二行多く、乃ち 新刻の復た增刪を經るを知る。大都《おおむね》 王氏の舊說を掇拾《てっしゅう》して、施氏の面目を失う。今、施注の原本 有する所に於いて 新刻の刪る所の者は、輒ち補錄して以て其の舊を存す。漫《みだ》りに辨ずべからざる者は則ち之を缺く。」

二二　剞劂棗梨　「剞劂《きけつ》」は彫刻すなわち版木に彫ること。棗《なつめ》や梨の木は堅くて摩滅しにくいため版木に適しており、内府刊本などに使われた。

【附記】

施宿の刻した淮東倉司刻本の完本は今日傳わらない。殘本が北京圖書館に二本、臺灣國家圖書館に一本、それにニューヨークの翁氏藏本（臺北藝文印書館より影印　一九六九）が確認される。さらに、翁氏藏本の缺けている十卷本を古香齋袖珍本《しゅうちんぼん》で補ったものが、一九七九年、臺北汎美圖書有限公司より影印されている。その流傳については、鄭騫『宋刊施顧註蘇東坡詩提要』（臺北藝文印書館　一九七〇）に詳しい。

一九六五年には、小川環樹・倉田淳之助が、太嶽周崇『翰苑遺芳』や笑雲清三『四河入海』などの蘇詩の抄物に殘る施注を集めたほか、永らく佚亡と思われていた施宿が編纂した年譜を倉田が京都の書肆で發見し、これらに宮内庁書陵部および内閣文庫に藏する宋本『東坡集』卷一～卷一八と『東坡後集』卷一～卷七（いずれも詩の部分）の影印を加え、『蘇詩佚注』上下二册として刊行した。なお、この施宿の年譜は、王水照編『宋人所撰三蘇年譜彙刊』（上海古籍出版社　一九八九）にも收められている。

施元之・施宿の事跡については陳乃乾〈宋長興施氏父子事跡考〉（『學林』第六輯　一九四一・四）を參照。

三七−四　[一]補《ほ》註《ちゅう》東《とう》坡《ば》編《へん》年《ねん》詩《し》五十卷　[二]通行本

【査愼行《さしんこう》】一六五〇～一七二七

清の詩人で、東坡詩の注釋者。原名は嗣璉《しれん》、字《あざな》を夏重《かじゅう》といったが、康熙二八年（一六八九）、皇帝の母の忌日に催された觀劇の會に參加して罪を得た後、名を愼行、字を悔餘《かいよ》と改めた。號の初白は、東坡の句「僧は一庵に臥して初めて白頭」〈龜山〉による。海寧《かいねい》（浙江省海寧市）の人。康熙四二年（一七〇三）、五十四歳で特に進士出身を賜り、翰林院庶吉士、さらに翰林院編修・直内廷を授けられた。十年後に官を辭して歸郷したが、雍正四年（一七二六）、弟の嗣庭が江西郷試に出題した「維民所止」（『大學』）が「雍」と「正」の上をはねたものだとして誣告され、ともに北京の獄に送られた。特赦となって歸郷し、まもなく沒した。詩は陸游と蘇軾を好み、清初の唐詩偏重の氣風を一變させ、宋詩評價の端緒を開いたとされる。文集は『敬業堂詩集』五十卷・『續集』五卷（四部叢刊本・周劭標點本　上海古籍出版社　一九八六）など。『碑傳集』卷四七　沈廷芳〈翰林院編修查先生愼行行狀〉・方苞《ほうほう》『方望溪先生全集』卷一〇〈翰林院編修查君墓誌銘〉參照。

國朝查愼行撰。愼行有[三]周易玩辭集解、已著錄。初、[四]宋犖刻施註蘇詩、急遽成書、頗傷潦草。又舊本黴黯、字跡多難辨識。[五]邵長蘅等憚於尋繹、往往臆改其文。或竟刪除以滅跡、併存者亦失其眞。愼行是編、凡長蘅等所竄亂者、竝勘驗原書、一一釐正。又於施註所未及者、悉蒐採諸書以補之。其閒編年錯亂、及以他詩溷入者、悉考訂重編。凡爲正集四十五卷、又補錄[六]帖子詞・[七]致語・口號一卷、遺詩補編二卷、他集互見詩二卷。別以[八]年譜冠前、而以同時倡和散附各詩之後。

雖卷帙浩博、不免牴牾。如[九]蘇轍辛丑除日寄軾詩、軾得而和、必在壬寅、乃亦入之辛丑卷末、則編年有差。[一〇]題李白寫眞詩、前後文義相屬、本爲一首、惠洪所說甚明、乃據聲畫集分爲二首、則校讐爲舛。[一一]漁父詞四首、醉翁操一首本皆詩餘、乃列之詩集、則體裁未明。[一二]倡和詩中所列曾鞏上元遊祥符寺詩・[一三]陳舜俞送周開祖詩・[一四]楊蟠北固北高峰塔詩・[一五]張舜民西征三絕句、皆與軾渺不相關、乃一概闌入。至於所補諸篇、如[一六]怪石詩指爲遭憂時作、不知[一七]朱子語類謂二蘇居喪無詩文。[一八]鼠鬚筆詩本軾子過作、而乃不信宋文鑑。[一九]和錢穆父寄弟詩已見三十一卷、乃全篇複見。[二〇]元祐九年立春詩卽戲李端叔詩中四句、已見二十七卷、乃割裂再出。[二一]雙井白龍詩冷齋詩話明言非東坡作、乃反云據以補入。甚至[二二]李白山中日夕忽然有懷詩、亦引爲軾作、尤失於檢校。如斯之類、皆不免炫博貪多。

其所補註、如[二三]宋叔達家聽琵琶詩夢回猶識歸舟字句、本用筌篌朱字事、見太平廣記、乃惟引天際識歸舟句、又誤謝朓爲謝靈運。[二四]黃精鹿詩本畫黃精與鹿、乃引雷斅炮炙論黃精汁製鹿茸事、皆爲舛誤。又如紀夢[二五]詩引李白粲然啓玉齒句、不知先見郭璞游仙詩。[二六]游徑山詩引廣異記孤雲兩角語、不知先見辛氏三秦記。端[二七]午詩引屈原飯筒事、云初學記引齊諧記、不知續齊諧記今本猶載此條。皆爲未窮根柢。

[二八]其他譌漏之處、爲近時[二九]馮應榴合註本所校補者、亦復不少。然考核地理、訂正年月、引據時事、[三〇]元元本本、無不具有條理。非惟邵註新本所不及、卽施註原本亦出其下。現行蘇詩之註、以此本居最。區區小失、固不足爲之累矣。

【訓讀】

國朝 査慎行《さしんこう》の撰。慎行『[三]周易玩辭集解《しゅうえきがんじしっかい》』有りて、已に著錄す。初め、[四]宋犖《そうらく》『施註蘇詩』を刻し、急遽 書を成して、頗る潦草《ろうそう》に傷《やぶ》る。又た 舊本 黴黯《びあん》にして、字跡 多く辨識し難し。[五]邵《しょう》 長蘅《ちょうこう》等 尋繹《じんえき》を憚《はばか》り、往往にして其の文を臆改す。或いは 竟に刪除して以て跡を滅し、併存する者も 亦た其の眞を失す。慎行の是の編、凡そ 長蘅等の竄亂《ざんらん》する所の者、竝びに原書を勘驗し、一一 釐正《りせい》す。又た 施註 未だ及ばざる所の者に於いては、悉く諸書より蒐採《しゅうさい》して以て之を補う。其の閒 編年の錯亂《さくらん》、及び他詩を以て溷入《こんにゅう》せし者は、悉く考訂重編す。凡そ正集四十五卷と爲し、又た [六]帖子詞・[七]致語・口號一卷、遺詩補編二卷、他集互見詩二卷を補錄す。別に『[八]年譜』を以て前に冠し、同時の倡和を以て各詩の後に散附す。

卷帙 浩博と雖も、牴牾《ていご》を免れず。[九]蘇轍〈辛丑の除日 軾に寄す〉詩、軾 得て和するが如きは、必ず壬寅に在るに、乃ち 亦た 之を辛丑の卷末に入るるは、則ち 編年 差有り。〈[一〇]李白の寫眞に題す〉詩、前後の文義 相屬し、本 一首爲りて、惠洪《えこう》 說く所 甚だ明らかなるに、乃ち『聲畫集《せいがしゅう》』に據りて分かちて二首と爲すは、則ち 校讐《こうしゅう》 舛《せん》爲り。〈[一一]漁父詞〉四首・〈醉翁操〉一首、本《もと》 皆 詩餘なるに、乃ち 之を詩集に列するは、則ち 體裁 未だ明らかならず。[一二]倡和詩中 列する所の曾鞏《そうきょう》の〈上元 祥符寺に遊ぶ〉詩・[一三]陳舜兪《ちんしゅんゆ》の〈周開祖を送る〉詩・[一四]楊蟠《ようはん》の〈北固（この二字は衍字）北高峰塔〉詩・[一五]張舜民《ちょうしゅんみん》の〈西征二（三は誤り）絶句〉は、皆 軾と渺《はる》かに相關せざるに、乃ち一概に闌入《らんにゅう》す。補う所の諸篇に至りては、〈[一六]怪石〉詩の如きは指して「憂に遭う時の作」と爲し、『[一七]朱子語類』の「二蘇 喪に居りては詩文無し」と謂うを知らず。〈[一八]鼠鬚筆《そしゅひつ》〉詩 本 軾の子 過《か》の作なるに、乃ち『宋文鑑』を信ぜず。〈[一九]錢穆父《せんぼくほ》の弟に寄するに和す〉詩 已に三十一卷に見ゆるに、乃ち 全篇 複見す。〈[二〇]元祐九年立春〉詩は 卽ち〈李端叔に戲むる〉詩中の四句にして、已に三十七卷に見ゆるに、乃ち割裂して再出す。〈[二一]雙井白龍〉詩は『冷齋夜話（詩話は誤り）』東坡の作に非ずと明言するも、乃ち 反って「據りて以て補入す」と云う。甚しきは[二二]李白の〈山中 日夕 忽然として懷有り〉の詩、亦た 引きて軾の作と爲すに至りては、尤も檢校に失す。斯くの如きの類、皆 博を炫《てら》い多を貪《むさぼ》るを免れず。

其の補註する所、〈[二三]宋叔達の家にて琵琶を聽く〉詩の「夢に回《かえ》り 猶お 歸舟の字を識るがごとし」の句の如きは、本《もと》 箜篌《くご》 朱字の事を用い、『太平廣記』に見ゆるに、乃ち惟《た》だ「天際 歸舟を識る」の句を引くのみにして、又た謝朓を誤りて謝靈運と爲す。〈[二四]黃精鹿〉詩は本 黃精と鹿とを畫くに、乃ち雷斅《らいこう》の〈炮炙論〉の黃精汁 鹿茸《ろくじょう》を製す事を引く。皆 舛誤爲り。又た〈[二五]紀夢〉詩に李白の「粲然として玉齒を啓《ひら》く」の句を引くが如きは、先に郭璞《かくはく》の〈游仙〉詩に見ゆるを知らず。〈[二六]徑山《けいざん》に游ぶ〉詩に『廣異記』の「孤雲兩角」の語を引くは、先に『辛氏三秦記』に見ゆるを知らず。〈[二七]端午〉詩に屈原《くつげん》の飯筒の事を引きて、「『初學記』引く『齊諧記』」と云うは、『續齊諧記』今本 猶お 此の條を載するを知らず。皆 未だ根柢を窮めずと爲す。

[二八]其の他 譌漏《かろう》の處、近時の[二九]馮應榴《ふうおうりゅう》合註本の校補する所と爲る者、亦た復た少なからず。然れども 地理を考核し、年月を訂正し、時事を引據するに、[三〇]元を元とし本を本とし、條理を具有せざるは無し。惟だ邵註の新本 及ばざる所のみに非ず、卽ち施註の原本も亦た其の下に出づ。現行の蘇詩の註、此の本を以て最に居る。區區たる小失、固《もとよ》り之が累と爲すに足らず。

【現代語譯】

國朝（淸）査愼行《さしんこう》の著。愼行には『周易玩辭集解《しゅうえきがんじしっかい》』があり、すでに著錄してある。先に宋犖《そうらく》が刻行した『施註蘇詩』は、拙速に成った書であるため、かなり粗雜の嫌いがある。さらに施註の舊本もまた黑く變色していて、文字の判別しにくい所が多い。邵長蘅等は吟味を怠り、しばしばその文字を臆測で改めた。なかには削除して施註の痕跡まで消してしまったところがあり、施註を殘した場合でも本來の姿を失っている。愼行のこの編は、長蘅等の改竄した箇所について、すべて原書によって確かめ、一つ一つを改め正している。さらに、施註が言及していない所についても、悉く諸書から収集してそれを補った。その閒に、編年の誤りや他人の詩の混入などは、悉く考證して編集し直している。全部で正集が四十五巻、さらに帖子詞・致語・口號が一巻、遺詩補編二巻、他集互見詩二巻を補録する。これらとは別に『年譜』を巻首に冠し、同時期の倡和詩を各詩の後ろに附す。

膨大な資料を驅使した書だが、閒違いは免れていない。たとえば、蘇轍の〈辛丑の除日 軾に寄す〉詩に對して軾が唱和したのは壬寅の歳であるべきなのに、この詩まで辛丑の歳の巻末に入れたのは、編年の誤りだ。〈李白の寫眞に題す〉詩は、前半と後半の文意が續いており、本來一首だったことは惠洪《えこう》の説に甚だ明らかなのに、『聲畫集《せいがしゅう》』に據って二首に分けているのは校訂の誤りだ。〈漁父詞〉四首と〈醉翁操〉一首は、本來ともに詩餘《しょ》なのに、これを詩集に列ねているのは類別が不十分である。倡和詩の中に列ねてある曾鞏《そうきょう》の〈上元 祥符寺に遊ぶ〉詩・陳舜兪《ちんしゅんゆ》の〈周開祖を送る〉詩・楊蟠《ようはん》の〈北固（この二字は衍字）北高峰塔〉詩・張舜民《ちょうしゅんみん》の〈西征二（三は誤り）絶句〉は、いずれも軾とは全く無關係なのに、ひっくるめて混入させている。查愼行が補った篇目では、たとえば〈怪石〉詩を「服喪の時の作」としており、『朱子語類』の「二蘇には喪中に作った詩文はない」という説を知らないでいる。〈鼠鬚筆《そしゅひつ》〉詩は、本來 軾の子の蘇過の作品なのに、『宋文鑑』を信賴していない。〈錢穆父《せんぼくほ》の弟に寄するに和す〉詩は、すでに第三十一巻に見えるのに、全篇を再録している。〈元祐九年立春〉詩は、〈李端叔に戯《たわ》むる〉詩中の四句であり、すでに第三十七巻に見えるのに、それを引き裂いて再録している。〈雙井白龍〉詩は、『冷齋夜話（詩話は誤り）』が東坡の作でないと明言しているにもかかわらず、『冷齋夜話（詩話は誤り）』に據って補入した」という。李白の〈山中日夕忽然として懷有り〉詩を引いて、これも軾の作とするに至っては、考證上の大失策だ。こういう類の閒違いは、すべて博學を衒《てら》い量の多さを貪りすぎたがゆえの結果である。

彼が補った註、たとえば〈宋叔達の家にて琵琶を聽く〉詩の「夢に回《かえ》り 猶お 歸舟の字を識るがごとし」の句は、本來、『太平廣記』に見える箜篌《くご》に書かれた朱字の事を典故に用いているのに、ただ「天際　歸舟を識る」の句を引くだけで、しかも謝朓の作を謝靈運と誤っている。〈黄精鹿〉詩はもともと黄精と鹿を描いたものなのに、雷斅《らいこう》の〈炮炙論《ほうしゃろん》〉に見える黄精の汁で鹿茸《ろくじょう》をこしらえる話を引いている。これらはみな誤りだ。さらに、たとえば〈紀夢〉詩では李白の「粲然として玉齒を啓《ひら》く」句を引くが、それより前の郭璞〈游仙〉詩に見えることを知らない。〈徑山《けいざん》に游ぶ〉詩では『廣異記』の「孤雲兩角」の語を引くが、それより前の『辛氏三秦記』に見えることを知らない。〈端午〉詩には『初學記』引く『齊諧記』として屈原の飯筒の事を引くが、『續齊諧記』の今本がなおもこの條を載せていることを知らない。これらはいずれも考證が不徹底だからである。

その他の過誤や遺漏など、近時、馮應榴《ふうおうりゅう》の合註本が校補の對象としたものも少なくない。しかしこの査註は、地理を考證し、年月を訂正し、時事を引用して、根本まで溯って考證を加えており、どれも筋目がきちんと通っている。ただ、邵註の新刻本が及ばないだけでなく、施註の原本すらもこの本の下に位置する。現行の蘇詩の註ではこの本を最高とする。ちっぽけな誤りなど、もとより缺陷とするに足らぬものだ。

【注】

一　補註東坡編年詩五十巻　四庫全書文淵閣本は『蘇詩補註』と題している。巻首に『蘇詩補註年表』一巻と『采輯書目』（査註に用いられた文獻目録）が附されている。

二　通行本　四庫全書が編纂された乾隆年間に、一般に流布していた版本を指す。この本は、査愼行の甥 査開が乾隆二六年（一七六一）に刊行した香雨齋刻本である。

三　周易玩辭集解　『四庫全書總目提要』巻六 經部 易類に、査愼行の「周易玩辭集解十巻」を著録する。

四　宋犖刻施註蘇詩　本書三七―三「施註蘇詩」四十二巻」參照。

五　邵長蘅等憚於尋繹…　康熙三八年（一六九九）、邵長蘅は宋犖に委囑《いしょく》されて『施註蘇詩』四十二巻（闕十二巻）のうち、巻一・二・五・六・八・九・一三・一六の合計八巻の註を補ったが、病氣のため、あとの四巻分は李必恒の手に委ねられた。

『補註東坡編年詩』巻首〈蘇詩補註例略〉の第一條には、康熙三九年（一七〇〇）に、宋至（宋犖の子）から新刻の『施註蘇詩』を贈られたが、これに不満を抱いたことをいう。さらに査慎行は、新刻が施註を刪節《さんせつ》したことを〈例略〉の第三條で次のように批判する。「近ごろ呉中從り一本を借鈔するに、毎首 新刻に視《くら》ぶるに或いは一二行多く、乃ち 新刻の復た增刪を經《ふ》るを知る。大都《おおよそ》 王氏の舊說を掇拾《てっしゅう》し、施氏の面目を失う。今、施注の原本の有する所に於いて 新刻の刪る所の者は、輒ち補錄して以て其の舊を存す。漫《みだ》りに辨ずべからざる者は則ち之を缺く。」

六　帖子詞　宮廷で開かれた節句の宴席で、翰林學士らが作る詞。宮中の門壁に貼りだすことから、この名がついた。趙翼『陔餘叢考《がいよそうこう》』巻二四 帖子詞には「宋時、八節の內宴、翰苑 皆帖子詞を撰す」という。

七　致語・口號　「致語」は致辭ともいい、宋元時代、樂人が奉る駢體《べんたい》の頌詞《しょうし》。文人がこれを代作した。これを述べた後に「口號」と稱する詩一章を奉る。『宋史』樂志一七に「毎春秋聖節の三大宴、其の第一に 皇帝 坐に升り、……第六に 樂工 辭を致し、繼ぐに詩一章を以てす、之を口號と謂う」と見える。

八　年譜　注一の査慎行編『蘇詩補註年表』一巻を指す。「王宗稷《おうそうしょく》の年譜 某某と謂うは誤りなり」という記述がまま見られる。

九　蘇轍辛丑除日寄軾詩…　『補註東坡編年詩』巻三〈子由の除日に寄せらるるに次韻す〉の末尾にいう。「愼 按ずるに、『欒城集《らんじょうしゅう》』の原題に〈辛丑の除日 子瞻《しせん》先生に寄す〉と云う。和章も亦た應に本年の末に編すべし。施氏の原本 失載す。今、『續補遺』の上巻從《よ》り編を此に移す。」査慎行は蘇轍の詩は辛丑（嘉祐六年）の大晦日に作った詩だから、蘇軾のこの詩も辛丑の巻に置くべきだとするが、提要は、大晦日に作った詩を受取ったのは翌年壬寅（嘉祐七年）のはずだと主張する。

一〇　題李白寫眞詩　『蘇詩補注』巻三七〈丹元子 示す所の李太白の眞に書す二首〉の末尾にいう。「愼 按ずるに 孫紹遠《そんしょうえん》『聲《せい》畫集《がしゅう》』東坡の此の詩を載せ、「西に太白を望み…」以下、別に是を一首とす。向來の刻本 合わせて一と爲す者は訛《あやま》りなり。僧洪覺範 著す所の『禁臠《きんれん》』は、先生の此の詩は一韻七句にして方《はじ》めて換韻すと謂う。亦た 認めて以て一首と爲すなり。今、『聲畫集』に據りて改正す。」孫紹遠編『聲畫集』は唐・宋の題畫詩を集めた總集である。巻一にはこの詩が二首として採錄されている。一方、僧惠洪《えこう》の『石門洪覺範天厨禁臠』巻下〈平頭換韻法〉は、この詩を擧げていう。「〝天人〟より〝矧《いわ》んや肯《あ》えて求めん〟に至る、一韻七句にして方《はじ》めて換韻す。韻は又た是れ平聲なり。〝東西望〟より〝君 應に聞くべし〟に至る一韻、又た七句…」と。つまり、僧惠洪は全部で十四句から成るこの詩は七句をひと區切りに換韻してあるだけだとする。

一一　漁父詞四首・醉翁操一首本皆詩餘　『補註東坡編年詩』は〈漁父詞四首〉を巻二五に収めて、次のようにいう。「愼 按ずるに 以上の四首は、王本 無き所なり。今 宋刻本及び施氏の原本に從いて編録す。」また、〈醉翁操 幷びに序〉を巻四八に収めて、「愼 按ずるに、琴操も亦た古詩の流なり。此の首 諸刻本に載せず。今 全集中從り釆録す」という。

一二　倡和詩中所列曾鞏上元遊祥符寺詩　『補註東坡編年詩』巻九〈祥符寺の九曲にて燈を觀る〉に、咸淳『臨安志』巻七六からの採録として、曾鞏《そうきょう》〈上元に祥符寺に遊ぶ〉詩（中華書局本『曾鞏集』巻六〈錢塘上元の夜 祥符寺にて沓臣郎中の文燕席に陪す〉）が附されている。

一三　陳舜兪送周開祖詩　『補註東坡編年詩』巻一一〈杭州 牡丹開く時、僕 猶お 常・潤に在り。周令 詩を作りて寄せられ、其の韻に次し、復《ふたた》び一首に次して闕に赴くを送る〉には、陳舜兪《ちんしゅんゆ》の作を附し、「愼 按ずるに 陳舜兪〈周開祖の子瞻《しせん》に別るるに和す〉詩有り。當に亦た開祖の錢塘を離れて闕に赴く時に和して作る所なり。陳の詩 世に多くは見る能わず。爲に後に附録す」という。この詩は『全宋詩』巻四〇三に収録されている。

一四　楊蟠北固北高峰塔詩　「北固」は衍字。北高峰塔は杭州靈隱寺《れいいんじ》後方の山に在った塔であり、所謂京口三山の北固山とは無縁である。『補註東坡編年詩』巻一一〈靈隱の高峰塔に遊ぶ〉には、咸淳『臨安志』巻八二からの採録として、楊蟠〈北高峰塔〉詩を附している。この詩は『全宋詩』巻四〇九に収録されている。

一五　張舜民西征三絶句　「三絶句」は「二絶句」の誤り。『補註東坡編年詩』巻二九〈張舜民の御史自《よ》り出でて虢《かく》州に倅《さい》たりて留別するに次韻す〉の「張舜民」の注は次のようにいう。「『志林』云う、〝張芸叟《ちょううんそう》、西事に通練し、稍や詩を能くす。高遵裕《こうじゅんゆう》に從いて西征し、中途二絶句を作り、…〟と。按ずるに 芸叟の『畫墁集《がまんしゅう》』、今 傳わらずして、留別の原作 得べからず。特に二絶句を此に附録す。」査愼行は張舜民の原作の留別詩が得られなかったため『東坡志林』（實際は『東坡題跋』巻三〈張芸叟の詩に書す〉）を引くことでその缺を補ったにすぎない。提要がいうように東坡と全く無關係というわけでもない。

一六　怪石詩指爲遭憂時作　『補註東坡編年詩』巻四七〈怪石を詠ず〉の末尾に、「愼 按ずるに 以上の二首、諸刻本載せず。『外集』は第四巻中に編す。先生 成國太夫人の憂に丁《あ》い、蜀に居る時の作なり。今 釆録す」という。『外集』とは、明萬暦三六年（一六〇八）の焦竑《しょうこう》序刊本『重編東坡先生外集』を指す。

一七　朱子語類謂二蘇居喪無詩文　『朱子語類』および『朱子文

集』にこの記述は見えない。ただし、服喪中の詩が全く無いわけではない。たとえば中華書局本『蘇軾文集』巻六八〈子由の絶勝亭の詩に書す〉は、蘇轍の詩を引いて、「蜀州 新たに絶勝亭を建つ。舍弟十九歳の作なり」という。蘇轍十九歳とは、母程氏の服喪期間にあたる。

一八　鼠鬚筆詩本軾子過作　『補註東坡編年詩』は巻四八に〈鼠須筆〉を収めて、次のようにいう。「愼 按ずるに 此の詩 亦た『宋文鑑』に載せて以て叔黨の作と爲す。『斜川集《しゃせんしゅう》』傳えず。今、『外集』第七巻の〝先生の登州自《よ》り朝に還る後 作る〟に據りて、姑《しばら》く 之を存す」とある。『外集』については注一六參照。提要は、これを『宋文鑑』を信頼しないとして批判するが、『宋文鑑』にこの詩は見えない。『苕溪漁隱叢話《ちょうけいぎょいんそうわ》』前集巻四一に蘇過の詩として引かれており、查愼行の注もそれに對する提要の批判も、ともに誤りである。なお、この詩は『古文眞寶』前集巻上にも蘇叔黨（過）の詩として引かれている。

一九　和錢穆父寄弟詩已見三十一卷　『補註東坡編年詩』巻四八は〈錢四穆父《ぼくほ》の其の弟 和に寄するに和す〉を収めて、「愼 按ずるに 先生 杭に倅《さい》たりし時 此の題に次韻する詩一首 有りて、已に第三十一巻中に編す。此の詩 亦た同時に作る所なり。王氏の本 注中載す。今 采錄す」という。ところがこの詩は巻三一〈錢四の其の弟 穌《か》に寄するに和す〉にも其の二として採錄されており、しかも、この詩について查愼行は「愼 案ずるに、王氏の舊註 先生の〈穆父に和す〉詩 凡そ二首あり。今 注中從り采り出して補い、後に編す」と斷っている。提要のいうように重複にあたる。穆父は、錢勰（『宋史』巻三一七）の字。

二〇　元祐九年立春詩卽戲李端叔詩中四句　『補註東坡編年詩』巻四八は〈元祐九年立春〉を収めて、「愼 按ずるに 以上の一首、諸刻本載せず。『外集』第九巻中に編するに據る。定州に守たりし時の作なり。今 采錄す」という。ところが、この詩は、若干の字句の異同はあるものの、提要のいうように巻三七〈立春の日 小集して李端叔に戲むる〉の第一七句〜第二〇句に相當する。查愼行が『外集』（注一六參照）に據ったための誤りである。端叔は、李之儀（『宋史』巻三四四）の字。

二一　雙井白龍詩冷齋詩話明言非東坡作　『補註東坡編年詩』巻四八は〈雙井白龍《そうせいはくりゅう》〉を収めて、次のようにいう。「愼 按ずるに『冷齋夜話』云う、南海城中に兩つの井有りて、相近きこと咫尺《しせき》なるも味異なり、雙井と號す。井源 巖石の罅中《かちゅう》より出づ。東坡 水を酌みて之を異として曰く、〝我 白龍を尋ぬるも見えず、今 此の水中を家とするを知るか〟と。同游 怪しみて其の故を問う。曰く〝白龍 當に東坡の爲に出づべし。請うらくは徐《おもむ》ろに待たんことを〟と。俄かにして其の脊尾《せきび》の銀蛇の如き狀を見る。忽ち水 瀾《なみだ》ち、雲氣の水面に浮かぶ有り。首を擧ぐること玉筯《ぎょくちょ》を挿すが如く、乃ち泳ぎて去る。余 二井に至り、太守張子修 爲に庵を井の上《ほと》りに造り、思遠と號し、亭は洞酌《けいしゃく》と名づく。崖に怪樹有り、樹枝の脇に詩有りて〝巖泉 未だ井に入らず云々〟と。字畫 顔の書の如きも、名銜《めいかん》・年月無し。此の詩 風格は東坡に似るも、〝泉嫩《せんどん》〟〝石老〟と言うは、東坡に非ざるに似たり。疑うらくは 學ぶ者 之を爲《つく》るならん。今 此れに據りて采錄す。」この話は『苕溪漁隱叢話《ちょうけいぎょいんそうわ》』前集巻四一引く惠洪《えこう》『冷齋夜話《れいさいやわ》』（提要は『冷齋詩話』と誤る）に見える。查愼行は、惠洪が僞作と疑ったものを採錄したことになる。

二二　李白山中日夕忽然有懷詩　『補註東坡編年詩』巻四八の〈日夕 山中にて忽然と懷有り〉は李白の作品（中華書局本『李太白全集』巻二三所收）である。『外集』（注一六參照）巻一〇に收錄されており、查愼行はこれに據ったのであろう。

二三　宋叔達家聽琵琶詩夢回猶識歸舟字句　『補註東坡編年詩』巻八〈宋叔達（道）の家にて琵琶を聽く〉の第五句「夢に回《かえ》り只だ記す歸舟の字」の注は、謝靈運詩「天際 歸舟を識《し》る」を引くが、これは『太平廣記』巻一七引く『逸史』〈李盧二生〉の故事に基づく。公金數萬貫の缺損を出して困っていた李生は、揚州でかつての隱遁仲間盧生《ろせい》に再會し、屋敷に招待され、そこで箜篌《くご》の上手な女性を識る。箜篌には朱色の字で「天際 歸舟を識り、雲間 江樹を辨ず」とあった。盧生から贈られた杖を賣って公金を返濟した李生は、のち、汴《べん》州へ行き陸氏を妻に迎える。妻はかつて盧生の所で出會った女性にそっくりで、持っていた箜篌にはあの朱字の書が認められた。聞けば妻もそのような夢をみたということで、揚州へ戻って盧生の屋敷を捜したが、ついに訪ねあてられなかったという。また「天際 歸舟を識る」は、謝靈運詩ではなく謝朓〈宣城郡に之《ゆ》くに新林浦より出て板橋に向かう〉詩（上海古籍出版社『謝宣城集校注』巻三 一九九一）の第三句である。

二四　黄精鹿詩本畫黄精與鹿　『補註東坡編年詩』巻三〇〈艾宣の畫に書す四首〉の〈黄精鹿〉について、查愼行は次のように説明する。「雷斅《らいこう》の『炮炙論』凡そ鹿茸《ろくじょう》を取るは、黄精の自然の汁を以て浸すこと兩晝夜、人を渇《かっ》するを免《まぬ》かるるなり。」提要は、この詩が題畫であることから、黄精と鹿茸を描いたに過ぎないとする。雷斅については不明。

二五　紀夢詩引李白粲然啓玉齒句　『補註東坡編年詩』巻五〈紀夢〉の第六句「笑齒 粲《さん》たること玉の如し」の注に、李太白詩の「粲然として玉齒を啓《ひら》き、授くるに煉藥の說を以てす」（中華書局本『李太白全集』巻二 古風五九首の其二一）を引く。しかし典故としては、提要のいうように、『文選』巻二一 郭璞〈遊仙〉詩 第二首「靈妃 我を顧みて笑い、粲然として玉齒を啓く」を引くべきである。

二六　游徑山詩引廣異記孤雲兩角語　『補註東坡編年詩』巻一〇〈再び徑山に遊ぶ〉第四句「始めて信ず 孤雲 天に一握なるを」の蘇軾自注には、「古語に云う〝孤雲兩角は、天を去ること一握なり〟と」ある。これについて査愼行は、『廣異記』の「興元の南、路の巴州に通ずる有り。三日にして山頂に達す。其の絶《はなは》だ高き處、之を孤雲兩角と謂う」を引く。提要は、唐の『廣異記』よりも先に『辛氏三秦記』に見える話だとするが、清の王謨輯『漢唐地理書鈔』に収める『辛氏三秦記』に、この話は見えない。

二七　端午詩引屈原飯筒事、云初學記引齊諧記　「齊諧記《せいかいき》」は『續齊諧記』の誤り。『補註東坡編年詩』巻二三〈端午に眞如に遊び、遲・适・遠 從い、子由は酒局に在り〉の「飯筒」の語注に次のようにいう。「『初學記』引く『續齊諧』に曰う、〝屈原 五月五日に汨羅《べきら》に投ず。楚人 此の日の至る毎に、竹筒を以て米を貯え、水に投じて之を祭る〟と。」提要が指摘するように、現行の呉均『續齊諧記』にはこの條文がみえるが、提要は一方ではこの書について「後人『太平廣記』の諸書内より鈔して編を成す」（『四庫全書總目提要』巻一四二 子部 小説家類）と説明している。査愼行が『續齊諧記』を引かないことを以て「未だ根柢を窮めず」という提要の言葉は矛盾している。

二八　其他譌漏之處…復不少　四庫全書文淵閣本の書前提要（乾隆四四年三月の書）に、この文無し。

二九　馮應榴合註本　乾隆六〇年（一七九五）に馮應榴（一七四〇～一八〇〇）が刻行した『蘇文忠詩合註』五十巻を指す。査愼行の注をもとに、施注（本書三七－三「施註蘇詩四十二巻」）と王注（本書三七－二「東坡詩集註三十二巻」）を合わせたもの。詩の字句の異同も注記している。馮應榴は巻首の〈凡例十二則〉で、査注を次のように評する。「一は査愼行の補註本五十巻爲りて、考核 更に詳しく、洵《まこと》に前人の逮《およ》ばざるを匡《ただ》すに足れり。但だ 重複・舛訛及び誤駁なる者、正に復た少なからず。且つ 初白翁（査愼行）の原本 先に施註を列し、後に補註を列す。後人 專ら査注を以て刊行し、讀者 往往にして偏にして全《まった》からざるの憾《うら》み有り。」

三〇　元元本本　原初を探索し、根本を追求すること。

【附記】

査愼行『補註東坡編年詩』の成果は後の詩注に生かされている。代表的なものに、馮應榴《ふうおうりゅう》（一七四〇～一八〇〇）が刻行した『蘇文忠詩合註』五十巻（乾隆六〇年刊）があり、査註をもとに施註と王註の全文を載せている。

王文誥《おうぶんこう》（一七六四〜?）の『蘇文忠詩編注集成』四十六巻（道光二年刊）は、馮氏の『合註』の註文を簡略にし、新たな注釋と紀昀《きいん》の評語を加える。孔凡禮《こうはんれい》點校『蘇軾詩集』（中華書局　一九八二）および『全宋詩』（第一四冊　巻七八四〜巻八三二）も、王文誥『集成』を底本とする。

わが邦における蘇詩の注釋書としては、近藤光男『蘇東坡』（集英社　漢詩大系　一九六四）、小川環樹・山本和義『蘇東坡詩集』一〜四（未完　筑摩書房　一九七三〜一九九〇）などがある。

三八　欒城《らんじょう》集《しゅう》五十卷　欒城後集二十四卷　欒城三集十卷　應詔《おうしょう》集《しゅう》十二卷

内府藏本

【蘇轍《そてつ》】一〇三九～一一一二
字《あざな》は子由《しゆう》、眉州眉山（四川省眉山縣）の人。蘇洵《そじゅん》の第三子、蘇軾《そしょく》の弟。唐宋八大家の一人に數えられる。嘉祐二年（一〇五七）、十九歳の時、兄の蘇軾とともに進士に及第し、地方官を歴任するが、元豐二年（一〇七九）の蘇軾の筆禍事件により、筠州《いんしゅう》（江西省高安縣）監酒税に流される。その後、中央に復歸し、王安石の新法に反對した。元祐七年（一〇九二）に門下侍郎となるが、哲宗の親政が始まると、新法黨によって蘇軾ともども嶺南の地に流された。徽《き》宗の卽位によって官に復し、許州に移り住んで、潁濱《えいひん》遺老と號した。諡《おくりな》は文定。文集名は蘇氏の郡望に因む。蘇轍『欒城後集』卷一二・一三〈潁濱遺老傳上・下〉・『宋史』卷三三九 蘇轍傳 參照。

宋蘇轍撰。轍有[二]詩傳、已著錄。案[三]晁公武讀書志・[四]陳振孫書錄解題載欒城諸集卷目、竝與今本相同。惟[五]宋史藝文志稱欒城集八十四卷、應詔集十卷、策論十卷、均陽雜著一卷。[六]焦竑國史經籍志則又於欒城集外別出黄門集七十卷。均與晁・陳二家所紀不合。

今考欒城集及後集三集共得八十四卷、宋志蓋統舉言之。[七]策論當卽應詔集、而誤以十二卷爲十卷、又複出其目。惟均陽雜著未見其書、或後人掇拾遺文、別爲編次、而今佚之歟。至竑所載黄門集、宋以來悉不著錄。疑卽欒城集之別名、竑不知而重載之。宋志荒謬、焦志尤多舛駁、均不足據。要當以晁・陳二氏見聞最近者爲準也。

其[八]正集乃爲尚書左丞時所輯、皆元祐以前之作。後[九]集則自元祐九年至崇寧四年所作、三[一〇]集則自崇寧五年至政和元年所作。應詔集則所集策論及應試諸作。轍[一一]之孫籀撰欒城遺言、於平日論文大旨、敘錄甚詳、而亦頗及其篇目。如紀辨[一二]才塔碑、則云見欒城後集。於馬[一三]知節文集跋・生日[一四]漁家傲詞諸篇之不在集中者、則竝爲全錄其文、以拾遺補闕。

蓋[一五]集爲轍所手定、與東坡諸集出自他人裒輯者不同。故自宋以來、原本相傳、未有妄爲附益者。特近時重刻甚稀。此[一六]本爲明代舊刊、尚少譌闕。陸[一七]游老學菴筆記稱、轍在績溪贈同官詩、有歸報仇・梅省文字、麥苗含穟欲蠶眠句、譏均州刻本輒改作仇香之非。今此仍作仇・梅、則所據猶宋時善本矣。

【訓讀】

宋 蘇轍《そてつ》の撰。轍『詩傳』[二]有りて、已に著錄す。案ずるに 晁公武[三]『讀書志』・陳振孫[四]『書錄解題』欒城《らんじょう》諸集の卷目を載せて、竝びに今本と相い同じ。惟だ『宋史』[五]藝文志稱す「『欒城集』八十四卷・『應詔集』十卷・『策論』十卷・『均陽雜著』一卷」と。焦竑《しょうこう》[六]『國史經籍志』則ち又た『欒城集』の外に 別に『黃門集』七十卷を出だす。均しく晁・陳二家の紀する所と合わず。

今 考うるに『欒城集』及び『後集』『三集』は共に八十四卷を得、『宋志』は蓋し統舉して之を言う。『策論』[七]は當に卽ち『應詔集』なるべきも、誤りて十二卷を以て十卷と爲し、又た 其の目を複出す。惟だ『均陽雜著』は未だ其の書を見ず、或いは 後人 遺文を掇拾《てっしゅう》し、別に爲《ため》に編次するも、今 之を佚するか。竑 載す所の『黃門集』に至りては、宋以來 悉く著錄せず。疑うらくは 卽ち『欒城集』の別名にして、竑 知らずして之を重載するか。『宋志』は荒謬《こうびゅう》にして、焦志は尤も舛駁《せんばく》多し、均しく據るに足らず。要は當に晁・陳二氏の見聞の最も近き者を以て準《のり》と爲すべきなり。

其[八]の『正集』は乃ち尚書左丞（實は右丞の誤り）爲《た》りし時 輯む所にして、皆 元祐以前の作なり。『後集』[九]は則ち元祐九年自り崇寧五年（四年は誤り）に至る所作にして、『三集』[一〇]は則ち崇寧五年自り政和元年に至る所作なり。『應詔集』は則ち策論及び應試の諸作を集むる所なり。轍の孫[一一] 籀《ちゅう》『欒城遺言』を撰し、平日の論文大旨に於いて、敍録甚だ詳しく、亦た頗る其の篇目に及ぶ。〈辯才（辨才は誤り）[一二]の塔碑〉を紀する如きは、則ち『欒城後集』に見ゆ」と云う。〈馬知節文集の跋〉[一三]・〈生日漁家傲詞〉[一四]の諸篇の集中に在らざる者に於いては、則ち 竝びに爲に其の文を全錄し、以て拾遺補闕す。

蓋し[一五] 集は轍の手ずから定む所爲りて、東坡の諸集の 他人の裒輯《ほうしゅう》自《よ》り出づる者と同じからず。故に 宋自り以來、原本 相い傳わり、未だ妄《みだ》りに爲に附益する者有らず。特《た》だ 近時 重刻甚だ稀なり。此[一六]の本は明代の舊刊爲りて、尚譌闕《かけつ》少なし。陸游[一七]『老學菴筆記』「轍 績溪に在りしとき同官に贈る詩に、〝歸りて報ず 仇・梅 文字を省《はぶ》かんことを、麥苗《ばくびょう》 穟《すい》を含みて蠶眠《さんみん》せんと欲す〟の句有り」と稱し、均州の刻本 輒ち「仇香」に改作するの非を譏る。今 此れ仍《な》お「仇・梅」に作る、則ち 據る所 猶お 宋時の善本のごとし。

【現代語譯】

宋 蘇轍《そてつ》の著。轍には『詩傳』があり、すでに著錄してある。考えるに、晁公武『郡齋讀書志』と陳振孫『直齋書錄解題』が載せる欒城《らんじょう》諸集の巻目は、ともに今本と等しい。ただ、『宋史』藝文志は、「『欒城集』八十四卷・『應詔集』十卷・『策論』十卷・『均陽雜著』一卷」という。焦竑《しょうこう》『國史經籍志』は、さらに『欒城集』とは別に『黄門集』七十卷を著錄する。兩方とも晁公武と陳振孫の記載と合わない。

今考えるに、『欒城集』と『後集』『三集』を合わせると八十四巻になり、『宋史』藝文志はおそらく全部をまとめてこの數を言ったのだ。『策論』とは『應詔集』に違いなく、十二巻を誤って十巻とし、さらにその名を重複して記したのだ。ただ、『均陽雜著』だけはその本を見たことがなく、あるいは後人が蘇轍の遺文を集めて、別に編纂したものが、現在では亡びてしまったのだろうか。竑が記載する『黄門集』に至っては、宋以來 全く著録されていない。おそらく『欒城集』の別名であるのを知らずに、竑がこれを重載したのではないか。『宋史』藝文志はでたらめで、焦竑『國史經籍志』はとりわけ誤りが多い。兩書ともに據るに足らない。要するに、最も時代が近い晁氏と陳氏の見聞をよりどころとすべきなのだ。

蘇轍の『正集』は彼が尙書左丞（實は右丞の誤り）だった時に編輯したもので、すべて元祐以前の作である。『後集』は元祐九年（一〇九四）から崇寧五（四は誤り）年（一一〇六）までの作である。『三集』は崇寧五年（一一〇六）から政和元年（一一一一）までの作である。『應詔集』は策論および應試の諸作を集めたものだ。轍の孫 籀《ちゅう》が著した『欒城遺言』は、平生 轍の主張していた文學論について非常に詳しく敍しており、それはまた、文集の篇目にまで及んでいる。たとえば〈辯才（辨才は誤り）の塔碑〉について述べたところでは「『欒城後集』に見える」という。〈馬知節文集の跋〉や〈生日漁家傲詞〉など集中に無いものについては、いずれもその全文を記録して、文集の缺を補っている。

思うに、蘇轍の集は轍が自《みずか》ら編定したもので、東坡の諸集が他人の編輯によるのとは違う。それゆえ宋以來、原本が傳えられて、勝手に餘計なものを付け加えようとする者が現われなかったのだ。ただ、近ごろは重刻されることがめったにない。この本は明代の舊刊であり、誤りや脫字がまだ少ない。陸游の『老學菴筆記』は、「轍が績溪（安徽省）に在任していた時、同僚に贈った詩に、〝歸りて報ず 仇・梅 文字を省《はぶ》かんことを、麥苗《ばくびょう》 穟《すい》を含みて蠶眠せんと欲す（役所に歸って主簿や縣尉諸君に文書を減らすように言おう、麥が穗をつけ蠶《かいこ》も眠りに入り農繁期を迎えようとしているのだ)〟の句がある」といい、均州の刻本が「仇香」に改作していることの非を譏《そし》っている。今この版本はなお「仇・梅」に作っているところをみると、依據した原本は宋代の善本であろう。

【注】

一　內府藏本　宮中に藏される書籍の總稱。清代では皇史宬《こうしせい》・懋勤殿《ぼうきんでん》・摛藻堂《ちそうどう》・昭仁殿・武英殿・內閣大庫・含經堂などに所藏される。

二　詩傳　『四庫全書總目提要』卷一五　經部　詩類一に蘇轍の『詩集傳』二十卷が著錄される。

三　晁公武讀書志　『郡齋讀書志』卷一九に「欒城集前集五十卷・後集二十四卷・第三集十卷・應詔集十二卷」を著錄する。

四　陳振孫書錄解題載…　『直齋書錄解題』卷一七は注三の『郡齋讀書志』と同じ卷目を著錄し、その書名の由來を次のように說明する。「欒城《らんじょう》は、眞定府の縣なり。蘇氏の望は趙郡にして、欒城は元魏の時趙郡に屬す、故に云う。晚に潁濱《えいひん》に居し、自《みずか》ら潁濱《えいひん》遺老と號す、故に 集 或いは名とす。」三蘇は眉山（四川省）の出だが、蘇洵『嘉祐集』卷一四〈蘇氏族譜〉および〈族譜後錄〉上下篇によれば、蘇氏の始祖は高陽の出で、後漢の時に蘇章の子孫が趙郡に移り、唐の中宗の時、蘇味道が眉山の刺史で亡くなった後、子孫が眉山に定住したという。欒城とは現在河北省石家莊市近くの欒城縣。

五　宋史藝文志稱…　『宋史』藝文志七は「欒城集八十四卷・應詔集十卷・策論十卷・均陽雜著一卷」と著錄する。

六　焦竑國史經籍志　明の焦竑《しょうこう》『國史經籍志』卷五に「黃門集七十卷、又欒城集五十卷、又欒城第三集十卷、又應詔集十二卷」と著錄される。『黃門集』とは、蘇轍の官である門下侍郎の雅名　黃門侍郎に因む。ただし、『國史經籍志』は各書目からの拔粹であり、必ずしも原書にあたっているわけではない。

七　策論當卽應詔集…　今傳わる『應詔集』の內容は進論・進策・試策など、「策論」と呼ぶにふさわしい。

八　其正集乃爲尙書左丞時所輯…　李裕民『四庫提要訂誤』卷四は『續資治通鑑長編』卷四五五の元祐六年（一〇九一）二月辛卯の條に「龍圖閣《りゅうとかく》學士・御史中丞　蘇轍、中大夫・守尙書右丞と爲す」とあるのを引き、「尙書左丞」は「尙書右丞」の誤りだとする。しかし、そのことは『長編』を引くまでもなく、『欒城集』卷四八〈尙書右丞に除せらるるを謝する表〉に、「臣を中大夫守尚書右丞に除せらる」とあることからも明らかである。また、李裕民は『正集』の中で最も晩い作は元祐六年二月の〈生日謝表〉であり、『正集』は提要いうところの「皆元祐以前の作」をすべて収めているわけではないとする。

九　後集則自元祐九年至崇寧四年所作　「崇寧四年」は「崇寧五年」の誤り。『欒城後集』巻首の蘇轍の自序〈欒城後集引〉は次のように言う。「元祐六年、年五十有三、…顧るに 前後の作る所 至《はなは》だ多く、棄て去るに忍びず、乃ち裒《あつ》めて之を集め五十巻を得、題して『欒城集』と曰う。九年、罪を得て出でて臨汝に守たり。汝自《じょ》り筠《いん》に徙り、筠自り雷に徙り、雷自り循に徙ること、凡そ七年。元符三年 恩を蒙りて北歸し、潁川《えいせん》に寓居し、崇寧五年に至るまで、前後十五年、憂患 侵尋し、作る所 寡《すくな》し。然れども 亦た 班班として見るべきは、復た類して之を編し、以て『後集』と爲し、凡そ二十四巻。」これに對して李裕民『四庫提要訂誤』巻四は、『後集』の中で最も早いのは、元祐六年八月の〈子瞻《しせん》の感舊に次韻す〉で、最も晩いのは崇寧五年九月の〈潁濱遺老傳〉と〈九日獨酌〉だとする。

一〇　三集則自崇寧五年至政和元年所作　『欒城第三集』巻首の蘇轍の自序〈欒城第三集引〉は次のようにいう。「崇寧四年、余 年六十有八、近ごろ爲《つく》る所の文を編みて二十四巻を得、之を『欒城後集』と目す。又た五年、政和元年に當たり、復た遺稿を收拾し、類を以て相い從わしめ、之を『欒城第三集』と謂う。」これに對して李裕民『四庫提要訂誤』巻四は、第三集の中には政和二年九月六日の〈墳院記〉も含まれることを指摘する。

一一　轍之孫籀撰欒城遺言　『四庫全書總目提要』巻一二一 子部雜家類五は蘇籀《そちゅう》の『欒城遺言』一巻を著録して次のように言う。「籀、字は仲滋、眉州の人。轍の孫にして、遲の子なり。…籀年十餘歳の時、轍に潁昌に侍すること、首尾九歳、未だ嘗て側を去らず。因りて其の聞く所の追記すべき者若干語を錄し、以て子孫に示す、故に遺言と曰う。中閒 文章の流別、古今の人の是非・得失を辨論し、最も詳晰《しょうせき》爲り。頗る 能く轍の作文の宗旨を見る。」

一二　辨才塔碑…　「辨才」は「辯才」の誤り。蘇籀《そちゅう》『欒城遺言』はいう。「東坡 龍井《りゅうせい》の辯才師の塔碑を黄門に求むる書に〝兄自ら覺る 佛を談ずるは弟に如かず〟と云う。今 此の文『欒城後集』に見ゆ。」今、『欒城後集』巻二四に〈龍井の辯才法師の塔碑〉が收められている。

一三　馬知節文集跋　蘇籀『欒城遺言』は「馬公 知節の詩草一巻、公 跋して云う」として、その全文を引く。この文は蘇轍の文集中に無い。今、『欒城集』(上海古籍出版社 一九八七)の拾遺、『蘇轍集』(中華書局 一九九〇)の補佚に收録されている。馬知節は字を子元といい、太宗朝から眞宗朝にかけての名臣。『宋史』巻二七八。

一四　生日漁家傲詞　蘇籀『欒城遺言』は「公 悟悦 禪定す。門人に〈漁家傲〉を以て生日を祝い、川を濟《わた》るに及ぶ者有り。其の志に非ざるを以て、乃ち 之に賡《こう》和す（蘇轍が參禪にひたっていたころ、彼の誕生日を祝って門人が作った〈漁家傲〉の中に、皇帝を補佐することに言及している部分があった。轍は自分の志とは相容れないものがあったので、それに唱和して詞を作った）」と言い、その詞の全篇を引いている。この詞は蘇轍の文集中に無い。今、『欒城集』（上海古籍出版社　一九八七）の拾遺、『蘇轍集』（中華書局　一九九〇）補佚、『全宋詞』（中華書局　一九六五）に収録されている。

一五　集爲轍所手定　蘇轍の詩文集が彼の自編であることは、注九『欒城後集』巻首の自序〈欒城後集引〉、および注一〇『欒城第三集』巻首の自序〈欒城第三集引〉に明らかである。

一六　此本爲明代舊刊　明代には嘉靖二〇年に蜀王 朱 讓栩《しゅじょうく》が刻した本の系列と、萬曆年間の王執禮が刻した清夢軒刻本が存在した。ただし、朱讓栩刻本には『應詔集』を収めないことから、提要がいう「明代の舊刊」とは清夢軒刻本だったと推測される。

一七　陸游老學菴筆記　『老學菴筆記』巻四に次のようにいう。「唐の拾遺 耿緯《こうい》〈下邽《かけい》にて叔孫主簿・鄭少府の過ぎらるるを喜ぶ〉詩に云う、〝是れ 仇・梅の至るにあらずんば、何人か百憂を問わん〟と。蘇子由 績溪の令と作りし時、〈同官に贈る〉詩有りて云う、〝歸りて仇・梅に報ずるに文字を省《はぶ》かんことを、麥苗《ばくびょう》 穟《すい》を含みて蠶眠《さんみん》せんと欲す〟と。蓋し 緯の語を用うるなり。近歲 均州の版本、輒ち改めて〝仇香〟と爲す。」〝仇・梅〟は仇香と梅福、主簿と縣尉の異名。仇香は一名仇覽、後漢の考城の主簿で、德治で知られた循吏（『後漢書』巻七六　循吏傳）。梅福は漢の南昌の尉で、のち仙人になったという（『漢書』巻六七）。詩句は、『欒城集』巻一三〈初めて績溪に至り視事すること三日、城南に出でて二祠に謁し、石照に遊びて偶たま四小詩を成し、諸同官に呈す〉其二〈汪王廟〉の尾聯である。

【附記】

蘇轍の曾孫蘇詡《そく》は〈欒城集の跋〉（清夢軒刻本附錄）で建安本・麻沙本・蜀本・家藏本の四種の版本に言及している。このうち、蜀本は北京圖書館および臺灣國家圖書館などに殘本のみが傳わる。麻沙本は日本の內閣文庫藏

『類編增廣潁濱《えいひん》先生大全文集』一百三十七卷がそれにあたり、その名のとおり詩文を類別編集している。明代には、萬曆年閒の王執禮の清夢軒刻本と、これとは別に嘉靖二〇年に蜀王の朱讓栩《しゅじょうく》が刻した本がある。後者は『應詔集』を收めない。四庫全書文淵閣本の原本は清夢軒刻本で、四部叢刊は朱讓栩刻本の活字印本を影印し、『應詔集』は上海涵芬樓《かんぷんろう》の影宋鈔本に據っている。

蘇轍の詩文は近年整理され、現在、曾棗荘《そうそうそう》・馬德富校點『欒城集』（上海古籍出版社　一九八七）と陳宏天・高秀芳點校『蘇轍集』（中華書局　一九九〇）の二本があり、ともに宋の孫汝聽が編纂した〈蘇潁濱年表〉などを收める。ただし、兩者が搜求收錄した佚文は篇目・篇數が異なるので注意を要する。現在、佚詩・佚文について最も充實しているのは『全宋詩』（第一五册　卷八四九～卷八七三）と『全宋文』（第四六～第四七册　卷二〇三七～卷二一〇六）である。これらの標點本はすべて清夢軒刻本を底本にする。近年出版された年譜としては、曾棗荘『蘇轍年譜』（陝西人民出版社　一九八六）がある。

三九－一　山谷内集《さんこくないしゅう》三十卷　外集十四卷　別集二十卷　詞一卷　簡尺《かんせき》二卷　[一]年譜三卷

[二]安徽巡撫採進本

【黃庭堅《こうていけん》】一〇四五～一一〇五

字《あざな》は魯直《ろちょく》、號は山谷《さんこく》または涪翁《ふうおう》。洪州分寧（江西省修水縣）の人。治平四年（一〇六七）の進士。蘇門四學士の一人。北京《ほっけい》（大名府）國子監教授だった時、蘇軾の知遇を得たが、官界での浮沈もともにする結果となる。すなわち神宗の崩御を契機に新法黨が退けられると、祕書省校書郎として都に召され、ついで著作佐郎に移る。しかし哲宗の親政が始まると、一轉、舊法黨の一員とみなされ、涪《ふう》州別駕・黔《けん》州安置（四川省彭水《ほうすい》縣）に流され、のち戎《じゅう》州（四川市宜賓市）に移された。徽《き》宗が即位して知太平州（安徽省當塗縣）として復するが、新法黨が實權を握ったためわずか九日で免職となった。さらに宜《ぎ》州（廣西壯族自治區）に流され、そこで病沒した。詩は奇字や典故を追求し、「一字として來處《らいしょ》無きは無し」といわれる。「點鐵成金」「換骨奪胎」に代表される詩論は、のちの詩人に影響を與え、江西詩派の祖とされた。『宋史』卷四四四 文苑傳六 參照。

宋黃庭堅撰。[三]年譜二卷、[四]庭堅孫㽦撰。庭堅事蹟具[五]宋史文苑傳。㽦字子耕、[六]從學於朱子。[七]朱子於元祐諸人、詆二蘇而[八]不詆庭堅、㽦之故也。

[九]葉夢得避暑錄話載黃元明之言曰、魯直舊有詩千餘篇、中歲焚三之二。存者無幾、[一〇]故名焦尾集。其後稍

自喜、以爲可傳、故復名敝帚集。晩歳復刊定、止三百八篇、而不克成。今傳於世者尙幾千篇云云。然庭堅所自定者皆已不存。

其存者、[11]一曰內集、庭堅之甥洪炎所編、[12]卽庭堅手定之內篇、所謂退聽堂本者也。[13]一曰外集、李彤所編、[14]所謂邱濬藏本者也。[15]一曰別集、卽㽦所編、[16]所謂內閣鈔出宋蜀人所獻本者也。[17]內集編於建炎二年。[18]別集編於淳熙九年。[19]年譜則編於慶元五年。蓋外集繼內集而編、別集繼內外兩集而編、年譜繼別集而編。獨李彤之編外集未著年月。然考[20]外集第十四卷送鄧愼思歸長沙詩、愼字空格、註云今上御名。是[21]外集亦編於孝宗時也。

[22]三集皆合詩文同編。後人註釋、則惟取其詩。[23]任淵所註之內集、卽洪炎所編之內集。[24]史容所註之外集、則與李彤所編次第已多有不同。而[25]李彤編外集之大意、猶稍見於史註第一卷溪上吟題下。惟[26]史季溫所註之別集、則與㽦所編別集大有搘拄。此則原本與註本不可相無者矣。

[27]又外集第十一卷以下四卷、詩凡四百有奇、皆庭堅晩年刪去、而李彤附載入者。此則任・史三註本皆未之有。庭堅之詩、得此而後全。[28]又其中有與年譜相應者、㽦編年譜時皆一一分註某年某事之次。而今但據三集檢其目、則年譜有而本集無。故此四卷尤不可廢也。㽦之年譜、專爲考證詩文集而作。故刻全集必當兼刻年譜。而近日刻本、或刪節年譜、或刪併卷次、或移易分類、以就各體。或專刻一集、而不及其全。[29]此本刻於明嘉靖中、前有蜀人徐岱序、尙爲不失宋本之遺。非外閒他刻所及焉。

【訓讀】

宋 黃庭堅《こうていけん》の撰。『[3]年譜』二卷（實は三十卷の誤り）は、[4]庭堅の孫 㽦《じゅん》の撰。庭堅の事蹟『[5]宋史』文苑傳に具われり。

罃の字は子耕、[六]朱子に從い學ぶ。[七]朱子 元祐諸人に於いて、二蘇を詆《そし》りて[八]庭堅を詆《そし》らざるは、罃の故なり。

[九]葉夢得《しょうぼうとく》『避暑錄話』黃元明の言を載せて曰く、「魯直《ろちょく》舊《もと》詩千餘篇有るも、中歲 三の二を焚《や》く。存する者 幾《いくば》くも無く、故に[一〇]『焦尾集《しょうびしゅう》』と名づく。其の後 稍《や》や自ら喜み、以《こ》て傳うべしと爲す、故に復た『敝帚集《へいそうしゅう》』と名づく。晚歲 復た刊定するも、止だ三百八篇のみにして、成す克《あた》わず。今 世に傳うる者 尙 幾んど千篇云云」と。然れども 庭堅 自定する所の者 皆 已に存せず。

其の存する者、[一一]一は『內集』と曰い、庭堅の甥 洪炎の編する所、[一二]卽ち庭堅 手定の內篇にして、所謂 退聽堂本なる者なり。[一三]一は『外集』と曰い、李彤《りとう》の編する所にして、[一四]所謂 邱濬《きゅうしゅん》藏本なる者なり。[一五]一は『別集』と曰い、卽ち罃《じゅん》の編する所にして、[一六]所謂 內閣より宋の蜀人獻ずる所の本を鈔出せし者なり。[一七]『內集』は建炎二年に編す。[一八]『別集』は淳熙九年に編す。[一九]『年譜』は則ち慶元五年に編す。蓋し『外集』は『內集』に繼ぎて編し、『別集』は『內』・『外』兩集に繼ぎて編し、『年譜』は『別集』に繼ぎて編す。獨り 李彤の『外集』を編するのみ未だ年月を著《しる》さず。然れども 考うるに、[二〇]『外集』第十四巻〈鄧愼思《とうしんし》の長沙に歸るを送る〉詩、「愼」の字 空格にして、註に「今上《きんじょう》の御名《ぎょめい》」と云う。是れ[二一]『外集』も亦た 孝宗の時に編するなり。

[二二]三集は 皆 詩と文を合せて同《とも》に編す。後人の註釋は、則ち惟だ其の詩のみを取る。[二三]任淵 註する所の『內集』は、卽ち 洪炎 編する所の『內集』なり。[二四]史容 註する所の『外集』は、則ち 李彤 編する所の次第と已に多くは同じからざる有り。而して[二五]李彤『外集』を編するの大意、猶お 稍《や》や 史註の第一巻〈溪上吟〉の題下に見ゆ。惟だ[二六]史季溫《しきおん》註する所の『別集』、則ち 罃編する所の『別集』と大いに捨桂《しちゅう》有り。此れ 則ち 原本と註本と 相い無《な》みすべからざる者なり。

又た[二七]『外集』第十一巻以下の四巻、詩 凡そ四百有奇は、皆 庭堅 晚年に刪去せしものを、李彤 附して載入する者なり。此れ 則ち 任・史の三註本 皆 未だ之れ有らず。庭堅の詩、此を得て而る後 全し。[二八]又た 其の中『年譜』と相い應ずる者有るは、㽦『年譜』を編せし時 皆 一一 某年某事の次を分註す。而るに 今 但だ三集に據りて其の目を檢するに、則ち『年譜』に有りて本集に無し。故に 此の四卷 尤も廢すべからざるなり。㽦の『年譜』は、專ら詩文集を考證する爲に作る。故に全集を刻すは必ず當《まさ》に兼ねて『年譜』を刻すべし。而るに 近日の刻本、或いは『年譜』を刪節し、或いは卷次を刪併し、或いは分類を移易《いえき》して、以て各體に就《つ》く。或いは專ら一集を刻して、其の全きに及ばず。[二九]此の本 明の嘉靖中に刻し、前に蜀人 徐岱《じょたい》の序有り、尚 宋本の遺を失せずと爲す。外閒の他刻の及ぶ所に非ず。

【現代語譯】

宋 黃庭堅《こうていけん》の著。『年譜』二卷（實は三十卷の誤り）は、庭堅の孫の黃㽦《こうじゅん》の著である。庭堅の事蹟は『宋史』文苑傳に詳しい。㽦は字を子耕といい、朱子に教えを受けた。朱子は元祐諸人では二蘇を詆《そし》るが、庭堅を詆らないのは、㽦ゆえのことだ。

葉夢得《しょうぼうとく》『避暑錄話』は黃大臨 元明の言葉を載せている。「黃魯直の詩はもとは千餘篇あったが、中年のころ三分の二を燒き捨てた。殘ったのが幾許《いくばく》もなかったので、『焦尾集《しょうびしゅう》』と名づけた。その後、やや自分でも氣に入って、後世に傳える價値があると思うようになったので、また『敝帚集《へいそうしゅう》』と名づけた。晩年になってまた詩に手を入れたが、三百八篇までで完成させることができなかった。今 世に傳わっている詩は、それでも千篇ほどで…云云」と。しかし、庭堅が自ら編纂した詩集は、いずれも殘っていない。

現存するのは、一つは『內集』といい、庭堅の甥の洪炎が編纂したもの、つまりは庭堅が自ら編纂した內篇であり、所謂 退聽堂本である。もう一つは『外集』といい、李彤《りとう》が編纂したもので、所謂 丘 濬《きゅうしゅん》（「丘」が孔子の諱であることから清代「邱」に作ることが多い）藏本である。さらにもう一つは『別集』といい、㽦が編纂したもので、所謂 宋の蜀人が獻上した本を内閣から寫し取ってきたものである。『内集』は建炎二年（一一二八）の編。『別集』は淳熙九年（一一八二）の編。『年譜』は慶元五年（一一九九）の編である。思うに『外集』は『内集』のあとに編纂され、『別集』は『内集』『外集』のあとに編纂され、『年譜』は『別集』のあとに編纂されたものである。ただ、李彤の『外集』だけは編纂された年月が記されていない。しかし、『外集』第一四巻の〈鄧愼思《とうしんし》の長沙に歸るを送る〉詩の「愼」の字が空格になっており、註に「今上《きんじょう》皇帝の御名《ぎょめい》」とあることを考えれば、『外集』も孝宗の時に編纂されたものである。

三集は皆 詩と文の合編で、後人の註釋は、そのうちの詩だけを取ったのだ。任淵が註した『内集』とは、洪炎が編纂した『内集』である。史容が註した『外集』は、李彤が編纂したのとはすでに詩の順序がかなり違っているが、李彤が『外集』を編纂したいきさつは、なお 史容註の第一巻〈溪上吟〉の題下に垣閒見えている。ただ、史季溫が註した『別集』は、㽦が編纂した『別集』とは大きな違いがある。これが原本と註本のどちらも無視することができない理由である。

さらに、『外集』第一一巻以下の四巻の詩およそ四百餘篇は、皆 庭堅が晩年に削ったものを、李彤が附け加えたもので、これは任淵・史容・史季溫の三つの註本のいずれにも無い。庭堅の詩は、これがあって始めて完全といえる。さらに、その中の詩で『年譜』と對應したものがあるのは、㽦が『年譜』を編纂した時、皆 一つ一つ何時どこで作ったかを注記したからだ。しかし、今 三集によって篇目を確かめてみると、『年譜』にあるのに本集に無いものがある。だからこそこの四巻はとりわけ無視することができないのだ。㽦の『年譜』は、専ら詩文集を考證するために作ったものである。だから全集を出版する際には必ず『年譜』も併せて出版すべきなのだ。それなのに、最近の刻本は、あるものは『年譜』を刪節し、あるものは巻次を刪ったり合併させたり、分類を變えて文體・詩體別にしたものもある。一集だけを出版して、全てを出版しないものもある。この本は明の嘉靖年閒に出版され、前に蜀人 徐岱《じょたい》の序文があって、今なお 宋本の舊姿を失っていないとみなされる。世間で行われている他の刻本がかなうものではない。

【注】

一　年譜三卷　「三卷」は「三十卷」の誤り。四庫全書文淵閣本および書前提要はともに「三十卷」に作る。

二　安徽巡撫採進本　採進本とは、四庫全書編纂の際、各省の長にあたる巡撫《じゅんぶ》、總督《そうとく》、尹《いん》、鹽政《えんせい》などを通じて朝廷に獻上された書籍をいう。安徽巡撫より進呈された本は『四庫採進書目』によれば五二三部、そのうち一二八部が著錄され、一九九部が存目（四庫全書内に收めず、目錄にのみ留めておくこと）に置かれた。

三　年譜二卷　「二卷」は「三十卷」の誤り。注一參照。

四　庭堅孫㽦　黃㽦《こうじゅん》（一一五〇～一二一二）は黃庭堅の從孫である。字《あざな》を子耕、號を復齋といい、郭雍《かくよう》および朱子に學んだ。太學進士に擧げられ、瑞昌主簿となり、知廬陽縣、知台州、知袁州などを歷任した。葉適『水心文集』卷一七〈黃子耕墓誌銘〉・『宋史』卷四二三　黃㽦傳　參照。

五　宋史文苑傳　黃庭堅の傳記は『宋史』卷四四四　文苑傳六に見える。

六　從學於朱子　『宋元學案』は黃㽦の傳を卷六九　晦翁（朱子）門人の條に配している。

七　朱子於元祐諸人…　元祐年間に政治の中樞に在った舊法黨の人々も、學術面ではそれぞれ流派を異にする。蘇軾・蘇轍の學派を蜀黨、程顥《ていこう》・程頤《ていい》の學派を洛黨といい、兩者は互いに相容れなかった。二程子の學を受け繼ぐ朱子は、二蘇の學を排擊する傾向にある。その言は『朱子語類』卷一三〇に詳しい。

八　不詆庭堅　提要のこの說は當を得ていない。朱子は二蘇のみならず、黃庭堅に對しても嚴しい批評をしている。たとえば、『朱子語類』卷一三〇は、富弼《ふひつ》がかねてより黃庭堅に會いたがっていたが、會うと氣に入らず、茶を一杯振る舞うだけの客だと語った逸話をあげて、「富《ふ》は厚重、故に黃《こう》を喜ばず」と論評している。

九　葉夢得避暑錄話載黃元明之言…　『避暑錄話』卷二に見える。黃元明は黃庭堅の兄。諱は大臨、號は寅庵《いんあん》。紹聖年間に、萍鄉《へいきょう》の縣令となった。

一〇　故名焦尾集…　焦尾とは、ひとかどの人間になることのたとえ。虎が人間に變身する時、どうしても殘る尾を燒いたからとか、羊が初めて群れの中に入る時、尾を燒くと仲間に受け入れてもらえるからなど、諸說ある。『焦尾集《しょうびしゅう》』とは、若いころの習作を燒き捨てることで、一人前になったことを示す名稱である。『敝帚集《へいそうしゅう》』の敝帚は、使い込んでちびたほうきの意。『焦尾集』と『敝帚集』の名は、胡仔《こし》『苕溪《ちょうけい》漁隱叢話』前集卷四九に引く『王直方詩話』にも見える。「山谷　舊　作る所の詩文、名づくるに『焦尾』『弊帚』を以てす。少游（秦觀）云う〝此の編を覽《み》る毎《ごと》に、輒《すなわ》ち悵然《ちょうぜん》たること終日、殆《ほとん》ど食事を忘る。邈然《ばくぜん》として二漢の風有り。今 交遊中 文墨を以て稱する者、未だ其の比《ひ》を見ず、所謂 珠玉 傍《かたわ》らに在らば、我が形の穢《けが》れを覺ゆるなり〟と。」

二　一曰内集、庭堅之甥洪炎所編　洪炎は字を玉父といい、南昌（江西省）の人。兄の朋《ほう》、弟の芻《すう》・羽《う》とともに文名があり、四洪と稱された。元祐末の進士。新法黨により左遷されたが、著作郎・祕書少監を經て、高宗の初めに中書舍人として召された。傳記は『宋史翼』卷二七參照。『山谷内集詩注』原目卷一元豐元年戊午〈古詩二首 蘇子瞻に上る〉題下の任淵註は次のようにいう。「建炎中、山谷の甥 洪炎 玉父 其の舅《おじ》の文集を編し、斷じて退聽堂自《よ》り始む。退聽以前は蓋し復た取らずして、獨り〈古風〉二篇を取りて詩の首に冠し、且《か》つ云う〝以て魯直の知を蘇公に受けしは自《よ》る所有るを見るなり〟と。今 之に從う。退聽堂は汴《べん》京の酺池《ほち》寺の南に在り。山谷 館職作《た》りしとき筆硯を此に寓す。〈兪清老に贈る詩の跋〉に〝酺池《ほち》の南 退聽堂下に書す〟と曰う。然して 此の堂の名 其の後 所在に隨いて之を掲ぐ。」『山谷年譜』卷首の黃罃〈山谷年譜原序〉に次のようにいう。「先太史の詩文 天下に徧《あまね》きも、年譜は獨り闕《か》く。近世 惟だ蜀本の詩集を傳え、舊注の援據 詳爲るも、第《た》だ洪氏編する所の『退聽』の舊に循《よ》り、元豐戊午（元年、一〇七八）自り以上、稽《かんが》うる所無し。」

三　庭堅手定之内篇、所謂退聽堂本　祝尙書〈四庫宋集提要糾誤〉（四川大學出版社『宋代文化研究』第四輯 一九九四・一〇）は、洪炎が編纂した『内集』を退聽堂本とする提要の說に反駁する。論據として擧げるのは、明弘治～嘉靖刊本『山谷内集』附載の洪炎の序文（四庫全書文淵閣本は收載せず）である。序文は、「炎 元祐戊辰・辛未の歲 兩《ふたた》び禮部に試みらるるに、皆舅氏魯直の廨《かい》中に寓す。魯直 詩一編『退聽堂錄』と曰うを出だして云う、〝余 詩を作ること至《はなは》だ多きも、傳うるに足らず、傳うべき所の者僅かに百餘篇のみ〟」という一方で、「今 斷じて『退聽』自り後とし、雜《まじ》うるに他文を以てし、一千三百四十有三首を得たり。賦十・楚詞五・詩七百…爲り。…凡そ 詩は斷じて『退聽』自り始め、『退聽』以前は蓋し復た取らず」という。すなわち、黃庭堅が編した『退聽堂錄』とは百餘首の詩集で、一方、洪炎の『内集』は詩文集、しかも詩は『退聽堂錄』の百餘首以外に七百首を收めていた。洪炎は『内集』において基本的に『退聽』以前のものは採錄していない。祝尙書はこれらのことから、『内集』は黃庭堅自定でもないし、退聽堂本でもないことは明らかだとする。ただ、所謂退聽堂本は今日亡佚しているものの、黃庭堅自編の最も早い詩集であったことは確かで、『苕溪《ちょうけい》漁隱叢話』前集巻四九引く『王直方詩話』にもその名が見える。「學ぶ者有りて文潛に模範を問うに、曰く〝『退聽藁』を看よ〟と。蓋し 山谷 館中に在りし時、自ら居る所に號して退聽堂と曰う。（詩を學ぶ者が張耒《ちょうらい》に模範となるものを問うたところ、張は〝『退聽藁』を看よ〟と答えた。黄山谷は祕閣で實錄の編纂に當たっていたころ、その居處を退聽堂と名づけていた。）」

三　一曰外集、李彤所編　李彤は字を季敵というが、傳記は未詳。『外集』の編者が李彤であることは、注二一參照。

四　所謂邱濬藏本　祝尚書〈四庫宋集提要糾誤〉（注一二）は、これに反駁し、明弘治～嘉靖刊本『外集』の底本は、『內集』や『別集』と同じく內閣から抄した本だという。すなわち『山谷集』巻首の周季鳳《しゅうきほう》〈山谷集の序〉は次のようにいう。「予…初め、先兄の南山先生と與に之を瓊山《けいざん》の閣老 丘《きゅう》公（濬《しゅん》）に求めて、『豫章集』三十有六巻を得たり。訛脫ありて未だ慊《あきた》らざるなり。最後に亡友 潘南屛《はんなんへい》 時用《じよう》に因《よ》りて 之を內閣より抄《うつ》す。『正集』『外集』『別集』『詞』『簡』『年譜』の諸集有りて、凡そ九十七巻、乃ち宋の蜀人の獻ずる所の者、或者《あるいは》 其れ全くして遺《のこ》す無からんか。是に於いて之を前守 葉《しょう》 君天爵《てんしゃく》に屬《しょく》して梓行せしむ。憂《ゆう》もて去りて寢《や》み、版・本 兩つながら殘逸に歸すは、恨むべきなり。復た之を抄し、挾《さしはさ》みて以て四方に遊ぶこと二十年に垂《なんな》んとするも、其の人に非《あら》ずんば授けず。適《たま》たま 是（余載仕と喬遷による重修補刻を指す）を聞き、欣然として畀《あた》うる無きを得んや。」すなわち、最初に丘濬藏本を入手したものの、周季鳳はこれに不滿で、宋の蜀人が獻上したという內閣の本を亡友の潘辰（字は時用、號は南屛）に賴んで寫してもらった。それを葉天爵に上梓してもらうことにしたのだが、葉が親の喪に服するために官を辭任したため中止になった。そして、余載仕と喬遷が嘉靖年閒にこれを重修補刻したのである。なお周季鳳（一四六四～一五二八）は字を公儀、號を未軒といい、江西省寧州の人。弘治六年（一四九三）の進士で、官は南京刑部侍郎に至った。「先兄の南山先生」とは兄の周季麟（一四四五～一五一八）であろう。丘濬（一四一八～一四九五）は字を仲深といい、廣東省瓊山の人。景泰五年（一四五四）の進士で、官は文淵閣大學士に至った。『大學衍義補』の著者としても知られる。また『山谷集』巻首 徐岱〈山谷全書の序〉には「茲《こ》の土に按《あん》たるを叨《かたじけの》うし、全書を寧（明代の寧州、すなわち黄庭堅の出身地 宋代の洪州分寧）に訪ね、故刻（葉天爵刻本）の半《なか》ばを得たり。時に建昌郡丞 余子 載仕 寧の事を攝し、元本（周季鳳が再び內閣から抄してきた本）を購い之を補う。新守 喬子遷 至り、乃ち厥《そ》の工を竟《お》う」とある。徐岱は蜀の人で明の嘉靖年閒に巡按江西監察御史を務めたこと以外、傳記未詳。

一五　一曰別集、即畣所編　畣は『山谷年譜』巻首〈山谷年譜の原序〉において、「蓋し嘗て遺文を編次して『別集』二十巻を爲る」という。

一六　所謂内閣鈔出宋蜀人所獻本　注一四の周季鳳〈山谷集の序〉參照。

一七　内集編於建炎二年　注一二の洪炎序文の日付けである。

一八　別集編於淳熙九年　明弘治葉天爵刻　嘉靖六年　喬遷・余載仕重修本『豫章黃先生別集』巻二〇の末尾に、「淳熙壬寅二月旦　諸孫黃畣謹んで識《しる》す」と署された跋文がある。「淳熙壬寅」とは淳熙九年（一一八二）にあたる。

一九　年譜則編於慶元五年　四庫全書文淵閣本『年譜』巻首黃畣〈山谷年譜の序〉の末尾には、「大宋　歳は屠維協洽の日　南至に在り、諸孫　畣　謹んで序す」とある。「屠維協洽」とは「己未」の異名。黃畣は序文の中で「先大史の歿（一一〇五）に距つこと今　已に百年」と言っている。黃庭堅の卒年から約百年後の己未の年とは、慶元己未すなわち慶元五年（一一九九）にあたる。なお、一部の版本に「大宋　咸淳　歳は屠維協洽の日…」に作るものがあるが、「咸淳」は「慶元」の誤り。

二〇　外集第十四巻送鄧愼思歸長沙詩　四庫全書文淵閣本『外集』巻一四〈鄧《とう》愼《しん》思《し》の長沙に歸りて覲省《きんせい》するを送る〉を指す。南宋二代目の皇帝孝宗の諱は昚《しん》（「愼」の古字）であった。

二一　外集亦編於孝宗時　胡玉縉『四庫全書總目提要補正』巻四六は、乾道三年（一一六七）の自序を有する『苕溪《ちょうけい》漁隱叢話』後集が、巻二八に「山谷　亦た兩三集有りて世に行わる。惟だ大字『豫章集』幷びに『外集』詩文最も多きも、其の閒　眞僞無きにあらず。其の後　洪玉父　別に『豫章集』を編し、李彤・朱敦儒　是を正す。詩文　少なしと雖も、皆　其の精深を擇ぶこと、最も善本と爲すなり」と述べていることを指摘する。孝宗の在位は一一六二～一一八九であり、『苕溪漁隱叢話』が成立した乾道三年（一一六七）の時點では、すでに李彤の『外集』が存在していたことになる。

二二　三集皆合詩文同編　四庫全書文淵閣本によれば、『山谷内集』では巻一が賦、巻二～巻八が古詩、巻九～巻一一が律詩、巻一二が六言詩、巻一三～巻三〇は各體の文である。『山谷外集』は巻一が賦および古詩、巻二～巻五が古詩、巻六～巻七が律詩、巻八～巻一〇が文、巻一一～巻一四に黃庭堅が晩年に刪去したと傳えられる楚詞・古詩・律詩などを収める。『山谷別集』は巻一～巻三が詩、巻四～巻二〇が文となっている。

二三　任淵所註之内集、即洪炎所編之内集　本書三九－二「山谷内集註二十巻」の提要はこれについて、次のように説明する。『譜』又た云う、〝洪氏の舊編〈古風〉二篇を以て首と爲すに、今　任淵の註本　亦た　東坡〈山谷に報ゆる書〉に此の二詩を推重すと云い、故に諸《これ》を篇首に置く〟と。是れ 任淵 註する所の『内集』は、即ち洪炎 編次の本なり。（黄罃『山谷年譜』はいう。〝洪炎の舊編は〈古風〉二篇を巻の最初に置いている。今任淵の註本もまた、東坡が〈山谷に報ゆる書〉でこの二首を推奬したからとして、これを篇首に置いた〟と。これは、任淵が註した『内集』が洪炎の編次した本だったことを意味する。）」

二四　史容所註之外集…　李彤が編次した『外集』は十四巻であるのに對し、史容の『外集註』は十四巻本（四部叢刊續編所收の元刻本）と十七巻本（本書三九－二「山谷外集註十七卷」參照）の二種類がある。

二五　李彤編外集之大意、猶稍見於史註第一巻溪上吟題下　『山谷外集詩注』巻一〈溪上吟〉題下の史容註は、李彤の『外集』の跋文を引く。李彤の跋文自體はすでに亡佚しているが、罃の『山谷年譜』巻一にもこれが見えており、引用語句は史容註よりも正確である。以下は、『年譜』が引く李彤の跋文である。「彤 曩《むかし》聞くならく 先生 巴陵自《よ》り道を通城に取り、黄龍山の盤礴雲牕《ばんぱくうんそう》に入りて、淸禪師の爲に偏《あまね》く『南昌集』を閲す。自ら去取有り、仍《な》お舊句を改定すと。彤 後に此の本を交遊の間に得て、用《よ》りて以て其の予の詩に非ずと云う者五十餘篇を是正す。彤 亦た嘗て他人の集中に見《み》ゆるものは、輒《すなわ》ち已に除去す。其の不用と稱する者 後學 安《いず》くんぞ敢えて棄遺《きい》せん。今 外集十一巻より十四巻に至るは是なり」と。『年譜』はさらに李彤が第十四巻につけた〈後跋〉を引く。「前集の内〈休亭の賦〉〈墨戲の賦〉〈白山茶の賦〉〈木 之れ 彬彬〉〈悲秋〉〈演雅〉…皆山谷晩年に刪去す。其の去取 此れに據るのみ。」

二六　史季溫所註之別集…　黄罃が編纂した『別集』が二十巻であるのに對して、史季溫が註した『別集』は二巻（本書三九－二「山谷別集註二卷」參照）であり、内容も全く異なる。

二七　外集第十一巻以下四巻…　注二五の李彤『外集』の跋文參照。

二八　其中有與年譜相應者…　たとえば『外集』巻一一〈午寢〉の題下に「戊申の作」といい、〈漫尉〉の題下に「庚戌 葉縣《しょうけん》の尉爲《た》りし時の作」と註されていることを指す。

二九　此本刻於明嘉靖中、前有蜀人徐岱序　四庫全書文淵閣本『山谷集』巻首には二篇の序文が収められる。一つは嘉靖丙戌（五年、一五二六）徐岱の〈山谷全書の序〉で、もう一篇は嘉靖丁亥（六年、一五二七）周季鳳の〈山谷集の序〉である。兩者によれば、この本を刻行したのは、黄庭堅の故郷分寧に赴任していた余載仕と喬遷で、徐岱はその上司 巡按江西監察御史の地位に在った。注一四參照。

【附記】
洪炎編『山谷内集』三十巻は、別名『豫章黄先生文集』といい、四部叢刊初編に南宋乾道刊本が収められている。黄庭堅の詩は、ふつう任淵・史容・史季温の註本『山谷内集註』『外集註』『別集註』が行われているが、註本は詩のみで文を収めず、また『別集』と『別集註』とが収める詩には兩者に出入があるため、無註本の『山谷内集』『外集』『別集』を廢することはできない。本書三九－二の【附記】參照。

黄庭堅詩の選註としては、潘伯鷹選注『黄庭堅詩選』（上海古典文學出版社 一九五七）、黄公度註『黄山谷詩』（香港商務印書館 一九六四）、荒井健注『黄庭堅』（岩波書店 中國詩人選集二集 一九六三年）、倉田淳之助注『黄山谷』（集英社 漢詩大系 一九六四）、陳永正選注『黄庭堅詩選』（廣東人民出版社 一九八四）、朱安群主編『黄庭堅詩詞賞析集』（巴蜀書社 一九九〇）などがある。近年出版された黄寶華選註『黄庭堅選集』（上海古籍出版社 一九九一）は、詩と文の選註である。古典文學研究資料彙編『黄庭堅和江西詩派卷』上下巻（中華書局 一九七八）は、黄庭堅の批評を集めていて便利だが、序跋の類に遺漏が多い。年譜は鄭永曉著『黄庭堅年譜新編』（社會科學文獻出版社 一九九七）が最も充實している。

三九―二　山谷内集註《さんこくないしゅうちゅう》二十卷　外集註十七卷　別集註二卷

[一]兩淮鹽政採進本
[二]編修翁方綱《おうほうこう》家藏本

【任淵《じんえん》】十二世紀中葉
字《あざな》は子淵《しえん》、新津（四川省新津縣）の人。紹興一五年（一一四五）、四川類省試《るいしょうし》で第一等となり、潼川《とうせん》の提點刑獄公事に至った。『山谷内集註』以外に『后山詩注』（本書四〇―二）がある。文集『沂菴集《きあんしゅう》』四十卷は傳わらない。『宋蜀文輯存』卷五四に〈山谷精華錄序〉など十篇を錄する。

【史容《しよう》】一一三九～一二一〇？
字を公儀《こうぎ》、號は薌室居士《きょうしつこじ》といい、青神（四川省青神縣）の人。紹興年間の進士で、仕えて太中大夫に至った。『宋蜀文輯存』卷六一に〈儒學記〉一篇を錄する。

【史季溫《しきおん》】十三世紀中葉
史容の孫。字を子威《しい》といい、青神（四川省青神縣）の人。紹定《しょうてい》五年（一二三二）の進士。淳祐年間に福建提點刑獄公事、寶祐年間に祕書少監となった。『南宋館閣續錄』卷七・八參照。および『宋蜀文輯存』卷九三に〈國朝諸臣奏議序〉一篇を錄する。

宋任淵・史容・史季溫所註黄庭堅詩也。任淵所註者內集、史容所註者外集、其別集則容之孫季溫所補、以成完書。內集一稱正集。其又稱前集者、蓋內集編次成書在外集之前、故註家相承、謂內集爲前集耳。[三]外集之詩起嘉祐六年辛丑、庭堅時年十七。而[四]內集之詩起元豐元年戊午、庭堅時年三十四。故外集諸詩轉在內集之前。[五]黄䓨所編庭堅年譜云、山谷以[六]史事待罪陳留、偶自編退聽堂詩、初無意盡去少作。胡直孺少汲建炎初帥洪、幷類山谷詩文爲豫章集。命汝陽朱敦儒・山房李彤編集、而洪炎玉父專其事、遂以退聽爲斷。[七]史容外集序亦云、山谷自言、欲倣莊周分其詩文爲內外篇。意固有在、非欲去此取彼也。[八]譜又云、洪氏舊編以古風二篇爲首、[九]今任淵註本亦云、東坡報山谷書推重此二詩、故置諸篇首。是任淵所註內集、卽洪炎編次之本。

[一〇]史季溫外集跋云、細考出處歲月、別行詮次、不復以舊集古律詩爲拘。則所謂外集者已非復原次。再考[一一]李彤外集跋云、彤聞山谷自巴陵取道通城、入黄龍山、爲清禪師徧閱南昌集。自有去取、仍改定舊句。彤後得本、用以是正其言非予詩者五十餘篇。彤亦嘗見於他人集中、輒以除去。[一二]又云、前集內木之彬彬諸篇皆山谷晚年刪去。其去取據此而已。然[一三]季溫跋稱其大父爲增註考訂、在嘉定戊辰後、又近十年。則上距庭堅之沒、已百有十年。而外集原本卷次、至是始經史容更定。則所謂外集者、併非庭堅自刪之本矣。然則是三集者、皆賴註本以傳耳。

[一四]趙與旹賓退錄嘗論淵註送舅氏野夫之宣城詩、不得春網琴高出典。然註本之善不在字句之細瑣、而在於考核出處・時事。[一五]任註內集・史註外集、其大綱皆系於目錄每條之下、使讀者考其歲月、知其遭際、因以推求作詩之本旨。此斷非數百年後以意編年者所能爲、何可輕也。[一六]外集有嘉定元年晉陵錢文子序、而[一七]內集

鄱陽許尹序、世傳鈔本皆佚之。惟[一八]劉壎水雲村泯稾載其大略。目錄亦多殘闕、此本獨有尹序全文、且三集目錄、犁然皆具、可與註相表裏。是亦足爲希覯矣。

淵[一九]字子淵、蜀之新津人。紹[二〇]興元年乙丑、以文藝類[二一]試有司第一、仕至潼[二二]川憲。其稱天[二三]社者、新津山名也。容[二四]字公儀、號薌室居士、靑衣人。仕至太中大夫。其[二五]孫季溫、字子威、擧進士。寶祐中官祕書少監。淵[二六]又嘗撰山谷精華錄詩賦銘贊六卷、雜文二卷。自序謂節其要而註之。然原本已佚、今所傳者出明人僞託。獨此註則昔[二七]人謂獨爲其難者、與史氏二註本藝林寶傳、無異辭焉。

【訓讀】

宋　任淵《じんえん》・史容《しよう》・史季溫《しきおん》　註する所の黄庭堅《こうていけん》の詩なり。任淵　註する所の者は『内集』、史容　註する所の者は『外集』、其の『別集』は　則ち　容の孫　季溫の補う所にして、以て完書を成す。『内集』は一に『正集』と稱す。其の又た『前集』と稱する者は、蓋し『内集』編次して書を成すは『外集』の前に在り、故に　註家　相い承けて、『内集』を謂いて『前集』と爲すのみ。

『外[三]集』の詩は嘉祐六年辛丑に起こる、庭堅　時に年十七なり。而るに『内[四]集』の詩は元豐元年戊午に起こる、庭堅　時に年三十四なり。故に『外集』の諸詩　轉じて『内集』の前に在り。[五]黄罃《こうじゅん》　編する所の庭堅の『年譜』に云う、「山谷　史[六]事を以て罪を陳留に待ち、偶たま　自ら退聽堂の詩を編し、初めより盡く少《わか》きときの作を去るに意無し。胡直《こちょく》孺《じゅ》　少汲《しょうきゅう》　建炎の初め　洪に帥《すい》たりて、幷びに山谷の詩文を類して『豫章集』と爲し、汝陽の朱敦儒《しゅとんじゅ》・山房の李彤《りとう》に命じて編集せしむ。而るに　洪炎　玉父　其の事を專らにし、遂に『退聽』を以て斷と爲す」と。史[七]容の〈外集の序〉も亦た云う、「山谷　自ら言う、〝莊周に倣《なら》い其の詩文を分かちて内外篇と爲さんと欲す〟と。意は固《もとよ》り在る有りて、此れを去りて彼《かれ》を取らんと欲するに非ざるなり」と。

[八]『譜』又た云う、「洪氏の舊編〈古風〉二篇を以て首と爲すに、[九]今 任淵の註本 亦た〝東坡の〈山谷に報ゆる書〉此の二詩を推重す〟と云い、故に諸《これ》を篇首に置く」と。是れ 任淵 註する所の『内集』は、即ち洪炎 編次の本なり。

[一〇]史季溫〈外集の跋〉に云う、「出處の歲月を細考し、別に詮次《せんじ》を行い、復た舊集の古律詩を以て拘と爲さず」と。則ち 所謂『外集』なる者は已に復た原《もと》の次に非ず。再び考うるに [一一]李彤〈外集の跋〉に云う、「彤 聞くならく 山谷の巴陵自《よ》り道を通城に取り、黄龍山に入り、清禪師が爲《ため》に偏《あまね》く『南昌集』を閱《けみ》し、自ら去取有りて、仍《な》お舊句を改定す。彤 後に本を得て、用《よ》りて以て其の予の詩に非ずと言う者五十餘篇を是正す。彤 亦た 嘗て他人の集中に見えしものは、輒《すなわ》ち以て除去す」と。[一二]又た云う、「『前集』の内〈木 之《こ》れ彬彬《ひんぴん》〉の諸篇 皆 山谷 晩年に刪去す。其の去取此れに據るのみ」と。然れども [一三]季溫の〈跋〉稱す、「其の大父 增註考訂を爲すこと、嘉定戊辰の後に在り、又た十年に近し」と。則ち 上は庭堅の沒に距《へだ》たること、已に百有十年なり。而して『外集』の原本の卷次、是に至りて始めて史容の更定を經《ふ》。則ち 所謂『外集』なる者は、併《なら》びに庭堅 自刪の本に非ず。然らば則ち 是の三集なる者は、皆 註本に頼《よ》りて以て傳うのみ。

[一四]趙與旹《ちょうよじ》『賓退錄《ひんたいろく》』嘗て 淵〈舅氏野夫の宣城に之《ゆ》くを送る〉詩に註し、〝春網琴高〟の出典を得ざるを論ず。然れども 註本の善は字句の細瑣に在らずして、出處・時事を考核するに在り。[一五]任註の『内集』・史註の『外集』、其の大綱は 皆 目錄每條の下に系し、讀者をして其の歲月を考し、其の遭際を知り、因りて以て作詩の本旨を推求せしむ。此れ斷じて數百年の後 意を以て編年する者の能く爲す所に非ず、何ぞ輕《かろ》んずべけんや。[一六]『外集』嘉定元年 晉陵の錢文子《せんぶんし》の序有るも、[一七]『内集』鄱陽《はよう》の許尹《きょいん》の序、世に傳う鈔本は 皆 之を佚す。[一八]惟《た》だ 劉壎《りゅうけん》『水雲村泯稾《すいうんそんびんこう》』其の大略を載すのみ。目錄 亦た殘闕《ざんけつ》多きも、此の本 獨《ひと》り尹の序の全文有り。且つ 三集の目錄、犂然《れいぜん》として皆 具《そな》わり、註と相い表裏すべし。是れ亦た希覯《きこう》と爲すに足れり。

淵[一九]　字は子淵、蜀《しょく》の新津の人なり。紹興十五年[二〇]（紹興元年は誤り）乙丑、文藝を以て有司に類試《るいし》[二一]して第一たり、仕えて潼川《とうせん》[二二]の憲に至る。其の天社[二三]と稱する者は、新津の山名なり。容[二四]　字は公儀、號は薌室居士《きょうしつこじ》、靑衣の人。仕えて太中大夫に至る。其[二五]の孫　季溫、字は子威、進士に擧げらる。寶祐中　祕書少監に官す。淵[二六]　又た嘗て『山谷精華錄』詩賦銘贊六卷・雜文二卷を撰し、自ら序して「其の要を節して之に註す」と謂う。然れども　原本　已に佚し、今　傳うる所の者は明人の僞託《ぎたく》に出づ。獨《た》だ　此の註は　則ち　昔人[二七]「獨《ひと》り其の難きを爲す」と謂う者にして、史氏の二註本と藝林の寶傳なること、異辭無し。

【現代語譯】

宋の任淵《じんえん》・史容《しよう》・史季溫《しきおん》が註した黄庭堅《こうていけん》の詩集である。任淵が註したのは『内集』、史容が註したのは『外集』で、『別集』を容の孫　季溫が補うことによって、黄庭堅の全詩に註する仕事を完成させた。『内集』は一名『正集』という。また『前集』ともいうのは、『内集』を編纂したのが『外集』の成立より前だからで、註釋家がそれを承けて、『内集』を『前集』と呼んだに過ぎない。

『外集』の詩は嘉祐六年辛丑（一〇六一）から始まっており、それは庭堅　十七歳の時にあたる。一方、『内集』の詩は元豐元年戊午（一〇七八）から始まっており、庭堅　三十四歳の時にあたる。ゆえに『外集』の諸詩はかえって『内集』より前の作品ということになる。黄畲《こうじゅん》が編纂した庭堅の『年譜』は次のようにいう。「山谷は史書の虛僞記載問題によって陳留（河南省陳留縣）で判決が下るのを待っていたとき、たまたま退聽堂の詩を編纂したのであって、若いときの作品をすべて刪去するつもりは決してなかった。胡直孺《こちょくじゅ》　少汲《しょうきゅう》は建炎の初めに洪州の長官となり、山谷の詩文を分類して『豫章集』を作った。そして汝陽の朱敦儒《しゅとんじゅ》・山房の李彤《りとう》に編集を命じたのに、洪炎　玉父がそれを獨斷專行し、『退聽』以前を切り捨てたのだ」と。史容の〈外集の序〉も次のようにいう。「山谷は自ら〝莊周に倣って、詩文を分けて内外篇としたい〃といっていた。その意志はもとよりはっきりしていたのであり、これを刪ってあれを入れてというような氣はなかったのだ」と。

『年譜』はさらに次のようにいう。「洪氏が編纂した舊本は〈古風〉二篇を巻の最初に置いており、今 任淵の註本もまた〝東坡は〈山谷に報ゆる書〉でこの二詩を推奬した〃からとして、これを篇首に置いた」と。つまり、任淵が註した『内集』とは、洪炎が編纂した本なのだ。

史季溫〈外集の跋〉は、「祖父（史容）は、山谷がいつどこで何をしていたかを細かに調べて、別に配列を工夫し、（李彤の）舊集に見える古詩・律詩の體例に拘泥しなかった」といっている。つまり、彼のいう『外集』もまた、すでに原本のままの編次ではないのだ。さらに李彤の〈外集の跋〉を考えてみると、そこには、「私 彤が聞いた話では、山谷は巴陵から通城縣への道すがら、黄龍山に入った時、清禪師のために『南昌集』を通讀し、自ら取捨選擇した上、舊句に手を入れることまでしたという。彤は後日その本を入手し、それによって山谷が自作品でないと言った五十餘篇を訂正した。彤もまた他人の詩集で見たことのあるものは、その都度取り除いた」とある。さらに彤はいう。「『前集』中の〈木 之《こ》れ彬彬《ひんぴん》〉の諸篇は 皆 山谷が晩年に削ったもので、詩の取捨選擇はこれによったまでだ」と。しかし、季溫は〈跋〉で、「祖父が增註考訂したのは、嘉定戊辰（元年、一二〇八）より後、さらに十年近く經ってからだ」という。すなわち、庭堅の沒年からすでに百十年經っており、そこで初めて『外集』の原本の巻數と配列が史容の手を經て決められたのである。つまり、所謂『外集』もまた、庭堅が自ら選定した本ではないのだ。とすれば、この『内集』『外集』『別集』の三集は、いずれも註本のおかげで傳わっているのである。

趙與旹《ちょうよじ》『賓退錄《ひんたいろく》』は、〈舅氏野夫の宣城に之《ゆ》くを送る〉詩の〝春網琴高〃の任淵註が出典を誤っていると非難した。しかし、註本の良し悪しは字句の瑣末な註にあるのではなく、作者がいつどこで何をしていたか、その時の政治情勢はどうであったかを研究し考證することにある。任註の『内集』と史註の『外集』は、その要點が、どちらも目錄のそれぞれの詩題の下に擧げてあり、讀者がその年月を考え、その時の境遇を知ることによって、作詩の意圖を推しはかることができるように工夫されている。これは、數百年の後に詩の編年をしようと企てても、絕對にできることではないのであって、いささかも輕んじてはいけないのである。『外集』には嘉定元年（一二〇八）、晉陵の錢文子の序文があるが、『內集』の鄱陽《はよう》の許尹《きょいん》の序文は、世に傳わる鈔本ではみな失われている。ただ劉壎《りゅうけん》の『水雲村泯稾《すいうんそんびんこう》』がその大略を載せているだけだ。目錄も缺けているものが多いが、この本だけは尹の序の全文があり、且つ三集の目錄も皆きちんと備わり、註と對應している。これもまた稀覯《きこう》本とするに足るものだ。

任淵は字《あざな》を子淵といい、蜀《しょく》の新津（四川省新津縣）の人である。紹興一五年（一一四五、元年は誤り）乙丑、文藝部門の類省試《るいしょうし》の一等となり、官僚として潼川《とうせん》（四川省三臺縣）の提點刑獄公事に至った。彼が天社と稱するのは、新津の山の名である。史容は字を公儀、號は薌室居士《きょうしつこじ》といい、青衣（四川省青神縣）の人である。仕えて太中大夫に至った。その孫 季溫は、字を子威といい、進士に擧げられ寶祐年間に祕書少監となった。淵はさらに嘗て『山谷精華錄』詩賦銘贊六卷・雜文二卷を著し、自ら序文に「黃庭堅詩の大要を節略して註をつけた」といっている。しかし、原書はすでに失われ、今 傳わっているのは、明人が彼に假託したものである。ただ、この任淵の註は、昔の人が「獨《ひと》り其の難きを爲す」というところのもので、史氏の二つの註本とともに藝林の寶として傳えていくべきものであることに異議のあろうはずはない。

【注】

一　兩淮鹽政採進本　採進本とは、四庫全書編纂の際、各省の巡撫《じゅんぶ》、總督《そうとく》、尹《いん》、鹽政《えんせい》などを通じて朝廷に獻上された書籍をいう。兩淮鹽政とは、本來、淮北・淮南の鹽の專賣を管理する官。ここより進呈された本は一七〇八部、そのうち二五一部が著錄され、四六七部が存目（四庫全書內に收めず、目錄にのみ留めておくこと）に置かれた。

二　編修翁方綱家藏本　翁方綱《おうほうこう》（一七三三～一八一八）は字を正三、號を覃溪《たんけい》といい、直隷大興《ちょくれいだいこう》（北京市）の人。乾隆一七年（一七五二）の進士、翰林院編修を授けられた。四庫全書編纂作業が始まると纂修官となり、一千あまりの書を整理して提要九百餘篇の執筆を擔當した。藏書家としても知られ、寶蘇齋・蘇米齋・石墨書樓・有隣硯齋《ゆうりんけんさい》などの室名がある。彼が進獻した書は二部、そのうちの一部が『山谷別集註』である。

三　外集之詩起嘉祐六年辛丑　四庫全書文淵閣本『山谷外集註』巻一は嘉祐六年辛丑の〈溪上吟〉から始まる。

四　内集之詩起元豐元年戊午　四庫全書文淵閣本『山谷内集註』巻一は元豐元年戊午の〈古詩二首　蘇子瞻に上る〉から始まっている。

五　黄㽦所編庭堅年譜云…　黄㽦《こうじゅん》『山谷年譜』は巻一　嘉祐六年辛丑〈溪上吟〉〈清江引〉の條に、趙伯山『中外舊事』の次の記事を引く。「先生　少《わか》くして詩名有り。未だ館《かん》に入らざる時、葉《しょう》縣・大名・德州德平に在りて、詩　已に卓絶す。後　史事を以て罪を陳留に待ち、偶《たま》たま自ら退聽堂の詩を編し、初めより盡く少《わか》きときの作を去るに意無し。胡直孺《こちょくじゅ》少汲《しょうきゅう》　建炎の初め洪州に帥《すい》たりて、首《はじめ》に　先生の爲に詩文を類して『豫章集』を爲す。洛陽の朱敦儒《しゅとんじゅ》・山房の李彤《りとう》に編集を命ずるに、洪炎　玉父　其の事を專らにし、遂に『退聽』を以て斷を爲し、以前の好《よ》き詩　皆　收めず。而して　呂汲《りょきゅう》の老杜編年を用《もっ》て法と爲さず、前後　參錯し、殊に抵迕《ていご》せり。（先生は若いときから詩名が高かった。まだ國史編纂館に入らない時、葉縣・大名・德州德平などで、その詩はすでに卓絶していた。のちに史書の虚僞記載問題で陳留（河南省陳留縣）にて判決が下るのを待っていたとき、たまたま退聽堂の詩を編纂したのであって、若いときの作品を削るつもりは決してなかった。胡直孺　少汲が建炎の初めに洪州の長官となり、最初に先生の爲に詩文を分類して『豫章集』を作った。洛陽の朱敦儒・山房の李彤に編集を命じたが、洪炎玉父がそれを獨斷專行し、『退聽』でもって區切り、それ以前の佳作をすべて收めなかった。呂大防（汲公）の『子美詩年譜』を手本とせず、前後錯綜して、誤りも甚だしい。）」趙伯山『中外舊事』は失われたが、同樣の話が陳鵠《ちんこく》『西塘集耆舊續聞《せいとうしゅうききゅうぞくぶん》』巻三に見える。

六　以史事待罪陳留　紹聖元年（一〇九四）、哲宗の親政が始まり新法黨が政權を握ると、范祖禹や黄庭堅は、かつて實錄院で編纂した『神宗實錄』が新法を誹謗しているとして彈劾を受けることになる。黄庭堅は取り調べのため都に赴き、判決が出るまで二ケ月間ほど開封府陳留の淨土院に假寓した。審理の結果、涪州《ふうしゅう》別駕・黔州《けんしゅう》安置に貶された。

七　史容外集序亦云…　『山谷外集詩註』には、史容の序文が附されており、その冒頭に「山谷 自ら言う、〝莊周に倣《なら》い其の詩文を分かちて内外篇と爲さんと欲す〟と。意 固《もとよ》り在る有り」と見える。

八　譜又云、洪氏舊編以古風二篇爲首…　黄罃は『山谷年譜』巻七 元豊元年戊午の條に、「建炎中、山谷の甥 洪炎 玉父 其の舅の文集を編し、斷じて退聽堂自り始む。退聽以前は蓋し復た取らずして、獨り〈古風〉二篇を取りて詩の首に冠し、且つ云う〝以て魯直の知を蘇公に受けしは自《よ》る所有るを見るなり〟」という。ただし、この『山谷年譜』の言は、明弘治〜嘉靖刊本に附される洪炎の〈豫章黄先生退聽堂錄の序〉に據っている。

九　今任淵註本亦云…　『山谷内集注』巻一篇首〈古詩二首 蘇子瞻に上る〉の任淵註はいう。「東坡〈山谷に報ゆる書〉に云う〝〈古風〉二首は、物に託して類を引き、古えの詩人の風を得たり〟と。其の推重すること此の如し。故に諸《これ》を篇首に置くと云う。」東坡が黄庭堅に宛てた書簡は、中華書局本『蘇軾文集』巻五二に收める。

一〇　史季溫外集跋云…　乾隆五四年謝氏樹經堂刻『黄詩全集』中の『外集註』の巻末には、史季溫の〈跋〉があり、次のようにいう。「先大父薌室先生（史容）注する所の『山谷外集詩』、永嘉の白石、錢先生文季 之が序を爲《つく》り、引きて木を眉（眉州）に鋟す。蓋し嘉定戊辰の歳なり。是の書已に世に行われ、其の後 大父 林泉を優游すること十年に近し。復た諸書を參し之が増注を爲《つく》る。且つ山谷の出處の歳月を細考し、別に詮次を行い、復た舊集の古律詩を以て拘と爲さず。考訂の精、十の已に七八なり。其の閒 盡く知るべからざる者は、之を本年に附す。蜀板 已に燬《こぼ》たるるも、遺藁 幸いに存す。今 之を閩《びん》の憲治に刻す。庶《ねがわ》くは學者と之を共にせんことを。竝びに大父の實錄・本傳を以て附見す。淳祐庚戌（一〇年、一二五〇）嘉平旦日、孫 朝請大夫福建路提點刑獄公事 季溫 百拜して謹んで跋す。」ただし、この史季溫の跋文は四庫全書文淵閣本には收載されていない。

一一　李彤外集跋云…　黄罃『山谷年譜』は巻一 嘉祐六年辛丑〈溪上吟〉〈清江引〉條に、李彤の『外集』の跋を引く。「彤 曩《むかし》聞くならく 先生 巴陵自《よ》り道を通城に取り、黄龍山の盤礴《ばんぱく》雲牕《うんそう》に入りて、清禪師の爲《ため》に徧《あまね》く『南昌集』を閲す。自ら去取有り、仍《な》お舊句を改定すと。彤 後に此の本を交遊の閒に得て、用《よ》りて以て其の予の詩に非ずと云う者五十餘篇を是正す。彤 亦た嘗て他人の集中に見えしものは、輒《すなわ》ち已に除去す。其の不用と稱す者 安くんぞ敢えて棄遺せん。今 外集十一巻より十四巻に至るは是なり」と。

一二　又云…　注一一『山谷年譜』巻一には、李彤の第一四巻〈後跋〉も引かれている。「前集の内〈休亭の賦〉〈墨戲の賦〉

〈白山茶の賦〉〈木 之れ 彬彬〉〈悲秋〉〈演雅〉…皆 山谷晩年に刪去す。其の去取 此れに據るのみ。」

一三　季溫跋稱…　注一〇參照。

一四　趙與旹賓退錄嘗論淵註送舅氏野夫之宣城詩　『山谷内集註』巻二〈舅氏野夫の宣城に之《ゆ》くを送る〉二首 其一の第四句「春網 琴高を薦む」について、任淵は『列仙傳』の仙人琴高が赤鯉に乘っていた故事を引いて、「琴高」を鯉魚と注している。これに對して『賓退錄』巻五は、「琴高」とは琴高魚、すなわち涇縣（安徽省）の東北二十里の琴溪で取れる特産の小魚の名であり、三月のころ一日に數十萬と群れるのを漁師が網で掬《すく》い、鹽につけて干すのだという。『賓退錄』の批判は、「蜀人 任淵は此の詩に注して、宣城の土地の宜しき所を知らず、但だ『列仙傳』の事を引きて、直《た》だ〝琴高は、鯉魚なり〟と云う。誤てり」と手嚴しい。

一五　任註内集・史註外集、其大綱皆系於目錄毎條之下　『山谷内集注』および『外集注』はそれぞれ目錄があり、年代順に詩を竝べ、詩題の下に簡注を施している。

一六　外集有嘉定元年晉陵錢文子序　錢文子は字を文季といい、樂清（浙江省）の人。儒者として知られ、官は宗正少卿に至った。號は白石先生。四庫全書文淵閣本『山谷外集註』巻首には「嘉定元年（一二〇八）十二月乙酉」の日付けの錢文子〈山谷外集詩注の序〉がある。

一七　内集鄱陽許尹序　許尹は字を覺民といい、樂平（江西省）の人。政和年間の進士で、高宗の時、蜀に赴任していたことがある。〈黃・陳詩集註の序〉は、任淵が成した黃庭堅『山谷内集註』と陳師道『后山詩註』に對する序文である。「宋 興《おこ》りて二百年、文章の盛は三代を追還す。詩を以て世に名ある者は豫章の黃庭堅 魯直、其の後 黃を學びて至らざる者は、後の陳師道無己《むき》なり。…三江の任君子淵、博く羣書を極め、古人に尙友し、暇日 遂に二家の詩を以て之が注解を爲《つく》る。且つ原本の立意の始末を爲り、以て學者を曉らしむるは、世の箋訓の若《ごと》く但だ能く出處を標題するのみに非ざるなり。既に成り、以て僕に授け、言を以て其の首に冠せしめんと欲す。」

一八　惟劉壎水雲村泯稾載其大略　元の劉壎《りゅうけん》『水雲村泯稾《すいうんそんびんこう》』二巻は『四庫全書總目提要』巻一七四に別集存目として著錄される。『提要』は巻一六六に『水雲村稾』十五巻を著錄しており、「其の文集 舊 二本有り。一は『水雲村泯稾』と曰い、乃ち 明洪武の閒、其の孫 瑛《えい》の手鈔する所にして、篇目多く無し。多くは『隱居通議』中の語を雜採し、綴輯《ていしゅう》して帙を成す」という。すなわち、『水雲村泯稾』とは『隱居通議』を節錄したものに過ぎない。今、『隱居通議』を見るに、巻六〈黃・陳詩注の序〉の條には、「蜀士 任子淵 嘗て黃・陳の詩に注し、番《は》（鄱）陽《よう》

の許尹 之が序を爲る。其の略に曰く、…」として許尹の序を節録し、序文に表われた許尹の詩學を推奨している。

一九　淵字子淵…　陳振孫『直齋書録解題』巻一八は『訴庵集《そあんしゅう》』四十巻（『文獻通考』巻六七は「沂庵集《きあんしゅう》に作る」）を著録して次のようにいう。「新津の任淵 子淵の撰。紹興乙丑類試《るいし》第一人、仕えて潼川《とうせん》の憲に至る。嘗て山谷・后山の詩に注し世に行わる。新津に天社山有り、故に 天社の任淵と稱す。」

二〇　紹興元年乙丑　「紹興十五年乙丑」の誤り。「紹興元年」は乙丑ではなく辛亥。

二一　類試　類省試を指す。南宋と金の戰爭で道が阻まれ、擧人が都に赴くことができなくなったため、轉運司の置かれている州で實施された省試。建炎元年（一一二七）から始まり、金との和議によって紹興一二年（一一四二）には常制に復したが、四川類省試のみは以後制度化された。

二二　潼川憲　「憲」とはここでは提刑、すなわち路の提點刑獄公事を指す。路の裁判、および重大事件の審理を掌る。

二三　天社　『元和郡縣志』巻三一に、天社山は新津に在るという。「縣の南三里に在り、成都の南百里に在り、北は大江に枕し、南は連嶺に接す。益土に難有る毎に、人 多く焉《ここ》に依る。」

二四　容字公儀　注一六の嘉定元年（一二〇八）錢文子〈山谷外集註の序〉は、註者の史容について次のように紹介する。「公は蜀の青衣の人。名は容、號は薌《きょう》室居士、仕えて太中大夫に至る。晩に事を謝し、書を著して自ら休《や》めず。嘗て『補韻』及び『三國地名』を爲り、皆 精密を極む。今 年餘七十、耳目清明、齒髪 衰えず。它日《たじつ》 世に傳うる者、又た將《まさ》に數書に止まらざらんとするのみ。」青衣とは青神縣のこと。

二五　其孫季溫　『南宋館閣續錄』巻八に「史季溫 字は子威、貫は眉州。詩賦を習いて、壬辰（紹定五年、一二三二）徐の榜《ぼう》の進士出身。（嘉熙）四年（一二四〇）十一月太府丞を以て祕書郎に除せられ、淳祐元年（一二四一）五月 著作佐郎と爲る。」巻七に「（寶祐）二年（一二五四）十月、直寶謨閣主管佑神觀・兼國史院編修官・實錄院檢討官を以て祕書少監に除せらる」と見える。なお、史季溫の出身地青神縣は眉州の管轄下にあったので、「貫は眉州」という。

二六　淵又嘗撰山谷精華錄　『四庫全書總目提要』巻一七四は任淵『精華錄』を存目（四庫全書内に収めず、目録にのみ留めておくこと）とし、現在の本が明の朱承爵《しゅしょうしゃく》による僞託の書であることをいう。任淵の序文もまた僞作とする。

二七　昔人謂獨爲其難者　典據未詳。

【附記】

『山谷外集註』には十七巻本と十四巻本があり、さらに十七巻本には李彤《りとう》の『外集』に對應して篇首に〈劉明仲墨竹の賦〉と〈方目亭の賦〉を有する版本と、これを缺く版本がある。四庫全書文淵閣本は後者である。十四巻本は日本の宮内廳書陵部所藏の元至元乙酉（二二年、一二八五）建安重雕蜀本で、四部叢刊續編に收められている。詩の全篇は擧げず、詩句とその註だけを擧げる。ただし、李彤が附入したという黄庭堅の晩年删去の詩は收められておらず、宋本の舊姿を留めていると判斷できる。また史季溫『別集註』二巻は、黄䈯《こうじゅん》が編纂した『別集』二十巻とは全く別物である。

『全宋詩』（第一七册　巻九七九～巻一〇二七）は、武英殿聚珍版書を底本として、廣く佚詩を輯めている。また『和刻本漢詩集成　宋詩』第十四輯（汲古書院　一九七五）に寛永一二年刊『山谷詩集』二十巻と寛永六年刊『山谷詩集注』二十巻が收められている。

その他、校點本については本書三九－一「山谷内集三十巻」の【附記】參照。

四〇—一　後山集《こうざんしゅう》二十四巻

[一]副都御史黄登賢《こうとうけん》家蔵本

【陳師道《ちんしどう》】一〇五三〜一一〇二
字《あざな》は履常《りじょう》または無己《むき》、號は後山《こうざん》。徐州彭城（江蘇省徐州市）の人。十六歳の時に曾鞏《そうきょう》の知遇を得て門下生となる。曾鞏が五代史編纂の命を受けた際、史官に推薦したが、布衣（無位無官）のため許されなかった。元祐二年（一〇八七）、蘇軾の推薦によって徐州教授を經て太學博士となる。外任となった蘇軾の後を追い潁州《えいしゅう》教授に移るが、新法黨から蘇軾の一派と見なされ、監海陵酒税《かんかいりょうしゅぜい》に流謫となった。舊法黨の復權によって元符三年（一一〇〇）、棣州《ていしゅう》教授に除せられ、祕書省正字に召されるが、翌年、徽宗《きそう》の南郊の祀りに扈從《こしょう》した際、防寒用の衣類に事缺き、寒疾を得て沒した。友人の鄒浩《すうこう》が棺を買って遺骸をおさめたという。杜甫詩の繼承をめざした苦吟型の詩人である。黄庭堅《こうていけん》とともに江西派《こうさいは》の祖とされ、北宋末から南宋の詩風に大きな影響を與えた。四部叢刊本『后山詩註』巻首　魏衍〈彭城陳先生集記〉・『宋史』巻四四四　文苑傳六　參照。

宋陳師道撰。師道字履常、[二]一字無己、彭城人。[三]受業曾鞏之門。[四]又學詩於黄庭堅。[五]元祐初、以蘇軾薦、除棣州教授。後召爲[六]祕書省正字。事蹟具[七]宋史文苑傳。

是集爲其門人彭城[八]魏衍所編。[九]前有衍記、稱以甲・乙・丙稾合而校之。得詩四百六十五篇、分爲六卷。文一百四十篇、分爲十四卷。詩話・談叢則各自爲集云云。[一〇]徐度却掃編稱、師道吟詩至苦、竄易至多。有不如意則棄稾。世所傳多僞、惟魏衍本爲善是也。[一一]此本爲明馬暾所傳、而[一二]松江趙鴻烈所重刊。凡詩七百六十五篇、編八卷。文一百七十一篇、編九卷。談叢編四卷。詩話・理究・長短句各一卷。又非衍之舊本。[一三]方回瀛奎律髓稱、謝克家所傳有後山外集。或後人合併重編歟。

[一四]其五言古詩出入[一五]郊・島之閒、意所孤詣、殆不可攀。而生硬之處、則未脫江西之習。[一六]七言古詩頗學韓愈、亦閒似黄庭堅、而頗傷謇直。篇什不多、自知非所長也。[一七]五言律詩佳處往往逼杜甫、而閒失之僻澀。[一八]七言律詩風骨磊落、而閒失之太快太盡。[一九]五・七言絕句純爲杜甫遺興之格、未合中聲。[二〇]長短句亦自爲別調、不甚當行。[二一]大抵詞不如詩。詩則絕句不如古詩、古詩不如律詩。律詩則七言不如五言。[二二]方回論詩、以杜甫爲一祖、黄庭堅・陳與義及師道爲三宗。推之未免太過。[二三]馮班諸人肆意詆排、[二四]王士禎至指爲鈍根。[二五]要亦門戶之私、非篤論也。

[二六]其古文在當日殊不擅名。然簡嚴密栗、實不在李翺・孫樵下。殆爲歐・蘇・曾・王盛名所掩、故世不甚推。棄短取長、固不失爲北宋巨手也。

【訓讀】

宋 陳師道《ちんしどう》の撰。師道 字《あざな》は履常《りじょう》、[二]一の字は無己《むき》、彭城の人。[三]業を曾鞏《そうきょう》の門に受く。又た [四]詩を黄庭堅《こうていけん》に學ぶ。[五]元祐の初め、蘇軾の薦《せん》を以て、棣州《ていしゅう》（實は徐州の誤り）教授に除せらる。後 召されて[六]祕書省正字と爲る。事蹟 [七]宋史文苑傳に具われり。

是の集 其の門人 彭城の[八]魏衍《ぎえん》の編する所爲り。[九]前に衍の記有りて稱す、「甲・乙・丙稾を以て合せて之を校す。詩四百六十五篇を得て、分ちて六巻と爲す。文 一百四十篇、分ちて十四巻と爲す。『詩話』『談叢』は則ち 各自 集を爲す云云」と。[一〇]徐度『却掃編《きゃくそうへん》』に「師道 詩を吟ずること 至《はなは》だ苦しく、竄易《ざんえき》すること 至《はなは》だ多し。意に如かざる有れば則ち稾を棄つ。世に傳うる所 僞《ぎ》多く、惟《た》だ 魏衍の本のみ善と爲す」と稱すは、是れなり。[一一]此の本 明の馬暾《ばとん》の傳うる所にして、[一二]松江の趙 駿烈《ちょうしゅんれつ》（趙鴻烈は誤り）の重刊する所爲り。凡そ 詩 七百六十五篇、八巻に編す。文 一百七十一篇、九巻に編す。『談叢』四巻に編す。『詩話』『理究』『長短句』は各一巻。又た衍の舊本に非ず。[一三]方回《ほうかい》『瀛奎律髓《えいけいりつずい》』稱す、「謝克家《しゃこくか》 傳うる所『後山外集』有り」と。或いは 後人 合併重編せしか。

[一四]其の五言古詩は[一五]郊《こう》・島《とう》の閒に出入し、意の孤詣《こけい》する所は、殆ど 攀《よ》づべからざるも、生硬の處は、則ち 未だ 江西《こうさい》の習を脱せず。[一六]七言古詩は頗る韓愈に學び、亦た 閒《ま》ま黄庭堅に似るも、頗る謇直《けんちょく》に傷《やぶ》る。篇什《へんじゅう》 多からざるは、自《みずか》ら長ずる所に非ざるを知ればなり。[一七]五言律詩は 佳處は往往にして杜甫に逼《せま》るも、閒《ま》ま之を僻澀《へきじゅう》に失す。[一八]七言律詩は風骨磊落《らいらく》なるも、閒ま 之を太快太盡に失す。[一九]五・七言絶句は純に杜甫〈遣興《けんきょう》〉の格爲るも、未だ中聲に合わず。[二〇]長短句も亦た自《おのず》ら別調を爲し、甚だしくは當行《とうこう》ならず。[二一]大抵 詞は詩に如かず。詩は則ち 絶句は古詩に如かず、古詩は律詩に如かず。律詩は 則ち 七言は五言に如かず。[二二]方回 詩を論ずるに、杜甫を以て「一祖」と爲し、黄庭堅・陳與義 及び師道を「三宗」と爲す。之を推すこと 未だ太《はなは》だ過ぎたるを免れず。[二三]馮班《ふうはん》の諸人 意を 肆《ほしいまま》 にして詆排《ていはい》し、[二四]王士禎 指して鈍根《どんこん》と爲すに至る。[二五]要は 亦た 門戸の私にして、篤論に非ざるなり。

[二六]其の古文 當日に在りては 殊に名を 擅《ほしいまま》 にせず。然れども 簡嚴密栗にして、實は李翺《りこう》・孫樵《そんしょう》の下に在らず。殆ど 歐・蘇・曾・王の盛名の掩う所と爲りて、故に 世 甚だしくは推さず。短を棄て長を取れば、固《もとよ》り 北宋の巨手爲《た》るを失せざるなり。

【現代語譯】

宋 陳師道《ちんしどう》の著。師道は字《あざな》を履常《りじょう》、あるいは無己《むき》といい、彭城（江蘇省徐州市）の人である。曾鞏《そうきょう》の門下生となり、さらに詩を黄庭堅に學んだ。元祐の初め、蘇軾の推薦で棣州《ていしゅう》（實は徐州の誤り）教授に除せられた後、召されて祕書省正字となった。事蹟は『宋史』文苑傳に詳しい。

この集は彼の門人である彭城の魏衍《ぎえん》が編纂したものである。卷首には衍が書いた記があり、「甲・乙・丙稾を合せて校定した。詩 四百六十五篇を六卷に分け、文 一百四十篇は十四卷に分けた。『詩話』と『談叢』はどちらもこの集とは別になっている云云」という。徐度『却掃編《きゃくそうへん》』が、「師道はぎりぎりまで苦吟し、やたらと手直しをする。思うようにならないと、棄ててしまう。世に傳わっているのは僞作が多く、魏衍の本だけが善本だ」というが、その通りである。この本は明の馬暾《ばとん》から傳わり、松江の趙 駿烈《ちょうしゅんれつ》（趙鴻烈は誤り）が重刊したものである。全部で七百六十五篇の詩を八卷にまとめ、一百七十一篇の文を九卷にまとめ、『談叢』を四卷にまとめ、『詩話』『理究』『長短句』はそれぞれ一卷としている。これも衍が編纂した舊本ではない。方回《ほうかい》『瀛奎律髓《えいけいりつずい》』は、「謝克家《しゃこくか》の所に傳わる『後山外集』がある」といっているが、後世の人が合併重編したものかもしれない。

彼の五言古詩は孟郊《もうこう》や賈島《かとう》といい勝負で、獨特の境地は他の詩人の到底及ぶところではないが、そのぎこちなさは、いささか直截《ちょくせつ》でありすぎるという缺點がある。七言古詩は韓愈をよく眞似ていて、たまに黃庭堅に似たところもあるものの、江西派《こうさいは》の惡習から脱《ぬ》けきれていない。作品の量が多くないのは、得手でないことを知っていたからだ。五言律詩の佳句は時として杜甫に近づいてはいるが、意味がつかみにくいという缺點がままある。七言律詩は率直でおらかではあるが、時にあっという間に終わってしまって餘韻がないという缺點がある。五言絶句と七言絶句は杜甫の〈遣興《けんきょう》〉の格そのものだが、調和が取れていない。長短句も獨特の調子を持ってはいるが、あまり本職とはいえない。全體として詞は詩に及ばない。詩では、絶句は古詩に及ばず、古詩は律詩に及ばない。律詩では、七言は五言に及ばない。方回は詩を論じて、杜甫を「一祖」とし、黄庭堅・陳與義《ちんよぎ》・陳師道を「三宗」とした。褒めすぎもいいところである。馮班《ふうはん》らは好き放題にこのことを罵り、王士禎は陳師道を愚鈍な奴と罵るに至った。結局はこれらも派閥にとらわれた見方であり、公平な議論ではない。

彼の古文は、當時にあっては特に名聲を擅《ほしいまま》にしていたわけではない。しかし、簡潔且つ緻密で、李翺《りこう》や孫樵《そんしょう》にも全然ひけをとらない。ほとんど歐陽修・蘇軾・曾鞏・王安石らの盛名の陰に隠れてしまったため、世間にあまりもてはやされないだけである。短所を棄てて長所を取れば、まぎれもない北宋の大作家である。

【注】

一　副都御史黄登賢家藏本　黄登賢《こうとうけん》は字《あざな》を雲門または筠盟《いんめい》といい、直隷大興（北京）の人。乾隆元年（一七三六）の進士で、官は漕運總督・兵部尚書に至った。父の叔琳から受け継いだ藏書室は萬卷樓といい、四庫全書編纂の際には、藏書二九九部を進獻した。そのうち著錄は四八部、存目は八九部である。乾隆三十九年五月十四日奉上諭（『四庫全書總目』卷一所收）によれば、黄登賢はその進書の功によって、内府初印の『佩文韻府《はいぶんいんぷ》』一部を下賜されている。

二　一字無己　黄庭堅がつけた字で、『豫章黄先生文集』（四部叢刊本）卷一六に〈陳師道の字の序〉がある。それによれば、諱の「師道」（道を師とす）とは「無己」（己を無にす）に通じる。

三　受業曾鞏之門　四部叢刊本『后山詩註』卷首　魏衍〈彭城陳先生集記〉（四庫全書文淵閣本『後山集』附錄〈後山集記跋〉を指す）には「年十六にして南豐先生曾公鞏に謁す。曾　大いに之を器《き》とし、遂に門に業す」とみえる。陳師道も〈晁深之に答うる書〉（四庫全書文淵閣本『後山集』卷九・宋刻本『後山居士文集』卷一〇）において、「始め　僕　文を以て曾南豐に見《まみ》ゆ。辱《かたじ》けなくも　賜《たまわ》るに教えを以てし、曰く〝子を愛するに誠を以てす、言の盡くるを知らざるなり〟と」という。もし、十六歳という陳師道の年齢が實數だとすると、それは熙寧元年（一〇六八）であり、その時、曾鞏は集賢校理《しっけんこうり》として、都で『英宗實錄』の編修に當たっていた。陳師道は曾鞏が元豐六年（一〇八三）に沒した際、〈妾薄命〉二首と〈南豐先生挽詞〉二首（四庫全書文淵閣本『後山集』では巻一および巻四所收、宋刻本『後山居士集』ではともに巻一所收）を作っている。

四　學詩於黄庭堅　注三の四部叢刊本『后山詩註』巻首　魏衍〈彭城陳先生集記〉はいう。「初め、先生 曾公に學びて、譽望甚だ偉《い》なるも、豫章の黄公庭堅の詩を見るに及びて、愛《め》でて手より捨《お》かず、卒《つい》に其《それ》に從って學ぶ、黄も亦た讓らず。士 或いは 先生 之に過ぎたりと謂うも、惟《た》だ 自ら及ばずと謂うなり。」（最初、陳先生は曾鞏に學んで、高い評價を得ていたが、豫章の黄庭堅の詩を見るに及んで、その詩を愛讀して片時も手離さず、ついに黄庭堅について學ぶようになり、黄もそれを辭退しなかった。陳先生の方が優れているという人もいたが、ただ自分では黄に及ばないと言っていた。）」また、陳師道自身も〈秦觀《しんこう》に答うる書〉（四庫全書文淵閣本『後山集』巻九・宋刻本『後山居士文集』巻一〇）において「僕 詩に於いて初めより師法無し。然れども 少《わか》くして之を好み、老いて厭《あ》かず、數うるに千を以て計《かぞ》う。一たび黄豫章を見るに及んで、盡く其の藁《こう》を焚《や》きて焉《これ》に學ぶ」と語っている。

五　元祐初、以蘇軾薦、除棣州教授　「棣州《ていしゅう》 教授」は「徐州教授」の誤り。注三の四部叢刊『后山詩註』巻首　魏衍〈彭城陳先生集記〉に、「元祐の初め、翰林學士蘇公軾、侍從と與《とも》に列薦し、乃ち之《これ》に官して 其の鄉に教授たらしむ。未だ幾《いく》ばくもせずして太學博士に除せらる」と見える。「其の鄉に教授たらしむ」とは徐州教授を指す。棣州教授となったのは、新法黨による流謫を經た元符三年（一一〇〇）の事である。また、宋刻本『後山居士文集』前附　謝克家〈後山居士集の序〉にも「元祐中、侍從 朝に合薦し、起《た》てて徐州教授と爲す」と見える。蘇軾の推薦文〈布衣陳師道を薦むる狀〉（中華書局本『蘇軾文集』巻二七）の日付けは「元祐二年（一〇八七）四月十九日」。このことにより陳師道はのちに蘇軾一派と見なされて、流謫させられる。

六　祕書省正字　從八品の小官。

七　宋史文苑傳　陳師道の傳記は、『宋史』巻四四四　文苑傳六に見える。

八　魏衍　魏衍の傳記は未詳。『後山集』には魏衍に唱和した詩が多く收められている。

九　前有衍記…　注三の四部叢刊本『后山詩註』巻首　魏衍〈彭城陳先生集記〉を指す。魏衍はいう。「先生 既に沒し、其の子豐《ほう》・登《とう》 全藁を以て衍に授けて曰く、〝先は實に子《し》を知る。子爲に編次して其の行を狀せよ〟と。衍 既に其の行を狀するも、親錄は家に藏すること今に十三年、顧るに 未だ敢えて當たらざるなり。衍 嘗て謂《おも》えらく 唐の韓愈の文 當代に冠《かん》たるは、其れ門人 李漢 編する所を傳うればなり。衍 先生に從いて學ぶこと七年、得る所 多しと爲す。今 又た其の遺《のこ》す所の甲・乙・丙稾、皆 先生の親筆なるを受け、合せて之を校す。古律詩四百六十五篇、文一百四十篇を得たり。詩は五七と曰い、雜《まじ》うるに古律を以てす。文は千百と曰い、分類せず。衍 今 詩を離して六巻と爲し、文を類して十四巻と爲す。次は皆 舊に從い、合わせて二十巻、目錄一巻、又た手づから之を書す。…又た『解洪範相表』…『詩話』・『談叢』有り、各自 集を爲すと云う。政和五年（一一一五）十月六日謹記。」

一〇　徐度却掃編稱…　『却掃編』巻中は次のような逸話を傳える。「陳正字 無己、世よ彭城に家す。後生 其の游に從う者 常に十數人。居る所の近城に 隙地《げきち》の林木有り。閒に則ち諸生と與《とも》に林下を徜徉《しょうよう》す。或いは愀然《しょうぜん》として歸り、徑《ただ》ちに榻《とう》に登り、被《ひ》を引きて自ら覆《おお》い、呻吟《しんぎん》 之を久しうし、矍然《かくぜん》として興《お》き、筆を取り疾《と》く書し、則ち 一詩 成れり。因りて 之を壁閒に掲げ、坐臥 吟哦《ぎんが》し、竄易《ざんえき》有れば月十日に至りて乃ち定む。終に意に如かざる者有れば、則ち之を棄去す。故に平生 爲る所 至《はなは》だ多きも、集中に見ゆる者 纔《わず》かに百篇。今 世に傳うる所 率《おおむ》ね多く僞を雜《まじ》う。唯だ 魏衍 編する所の二十巻なる者のみ 最善たり。（祕書省正字の陳師道 無己は、代々彭城に住んでいた。後輩で彼に從う者が常に十數人いた。住んでいた所の城壁の近くに樹林の點在する空き地があり、暇があると後輩たちと林下をそぞろ歩いた。時には憂い顏で歸ってくるなりただちにベッドに入り、夜具を引っかぶって長い間呻吟していたかと思うと、突然起き上がって筆を取ってすばやく書き留める。こうして詩が一篇完成するのだ。そこでこれを壁に掲げて、日夜吟唱し、手直しすること月のうち十日、やっと定稿にする。意に適わないものがあれば棄ててしまった。それゆえ平生の作品は大變多かったのだが、集中に見えるのはわずか百篇しかないのだ。今世に傳わる詩集は多く僞作が混入している。魏衍が編纂した二十巻だけが最善の本である。）」

二　此本爲明馬暾所傳　明の馬暾《ばとん》は弘治十二年（一四九九）、『後山先生集』三十巻を刻しており、王鴻儒《おうこうじゅ》の序文はその本について「昔 之を仁和の陳氏より錄せし者なり」といっている。

三　松江趙鴻烈所重刊　「趙鴻烈《ちょうこうれつ》」は「趙駿烈《ちょうしゅんれつ》」の誤り。四庫全書が著錄するのは、清の雍正八年（一七三〇）に趙駿烈が重刊した二十四巻本である。胡玉縉『四庫全書總目提要補正』巻四六は、丁丙『善本書室藏書志』巻二八が弘治の馬暾刻三十巻本を著錄して「凡そ詩十二巻・文八巻・談叢六巻・理究一巻・詩話二巻・長短句一巻」というのを引いて、趙氏の重刻本は弘治馬暾刻本のままではないとする。

一三　方回瀛奎律髓稱…　『瀛奎律髓《えいけいりつずい》』巻一五 暮夜類〈湖上 晩に歸り詩友に寄す〉の評語に「任淵の注本 收めず。此の詩 三十歳にして作る所、乃ち謝克家の本 添入する者なり」といい、巻二〇梅花類〈和叟《わそう》の梅花に和す〉の評語に「此の詩『后山外集』に見え、任淵の注せざる所の者なり。恐らくは 后山の作に非ず、五六 太《はなは》だ露《あら》わなるを以てなり。然らずんば 則ち 是れ少《わか》きときの作にして、嘗て自ら刪去《さんきょ》せし者なり」という。所謂外集の存在については、方回『桐江續集《とうこうぞくしゅう》』巻三二〈唐師善の月心詩集の序〉にもそれに關する言及がある。方回は、魏衍編・任淵注の陳師道の集が元豐六年以後つまり三十一歳以後の詩しか収めていないのは、詩について「悟り」が進んだからだと説くが、その中で「謝克家・向季仲《しょうきちゅう》 增す所の別本 錢塘に寓せし諸詩有りて、皆 後山 自ら削りて収めざる者にして…」といっており、別本が謝克家と向季仲の編であることを明言している。巻首に紹興二年五月十日の謝克家序文を有する宋刻本『後山居士文集』（北京圖書館藏、上海古籍出版社影印 一九八二）は、方回が「任淵の註本に収めず」とする〈湖上 晩に歸り詩友に寄す〉と〈和叟の梅花に和す〉の雙方を錄入している。あるいはこれが、「謝克家・向季仲 增す所の別本」にあたるのかもしれない。

一四　其五言古詩出入郊・島之閒…　以下、同趣旨の記述が、鏡烟堂十種之一『後山集抄』三巻の紀昀《きいん》題記（乾隆二九年）に見える。おそらく提要はこれを參照、引用したのであろう。「考うるに 江西詩派は山谷・後山・簡齋を以て工部に配享《はいきょう》し、之を〝一祖三宗〟と謂う。而るに 西崑《せいこん》に左袒《さたん》する者は、 則ち掊撃抉摘《ほうげきけってき》し、身に完膚《かんぷ》無し。今に至るまで 呶呶《どうどう》 相い 詬厲《こうれい》す。平心に論ずれば、其の五言古は 鑱削《さんさく》堅苦にして、郊《こう》・島《とう》の閒に出入し、意の孤詣《こけい》する所、殆ど攀《よ》づべからざるも、其の生硬杈枒《さあ》、則ち 江西の惡習を免かれず。（考えるに、江西詩派は黄庭堅・陳師道・陳與義を杜甫に配享して、これを〝一祖三宗〟と言っている。しかし、西崑派に左袒する者は、完膚無きまでに攻擊を加え缺點を暴きたてて、兩者は今に至るまで口汚なく罵り合っている。公平に論ずれば、陳師道の五言古詩は餘分な飾りを削ぎ落としており、孟郊《もうこう》や賈島《かとう》といい勝負で、獨特の境地は他の詩人の到底及ぶところではないが、そのぎこちなさは、江西派の惡習から脱《ぬ》けきれていない。）」なお、この文は近年出版された『紀曉嵐《きぎょうらん》文集』（河北教育出版社 一九九一）巻九に〈後山集鈔集の序〉として收錄されている。

一五　郊・島　中唐の苦吟詩人孟郊と賈島。その詩風は蘇軾によって「郊寒島瘦《こうかんとうそう》」と評された。

一六　七言古詩頗學韓愈…　紀昀〈後山集抄題記〉（注一四）は續ける。「七言古は多く昌黎に效い、閒ま雜《まじ》うるに涪翁《ふうおう》の格を以てす。語 健やかなるも粗なるを免れず。氣 勁《つよ》きも直なるを免れず。喜んで拗折《ようせつ》を以て長と爲すも、開合變動の妙 少なきを免れず。篇什《へんじゅう》 特に少なきは、亦た自ら長ずる所に非ざるを知るか。（七言古詩は韓愈に多くを倣っているが、時に黄庭堅の風格を雜えている。詩語はのびやかだが大味なところがある。力強さはあるが直截的すぎる。平仄の約束からはずれた拗折體が得意だが、構成上の變化の妙に缺ける。作品の量が特に少ないのは、自分で得意分野でないことを知っていたのではないか。）」

一七　五言律詩佳處往往逼杜甫…　紀昀〈後山集抄題記〉（注一四）は續ける。「五言律は蒼堅瘦勁にして、實に少陵に逼《せま》るも、其の閒 意 僻にして語 澁なる者は、亦た往往にして自ら本質を露わす。然れども 古人に胎息し、其の神髓を得て、自ら其の性情を掩《おお》わず、此れ 後山の善《よ》く杜を學ぶ所以なり。（五言律詩はきりっと締まって力強く、確かに杜甫に近づいてはいるが、中に意味がつかみにくいところがあり、時として馬脚を露わしている。とはいえ、古人の手法を受け繼ぎ、その神髓を得て、しかも自らの心情を覆い隱していない、これは陳師道がよく杜甫を學んだからだ。）」

一八　七言律詩風骨磊落…　紀昀〈後山集抄題記〉（注一四）はいう。「七言律は嶔崎磊落《きんきらいらく》にして、矯矯として獨行し、惟だ 語は太《はなは》だ率にして意は太だ竭《つ》くるは、是れ其の短なり。（七言律詩は、並外れた品格を備え、強い意志で獨り前に進むところがある。ただ、用語が雜すぎて餘韻がなさすぎるのが缺點である。）」

一九　五・七言絶句純爲杜甫遺興之格　紀昀〈後山集抄題記〉（注一四）はいう。「五七言絶は 則ち 純に少陵の〈遺興《けんきょう》〉の體を爲すも、格に合う者 十に一二もあらず。（五言と七言の絶句は、純粹に杜甫の〈遺興〉のスタイルを眞似ているが、格に合ったものは十に一二もない。）」〈遺興〉とは、杜甫が憂愁を拂うために作った五言詩。杜甫はこの題詩を十首作っている。

二〇　長短句亦自爲別調…　『四庫全書總目提要』巻二〇〇 集部詞曲類存目は「後山詞一巻」を著錄して、陳師道の詞を次のように評する。「師道の詩は孤詣《こけい》に冥心《めいしん》し、自ら是れ北宋の巨擘《きょはく》たるも、強《し》いて筆端を回《めぐ》らせて、聲に倚《よ》りて曲を度《たく》するに至りては、則ち長を 擅《ほしいまま》 にする所に非ず。…其の『詩話』に〝曾子開・秦少游の詩は詞の如し〟と謂うも、自ら 詞の詩の如きを知らず。蓋し 人 各おの能有り不能有り、固《もと》り 必ずしも事事第一ならざるなり。（陳師道の詩は獨自の境地を拓くことに心をくだいており、北宋の大詩人といえるが、無理に異なるジャンルに手を出して、メロディに合わせた歌詞をつけたりするのは、得意とはいえない。…彼は『後山詩話』で〝曾肇《そうちょう》・秦觀の詩は詞のようだ〟（『後山詩話』では「曾子固は韻語に短なり」、「秦少游の詩は詞の如し」という）と言っているが、自分の詞が詩のようだということがわかっていない。思うに、人には得手不得手があって、必ずしも全部が全部一流というわけではないのだ。)」

二一　大抵詞不如詩…　紀昀〈後山集抄題記〉（注一四）は、「大抵 絶は古に如かず、古は律に如かず、律も又た七言は五言に如かず。短を棄て長を取らば、要は北宋の巨手爲るを失わず」という。

二二　方回論詩…　方回『瀛奎律髓』巻二六　變體類は陳與義の〈清明〉を採録して、その評に「嗚呼《ああ》、古今の詩人は當に老杜（杜甫）・山谷（黄庭堅）・後山（陳師道）・簡齋（陳與義）の四家を以て一祖三宗と爲すべし」と見える。

二三　馮班諸人肆意詆排　馮班《ふうはん》は清初の唐詩派詩人で、特に晩唐の溫庭筠《おんていいん》・李商隱《りしょういん》など西崑《せいこん》派の詩を宗とする一方、江西派の方回『瀛奎律髓《えいけいりつずい》』に對して徹底的な批判を加えた。馮班の評語はこれまで未刻行だったが、近年、李慶甲が各家の評語を集めた『瀛奎律髓彙評』（上海古籍出版社　一九八六）を出版し、そこに馮班の評語も收載した。注二二の方回評語に對する馮班の評（『瀛奎律髓彙評』巻二六）は次の通り。「山谷は他《かれ》を看門に著《つ》け、後山は他を掃地に著《つ》け、簡齋は姑《しばら》く捧茶《ほうちゃ》に用いよ。看門は、其の家の門戸に入ると雖も、然れども實は門外漢。主人の行住坐臥 頗る亦た之を知るも、堂奧中の事實は則ち茫然たり。掃地は、塵垢《じんこう》多ければなり。捧茶は頗る人に近きも、童子の事なるのみ。然れども 頗る主人の意を得たり。（黄庭堅には門番、陳師道には掃除、陳與義にはしばらくお茶汲みでもさせておけ。門番はその家の門内には入るけれども、實は門外漢だ。主人の表面的な行動については結構分かるが、奥向きの事實についてはさっぱりだ。掃除というのは、ごみが多いからだ。お茶汲みは人の身近な存在だが、子供の仕事だ。しかし、結構主人に氣に入られたりするものだ。)」

二四　王士禛至指爲鈍根　王士禛『池北偶談』巻一四に次のようにみえる。「陳無己 平生 蘇公に歸向《きこう》し、詩は黄太史に學ぶ。然れども 其の坡の詩を論じて〝教坊の雷大使《らいたいし》の舞の如し〟と謂う。又た詩有りて云う、〝人は言う 我が語 黄語に勝れりと、夜燎《やりょう》を扶堅《ふじゅ》して 朝光を齊《ひと》しうせん〟と。其の自負 二公の下に在らず。然れども 予 其の詩を反復するに、終《つい》に鈍根に落ち、蘇・黄に視《くら》べて遠し。（陳師道は平生 蘇軾に心を寄せ、詩は黄庭堅に學んでいた。しかし、蘇軾の詩を論じて〝教坊の雷大使の舞のようだ〟という。さらに、〝私の詩語の方が黄庭堅より優れるという人もいるが、かがり火を支えて二人揃って朝の光を迎えるのだ〟（『后山詩註』巻六〈魏衍・黄預の予に作詩を勉すに答う〉）という詩もある。二公の下に位置するのではないと自負していたのだ。しかし、彼の詩を反復してみると、結局は愚鈍で、蘇軾や黄庭堅にはるかに及ばない。)」「雷大使」とは教坊の藝人で舞を得意とした雷中慶を指す。陳師道は「退之文を以て詩と爲し、子瞻は詩を以て詞と爲す、教坊の雷大使の舞いの如く、天下の工を極むと雖も、要は本色に非ず」（『後山詩話』）といい、蘇軾の詩を教坊の藝人に喩えたことがある。

三五　要亦門戸之私　清初の詩壇には、唐詩を信奉する一派と、宋詩を宗旨とする一派の對立があり、江西派の方回が編んだ『瀛奎律髓』の評價も大きく一方に片寄っていた。晩唐の溫庭筠・李商隱に學ぶ馮舒《ふうじょ》・馮班《ふうはん》は『瀛奎律髓』に對して否定的態度をとり、一方、宋詩に學ぼうとする吳之振《ごししん》・查愼行《さしんこう》は方回の詩評を高く評價する。乾隆・嘉慶年間になると、兩者を折衷させた紀昀が登場し、「方氏は之《こ》れ僻《へき》、馮氏は之《こ》れ激《げき》、或いは其れ免かれんことを庶《ねが》うのみ」（〈瀛奎律髓刊誤の序〉）として、獨自の說をもとに『瀛奎律髓刊誤』四十九卷を刊行した。

三六　其古文在當日殊不擅名…　紀昀〈後山集抄題記〉（注一四）は續ける。「其の古文の當日に在りては、殊に名を擅《ほしいまま》にせず。然れども 簡嚴密栗にして、昌黎《しょうれい》・半山《はんざん》の間に參置すべし。子固を師とし子瞻を友とすと雖も、面目精神は迥《はる》かに相い襲わず、其の詩に較《くら》べて之に過ぐると爲すに似たり。顧《た》だ 世に甚だしくは傳わらざるは、則ち 諸鉅公の盛名の掩《おお》う所と爲《な》ればなり。余 雅《つね》に其の文を愛し、謂《おもえ》らく 李翺《りこう》・孫樵《そんしょう》の下に在らずと。（彼の古文は、當時にあっては特別名聲を擅《ほしいまま》にしていたわけではない。しかし、簡潔かつ緻密で、韓愈・王安石の間に位置するといえよう。曾鞏を師とし蘇軾を友としたものの、形式や內容は全く異なり、詩に較べたら文の方が優れているようだ。ただ、あまり流行しなかったのは、諸大家の盛名に蔽われてしまったからだ。私は常々その文を愛し、李翺や孫樵にひけをとるものではないと思っている。）」李翺と孫樵は、韓愈の流れを汲む古文家。

【附記】

陳師道文集の版本には、無註本と任淵の詩註本（本書四〇―二「后山詩註十二卷」）の系統がある。陳振孫『直齋書錄解題』卷一七によれば、宋代、無註本には蜀本・臨川本（劉孝韙《りゅうこうい》刻）・四明本（『后山詩註』卷一一〈絕句〉引く趙誠伯本か?）などがあったらしい。現存する最も古い無註本は、北京圖書館藏蜀大字本『後山居士文集』二十卷（上海古籍出版社　一九八四年影印、書目文獻出版社『北京圖書館古籍珍本叢刊』八八所收）であり、前に紹興二年（一一三二）の汝南の謝克家序文が附されている。傅增湘《ふぞうしょう》『藏園羣書題記』卷一三〈弘治本後山先生集跋〉はこれを魏衍本の面目を傳える天下の孤本だとするが、李裕民『四庫提要訂誤』は、謝克家本『後山居士文集』の收錄作品が魏衍がいう篇數より、詩で百九十五首、文で二十九篇多いこと、任淵『后山詩註』に散見される陳師道と魏衍の註が謝本に見えないことから、魏本と謝本は巻數は均しいものの、內容は同じではないはずだという。

版本については、冒廣生『后山詩註補箋』（中華書局　一九九五）の前言に詳しい。また、〈書目著錄〉〈序跋題記〉などの附錄も充實している。さらに古典文學研究資料彙編『黃庭堅和江西詩派巻』上下巻（中華書局　一九七八）は、陳師道に關する各家の批評も集めている。

四〇―二　后山《こうざん》詩註《しちゅう》十二卷

[二]浙江巡撫採進本

【陳師道《ちんしどう》】一〇五三～一一〇二
字《あざな》は履常《りじょう》または無己《むき》、號は後山《こうざん》。徐州彭城（江蘇省徐州市）の人。十六歳の時に曾鞏《そうきょう》の知遇を得て門下生となる。曾鞏が五代史編纂の命を受けた際、史官に推薦したが、布衣（無位無官）のため許されなかった。元祐二年（一〇八七）、蘇軾の推薦によって徐州教授を經て太學博士となる。外任となった蘇軾の後を追い潁州《えいしゅう》教授に移るが、新法黨から蘇軾の一派と見なされ、監海陵酒税《かんかいりょうしゅぜい》に流謫となった。舊法黨の復權によって元符三年（一一〇〇）、棣州《ていしゅう》教授に除せられ、祕書省正字に召されるが、翌年、徽宗《きそう》の南郊の祀りに扈從《こしょう》した際、防寒用の衣類に事缺き、寒疾を得て沒した。友人の鄒浩《すうこう》が棺を買って遺骸をおさめたという。杜甫詩の繼承をめざした苦吟型の詩人である。黄庭堅《こうていけん》とともに江西派《こうさいは》の祖とされ、北宋末から南宋の詩風に大きな影響を與えた。四部叢刊本『后山詩註』卷首　魏衍〈彭城陳先生集記〉・『宋史』卷四四四　文苑傳六　參照。

【任淵《じんえん》】十二世紀中葉
字《あざな》は子淵《しえん》、新津（四川省新津縣）の人。紹興一五年（一一四五）、四川類省試《るいしょうし》で第一等となり、潼川《とうせん》の提點刑獄公事に至った。『后山詩注』以外に『山谷内集註』（本書三九―二）がある。文集『沂菴集《きあんしゅう》』四十卷は傳わらない。『宋蜀文輯存』卷五四に〈山谷精華錄序〉など十篇を錄する。

宋陳師道撰。任淵註。[三]原本六卷。此本作十二卷、則淵作註時每卷釐爲二也。淵生南・北宋閒、去元祐諸人不遠。佚文遺蹟、往往而存、卽同時所與周旋者、亦一一能知始末。故所註排比年月、鉤稽事實、多能得作者本意。

然師道詩得自苦吟、運思幽僻、猝不易明。[四]方回號曰知詩、[五]而瀛奎律髓載其九日寄秦觀詩、猶誤解末二句。他可知矣。[六]又魏衍作師道集記、稱其詩未嘗無謂而作、故其言外寄託、亦難以臆揣。[七]如送郭槩四川提刑詩之功名何用多、莫爲分外慮、[八]送杜純陝西轉漕詩之誰能留渴須遠井、[九]贈歐陽棐詩之歲歷四三仍此地、家餘五一見今朝、[一〇]觀六一堂圖書詩之歷數況有歸、敢有貪天功、[一一]次韻蘇軾觀月聽琴詩之信有千丈淸、不如一尺渾、[一二]次韻蘇軾勸酒與詩之五士三不同、夙紀鳴蟬賦、[一三]寄蘇軾詩之功名不朽聊通袖、海道無違具一舟、[一四]寄張耒詩之打鴨起鴛鴦、[一五]離潁詩之叢竹防供爨、池魚已割鮮、[一六]送劉主簿詩之二父風流皆可繼、排禪詆道不須同、[一七]送王元均詩之故國山河開始終、以及[一八]宿深明閣・[一九]陳州門絶句・[二〇]寄曹州晁大夫等篇、非淵一一詳其本事、今據文讀之、有茫不知爲何語者。[二一]卽鉅野詩之蒲港對蓮塘、儷偶相配、似乎不誤。[二二]非淵親見其地、亦不知港字當爲巷也。

其中如[二三]寄蘇軾詩之遙知丹地開黃卷、解記淸波沒白鷗二語、蓋宋敏求校定杜詩、誤改白鷗沒浩蕩句、軾嘗論之、[二四]見東坡志林。故師道借以爲諷。淵惟引其寄弟轍詩萬里滄波沒兩鷗句、則與上句丹地黃卷不相應矣。他如[二五]兒生未知父句、[二六]實用孔融詩。[二七]情生一念中句、[二八]實用陳鴻長恨歌傳。[二九]度越周漢登虞唐句、[三〇]虞唐顚倒、實用韓愈詩。[三一]孰知詩有驗句、以熟爲孰、[三二]實用杜甫詩。而皆遺漏不註。

[三三]次韻春懷詩塵生鳥跡多句、[三四]鳥跡當爲馬跡之譌、而引晉簡文牀塵鼠跡附會之。[三五]齋居詩靑奴白牯靜相宜句、牯字必誤、而引白角簟附會之。[三六]謁龐籍墓詩叢篁侵道更須東句、[三七]東字必誤、而引齊民要術東家種竹附會之。至於[三八]以謝客兒爲客子、[三九]以龍爲龍伯、皆舛謬顯然、淵亦絕不糾正。是皆不免於微瑕。

[四〇]據淵自序、其編次先後、亦[四一]如所註山谷集例、寓年譜於目錄。今考[四二]和豫章公黃梅二首註曰、此篇編次不倫、姑仍其舊。又[四三]於紹聖三年下註曰、是歲春初、后山當罷潁學、而離潁等詩反在卷終、又有未離潁時所作、魏本如此、不欲深加改正。而[四四]於示三子詩則註曰、此篇原在晁・張見過詩後、今遷於此。[四五]於雪後黃樓寄負山居士詩則註曰、此詩原在秋懷前、今遷於此。[四六]於再次韻蘇公示兩歐陽五詩則註曰、以東坡集考之、原在涉潁詩後、今遷於此。則[四七]亦有所竄定、非衍之舊。

[四八]又衍記稱師道卒於建中靖國元年、年四十九。[四九]此集託始於元豐六年、則師道年已三十一。不應三十歲前都無一詩。[五〇]觀城南寓居二首、列於元豐七年、而註曰或云熙寧閒作。則淵亦自疑之。[五一]題趙士暕高軒過圖一首、淵引王立之詩話、稱作此詩後數月閒遂卒。故[五二]其後更列送歐陽棐・晁端仁・王鞏三詩。[五三]今考王立之詩話、實作數日無己卒、士暕贈以百縑。校其所錄情事、[五四]作數日爲是。則小誤亦所不免。然援證古今、具有條理、其所得者實多。[五五]莊綽雞肋編嘗摭師道詩採用俚語者十八條、大致皆淵註所已及。可知其用意之密矣。固與所註山谷集均可竝傳不朽也。

【訓讀】

宋 陳師道《ちんしどう》の撰、任淵《じんえん》の註。[三]原本六卷、此の本 十二卷に作るは、則ち 淵 註を作りし時 每卷釐《わか》ちて二と爲すなり。

淵 南・北宋の閒に生まれ、元祐の諸人を去ること遠からず。佚文・遺蹟、往往にして存し、卽ち同時に周旋に與《あずか》る所の者も、亦た一一能く始末を知る。故に註する所の排比の年月、鉤稽《こうけい》の事實、多く能く作者の本意を得たり。

然れども 師道の詩は苦吟自《よ》り得て、思いを運《めぐ》らすこと幽僻、猝《にわか》に明らかにし易《やす》からず。[四]方回 號して知詩と曰うも、[五]『瀛奎律髓《えいけいりつずい》』載す 其の〈九日 秦覯《しんこう》（覯は誤り）に寄す〉詩、猶お 末二句を誤解す。他は知るべし。又た [六]魏衍《ぎえん》〈師道集の記〉を作りて稱す、「其の詩 未だ嘗て謂《いわれ》無くして作らず」と。故に其の言外の寄託、亦た 以て臆揣《おくし》し難し。[七]〈郭槩《かくがい》の四川提刑たるを送る〉詩の「功名 何ぞ多きを用いん、分外の慮を爲す莫かれ」、〈[八]杜純の陝西轉漕《てんそう》たるを送る〉詩の「誰か能く渴《かつ》を留《とど》めて遠井を須《もと》めん」、[九]〈歐陽棐《ひ》に贈る〉詩の「歲は四三を歷《へ》て 此の地に仍《よ》り、家に五一を餘《あま》して 今朝に見る」、[一〇]〈六一堂圖書を觀る〉詩の「歷數 況んや歸する有り、敢《あ》えて天功を貪《むさぼ》る有らんや」、[一一]〈蘇軾の月を觀て琴を聽くに次韻す〉詩の「信《まこと》に千丈の淸の、一尺の渾に如かざる有り」、[一二]〈蘇軾の酒と詩とを勸むに次韻す〉の「五士 三は同《とも》にせず」、「夙《つと》に紀す〈鳴蟬《めいせん》の賦〉」、[一三]〈蘇軾に寄す〉詩の「功名 不朽にして 聊《いささ》か袖に通し、海道 違《たが》う無く一舟を具《そな》えよ」、[一四]〈張耒《ちょうらい》に寄す〉詩の「鴨《あひる》を打ちて鴛鴦《おしどり》を起たしめんや」、[一五]〈潁《えい》を離る〉詩の「叢竹は爨《かまど》に供するを防ぐも、池魚は已に鮮《せん》を割《さ》く」、[一六]〈劉主簿を送る〉詩の「二父の風流 皆 繼ぐべきも、謗禪排道（排禪詆道は誤り）は同じきを須《もち》いざれ」、[一七]〈王元均を送る〉詩の「故國の山河 始終を開かん」、以及《およ》び[一八]〈深明閣に宿る〉[一九]〈陳州門絕句〉[二〇]〈曹州の晁大夫《ちょうたいふ》に寄す〉等の篇の如きは、淵 一一 其の本事を詳らかにするに非ずんば、今 文に據りて之を讀むも、茫として何の語爲るかを知らざる者有り。卽ち[二一]〈鉅野《きょや》〉詩の「蒲港《ほこう》」は「蓮塘《れんとう》」に對して、儷偶 相い配し、誤《あやま》たざるに似たり。淵 [二一]親《みずか》ら其の地を見るに非ずんば、亦た「港」の字の當《まさ》に「巷」爲《た》るべきを知らざるなり。

其の中 [二三]〈蘇軾に寄す〉詩の「遙かに知る 丹地 黃卷を開き、解《よ》く記《き》す 淸波 白鷗を沒するを」の二語の如きは、蓋し 宋敏求《そうびんきゅう》 杜詩を校定して、誤りて「白鷗 浩蕩に沒す」句を改め、軾 嘗て 之を論ずること、[二四]『東坡志林』（實は『東坡題跋』の誤り）に見ゆ。故に 師道 借りて以て諷と爲す。淵 惟だ其の〈弟轍に寄す〉詩の「萬里 滄波 兩鷗を沒す」の句を引くのみにして、則ち上句の「丹地　黃卷」と相い應ぜず。他の「[二五]兒　生まれて　未だ父を知らず」の句の如きは、[二六]實は孔融《こうゆう》の詩を用う。「[二七]情は生ず　一念の中」の句、[二八]實は陳鴻『長恨歌傳《ちょうごんかでん》』を用う。「[二九]周漢を度越《どえつ》して虞唐《ぐとう》に登る」の句、「[三〇]虞唐」は顚倒にして、實は韓愈の詩を用う。「[三二]孰知《じゅくち》す　詩に驗有るを」の句、「熟」を以て「孰」と爲すは、[三一]實は杜甫の詩を用うるに、皆　遺漏して註せず。

[三三]〈春懷に次韻す〉詩の「塵生　鳥跡多し」の句、「[三四]鳥跡」は當に「馬跡」の譌《あやまり》爲るに、晉簡文の「牀塵鼠跡」を引きて之に附會す。[三五]〈齋居〉詩の「靑奴《せいど》　白牯《はくこ》　靜《やすら》かに相い宜《よろ》し」の句、「牯」の字　必ず誤りなるに、「白角簟《はくかくてん》」を引きて之に附會す。[三六]〈龐籍《ほうせき》の墓に謁す〉詩の「叢篁《そうこう》　道を侵して　更に東《ひがし》せんことを須《もと》む」の句、「[三七]東」の字　必ず誤りなるに、『齊民要術《せいみんようじゅつ》』の「東家　竹を種《う》う」を引きて之に附會す。「[三八]謝客兒」を以て「客子」と爲し、「[三九]龍」を以て「龍伯」と爲すに至りては、皆　舛謬《せんびゅう》　顯然たるに、淵　亦た絕えて糾正せず。是れ　皆　微瑕《びか》を免かれず。

[四〇]淵の自序に據れば、其の編次の先後、[四一]亦た註する所の『山谷集』の例の如く、『年譜』を目錄に寓す。今　考うるに[四二]〈豫章公の黃梅に和す〉二首の註に、「此の篇　編次　倫《ただ》しからざるも、姑《しばら》く其の舊に仍《よ》る」と曰う。又た　紹聖元年[四三]（紹聖三年は誤り）の下註に、「是の歲　春の初め、后山　當《まさ》に潁學を罷むべきも、〈潁を離る〉等の詩は反《かえ》って卷の終わりに在り、又た　未だ潁を離れざる時の所作有り、魏本　此《か》くの如ければ、深く改正を加うるを欲せず」と曰う。而るに[四四]〈三子に示す〉詩に於いては則ち註して、「此の篇　原《もと》〈晁・張　過《よぎ》らる〉詩の後に在り、今　此に遷《うつ》す」と曰う。[四五]〈雪後　黃樓にて負山居士に寄す〉詩に於いては則ち註して、「此の詩　原〈秋懷〉の前に在り、今　此に遷す」と曰う。[四六]〈再び蘇公の兩歐陽に示すに次韻す〉五詩に於いては則ち註して、「『東坡集』を以て之を考するに、原《もと》〈潁を涉る〉詩の後に在り、今　此に遷す」と曰う。則ち[四七]亦た竄定《ざんてい》する所有りて、衍《えん》の舊に非ず。

[四八]又た衍の記　稱す「師道　建中靖國元年に卒す、年四十九」と。[四九]此の集　託して元豐六年に始まれば、則ち師道　年已に三十一。應に三十歲の前　都《すべ》て　一詩も無かるべからず。[五〇]〈城南寓居〉二首を觀るに、元豐七年に列し、而して註

して曰く「或いは熙寧の閒の作と云う」と。則ち 淵 亦た自ら之を疑う。〈[五一]趙士暕《ちょうしかん》の〝高軒 過《よぎ》らるる圖〟に題す〉一首、淵『王立之詩話』を引きて稱す、「此の詩を作りし後 數月の閒にして遂に卒《しゅっ》す」と。[五二]故に 其の後 更に歐陽棐《ひ》・晁端仁・王鞏を送る三詩を列す。[五三]今 考うるに『王立之詩話』は、實は「數日して 無己《むき》 卒し、士暕 贈るに百縑《ひゃくけん》を以てす」に作る。其の錄する所の情事を校するに、[五四]「數日」に作るを是《ぜ》と爲す。則ち 小誤は亦た免かれざる所なり。

然れども 古今に援證し、條理を具有し、其の得る所の者 實に多し。[五五]莊綽《そうしゃく》『雞肋編《けいろくへん》』嘗て 師道の詩の採用せし俚《り》語《ご》を摭《ひろ》うこと十八條、大致《おおむね》 皆 淵の註の已に及ぶ所なり。其の用意の密なるを知るべし。固《もとよ》り 註する所の『山谷集』と與《とも》に均しく竝び傳えて朽ちざるべきなり。

【現代語譯】

宋 陳師道《ちんしどう》の著、任淵《じんえん》の註。原本は六卷なのに、この本が十二卷になっているのは、淵が註を作った時に各卷をみな二卷に分けたからである。淵は北宋から南宋にかけての人で、元祐年閒の詩人たちからさほど隔たっていない。佚文や遺蹟などは、かなり殘っていたし、陳師道と同時期に詩文のやりとりがあった者についても、一つ一つその經緯を知ることができた。ゆえに彼が註した詩の年月の順序や事實の關連付けは、よく詩人の意圖をつかむことができているのだ。

しかし、師道の詩は苦吟の末に得たもので、發想にかたよりがあり、にわかに理解できるものではない。方回は詩が分かるとみなされているが、『瀛奎律髓《えいけいりつずい》』に載せた師道の〈九日 秦覯《しんこう》（覯は誤り）に寄す〉詩でさえ、末の二句を誤って解釋している。他は推して知るべしだ。さらに魏衍《ぎえん》は〈師道集の記〉で、「先生の詩は何の意圖もなしに作られてはいない」と言っている。そのため詩に託された言外の意味を忖度《そんたく》することも難しい。〈郭槪《かくがい》の四川提刑たるを送る〉詩の「功名 何ぞ多きを用いん、分外の慮を爲す莫かれ（功名は多くを求めずともよい、分不相應な考えはおこさぬように)」、〈杜純の陝西轉漕《てんそう》たるを送る〉詩の「誰か能く渇《かつ》を留《とど》めて遠井を須《もと》めん（喉の渇きを辛抱して遠くの井戸まで水を飲みに行くことなどできようか)」、〈歐陽棐《ひ》に贈る〉詩の「歳は四三を歴《へ》て 此の地に仍《よ》り、家に五一を餘《あま》して 今朝に見る（十二年後にまたこの地で、六一居士の五つの遺品を今日拝見することになりました)」、〈六一堂圖書を観る〉詩の「歴數 況んや歸する有り、敢えて天功を貪る有らんや（人には定められた命數がある、天帝の功勞を一人占めすることなどできようか)」、〈蘇軾の月を観て琴を聴くに次韻す〉詩の「信《まこと》に千丈の清の、一尺の渾に如かざる有り（千丈の澄んだ水も、一尺の濁り水には及ばないというのは本當ですね)」、〈蘇軾の酒と詩とを勸むに次韻す〉の「五士 三は同《とも》にせず（五人のうち三人はお相伴しない)」、「夙《つと》に紀す〈鳴蟬《めいせん》の賦〉（幼いときから〈鳴蟬の賦〉を覺えていた)」、〈蘇軾に寄す〉詩の「功名 不朽にして 聊《いささ》か袖に通し、海道 違《たが》う無く 一舟を具《そな》えよ（あなたの功名が不朽である以上、兩手を袖に入れて高みの見物をすればよろしい。海に漕ぎ出し隱居するという志に違わないためには舟を一艘用意しておくことです)」、〈張耒《ちょうらい》に寄す〉詩の「鴨を打ちて鴛鴦を起たしめんや（鴨《あひる》を打って鴛鴦《おしどり》を追いやったりはなさらぬでしょう)」、〈潁《えい》を離る〉詩の「叢竹は爨《かまど》に供するを防ぐも、池魚は已に鮮《せん》を割《さ》く（叢竹はまだ竈《かまど》の薪にはなっていないが、池魚はすでにはらを割かれてしまった)」、〈劉主簿を送る〉詩の「二父の風流 皆 繼ぐべきも、謗禪排道（排禪詆道は誤り）は同じきを須《もち》いざれ（おじい様とお父様の遺風は受け繼ぐべきですが、佛教と道教の批判はともになさらぬように)」、〈王元均を送る〉詩の「故國の山河 始終を開かん（かつて伯父上の王安石どのが荊國公に封ぜられた領地は、やがて君の封國となろう)」、および〈深明閣に宿る〉〈陳州門絶句〉〈曹州の晁《ちょう》大夫《たいふ》に寄す〉などの篇は、ひとつひとつ淵の詳しい説明がなければ、今 詩の本文だけで讀もうとしても、具體的に何を言いたいのかさっぱり分からないところがある。〈鉅野《きょや》〉詩の「蒲港《ほこう》」は「蓮塘《れんとう》」の對句としてぴったり配置されていて、一見正しいように見える。これも淵がその地を實際に見ていなかったら、「港」の字が「巷」に作るべきだとはわからなかったろう。

集中の、たとえば〈蘇軾に寄す〉詩の「遙かに知る 丹地 黄卷を開き、解《よ》く記《き》す 清波 白鷗を沒するを（あなたは殿上にて詔敕用の黃紙を開く一方で、白鷗が波間に消えるということをよくご承知なのでしょうね）」の二句であるが、蘇軾は、宋敏求《そうびんきゅう》が杜甫の詩を校定したとき「白鷗　浩蕩に沒す」の句を閒違って改めたのを批判したことがある。このことは『東坡志林』（實は『東坡題跋』の誤り）に見える。師道はそれを借用して諷刺したのである。淵はただ蘇軾の〈弟轍に寄す〉詩「萬里　滄波　兩鷗を沒す（萬里のかなた二羽の鷗が波間に消える）」の句を引くだけだが、それでは師道の上の句「丹地　黃卷」と色彩面で對應しなくなる。このほか「兒　生まれて　未だ父を知らず（生まれた子供はまだ父の顏すら知らない）」の句などは、實は孔融《こうゆう》の詩を用いている。「情は生ず　一念の中（想いはこの一念にと深まる）」の句は、實は陳鴻の『長恨歌傳《ちょうごんかでん》』を用いている。「周漢を度越《どえつ》して虞唐《ぐとう》に登る（周や漢を飛び越して堯舜の代に至る）」の句は、「唐虞」をひっくり返して「虞唐」としたものであり、實は韓愈の詩を用いている。「孰知《じゅくち》す　詩に驗有るを（詩には祕められた靈力があるのを熟知している）」の句が、「熟」を「孰」としているのは、實は杜甫の詩を用いている。これらは、皆　註をつけ忘れているのである。

〈春懷に次韻す〉詩の「塵生　鳥跡多し（この世には鳥の足跡だらけ）」の句は、「鳥跡」は「馬跡」の誤りであるにちがいないのに、晉の簡文帝の「埃だらけのベッドについた鼠の足跡」という故事にこじつけている。〈齋居〉詩の「青奴《せいど》　白牯《はくこ》　靜《やす》かに相い宜《よろ》し（竹夫人と白牯《はくこ》はくつろぐのにちょうどよい）」の句は、「牯」の字は誤りであるに違いないのに、「白角簟《はくかくてん》（水牛の白い角で作った筵《むしろ》）」にこじつけている。〈龐籍《ほうせき》の墓に謁す〉詩の「叢篁《そうこう》　道を侵して　更に東《ひがし》せんことを須《もと》む（竹藪が道まで占領しているところを、さらに東へ進まねばならない）」の句は、「東」の字は誤りに違いないのに、『齊民要術《せいみんようじゅつ》』の「家より東に竹を種《う》う（竹を植えるなら家の東側に）」にこじつけている。「謝客兒」を「客子」とし、「龍」を「龍伯」とするに至っては、どちらも原詩の誤りだとはっきりしているにもかかわらず、淵は全く訂正していない。これらは皆　いずれも小さな瑕《きず》といえよう。

淵の自序によると、配列の仕方は、これも彼が註した『山谷集』の例にならって、『年譜』を目録に割り振る形をとっている。今 考えるに、〈豫章公の黄梅に和す〉二首の註に、「この篇の編次は不適切だが、しばらく元のままにしておく」という。さらに、紹聖元年（三年は誤り）の下註では、「この歳の正月、陳師道は潁州教授を辭任したはずだが、〈潁を離る〉などの詩が巻の終わりの方に在り、さらに潁州を離任していない時の作品も入っている。魏衍の本がこうなっていることでもあり、大きな改正はしたくない」という。にもかかわらず、〈三子に示す〉詩では、「この篇はもとは〈晁・張 過《よぎ》る〉詩の後に在ったのを、今ここに移す」と註している。〈雪後 黄樓にて負山居士に寄す〉詩では、「この詩はもと〈秋懷〉の前に在ったが、今ここに移す」と註する。〈再び蘇公の兩歐陽に示すに次韻す〉五詩については、「『東坡集』によって考證し、もとは〈潁を涉る〉詩の後に在ったのを、今ここに移す」と註する。つまり、任淵が改竄校定した所もあるのであって、魏衍の舊本のままではないのだ。

　さらに、魏衍の記はいう。「師道は建中靖國元年（一一〇一）、四十九歳で亡くなった」と。この集は元豊六年（一〇八三）の作から始まることになっており、つまりこの年、師道は三十一歳である。しかし、三十歳以前の詩が全く無いはずはない。〈城南寓居〉二首は元豊七年（一〇八四）に配されるが、註では「或いは熙寧年間（一〇六八～一〇七七）の作ともいう」といっている。つまり、淵自身も三十歳以前の詩がないことには疑問を抱いていたのだ。〈趙士《ちょうし》暕《かん》の〝高軒 過《よぎ》らるる圖〟に題す〉一首で、淵の註は『王立之詩話』の「この詩を作った後、〝數ヶ月〟して亡くなった」という言を引用している。だからこそ、その後にもさらに歐陽棐《ひ》・晁端仁・王鞏を送る三詩を配列しているのだ。今『王立之詩話』を檢してみると、實際は「〝數日〟して 無己は亡くなり、士暕は百縑《ひゃっけん》を贈った」となっている。これが記録された時の事情を考えると、「數日」に作る方が正しい。やはり小さな誤りは免れがたいのだ。

　しかし、任淵は古今の書物から引用考證し、論理も整っていて、この本から得る所は實に大きい。莊綽《そうしゃく》『雞肋編《けいろくへん》』は嘗て 師道の詩に用いられた俗語十八條を集めたが、それらの殆どは皆 淵の註がすでに言及しているものである。淵の緻密さが知られよう。これは彼が註した『山谷集』とともに、不朽の作として後世に傳えられるべきものだ。

【注】

一 后山詩註十二巻 「后」は「後」の俗字である。提要が據ったテキストがこうなっていたのであろう。そのため、提要は『後山集』の「後」と『后山詩註』の「后」とを嚴密に區別して用いている。

二 浙江巡撫採進本 採進本とは、四庫全書編纂の際、各省の長にあたる巡撫《じゅんぶ》、總督《そうとく》、尹《いん》、鹽政《えんせい》などを通じて朝廷に獻上された書籍をいう。浙江巡撫より進呈された本は『四庫採進書目』によれば四六〇二六部、そのうち三六六部が著錄され、一二七三部が存目（四庫全書内に收めず、目錄にのみ留めておくこと）に置かれた。

三 原本六卷… 四部叢刊本『后山詩註』目錄前附 任淵の序文（四庫全書文淵閣本は目錄・序文ともに收載せず）は、次のようにいう。「政和中、王雲 子飛、后山の門人 魏衍より親しく本を授けらるるを得たり。編次 序有りて、歳月 攷すべし。今悉《ことごと》く據依し、略《ほ》ぼ緒正を加う。詩は六卷に止まるも、益《ま》すに注を以てし、卷 各おの釐《わか》ちて上下と爲す」。

四 方回號曰知詩 清初の宋詩派詩人は『瀛奎律髓』を高く評價し、方回の評語に重きを置く。

五 瀛奎律髓載其九日寄秦觀詩 「秦觀」は秦觀の弟「秦覯《しんこう》」の誤り。方回『瀛奎律髓』卷一六 節序類は、陳師道の〈九日 秦覯に寄す〉の尾聯「淮海の少年 天下の士、獨《ひと》り 能く 地の烏紗を落す無けんや」を、「孟嘉 猶お 一桓溫の之を客とする有るに、秦 併びに 之《こ》れ 無し（孟嘉だって桓溫の客人となったのに、秦君はちっとも私の所に來ないね）」の意に解している。これに對して、提要の著者である紀昀《きいん》の『瀛奎律髓刊誤』は次のようにいう。「後四句は〝己《おのれ》は已に老いるも、興は 尚 淺からず、況んや秦の豪俊を以て、豈に 結伴して登高せざること有らんや〟と言い、乃ち 此れに因りて 以て相い憶うを寄するのみ。謬を解す。（後ろ四句は〝自分はすでに年をとったが、なおも興趣は淺からず、まして秦君のような豪俊の士と連れ立って登高しないなんてことがあろうか〟という意味であり、これによって相手への憶いを寄せているにすぎない。『瀛奎律髓』の誤謬を解いておく。）」この詩は『后山詩註』卷二に收めるが、「獨」の字を「可」に作る。孟嘉は晉の人。九月九日に桓溫が催した登高の宴で、風に帽子を飛ばされてしまい、桓溫にからかわれたが、美文を作ってこれに答えたという逸話がある。

六 魏衍作師道集記 四部叢刊本『后山詩註』卷首〈彭城の陳先生集記〉（四庫全書文淵閣本は『後山集』卷末に〈後山集記跋〉として收載）に、「竊《ひそ》かに惟《おも》うに 先生の文、簡重典雅にして、法度謹嚴、詩語は精妙なり、蓋し 未だ嘗て謂《いわれ》無くして作らず」と見える。

七　送郭概四川提刑詩　『后山詩註』巻一〈外舅郭大夫槩の西川提刑たるを送る〉の第一一～第一四句「盗賊は人情に非ず、蠻夷は正に狼顧なり、功名 何ぞ多きを用いん、分外の慮を爲す莫かれ（盗賊はやりたくてやるわけではないし、蠻夷は後を振り返りながら逃げる狼のように臆病なもの。功名は多くを求めずともよい、分不相應な考えはおこさぬように）」に對して、任淵註は「郭槩の人と爲りは、頗る功利を喜《この》む。二蘇の章疏、皆 嘗て論列す。故に 後山 毎に詩に、多く諷戒有り。（郭槩には名利を好む性質がある。蘇軾や蘇轍も嘗て章疏でこれを批判した。ゆえに陳師道は詩でいつもこれを誡めていた。）」といい、叔父の郭槩の風評について詳しく記している。

八　送杜純陝西轉漕詩　『后山詩註』巻二〈杜侍御 純の陝西轉運たるを送る〉の第一一・一二句「巧手も麪《めん》無き餅《へい》を爲《つく》る莫し、誰か能く渇を留《とど》めて遠井を須《もと》めん（どんなに腕の立つ料理人でも小麦粉がなくてはパンは作れない。喉の渇きを辛抱して遠くの井戸まで水を飲みに行くことなどできようか）」に對して、任淵註は「兩句は皆 善く俗語を用う。言うこころは、邊を治むるに人材無かるべからざること、猶お 餅《へい》を作るに麵《めん》無かるべからざるがごとく、而して 人材は政《まさ》に自ら用うべき者有りて、何ぞ 必ずしも遠く取ること渇を留めて以て井を待つが如からんやと。杜君 徐自《よ》り就《つ》きて陝漕《せんそう》に改めらる、故に 詩に爾云《しかい》うのみ。（兩句はともに俗諺をうまく使用している。意味は、邊境を治めるのには人材が不可缺であること、ちょうどパンを作るのに小麦粉が不可缺であるようなもので、しかも、人材はまさにそれにふさわしい人がいるのに、喉の渇きを辛抱して遠くの井戸まで水を飲みに行くようなことなどできないということだ。杜君は徐州（江蘇省）から陝西轉運使に赴くので、詩にこのようにいうのだ。）」とする。任淵註はこれが當時のことわざであること、しかも杜純は徐州（江蘇省）からの赴任だったことを明言している。

九　贈歐陽棐詩　『后山詩註』巻二〈歐陽 叔弼《しゅくひつ》（棐《ひ》）に贈る〉の尾聯「歳は四三を歴《へ》て 此の地に仍《よ》り、家に五一を餘《あま》して 今朝に見る（十二年後にまたこの地、六一居士の五つの遺品を今日拝見することになりました）」に對して、任淵は〈兗《えん》文忠公の家の六一堂圖書を觀る〉（巻三）に「中年に 二子に見《まみ》え、已に復た歳一終（中年のころ二人のお子さんに會いましたが、それから十二年が經ちました）」とあるのを引いて、陳師道が十二年前に一度歐陽修の次男棐《ひ》らに會っている事實を指摘する。

一〇　観六一堂圖書詩　『后山詩註』巻三〈兗《えん》文忠公の家の六一堂圖書を觀る〉の第一九・二〇句の「歴數 況んや歸する有り、敢えて天功を貪る有らんや（人には定められた命數がある、天帝の功勞を一人占めすることなどできようか）」について、任淵は次のように注する。「初め、元豐三年、王堯臣の子 同老、書を上りて其の父の定策の功を言い、詔して太師を贈らる。元祐五年、殿中侍御史 賈易、堯臣の韓琦《かんき》が大勳を掩《おお》うを言う。故に 此の句 其の事を指す（最初、元豐三年に、王堯臣の子同老が、書を上って父の皇太子册立の功績について述べ、太師を贈られた。元祐五年になって、殿中侍御史の賈易が、王堯臣は韓琦の大勳を横取りしたことを上言した。したがって この句はその事を指す）」この詩が書かれたのは元祐六年だが、任淵によれば、その前年に、王堯臣が勳功を貪ったことが明るみに出ており、陳師道はこうした時事を詩に詠み込んでいたことがわかる。

二　次韻蘇軾觀月聽琴詩　『后山詩註』卷三〈蘇公の西湖に月を觀て琴を聽く〉の末句「信《まこと》に千丈の清の、一尺の渾に如かざる有り（千丈の澄んだ水も、一尺の濁り水には及ばないというのは本當ですね）」について、任淵注は蘇軾〈魯元翰少卿の衞州に知たるを送る〉詩（中華書局本『蘇軾詩集』卷一五）の「皎皎たる千丈の清、尺水の渾に如かず」の句を踏まえたのだと指摘する。

三　次韻蘇軾勸酒與詩　『后山詩註』卷三〈蘇公の酒と詩とを勸むに次韻す〉の第一句「五士 三は同《とも》にせず（五人のうち三人はお相伴しない）」について、任淵註は、「五士」とは蘇軾が潁州の長官だった時、そこに集った簽判《せんぱん》の趙德麟・學官の陳師道・兄の陳傳道・歐陽修の次男棐《ひ》・三男辯を指す。「三は同にせず」とは五人のうち歐陽兄弟は母の喪が明けたばかりで詩を作らず、陳師道もまた戒律を守って酒を飲まなかったことをいうとする。また、第一八句「夙《つと》に紀す〈鳴蟬の賦〉（幼いときから〈鳴蟬の賦〉を覺えていた）」については、任淵註は歐陽修の〈鳴蟬の賦〉の跋文を引く。すなわち、歐陽棐《ひ》は幼いころに、父から熱心さを見込まれて〈鳴蟬の賦〉を書したものを與えられたという。

三　寄蘇軾詩　『后山詩註』卷四〈定州の蘇尙書に寄せ送る〉の頸聯「功名 不朽にして 聊《いささ》か袖を通し、海道 違《たが》う無く 一舟を具えよ（あなたの功名が不朽である以上、兩手を袖に入れて高みの見物をすればよろしい。海に漕ぎ出し隱居するという志に違わないためには舟を一艘用意しておくことです）」について、任淵註は、これは蘇軾詞の〈沁園春〉の「用舍 時有り、行藏 我に在り、手を袖にして何ぞ閒處に看ることを妨げん（用いられるか否かは時のめぐりあわせ、進退は私自身が決めること、手を袖に入れて高みの見物です）」と、〈八聲甘州〉の「他年 東のかた海道を還るを約す、願わくは 謝公の雅志 相い違《たが》う莫からんことを（いつの日か海に漕ぎ出し東の故鄉に歸ろう、晉の謝安が抱いていた引退の志に違わないように）」をもじったものだとする。いずれも、晉の謝安が晩年、海に漕ぎ出して故郷の會稽《かいけい》に歸ろうとした故事に基づく。

一四　寄張耒詩　『后山詩註』巻四〈張宣州に寄す〉の尾聯「肯えて文俗の事を爲して、鴨を打ちて鴛鴦を起たしめんや（いたずらにかの地の習俗に従って、鴨《あひる》を打って鴛鴦《おしどり》を追いやったりはなさらぬでしょう）」について、任淵註は梅堯臣《ばいぎょうしん》の〈莫打鴨〉「鴨を打つ莫かれ、鴨を打てば鴛鴦を驚かさん」（『宛陵集《えんりょうしゅう》』巻四三）を出典に擧げ、魏泰の『臨漢隱居詩話』に見える宣州の故事を引いている。宣州の長官だった呂士龍はよく官妓を鞭打つ人で、妓女は皆逃げたがっていた。そこに杭州から一妓が來たが、呂はこれが氣に入り彼女を留まらせようとした。ある日、官妓が些細な事で鞭を受けることになった時、「私が咎《とが》を受けるのは結構ですが、あの妓《こ》はここからいなくなるでしょうね」と言ったため、鞭打ちを免かれたという。

一五　離潁詩　『后山詩註』巻四〈潁《えい》を離る〉の頸聯「叢竹は爨《かまど》に供するを防ぐも、池魚は已に鮮《せん》を割《さ》く（叢竹はまだ竈《かまど》の薪にはなっていないが、池魚はすでにはらを割かれてしまった）」に對して、任淵註は「當に是《こ》れ 東坡 潁を去るの後、代者 韓川 其の舊政を變ず。向《さき》に也《ま》た魚を徙《うつ》し、今 乃《すなわ》ち 鮮を割《さ》く、行《ゆ》くゆく將に竹に及ばんとす。後山の歎く所の意は、蓋し此に止まらざるなり（これはまさに、蘇軾が潁州を去った後、蘇軾にとって代わった韓川が政を變えたことである。前に魚を他所に移しておいて、今 はらわたを割き、やがて竹に及ぼうとしている。陳師道が嘆くのは、このことばかりではない）」といい、蘇軾の〈學士を罷めんことを乞う劄子《さっし》〉を引いて、蘇軾が韓川の誹謗によって學士を辭めた經緯を説明する。

一六　送劉主簿詩　『后山詩註』巻六〈劉主簿を送る〉の尾聯「二父の風流 皆 繼ぐべきも、謗禪排道《ぼうぜんはいどう》は同じきを須《もち》いざれ（おじい様とお父様の遺風は受け繼ぐべきですが、佛教と道教の批判はともになさらぬように）」に對して、任淵註は劉の祖父と父が强硬な釋老排斥論者だったことを説明する。提要が「謗禪排道」を「排禪詆道」に作るのは誤り。なお、任註によれば「劉主簿」とは劉義仲、字は壯輿のこと。

一七　送王元均詩　『后山詩註』巻七〈王元均の衡州に貶《おと》さるるを送り、兼ねて元龍に寄す〉二首の其二の第六句に「故國の山河 始終を開かん（かつて伯父上の王安石どのが荊國公に封ぜられた領地は、やがて君の封國となろう）」と見える。元均と元龍は王安石の弟安國の二子 旊《ほう》と斿《ゆう》。呂惠卿のために罪せられたまま亡くなった父の冤罪を上訴し、流謫となった。任淵は、流謫先の衡州が王安石の封侯の地荊國であることから、これを王元均にとっての吉祥とみなして勵ますのだという。

一八　宿深明閣　『后山詩註』巻五〈深明閣に宿す〉を指す。任淵註によれば、深明閣とは黄庭堅が『神宗實錄』問題で取り調べを受けていた際に假寓していた佛寺の居室。ここに泊まった陳師道が黔州《けんしゅう》に流された黄庭堅を思って作った詩である。

一九　陳州門絶句　『后山詩註』巻一〈絶句〉の任淵註は、これがもと律詩であったことをいう。都の陳州門に寓居していた陳師道は、元豊八年（一〇八五）、登州知事から禮部郎中に召されて都に歸還した蘇軾を喜びをもって迎えた。そのおりの作だとする。

二〇　寄曹州晁大夫　『后山詩註』巻九〈曹州の晁大夫に寄す〉（絶句）を指す。任淵註は詩に詠われた妓女たちについて詳しく説明する。「晁大夫」は晁端仁、字は堯民。

二一　鉅野詩　陳師道には別に元祐二年の〈鉅野《きょや》〉（『后山詩註』巻二）もあるが、ここでは『后山詩註』巻二 元祐五年作の〈巨野《きょや》〉二首の二を指す。任淵註は、〈巨野〉其二の起・承句「蒲港 衣を侵して綠に、蓮塘 眼に亂れて紅なり」に對して、宋庠《そうしょう》『宋莒公集《そうきょこうしゅう》』の「梁山は水に泊《はく》すに岸無く、行舟 多く菰蒲を穿《うが》ちて道と爲す、州人 之を蒲巷と謂う」を引いて、「此の〝港〟の字 恐らくは當に〝巷〟に作るべし」と言う。なお、余嘉錫『四庫提要辨證』によれば、「梁山は水に泊すに岸無く…」の語は、『宋元憲集』巻一〇（『全宋詩』巻一九六）〈舊州の驛亭の上に坐して作る〉の第六句「巷蒲 明滅して 百帆 通る」の宋庠の自注である。今、宋本『後山居士文集』を見るに、巻一〈巨野〉其二は「蒲港」に作るが、巻六の〈鉅野泊觸事〉と題する詩の第一句「蒲巷 絲を牽きて直く」では「蒲巷」に作っている。

二二　非淵親見其地…　提要は任淵が鉅野の「蒲巷」の地を實見したかのようにいうが、これは提要の思い違いである。任淵は『宋莒公集《そうきょこうしゅう》』に基づいて推測した（注二一參照）に過ぎない。

二三　寄蘇軾詩　『后山詩註』巻四〈侍讀蘇尙書に寄す〉の尾聯「遙かに知る 丹地 黄卷を開き、解《よ》く記す 清波 白鷗を沒するを（あなたは殿上にて詔敕用の黄紙を開く一方で、白鷗が波閒に消えるということをよくご承知なのでしょうね）」について、任淵註は蘇軾に引退を勸める意だとして、潁《えい》州時代の蘇軾が蘇轍に唱和した詩〈子由の王晉卿畫《えが》く山水に書せし一首、而して晉卿の和せし二首に次韻す〉（中華書局本『蘇軾詩集』巻三三）の「明年 兼ねて士龍と與《とも》に去り、萬頃の滄波 兩鷗を沒せんことを」を引く。これに對して提要は、この詩句は『東坡志林』（實際は『東坡題跋』巻二〈諸集の改字に書す〉）の次の話を意識したものだという。「杜子美〝白鷗 浩蕩に沒し、萬里 誰か能く馴《な》らしむ〟と云うは、蓋し 烟波の閒に滅沒するのみ。而るに宋敏求《そうびんきゅう》 余に謂いて云う、鷗〝沒〟とは解せず、改めて

"波"に作ると。…一篇の神氣 索然たるを覺ゆるなり。（杜甫の"白鷗 浩蕩に沒し、萬里 誰か能く馴らしむ"〈韋左丞丈に贈り奉る二十二韻〉は、鷗が波間に隱れて見えなくなることであろう。それを宋敏求は鷗は潛れないからと言って"沒"の字を"波"に變えてしまった。…こうして一篇の詩がもっていた興趣もだいなしになった。）」提要はさらに、上の句の「丹地」「黄卷」に對して、下は「清波」「白鷗」という色のコントラストも考慮すべきだとする。

二四　見東坡志林　「東坡志林」は「東坡題跋」（注二三參照）の誤り。提要が「東坡志林」に作るのは、仇兆鰲《きゅうちょうごう》『杜詩詳註』卷一〈韋左丞丈に贈り奉る二十二韻〉で、蘇軾が杜甫詩の字句について語った話の出典を『東坡志林』としているのに、引きずられたためであろう。

二五　兒生未知父句　『后山詩註』卷一〈外舅郭大夫槩の西川提刑たるを送る〉は、蜀に赴任する郭槩を見送った詩で、陳師道はこの時、妻子を彼に預けている。「何者か最も憐れむべき、兒 生まれて未だ父を知らず」はその第九・一〇句にあたる。

二六　實用孔融詩　四部叢刊本『古文苑』卷八 孔融〈雜詩〉二首の二に「生時 父を識らず、死後 我の誰なるかを知らん」という句が見える。

二七　情生一念中句　『后山詩註』卷一〇〈雪中 魏衍に寄す〉の頸聯に「意は在り 千山の表《おもて》、情は生ず 一念の中《うち》」と見える。任淵註は典據として『晉書』郭文傳の「情は憶いに由りて生ず、憶わざるが故に情無し」を引き、魏衍に對する想いを詠んだものとして解釋する。

二八　實用陳鴻長恨歌傳　『太平廣記』卷四八六 陳鴻〈長恨歌傳〉には「三載 一意、其の念 衰えず」、または「此の一念に由りて、又た此に居るを得ず」という表現がある。

二九　度越周漢登虞唐句　『后山詩註』卷一〈二蘇公に贈る〉の第一三・一四句に「周漢を度越《どえつ》して 虞唐《ぐとう》に登り、千載の下《もと》 素王有り（周や漢を飛び越して堯舜の時代に至る、千年の閒、あなた方に匹敵するのは素王といわれる孔子ぐらいです）」と見える。

三〇　虞唐顚倒、實用韓愈詩　「虞唐」は普通「唐虞」といい、古代の帝王である（唐）堯・（虞）舜を指す。ここでは、韻を合わせるために「虞唐」と顚倒させて用いたのである。『韓昌黎集』卷三〈唐衢に贈る〉の結句「坐令四海如虞唐」（坐して四海をして虞唐の如からしめん）は、押韻の都合で「虞唐」とひっくり返して用いている。

三一　孰知詩有驗句　『后山詩註』卷八〈張秀才を送る〉の尾聯に「詩に驗有るを孰知《じゅくち》すれば、慍《うら》む莫かれ 路に糧無きを」と見える。任淵註は「孰知…」の句に對して、「詩 能く 人を窮するを謂う」と注するだけである。

三二 實用杜甫詩 『九家集注杜詩』巻三〇〈解悶〉十二首の其七に「二謝を孰知して将に能事ならんとす」とあり、趙（次公）註は「〝孰知〟は〝稔孰《ねんじゅく》〟（穀物がよく實る）の孰にして、古えは此の字を用う。〝孰何《じゅくか》〟（いずれか）の孰に非ざるなり」という。

三三 次韻春懐詩塵生鳥跡多句 『后山詩註』巻二〈春懐に次韻す〉の頸聯「日下りて 鳥聲樂しく、塵生じて 鳥跡多し」と見える。任淵註は、晉の簡文帝がベッドの上のほこりを拂わせず、鼠の足跡がつくがままにしていたという『世説新語』の逸話を引く。

三四 鳥跡當爲馬跡之譌 提要は注三三の任淵註を牽强附會として退け、武英殿聚珍版叢書本においては「鳥跡」を「馬跡」に改めている。これに對して余嘉錫『四庫提要辨證』は〈春懐に次韻す〉の制作年を考證し、頸聯の典故として『春秋左氏傳』襄公十八年の「鳥烏の聲樂し」と『孟子』滕文公《とうぶんこう》篇上の「獸蹄鳥跡の道 中國に交わる」を擧げる。余嘉錫の解釋によると、「鳥聲」は臺諫の喧《かまびす》しさ、「鳥跡」は小人を諷刺した語である。

三五 齋居詩青奴白牯靜相宜句 『后山詩註』巻三〈齋居〉の起句に「青奴《せいど》 白牯《はくこ》 靜《やす》らかにして相い宜《よろ》し」とある。任淵註は「青奴」を竹夫人（竹を編んだ抱き枕）、「白牯」を白角簟《はくかくてん》（水牛の白い角で作った敷物）とする。

三六 謁龐籍墓詩叢篁侵道更須東句 『后山詩註』巻五〈東山にて外大父の墓に謁す〉の第四句で、詩は陳師道が母方の祖父龐《ほう》籍《せき》の墓に詣でた時の作。頷聯の「萬木 天を刺して 元 自《おのずか》ら直《なお》く、叢篁 道を侵して 更に東《ひがし》せんことを須《もと》む」に對して、任淵註は『齊民要術』種竹第五一に「竹の性 西南を愛して引《の》ぶ。諺に〝東家に竹を種え、西家に地を治む〟と云う」とあるのを引用し、道にまではびこる竹よ、これ以上東に伸びてくれるなという意味だと解釋する。

三七 東字必誤 紀昀は『瀛奎律髓刊誤』において、「東」の字を「通」の字に改め、第三句の「萬木 天を刺して 元 自《おのずか》ら直《なお》く」は龐公《ほうこう》の孤直をいい、第四句「叢篁 道を侵して 更に東せんことを須む」の句は小人の黨がいまも存在することの喩えだと解釋する。それに對して余嘉錫『四庫提要辨證』は東山にある龐籍の墓に詣でるために東する必要があるのだとし、提要が「東」の字を誤りとしたのは臆斷だと批判する。さらに余嘉錫は龐籍の傳記を仔細に檢討した結果、龐籍が韓緯の讒言のために無實の罪を被り、鄆州《うんしゅう》や青州など東方に赴任した事實に注目し、この句に込められた言外の意を考證している。余嘉錫によれば、「叢篁 道を侵し」とは小人がのさばっていることをいい、「更に東せんことを須む」とは龐籍が東の地へ赴任したことを暗示するという。

三八　以謝客兒爲客子　『后山詩註』巻五〈九月九日　魏衍　過《よぎ》らる〉の第三・四句に「語は君房の妙に到り、詩は客子の游に同じ」とある。「君房」（賈誼の曾孫　賈捐之）に對して、「客子」は謝靈運の幼名客兒を指すと思われ、任淵註もそのように解釋する。しかし、「謝客兒」を「謝客子」に作る用例は過去に無い。

三九　以龍爲龍伯　『后山詩註』巻一〇〈寇《こう》十一の端硯を惠まるるに謝す〉の第一四句に「頷《あご》を探して適《たま》たま龍伯の睡《ねむ》りに遭う」とあり、ここでは「龍伯」を「龍」と同義とみなして、「龍の頷の下にある千金の眞珠を手に入れることができたのは、たまたま龍が眠っていたからだ」と解釋せざるを得ない。任淵註は、「『列子』に龍伯の國有り」と記すが、『列子』湯問篇の龍伯國は巨人國の話で、龍とは無關係である。

四〇　據淵自序…　四部叢刊本『后山詩註』目錄　前附　任淵の序文（四庫全書文淵閣本は收載せず）を指すが、任淵の自序に『山谷内集註』についての言及はない。

四一　如所註山谷集例　本書三九−二「山谷内集註二十巻」のように目錄を年譜の形式にしていることを指す。ただし、四庫全書文淵閣本は、この目錄を収めていない。

四二　和豫章公黄梅二首註曰…　四部叢刊本『后山詩註』目錄は、巻一　元祐二年丁卯の年に〈豫章公の黄梅に和す〉二首を配して、「此の篇の編次　倫《ただ》しからざるも、姑《しばら》く其の舊に仍《よ》る」と注する。

四三　於紹聖三年下註曰…　「三年」は「元年」の誤り。四部叢刊本『后山詩註』目錄は、巻四　紹聖元年甲戌の下に「是の歳春の初め、後山　當に潁學を罷むべし。而るに〈潁を離る〉等の詩は反《かえ》って巻の終わりに在り、又た未だ潁を離れざる時の所作有り。魏本　此《か》くの如くして、深く改正を加うるを欲せず。亦た疑は以て疑を傳うるの義なり（この歳の正月に陳師道は潁州教授を辭めたはずだ。それなのに〈潁を離る〉などの詩は反って巻の最後の方に在り、また潁州を離任していない時の作品も入っている。魏衍の本がこうなっていることでもあり、大きな改訂はしたくない。これも疑しいところは疑わしいまま殘しておくという方針からである」という。

四四　於示三子詩則註…　四部叢刊本『后山詩註』目錄は、巻二　元祐二年丁卯に〈三子に示す〉を配して、「將に　徐州に至らんとするの作。此の詩　元は〈晁・張　過《よぎ》らる〉詩の後に在り、今此《ここ》に遷す」という。もとは、巻一の元祐元年丙寅の〈晁无咎・張文潛　過らる〉詩の後ろにあったのを、任淵が移したのである。

四五　於雪後黄樓寄負山居士詩則註曰…　四部叢刊本『后山詩註』

目録は、巻二 元祐三年戊辰に〈雪後 黄樓にて負山居士に寄す〉を配して、「此の詩 元は〈秋懷〉の前に在り、今 此《ここ》に遷す」という。もとは巻二 元祐三年戊辰の〈秋懷 黄預に示す〉の前にあったのを、任淵が移したのである。

四六 於再次韻蘇公示兩歐陽五詩則註曰… 余嘉錫『四庫提要辨證』はここで次のように反論している。以下、その概要を擧げる。提要がいう「五詩」とは、目録巻三 元祐六年辛未の〈再び蘇公の兩歐陽に示すに次韻す〉・〈蘇公の酒と詩とを勸むる詩に次韻す〉・〈蘇公の兩歐陽を督する詩に次韻す〉・〈蘇公の歐陽叔弼の息齋に題するに次韻す〉・〈蘇公の竹閒亭絶句に次韻す〉を指すが、實際に題下に註があるのは、上の五篇の最後に位置する〈蘇公の竹閒亭絶句に次韻す〉だけである。しかも、この題下の注は「『東坡集』を以て之を考するに、歳晩の所作なり。元は〈潁を渉る〉（ここでは上の五詩の前に配される〈蘇公の潁を渉るに次韻す〉を指す）詩の後に在り、今 此に遷す」といい、その前の四詩については何も言及していない。また、題目からわかるように、五首のうち全てが兩歐陽に示されているわけでもない。しかも、提要は「歳晩の作なり」という語を省略しているので、〈蘇公の潁を渉るに次韻す〉詩がまるで『東坡集』の〈潁を渉る〉原作の後に置かれていたかのように誤讀される危險性がある。

四七 亦有所竄定、非衍之舊 提要は任淵が魏衍の本を改竄したかの如くいうが、余嘉錫『四庫提要辨證』はこれにも反論する。余嘉錫が擧げる根據は二つある。一つは任淵の自序（注三參照）にはほぼ魏衍本の編年に基づいたことが明言されていること。二つめは適園叢書本『後山集』（何焯《かしゃく》が明の嘉靖以前の舊鈔本によって弘治刻本を校正した本）には「茶陵《さりょう》の陳仁子同俌《どうふ》 編校」の一行があり、その次第がこの任淵注本と一致すること。つまり、余嘉錫は、陳仁子が編集を行なった際に、魏本の原姿は失われたのだろうと推測する。

四八 又衍記稱… 四部叢刊本『后山詩註』巻首〈彭城の陳先生集記〉（四庫全書文淵閣本は『後山集』巻末に收載）に、「將に用いられんとして、建中靖國元年十二月之二十九日に歿す、年四十九」と見える。

四九 此集託始於元豐六年… 四部叢刊本『后山詩註』巻一は、元豐六年癸亥（一〇八三）の〈妾薄命〉から始まる。

五〇 城南寓居二首 四部叢刊本『后山詩註』目録 巻一 元豐七年甲子・八年乙丑に〈城南寓居〉二首を配して、「或いは熙寧の閒の作と云う」と注記する。ただし、余嘉錫『四庫提要辨證』はこれを考證し、元豐八年九月、陳師道三十三歳の時の作と結論づけている。

五一 題趙士暕高軒過圖一首… 四部叢刊本『后山詩註』目録は、

巻一二 建中靖國元年辛巳に〈明發の〝高軒 過らるる圖〟に題す〉を配し、その題下に次のように注記する。「『王立之詩話』云う、〝宗室 士暕、字は明發。後山 此の詩を作りて、數月閒して遂に卒す〟と。」

五二　其後更列送歐陽棐・晁端仁・王鞏三詩　四部叢刊本『后山詩註』目錄巻一二は、〈明發の〝高軒 過《よぎ》らるる圖〟に題す〉の後に、〈歐陽叔弼の蔡州に知たるを送る〉・〈晁堯民の徐に守たるを送る〉・〈王定國の河南に通判たるを送る〉の三首を配している。

五三　今考王立之詩話…　『王立之詩話』とは『王直方詩話』のこと。『詩話總龜』前集巻一九引く『王直方詩話』は、陳師道の〈明發の〝高軒 過らるる圖〟に題す〉詩の全篇を擧げて、次のようにいう。「此れ 無己 賦する所の宗室 士暕《しかん》の〝高軒 過らるる圖〟の詩なり。初め、無己 余に謂いて曰く、〝近ごろ宗子節使 余をして一詩を作り、皆 名を其の閒に掛けしむ。百千を得て以て女子の嫁資と爲すは、可なるや〟と。余 曰く、〝詩 未だ成らざれば、則ち 錢 授かるべからず、詩 已に成れば、則ち 錢 來たるべからず〟と。數日して 無己 卒し、士暕 贈るに十縑《じっけん》を以てす。(これは陳師道が宗室 士暕の〝高軒 過《よぎ》らるる圖〟のために作った詩である。これより先、陳師道が私に向かって、〝近頃 宗室出身の節度使殿が私に詩を作らせ、彼の畫いた畫に署名させようとなさる。私はそれで幾ばくかの金を受け取って娘の嫁入り支度に充てようと思うが、よかろうか〟と聞いた。私は、〝詩が出來あがってなければ、金は受取ってはならない。詩が出來あがっているのなら、もう金はもらえないだろうね〟と答えた。數日たって彼が亡くなり、士暕は十縑を贈った。)」

五四　作數日爲是　余嘉錫『四庫提要辨證』は任淵註に従い「數月」に作るべきだとする。余嘉錫は『王直方詩話』の文意を汲めば、詩が出來ても金はすぐには支拂われず、數ヶ月後に陳師道が亡くなってからようやく十縑だけ贈られたのであり、筆者は自分の答えが現實になったことを嘆いているのだとする。また、李裕民『四庫提要訂誤』も、任淵註を支持し、詩は建中靖國元年(一一〇一)の九月から十月にかけて成ったもので、これは陳師道の沒する十二月二十九日の數ヶ月前にあたると言う。

五五　莊綽雞肋編…　『雞肋編』巻下に「陳無己の詩、亦た一字の俚語を多用す」として、その例を引いている。

【附記】

『后山詩註』の宋刻本は、蜀小字本とよばれる殘本が北京圖書館に、元刻本が内閣文庫・北京圖書館に傳わる。

現在最も行われているのは、明の弘治十年（一四九七）の袁宏刻本の系列であり、四部叢刊はその一つ高麗活字本の影印である。なお明刻本を底本とする元祿三年（一六九〇）刻本があり、『和刻本漢詩集成　宋詩』第十四輯（汲古書院　一九七五）に収められている。

近人の冒廣生が任淵註を補った『后山詩註補箋』（冒懷辛整理　中華書局　一九九五）は、任淵註が及ばなかった詩についても注釋を加えた労作である。『全宋詩』（第一九册　巻一一一四〜巻一一二〇）は佚詩を最も廣く集めている。

四一　[一]宛邱集《えんきゅうしゅう》七十六卷

[二]浙江鮑士恭《ほうしきょう》家藏本

【張耒《ちょうらい》】一〇五四～一一一四
字《あざな》は文潛《ぶんせん》、號は柯山《かざん》、楚州淮陰《わいいん》（江蘇省淮陰市）の人。蘇門四學士の一人。十七歳の時、陳州（河南省淮陽縣）に游學し、陳州教授蘇轍にその才を認められたことがきっかけで蘇軾の門に入った。熙寧六年（一〇七三）、二十歳で進士となり、元祐年間に祕書省正字・著作佐郎・祕書丞・著作郎などの館職を歴任し、晁補之・黄庭堅・秦觀らと親交を結んだ。紹聖元年（一〇九四）、哲宗の親政によって新法黨が政權を握ると、潤州の知事として地方に轉出し、ついで元祐の黨籍に入れられて監黄州（湖北省）酒税に左遷され、のち復州（湖北省）に移された。徽宗が卽位すると太常少卿として召されたが、蘇軾の喪に服したことで罪を得、再び房州別駕・黄州安置となった。晩年、赦された後は陳州に隱棲し、後學の指導にあたった。詩は白居易・張籍の體を學んで平淡なことに特徴がある。かつて起居舍人であったことから張右史、また陳州の古名をとって宛丘《えんきゅう》先生とも稱される。『宋史』卷四四四　文苑傳六　參照。

宋張耒撰。耒有[三]詩說、已著錄。[四]蘇軾嘗稱其文汪洋沖澹、有一唱三嘆之音。晩歳詩務平淡效[五]白居易、[六]樂府效張籍。故[七]瀛奎律髓載楊萬里之言、謂肥仙詩自然。[八]肥仙、南宋人稱耒之詞也。[九]文獻通考作柯山集一百卷。[一〇]茲集少二十四卷。[一一]査愼行註蘇軾詩云、嘗見耒詩二首、而今本無之。考[一二]周紫芝太倉稊米集有書譙郡先生文集後曰、余頃得[一三]柯山集十卷於大梁羅仲洪家。已而又得[一四]張龍閣集三十卷於内相汪彦章家。已而又得[一五]張右史集七十卷於浙西漕臺。而先生之製作於是備矣。今又得[一六]譙郡先生集一百卷於四川轉運副使南陽井公之子晦之。然後知先生之詩文爲最多、當猶有網羅之所未盡者。余將盡取數集、削其重複、一其有無、以歸於所謂一百卷、以爲先生之全書云云。然則耒之文集、在南宋已非一本、其多寡亦復相懸。

[一七]此本卷數與紫芝所記四本皆不合、又不知何時何人摭拾殘剩所編。宜其闕佚者頗夥。然考[一八]胡應麟筆叢有曰、張文潛柯山集一百卷、余所得卷僅十三。蓋鈔合類書以刻、非其舊也。余嘗於臨安僻巷中見鈔本書一十六帙、閱之乃文潛集、卷數正同。明旦訪之、則夜來鄰火延燒、此書倏煨燼矣。余大悵惋彌月云云。此本雖不及百卷之完備、然較應麟所云十三卷者、則多已不啻[一九]五六倍。亦足見耒著作之大略矣。

【訓讀】

宋　張耒《ちょうらい》の撰。耒[三]『詩説』有りて、已に著録す。[四]蘇軾　嘗て稱す、「其の文　汪洋沖澹《ちゅうたん》にして、一唱三嘆の音有り」と。[五]晩歳　詩は平淡に務めて白居易に效《なら》い、[六]樂府は張籍に效う。故に[七]『瀛奎律髓《えいけいりつずい》』は楊萬里の言を載せて、「肥仙の詩は自然なり」と謂う。[八]肥仙とは、南宋人の耒を稱するの詞なり。

[九]『文獻通考』は「柯山《かざん》集一百卷」に作る。[一〇]茲の集　二十四卷少なし。[一一]査愼行　蘇軾詩に註して云う、「嘗て耒の詩二首を見るも、今本　之《こ》れ無し」と。考うるに　[一二]周紫芝《しし》『太倉稊米集《たいそうていべいしゅう》』に〈譙《しょう》郡先生文集の後に書す〉有りて曰う、「余頃《さき》ごろ[一三]『柯山集』十卷を大梁の羅仲洪の家に得たり。已にして又た[一四]『張龍閣集』三十卷を内相汪彦章の家に得、已にして又た[一五]『張右史集』七十卷を浙西の漕臺に得たり。而して　先生の製作　是に於いて備われり。今　又た[一六]『譙郡先生

集』一百卷を四川轉運副使　南陽井公《せいこう》の子　晦之《かいし》に得たり。然る後に知る　先生の詩文　最多爲《た》りて、當《まさ》に　猶お　網羅の未だ盡《つ》くさざる所の者有るべきを。余　將に盡く數集を取りて、其の重複を削り、其の有無を一にし、以て所謂一百卷に歸し、以て先生の全書と爲さんとす、云云」と。然らば則ち　耒の文集、南宋に在りて已に一本に非ず、其の多寡　亦た復た相い懸《へだ》たる。

此の本の卷數[一七]　紫芝　記す所の四本と　皆　合わず、又た何時何人の殘剩《ざんじょう》を摭拾《せきしゅう》して編する所なるかを知らず。宜しく其の闕佚する者　頗る夥《おお》かるべし。然れども　考うるに　胡應麟[一八]『筆叢』に曰う有り、「張文潛『柯山集』一百卷、余　得る所の卷　僅かに十三。蓋し　類書を鈔合して以て刻す、其の舊に非ざるなり。余　嘗て臨安の僻巷中に鈔本の書一十六帙を見る、之を閱するに乃ち文潛の集にして、卷數　正に同じ。明旦　之を訪ぬれば、則ち夜來　鄰火　延燒して、此の書　倏《たちま》ち　煨燼《わいじん》せり。余　大いに　悵惋《ちょうわん》すること月に彌《わた》る云云」と。此の本　百卷の完備せるに及ばずと雖も、然れども　應麟の云う所の十三卷なる者に較ぶれば、則ち多きこと已に啻《た》だに五六倍[一九]のみならず。亦た耒《らい》の著作の大略を見るに足れり。

【現代語譯】

宋　張耒の著。耒には『詩説』があって、すでに著錄しておいた。かつて蘇軾は彼の文を「廣々として淡白な味わいがあり、人を感歎させる響きがある」と稱えたことがある。晩年の詩は平易淡白を心がけて白居易を學び、樂府は張籍を學んだ。そのため『瀛奎律髓《えいけいりつずい》』は楊萬里の「肥仙の詩は自然だ」という言葉を載せている。肥仙とは、南宋の人が耒を稱した言葉である。

『文獻通考』は「柯山集一百卷」に作っている。この集は二十四卷少ない。查愼行は蘇軾詩に註して、「かつて耒の詩二首を見たことがあるが、今本にはこれがない」と言っている。考えるに　周紫芝《しゅうしし》『太倉稊米集《たいそうていべい》』には〈譙《しょう》郡先生文集の後に書す〉があって次のようにいう。「私は、さきごろ『柯山集』十巻を大梁の羅仲洪の家で入手した。やがてまた『張龍閣集』三十巻を翰林學士 汪藻彦章の家で入手した。しばらくしてさらに『張右史集』七十巻を浙西轉運使司で入手した。こうして先生の作品が揃ったのである。ところが今また『譙郡先生集』一百巻を四川轉運副使南陽井公の子 晦之《かいし》から入手した。そして私は、先生の詩文は大變多く、きっとこれでも網羅し盡していないと氣づいたのだ。私は各種テキストすべてを集めて、重複した部分を削り、無いものは補って所謂一百巻とし、先生の全集とするつもりである云云」と。ということは、耒の文集は南宋の時、すでに一種類に止まらず、その巻數の多寡も隔たりが大きかったのだ。

この本の巻數は、紫芝が記している四本とも異なっており、また、漏れた作品をいつ誰が拾い集めて編纂したのか判らない。缺けているところが多いのも致し方のないことである。しかしながら、考えるに 胡應麟の『少室山房筆叢』では次のようにいっている。「張文潜『柯山集』一百巻のうち、私が手に入れたのは僅か十三巻である。おそらく類書から抜き出して刻したもので、元の本ではない。私は嘗て臨安の下町で十六帙《ちつ》の鈔本を見かけた。開けてみるとなんと文潜の集であり、巻數もちょうど百巻。翌日、再訪してみると、昨夜隣家の火事で延焼し、その本もたちまち灰燼に歸したとのこと。私の無念さときたら、それから一ヶ月もの間 氣が収まらなかった」と。この本は完備した百巻本には及ばないものの、應麟のいう十三巻に較べれば、その量の多さは五六倍どころではない。この本も耒の著作の大略を窺うに足るものである。

【注】

一　宛邱集《えんきゅう》七十六巻　「宛邱」は「宛丘」。清代は孔子の諱「丘」を避けて「邱」に作る。ただ、實際に四庫全書文淵閣本に著録されているのは「柯山集五十巻」であり、書前提要もそれにふさわしい内容（注一〇・一九）となっている。武英殿聚珍版書も「柯山集五十卷」による。四庫全書編纂官は當初五十卷本を著錄したものの、のち七十六卷本の方が收載量において勝ることを發見し、總目提要を「宛邱集七十六卷」と書き換えたのであろう。ところが、その際に何らかの手違いで著錄別集自體は五十卷本のままとなったと思われる。七十六卷本は現在鈔本の形で北京圖書館・上海圖書館などに藏されている。

二　浙江鮑士恭家藏本　鮑士恭《ほうしきょう》の字は志祖、原籍は歙《しょう》（安徽省）、杭州（浙江省）に寄居す。父 鮑廷博（字は以文、號は淥飮《ろくいん》）は著名な藏書家で、とりわけ散佚本の蒐集を好んだ。その精粹は『知不足齋《ちふそくさい》叢書』中に見える。四庫全書編纂の際には、藏書六二六部を進獻し、そのうち二五〇部が著錄され、一二九部が存目（四庫全書内に收めず、目錄にのみ留めておくこと）に採擇されている。

三　詩說　『四庫全書總目提要』卷一七　經部　詩類に存目として『詩說』一卷が著錄される。それによると、本來は『柯山集』中にあったが、その集があまり流布していないため、納喇性德《ならせいとく》がこれを刻して『通志堂經解』に入れたのだという。全部で十二條。

四　蘇軾嘗稱…　中華書局本『蘇軾文集』卷四九〈張文潛縣丞に答うる書〉に次のように見える。「惠示の文編、三復 感歎す。甚だしいかな、君の子由に似るや。子由の文 實に僕に勝るも、世俗は知らず、乃ち以て如かずと爲す。其の人と爲りは深く人の之を知るを願わず、其の文は其の人と爲りの如し。故に汪洋澹泊《たんぱく》、一唱三嘆の聲有りて、其の秀傑の氣、終に沒すべからず。」「一唱三嘆」とは、『荀子』禮論篇や『禮記』樂記篇に見える語で、一人が歌い、三人がそれに唱和すること。のちに詩文が優美で、深い味わいがあり、人々が賞贊して止《や》まない意味に使われるようになった。

五　晚歲詩務平淡效白居易…　以下は『宋史』卷四四四　文苑傳六　張耒傳に「作詩は晚歲 益ます平淡に務めて、白居易の體に效《なら》い、樂府は張籍に效う」とあるのに基づく。張耒の詩の平淡さについては、友人晁補之が「君の詩は容易にして意を著《つ》けず、忽ち春風の百花を開くに似たり」（『雞肋《けいろく》編』卷一八〈文潛の詩冊の後に題す〉）と評しており、張耒自身も「文章の人に于《お》いては、心に滿つる有りて發し、口を肆《ほしいまま》にして成り、思慮して工《たく》みなるを待たず、雕琢《ちょうたく》して麗なるを待たざること、皆 天理の自然にして情性の道なり」（中華書局本『張耒集』卷四八〈賀方回の樂府の序〉）と言っている。ただ、北宋末の詩は一般に黃庭堅ら江西詩派の影響で所謂「換骨奪胎」「點鐵成金」など、典故や技巧を重んじる風潮があり、張耒の平易な詩風は當時不評だったようだ。それは、汪藻《おうそう》『浮溪集』卷一七〈柯山張文潛集書後〉が「公の詩 晚に更に白樂天の體に效うも、世の淺易なる者、往往にして之を以て眞を亂すとし、皆 棄てて取らず」と言っていることからも明らかである。

六　樂府效張籍　張籍（字は文昌）は、中唐の詩人で樂府にすぐれ、王建とともに「張王樂府」と竝び稱された。宋 周紫芝『竹坡詩話』は、「唐人の樂府を作る者 甚だ多きも、當に張文昌を以て第一と爲す」としたうえで、「本朝の樂府、當に張文潛を以て第一と爲す。文潛の樂府は文昌に刻意し、往往にして之に過ぐ」と評している。

七　故瀛奎律髓載楊萬里之言…　方回は『瀛奎律髓《えいけいりつずい》』巻三 懷古類に張耒の〈永寧遺興《えいねいけんきょう》〉を採錄し、「肥仙の詩 自然なりとは、楊誠齋の言なり。每《つね》に此の言を憶い、此の詩を讀めば則ち之を知るなり」と評する。楊萬里の言というのは、『誠齋集』巻四〇〈張文潛の詩を讀む〉二首の一「晩に愛す 肥仙の詩の自然なるを、何ぞ曾《かつ》て繡繪《しゅうかい》して更に雕鐫《ちょうせん》せん、春花 秋月 冬氷雪、陳言を聽かず 只だ天を聽く」を指す。

八　肥仙　張耒は恰幅《かっぷく》のよい人だったらしい。『詩話總龜』巻四一引く『王直方詩話』は次のようにいう。「張文潛 一時の中に在りて人物最も魁偉《かいい》爲り、故に陳無己 詩有りて云う〝張侯 魁然として腹は鼓《つづみ》の如く、雷は飢聲を爲し酒は雨を爲す（張さんはどっしりして腹は太鼓のよう、お腹が空くと雷のように鳴ってあびるように酒を飲む）〃と。又た云う〝痩《や》せんことを要すれども 君は則ち肥えたり〃と。山谷云う〝六月の火雲 肉の山を蒸す（舊暦六月の猛暑で張さんの肉の山が蒸しあがる）〃と。又た云う〝肥えたりと雖も瓠壺《ここ》の如し（太ってはいるがふくべのように中は空っぽ）〃と。而して文潛 病に臥し、秦少游 又た其の詩に和して云う〝平時 十圍を帶びたるも、頗る復た臂《ひ》環《かん》を減ず（いつもは十圍のバンドだったのに、かなり腕輪が緩くなりましたね）〃と。皆 戲語なり。」十圍は兩手の親指と中指で作った輪を十倍した大きさ。

九　文獻通考作柯山集一百巻　馬端臨『文獻通考』經籍考巻六四に「張文潛柯山集一百巻」と見える。晁公武『郡齋讀書志』巻一九も同じ。陳振孫『直齋書錄解題』巻一七は、蜀刊本『蘇門六君子集』の一として「宛丘集七十五巻」を著錄している。

一〇　茲集少二十四巻　四庫全書文淵閣本書前提要は『柯山集』五十巻を著錄しているため、この部分を「茲集卷數半之（茲の集の卷數 之に半ばす）」に作っている。

一一　査愼行註蘇軾詩云…　査愼行は『蘇詩補註』巻四九に〈再び泗上を過ぐ二首〉を收載し、次のようにいう。「愼 按ずるに右の七言律詩二首、舊 張文潛『宛丘集』中に曾て之を見る。今傳うる所の『張右史集』獨り此れを遺《おと》す。疑を存して附志し、以て再考を俟《ま》つ。」『宛丘集』に見える二首とは、〈宿州道中〉と〈阻風累日なりて寶積山下に泊す〉（ともに中華書局本

『張耒集』巻一六 七言古詩に收載）を指す。査慎行のいうように、この二首は『張右史集』六十巻（四部叢刊本）には見えない。

一二　周紫芝太倉稊米集有書譙郡先生文集後　『太倉稊米集《たいそうていべいしゅう》』巻六七〈譙《しょう》郡先生文集の後に書す〉を指す。

一三　得柯山集十巻於大梁羅仲洪家　汪藻『浮溪集』巻一七〈柯山張文潛集書後〉に「其の集『鴻軒』『柯山』を以て名と爲す者は、復・黄に居りし時に作る所なり」と見える。それによれば『柯山集』十巻とは黃州流謫中の作品ということになる。現在傳わらない。なお柯山は黄州にある山の名。羅仲洪の傳記は未詳。大梁は北宋の都 汴京のこと。

一四　得張龍閣集三十巻於内相汪彥章家　『張龍閣集』とは別名『柯山張文潛集』といい、汪彥章すなわち汪藻（一〇七九～一一五四）の編。「内相」とは翰林學士。汪藻『浮溪集』巻一七〈柯山張文潛集書後〉に、「右 文潛の詩千一百六十有四、序・記・論・誌・文・贊等又た百八十有四、第して三十巻と爲す。余 嘗て世の傳う文潛の詩文 人人殊なるを患い、毘陵《ひりょう》に屛居し、因りて士大夫從り其の藏する所を借り、聚めて之を校し、其の複重を去り、定めて此の書を爲すを得たり。皆 繕寫《ぜんしゃ》すべし」と見える。この書も現在傳わらない。

一五　得張右史集七十巻於浙西漕臺　張表臣（一〇九二？～一一四六？）が紹興一三年（一一四三）に編した『張右史集』七十巻を指す。「漕臺」とは轉運使司。ただし、この張表臣編『張右史集』も現在傳わらない。清 蔣光煦《しょうこうく》『東湖叢記』巻一が引く張表臣撰〈張右史文集の序〉によれば、古賦三十二篇・詩二千二百九首・文二百六十四篇、これに同文館唱和を加えて計二千七百餘篇を収めていたらしい。

一六　得譙郡先生集一百巻於四川轉運副使南陽井公之子晦之　周紫芝《しゅうしし》『太倉稊米集』巻六七〈譙郡先生文集の後に書す〉はいう。「晦之 泣きて余が爲に言う〝百巻の書 皆 先君 恙《つつが》無き時書を交舊に貽《おく》りて之を得たり。手《て》自《ず》から校讎し、之が爲に是正すること、凡そ一千八百三首、數年を歷《へ》て而《しか》る後に成れり…〟と。」つまり百巻本は井晦之の父が編定したものである。井氏については未詳。

一七　此本巻數與紫芝所記四本皆不合　四本とは、『柯山集』十巻・『張龍閣集』三十巻・『張右史集』七十巻・『譙郡先生集』一百巻を指す。

一八　胡應麟筆叢有曰…　『少室山房筆叢』巻三 經籍會通〈柯山集雜攷〉に次のように見える。「張文潛『柯山集』一百巻、余得る所の巻 僅かに十三。蓋し類書を鈔合して以て刻せしものにして、其の舊に非ざるなり。余 嘗て臨安の僻巷中に於いて鈔本の書一十六帙を見る。之を閱すれば乃ち文潛の集にして、

巻數 正に同じ。書の紙 半ば已に漶滅《かんめつ》するも、印記奇古、裝飾都雅なり。蓋し 必ず名流の藏する所にして、子孫 以て市人に鬻《ひさ》ぐ。余 之を目して驚喜す。時に 方《まさ》に臬長《げっちょう》に報謁し、一錢も持たず。顧《た》だ奚囊《けいのう》に綠羅二匹の、羔雁《こうがん》に代うる者有り。私《ひそか》に計るに償に足らず、幷に衣る所の烏絲の直掇《ちょくてつ》・青蜀錦の半臂《はんぴ》を解きて、罄《ことごと》く之に歸す。其の人 亦た 書の售《う》れざるに苦しみ、直《あたい》を得て慨然たり。適たま 官中 他事を以て勾喚《こうかん》し、因りて明旦を約す。余 寓に返りて通夕 寐《い》ねず、黎明 巾櫛《きんしつ》せずして之を訪わば、則ち 夜來 鄰火延燒し、此の書 倏《たちま》ち煨燼《わいじん》す。余 大いに悵惋《ちょうわん》すること月に彌《わた》る。因りて此に識《しる》し、冀《ねが》わくは 博雅の君子 共に訪ね、或いは更に遇わんことを。（張文潛『柯山集』一百巻のうち、私が手に入れたのは僅か十三巻である。おそらく類書から抜き出して刻したもので、元の本ではない。私は嘗て臨安の下町で十六帙《ちつ》の鈔本を見かけた。これを開けてみるとなんと文潛の集であり、巻數もちょうど百巻。紙は半ばすりきれていたが、印記は古めかしく、裝丁も典雅であった。思うにきっと名士の所藏していたもので、子孫が賣りに出したのであろう。私はこれを前にして驚喜した。ちょうど按察使への答禮に出た時のことで、一錢も持ち合わせがなかった。ただ囊中に綠の羅紗二匹があり、それをお禮の代りにした。それでも足りぬと思われたので、身に着けていた黑絹の直掇《ちょくてつ》と青い蜀錦のチョッキを脱いで、それも全て渡した。相手の方も本が賣れないで困っていたので、本代の品を手にしてほっとしていた。そこへちょうど役所から別のことで呼び出しがあったため、明朝にという約束をした。私は歸宅後、一晩中寢つけず、明け方に髪も整えずそこを訪ねてみると、昨夜隣家の火事によって延焼し、その書もたちまち灰燼に歸したとのこと。私の無念さときたら、それから一ヶ月もの閒、氣が収まらなかった。そこでここに記して、どうか博雅の君子が共にこれを捜してくれ、もう一度その書に巡り遇うことができたらと願う次第である。）」

一九　五六倍　書前提要は『柯山集』五十巻を著錄しているため、「五六倍」を「數倍」に作っている。

【附記】

張耒の現存文集は、おおよそ次の四種に分類される。すなわち提要が言及する『宛丘先生文集』七十六巻、實際に四庫全書が収錄する『柯山集』五十巻、四部叢刊本に代表される『張右史文集』六十巻（以上すべて鈔本）、このほか明嘉靖三年の刻本『張文潛文集』十三巻である。近年、李逸安・孫通海・傅信《ふしん》がこれらを整理校定し、

『張耒集』六十五巻（中華書局　一九九〇）を上梓した。附錄の年譜や序跋題記は張耒研究に裨益するところ大である。『全宋詩』（第二〇冊　巻一一五五～巻一一八七）は佚句も収めている。

四二　淮海集《わいかいしゅう》四十卷　後集《こうしゅう》六卷　長短句《ちょうたんく》三卷

[一]副都御史黃登賢《こうとうけん》家藏本

【秦觀《しんかん》】一〇四九～一一〇〇
初めの字《あざな》は太虛《たいきょ》、のちに少游《しょうゆう》と改める。號は淮海居士《わいかいこじ》。高郵《こうゆう》（江蘇省高郵市）の人。蘇門四學士の一人。元豐元年（一〇七八）、徐州に蘇軾を訪い、その知遇を得た。元豐八年（一〇八五）、三十七歳で進士に及第し、定淮主簿・蔡州教授を經て、元祐五年（一〇九〇）には、蘇軾の推薦で太學博士として都に上り、祕書省正字・國史院編修官などを歷任した。哲宗の親政が始まり新法黨が實權を握ると、元祐の黨籍に入れられ、監處州（浙江省）酒稅、ついで郴州《ちんしゅう》（湖南省）に流謫となり、さらに編管橫州（廣西壯族自治區）・雷州（廣東省）に移された。徽宗が卽位し、赦されて北歸する途上、藤州（廣西壯族自治區）で沒した。嶺南時代、蘇軾の流謫地に近かったこともあり、四學士の中で、最も蘇軾と緊密な關係を持った。婉約的な詩風で知られ、一般には詞人としての名聲の方が高い。『宋史』卷四四四　文苑傳六　參照。

宋秦觀撰。[二]觀事蹟具宋史文苑傳。觀與[三]兩弟觀・覯皆知名、而觀集獨傳。[四]本傳稱文麗而思深。[五]苕溪漁隱叢話載蘇軾薦觀於王安石。安石荅書、述葉致遠之言、以爲清新婉麗、有似鮑・謝。[六]敖陶孫詩評則謂其詩如時女步春、終傷婉弱。[七]元好問論詩絶句因有女郎詩之譏。今觀其集、少年所作、神鋒太儁或有之。概以爲靡曼之音、則詆之太甚。[八]呂本中童蒙訓曰、少游雨砌墮危芳、風櫺納飛絮之類、李公擇以爲謝家兄弟不能過也。過嶺以後詩、高古嚴重、自成一家、與舊作不同。斯公論矣。觀[九]雷州詩八首、後人誤編之東坡集中、不能辨別。則安得概[一〇]目以小石調乎。

[一一]其古文在當時亦最有名。故陳善[一二]捫蝨新話曰、呂居仁嘗言少游從東坡游、而其文字乃自學西漢。以余觀之、少游文格似正、所進策論、頗若刻露、不甚含蓄。若比東坡、不覺望洋而嘆。然亦自成一家云云。亦定評也。[一三]王直方詩話稱觀作贈參寥詩末句曰、平康在何處、十里帶垂楊、爲孫覺所呵。後編淮海集、遂改云經旬滯酒伴、猶未獻長楊。則此集爲觀所自定。

[一四]文獻通考別集類載淮海集三十卷、又歌詞類載淮海集一卷。[一五]宋史則作四十卷。今本卷數與宋史相同、而[一六]多後集六卷、長短句分爲三卷。蓋嘉靖中[一七]高郵張綖以黃瓚本及監本重爲編次云。

【訓讀】

宋 秦觀《しんかん》の撰。[二]觀の事蹟『宋史』文苑傳に具われり。觀[三]兩弟の覿《てき》・覯《こう》と與《とも》に皆 名を知らるるも、觀の集 獨り傳わる。[四]本傳 稱す、「文は麗にして思い深し」と。[五]『苕溪漁隱叢話《ちょうけいぎょいんそうわ》』載す、「蘇軾 觀を王安石に薦む。安石の荅書に、葉《しょう》致遠《ちえん》の言を述べて、以爲《おもえ》らく 清新婉麗は、鮑・謝に似る有り」と。[六]敖陶孫《ごうとうそん》『詩評』則ち謂う「其の詩 時女の歩春の如く、終に婉弱に傷《やぶ》る」と。[七]元好問『論詩絶句』因りて「女郎の詩」の譏《そし》り有り。今 其の集を觀るに、少年 作る所、神鋒太儁《しんぽうたいしゅん》 或いは之《こ》れ有り。概して以て靡曼《びまん》の音と爲すは、則ち之を詆《そし》ること太甚なり。[八]呂本中『童蒙訓』曰く、「少游の〝雨砌《うせい》 危芳を墮《おと》し、風櫺《ふうれい》 飛絮《ひじょ》を納《おさ》む〟の類、李公擇 以て謝家の兄弟も過ぐる能わずと爲すなり。嶺を過ぎて以後の詩は、高古嚴重、自ら一家を成し、舊作と同じからず」と。斯《こ》れ 公論なり。[九]觀の〈雷州詩〉八首、後人 誤りて之を東坡集中に編し、辨別する能わず。則ち 安《いず》くんぞ[一〇]概目するに小石調を以てするを得んや。

[11]其の古文 當時に在りては亦た最も名有り。故に 陳善[12]『捫蝨新話《もんしつしんわ》』曰く、「呂居仁 嘗て言う〝少游 東坡に從いて游ぶも、其の文字は乃ち自《みずか》ら西漢に學ぶ〟と。余を以て之を觀るに、少游の文格 正に似たるも、進む所の策論は、頗る刻露の若《ごと》く、甚だしくは含蓄せず。若《も》し東坡に比《くら》ぶれば、覺えず望洋して嘆ず。然れども 亦た自ら一家を成す、云云〟と。亦た定評なり。『王直方詩話』[13]稱す「觀 參寥《さんりょう》に贈る詩を作りて末句に、〝平康 何れの處にか在らん、十里 垂楊を帶ぶ〟と曰うは、孫覺の呵《しか》る所と爲る。後『淮海集』を編みて、遂に改めて〝旬を經て 酒伴を滯《とど》むるも、猶お 未だ長楊を獻ぜず〟と云う」と。則ち 此の集 觀の自定する所爲り。

『文獻通考』[14]別集類に『淮海集』三十巻を載せ、又た歌詞類に『淮海集』一巻を載す。『宋史』[15]は則ち四十巻に作る。今本の巻數『宋史』と相い同じきも、『後集』[16]の六巻、『長短句』の分ちて三巻と爲すもの多し。蓋し 嘉靖[17]中 高郵の張綖《ちょうえん》 黄瓚《こうさん》の本及び監本《かんぽん》を以て重ねて編次を爲すと云う。

【現代語譯】

宋 秦觀《しんかん》の著。觀の事蹟は『宋史』文苑傳に詳しい。觀は二人の弟 覿《てき》と覯《こう》とともに有名であったが、觀の文集だけしか今に傳わっていない。『宋史』の秦觀傳は、「表現はうるわしく、そこに深い思いが込められている」という。『苕溪漁隱叢話《ちょうけいぎょいんそうわ》』は、「蘇軾が觀を王安石に推薦し、安石はその返事で、葉濤《しょうとう》 致遠の言葉を引いて、秦觀の詩は清新婉麗で鮑照・謝靈運のようだと言った」とする。敖陶孫《ごうとうそん》『詩評』は、「秦觀の詩はおめかしした女の春の散歩のようで、なよなよしすぎだ」という。それで元好問『論詩絶句』は「女郎の詩」と譏《そし》ったのである。今 秦觀の集を觀るに、若い時の作品には研ぎ澄まされて力強いものもあって、きれいで輕薄なものばかりだとするのは、けなし過ぎというものだ。呂本中『童蒙訓』は、「少游の〝雨砌《うせい》 危芳を墮《おと》し、風欞《ふうれい》 飛絮《ひじょ》を納《おさ》む（雨は花びらを石だたみの上に落し、風は柳絮を軒下に吹きこませる）〟などは、李常 公擇が謝靈運・謝惠連兄弟もかなうまいと評したものだ。嶺南に流されて以後の詩は、古雅で重々しく、獨自の境地に達しており、舊作とは異なる」という。これは公平な評價である。とすれば、觀の〈雷州詩〉八首は、後世の人が誤って東坡集中に編入し、蘇軾詩との見分けがつかなくなっている。秦觀の詩は〈小石調〉のようだなどと一概に言えるはずもなかろう。

彼の古文も當時にあってはとりわけ有名だった。だから陳善は『捫蝨《もんしつ》新話』で、「呂本中 居仁は〝秦少游は東坡に就いて學んだが、その文については自分で前漢のものを學んだ〟と言っている。私が思うに、少游の文格は一見正しいようだが、奉呈した策論はかなりあからさまな感じがして、いささか含蓄に缺ける。もしも東坡に比べたら、思わず天を仰いでため息をつくことになる。しかし、それはそれで獨自の境地を拓いている云云〟と。これも衆目の一致する所だ。『王直方詩話』はいう、「觀は參寥子《さんりょうし》に贈る詩を作ったが、その末句の〝平康 何《いず》れの處にか在らん、十里垂楊を帶ぶ（花街はどちらでしょう、十里 楊柳の竝木が續いている所ですね）〟について、孫覺の叱責を受けた。後に『淮海集』を編纂した時には、〝旬を經て 酒伴を滞《とど》むるも、猶お 未だ長楊を獻ぜず（十日以上も飲み友達を待たせているのに、私には未だ出仕の機會もありません）〟に改めた」と。つまり、この集は觀 自らが編定したものなのだ。

『文獻通考』は別集類に『淮海集』三十巻を載せており、歌詞類にも『淮海集』一巻を載せている。『宋史』は四十巻に作っている。今本の巻數は『宋史』と等しいが、『後集』の六巻と『長短句』を三巻に分けたものとが多い。思うにこれは 嘉靖年間に高郵の張綖《ちょうえん》が黄瓚《こうさん》の本と國子監の本をもう一度編次し直したものだろう。

【注】

一　副都御史黄登賢家藏本　黄登賢《こうとうけん》は字を雲門または筠盟《いんめい》といい、順天大興（北京）の人。乾隆元年（一七三六）の進士で、官は漕運總督・兵部尚書に至った。父の叔琳から受け継いだ藏書室は萬巻樓といい、四庫全書編纂の際には、藏書二九九部を進獻した。そのうち著録は四八部、存目（四庫全書内に収めず、目錄にのみ留めておくこと）は八九部である。乾隆三十九年五月十四日奉上諭（『四庫全書總目』巻一所收）によれば、黃登賢はその進書の功によって、内府初印の『佩文韻府《はいぶんいんぷ》』一部を下賜されている。

二　觀事蹟具宋史文苑傳　『宋史』巻四四四　文苑傳六。

三　兩弟覿・覯　『宋史』巻四四四　文苑傳六　秦觀傳に「弟覿《てき》、字は少章、覯《こう》、字は少儀。皆 能文なり」と見える。ただし、「覿の字は少儀、覯の字は少章」の誤りである。證據として、黃庭堅『豫章黃先生文集』巻二六〈秦覯の詩巻の後に書す〉の「少章 別れて來《こ》のかた年を逾《こ》ゆ」、『山谷詩註』巻一一〈秦少儀に贈る〉の任淵註「少儀、名は覿」などが擧げられる。

四　本傳稱文麗而思深　『宋史』巻四四四　文苑傳六　秦觀傳には「觀 議論に長じ、文は麗にして思い深し」と見える。

五　苕溪漁隱叢話載…　胡仔『苕溪漁隱叢話』前集巻五〇にいう。「東坡 嘗て書有りて少游を荊公に薦めて云う〝向《さき》に屢《しば》しば高郵の進士 秦觀 太虛を言う。公も 亦た粗《ほ》ぼ其の人を知る。今 其の詩文 數十首を得て拜呈す。詞格の高下、固《もとよ》り已に左右に逃がす無し。此の外 史傳に博綜《はくそう》し、佛書に通曉《つうぎょう》す。此の若《かく》き類 未だ一一數うるに易《やす》からざるなり（前から何度か高郵の進士 秦觀 太虛のことを申し上げていましたので、あなたもその人のことはほぼご存じと思います。今 彼の詩文數十首を奉呈いたします。彼の詩格の高さは、隠すべくもありません。そのほか史傳を究めており、佛書に通曉しています。この種のことは一つ一つ數えたらきりがありません）〟と。荊公 答書して云う〝示及の秦君の詩、適たま葉致遠《しょうちえん》一見し、亦た以て 清新嫵麗《ぶれい》にして、鮑・謝 之に似たりと謂う。公 秦君を奇とし、之を口にして置かず、我 其の詩を得て、之を手にして釋《お》かず。又た聞くならく 秦君 嘗て至言妙道を學ぶと。乃ち 我の公と嗜好 異なるを笑う無からんや（お示し下さった秦君の詩ですが、適たま葉致遠が一見し、清新嫵麗で、鮑照・謝靈運に似ていると言っていました。あなたは秦君を逸材として口でしきりに褒めそやし、私はその詩を見て手から離せなくなりました。また聞けば秦君はかつて佛道を學んだことがあるとか。ならば、私のことを貴兄とは嗜好が違うと笑っているんじゃないでしょうか）〟と。」蘇軾の手紙〈王荊公に與うる書〉は中華書局本『蘇軾文集』巻五〇に、王安石の返書〈蘇子瞻に回《かえ》す簡〉は『臨川先生文集』巻七三に收められている。葉致遠《しょうちえん》は王安石の門人葉濤《しょうとう》のこと。致遠は字。曾布の推薦で中書舍人となり、舊法黨の人士の彈劾文を執筆したことで知られる。のち蔡京の不興を買い、元祐の黨籍に入れられた。鮑照・謝靈運は、六朝を代表する詩人。

六　敖陶孫詩評則謂…　『詩人玉屑』巻二に引く敖陶孫『臞翁《くおう》詩評』に「秦少游は時女の歩春の如く、終に婉弱に傷《やぶ》る」と見える。

七　元好問論詩絶句…　元好問『論詩』三十首に「〝有情の芍薬《しゃくやく》は春涙を含み、無力の薔薇は晩枝に臥す〟、退之の〈山石〉の句を拈出《ねんしゅつ》して、始めて知る 渠《かれ》は是れ女郎の詩なるを」という絶句がある。宗廷輔『古今論詩絶句』の解説によれば、この絶句は秦觀のことを論じたもので、上二句に秦觀詩を引くことによって秦觀の詩境をいったのだとする。さらに宗廷輔は元好問『中州集』巻九の〈擬《ぎ》栩《く》先生王中立傳〉を引いて、元好問の秦觀に對する評價には王中立の影響があることをいう。すなわち〈擬栩先生王中立傳〉には「予 嘗て先生に從いて學び、詩を作るには 究竟《きゅうきょう》當に如何すべきかを問う。先生 秦少游の〈春雨〉詩を擧げて、〝有情の芍薬は春涙を含み、無力の薔薇は晩枝に臥す〟、此の詩、工《たく》みならざるに非ざるも、若《も》し退之の〝芭蕉の葉 大にして 梔《くちなし》の子《み》 肥ゆ〟の句を以て之に校《くら》ぶれば、則ち〈春雨〉は婦人の語なり。工夫を破却して何ぞ婦人を學ぶに至らんやと云う」と見える。

八　呂本中童蒙訓曰…　『詩人玉屑』巻一八引く『呂氏童蒙訓』に、「〝雨砌《うせい》 危芳を墮《おと》し、風軒 飛絮《ひじょ》を納《おさ》む〟の類、李公擇 以て謝家の兄弟の意を得しものも過ぐる能わずと爲すなり。少游の嶺を過ぎし後の詩は、嚴重高古、自ら一家を成し、舊作と同じからず」とある。〝雨砌…〟は逸句である。李公擇（一〇二七〜一〇九〇）の名は常、南康軍建昌（江西省）の人で、王安石の新法に反對した人物。秦觀と交遊があった。

九　觀雷州詩八首…　『東坡續集』に見える〈雷州八首〉は、實は秦觀の〈雷陽書事三首〉の内の第一・第三首と、〈海康書事十首〉の内の第一〜第六首（ともに『淮海集』巻六）である。查愼行『蘇詩補註』巻四九は次のようにいう。「愼 按ずるに右 五言古詩八首、皆 秦少游の作なり。按ずるに『淮海集』中〈雷陽書事三首〉有り。今〝越嶺 風俗殊《ことな》る〟〝舊時 日南郡〟は乃ち其の二なり。又た〈海康書事十首〉有り。今〝白髮 鉤黨に坐す〟〝荔子《れいし》 幾何《いくばく》も無し〟〝下居は流水に近し〟〝培塿《ばいろう》に松柏無し〟〝粤女《えつじょ》 市《いち》に常無し〟〝海康 臘《ろう》は己酉《きゆう》〟は乃ち其の六なり。先生 遠く海外に謫せられ、應《まさ》に〝南遷す 瀕海の州（南のかた海に瀕した州に左遷となった）〟と云うべからず。其の子由と相い遇《あ》いて、同行して雷に至り、僅かに留まること月餘なり。一忽忽の過客、豈に〝灌園して口に餬《のり》す（畑仕事をして食いつなぐ）〟の事有らんや。且つ 計るに 先生 雷に過《よ》ぎりて海を渡るは五・六月の閒に在り。今 詩中 一たび則ち〝籬落 秋暑の内（籬《まがき》の中は殘暑が嚴しい）〟と曰い、再び則ち〝黃甘 遽《なん》ぞ許《かく》の如き（なんと大きな蜜柑よ）〟と曰い、三に則ち〝海康 臘《ろう》は己酉《きゆう》（海康では十二月の先祖の祭は己酉の日）〟と曰い、四に則ち〝東風 已に雲の如し（春風は雲のように次々と吹いてくる)〃と曰う。詩意を細玩すれば、皆 此の地に謫居して、夏より秋に徂《およ》び、冬に背《そむ》き春に渉《わた》り、時に感じて事を記すの辭にして、斷斷 東坡の作に非ず。之を考うるに『宋文鑑』第二十巻中 選する所の〈海康書事〉五首も、亦た以て秦の作と爲すこと、疑い無きなり。八章は、施氏の原本 載せず、新刻は『續補』上巻に載す。今 爲に駁正《ばくせい》す。」

一〇　概目以小石調　〈小石調〉は詞牌の名で、別名〈秋風清〉。ここでは、秦觀の詩が詞のように艷麗であることをいう。胡仔《こし》『苕溪漁隱叢話《ちょうけいぎょいんそうわ》』前集巻五一に引く『王直方詩話』によれば、元祐年間、上巳《じょうし》の日に西池で催された宴席で文人たちが王欽臣の詩に唱和した際、王欽臣は（湯衡〈張紫微雅詞の序〉は蘇軾とする）秦觀の詩句「簾幕《れんばく》 千家 錦繡垂る」を讀んで、〃此の語 又た〈小石調〉に入るるを待たん〃と笑ったという。秦觀の詩句は、『淮海集』巻九〈西城宴集…〉二首の一の第四句。

一一　其古文在當時亦最有名…　以下、「則此集爲觀所自定」までの文、四庫全書文淵閣本の書前提要に無し。

一二　陳善捫蝨新話曰…　『捫蝨《もんしつ》新話』巻六「呂居仁 嘗て言う〃少游 東坡に從いて游ぶも、其の文字は乃ち自ら西漢を學ぶ〃と。余を以て之を觀るに、少游の文字の格 此に止まるに似たるも、進む所の論策は、辭句頗る刻露の若《ごと》く、甚だしくは含蓄せず。若し坡に比せば、覺えずして望洋として嘆ずるなり。然れども亦た自ら一家を爲す。」呂本中 居仁の言は、宋の張鎡《ちょうじ》『仕學規範』巻三五引く『童蒙詩訓』に見える「文章の大要は西漢を以て宗と爲す。此れ 人の及ぶべき所なり。上面の一等に至りては、則ち須《すべから》く己《おの》が才分を審《つまび》らかにすべくして、勉强して作《な》すべからざるなり。秦少游の才の如きは、終身 東坡に從いて步驟次第《ほしゅうしだい》するも、上は西漢を宗とし、善く學ぶと謂うべし。」

一三　王直方詩話稱…　胡仔『苕溪漁隱叢話』前集巻五〇に引く『王直方詩話』は次のような道潛の話を擧げている。「參寥《さんりょう》 言う、舊《もと》 一詩の少游に寄する有り。少游 和して云う〃樓闕《ろうけつ》に朝雨過ぎ、參差《しんし》として霽光《せいこう》動く。衣冠 禁路を分かち、雲氣宮墻《きゅうしょう》を繞《めぐ》る。亂絮《らんじょ》 春の闊《ひろ》きに迷い、嫣花《えんか》 日の長きに困《くる》しむ。平康 何れの處にか在る、十里 垂楊を帶ぶ〃と。莘老《しんろう》 嘗て此の詩を讀み、末句に至りて云う〃這《こ》の小子 又た賤發なり〃と。少游 後に『淮海集』を編するに、遂に改めて云う〃句を經て酒伴を牽《とど》むるも、猶お 未だ長楊を獻ぜず〃と。」詩は『淮海集』巻七〈輦下春晴《れんかしゅんせい》〉、またしても科擧に下第した際の作である。「平康」とは妓樓街。「未だ長楊を獻ぜず」とは、四十歳になってようやく〈長楊賦〉を獻じて郎中となった揚雄を意識する。參寥子は釋道潛、本書四四「參寥子集十二巻」參照。莘老は孫覺（一〇二八～一〇九〇）の字。秦觀は青年時代の一時期、親戚にあたる孫覺の幕僚をしていた。

一四　文獻通考別集類載…　馬端臨『文獻通考』經籍考卷六四別集類に「淮海集三十卷」を、卷七三 歌詞類に「淮海集一卷」を著錄する。前者は晁公武『郡齋讀書志』卷一九に、後者は陳振孫『直齋書錄解題』卷二一に基づく。ただし、後者の「淮海集一卷」は「淮海詞一卷」の誤りという說もある。

一五　宋史則作四十卷　『宋史』卷四四四 文苑傳六に「文集四十卷有り」という。『宋史』藝文志七も「秦觀集四十卷」に作る。

一六　多後集六卷、長短句分爲三卷　陳振孫『直齋書錄解題』卷一七が「淮海集四十卷・後集六卷・長短句三卷」と著錄していることから、宋代すでに『後集』六卷と『長短句』三卷が存在していたことは明らかである。また、現存する最古の版である乾道九年（一一七三）刊本（日本內閣文庫藏）の標題は「淮海集四十卷・後集六卷・長短句三卷」に作っており、この二種を明の張綖《ちょうえん》が「重ねて編次し」たとする提要の說は誤りである。

一七　嘉靖中高郵張綖…　嘉靖一八年（一五三九）、高郵《こうゆう》の張綖が鄂州《がくしゅう》で刻した本をいう。四庫全書の底本である。四部叢刊本『淮海集』卷首 張綖の〈秦少游先生淮海集の序〉（四庫全書文淵閣本は收載せず）には「北監 舊《もと》 集板 有るも、歲久しくして漫漶《まんかん》す。近日 山東の新刻は不全なり。予 迺《すなわ》ち二集を以て相い校し、之を郡齋に刻す」とある。北監本とは明初の國子監本、山東の新刻とは明の儀眞の黃瓚《こうさん》が正德年閒に刻した本を指す。黃瓚本は『長短句』を缺いており、現在、日本の宮內廳書陵部に藏されている。

【附記】

『淮海集』の最も古い版本は、日本の內閣文庫に藏される乾道九年（一一七三）高郵軍學刻本であり、このうち『長短句』三卷は、一九六五年に香港龍門書店より影印されている。乾道九年刻本を重修したのが、北京圖書館藏の紹熙三年（一一九二）謝雩《しゃう》刻本である。明代は五種の刊本があり、四庫全書が收めるのは嘉靖一八年（一五三九）の張綖《ちょうえん》刻本であり、四部叢刊本もこれに同じ。近年刊行された徐培均『淮海集箋注』（上海古籍出版社 一九九四）は、注のみならず附錄の年譜・序跋の類も充實しており、極めて有用である。なお、享和三年（一八〇三）和刻『淮海集鈔』（『和刻本漢詩集成』第一一輯 汲古書院 一九七五）もある。『宋詩鈔』を底本とした『全宋詩』（第

一八冊　巻一〇五三〜巻一〇六八）は逸句を最も多く集めている。

四三　濟南集《さいなんしゅう》八巻　[一]永樂大典本

【李廌《りち》】一〇五九～一一〇九
字《あざな》は方叔、號は太華逸民《たいかいつみん》、または濟南《さいなん》先生。華州（陝西省華縣）の人。黄庭堅《こうていけん》・張耒《ちょうらい》・晁補之《ちょうほし》・秦觀《しんかん》・陳師道《ちんしどう》とともに蘇門六君子の一人に數えられる。六歳で父を亡くし、貧苦の中で苦學し、文章によって蘇軾《そしょく》の知遇を得た。しかし、科擧に志を得られず、中年にこれを斷念し、長社（河南省）に居を定め、生涯布衣で終わった。『宋史』巻四四四　文苑傳六　參照。

宋李廌撰。廌有[二]德隅齋畫品、已著錄。[三]文獻通考載廌濟南集二十卷、而[四]當時又名曰月巖集。[五]周紫芝太倉稊米集有書月巖集後一篇、稱滑臺劉德秀借本於妙香寮、始得見之。則南渡之初、已爲罕覯。後遂散佚不傳。惟[六]蘇門六君子文粹中載遺文一卷而已。永樂大典修於明初、其時原集尚存、所收頗夥。採掇編輯、十尚得其四五。蓋亦僅而得存矣。

廌才氣橫溢、[七]其文章條暢曲折、辯而中理、大略與蘇軾相近。故[八]軾稱其筆墨瀾翻、有飛砂走石之勢。[九]李之儀稱其如大川東注、晝夜不息、不至於海不止。[一〇]周紫芝亦云、自非豪邁英傑之氣過人十倍、其發爲文詞、何以痛快若是。蓋其兀奡傲奔放、誠所謂不羈之才。[一一]馳驟於秦觀・張耒之閒、未遽步其後塵也。[一二]史又稱其善論古今治亂、嘗[13]上忠諫書・忠厚論、又兵鑒二萬言。今[14]所存兵法奇正・將才・將心諸篇、蓋卽所上兵鑒中之數首。其議論奇偉、尤多可取、固與局促轅下者異焉。

案呂[15]本中紫微詩話極稱鷹贈汝州太守詩、而今不見此首。又[16]其祭蘇軾文所云皇天后土、鑒一生忠義之心、名山大川、還萬古英靈之氣者、當時傳誦海內、而亦不見其全篇。則其詩文之湮沒者固已不少。其幸而未佚者、固尤足珍矣。

【訓讀】

宋 李鷹《りち》の撰。鷹『徳隅齋畫品《とくぐうさいがひん》[2]』有りて、已に著錄す。『文獻通考[3]』鷹の『濟南集』二十卷を載す。而して當時[4] 又た名づけて『月巖集《げつがんしゅう》』と曰う。周紫芝《しゅうしし》[5]『太倉稊米集《たいそうていべいしゅう》』に〈月巖集の後に書す〉一篇有りて稱す、「滑臺の劉德秀 本を妙香寮より借りて、始めて之を見るを得たり」と。則ち 南渡の初め、已に罕覯《かんこう》と爲る。後 遂に散佚して傳わらず。惟《た》だ『蘇門六君子文粹[6]』中 遺文一卷（實は五卷の誤り）を載すのみ。『永樂大典』 明の初めに修し、其の時 原集 尙存し、收むる所 頗る夥《おお》し。採掇《さいてつ》編輯し、十に尙 其の四五を得たり。蓋し 亦た僅かに存するを得たり。

鷹 才氣橫溢し、其[7]の文章は條暢曲折、辯《べん》じて理に中《あた》る。大略 蘇軾と相い近し。故に 軾 稱[8]す「其の筆墨瀾飜《らんぱん》にして、飛砂走石の勢い有り」と。李之儀《りしぎ》[9] 其の「大川 東に注《そそ》ぎて、晝夜 息《や》まず、海に至らずんば止《とど》まらざるが如き」を稱す。周[10]紫芝 亦た云う、「豪邁英傑の氣 人に過ぐること十倍なるに非ざる自《よ》りは、其の發して文詞と爲るに、何を以てか 痛快なること是《かく》の若きや」と。蓋し 其の兀𡏖《こつごう》奔放、誠に所謂不羈《ふき》の才なり。秦觀《しんかん》[11]・張耒《ちょうらい》の閒に馳驟《ちしゅう》し、未だ遽《にわ》かに其の後塵を歩まざるなり。史[12] 又た稱す、「其の喜《この》みて（善は誤り）古今の治亂を論じ、嘗[13]て〈忠諫書〉〈忠厚論〉、又た『兵鑒』二萬言を上る」と。今[14] 存する所の〈兵法奇正〉〈將才〉〈將心〉の諸篇、蓋し 卽ち 上る所の『兵鑒』中の數首なり。其の議論奇偉にして、尤《もっと》も取るべきもの多く、固《もとよ》り輭下《えんか》に局促《きょくそく》たる者と異なれり。

案ずるに[一五]呂本中《りょほんちゅう》『紫微《しび》詩話』極めて廌の〈汝州太守に贈る〉詩を稱するも、今此の首を見ず。[一六]又た其の〈蘇軾を祭る文〉に云う所の「皇天后土、一生忠義の心を鑒《かんが》み、名山大川、萬古英靈の氣を還《かえ》す」者は、當時海内に傳誦するも、亦た其の全篇を見ず。則ち其の詩文の湮沒《いんぼつ》する者、固《もとよ》り已に少なからず。其の幸いにして未だ佚《いつ》せざる者は、固り尤も珍とするに足れり。

【現代語譯】

宋李廌《りち》の著。廌には『德隅齋畫品《とくぐうさいがひん》』があり、すでに著錄している。『文獻通考』は廌の『濟南集』二十卷を載せており、當時は『月巖集《げつがんしゅう》』とも呼ばれていた。周紫芝《しゅうしし》『太倉稊米集《たいそうていべいしゅう》』には〈月巖集の後に書す〉という一篇があり、「滑臺の劉德秀が妙香寮から本を借りて來たので、始めて讀むことができた」と言っている。つまり、南宋の初めには、すでに稀覯本《きこう》となっていたのだ。その後、散佚して傳わらなくなってしまった。ただ『蘇門六君子文粹』が遺文一卷（實は五卷の誤り）を載せているだけである。明の初めに『永樂大典』が編纂された時、もとの集はまだ存在していたので、かなり多くの詩文が收錄されている。これらを拾い集めて編輯したら、なお四五割が得られた。まずはこれでもよく殘っている方であろう。

廌は才氣橫溢し、その詩文は伸びやかで起伏に富み、議論も理にかなっていて、ほぼ蘇軾に近いものがある。だから軾は、「その筆の運びは、さかまく波のようで、砂を飛ばし石を轉がす勢いがある」と稱したのだ。李之儀《りしぎ》は「東に注ぐ大川が、晝夜やむことなく海に至るまで流れ續けているようだ」と稱した。周紫芝も、「凡人の十倍もの高邁かつ傑出した精神の持ち主でなければ、こんな痛快な詩文ができるはずがない」と言った。思うにその傲慢かつ奔放なさまは、誠にいわゆる不羈《ふき》の才というものだ。秦觀《しんかん》や張耒《ちょうらい》らと肩を竝べ、簡單にその後塵を拜するようなことはない。『宋史』はまた、「古今の治亂を論じるのが好きで、嘗て〈忠諫書〉〈忠厚論〉、さらに『兵鑒』二萬言を上《たてま》ったことがある」と言う。今 現存している〈兵法奇正〉〈將才〉〈將心〉の諸篇は、おそらく皇帝に上った『兵鑒』中の數篇にあたるのだろう。その議論の特異性には、學ぶところが多く、權力者の下でこせこせ動き回る輩とは異なるのだ。

考えるに、呂本中《りょほんちゅう》『紫微《しび》詩話』は、極めて廌の〈汝州太守に贈る〉詩を稱贊しているのだが、今 この詩は傳わらない。また、彼の〈蘇軾を祭る文〉の「天地の神々は、蘇軾の一生忠義の心をよく承知しておられ、名山大川は、蘇軾の不滅の靈魂を呼び戻されたのだ」というくだりは、當時 海内で傳誦されたが、これもその全篇は傳わらない。つまり、彼の詩文はすでに亡びてしまったものも少なからずある。幸いにまだ失われていないものは、最も珍重しなければならない。

【注】

一　永樂大典本　『永樂大典』は明の永樂帝が編纂させた類書（百科全書）。二二、八七七卷。古今の著作の詩文を韻ごとに配列する。四庫全書編纂官は、すでに散逸した書籍については詩文を『永樂大典』より採輯して編を成し、これを永樂大典本と稱している。四庫全書に収入されたのは五一五種、そのうち別集は一六五種にのぼる。

二　德隅齋畫品　『四庫全書總目提要』巻一一二 子部 藝術類一に、『德隅齋畫品』一卷が著錄されている。二十二人の名畫の品題を収める。

三　文獻通考載…　馬端臨『文獻通考』經籍考巻六四に「濟南集二十卷」と見える。

四　當時又名曰月巖集　注三の『文獻通考』は、陳振孫『直齋書錄解題』を引いて「又た月巖集と號す」（巻一七）という。

五　周紫芝太倉稊米集有書月巖集後一篇　『太倉稊米集』巻六六〈月巖集の後に書す〉は短いので、以下にその全文と現代語譯を擧げておく。「『月巖集』は太華逸民の作る所なり。太華逸民とは則ち 李廌 方叔の自號なり。李端叔 其の文に序して謂う、〝東坡 嘗て 吾に 斯の文を許して、『大川の東に注ぎて、晝夜息《や》まず、海に至らずんば止《とど》まざるが如きなり』と言う〃と。今其の詩を誦し、其の文を讀み、然る後に 此の老の言 旨有りと爲すを知れり。而して 豪邁英傑の氣 人に過ぐること十倍なるに非ざる自《よ》りは、則ち 其の發して文詞と爲るに、何を以てか是《かく》の若く 其れ痛快なるや。紹興壬申の春、滑臺の劉徳秀 本を妙香寮より借る、乃《すなわ》ち 書して以て之を還す。（『月巖集』は太華逸民の作品であり、太華逸民とは李廌 方叔が自ら名乗った號である。李之儀 端叔は彼の集の序文で、〝嘗て東坡は私に向かって李廌の文を『東に注ぐ大川が、晝夜やむことなく海に至るまで流れ續けているようだ』と評した〃と記している。今、李廌の詩を誦し文を讀んで、始めて東坡老の言葉の意味を悟った。凡人の十倍もの高邁で傑出した精神の持ち主でなければ、こんな痛快な詩文ができるはずがない。紹興二二年（一一五二）の春、滑臺の劉徳秀が妙香寮から本を借りてくれたので、この跋文を書してお返しする。）」

六　蘇門六君子文粹中載遺文一巻　『蘇門六君子文粹』七十巻は黄庭堅・張耒・晁補之・秦觀の蘇門四學士に陳師道と李廌を加えた六人の文を收めており、巻四五～巻四九の計五巻が李廌の『濟南文粹』となっている。提要が「遺文一巻」というのは「五巻」の誤りである。なお、『蘇門六君子文粹』は宋の陳亮輯と傳えられるが、實際は書肆が科擧の受験參考書として刻行したもの（『四庫全書總目提要』巻一八七 集部 總集類二『蘇門六君子文粹』參照）。

七　其文章條暢曲折…　『宋史』巻四四四 文苑傳六 李廌傳に、「廌 喜《この》んで古今の治亂を論じ、條暢曲折、辯《べん》じて理に中《あた》る。喧《けん》溷倉卒《こんそうそつ》の間に當たりて意を經ざるが如く、睥睨《へいげい》して起ち、筆を落せば飛馳するが如し」と見える。

八　軾稱其筆墨瀾翻…　『宋史』巻四四四 文苑傳六 李廌傳は次のようにいう。「蘇軾に黄州に謁し、文を贄《おく》りて知を求む。軾謂う、〝其の筆墨 瀾翻《らんぱん》、飛沙走石の勢い有り〃と。其の背を拊《な》でて曰く、〝子の才は萬人の敵なり。之に抗するに高節を以てせば、之を能く禦《ふせ》ぐもの莫し〃と。廌 再拜して教えを受く。」

九　李之儀稱其如大川東注…　注五の周紫芝〈月巖集の後に書す〉によれば、「大川 東に注ぎて、晝夜 息まず、海に至らずんば止まざるが如きなり」と評したのは李之儀《りしぎ》ではなく、蘇東坡である。なお、〈月巖集の後に書す〉が言及している李之儀の序文とは、『永樂大典』巻二二五三七〈李方叔濟南月巖集の序〉（欒貴明輯『四庫輯本別集拾遺』の『濟南集』の條の附錄を參照）である。それによれば、蘇東坡は李之儀に李廌の作品を見せて「吾 嘗て斯の文を〝大川 湍注《たんちゅう》し、晝夜 息《や》まず、海に至らずんば止まざるが如し〃と評す」と語ったという。

一〇　周紫芝亦云…　注五參照。

一一　馳騁於秦觀・張耒之閒　提要のここの記述は、『宋史』卷四四四　文苑傳六　李廌傳に引かれる蘇軾の批評「張耒・秦觀の流なり」を意識している。秦觀（本書四二「淮海集四十卷」參照）と張耒（本書四一「宛邱集七十六卷」參照）はともに蘇門四學士に數えられる文學者。

一二　史又稱其善論古今治亂…　注七の『宋史』卷四四四　文苑傳六　李廌傳によれば、「善」は「喜」の誤りである。

一三　嘗上忠諫書・忠厚論…　『宋史』卷四四四　文苑傳六　李廌傳は注七に續けて次のようにいう。「元祐　言を求むるに、〈忠諫書〉〈忠厚論〉を上り、并びに『兵鑒』二萬言を獻じて西事を論ず」

一四　今所存兵法奇正・將才・將心諸篇…　〈兵法奇正〉〈將才〉〈將心〉はともに『濟南集』卷六に見える。

一五　呂本中紫微詩話極稱廌贈汝州太守詩　『紫微詩話』は、李廌の〈寒食〉詩と〈汝州の太守に贈る〉の句「安《いず》くにか得ん吾が皇　四百州、皆　此の邦の二千石の如きを」を引いている。ともに『濟南集』には見えない。

一六　又其祭蘇軾文所云…　李廌の〈蘇軾を祭る文〉は今に傳わらない。『宋元學案』卷九九に次のようにいう。「東坡　卒し、先生　之を哭《こく》し慟《なげ》きて曰く、〝吾　知己《ちき》に死す能わざるを愧《は》ず、師に事《つか》うるの勤めに至りては、詎《なん》ぞ敢えて生死を以て閒《へだて》と爲さんや〟と。卽ち　許・汝の閒を走り、地を相《そう》し兆を卜《ぼく》して其の子に授け、文を作り之を祭りて曰く、〝皇天　后土は、一生忠義の心を鑒《かんが》み、名山　大川は、萬古英靈の氣を還す〟と。詞語　奇壯にして、讀者　爲《ため》に悚《おそ》る。（東坡が亡くなり、先生（李廌）はこれを哭して嘆き悲しみ、〝私は知己のもとで死ぬことができないのが愧ずかしい、先生に懸命にお仕えすることでは、どうして生死の隔たりなど問題になりましょうや〟と述べ、すぐさま許州・汝州のあたりを驅けずり回り、しかるべき土地や墓をさがして遺族に與え、祭文を作って、〝天地の神々は、一生忠義の心をよく承知しておられ、名山大川は、蘇軾の不滅の靈魂を呼び戻されたのだ〟と言った。その語は奇抜かつ勇壯で、讀者は身の引き締まる感じです。）」ただし、この祭文は、釋惠洪《えこう》『石門文字禪』卷二七〈廌の東坡を吊す文に跋す〉では、「道大にして　名　難く、才　高くして　衆　忌む。皇天　后土、平生忠義の心を知り、千載英靈の氣を還す」に作る。また、若干の語句の異同はあるものの、呂本中『紫微詩話』や張表臣『珊瑚《さんご》鉤《こう》詩話』などにも引かれている。

【附記】

『全宋詩』（第二〇冊　巻一二〇〇～巻一二〇三）は、この永樂大典本を底本に、四庫全書文淵閣本に収められなかった詩についても廣く輯めている。

四四　[一]參寥子集《さんりょうししゅう》十二卷

[二]兵部侍郎紀昀《きいん》家藏本

【釋道潛《どうせん》】十一世紀中葉～十二世紀初め
元の名は曇潛《どんせん》、蘇軾《そしょく》が道潛と改めた。號は參寥子《さんりょうし》、賜號は妙總大師。於潛《よせん》（浙江省臨安縣）の何氏の子。一說に錢塘《せんとう》（浙江省杭州市）の王氏の子とも。治平寺に業を受け、後に杭州の智果寺に入る。詩を善くし、蘇軾や秦《しん》觀《かん》と親交があった。元符元年（一〇九八）、蘇軾が儋州《たんしゅう》（海南省）に流謫となると、道潛も兩浙轉運使呂溫卿《りょおんけい》によって還俗させられ、兗州《えんしゅう》に流された。建中靖國の初め、再び剃髮し、政和年間に還俗して沒したと傳えられる。
『咸淳臨安志』卷七〇參照。

宋僧道潛撰。道潛、於潛人。[三]蘇軾守杭州、卜智果精舍居之。[四]墨莊漫錄載其本名曇潛、軾爲改曰道潛。軾南遷、坐得罪、返初服。[五]建中靖國初、詔復祝髮。崇寧末、歸老江湖。嘗賜號妙總大師。

[六]國朝吳之振宋詩鈔云、參寥集杭本多誤採他詩、未及與析。今所傳者凡二本。[七]一題三學院法嗣廣宓訂、智果院法嗣海惠閱錄。前有參寥子小影、卽海惠所臨。[八]首載陳師道餞參寥禪師東歸序。[九]次載宋濂・黃諫・喬時敏・張睿卿四序。鈔寫頗工。[一〇]一本題法嗣法穎編。[一一]卷帙俱同、而敘次迥異。未知孰爲杭本。[一二]按集中詩有同法穎韻者、則法穎本授受有緒、當得其眞。惟所載陳師道序、[一三]題曰高僧參寥集序、與序語頗相乖剌。豈傳寫者所妄改歟。

[一四]冷齋夜話稱、參寥性褊、憎凡子如讎。今觀其詩、如[一五]湖上二首之類、頗嫌語少含蓄、足爲傲僻寡合之驗。然其落落不俗、亦由於此。[一六]吳可藏海詩話曰、參寥細雨云、細憐池上見、淸愛竹閒聞。荊公改憐作宜。又詩成暮雨邊、秦少游曰、雨中・雨旁皆不好、只雨邊最妙。又云、流水聲中弄扇行、兪淸老極愛之。此老詩風流醞藉、諸詩僧皆不及。韓子蒼云、若看參寥詩、則惠洪詩不堪看也云云。蓋當時極推重之。
[一七]曹學佺石倉歷代詩選惟錄其游鶴林寺詩一首・夏日龍井書事詩一首、以當北宋一家。殆從他書採摭、未見此本歟。

【訓讀】

宋 僧道潛《どうせん》の撰。道潛は、於潛《よせん》の人なり。[三]蘇軾 杭州に守たりしとき、智果精舍《ちかしょうじゃ》をトして之に居す。[四]『墨莊漫錄《ぼくそうまんろく》』載す「其の本名は曇潛《どんせん》、軾 爲に改めて道潛と曰う。軾 南遷するや、坐して罪を得て、初服に返る」と。[五]建中靖國の初め、詔して復《ふたた》び祝髮《しゅくはつ》せしむ。崇寧の末、江湖に歸老す。嘗て號を妙總大師と賜う。

[六]國朝 吳之振《ごししん》『宋詩鈔』云う、「『參寥集』の杭本 多く誤りて他詩を採るも、未だ與析に及ばず」と。今 傳わる所の者 凡そ二本。[七]一は「三學院法嗣 廣寃《こうひん》 訂、智果院法嗣 海惠《かいえ》 閱錄」と題す。前に參寥子の小影有り、卽ち海惠の臨する所なり。首《はじめ》に[八]陳師道の〈參寥禪師の東歸するを餞《せん》するの序〉を載せ、[九]次に宋濂《そうれん》・黃諫《こうかん》・喬時敏《きょうじびん》・張睿卿《ちょうえいけい》の四序を載す。鈔寫 頗る工《たく》みなり。[一〇]一本は「法嗣 法穎《ほうえい》の編」と題す。[一一]卷帙 倶に同じきも、敘次 迥《はる》かに異なれり。未だ孰《いずれ》の杭本爲るかを知らず。按ずるに[一二]集中の詩に法穎の韻に同ずる者有れば、則ち 法穎の本 授受 緒有りて、當に其の眞を得たるべし。惟だ 載す所の陳師道の序、[一三]題して「高僧參寥集の序」と曰うは、序の語と頗る相い乖剌《かいらつ》す。豈に傳寫する者 妄《みだ》りに改むる所なるか。

[一四]『冷齋夜話』稱す、「參寥 性 編《へん》にして、凡子を憎むこと讐《かたき》の如し」と。今 其の詩を觀るに、〈湖上〉[一五]二首の類の如きは、頗る 語に含蓄少なきを嫌い、傲僻寡合《ごうへきかごう》の驗と爲すに足れり。然れども 其の落落として俗ならざるは、亦た此に由れり。吳可[一六]『藏海詩話』曰く、「參寥《さんりょう》の〈細雨〉に云う、〝細《こま》やかに憐む 池上の見、淸らかに愛《め》づ 竹閒の聞〟と。荊公「憐」を改めて「宜」と作《な》す。又た詩に 〝暮雨の邉〟と成すに、秦少游曰く、〝「雨中」「雨旁」は皆 好からず、只だ「雨邉」のみ最も妙なり〟と。又た 〝流水聲中 扇を弄して行く〟と云うは、兪淸老《ゆせいろう》 極めて之を愛す。此の老 詩は風流醞籍《うんしゃ》にして、諸詩僧 皆 及ばず。韓子蒼《かんしそう》 〝若《も》し參寥の詩を看れば、則ち惠洪《えこう》の詩は看るに堪えざるなり〟と云う、云云」と。蓋し 當時 極めて之を推重す。

[一七]曹學佺《そうがくせん》『石倉歷代詩選』は惟だ其の〈鶴林寺に游ぶ〉詩一首・〈夏日龍井書事〉詩一首のみを錄し、以て北宋の一家に當つ。殆ど他書從《よ》り採摭《さいせき》し、未だ此の本を見ざるか。

【現代語譯】

宋 僧道潛《どうせん》の著。道潛は於潛《よせん》（浙江省臨安縣）の人である。蘇軾が杭州の知事だった時、智果精舍《ちかしょうじゃ》に移り住んだ。『墨莊漫錄』は次のように言う。「本名は曇潛《どんせん》といい、軾が道潛と改名させた。軾が嶺南に流されると、道潛も罪を得て、還俗《げんぞく》させられた」と。建中靖國の初めに、詔によって再び剃髮が許された。崇寧の末に、自然の中に隱棲した。かつて妙總大師という號を賜ったことがある。

國朝 吳之振《ごししん》の『宋詩鈔』は次のように言う。「『參寥集』のうち杭本は誤って他人の詩を多く混入させているが、まだ辨別ができていない」と。今 傳わっている版本は全部で二種類。一本は「三學院法嗣 廣𡧃《こうひん》 訂、智果院法嗣 海《かい》惠《え》 閱錄」と題するもので、前に參寥子《さんりょうし》の肖像畫があり、これは海惠が描いたもの。はじめに陳師道の〈參寥禪師の東歸するを餞《せん》するの序〉を載せ、次に宋濂《そうれん》・黃諫《こうかん》・喬時敏《きょうじびん》・張睿卿《ちょうえいけい》の四人の序文を載せている。鈔寫の文字はなかなかの腕前である。もう一本は「法嗣 法穎《ほうえい》の編」と題するもので、巻帙は雙方とも同じだが、中の編次は大きく異なる。『宋詩鈔』がいう杭本はどちらなのか判らない。思うに、集中の詩に法穎と同じ韻の作があることからすれば、法穎は詩集を傳授される機會があったのであり、きっとそれは本物に違いない。ただ、この本が收載する陳師道の序文は、「高僧參寥集の序」と題され、序文の内容とかなり隔たりがある。おそらく傳寫した者が勝手に改めたのだろう。

『冷齋夜話』は「參寥は偏狹《へんきょう》な質《たち》で、凡庸な輩を仇敵のように憎んだ」という。今 彼の詩を見るに、たとえば〈湖上〉二首などは、含蓄のある言い回しを缺く嫌いがあり、彼が傲慢で協調性に缺ける人物であることの證據とするのに十分だ。しかし、彼の詩が俗界から超然として孤高を保っている理由もこれによるのだ。吳可の『藏海詩話』は次のようにいう。「參寥の〈細雨〉の、〝細《こま》やかに憐む 池上の見、淸らかに愛《め》づ 竹間の聞（池のほとりの眺めに心ひかれ、竹林の音に心を樂しませる）〟について、王荊公 安石は〝憐〟を〝宜〟の字に改めた。また〝暮雨の邉〟という句が出來た時、秦少游は〝暮雨の中〟も〝暮雨の旁〟もともに良くない、〝暮雨の邉〟だけが最も妙だと言った。さらに〝流水聲中 扇を弄して行く（水のせせらぎの中を扇子を動かしながら行く）〟という句は、兪澹《ゆたん》 淸老がとても愛したものである。この老僧の詩は風流でゆとりがあり、他の詩僧たちはみな及ばない。韓駒《かんく》 子蒼《しそう》は〝參寥の詩を見たら、惠洪の詩は見るに堪えないものになる云々〟と言っている。」思うに 道潛は當時 極めて推重されていたのだ。曹學佺《そうがくせん》『石倉歴代詩選』は、彼の〈鶴林寺に游ぶ〉詩一首と〈夏日龍井書事〉詩一首だけを採錄し、北宋の一家ということにしている。おそらく他の書物から拾い出したもので、この本を見ていないのだろう。

【注】

一　參寥子集十二卷　四庫全書文淵閣本の書名は「參寥子詩集」に作る。

二　兵部侍郎紀昀家藏本　紀昀《きいん》（一七二四～一八〇五）は、字を曉嵐《ぎょうらん》といい、直隷獻縣《ちょくれいけん》（河北省獻縣）の人。乾隆一九年（一七五四）の進士。十三年の長きにわたり四庫全書總纂官として校訂整理に當たり、『四庫全書總目提要』編纂の最高責任者の一人であった。その書齋を閲微草堂《えつびそうどう》という。自らも家藏本を進獻し、そのうち六二部が著錄され、四三部が存目（四庫全書內に收めず、目錄にのみ留めておくこと）に置かれている。兵部侍郎は當時の官名である。

三　蘇軾守杭州、卜智果精舍居之　元祐五年（一〇九〇）二月二十七日の日付けがある蘇軾の〈參寥の詩に書す〉（中華書局本『蘇軾文集』卷六八）は、次のようにいう。「僕 黃州に在りしとき、參寥 吳中自《よ》り來訪し、之を東坡に館す。一日、夢に參寥の作る所の詩を見る、覺めて、其の兩句を記して云う〝寒《かん》食《じき》・清明《せいめい》 都《すべ》て 過《す》ぎ了《お》え、石泉の槐火《かいか》 一時に新たなり〟と。後七年して、僕 出でて錢塘に守たり。參寥 始めて西湖の智果院に卜居す…。」

四　墨莊漫錄載…　張邦基『墨莊漫錄』卷一に次のような記事が見える。「呂溫卿 浙漕《せっそう》と爲りて、既に錢濟明の獄を起し、又た廖明略の事を發《ひら》き、二人 皆 廢斥せらる。復た網羅せんと欲するも、參寥 未だ以て之に中《あた》る有らず。會《たま》たま 僧の參寥と隙有る有りて、參寥 度牒《どちょう》に名を冒すを言う。蓋し 參寥の本の名は曇潛《どんせん》、子瞻《しせん》 改むるに因りて道潛と曰う。溫卿 牒を索《もと》めて之を驗するに信に然り、竟に 坐《よ》りて之を刑して俗に歸し、兗州《えんしゅう》に編管す。（呂溫卿は兩浙轉運使となってから、錢濟明の獄を起し、さらに廖明略を告發して、二人とも現職から追放した。さらに彼らの一味を一網打盡にしようとしていたが、參寥に着せる罪がなかった。たまたま參寥と仲の悪い僧侶がいて、參寥は得度の際の證明書と違う名を騙《かた》っていると言い立てた。思うに參寥の元の名は曇潛で、蘇軾が道潛と改めさせたのだ。溫卿が僧籍を調べてみると確かに訴えのとおりであったため、彼はついに刑を受けて僧籍を剝奪され、兗州に編管の身となった。）」編管とは、それまでのあらゆる官歷と官籍を剝奪され、監視つきの流謫となること。

五　建中靖國初、詔復祝髮…　『咸淳臨安志』卷七〇に次のように言う。「建中靖國の初め、曾肇《そうちょう》 翰苑に在りて、其の非辜《ひこ》を言う。詔して復び祝髮せしむ。……崇寧の末、江湖に歸老す。既に示寂《じじゃく》す。其の法孫 法穎、其の詩集を以て世に行う。道潛 嘗て號を妙總大師と賜う。」

六　國朝吳之振宋詩鈔云…　『宋詩鈔』は康熙一〇年（一六七一）の編定。宋の一百家（うち十六家は未刻）の詩を選錄する。提要は編者を吳之振（一六四〇～一七一七）とするが、編纂の功は實は呂留良（一六二九～一六八三）にある。呂留良は文字の獄によって、その墓が暴かれ、著述はすべて廢棄されたため、以後『宋詩鈔』から呂留良の名は抹殺された。『宋詩鈔』所收の『參寥集鈔』の參寥小傳には「杭本 多く悞《あやま》りて他詩を集め、今 未だ與析に及ばず」とある。

七　一題三學院法嗣廣宖訂、智果院法嗣海惠閱錄　釋廣宖《こうひん》と釋海惠はともに傳記未詳。張元濟は四部叢刊三編『參寥子詩集』の後跋で、明 崇禎年間の汪汝謙刻『參寥子詩集』十二卷こそが釋廣宖と釋海惠が編纂した書に當たるのではないかという。しかし、今、靜嘉堂文庫が藏する汪汝謙刻本を檢するに、釋廣宖と釋海惠の名は見えず、參寥子の小影もない。また陳師道の序文（注八）は「高僧參寥集敍」に作り、明の四家の序文（注九）もない。汪汝謙本は法潁本の重刻と判斷される。

八　陳師道餞參寥禪師東歸序　陳師道『後山居士文集』卷一六所收〈參寥を送る序〉を指す。

九　次載宋濂・黃諫・喬時敏・張睿卿四序　釋廣宖・釋海惠による版本（注七）は所藏先不明につき四家の序文を確認できない。宋濂（一三一〇～一三八一）は字を景濂 號を潛溪といい、金華（浙江省）の人。明の洪武朝の名臣。文人としても著名で、『宋學士全集』がある。黃諫（一四一二～？）は字を廷臣といい、蘭州（甘肅省）の人。正統七年（一四四二）の進士。官は翰林院學士に至った。喬時敏は上海の人、萬曆三八年（一六一〇）の進士。張睿卿は字を稚道、號を心嶽といい、歸安（浙江省）の人。『峴山志』六卷を著した。

一〇　一本題法嗣法潁編　四庫全書本の底本となった、宋刻本の流れを汲む鈔本である。釋法潁の傳記は未詳。注五の『咸淳臨安志』卷七〇に「其の法孫（孫弟子）」というのみ。

一一　卷帙俱同、而敘次迥異　ともに十二卷であるが、編次が異なる。四部叢刊三編は宋刻本の釋法潁編『參寥子詩集』を收め、明の汪汝謙刻本との校勘記を附している。

一二　集中詩有同法潁韻者　『參寥子詩集』卷一二〈法潁の韻を用いて信上人に寄す〉と〈法潁の韻を用いて詵上人《せんしょうにん》に寄す〉を指す。

一三　題曰高僧參寥集序…　宋刻本『參寥子詩集』（四部叢刊三編）は、卷首の陳師道の序文を〈高僧參寥子詩集の敍〉に作るが、宋刻本『後山居士文集』（北京圖書館古籍珍本叢刊八八）卷一六では、〈參寥を送る序〉となっている。つまり、この序は參寥を送別した時のもので、詩集の序文ではない。誰かが送別の序を題だけ變えて詩集に冠したのである。

一四　冷齋夜話稱…　惠洪《えこう》『冷齋夜話』卷六に、「然れども 性は偏にして氣を尙《とうと》び、兄の子（『詩話總龜』前集卷三二に引く『冷齋夜話』は「凡子」に作る）を憎むこと仇の如し」という。

一五　湖上二首　朱弁『風月堂詩話』卷下に次のように見える。

「東坡 南遷し、參寥 西湖の智果院に居し、交游 復た曩時《どうじ》の盛んなる者無し。嘗て〈湖上〉十絶句を作り、其の閒の一首に云う〝去歳 春風 上苑の行、紅紫を爛窺《らんき》して平生を厭《いと》う。如今眼底に姚・魏無く、浪蘂《ろうずい》 浮花 名を問うに懶《ものう》し〟と。又た一首に曰く〝城根 野水 綠にして透沲《いい》、颭颭《せんせん》として輕帆 岸を掠《かす》めて過ぐ。日暮れて蕙蘭《けいらん》 處として採る無く、渚花 汀草 春を占めて多し〟と。此の詩 既に出て遂に初に反るの禍 有り。建中靖國の閒、曾子開 爲に其の非辜《ひこ》を明らかにし、乃ち始めて其の故服に還る。（蘇東坡は嶺南に流され、參寥は西湖の智果院に在って、交游も往時のようなにぎやかさはなくなった。參寥は〈湖上〉十絶句を作り、其の中の一首で〝去年 春風に吹かれながら行った禁中の庭、紅紫色の牡丹を飽きるほど觀賞して普段の暮しが嫌になったものです。今では姚黄・魏紫といった美しい牡丹も目にすることなく、亂れ咲く花々の名を問うのもめんどうです〟と。もう一首には〝城壁の下をうねうねとめぐる水の流れ、輕舟は風の吹くままに岸を掠《かす》めて過ぎていく。日暮れても香り高い蕙蘭を見つけることはできず、汀《みぎわ》の雜草だけが我が世の春を謳歌している〟と。こんな詩を作ったために還俗させられるという禍に見舞われたのだ。建中靖國年閒に、曾肇が彼の冤罪を明らかにし、それでようやく僧《そうぎょう》形に戻ることができた。）」この詩は『參寥子詩集』巻五に〈春日雜興〉十首の第五首と第二首として収められている。

一六　吳可藏海詩話曰…　『藏海詩話』にいう。「參寥の〈細雨〉に〝細《こま》やかに憐む 池上の見、淸らかに愛《め》づ 竹閒の聞〟と云う。荊公「憐」を改めて「宜」と作す。又た詩に〝暮雨の邊〟と云う。秦少游曰く、〝公は直《た》だ做《つく》りて此に到るなり。「雨中」「雨旁」皆 好からず、只だ「雨邊」のみ最も妙なり〟と。又た〝流水聲中 扇を弄して行く〟と云う。兪淸老 極めて之を愛す。此の老 詩は風流醞藉《うんしゃ》にして、諸詩僧 皆 及ばず。子蒼〝若し參寥の詩を看れば、則ち洪の詩は看るに堪えざるなり〟と云う」とある。〈細雨〉詩は、『參寥子詩集』巻二〈龍直夫祕校の細雨に和す〉の第一一・一二句（四庫全書本では第二首の頷聯）「細やかに宜し 池上の見、淸らかに愛《め》づ 竹邊の聞」を指し、「憐」が「宜」に改められている。〝暮雨の邊〟とは、『參寥子詩集』巻二〈少游學士の龔深之《きょうしんし》の金陵に往きて王荊公に見《まみ》ゆるを送るに次韻す〉の第二首の轉・結句「君を羨む 一棹 江南に去り、碧薺《へきせい》 時魚 暮雨の邊」を指す。兪澹《ゆたん》（字は淸老）の愛好した〝流水聲中 扇を弄して行く〟とは、『參寥子詩集』巻二〈東園〉三首の三の承句「溪溜聲中 扇を弄して行く」である。「子蒼」は韓駒の字、「洪」は惠洪《えこう》である。

一七　曹學佺石倉歷代詩選…　明の曹學佺《そうがくせん》『石倉歷代詩選』巻二三〇に〈再び鶴林寺に游ぶ〉と〈夏日龍井書事〉四首が收載さ

れている。前者は『參寥子詩集』巻一、後者は巻四所收。

【附記】

釋道潛の版本は北京圖書館に法潁が編纂した宋刻本が藏されている。四部叢刊三編はこれの影印であり、巻末に明の汪汝謙が崇禎年間に刻した本との校勘記を附す。また、上記二本の外に、臺灣の國家圖書館には道潛の後裔宗諟《そうけい》が編纂した『參寥子詩集』（宋末～元初の刻、巻中補寫多し）が藏されている。『全宋詩』（第一六册　巻九一一～巻九二二）は四部叢刊三編本を底本とし、逸句も集めている。

四五 寶晉英光集《ほうしんえいこうしゅう》八卷

[一]浙江鮑《ほう》士恭《しきょう》家藏本

【米芾《べいふつ》】一〇五一～一一〇七
米黻《べいふつ》とも書す。字《あざな》は元章、號は襄陽居士《じょうようこじ》・鹿門《ろくもん》居士・海嶽《かいがく》など。原籍は太原（山西省）、生まれは襄陽（湖北省襄樊市《じょうはん》）で、のちに潤州（江蘇省鎮江市）に移った。宋代を代表する書家で、蘇軾《そしょく》・黄庭堅《こうていけん》・蔡襄《さいじょう》（一説に蔡京）とともに四大家と稱された。母が英宗の皇后高氏に乳母として仕えていたため、高氏の邸で育ち、恩補によって祕書省校書郎となった。洽光《かんこう》（廣東省）の尉や雍丘（河南省）・漣水（江蘇省）・無爲（安徽省）の知事などを務めたのち、崇寧三年（一一〇四）、徽宗によって書畫學博士に召し出され、禮部員外郎（南宮舍人）に除せられた。そのため米南宮とも呼ばれる。また、藝術に心酔するあまり奇矯なふるまいが多かったことから、米顚《べいてん》と綽名された。大觀元年（一一〇七）、淮陽軍の長官となり、官舍で沒した。『寶晉山林拾遺』前附 蔡肇〈故南宮舍人米公墓誌銘〉・『宋史』巻四四四 文苑傳六 參照。

宋米芾撰。芾有[二]畫史、已著錄。其集於南渡之後、業已散佚。[三]紹定壬辰、岳珂官潤州時、既葺芾祠、因摭其遺文爲一編、併爲之序。序中不言卷數、而稱山林集舊一百卷、今所薈粹附益、未十之一。似卽此本。然[四]陳振孫書錄解題稱寶晉集十四卷、與此不同。又此本後有[五]張丑跋云、得於[六]吳寬家。中閒詩文、[七]或註從英光堂帖增入、[八]或註從羣玉堂帖增入。則必非岳珂原本。[九]又有註從戲鴻堂帖增入者、則併非吳寬家本。

考[一〇]寶晉乃芾齋名、[一一]英光乃芾堂名。合二名以名一書、古無是例。得無初名寶晉集、後人以英光堂帖補之、改立此名歟。

芾以書畫名、而文章亦頗不俗。[一二]曾敏行獨醒雜志載其嘗以詩一卷投許沖元云、芾自會道、言語不襲古人。年三十、爲長沙掾、盡焚燬以前所作。平生不錄一篇投王公貴人。遇知己索一二篇、則以往。元豐至金陵、識王介甫。過蘇州、識蘇子瞻。皆不執弟子禮云云。其自負殊甚、殆猶顚態。

然[一三]吳可藏海詩話引韓駒之言、謂芾詩有惡無凡。[一四]岳珂序引思陵翰墨志曰、芾之詩文、語無踏襲、出風煙之上。覺其詞翰同有淩雲之氣。[一五]案此條今本思陵翰墨志不載。[一六]敏行又記蘇軾嘗言、自海南歸、舟中聞諸子誦所作古賦、始恨知之之晚。蓋其胸次既高、故吐言天拔。雖不規規繩墨、而氣韻自殊也。

【訓讀】

宋 米芾《べいふつ》の撰。芾『[二]畫史』有りて、已に著錄す。其の集 南渡の後に於いて、業《すで》に散佚す。[三]紹定壬辰、岳珂《がくか》 潤州に官たりし時、既に芾の祠を葺《しゅう》し、因《よ》りて 其の遺文を摭《ひろ》いて一編と爲し、併《あわ》せて之が序を爲る。序中 卷數を言わざるも、「『山林集』は舊 一百卷、今 薈稡附益《かいすいふえき》する所、未だ十の一ならず」と稱す。卽ち此の本に似たり。然れども[四]陳振孫『書錄解題』に「『寶晉集』十四卷」と稱すは、此れと同じからず。又た[五]此の本の後 張丑《ちょうちゅう》の跋有りて、「吳寬《ごかん》の家に得たり」と云う。中閒の詩文、[七]或いは「『英光堂帖』從《よ》り增入す」と註し、[八]或いは「『羣玉堂帖』從り增入す」と註す。則ち 必ず岳珂の原本に非ず。又た「『[九]戲鴻堂帖《ぎこうどうじょう》』從り增入す」と註せし者有れば、則ち 併びに吳寬の家の本に非ず。

考うるに「[一〇]寶晉」は乃《すなわ》ち芾の齋名にして、「[一一]英光」は乃ち芾の堂名なり。二名を合わせて以て一書に名づくるは、古《いにし》えより是《こ》の例無し。初め『寶晉集』と名づけ、後人『英光堂帖』を以て之を補い、改めて此の名を立つること無きを得んか。

芾は書畫を以て名あるも、文章も亦た頗る俗ならず。曾[三]敏行『獨醒雜志《どくせいざっし》』載す「其の嘗て詩一巻を以て許沖元に投じて云う、〝芾 自ら會《かなら》ず道《い》う、言語は古人を襲《おそ》わずと。年三十にして、長沙の掾《えん》と爲り、盡く以前作る所を焚燬《ふんき》す。平生一篇の王公貴人に投ずるを錄さず。知己《ちき》の一二篇を索《もと》むるに遇えば、則ち以て往く。元豐 金陵に至りて、王介甫を識り、蘇州に過《よぎ》りて、蘇子瞻《そしせん》を識るも、皆 弟子の禮を執《と》らず〟云云」と。其の自負 殊《こと》に甚だしく、殆ど 猶お顚態《てんたい》のごとし。

然れども呉[三]可『藏海詩話』韓駒《かんく》の言を引きて謂う「芾の詩 惡有るも凡《ぼん》無し」と。岳[四]珂の序『思陵翰墨志』を引きて曰く、「芾の詩文、語に踏襲無く、風煙の上に出で、其の詞翰 同《とも》に凌雲の氣有るを覺ゆ」と。案[五]ずるに 此の條 今本の『思陵翰墨志』載せず。敏[六]行 又た記す「蘇軾 嘗て言う、〝海南自《よ》り歸るに、舟中 諸子の作る所の古賦を誦するを聞き、始めて之を知ることの晩きを恨む〟と」と。蓋し 其の胸次既に高く、故に言を吐くこと天拔なり。繩墨《じょうぼく》に規規たらずと雖も、氣韻 自《おのずか》ら殊《こと》なれり。

【現代語譯】

宋 米芾《べいふつ》の著。芾には『畫史』があって、すでに著錄しておいた。その集は宋が江南に移った後には、すでに散佚していた。紹定五年壬辰（一二三二）の年、岳珂《がくか》が潤州（江蘇省鎭江市）に赴任していた時、芾の祠堂を創建したおりに彼の遺文を集めて一編の書とし、序文もつけた。序文では巻數に言及していないが、「『山林集』はもとは一百巻で、今 集めて附益したものは、その十分の一にも滿たない」と言っている。つまり、この版本のことのようだ。しかし、陳振孫『直齋書錄解題』には「『寶晉集』十四巻」とあり、これとは別物である。さらにこの本には巻末に張丑の跋があって、「吳寛の家から入手した」と言っている。集中の詩文には、「『英光堂帖』から增入した」と註したり、『羣玉堂帖』から增入した」と註しているものがある。ということは、岳珂が編纂した原本であるはずがない。また、『戲鴻堂帖《ぎこうどうじょう》』から增入した」と註するものもあることからすれば、吳寛《ごかん》の家藏本というのでもない。

考えるに、「寶晉」とは芾の書齋の名で、「英光」とは芾の堂の名である。二つの名を合わせて書名にするのは、古來前例がない。最初に『寶晉集』と命名され、後世の人が『英光堂帖』から詩文を補入したので、この名稱に改めたということではなかろうか。

芾は書畫によって名を知られるが、詩文もなかなかのものである。曾敏行『獨醒雜志《どくせいざっし》』は次のような記事を載せている。「芾は嘗て許將 沖元に詩一巻を贈って、〝芾は先人の言葉を踏襲したりはしません。三十歲で長沙の下役を務めていたとき、以前の作品を盡く燒き捨てました。平生 王公貴人に贈ったものは一篇も收めていません。知己から一二篇を求められたときに、書いてやるのです。元豐年閒に金陵に行って、王安石 介甫に面識を得、蘇州に行って蘇軾《そしょく》 子瞻《しせん》に面識を得ましたが、ともに弟子の禮は執りませんでした〟と言ったとか」。その自負は尋常ではなく、殆ど狂に近い。

しかし、吳可『藏海詩話』は韓駒《かんく》の言を引用して「芾の詩は惡作はあるが、凡作は無い」と言っている。岳珂の序文は『思陵翰墨志』の「芾の詩文は、前人を踏襲した語が無く、俗界から脫け出るようで、文辭墨跡ともに凌雲の氣を感じる」と言っている。案ずるに この條は今本の『思陵翰墨志』に載っていない。敏行も次のように記している。「蘇軾は嘗て、〝海南島から歸る際、舟中で子供たちが芾の古賦を朗誦しているのを聞き、米芾の良さを理解するのが遲きに失したことが悔やまれる〟と言った」と。思うに、胸の內の思いが高尙であるため、言葉にすると卓拔なものになるのだ。詩の作法からはずれてはいるが、その氣韻は獨得のものがある。

【注】

一　浙江鮑士恭家藏本　鮑士恭《ほうしきょう》の字は志祖、原籍は歙《しょう》（安徽省）、杭州（浙江省）に寄居す。父 鮑廷博（字は以文、號は淥飲《ろくいん》）は著名な藏書家で、とりわけ散佚本の蒐集を好んだ。その精粋は『知不足齋叢書《ちふそくさいそうしょ》』中に見える。四庫全書編纂の際には、藏書六二六部を進獻し、そのうち二五〇部が著録され、一二九部が存目（四庫全書内に收めず、目録にのみ留めておくこと）に採擇されている。

二　畫史　歴代の名畫について眞僞を鑑定し、品評した書。『四庫全書總目提要』巻一一二 子部 藝術類一に『畫史』一巻として著録される。このほか、同巻には米芾の著作として『書史』一巻・『寶章待訪録』一巻・『海岳名言』一巻も著録されている。

三　紹定壬辰…　『寶晉英光集』の巻首には、「紹定壬辰の歳 上巳の日 鄂《がく》國の岳珂 序す」と署された序文がある。「予 仕えて潤に居ること 十年を餘すも、會《たま》たま 羽書《うしょ》 交《こも》ごも 馳《は》す。凡《およ》そ古えを訪《たず》ね奇を摭《ひろ》うこと 皆 日《ひ》び力《つと》むるも 暇《いとま》あらざる所なり。僅かに 能く海岳の一遺址を考し、槿《むくげ》を塹して園と爲し、菊を薦めて祠と爲し、江に倚《よ》りて堂を爲り、石を礱《ろう》して刻と爲す。…夫れ 既に園觀を卜《ぼく》すれば、則ち 以て祠せざるべからず。既に祠を蔵《そな》うれば 則ち 以て遺考文翰を摭《ひろ》い、以て一堂の缺に備えざるべからず。既に摹《も》瑑《てん》の事を竣し、放失《ほういつ》を攟《ひろ》い、悋《つつし》んで編次して是の集を爲《つく》り以て傳う。又た次して之に序すは、當に舉ぐるべくして必ず無かるべからざる所の者なり。則ち 又た奚《なん》ぞ疑或《ぎわく》の者の以て答うる無からんや。予 按ずるに『山林集』舊一百巻、今 會萃附益《かいすいふえき》する所、未だ十の一ならず。」岳珂（一一八三〜？）は岳飛《がくひ》の孫で書にも造詣が深く、四庫全書には永樂大典本の『寶眞齋法書贊』二十八巻が著録されている。

四　陳振孫書録解題稱…　『直齋書録解題』巻一七には「寶晉集十四巻、禮部員外郎 襄陽の米芾 元章撰」と著録されている。

五　此本後有張丑跋　張丑は明の書家であり、收藏家。字を青父といい、崑山《こんざん》（江蘇省）の人。米芾の書に心酔し、その書齋を「寶米軒」と名づけ、自ら「米庵」と號した。『淸河書畫舫《せいがしょがほう》』の十二巻は書畫に關する著述であり、黄庭堅の「米家書畫船」の句に基づく。提要は『寶晉英光集』の巻末に張丑の跋文があったことをいうが、現在四庫全書文淵閣本には見えない。

六　吳寬　一四三五〜一五〇四 明の人。字は原博、號は匏庵《ほうあん》、長洲（江蘇省）の人。成化八年の進士第一。官は禮部尚書に至り、卒《しゅっ》して太子太保を追贈された。書を善くしたことでも知られる。

七　或註從英光堂帖增入　『寶晉英光堂集』には「新たに添す、『英光堂帖』に見ゆ」と注される詩が十七首、文が三篇ある。

『英光堂帖』は岳珂が刻した米芾の叢帖だが、完帙は傳わらない。現在の『英光堂帖』は清の道光年間に刻されたもの。

八　或註從羣玉堂帖增入　『寶晉英光堂集』には「新たに添す、『羣玉堂帖』に見ゆ」と注される詩が五首、詩が一篇ある。羣玉堂とは韓侂冑《かんたくちゅう》（一一五二〜一二〇七）の室名。趙希弁《ちょうきべん》『讀書附志』法帖類によれば、『羣玉堂帖』十卷は韓の死の翌年、嘉定元年（一二〇八）四月二十四日に祕書省に收藏された。提要は『羣玉堂帖』が岳珂より後に編纂された法帖であることから、現在の『寶晉英光集』は岳珂の編纂した原本ではないとする。

九　有註從戲鴻堂帖增入者　『寶晉英光堂集』卷七〈快雪時晴帖に跋す〉の題下には「今『戲鴻堂法帖』中 刻する所にして、或いは後人 妄りに益す」と注される。『戲鴻堂帖』十六帖は、明の董其昌《とうきしょう》（一五五五〜一六三七）が刻したもの。提要は『戲鴻堂法帖』が吳寬（一五〇四歿）の死後に編纂した法帖であることから、現在の『寶晉英光集』は吳寬の家藏本ではないとする。

一〇　寶晉乃芾齋名　注四の陳振孫『直齋書錄解題』卷一七に「古の法書を酷嗜し、家に二王（晉の王羲之《おうぎし》・王獻之《おうけんし》）の眞蹟を藏し、故に寶晉齋と號す。蓋し 謝東山（謝安）・二王の各一帖を得て、遂に刊して無爲（安徽省）に置くに由りて、齋に名づくと云う」と見える。

一一　英光乃芾堂名　現在傳わる米芾の傳記資料には「英光」という名の堂の記錄はない。ただし、注三の岳珂〈寶晉英光集の序〉には「人 或いは予を咎《とが》めて謂う〝曆數 千百載、它《た》に豈に名人才士の以て表著すべきもの無からんや。而るに 獨だ英光に惓惓《けんけん》たり〟と」とあり、米芾を「英光」と呼んでいる。また、岳珂の刻した米芾の叢帖を『英光堂帖』（注七）という。

一二　曾敏行獨醒雜志載…　『獨醒雜志』卷五に次のようにいう。「米元章 嘗て其の詩一卷を寫して許沖元に投じて云う、〝芾 自ら會《かなら》ず道《い》う、言語は古人を襲わずと。年三十にして、長沙の掾《えん》と爲り、盡く已前《いぜん》作る所を焚毀《ふんき》す。平生 一篇の王公貴人に投ずるを錄さず。知己《ちき》の一二篇を索《もと》むるに遇えば、則ち以て往く。元豐中 金陵に至りて、王介甫（安石）を識り、蘇州に過《よぎ》りて、蘇子瞻《そしせん》（軾）を識るも、皆 弟子の禮を執らず。特だ 前輩を敬うのみ〟と。其の高く自ら譽めて道《い》うこと此の如し。」許沖元の名は將、『宋史』卷三四三。

一三　吳可藏海詩話引韓駒之言　『藏海詩話』は次のようにいう。「蔡天啓（肇）云う〝米元章の詩は惡 有るも凡《ぼん》 無し〟と。孫仲益（覿）・韓子蒼（駒）皆 云う。」韓駒は江西派の代表的詩人。

一四　岳珂序引思陵翰墨志曰…　注三の岳珂〈寶晉英光集の序〉に、「『思陵翰墨志』に、〝芾の詩文、語は蹈襲無く、風煙の上に出づ。其の詞翰 同《とも》に凌雲の氣有るを覺ゆ〟と曰う有り」とみえる。『思陵翰墨志』は南宋高宗の著。思陵は高宗の陵名。

一五　案此條今本思陵翰墨志不載　四庫全書文淵閣本および百川學海本の『思陵翰墨志』ともこの條を有する。提要の失見である。原文は「又た 芾の詩文、詩は踏襲無く、風煙の上に出で、其の詞翰 同に凌雲の氣有るを覺ゆ。覽《み》る者 當《まさ》に自ら得るべし」に作る。

一六　敏行又記蘇軾嘗言　曾敏行『獨醒雜志《どくせいざっし》』巻六にいう。「米元章は書を以て名あるも、詞章も亦た豪放不群なり。東坡 嘗て言う、〝海南自《よ》り歸るに、舟中 諸子の其の作る所の古賦を誦するを聞き、始めて之を知ることの晩きを恨む〟と。」蘇軾はこの後、すぐに米芾に書簡を送っている。中華書局本『蘇軾文集』巻五八〈米元章に與う〉二八首之二五 參照。

【附記】

米芾の詩文集には、四庫全書が著錄する『寶晉英光集』八巻のほか、宋の嘉泰元年（一二〇一）、米芾の子孫米憲が筠陽《いんよう》の郡齋で刻した『寶晉山林集拾遺』八巻があり（ただし第五巻以降は『寶章待訪錄』『書史』『畫史』『硯史』）わが邦では靜嘉堂文庫にこれの舊鈔本が藏されている。この筠陽郡齋本は近年『北京圖書館古籍珍本叢刊』八九に收められた。『全宋詩』（第一八册 巻一〇七五～一〇七八）はこれを底本としている。

米芾に關する傳記研究としては、中田勇次郎『米芾』（二玄社 一九八二）の〈米芾傳記資料〉〈米芾逸事資料〉が擧げられる。資料を網羅的に集めているのみならず、訓讀および現代語譯も附されている。

四六　石門文字禪《せきもんもんじぜん》三十卷

[一]内府藏本

【釋惠洪《えこう》】一〇七一～一一二八

初めの名は惠洪、のち德洪と改めた。洪覺範《こうかくはん》または寂音《じゃくおん》と稱することもある。俗姓は喩《ゆ》氏、一說に彭《ほう》氏。筠州《いんしゅう》新昌（江西省宜豐縣）の人。臨濟宗《りんざいしゅう》黃龍派の禪師で、北宋を代表する詩僧。十四歲で兩親を亡くし、三峯龍禪師の童子となる。元祐四年（一〇八九）、十九歲で得度して眞淨禪師に隨い洪州の石門に移り住んだ。二十九歲から諸國を漫遊し始めたが、僧籍が僞物であると誣告され、僧籍を剝奪されて一年間の獄中生活を送った。のち、都に出て丞相張商英の庇護の下、再び得度し寶覺圓禪師の號を賜るが、政和元年（一一一一）、張商英が失脚すると、連座して朱崖《しゅがい》（海南省）に流された。赦されて歸鄕したのち、再び誣告されて獄に繫がれている。書畫に巧みで、梅や竹の畫に秀でた。『石門文字禪』という書名は、禪は「不立文字《ふりゅうもんじ》」だとして禪と文學の兩立を認めない俗說をもじったもの。著述も多く、佛教關係では『禪林僧寶傳』三十卷が有名。『石門文字禪』卷二四〈寂音自序〉・『僧寶正續傳』卷二・『嘉泰普燈錄』卷七・『五燈會元』卷一七 參照。

宋僧惠洪撰。惠洪有[二]冷齋夜話、已著錄。是集[三]爲其門人覺慈所編。釋氏收入[四]大藏支那著述中。[五]此本卽釋藏所刊也。

[六]許顗詩話稱其著作似文章巨工、仲殊・參寥輩皆不能及。[七]陳振孫書錄解題亦謂其文俊偉、不類浮屠氏語。

[八]方回瀛奎律髓則頗詆諆之。平心而論、惠洪之失在於求名過急、所作冷齋夜話、[九]至於假託黄庭堅詩以高自標牓。故[一〇]頗爲當代所譏。又身本緇徒、而好爲[一一]綺語。[一二]能改齋漫錄記其上元宿嶽麓寺詩、至有浪子和尚之目。要其詩邊幅雖狹、而清新有致、出入於蘇・黄之閒、時時近似。在元祐・熙寧諸人後、亦挺然有以自立。固未可盡排也。

集中有[一三]寂音自序一篇、述其生平出處甚悉。而[一四]晁公武所謂[一五]張商英聞其名、請住峽州天寧寺者、獨不之及。殆其[一六]朱崖竄謫、釁肇於斯、故[一七]諱而不書耶。蓋其牽連鉤黨、與道潛之累於蘇軾同、而商英人品非軾比、惠洪人品亦非道潛之比。特以詞藻論之、則與[一八]參寥子集均足各名一家耳。

【訓讀】

宋 僧惠洪《えこう》の撰。惠洪『[二]冷齋夜話《れいさいやわ》』有りて、已に著錄す。是の集 [三]其の門人 覺慈《かくじ》の編する所爲り。釋氏『[四]大藏』支那著述中に收入す。[五]此の本 卽ち釋藏の刊する所なり。

[六]許顗《きょぎ》の『詩話』稱す「其の著作は文章の巨工に似て、仲殊・參寥《さんりょう》の輩 皆 及ぶ能わず」と。[七]陳振孫『書錄解題』亦た謂う「其の文 俊偉にして、浮屠《ふと》氏の語に類せず」と。[八]方回『瀛奎律髓《えいけいりつずい》』は則ち頗る之を詆諆《ていき》す。平心に論ずれば、惠洪の失は名を求むること過急なるに在り、作る所の『冷齋夜話』、[九]黄庭堅の詩に假託し以て高く自ら標牓するに至る。故に[一〇]頗る當代の譏《そし》る所と爲る。又た身は 本《もと》 緇徒《しと》なるに、好んで[一一]綺語を爲《つく》る。『[一二]能改齋漫錄』記す「其の〈上元 嶽麓寺に宿る〉詩、浪子和尚の目《もく》有るに至る」と。要するに 其の詩 邊幅 狹しと雖も、清新 致有り、蘇・黄の閒に出入し、時時 近似す。元祐・熙寧《きねい》の諸人の後に在りては、亦た挺然《ていぜん》として以て自立する有り。固《もと》より 未だ盡く排すべからざるなり。

集中〈寂音自序〉[一三]一篇有りて、其の生平の出處を述ぶること甚だ悉《くわ》し。而るに晁公武[一四]謂う所の「張商英[一五]其の名を聞き、峽州の天寧寺に住《じゅう》たらんことを請う」なる者は、獨り之に及ばず。殆ど其の朱崖[一六]の竄謫《ざんたく》、斯に釁肇《きんちょう》す、故に[一七]諱みて書せざるか。蓋し其の鉤黨《こうとう》に牽連《けんれん》するは、道潛の蘇軾に累せらるると同じきも、商英の人品は軾の比に非ず、惠洪の人品も亦た道潛の比に非ず。特《た》だ詞藻を以て之を論ずれば、則ち『參寥子集』[一八]と均しく各おの一家に名づくるに足るのみ。

【現代語譯】

宋 僧惠洪《えこう》の著。惠洪には『冷齋夜話』があり、すでに著錄してある。この集は彼の門人 覺慈が編纂したものである。佛教ではこれを『大藏經』の支那著述の部に收めており、この本はその『大藏經』の一部として刊行されたものである。

許顗《きょぎ》の『彥周《げんしゅう》詩話』は、「彼の作品は文學の巨匠のようで、仲殊や參寥などはその足下にも及ばない」という。陳振孫《ちんしんそん》『直齋書錄解題』も「彼の文は雄々しく、僧侶の言葉とは思えない」という。一方、方回の『瀛奎律髓《えいけいりつずい》』になると、彼を相當 貶《おと》しめている。公平に言うなら、惠洪の缺點は名譽欲が強すぎることにあり、彼の著述である『冷齋夜話』は、黄庭堅の詩をでっち上げてまで自分の名聲を高めようとしている。そのため當時、ずいぶん批判された。また、彼はその身は僧侶でありながら、好んで猥雜な語を用いている。『能改齋漫錄』は「彼の〈上元 嶽麓寺に宿る〉詩は不良坊主と目されたほどだ」と記している。要するに、彼の詩は、スケールは小さいものの清新な趣があり、蘇軾や黄庭堅といい勝負で、しばしば彼らに近似している。元祐・熙寧以後の詩人の中では、彼も堂々たる一作家であり、もとよりその全てを否定してしまうことなどできはしない。

集中に〈寂音自序〉という一篇があり、自らの生涯や官歴を甚だ詳しく述べている。にもかかわらず、晁公武がいうところの「張商英が惠洪の名を聞いて、峽州の天寧寺の住職となるよう請うた」ことには、言及していない。おそらく、これこそ惠洪が朱崖（海南省）に流謫となった端緒であることから、忌避して書かなかったのではないか。思うに、朋黨の問題で連座して罪を得たという點では、蘇軾の流竄の巻き添えとなった道潛と同じだが、商英の人品は軾の比ではなく、惠洪の人品も道潛の比ではない。ただし、詩文という點だけで論ずるなら、『參寥子集』と同じように、一家を成したと言ってよかろう。

【注】

一　内府藏本　宮中に藏される書籍の總稱。淸代では皇史宬《こうしせい》・懋勤殿《ぼうきんでん》・摛藻堂《ちそうどう》・昭仁殿・武英殿・内閣大庫・含經堂などに所藏される。

二　冷齋夜話　歴代の書目は『冷齋夜話』十巻を小說類に著錄するが、『四庫全書總目提要』は巻一二〇 子部 雜家類四に著錄する。提要はこの書の誕妄や假託を批判（注一〇參照）しながらも、「然れども 惠洪は本 詩に工みにして、其の詩論は實に多く理解に中《あた》る。言う所 取るべきは之を取り、其の之を某某に聞くと託するは、置きて論ぜずして可なり」と評する。

三　爲其門人覺慈所編　四部叢刊本『石門文字禪』（明刻本）には、每巻「宋 江西筠溪石門寺沙門釋德洪覺範著　門人覺慈《かくじ》編錄　西眉東巖旌善堂校」と署されている。釋覺慈の傳記は未詳。

四　大藏支那著述中　四部叢刊本『石門文字禪』（明刻本）の版心上方には「支那撰述」の四字が見える。

五　此本卽釋藏所刊　『釋藏』は『大藏經』または『一切經』ともいい、佛教經典の總稱。この本は明 萬曆二五年（一五九七）、徑山典聖萬壽禪寺で刻されたものである。

六　許顗詩話稱…　歴代詩話本『彥周詩話』は次のようにいう。「近時の僧 洪覺範 頗る詩を能くす。…其の他の詩 亦た甚だ佳し。〝風を含みて廣殿 棋《き》の響きを聞き、日を度《わた》りて長廊 柳陰を轉ず〟と云うが如きは、頗る文章の巨公の作る所に似て、殊に衲子《のうす》に類せず。又た善く小詞を作り、情思婉約にして、少游に似たり。仲殊・參寥の如きに至りては、世に名ありと雖も皆 及ぶ能わず。（近時の僧洪覺範はなかなか詩が上手い。…その他の詩も甚だ良い。〝風のよく通る廣い御殿に碁をうつ音が響き、陽が移ろうにつれ長廊に落す柳の木陰も動く〟などは、文學の大家の作品のようで、とても僧侶の詩とは思えない。詞も上手で、戀情は纏綿として秦觀に似る。仲殊や參寥は有名ではあるが、どちらも彼には及ばない。）」詩は『石門文字禪』巻一〇〈夏目偶書〉二首の一の第三・四句。ただし、第四句は「日を轉じて回廊 柳陰暗し」に作る。仲殊は承天寺の僧。蘇軾と親交があり、艷麗な詩風で知られる。『寶月集』あり。參寥は道潛、本書四四「參寥子集十二巻」參照。

七 陳振孫書録解題亦謂… 『直齋書録解題』巻一七は「石門文字禪三十巻」を著録して、「其の文 俊偉にして、浮屠の語に類せず」という。

八 方回瀛奎律髓則頗詆諆之 方回『瀛奎律髓』は、巻一六 節序類に惠洪の〈京師《けいし》上元〉を採録し、その第三・四句の「白面の郎は金鐙を敲《たた》きて過ぎ、紅粧の人は繡簾《しゅうれん》を掲《かか》げて看る」について、「此の詩の三・四、俗人 盛んに之を傳え道《い》う。僧徒 此の語を爲すは、無恥の流なり。之を取りて以て博粲するのみ」という。博粲とは嘲笑すること。詩は『石門文字禪』巻一一〈京師上元 駕を觀る〉二首の一にあたる。

九 至於假託黄庭堅詩以高自標牓 『冷齋夜話』巻三〈詩説煙波縹緲處〉の條には、黄庭堅が惠洪の詩を評して、「君の詩に説く煙波縹緲の處を觀るに、陸忠州の國政を論じて、字字 坦夷なるが如し。前身は篙師《こうし》沙戸の種類に非ずや。（君の詩が描くもやに霞む波間の景色を見ると、まるで陸贄が國政を論じながらも一字一字平静であったみたいだ。君の前身は船頭か漁師の類だったのかい。）」と述べた話が見える。さらに黄庭堅が惠洪に贈ったとされる次の詩が引かれている。「吾 年六十 子《し》は方に半ばなり、槁項《こうこう》と螺巓《らてん》 歳年を忘る（『冷齋夜話』は「忘」を「度」に作るが、『豫章先生文集』により改めた）衲衣《のうい》を脱却して蓑笠《さりゅう》を着、來りて涪翁《ふうおう》を佐《たす》けて釣船を刺（さお）させよ（私は六十、君はそのちょうど半分の歳、年老いて痩せ細った我が身と坊主頭の君が年の差を忘れた交わり。墨染めの衣を脱いで蓑《みの》と笠を身に着け、ちょっとこの涪翁《ふうおう》と一緒に釣り舟を漕いでみないか）」黄庭堅の詩句は『豫章先生文集』巻六の〈惠洪に贈る〉と題する七言律詩の起聯と尾聯に當たる。なお、この詩の頷聯には「韻は勝りて 秦少游に減ぜず、氣は爽にして 絶《はなは》だ徐師川に類す（詩の響きは秦觀に勝るとも劣らず、氣のすばらしさはとても徐俯に似ている）」とある。陳善『捫蝨新話《もんしつしんわ》』巻八〈冷齋夜話誕妄〉は、曾慥《そうぞう》『皇宋百家詩選』を引いて、『冷齋夜話』中の話はすべてでたらめで、黄庭堅が惠洪に贈ったという詩は僞作であり、徐俯 師川は自分が褒められているので喜んで舅《おじ》の作品だとして『豫章集』に収めたのだという。趙與時『賓退録《ひんたいろく》』巻六も、惠洪の僞作だとして、口を極めてこれを謗《そし》っている。

一〇　頗爲當代所譏　『冷齋夜話』に對する悪評は、注九の陳善『捫蝨新話』卷八〈冷齋夜話誕妄〉や趙與時『賓退錄《ひんたいろく》』卷六などに詳しい。晁公武《ちょうこうぶ》『郡齋讀書志』も卷一三に『冷齋夜話』六卷を著錄して、「多く蘇・黄の事を記すも、皆 依託なり（蘇軾や黄庭堅のことを多く記すが、どれも假託にすぎない）」と記事の捏造があることをいい、卷一九の『洪覺範筠溪集』十卷を著錄する條でも、「著書 數萬言、『林間錄』『僧寶傳』『冷齋夜話』の類の如き、皆 世に行わる。然れども 夸誕《こたん》 多く、人 之を信ずる莫しと云う」と斷じている。さらに、注二の『冷齋夜話』の總目提要は誕妄の一例として次の話を擧げている。『洪駒父《こうくほ》詩話』（『苕溪漁隱叢話《ちょうけいぎょいんそうわ》』卷四七）によれば、黄庭堅から直接聞いた話だとして、〈記夢〉詩の「曉然たり 之を夢むこと紛紜に非ざるを」という句は、黄庭堅がかつてある皇族とともに妓女をつれて寺に遊んだ際、酒が入ったところで妓女たちが僧房に入りこみ、主人もこれをとがめなかったのに驚いたことを詠んだのだという。一方、『冷齋夜話』卷八は〈夢に蓬萊に遊ぶ〉と題する條で、この詩は黄庭堅が蒲池寺で晝寢をし、夢の中で道士とともに蓬萊に遊んだことを記したものだとし、惠洪はこれを湘江の舟中で同宿した際に黄庭堅から直接聞いたとする。『冷齋夜話』はさらに、詩句が『山谷集』のものとは異なるのは、のちに黄庭堅が改めたのだろうともいう。提要の結論は『洪駒父詩話』を是とし、『冷齋夜話』を非とするものである。ただし、任淵《じんえん》は『山谷内集註』卷一一〈記夢〉の註で、兩説を併記した上で「兩説 未だ孰《いずれ》か是なるを知らず」としている。

一一　綺語　佛教でいう十悪の一つ。女性や愛欲に關する猥雜な言葉をいう。

一二　能改齋漫錄記…　呉曾『能改齋漫錄』卷一一は次のようにいう。「洪覺範〈上元 嶽麓寺に宿る〉詩有り。蔡元度の夫人王氏は、荊公の女《むすめ》なり。讀《よ》みて〝十分の春瘦 何事にか緣る、一掬《きく》の鄉心 未だ家に到らず〟に至りて、曰く〝浪子和尚なるのみ〟と。（洪覺範に〈上元 嶽麓寺《がくろくじ》に宿る〉という詩がある。蔡京 元度の夫人王氏は、王荊公の娘であるが、彼女は〝十分の春瘦 何事にか緣る、一掬の鄉心 未だ家に到らず〟というのを讀んで、〝不良坊主だわ〟と言った。）」さらに胡仔《こし》『苕溪漁隱《ちょうけいぎょいん》叢話《そうわ》』前集卷五六はこの詩の題を〈京師を懷う〉に作り、情を忘れ愛を絶つのは佛道の訓えで、惠洪が僧侶の身でありながら〝十分の春瘦〟などというのはけしからぬことだと批判する。『石門文字禪』では、卷一〇に〈上元 百丈に宿す〉という題で收められている。

一三　寂音自序一篇　『石門文字禪』卷二四〈寂音自序〉は、惠洪が五十三歳の時に綴った自傳である。

一四　晁公武所謂…　晁公武『郡齋讀書志』巻一九は『洪覺範筠溪集』十巻の條で、張商英（注一五參照）との關《かか》わりについて次のようにいう。「張天覺 其の名を聞きて、峽州の天寧寺に住たらんことを請い、以て今世の融・肇と爲すなり。…天覺 國に當たるに及び、復た度して僧と爲り、名を徳洪と易《か》う。數《しば》しば延《まね》かれて府中に入る。天覺 位を去るに及びて、其の言語を郭天信に傳達するを制獄窮治され、海南島上に竄せらる。（張商英 天覺は惠洪の名を聞いて、峽州の天寧寺の住職となるよう請い、今世の僧融・僧肇だとした。…張商英が宰相となると、再び得度して僧となり、名を徳洪と改めた。しばしば招かれて役所に出入した。張商英が失脚すると、郭天信との間の傳達係をしたということで裁判にかけられ、海南島に流された。）」峽《きょう》州は今の湖北省宜昌《ぎしょう》市。融は僧融、肇は僧肇《そうじょう》、ともに東晉の高僧。郭天信はもと太史局に隸屬する天文の技能者。徽宗《きそう》の即位を豫言して徽宗の信任を得たが、のち張商英に附和したため蔡《さい》京《けい》一派によって誣告されて新州（廣東省）に流された。『宋史』巻四六二 方技傳下 參照。

一五　張商英（一〇四三〜一一二一）は字を天覺、號を無盡居士といい、新津（四川省）の人。治平二年（一〇六五）の進士。章惇《しょうとん》の推擧によって中央に召され、大觀四年（一一一〇）、惡評のあった蔡京《さいけい》に代わって右僕射《うぼくや》を拜したが、翌年、張商英は郭天信や僧惠洪を使って宮廷工作をしていると蔡京一派によって誣告され、崇信軍節度副使・衡州《こうしゅう》（湖南省）安置となった。『宋史』巻三五一 參照。

一六　朱崖竄謫　吳曾『能改齋漫錄《のうかいさいまんろく》』巻一一はこの間の事情を次のように説明する。「洪覺範…始め峽州に在りしとき、劉養娘を醫するを以て張天覺を識る。大觀四年八月、覺範 京に入るに、天覺は已に右揆《うき》爲り。因りて祠部の一道を得るを乞いて僧と爲る。又た叔の彭几《ほうき》 郭天信《かくてんしん》の家に在りて門客と作るに因りて、遂に天信を識り、因りて張・郭二公の門に往來す。政和元年、張・郭 罪を得、覺範は脊杖二十して、朱崖軍の牢に刺配《しはい》するを決す。（洪覺範は…最初峽州にいた時、張天覺の乳母劉氏を治療したことから彼と知りあった。大觀四年（一一一〇）八月、覺範が都に入ったとき、天覺はすでに右僕射となっていた。そこで祠部による許可證の發行を願い出て僧となった。さらに叔父の彭几が郭天信の家に門客となっていたことから天信を識り、張・郭二公の家を行き來するようになった。政和元年（一一一一）、張と郭が罪を得ると、覺範は背叩き二十のうえ、顔に入れ墨をして朱崖軍（海南省）に配流という判決が出た。）」

一七　諱而不書　『石門文字禪』巻二四〈寂音自序〉は「京師に入り、大丞相張商英 特奏して再び得度し、節使郭天信 師名を奏す。張・郭と交わること厚善なるに坐《よ》りて、政和元年十月二十六日を以て海外に配せらる」というのみで、峽州時代の事についてはは觸れていない。

一八　參寥子集　釋《しゃく》道《どう》潛《せん》の詩集。本書四四「參寥子集十二卷」參照。

【附記】

惠洪の文集は、四庫全書文淵閣本の底本となった明 萬曆二五年（一五九七）、徑山典聖萬壽禪寺刻本が傳わるのみで、四部叢刊本にもこの影印が收められている。寛文四年（一六六四）和刻本の底本も同じ。『全宋詩』（第二三冊　卷一三二七～卷一三四六）はこれを底本とし、逸句を多く收集している。

四七　畫墁集《がまんしゅう》八卷　[一]永樂大典本

【張舜民《ちょうしゅんみん》】十一世紀中葉～十二世紀初

字《あざな》は芸叟《うんそう》、號の浮休居士《ふきゅうこじ》とは、『莊子《そうじ》』刻意篇の「其の生くるや浮べるが若《ごと》く、其の死するや休《いこ》うが若し」に基づく。邠州《ひんしゅう》（陝西省彬《ひん》縣）の人。一説に長安の人とも。治平二年（一〇六五）の進士。陳師道の姉の夫にあたり、蘇軾とも親交があった。元豐四年（一〇八二）に西夏への西征に従軍するが、軍中で作った詩が誹謗罪にあたるとして監郴州《ちんしゅう》（湖南省）酒税に貶《おと》された。元祐の初め、剛直な性格を見こんだ司馬光の推擧により監察御史となるが、崇寧の初め、元祐の黨籍に入れられて楚州團練副使・商州安置となった。ついでまた集賢殿修撰となり、政和年間に沒した。繪畫に造詣が深く、文集の名はこれに因むのであろう。『宋史』卷三四七 張舜民傳 參照。

宋張舜民撰。舜民有[二]畫墁錄、已著錄。舜民爲人忠厚質直、[三]慷慨喜論事。[四]葉夢得巖下放言稱其尚氣節而不爲名、北宋人物中殆難多數。[五]其初從高遵裕西征靈夏、無功而還。舜民作詩有靈州城下[六]千枝柳、總被官軍斫作薪、及白骨似沙沙似雪、將軍休上望鄉臺之句。爲[七]轉運判官李蔡所奏、謫監郴州酒稅。[八]其後起爲臺官、浸至通顯、而[九]議論雄邁、氣不少衰。[一〇]崇寧初、又以謝表譏謗坐貶。[一一]晁公武稱其文豪縱有理致、最刻意於詩。晚作樂府百餘篇、自序云、年踰耳順、方敢言詩。百世之後、必有知音者。其自矜重如此。

[一二]周紫芝太倉稊米集有書舜民集後一篇、稱世所歌東坡南遷詞回首夕陽紅盡處、應是長安二語、乃舜民過

岳陽樓作。又舜民題庾樓詩有萬里秋風吹鬢髮、百年人事倚欄干之句、世或載之東坡集中。蓋由其筆意豪健、與蘇軾相近。故後人不能辨別、[一三]往往誤入軾集也。

[一四]文獻通考載舜民畫墁集一百卷、奏議十卷。[一五]周紫芝謂政和七・八年閒、京師鬻書者忽印是集、售者至塡塞衢巷、事喧復禁如初。而[一六]南渡後又有臨川雕本浮休全集。蓋其著作在當日極爲世重。而自明以來、久佚不傳。惟永樂大典尚閒載之。計其篇什、雖不及什之一二、然零璣斷璧、倍覺可珍。謹蒐輯排比、[一七]釐爲八卷、用存崖略。

其[一八]郴行錄乃謫監酒稅時紀行之書、體例頗與[一九]歐陽修于役志相似。於山川古蹟、往往足資考證。今亦竝附集末焉。

【訓讀】

宋 張舜民《ちょうしゅんみん》の撰。舜民『[二]畫墁錄《がまんろく》』有りて、已に著錄す。舜民 人と爲《な》り忠厚質直、[三]慷慨して喜《この》んで事を論ず。[四]葉夢《しょうぼう》得《とく》『巖下放言』稱す「其の氣節を尙びて名の爲《ため》にせざること、北宋の人物中 殆ど多數なり難し」と。[五]其の初め 高《こう》遵裕《じゅんゆう》の靈夏《れいか》に西征するに従い、功無くして還る。舜民 詩を作りて「靈州城下 千株（[六]千枝は誤り）の柳、總て官軍に斫《き》られて薪《たきぎ》と作る」及び「白骨は沙に似て 沙は雪に似たり、將軍 望鄉臺に上《のぼ》るを休《や》めよ」の句有り。[七]轉運判官李察（蔡は誤り）の奏する所と爲りて、監郴州《ちんしゅう》酒稅に謫せらる。[八]其の後 起ちて臺官と爲り、浸《ようや》く通顯に至るも、[九]議論雄邁にして、氣 少しも衰えず。[一〇]崇寧の初め、又た謝表の譏謗《きぼう》を以て坐貶《ざへん》せらる。[一一]晁公武《ちょうこうぶ》稱す、「其の文 豪縱にして理致有り、最も詩に刻意す。晩に樂府百餘篇を作り、自《みずか》ら序して云う、〝年は耳順を踰《こ》えて、方《はじ》めて敢えて詩を言う。百世の後、必ず知音の者有らん〟と。」其の自《みずか》ら矜重《きょうじゅう》すること此《かく》の如し。

[一二]周紫芝『太倉稊米集《ていべいしゅう》』に〈舜民集の後に書す〉一篇有りて稱す、「世　歌う所の東坡〈南遷詞〉の〝首《こうべ》を回《めぐ》らせば夕陽　紅く盡くる處、應《まさ》に是れ長安なるべし〟の二語は、乃ち　舜民　岳陽樓に過《よぎ》りし作なり。又た　舜民の〈庾樓《ゆろう》に題す〉詩に〝萬里の秋風　鬢髮《びんぱつ》を吹き、百年の人事　欄干に倚《よ》る〟の句有りて、世　或いは　之を『東坡集』中に載す」と。蓋し　其の筆意豪健にして、蘇軾と相い近きに由る。故に　後人　辨別する能わず、[一三]往往にして誤りて軾の集に入るるなり。

[一四]『文獻通考』は舜民の『畫墁集』一百卷・『奏議』十卷を載す。[一五]周紫芝謂う、「政和七・八年の閒、京師の書を鬻《ひさ》ぐ者　忽ち是の集を印し、售《う》る者　衢巷《くこう》に塡塞《てんそく》するに至るも、事　喧《かまびす》しくして復た禁ずること初めの如し。而して[一六]南渡の後　又た臨川《りんせん》雕本『浮休全集』有り」と。蓋し　其の著作　當日に在りては、極めて世の重んずるところ爲り。而るに明自《よ》り以來、久しく佚して傳わらず。惟だ『永樂大典』尙　閒《ま》ま之を載すのみ。其の篇什を計るに、什の一二に及ばずと雖も、然れども　零璣斷璧《れいきだんぺき》、倍《ます》ます珍とすべきを覺ゆ。謹んで　蒐輯排比し、[一七]釐《おさ》めて八巻と爲し、用《もっ》て崖略《がいりゃく》を存す。

其の[一八]『郴行錄《ちんこうろく》』は乃ち監酒稅に謫せられし時の紀行の書にして、體例は頗る[一九]歐陽修の『于役志《うえきし》』と相い似たり。山川古蹟に於いて、往往にして考證に資するに足れり。今　亦た竝《なら》びに集末に附す。

【現代語譯】

宋　張舜民《ちょうしゅんみん》の著。舜民には『畫墁錄《がまんろく》』があって、すでに著錄しておいた。舜民の人となりは忠實で率直、感情を高ぶらせて好んで時事を論じた。葉夢得《しょうぼうとく》『巖下放言』は「彼のように氣概や節操を貴び名利を思わなかったものは、北宋の人物中そうざらにはいない」と言っている。初め、高遵裕《こうじゅんゆう》が靈武《れいぶ》に西征するのに從軍したが、部隊は何の手柄もあげられずに歸還した。舜民が作った詩に「靈州城下　千株（千枝は誤り）の柳、總《すべ》て官軍に斫《き》られて薪《たきぎ》と作る

（靈州城下の千本の柳は、すべて官軍に斫《き》られて薪となってしまった）」という句や、「白骨は沙に似て 沙は雪に似たり、將軍 望鄕臺に上《のぼ》るを休《や》めよ（白骨は沙と化し、その沙は雪のように白い、將軍よ どうか望鄕臺に上るのを止められよ）」といった句があった。これが轉運判官 李察（李蔡は誤り）によって告發され、監郴州《ちんしゅう》酒稅に流謫となった。その後 監察御史に起用されて、だんだんと出世していくのだが、議論は勇ましく、氣概は少しも衰えなかった。崇寧の初めには、謝表の文面が譏謗の罪にあたるとしてまた貶謫された。晁公武は言う。「その文は豪放で論理がしっかりしており、詩には最も力を注いだ。晩年には樂府百餘篇を作り、その自序には〝耳順を超えた今こそ敢えて民の聲を反映した詩を作るのだ。百年後にきっと知音の者が現われるであろうから〟とある」と。その自負たるやかくのごとくであった。

周紫芝《しゅうしし》『太倉稊米集《たいそうていべいしゅう》』には〈舜民集の後に書す〉という一篇があり、次のようにいう。「世に歌われる東坡〈南遷詞〉の〝首《こうべ》を回《めぐ》らせば 夕陽 紅く盡《つ》くる處、應《まさ》に是れ長安なるべし（振り返れば夕陽が眞っ赤になって沈んでゆく、その方角こそ長安だ）〟という二句は、實は舜民が岳陽樓に立ち寄った際の作である。また、舜民の〈庾樓《ゆろう》に題す〉詩には〝萬里の秋風 鬢髮《びんぱつ》を吹き、百年の人事 欄干に倚《よ》る（萬里を吹き抜ける秋風に鬢髮をそよがせ、欄干にもたれながら自らの生きざまを思いかえす）〟の句があり、世間ではこれを『東坡集』の中に收載しているものがある」と。思うに 彼の筆致は豪快で、蘇軾に似るところがあるからだろう。そのため後世の人は辨別できず、しばしば誤って蘇軾の集に入れてしまうのだ。

『文獻通考』には舜民の『畫墁集《がまんしゅう》』一百卷・『奏議』十卷が載っている。周紫芝は言う。「政和七、八年（一一一七～一一一八）ごろ、汴京《べんけい》の書籍商があっという間に『畫墁集』を印刷し、それを賣る者も街の至るところで見られたが、騷ぎが大きくなってまた元どおりの發禁となった。南宋になってから、さらに臨川《りんせん》雕本『浮休全集』というのがあった」と。思うに 張舜民の著作は、當時、極めて重んじられていたのである。しかし、明以後、久しく失われて傳わらない。ただ『永樂大典』の中になお時たま作品が載っている。篇數を計算してみると、十分の一、二にも滿たないが、珠玉や璧玉のかけらだからこそ、一層貴重だといえる。謹んで蒐輯編次して八巻に整理し、概略だけでも遺すことにする。

『郴行録《ちんこうろく》』は彼が監酒税として郴州に貶謫された時の紀行文で、その體例は歐陽修の『于役志《うえきし》』によく似ており、山川や古蹟などについて、しばしば考證に資するに足るものがある。今これも集末に附しておく。

【注】

一　永樂大典本　『永樂大典』は明永樂帝の敕命によって編纂された類書（百科全書）。二二、八七七卷。古今の著作の詩文を韻ごとに配列する。四庫全書の編纂にあたって、すでに散逸した書籍については『永樂大典』より拾い出し、輯佚本を作成している。これらは永樂大典本と呼ばれ、四庫全書に收入されたのは五一五種、そのうち別集は一六五種にのぼる。

二　畫墁錄　『四庫全書總目提要』卷一四〇　子部　小説家類に『畫墁錄』一卷が著錄されている。

三　慷慨喜論事　『宋史』卷三四七　張舜民傳に「舜民　慷慨して喜《この》んで事を論ず」と見える。

四　葉夢得巖下放言稱…　四庫全書本『巖下放言』卷下には張舜民の生平について詳しい記事がある。葉夢得はそこで、彼について「張芸叟《ちょううんそう》侍郎は長安の人なり。忠厚質直にして、氣節を尙びて名の爲にせざること、前朝の人物中　殆ど多數なり難し」と最大限の評價を下している。

五　其初從高遵裕西征靈夏…　中華書局本『蘇軾文集』卷六八〈張芸叟の詩に書す〉は次のようにいう。「張舜民　芸叟は、邠《ひん》の人なり。西事に通練す。稍《や》や詩を能くし、高遵裕《こうじゅんゆう》の西征に從いて回《かえ》り、塗中　詩二絶を作る。一に云う〝靈州城下　千株の柳、總《すべ》て官軍に斫《き》られて薪《たきぎ》と作る。他日　玉關より歸去の路、何を將《も》て攀《はん》折して行人に贈らん〟と。一に云う〝青銅峽裏　韋州の路、十たび去《ゆ》きて從軍し九たび回らず。白骨は沙に似て沙は雪に似たり、將軍　望鄉臺に上るを休《や》めよ〟と。轉運判官李察の奏する所と爲り、郴《ちん》州監稅に貶《おと》さる。舜民　言う〝官軍靈武を圍むも下らず、糧盡きて退く。西人　城上從《よ》り大いに呼ばわる　官軍の漢人は兀擦《ごっさつ》なるや否やと。或るひと仰ぎ答えて、兀擦なりと曰う。城上　皆　大いに笑う。西人　塹《ざん》を謂いて兀擦と爲すなり〟と。（張舜民　芸叟は、邠《ひん》の人である。西域の兵事に通曉練達していた。多少 詩ができ、高遵裕の西征に從軍して歸る途中、絶句二首を作った。一つは〝靈州城下の千本の柳は、すべて官軍に斫《き》られて薪となってしまった。將來 玉關から歸る時には、何を手折って行人に贈ればいいのか。〟という詩。もう一つは〝青銅峽へ向かう韋州の路、十回出兵して九回は歸ってこない。白骨は沙と化し、その沙は雪のように白い。將軍よ どうか望郷臺に上るのを止められよ〟という。これが轉運判官 李察に告發されて、監郴州《ちんしゅう》酒税に貶《おと》された。舜民が言うには、官軍は靈武城を圍んだものの攻略できず、兵糧が盡きて退却した。西夏の兵が城壁の上から〝官軍の漢人は兀擦《ごっさつ》なのか〟と大聲で呼ばわった。或るものが城壁を仰ぎみて〝兀擦だ〟と答えると、城壁の兵士たちはどっと笑った。西夏の人は面目ないことを兀擦というそうだ。）」青銅峽も韋州も靈武へ向かう途中にある。この詩は四庫全書文淵閣本『畫墁集』巻四に〈西征より回る途中の二絶〉として收められている。

六 千枝柳 「千枝」は「千株」の誤り。『畫墁集』巻四〈西征より回る途中の二絶〉および中華書局本『蘇軾文集』巻六八〈張芸叟の詩に書す〉とも「千株」に作る。

七 轉運判官李蔡所奏 「李蔡」は「李察」の誤り。中華書局本『東坡文集』巻六八〈張芸叟の詩に書す〉および『苕溪漁隱《ちょうけいぎょいん》叢話《そうわ》』巻五十二・『詩人玉屑《しじんぎょくせつ》』巻一八などすべて「李察」に作る。

八 其後起爲臺官 「臺官」は御史臺の官。ここでは監察御史になったことをいう。『宋史』巻三四七 張舜民傳によれば、その才氣と剛直敢言を見込んだ司馬光が館閣校勘・監察御史に推薦したのだという。『司馬文正公集』巻五三〈張舜民を擧げて館閣に充つ劄子《さっし》〉および蘇轍『欒城集《らんじょうしゅう》』巻二八〈張舜民監察御史制〉參照。

九 議論雄邁、氣不少衰 『續資治通鑑長編』哲宗元祐二年四月の條によれば、張舜民は、「西夏では臣下の專横が甚だしく、慌てて王に爵位を與えるべきではない。劉奉世を封册使として派遣するのは大臣が彼をえこひいきしているからだ」という旨の上奏文を奉ったため、監察御史を罷免されている。大臣とは當時の朝廷の元老 文彦博を指しており、そのあからさまな表現が嫌われたのである。

一〇 崇寧初、又以謝表譏謗坐貶 「謝表」とは、官僚が新しい任地に赴いた際、皇帝に着任を報告する上表文をいう。『宋元學案』巻三一 張舜民傳は次のようなエピソードを擧げている。「曾布 右相と爲り、亦た諸君子を惡《にく》む。范致虚 乃ち奏して曰く〝河北に三帥連横するは、恐らく社稷《しゃしょく》の福に非ず〟と。是に于《お》いて 安世・希純 同日に罷を報ず。而して 先生亦た〈同州に改むる謝表〉を以て 紹聖の逐臣を言いて云う〝禁錮を脱す

る者は 何ぞ一千人に止《とど》まらんや、水陸を計る者は 啻《た》だに一萬里のみならず〟と。又た〝古先 未だ之を或聞《わくぶん》せず、畢竟 其の罪を知らず〟と曰う。訕謗《せんぼう》に坐して落職し鄂《がく》州に知たり。（曾布は右僕射《うぼくや》となっても諸君子を憎んでいた。そこで范致虚が〝河北に三人もの大將を置いていては、社稷にとって禍いとなるのでは〟と上奏したため、劉安世と呂希純は同じ日に職を免ぜられた。それで先生は〈同州に改むる謝表〉で紹聖年閒に舊法黨の臣僚が追放されたことに言及して〝禁錮の刑を免れた者は一千人に止《とど》まらないが、流罪となったものの距離は一萬里以上の彼方〟という。さらに〝大昔からいまだ嘗てこんな事件は聞いたことがない、結局 何の罪かはわからずじまい〟といったために、誹謗罪に坐して鄂《がく》州の知事に貶《おと》された。）」

一一　晁公武稱…　『郡齋讀書志』巻一九は「張浮休畫墁集一百巻・奏議十巻」を著録して次のようにいう。「其の文 豪重にして理致有り、而して最も詩に刻意す。晩年に樂府百餘篇を爲り、自ら序して稱す、〝年は耳順《じじゅん》を踰《こ》えて、方《はじ》めて敢えて詩を言う。百世の後、必ず知音の者有らん〟と。」耳順は『論語』爲政篇に見える言葉で六十歳のこと。六十歳を過ぎてから、政治に役立ててもらえるような民衆の聲を反映した樂府を作ったというのである。白居易の〈新樂府〉五十篇を意識していよう。

一二　周紫芝太倉稊米集有書舜民集後一篇　『太倉稊米集《たいそうていべいしゅう》』巻六七〈浮休生の畫墁集の後に書す〉はいう。「靖康《せいこう》の閒、天下 鬨《こう》然として皆 東坡の〈南遷詞〉を歌う。所謂〝首《こうべ》を回《めぐ》らせば 夕陽 紅く盡《つ》くる處、應《まさ》に是れ長安なるべし〟なる者是なり。今臨川本の『浮休全集』に此の詞有りて、乃ち 元豊の閒 芸叟郴《ちん》州に謫せられし時、舟にて岳陽樓に過《よぎ》り、君山を望みて作る所なり。…紹興辛未、余 江西に來りて九江に至り、太守李中行 庾《ゆ》樓に置酒す。樓上に 獨《た》だ芸叟の一詩有り、其の後に云う〝萬里の秋風 鬢髪を吹き、百年の人事 欄干に倚《よ》る、知他《しん》ぬ 落日 能く多少なる、徧《あま》ねく照らす 淮南 幾處の山〟と。然る後に知る『東坡集』中に載する所の二詩 此に止《とど》まらざるを。」〝首を回らせば…〟の詞は四庫全書文淵閣本『畫墁集』巻七〈郴行録〉に見える。後者は佚詩である。

一三　往往誤入軾集　周紫芝は張舜民の前掲の二作品が『東坡集』に紛れ込んでいるとするが、現行の各種『東坡集』にこれらは収められていない。周紫芝の見た『東坡集』がどの版なのか不明。また、『全宋詩』巻八三一の〈蘇軾詩存目〉にも、張舜民作とする詩は見えない。

一四　文獻通考載…　馬端臨『文獻通考』經籍考巻六三は、張浮休『畫墁集』一百巻・『奏議』十巻を著録する。これは晁公武『郡齋讀書志』巻一九に基づくもの。陳振孫『直齋書錄解題』巻一七は『畫墁集』一百巻のみを著録する。

一五 周紫芝謂… 注一二の『太倉稊米集』巻六七〈浮休生の畫墁集の後に書す〉にいう。「政和七八年の閒、余 京師に在り。是の時 聞く 書を鬻《ひさ》ぐ者 忽ち張芸叟の集を印し、售《う》る者 衢巷《くこう》に塡塞《てんそく》するに至る。事 喧《かまびす》しく復た禁ずること初めの如し。蓋し 其の遺風餘韻は人の耳目に在りて掩蓋すべからざること此の如きなり。」

一六 南渡後又有臨川雕本浮休全集 注一二『太倉稊米集』巻六七〈浮休生の畫墁集の後に書す〉參照。

一七 鼇爲八巻 このうち巻七と巻八は注一八の『郴《ちん》行錄』に相當する。なお、欒貴明《らんきめい》輯『四庫輯本別集拾遺』（中華書局 一九八三）によれば、四庫全書本には『永樂大典』に収める張舜民の詩文五十條を遺漏しているという。

一八 郴行錄 〈西征より回る途中の二絶句〉が軍を誹謗した科で、監酒税として郴《ちん》州（湖南省郴州市）に左遷された（注五參照）際の紀行文である。合計十二首の詩が錄されている。元の戴表元〈張浮休郴行錄の後に書す〉（『剡源文集《せんげんぶんしゅう》』巻一八）によれば、張舜民の自序があったらしいが、今に傳わらない。

一九 歐陽修于役志 景祐三年（一〇三六）五月、范仲淹は宰相呂夷簡を攻撃したことで饒《じょう》州に左遷され、これを辯護した歐陽修も峽州夷陵の令に貶される。『于役志』は夷陵までの旅程を記した紀行文である。

【附記】

『畫墁集《がまんしゅう》』はもと百巻の書であったが、四庫全書の永樂大典本は八巻に止《とど》まる。このほか、知不足齋本には『補遺』一巻も収められる。『全宋詩』（第一四冊 巻八三三～巻八三八）・『全宋文』（第四一冊 巻一八一三～巻一八二〇）は、佚詩・佚句・佚文を多く収集している。

四八　[一]長興集《ちょうこうしゅう》十九巻

[二]浙江巡撫採進本

【沈括《しんかつ》】一〇三一～一〇九五

字《あざな》は存中《そんちゅう》、錢塘（浙江省杭州市）の人。甥の沈遼《しんりょう》（字は叡達）・沈遘《しんこう》（字は文通）とともに沈氏三先生と呼ばれる。蔭補によって海州沭陽《じゅつよう》縣の主簿となった後、嘉祐八年（一〇六三）に進士に擧げられる。英宗の治平三年（一〇六六）に館閣校勘、神宗の熙寧五年（一〇七二）に提擧司天監となる。初めて渾天儀《こんてんぎ》などの儀器を導入し、曆の制定に盡力した。契丹に使いし、歸朝後、翰林學士を拜した。西夏によって永樂城が陷落した責任を問われて均州團練副使に貶謫《へんたく》されたが、のち光祿寺少卿として南京《なんけい》に分司し、その後、潤《じゅん》州（江蘇省鎭江市）に移住してその地で沒した。政治的には王安石の親黨十八人の一人に數えられる。博學で文を善くし、天文・律曆・音樂・醫藥などに通曉し、その著『夢溪筆談』は中國科學技術史の分野からも高く評價される。『全宋文』卷一六九三　沈括〈自誌〉一～九・『宋史』卷三三一　沈遘傳附　沈括傳　參照。

宋沈括撰。括有[三]夢溪筆談、已著錄。[四]陳振孫書錄解題載括集四十一卷。[五]南宋高布嘗合沈遼・沈遘二集刻於括蒼、[六]題曰吳興三沈集。此[七]本卷末題從事郎處州司理參軍高布重校一行。蓋卽括蒼所刻本也。

括博聞强記、一時罕有其匹。[八]所作筆談、於天文・算數・音律・醫卜之術、皆能發明考證、洞悉源流。

而在當時乃不甚以文章著。然學有根柢、所作亦宏贍淹雅、具有典則。其四六表啓、尤凝重不佻、有[九]古作者之遺範。惜流傳既久、篇帙脱佚。[一〇]闕卷一至卷十二、又闕卷三十一、又闕卷三十三至四十一、共二十二卷。勘驗諸本、亦皆相同。知斷爛蠹蝕、已非一日。[一一]宋文鑑及[一二]侯鯖錄諸書載括詩什頗多、而集中乃無一首。又[一三]史稱括爲河北西路察訪使、條上三十一事、皆報可。其他建白甚衆、而集中亦無奏劄一門。蓋皆在闕卷之中矣。

又案三沈之中以括集列遘集之後、實則行輩括爲長。[一四]書錄解題曰、括於文通爲叔 案文通、沈遘之字也、而年少於文通。世傳文通常稱括叔。今四朝史本傳以爲從弟者非也。文通之父扶、扶之父同、括之父曰周、皆以進士起家、官皆至太常少卿。[一五]王荊公誌周與文通墓、[一六]及文通弟遼誌其伯父振之墓可考云云。其辨證甚明。[一七]元修宋史、仍以括爲遘之從弟、殊爲乖誤。今據陳氏之説、附正其失。用以見[一八]宋史疎舛、不足盡爲典據焉。

【訓讀】

宋 沈括《しんかつ》の撰。括『[三]夢溪筆談』有りて、已に著錄す。[四]陳振孫『書錄解題』括の集四十一卷を載す。[五]南宋の高布 嘗て沈遼《しんりょう》・沈遘《しんこう》の二集に合わせて括蒼に刻し、[六]題して『吳興三沈集』と曰う。此本の[七]卷末「從事郎・處州司理參軍 高布重校」の一行を題す。蓋し 卽ち括蒼にて刻する所の本なり。

括は博聞強記にして、一時 其の匹《ひつ》有ること罕《まれ》なり。[八]作る所の『筆談』、天文・算數・音律・醫卜《いぼく》の術に於いて、皆能く發明考證し、源流を洞悉《どうしつ》す。而るに 當時に在りては乃ち甚だしくは文章を以て著《あらわ》れず。然れども 學に根柢《こんてい》有りて、作る所 亦た宏贍淹雅《こうせんえんが》、典則を具有す。其の四六の表啓、尤も凝重《ぎょうじゅう》不佻《ふちょう》、[九]古えの作者の遺範《いはん》有り。惜むらくは

流傳 既に久しく、篇帙 脫佚す。巻一[一〇]より巻十二に至るを闕《か》き、又た巻三十一を闕き、又た巻三十三より四十一に至るを闕くこと、共に二十二巻。諸本を勘驗するも、亦た皆 相い同じ。斷爛蠹蝕《だんらんとしょく》は、已に一日に非《あら》ざるを知る。『宋文鑑』[一一]及び『侯鯖錄《こうせいろく》』[一二]の諸書 括の詩什を載すこと頗る多きも、集中には乃ち一首も無し。又た 史稱す[一三]「括 河北西路察訪使爲りしとき、條して三十一事を上り、皆 可と報ぜらる」と。其の他の建白 甚だ衆《おお》きも、集中 亦た奏劄《そうさつ》の一門 無し。蓋し 皆 闕巻の中に在り。

又た 案ずるに、三沈の中 括の集を以て遘の集の後に列するも、實は則ち行輩は 括が長爲り。『書錄解題』[一四]曰く、「括 文通に於いては叔爲るも、案ずるに 文通は、沈遘の字なり、年は 文通より少《わか》し。世 文通は常に括を叔と稱すと傳う。今『四朝史』の本傳 以て從弟と爲すは非なり。文通の父は扶、扶の父は同、括の父は周と曰い、皆 進士を以て起家し、官は皆 太常少卿に至る。王荊公[一五]周と文通との墓に誌し、及び文通の弟[一六]遼は其の伯父 振の墓に誌すは考すべし云云」と。其の辨證 甚だ明らかなり。元[一七]『宋史』を修し、仍《な》お 括を以て遘の從弟と爲すは、殊に乖誤《かいご》と爲す。今 陳氏の說に據りて、附して其の失を正す。用《よ》りて以て『宋史』[一八]は疎舛《そせん》にして、盡くは典據と爲すに足らざるを見る。

【現代語譯】

宋 沈括《しんかつ》の著。括には『夢溪筆談』があって、すでに著錄しておいた。陳振孫『直齋書錄解題』には括の集四十一巻と記載される。南宋の高布がかつて沈遼・沈遘の二集とともに括蒼（浙江省麗水縣）で刻しており、題して『吳興三沈集』という。この本の巻末には「從事郎・處州司理參軍 高布 重校」という一行が記されている。つまりこれが、括蒼で刻されたものなのであろう。

括は博覽强記の人で、當時、彼に匹敵する者はほとんどいなかった。彼の著した『夢溪筆談』は、天文・算數・音律・醫卜の術のすべてについて、創意と考證とに努め、その源流を詳しく解明している。ところが、當時はそれほど文學で名が知られていたわけではない。しかし學問に根柢があって、その作品もゆったりと典雅な趣があり、法式にのっとったものとなっている。四六文で書かれた表や啓は、とりわけ重厚で輕薄なところがなく、古えのすぐれた作者の遺風が見られる。惜しいことに、長い流傳の過程で作品が失われてしまった。巻一から巻一二、巻三一、それから巻三三から巻四一まで、あわせて二十二巻が闕けている。諸本を比べてみても、どれも同じである。ちぎれてばらばらになったり、紙魚《しみ》に喰われたりしていて、失われたのが今日やそこらのことではないことがわかる。『宋文鑑』や『侯鯖録《こうせいろく》』などの書は括の詩篇を相當載せているが、この『長興集』には一首もない。また、史書は「括が河北西路察訪使だったとき、三十一事を箇條書きにして奉り、すべてについてよしという御裁可を頂戴した」という。建白はこれ以外にもたくさんあるが、集中には奏や劄子《さっし》の部門がない。思うに すべて闕けている巻の中に含まれていたのだろう。

　また、考えてみるに、三沈では括の集を遘の集の後に配列しているが、實は輩行でいえば括の方が一世代上である。『直齋書録解題』はいう。「括は文通にとっては叔父にあたるが、思うに文通とは、沈遘の字である、年は文通よりも若い。世に傳えられている話では、文通は常に括を叔父と呼んでいたという。今『四朝史』の本傳が沈括を文通の従弟とするのは誤りである。文通の父は扶、扶の父は同で、括の父は周といい、いずれも進士となって任官し、ともに官職は太常少卿にまで至った。王荊公 安石が書いた沈周と沈文通の墓誌銘、および文通の弟である遼が書いた伯父 振の墓誌銘によって考證することができる云云」と。その辨證は甚だ明白である。元は『宋史』を編修した際、そのまま括を遘の従弟としてしまったが、とりわけひどい錯誤である。今 陳氏の説によりこのことを附して、その失見を正しておく。このことから『宋史』は疎漏の書で、すべてを典據とすることはできないことがわかろう。

【注】

一　長興集十九巻　本來四十一巻であるが、二十二巻分の闕佚（注一〇參照）があるため、「十九巻」に作る。四庫全書文淵閣本は、闕佚箇所の巻數を繰り上げる形で巻數を整理している。

二　浙江巡撫採進本　採進本とは、四庫全書編纂の際、各省の長にあたる巡撫《じゅんぶ》、總督《そうとく》、尹《いん》、鹽政《えんせい》などを通じて朝廷に獻上された書籍をいう。浙江巡撫より進呈された本は『四庫採進書目』によれば四六〇二六部、そのうち三六六部が著録され、一二七三部が存目（四庫全書内に収めず、目録にのみ留めておくこと）に置かれた。

三　夢溪筆談　『四庫全書總目提要』巻一二〇 子部 雜家類四は『夢溪筆談』二十六巻・『補筆談』二巻・『續筆談』一巻を著録する。「夢溪」とは、沈括が晩年に隱棲した潤《じゅん》州の居處。

四　陳振孫書錄解題載…　『直齋書錄解題』巻一七は「長興集四十一巻」という。

五　南宋高布嘗合沈遼・沈遘二集刻於括蒼　『直齋書錄解題』巻一七は、沈遘の『西溪集《せいけい》』十巻・沈括の『長興集《ちょうこう》』四十一巻・沈遼の『雲巢集《うんそう》』十巻を著錄して、「以上の三集は括蒼に刊し、『三沈集』と號す」という。

六　題曰吳興三沈集　『吳興沈氏三先生文集』六十一巻を指す。南宋の原刻は失われ、明の覆刻本が傳わるに過ぎない。覆刻本はこれを八巻に構成し直し、巻一・二・三が『西溪文集』、巻四・五が『長興集』（闕巻については注一〇參照）、巻六・七・八が『雲巢編』にあたる。四部叢刊三編にこの影印本が収められている。

七　巻末題從事郎處州司理參軍高布重校一行　『吳興沈氏三先生文集』の巻末の多くには「從事郎處州司理參軍高布重校兼監雕」という一行が見える。

八　所作筆談…　『夢溪筆談』は、故事・辯證・樂律・象數・人事・官政・權智・藝文・書畫・技藝・器用・神奇・異事・謬誤・譏謔・雜誌・藥議の十七部門に分かれ、内容も多岐に涉る。注三の『四庫全書總目提要』巻一二〇は「括は北宋に在りては、學問 最も博洽《はくこう》たりて、當代の掌故 及び天文・算法・鍾律は尤も究心する所なり」といい、湯修年の跋を引いて「其の目見耳聞は、皆 世に補する有りて、他の雜志の比に非ず」と、最大限の評價を與えている。

九　古作者之遺範　「作者」とは、『禮記』樂記篇の「作者 之を聖と謂い、述者 之を明と謂う」とあるのに基づき、文學や學問上の傑出した人をいう。「遺範」は、前人の遺した規範。

一〇　闕巻一至巻十二…　注六の『吳興沈氏三先生集』中の『長興集』の巻末に、「長興集四十一巻、今 前闕一巻至十二巻、中

闕三十一 一巻、後闕三十三至四十一 九巻、共闕二十二巻」とある。

一一　宋文鑑　呂祖謙編『宋文鑑』は、沈括の賦一篇・詩六首・文四篇を収める。賦は巻五の〈懷歸賦〉、詩は巻一三〈江南曲〉・巻一八〈海州にて鶻《はやぶさ》を放ちて兔《うさぎ》を搏《う》つも中《あた》らずして飛び去るを觀る〉・巻二五〈潤州甘露寺〉・巻二八〈歸計〉〈姑熟〉・巻三〇〈幽命〉であるが、これらはすべて現存の『長興集』中には見えない。

一二　侯鯖錄　趙令畤《ちょうれいじ》『侯鯖錄』巻七に〈開元樂詞〉四首が錄されている。

一三　史稱括爲河北西路察訪使…　『宋史』巻三三一 沈括傳はいう。「河北西路察訪使と爲る。……　時に 近畿の戶に馬を出《いだ》して邊に備えんことを賦し、民 以て病と爲す。括 言う〝北地は馬多くして 人 騎戰に習《な》ること、猶お 中國の彊弩《きょうど》に工《たく》みなるがごときなり。今 我の長ぜる技を舍《す》てて、能わざる所を強《し》うるは、何を以てか勝を取らんや〟と。又た〝邊人 兵を習うは、唯だ 彊を挽《ひ》くを以て最を定むるも、未だ必ずしも能く革を貫かず。謂えらく 宜しく遠きを射て堅に入るを以て法と爲すべし〟と。是の如き者三十一事、詔して皆 之を可とす。（河北西路察訪使となる。……　その頃、近畿では家々に馬を供出して國境警備にあたらせるという賦役を課しており、民はこれに苦しんでいた。括は上奏して〝北方の地には馬が多く敵は騎馬戰に習熟していて、ちょうど中國が石弓を得手としているようなもの。今 自分の得意の技を捨てて苦手の技を強いても、相手に勝てましょうか〟といい、さらに〝邊境警備兵の軍事訓練はひたすら強い弓を挽いて狙いを定めるだけですが、必ずしも相手を射し殺せるわけではありません。思うに遠くから射て、鎧甲に刺さるような方法を取るべきです〟と。これらの三十一條を上奏し、すべて裁可する詔があった。）」

一四　書錄解題曰…　『直齋書錄解題』巻一七は次のようにいう。「括 文通に於いては叔爲るも、年は 文通より少《わか》し。世 文通は常に括を叔と稱すと傳う。今『四朝史』の本傳 以て從弟と爲すは非なり。文通の父は扶、扶の父は同、括の父は周と曰い、皆 進士を以て起家し、官は皆 太常少卿に至る。王荊公 周と文通との墓に志し、及び文通の弟 遼は其の伯父振の墓に誌すは攷《こう》すべし。」

一五　王荊公誌周與文通墓　沈周の墓誌銘とは、王安石『臨川文集』巻九八所收の〈太常少卿分司南京 沈公墓誌銘〉を指す。そこには「皇祐三年十一月庚申、太常少卿分司南京 錢塘の沈公卒す。明年、子の披《ひ》・子の括 公を錢塘龍居里の先公尙書の兆に葬る。…公、諱は周、字は望之、少《わか》くして孤なり。其の兄と相い踵《つ》ぎて進士と爲り、起家して漢陽に掾たり」とある。また、巻九三所收〈内翰沈公墓誌銘〉には、「公 姓は沈氏、諱は遘、字は文通、世よ杭州錢塘の人なり。…父は扶、今の尚書金部員外郎たり」と見える。

一六　文通弟遼誌其伯父振之墓　沈遼『雲巣集』巻一〇所收〈伯少卿埋銘〉は、沈振のために書かれたものである。「公 諱は振、字は發之、世よ錢塘の人たり。……考の諱は同、太常少卿に任ぜられ、開府儀同三司・吏部尚書を贈らる」とある。沈遼にとって沈振は伯父、沈振の父は沈同である。つまり、括は遼・遘より一世代上ということになる。

一七　元修宋史、仍以括爲遘之從弟　『宋史』巻三三一 沈遘傳の最後には、「弟 遼、從弟 括」とある。

一八　宋史疎舛　注一四の『直齋書錄解題』によると、すでに『四朝史』の段階で誤りがあったらしく、『宋史』はこれらの史料に據ったのであろう。

【附記】

沈括・沈遘・沈遼の文集は『呉興沈氏三先生文集』として、明覆宋本があり、四部叢刊三編に影印本が収められる。ただし、沈括の『長興集』四十一巻のうち二十二巻分は闕佚し、十九巻（すべて文）が傳わるに過ぎない。清 康熙五七年（一七一八）、呉允嘉が明覆宋本によって重編した『沈氏三先生集』（光緒二三年 浙江書局刊）は、その首に三巻（巻一は「賦・詩」、巻二「序」、巻三「議・論」）と、巻三〇に〈自誌〉の一節を補う。『全宋文』（第三九冊 巻一六八四～巻一六九六）はこれを底本とする。

また、近年、沈括逝世八百九十周年を記念して、胡道靜が『沈括詩詞輯存』（上海書店 一九八五）を上梓し、『全宋詩』（第一二冊 巻六八六）もこれを底本とする。研究論文集として『沈括研究』（浙江人民出版社 一九八五）があり、また胡道靜『夢溪筆談校證』（上海古籍出版社 一九八七）の附録は事蹟・年譜および著述攷略など豊富な研究資料を収めている。

四九　景《けい》迂《う》生《せい》集《しゅう》二十卷

[一]兩淮馬裕《ばゆう》家藏本

【晁説之《ちょうえつし》】一〇五九～一一二九
字《あざな》は以道《いどう》、伯以《はくい》ともいう。澶《せん》州（河南省濮陽市）の人。司馬光（迂叟《うそう》）の人となりを慕い、景迂生《けいうせい》と自稱した。晁補之《ちょうほし》とは同族で、排行を同じくする。元豐五年（一〇八二）の進士。元祐の初めに兗州《えんしゅう》司法參軍、その後、宿州教授・磁州武安縣の知事を經て、徽《き》宗の崇寧二年（一一〇三）に定州無極縣に移ったが、のち元祐黨籍に入れられて貶謫された。欽宗が卽位すると、著作郎に召され、祕書少監・中書舍人に進んだが、再び落職し提擧西京嵩山《すうざん》崇福宮となった。南宋の高宗の時に徽猷閣《きゆうかく》待制兼侍讀となる。思想的には『孟子』の批判者として知られている。『嵩山文集』卷末　劉子健〈後跋〉・附錄〈晁氏世譜節錄〉・『宋元學案』卷二二　景迂學案　參照。

宋晁説之撰。説之有儒言、[二]已著錄。説之博極羣籍、尤長經術。[三]著書數十種、靖康中兵燹不存。[四]其孫子健訪輯遺文、編爲一十二卷、又續廣爲二十卷。前三卷爲奏議。四卷至九卷爲詩。[五]十卷爲易元星紀譜。[六]十一卷爲易規十一篇、又堯典中氣中星・洪範小傳各一篇、詩序論四篇。十二卷爲中庸傳及讀史數篇。十三卷卽儒言。十四卷爲雜著。十五卷爲書。十六卷爲記。十七卷爲序。十八卷爲後記。十九・二十卷爲傳・墓表・誌銘・祭文。

其中辨證經史、多極精當。[七]星紀譜乃取司馬光元歷・邵雍元圖而合譜之、[八]以七十二候・六十四卦相配而成。蓋[九]潛虛之流也。
[一〇]陳振孫書錄解題曰、劉跂斯立墓誌、景迂所撰、見學易集後。此集無之、計其佚者多矣。此本當卽陳氏所見、而譌誤頗甚。[一一]洪範小傳及十七卷序文內兼有脫簡。[一二]又有別本、題曰嵩山集、[一三]所錄詩文均與此本相合、譌闕之處亦同。蓋[一四]一書而兩名。今附著於此、不復別存其目云。

【訓讀】
宋　晁說之《ちょうえつし》の撰。說之『儒言』[二]有りて、已に著錄す。說之　博く羣籍を極め、尤も經術に長ず。著書[三]　數十種、靖康中　兵燹《へいせん》して存せず。其の孫[四]　子健　遺文を訪輯し、編して一十二卷と爲し、又た續廣して二十卷と爲す。前の三卷は奏議爲り。四卷より九卷に至るまでは詩爲り。十卷[五]は『易元星紀譜』爲り。十一卷は『易規』十一篇、又た〈堯典中氣中星〉〈洪範小傳〉各おの一篇、『詩序論』四篇爲り。十二卷は〈中庸傳〉及び讀史數篇爲り。十三卷[六]は卽ち『儒言』爲り。十四卷は雜著爲り。十五卷は書爲り。十六卷は記爲り。十七卷は序爲り。十八卷は後記爲り。十九・二十卷は傳・墓表・誌銘・祭文爲り。
其の中　經史を辨證するは、多くは極めて精當たり。『星紀譜』[七]は乃ち司馬光の『元歷』・邵雍《しょうよう》の『元圖』を取りて之を合譜し、七十二候[八]・六十四卦を以て相い配して成る。蓋し『潛虛《せんきょ》』[九]の流なり。
陳振孫[一〇]『書錄解題』曰く、「劉跂《りゅうき》　斯立《しりつ》の墓誌、景迂　撰する所にして、『學易集』の後に見ゆ。此の集　之無く、計るに　其の佚《いつ》する者多し」と。此の本　當《まさ》に　卽ち　陳氏の見る所なるべくして、譌誤《かご》　頗る甚し。〈洪範小傳〉[一一]及び十七卷の序文の內　兼ねて脫簡有り。又た[一二]別本有りて、題して『嵩山集《すうざんしゅう》』と曰うも、錄[一三]する所の詩文　均しく此の本と相い合い、譌闕の處も　亦た同じ。蓋し　一[一四]書にして兩名あるなり。今　附して此に著し、復た別に其の目を存せずと云う。

【現代語譯】

宋 晁《ちょう》説之《えつし》の著。説之には『儒言』があって、すでに著録してある。説之は書物に博く通じていたが、とりわけ經術に長けていた。數十種の著書があったが、靖康年間に兵火に焼かれて現存しない。彼の孫の子健は説之の遺文を捜し輯め、十二巻に編纂し、さらにそれを増やして二十巻とした。前の三巻は奏議である。第四巻から第九巻までは詩である。第十巻は『易玄星紀譜』である。第十一巻は『易規』十一篇に〈堯典中氣中星〉〈洪範小傳〉がそれぞれ一篇、また『詩序論』四篇となっている。第十二巻は〈中庸傳〉と數篇の讀史である。十三巻は『儒言』にあたる。第十四巻は雜著、第十五巻は書、第十六巻は記、第十七巻は序、第十八巻は後記である。第十九・二十巻は傳・墓表・誌銘・祭文である。

その中で經史を辨證しているものは、大變精密で當を得ているものが多い。『易玄星紀譜』は司馬光の『玄曆』と邵雍の『太玄準易圖』を合わせ、七十二候・六十四卦を配當したもので、『潛虛《せんきょ》』のやり方にならったのであろう。陳振孫の『直齋書錄解題』は言っている。「劉跂《りゅうき》 斯立《しりつ》の墓誌銘は、景迂《けいう》が書いたもので、『學易集』の最後に見えているのに、この集には無く、散逸した者が多いと推測される」と。この本はまさに陳氏の目睹したものであり、誤りが相當ひどい。〈洪範小傳〉と第十七巻の序文にはともに脱簡がある。さらに『嵩山集』と題する別の本があるが、收録されている詩文はこの本と符合し、誤りや脱けている部分も同じであるところからすると、同じ本に二つの名がついているのであろう。今 そのことを附記し、別に著録しないものとする。

【注】

一　兩淮馬裕家藏本　馬裕《ばゆう》の字は元益、號は話山、江都（揚州）の人。原籍は祁門《きもん》（安徽省）で所謂新安商人の出身。父の曰琯《えつかん》の代より藏書十萬餘巻を誇った。四庫全書編纂の時、藏書七七六部を進獻した。そのうち著録されたのが一四四部、存目（四庫全書内に收めず、目録にのみ留めておくこと）は二二五部にのぼる。

二　儒言　『四庫全書總目提要』巻九二 子部 儒家類二に『儒言』一巻が著録されている。『儒言』はこの本の巻一三がそれに相當する。王安石の『孟子』評價とそれに追隨する新法末流の學術を批判した書。

三　著書數十種…　四部叢刊續編所收の晁説之『嵩山文集』巻二〇の巻末には孫の子健の跋（四庫全書文淵閣本『景迂生集』は收載していない）があり、そこに合計三十二に及ぶ著作目録を舉げて、それらが靖康の兵火によって灰燼に歸したと言っている。

四　其孫子健訪輯遺文…　陳振孫『直齋書錄解題』巻一八は、『景迂集』二十巻を著録していう。「説之 平生の著述 至《はなは》だ多きも、兵火に散逸す。其の孫 子健 其の遺文を裒《あつ》め、十二巻を得、之を續廣して二十巻と爲す」と見える。なお、注三の劉子健の跋文は十二巻に編纂した紹興二年（一一三二）のものと、重編して二十巻にした乾道三年（一一六七）のものの二種がある。

五　十巻爲易元星紀譜　「元」は「玄」。康熙帝の諱《いみな》 玄燁《げんよう》を避けている。晁公武『郡齋讀書志』巻一〇は、『易玄星紀譜』を單行本として著録している。なお、『易玄星紀圖』として著録する書誌もある。

六　十三巻卽儒言　注二參照。

七　星紀譜乃取司馬光元歴・邵雍元圖而合譜之　「元歴」は「玄暦」、「元圖」は「玄圖」。康熙帝の諱 玄燁と、乾隆帝の諱 弘暦を避けている。晁公武『郡齋讀書志』巻一〇は、『易玄星紀譜』を單行本として著録し（「譜」は「圖」に作る場合もある）、次のようにいう。「溫公の『玄暦』及び邵康節の『太玄準易圖』を以て合わせて之を譜し、以て揚雄の「首」を以て「卦」に準ずるは私意に出《い》づるに非ざるを見《あら》わす。蓋し 星候有りて 之が機括と爲す。（司馬光『玄暦』および邵雍の『太玄準易圖』を合體させたもので、揚雄が「首」という概念を『易』の「卦」に準ずるものとしたのは、揚雄の私意から出たものではないことを示している。節季の七十二候がその表われだというのである。）」揚雄は『易』になぞらえて作った『太玄』の中で、自然界の原理「玄」から生まれた一・⚋・𝌀を四つ重ねて、「八十一首」を作った。これは『易』でいえば「六十四卦」に相當する。

八　以七十二候・六十四卦相配而成　「七十二候」とは一年を時氣によって七十二に區分すること。「六十四卦」は八卦を重ねて成った『易』の卦。「以七十二候・六十四卦相配」とは、曆學と易學を合體させたことを指す。

九　潛虛之流　『潛虛』は司馬光の作で、『四庫全書總目提要』巻一〇八 子部 術數類一は『潛虛』一巻を著録して、揚雄の『太玄』を擬したものだと評している。本來未完であったものを後人が附益したという説もある。五行に五行を乘じて二十五とし、これを二つにして五十章とし、體圖・氣圖・性圖・名圖・行圖・命圖の六圖を附す。「潛虛之流」とは、司馬光が揚雄の眞似をした類だというのであろう。

一〇　陳振孫書録解題曰…　注四の『直齋書録解題』の續きには、「劉跂《りゅうき》 斯立《しりつ》の墓誌は、景迂《けいう》 撰する所にして、『學易集』の後に見ゆ。而るに 此の集 之無し、計るに 其の逸する者多し」とある。劉跂は字を斯立、東光（河北省）の人。元豐二年（一〇七九）の進士だが、父の劉摯《りゅうし》ともども元祐黨として流謫され、官途は不遇であった。『學易集』は『直齋書録解題』によれば元來二十巻。のち散逸し、現在は『永樂大典』から輯佚した八巻が四庫全書に收められている。晁説之が書いたという墓誌銘は附されていない。（『四庫全書總目提要』の『學易集』提要は「晁説之景迂先生集 作る所の墓誌有りて稱す…」というが、何に基づくのか不明。）

一一　洪範小傳及十七巻序文內兼有脱簡　巻一一〈洪範小傳〉の一部、巻一七の冒頭の序文の前半、巻一八〈蕭詢の筆に題す〉の後と巻二〇〈宋故通直郎眉山蘇叔黨墓誌銘〉の一部も「缺」となっている。このほか四部叢刊續編所收の晁説之『嵩山文集』によれば、巻二〇〈宋故朝請大夫提點亳州明道宮吳公墓誌銘〉にも缺佚がある。

一二　又有別本、題曰嵩山集…　四部叢刊續編所收の晁説之『嵩《すう》山《ざん》文集』二十巻は、乾道三年（一一六七）に臨汀の郡庠《ぐんしょう》で刻された本の鈔本である。

一三　所録詩文均與此本相合、譌闕之處亦同　四部叢刊續編所收『嵩山文集』の張元濟の跋文は、これに反駁して、四庫全書本『景迂生集』には『嵩山文集』と比べると缺佚が多いことを指摘している。さらに張元濟は、原書に見える金人《きんひと》への侮蔑的表現が四庫全書本では改竄されていることをいい、その例として、〈負薪の對〉の四部叢刊本と四庫全書本の校勘表を附している。

一四　一書而兩名　注一三の張元濟跋文は、『嵩山文集』という名稱は、傳録者が巻首の次行に「嵩山景迂生 晁説之 字以道 一字伯以」とある最初の二字のみを取ったものだと説明する。胡玉縉『四庫全書總目提要補正』巻四六は、劉子健の跋に、説之の遺言「汝等《なんじら》若《も》し吾が遺文を訪類すれば、則ち嵩山景迂生　志の如くす」とあることから、『嵩山景迂生集』こそが正式なを以て之に目《もく》せ」とあり、子健も「其の題は則ち　謹んで先の　書名であると言う。

【附記】

四庫全書文淵閣本『景迂生集』には、異民族についての用語など、清朝の忌避に觸れる字について改竄がある。四部叢刊續編所收の『嵩山文集』は宋刻本の舊鈔本であり、古い形をとどめている。『全宋詩』（第二一冊　巻一二〇七～巻一二一二）は後者を底本として、廣く佚詩佚句を輯めている。

五〇　雞肋集《けいろくしゅう》七十卷

[一]兩淮馬裕《ばゆう》家藏本

【晁補之《ちょうほし》】一〇五三～一一一〇

字《あざな》は无咎《むきゅう》、號は濟北《さいほく》、濟州鉅野（山東省巨野縣）の人。蘇門四學士の一人。初め、王安國のもとで學問し、十七歳の時、杭州の山川風物を描寫した〈七述〉が蘇軾に激賞された。元豐二年（一〇七九）、第一の成績で進士に及第し、澶州《せんしゅう》司戶參軍となる。北京《ほっけい》國子監教授を經て、元祐の初めに太學正となり、祕書省正字のち校書郎に移った。揚州通判・祕書丞・著作郎などを歴任するが、哲宗の親政が始まると、編修に携わった『神宗實錄』が虛僞だと誣告《ぶこく》され、元祐黨籍に入れられて處州《しょしゅう》（浙江省）と信州（江西省）の監酒稅に貶謫《へんたく》となった。徽《き》宗が卽位して著作佐郎・吏部員外郎などを拜するが、崇寧年間に再び黨籍の人士に對する批判が高まったため、陶淵明の〈歸去來の辭〉に因んだ歸來園に隱居し、自ら歸來子と號した。その後、大觀四年（一一一〇）、泗《し》州（安徽省）の知事に復職して沒した。中華書局本『張耒集』卷六一〈晁无咎墓誌銘〉・『宋史』卷四四四　文苑傳六　參照。

宋晁補之撰。補之[二]字无咎、鉅野人。[三]元豐間擧進士。試開封及禮部別院皆第一。元祐中除校書郎。紹聖末落職、監信州酒稅。大觀中起知泗州、卒於官。[四]後入元祐黨籍。[五]事蹟具宋史文苑傳。

初、蘇軾通判杭州、補之年甫十七、[六]隨父端友宰杭州之新城。[七]軾見所作[八]錢塘七述、大爲稱賞、由是知名。

後[九]與黃庭堅・張耒・秦觀聲價相埒。耒嘗言[一〇]、補之自少爲文、卽能追步屈・宋・班・揚、下逮韓愈・柳宗元之作。促駕力鞭、務與之齊而後已。

胡[一一]仔苕溪漁隱叢話亦稱、余觀雞肋集、古樂府是其所長、辭格俊逸可喜。今觀其集、古文波瀾壯闊、與蘇氏父子相馳驟。諸體詩俱風骨高騫、一往俊邁。竝駕於張・秦之閒、亦未知孰爲先後。世傳蘇門六君子[一二]文粹、僅錄其文之體近程試者數十篇。避暑漫鈔[一三]僅稱其芳儀曲一篇。皆不足以盡補之也。

此[一四]本爲明崇禎乙亥蘇州顧凝遠依宋版重刊。前有元祐九年補之自序[一五]、後有紹興七年其弟謙之跋[一六]。序稱裒[一七]而藏之、謂之雞肋集。跋則稱宣和以前[一八]、世莫敢傳。今所得者古賦・騷詞四十有三、古・律詩[一九]六百三十有二、表・啓・雜文六百九十有三。自捐館舍、迨今二十八年、始得編次爲七十卷云云。蓋[二〇]其稾爲元祐中補之自葺、雖有集名、尚非定本。後謙之乃裒合編次、續成此帙。故中有元祐以後所作、與補之原序年月多不相應云。

【訓讀】

宋 晁補之《ちょうほし》の撰。補之 字[二]《あざな》は无咎《むきゅう》、鉅野《きょや》の人。元豐[三]の閒 進士に擧げらる。開封及び禮部別院に試みられ 皆 第一たり。元祐中 校書郎に除せらる。紹聖の末 落職し、監信州酒稅たり。大観中 起ちて泗《し》州に知たりて、官に卒す。後[四]元祐黨籍に入れらる。事蹟[五]『宋史』文苑傳に具われり。

初め、蘇軾 杭州に通判たりしとき、補之 年 甫《はじ》めて十七、父[六] 端友の杭州の新城に宰《さい》たるに隨う。軾[七] 作る所の〈錢[八]塘七述〉を見て、大いに爲に稱賞し、是に由りて名を知らる。後[九] 黄庭堅・張耒《ちょうらい》・秦観と聲價《せいか》 相い埒《ひと》し。耒[一〇] 嘗て言う、「補之 少《わか》き自《よ》り文を爲《つく》り、卽ち 能く 屈・宋・班・揚を追考（追歩は誤り）し、下は韓愈・柳宗元の作に逮《およ》ぶ。駕を促《うなが》して力《つと》めて鞭うち、之と齊《ひと》しきに務めて 而《しか》る後に已《や》む」と。
[一一]胡仔《こし》『苕 溪漁隱叢話《ちょうけいぎょいんそうわ》』亦た稱す、「余『雞肋集』を觀るに、古樂府は是れ其の長ずる所にして、辭格の俊逸は喜ぶべし」と。今 其の集を觀るに、古文は波瀾壯闊にして、蘇氏父子と相い馳驟《ちしゅう》す。諸體詩は倶に風骨高騫《こうけん》にして、一往俊邁たり。駕を張・秦の閒に竝《なら》ぶるも、亦た 未だ孰《いず》れか先後爲《た》るかを知らず。[一二]世に傳うる『蘇門六君子文粹』、僅かに其の文の體 程試に近き者數十篇を錄すのみ。[一三]『避暑漫鈔』は僅かに其の〈芳儀曲〉一篇を稱すのみ。皆 以て補之を盡すに足らざるなり。
[一四]此の本は明 崇禎乙亥《いつがい》 蘇州の顧凝遠《こぎょうえん》 宋版に依りて重刊するところ爲り。[一五]前に元祐九年 補之の自序有り、後に[一六]紹興七年 其の弟 謙之の跋有り。[一七]序 稱す「裒《あつ》めて之を藏し、之を謂いて『雞肋集』と謂う」と。[一八]跋は則ち稱す「宣和以前、世に敢えて傳うる莫し。今 得る所の者 古賦・騷詞 四十有三、[一九]古・律詩 六百三十有三（有二は誤り）、表・啓・雜文 六百九十有三。館舍を捐《す》てし自《よ》り、今に迨《いた》るまで二十八年、始めて編次して七十巻と爲すを得たり云云」と。[二〇]蓋し 其の槀《こう》 元祐中の補之の自葺《じしゅう》爲りて、集名有りと雖も、尚お 定本に非ず。後 謙之 乃ち裒合《ほうごう》編次し、此の帙を續成す。故に 中に元祐以後 作る所有りて、補之の原序の年月と相い應ぜざるもの多しと云う。

【現代語譯】
宋 晁補之《ちょうほし》の著。補之は字《あざな》を无咎《むきゅう》といい、鉅野《きょや》（山東省巨野縣）の人である。元豐年閒の進士で、開封府と禮部別院の試驗においていずれも第一の成績であった。元祐年閒に校書郎に除せられた。紹聖の末年、監信州（江西省）酒稅に左遷された。大觀年閒に再び泗州《しし》（安徽省）の知事として復職し、在任中に沒した。後に元祐黨籍に入れられた。事蹟は『宋史』文苑傳に詳しい。

初め、蘇軾が杭州通判だったとき、補之はやっと十七歳で、父 端友が杭州府新城の縣令として赴任するのについてきた。軾は彼の作った〈銭塘七述〉を見て、大變これを賞賛したことから、名を知られるようになった。後には黄庭堅・張耒・秦觀らと名聲を齊しくするようになった。耒は次のように言ったことがある。「補之は若い頃から詩文を作り、上は屈原・宋玉・班固・揚雄、下は韓愈・柳宗元を目指していた。なんとか彼らと竝ぶまではと必死で馬車に鞭うったのである。

胡仔《こし》『苕溪漁隱叢話《ちょうけいぎょいんそうわ》』も、「『雞肋集』を観るに、古樂府こそ彼の得意とするところで、辭格の俊逸さが好ましい」という。今 彼の集を観るに、古文は起伏に富み勇壮で、蘇氏父子に迫るものがある。どの詩體もすべて風骨が高く、高邁なこと他に抜きんでている。張耒や秦觀とともに駕を竝べても、甲乙つけ難い。世に傳わる『蘇門六君子文粋』に晁補之の作として採錄されているのは、わずか數十篇の科擧答案のような文體だけである。『避暑漫鈔』はただ〈芳儀曲〉一篇を賞賛しているだけで、いずれも補之を盡すものとしては不十分である。

この本は明 崇禎八年（一六三五）、蘇州の顧凝遠《こぎょうえん》が宋版を重刊したものである。前に元祐九年（一〇九四）の補之の自序があり、後に紹興七年（一一三七）の弟 謙之の跋文がある。序文は、「これらを裒《あつ》めて藏し、『雞肋集』と名づける」と言っている。跋文には、「宣和以前には、この集を傳えようとする者はいなかった。今 蒐集できたのは、古賦・騷詞 四十三首、古・律詩 六百三十三（六百三十有二は誤り）首、表・啓・雜文 六百九十三篇である。補之が沒してから二十八年を經て、ようやく編次して七十巻とすることができた」と。思うに 稿本は元祐年間に補之が自ら編輯したもので、集の名をつけはしたが、定本というわけではなかったのだ。後年、謙之がそれを集めて編次し、この本を完成させた。それゆえ集中には元祐以後の作品もあって、補之の原序の年月と一致しないのだろう。

【注】

一　兩淮馬裕家藏本　馬裕《ばゆう》の字は元益、號は話山、江都（揚州）の人。原籍は祁門《きもん》（安徽省）で所謂新安商人の出身。父の曰琯《えつかん》の代より藏書十萬餘卷を誇った。四庫全書編纂の時、藏書七七六部を進獻した。そのうち著錄されたのが一四四部、存目（四庫全書内に収めず、目錄にのみ留めておくこと）は二二五部にのぼる。

二　字无咎　「无」は「無」の異體字である。

三　元豐閒擧進士…　『宋史』卷四四四　文苑傳六　晁補之傳には、「進士に擧げられ、開封及び禮部別院に試みられ、皆第一たり。神宗 其の文を閲《み》て曰く、〝是れ 經術に深き者、浮薄を革《あらた》むるべし〟」と見える。「禮部別院」とは、試驗官に親族がいた場合、別室にて省試を受ける制度をいう。なお、『宋史』は進士及第の年を言わないが、吳曾『能改齋漫錄』卷一六には「元豐己未、廖明略《りょうめいりゃく》・晁無咎 同《とも》に科に登る」とあり、元豐二年（一〇七九）の進士だったことがわかる。

四　後入元祐黨籍　提要のこの表現は事の順序を失している。崇寧元年（一一〇二）、宰相となった蔡京は、舊法黨の人士を排斥するため〈元祐姦黨碑〉を京師の太學に立てさせ、崇寧五年（一一〇六）には全國に〈元祐黨籍碑〉を立てさせている。いずれも晁補之の生前のことである。

五　事蹟具宋史文苑傳　晁補之の傳記は『宋史』卷四四四　文苑傳六に見える。

六　隨父端友宰杭州之新城　晁補之の父端友は熙寧四年（一〇七一）に新城の令として赴任、在任中、蘇軾と親しく交わった。晁端友（一〇二九～一〇七五）の字は君成、皇祐五年（一〇五三）の進士。官は著作佐郎に至る。京師にて沒した後、晁補之の依賴で蘇軾が〈晁君成詩集の引〉（中華書局本『蘇軾文集』卷一〇）を、黃庭堅が〈晁君成墓誌銘〉（『豫章黃先生文集』卷二三）を執筆している。

七　軾見所作錢塘七述　中華書局本『張耒集』卷六一〈晁無咎墓誌銘〉には次の逸話が引かれている。「公 皇考に杭の新城に從うに、公 錢塘の人物の盛麗、山川の秀異を覽觀し、之が爲に文を作りて以て之を志《しる》し、名づけて〈七述〉と曰う。今の端明蘇公軾 杭州に通判たり。蘇公は蜀人にして、杭の美を悦びて賦有らんことを思う。公 蘇公に謁見し、〈七述〉を出《いだ》す。公之を讀み、歎じて曰く〝吾 以て筆を閣《お》くべし〟と。蘇公は文章を以て一時に名あり、士は爭いて之に歸し、一言を得て以て自ら重しとするに足るに、公を延譽すること及ばざるが如く、自ら輩行を屈して公と交わる。此れに由りて 公の名藉 士大夫の閒に甚だし。（晁君は父上が杭州府の新城縣に赴任するのに従い、錢塘の人物のすばらしさ、自然の美しさを觀て、これらを文章に記録し、〈七述〉と名づけた。時に今の端明公 蘇軾が杭州の通判をしていた。蘇公は蜀の人ということもあり、杭州の美を愛でて賦を作ろうと思っていた。晁君は蘇公に謁見して〈七述〉を呈上すると、蘇公はこれを讀んで感心して〝私は作るのをやめたほうがいいな〟と言った。蘇公は當時文名が高く、士大夫は争って彼の所に行って、たとえ一言でも頂戴すればそれで有り難がっていたのに、蘇公は晁君をこのうえもなく褒めそやし、自ら世代をこえて交わったのである。このことで公の名は士大夫の閒にくまなく知れ渡った。)」

八　錢塘七述　『雞肋集』巻二八所收の〈七述〉を指す。〈七述〉の自序によれば、枚乘の〈七發〉や曹植の〈七啓〉の體例に倣《なら》った作品で、蘇軾と自分との問答に見立てている。

九　後與黄庭堅・張耒・秦觀聲價相埒　この文、四庫全書文淵閣本の書前提要は、「黄庭堅・張耒・秦觀と與《とも》に蘇門四學士と爲す」に作る。蘇軾は〈李昭玘《りしょうき》に答うる書〉(中華書局本『蘇軾文集』巻四九)において、「黄庭堅 魯直・晁補之 無咎・秦觀 太虚・張耒 文潛の流の如きは、皆 世未だ之を知らざるも、軾 獨り先に之を知る」という。

一〇　耒嘗言…　張耒の言とは、〈晁无咎墓誌銘〉(中華書局本『張耒集』巻六一)を指す。「公の文章に于《お》けるや、蓋し 其れ天性なり。讀書一再を過ぎざるに、終身忘れず、少《わか》き自《よ》り文を爲《つく》り、卽ち 能く 左氏・『戰國策』・太史公・班固・揚雄・劉向・屈原・宋玉・韓愈・柳宗元の作を追考す。駕を促して力《つと》めて之に鞭うち、務めて之と□齊して而る後に已む。」□は闕字。ただし、提要のこの箇所は、『文獻通考』經籍考巻六三引く『郡齋讀書志』に基づくものである。なぜならば、墓誌銘原文の「卽ち 能く 左氏・『戰國策』・太史公・班固・揚雄・劉向・屈原・宋玉・韓愈・柳宗元の作を追考す」を「卽ち 能く 屈・宋・班・揚に追考(提要が〝考〟を〝歩〟に作るのは誤り)し、下は韓愈・柳宗元の作に逮ぶ」と省略したのは、『文獻通考』であるからだ。

一一　胡仔苕溪漁隱叢話亦稱…　以下の段、四庫全書文淵閣本の書前提要には見えず、「晩歳 自ら作る所を訂し、『雞肋集』と名づく。宣和以前、蜀黨を祕して傳えず、紹興中、其の從弟謙之、始めて編次して七十巻と爲し、建陽に刊するを得たりと云う」で終わっている。『苕溪漁隱叢話』前集巻五一は「余『雞肋集』を觀るに、惟だ古樂府のみは是れ其の長ずる所にして、辭格の俊逸 喜ぶべし」といい、その〈行路難〉を引いている。詩は『雞肋集』巻一〇所收〈行路難 鮮于《せんう》大夫子駿《ししゅん》に和す〉である。

一二　世傳蘇門六君子文粹…　『蘇門六君子文粹』は、宋の陳亮

輯と傳えられる。「蘇門六君子」とは、黃庭堅・張耒・晁補之・秦觀の蘇門四學士に陳師道と李廌《りち》を加えた六人。『四庫全書總目提要』は卷一八七 集部 總集類二に『蘇門六君子文粹』七十卷を著錄して次のようにいう。「頗る 一篇の中 首尾繁文を刊去し、僅かに其の要語を存する者有り。其の取る所を觀るに、大抵 議論の文 多きに居る。蓋し 坊肆 刊する所にして、以て程試（科擧を指す）の用に備うるなり」と評している。今、『蘇門六君子文粹』を見るに、卷五〇～卷七〇が晁補之の『濟《さい》北文粹《ほくもんずい》』にあたっている。

一三　避暑漫鈔僅稱其芳儀曲一篇　「芳儀」とは、遼の王妃の位階をいうのであろう。陸游『避暑漫鈔』はいう。「李芳儀は、江南の國主 李景の女《むすめ》なり。土《くに》を納めし後、京師に在りて、初め供奉官孫某に嫁ぎ、武彊都監と爲る。遼中の聖宗の獲《かく》する所と爲り、芳儀に封じられ、公主二人を生む。趙至忠虜部 北虜自《よ》り歸明し、嘗て遼に仕えて翰林學士・修國史爲り。『虜庭雜記』を著し、其の事を載す。時に晁補之 北都教官と爲りて、其の書を覽て之を悲しみ、顏復 長道と與に〈芳儀曲〉を作りて云う、……（詩は省略）。江州廬山の眞風觀は、李主 國を有《たも》つの日、財を施して之を修す。姓氏を石に刊するに、太寧公主・永禧公主有りて、皆 李景の女《むすめ》なり。芳儀なる者は孰《いずれ》か是《これ》なるかを知らざるなり。（李芳儀は、南唐の國主 李景の娘である。宋に併合された後、汴京に暮し、最初供奉官孫某に嫁いだ。孫某が武彊都監となった後、彼女は遼の聖宗に捕らえられ、芳儀に封ぜられて、二人の姬君を生んだ。虜部司員外郎の趙至忠は遼から歸順した人で、以前、遼では翰林學士・修國史であった。彼の書いた『虜庭雜記』に、その事情が載っている。時に、晁補之は北京《ほっけい》國子監教授をしていて、その書を讀んで之を悲しみ、顏復 長道と一緒に〈芳儀曲〉を作った。……江州廬山の眞風觀は、李氏が國主だった時に、寄進して建立したものだ。寄進した人物の姓名が石に刻されているが、そこには太寧公主・永禧公主という名が見え、ともに李景の娘である。芳儀となったのがどちらなのかはわからない。）」詩は『雞肋集』卷一〇所收〈芳儀怨〉であり、題下の自注に「事は『虜廷雜記』に見ゆ」とある。

一四　此本明崇禎乙亥蘇州顧凝遠依宋版重刊　四部叢刊所收の『濟北晁先生雞肋集』は明覆宋本であるが、その卷七〇の末に「明 吳郡顧氏 崇禎乙亥の春に宋刻に照らして壽梓《じゅし》し、中秋に至りて工 始めて竣す」とあり、版心に「詩瘦閣」と題される。顧凝遠は字を青霞といい、蘇州長洲の人。『雞肋集』の外、『周易傳儀大全』二十四卷、『朱子圖說』一卷、陸龜蒙・皮日休『松陵集』十卷などを刻したことで知られる。

一五　前有元祐九年補之自序　『雞肋集』卷首〈濟北晁先生雞肋

集の序〉はいう。「雞肋集は、左朝奉郎・祕書省著作郎にして、祕閣校理・國史編脩官に充てられし濟北の晁補之 无咎、自ら其の爲る所の詩文に名づくるなり。…元祐九年二月旦日 序す」とある。無署名だが晁補之の自序であることは、晁謙之の跋文（注一八參照）に明らかである。

一六　後有紹興七年其弟謙之跋　晁謙之は晁補之の從弟にあたる。『雞肋集』巻末の跋文には、「紹興七年丁巳十一月旦日、弟 右朝奉郎・權福建路轉運判官 謙之 謹んで題す」の署名がある。

一七　序稱…　『雞肋集』巻首〈濟北晁先生雞肋集の序〉には「之を食《くら》わば、則ち得る所無し。之を棄つれば、則ち惜しむべし。其れ雞肋なるか。故に 褒《あつ》めて之を藏し、之を『雞肋集』と謂う」と見える。「雞肋」とは、かつて漢中に出陣した曹操が、劉備軍の反撃によって退却せざるを得なくなった際に發した言葉。その意は、食べるほど肉はないが、棄てるには惜しいこと。『後漢書』巻五四 楊脩傳 參照。

一八　跋則稱…　晁謙之の跋はいう。「從兄無咎、平日の著述甚だ富む。元祐の末、館閣に在りし時、嘗て自ら其の序を製す。宣和以前、世に敢えて傳うる莫し。今 得る所の者 古賦・騷辭四十有三、古・律詩 六百三十有三、表・啓・雜文・史評六百九十有三。館舍を捐《す》てし自《よ》り、今に逮《およ》ぶまで二十八年、始めて編次して七十巻と爲し、建陽に刊するを得たり。」「宣和以前、世に敢えて傳うる莫し」とは、晁補之が蜀黨に入れられていたことに關係する。

一九　古・律詩六百三十有二　「六百三十有二」は「六百三十有三」の誤り。

二〇　蓋其稾爲元祐中補之自葺…　陳振孫『直齋書錄解題』巻一七・晁公武『郡齋讀書志』巻一九など歴代の書目は『雞肋集』を七十巻に作るが、『宋史』藝文志七のみは「晁補之集七十巻」のほかに「晁補之雞肋集一百巻」を著錄している。また、『東都事略』巻一一六 晁補之傳にも「雞肋集一百巻有り」という。晁補之の自編本が一百巻であった可能性もある。

【附記】

四庫全書の底本でもある明覆宋本『濟北晁先生雞肋集』七十巻の影印本が四部叢刊に収められている。『全宋詩』（第一九冊 巻一一二一～巻一一四二）は佚詩・佚句をよく集めている。

あとがき

本書が世に出るに至った經緯を、まず記しておく。

一九八一年から八二年度にかけて、私は勤務先の立命館大學大學院の授業で『四庫全書總目提要』を取り上げ、集部別集類の唐代部分三十七種を選讀した。この時、參考にしたのが近藤光男編『四庫全書總目提要譯注集部唐詩人別集十一種』（一九七七年五月、油印）であった。近藤光男氏は、その後、この油印本を充實させた『四庫全書總目提要唐詩集の研究』（一九八四年十月、研文出版）を上梓し、四十六種に及ぶ唐人の別集・總集の譯注と解説を世に問われた。

一九八八年度に、私は再び大學院で『四庫全書總目提要』集部別集類の唐代部分を取り上げ、二十四種を選讀した。近藤氏の著書にあるものは省き、また六年前に讀んだものともなるべく重ならないようにした。この時、聽講生として參加していたのが野村鮎子君である。彼女は、翌年、大學院に進學したが、學部卒業後、六年間のブランクを取り戻すためにも、課外の時間に『四庫提要』集部別集類の唐代部分を、引き續き讀んでほしいと申し出て來た。こうしてお互いの空いた時間を利用して讀み出したのが、本書が出來るそもそものきっかけであった。會讀の場所は、研究室や近くの喫茶店だったが、氣候のよい時には龍安寺の藤棚の下なども、よく利用した。はじめのうちは、調べて來るのはもっぱら野村君で、彼女が訓讀するのを聞いていて、時々意見を言うだけだったが、だんだん力をつけてきた相手に、これではならじと、いつのまにか私も下調べをするようになった。文學部長の任にあった九一、九二年度を除き、月に二、三回のペースで讀み進めたように思う。

唐代を讀み終えたのがいつだったか覺えていないが、やがて宋代に進んだころから、野村君は譯注を作って來るようになった。引用資料の出典を調べるのはもちろん、余嘉錫の『四庫提要辨證』（一九八〇年五月　中華書局）、さらには李裕民の『四庫提要訂誤』（一九九〇年十月　書目文獻出版社）まで目を通して來るという熱の入れようであった。やがて『提要』があげつらう各種版本を自分の目で確かめなければ氣が濟まなくなるのは、理の必然であった。京都大學人文科學研究所や內閣文庫・靜嘉堂文庫などはもちろん、機會を見つけては大陸や臺灣にまで足を延ばすようになった。

私の停年が數年後にせまったある日、北宋部分をまとめて出版しようと提案したのも野村君であった。唐代文學の基礎研究としては、先に記した近藤光男氏の著書をはじめ、小川環樹編『唐代の詩人――その傳記』（一九七五年十一月　大修館書店）などがあるが、宋代にはそれらに相當するものがない。出版する價値は十分にあると言うのである。しかしいざ本にするとなれば、出典が分からぬまま放っておいたところは調べなおさなければならないし、これまで見られなかった版本の調査もしなければならない。當初は消極的だった私も、彼女の熱意に押されて「四庫全書宋人文集提要に關する實證的研究」というテーマで、文部省の科學研究費を申請したところ、幸いにも一九九八、九九年度の補助金の對象研究に採擇された。おかげで、臺灣國家圖書館や四川大學古籍整理研究所等の實地調査、マイクロフィルムの入手等が可能になり、疑問個所の多くは解決した。

出版の見通しが立ったところで、九九年度の研究成果公開促進費を申請、これも幸い認められた。途中でパソコンのデータが消えてしまうというハプニングもあったが、どうにか出版にまでこぎつけられたのは、今でも信じがたい氣がする。こうして本書は、野村君がひそかに企圖したように、私の停年を記念するものともなったのである。

宋代文集の提要を讀み始めて約十年、途中で一年餘、院生だった鹽村亮太君が、また後半の數年は、同じく院生の長内優美子君が參加したが、終始一貫、會讀を擔當し、原案を用意して來たのは野村君であった。彼女の努力と執念がなければ、本書の出版はありえなかったといってよい。

本書で取り上げたのは、『四庫全書總目提要』集部別集類の北宋百十五家、百二十二種のうちの五十家、五十六種である。分量の關係もあって、全體の約半分しか取り上げることは出來なかったが、北宋の主要な作家・作品はほぼ網羅できたと考えている。テキストは、乾隆六〇年（一七九五）刊浙江杭州本『欽定四庫全書總目』（一九六五年影印、八七年第四次印刷　中華書局）に據った。詳しくは「はしがき」及び凡例を參照されたい。

本書の序文を快くお引き受け下さった四川大學古籍整理研究所の曾棗莊教授には、衷心より感謝申し上げる。四川大學古籍整理研究所は、『全宋文』の編纂をするかたわら、「宋代文化研究」の編集出版を手がけるなど、今や中國における宋代研究の中心であって、その指導的地位にあるのが曾教授である。私は一九九三年十一月初旬に古籍整理研究所を訪問、一週間滯在して、貴重な資料を閲覽させていただくとともに、所長の曾教授をはじめ、研究所のスタッフから多くの助言をいただいた。翌年夏には、野村君が一か月閒、同研究所に滯在して、調査研究活動を續けた。そして昨年八月から九月にかけて、私たちは再び四川大學を訪ね、本書の校正刷りを曾棗莊教授にお見せして、序文を乞うた。實を言うと、一昨年秋、大腸癌の手術をされたばかりで、すっかりスマートに變身しておられた曾教授に序文をお願いすることには、いささか不安があった。ところが、曾教授は快諾された二日後には、原稿を下さったのである。しかも、この序文は、單なる儀禮的なものではなく、『四庫全書總目提要』および宋人文集の解說、さらには北宋文學に關する曾教授獨自の見解をも示した一篇の論文になっていたのである。私たちは、ただ舌を卷くばかりであった。當初、私たちは本書の解說を別に書く豫定をしていたが、この序文をいただいた上に、駄文を連ねることの愚を悟ったのである。

本書を成すに當たっては、多くの方からのご教示をいただいたが、未解決の部分もいくつか殘った。また譯注や解說の不十分なところや思わぬ誤讀もあるに違いない。大方のご叱正を切に乞う次第である。

なお、序文の飜譯は、長内優美子君にお願いした。また原稿の整理や索引の作成には、長内君および同じく院生の田所軍兵衞君をわずらわせた。記して、感謝の意を表する。

また本書の題簽は、書家として國際的に知られる神戸大學國際文化學部教授の魚住卿山（和晃）師の揮毫による。年末年始の多忙な時期にもかかわらず、地味な研究書に花を添えて下さったことに、感激している。

最後に、貴重な書物を快く閲覽させて下さった京都大學人文科學研究所東洋學文獻センターや內閣文庫、靜嘉堂文庫、米澤市立圖書館を始め、國內外の研究機關ならびに圖書館に對して、衷心よりお禮申し上げる。また、本書の出版を引き受けて下さった汲古書院の坂本健彥氏にも厚く感謝したい。

なお、本書の出版に當たっては、文部省より一九九九年度科學研究費補助金「研究成果公開促進費」の交附を受けたことを附記しておく。

二〇〇〇年一月四日

筧　文生

著者略歴

筧　　文　生（かけひ　ふみお）

1934年、東京都生まれ。1962年、京都大學大學院文學研究科博士課程（中國語學・中國文學專攻）修了。現在、立命館大學教授。主な著書：『梅堯臣』（岩波書店）、『韓愈　柳宗元』（筑摩書房）、『成都重慶物語』（集英社）、『唐宋八家文』（角川書店）など。

野　村　鮎　子（のむら　あゆこ）

1959年、熊本縣生まれ。立命館大學大學院文學研究科後期課程東洋文學思想專攻單位取得退學。文學博士。現在、龍谷大學經濟學部助教授。主な論文に「黃宗羲の歸有光評價をめぐって」、「錢謙益の歸有光評價をめぐる諸問題」、「歸有光〈寒花葬志〉の謎」、「『四庫提要』にみる北宋文學史觀」などがある。

四庫提要北宋五十家研究

二〇〇〇年二月二八日　發行

著　者　筧　文　生
　　　　野　村　鮎　子
發行者　石　坂　叡　志
印　刷　富士リプロ

發行所　汲　古　書　院
〒102-0072　東京都千代田區飯田橋二-五-四
電　話　〇三（三二六五）九七六四
ＦＡＸ　〇三（三二二二）一八四五

ISBN4 - 7629 - 2643-4 C3098

索　引

項目は、本書に採錄した『四庫提要』の原文より選び、原則として漢字音により五十音順に配列した。ただし、項目が同一の『提要』内に複出する場合は、初出の頁數のみを記した。

1　書名のゴチック體とゴチック數字は、本書が採錄する『提要』の別集名とその當該頁數を示す。

2　人名のゴチック體とゴチック數字は、本書が採錄する『提要』の別集著者名とその當該頁數を示す。

3　項目中の左肩の＊印は『提要』原文の誤字である。

書　名

人　名

か

き

せ